金粉世家

张恨水 著

下

华东师范大学出版社

一个冷淡的所在

最怕是有过去的繁华来对照呢

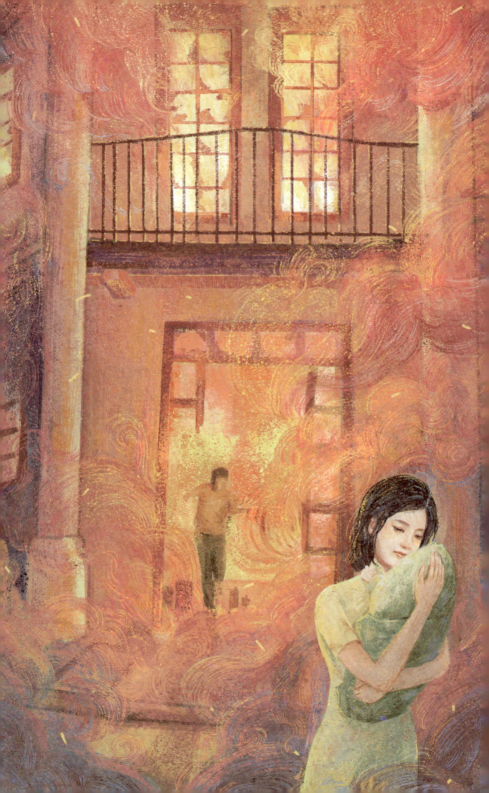

君子绝交,不出恶声

要散便散,要离便离,也就完了

何必借题发挥吵着闹着才散呢

世事就是这样

一场戏紧跟了一场戏来

哪里一口气看得完呢

西郊芳草年年绿，多少游人似去年

目录

下册

0981　第七十六回
声色无边群居春夜短
风云不测一醉泰山颓

0996　第七十七回
百药已无灵中西杂进
一瞑终不视老幼同哀

1008　第七十八回
不惜铺张慎终成大典
慢云长厚殉节见真情

1023　第七十九回
苍莽前途病床谈事业
凄凉小院雨夜忆家山

1036　第八十回
发奋笑空劳寻书未读
理财谋悉据借箸高谈

1050　第八十一回
飞鸟投林夜窗闻愤语
杯蛇幻影晚巷走奔车

1065　第八十二回
匣剑帷灯是非身外事
素车白马冷热个中人

1079　第八十三回
对簿理家财群雏失望
当堂争遗产一母伤心

1093　第八十四回
得失爱何曾愤来逐鹿
逍遥哀自已丧后游园

1105　第八十五回
衰服近优伶不亏好友
红颜计柴米贻笑方家

1119　第八十六回
白玉锡佳名二花争艳
黄金供滥用一客无愁

1131　第八十七回
私念故乡偏房兴去意
忽翻陈案记室背崇恩

1143　第八十八回
故主宣言群奴半日散
旁人屈指一子八月生

1155　第八十九回
临榻看新孙难言此隐
怀金窥上客愿为谁容

1169　第九十回
露影太荒唐封金预告
怀诗忽解脱对月长嗟

1181　第九十一回
泉水出山残文留旧迹
衣衫刺目烈火灭余痕

1193　第九十二回
伏枕染重疴母怀戚戚
传笺盼一顾郎趾匆匆

1205　第九十三回
半夜驰车娓婉谈浮海
清晨破镜凄凉卜下场

1217　第九十四回
病榻起疑团乍惊惨色
情场增裂缝各动离怀

1231　第九十五回
强夺珠针病狂怀璧遁
永离鸳帐封步闭楼居

1243　第九十六回
风景不殊游踪增感慨
情怀莫逆闲话自缠绵

1255　第九十七回
冰炭人情失官求内助
泥云身世访主忆前情

1267　第九十八回
院宇见榛芜大家中落
主翁成骨肉小婢高攀

1278　第九十九回
谈笑弄娇嗔新装十索
言行失常态情局孤忙

1290　第一百回
惨语断生平小楼伴佛
狂呼惊夜半烈焰冲宵

1301　第一百一回
两老恸慈怀共看瓦砾
同胞作愤语全没心肝

1312　第一百二回
对客道烦忧初尝苦境
替人流急泪重见残装

1323　第一百三回
对坐无聊愁城生怨色
远来有意情海起新澜

1336　第一百四回
上室迎宾故谈风土好
大庭训子严斥羽毛丰

1347　第一百五回
得意让花骄权门夜叩
失踪惊屋闭旧巷空来

1359　第一百六回
亦假亦真旧邻传噩耗
疑非疑是胜地觅芳踪

1369　第一百七回
决绝一书旧家成隔世
模糊双影盛事忆当年

1379　第一百八回
寄爱写小诗投邮有意
对亲作快语析产何惭

1390　第一百九回
巨室瓜分最怜孺子去
情场球戏难受美人狂

1404　第一百十回
航海倚英雌更谋捷径
弃家付儿辈独隐名山

1420　第一百十一回
驴背遇穷途昙花一现
禅心伤晚节珠泪双垂

1436　第一百十二回
金粉各飘零情场永别
轮蹄相驰逐旧事重提

1452　尾声
消息索哀词人悲秋扇
生涯寄幻影梦老春婆

1459　《金粉世家》原序

第七十六回

声色无边群居春夜短　风云不测一醉泰山颓

只在这时，院子里一阵喧哗，刘宝善、朱逸士、赵孟元三个人一同进来了。鹤荪劈头一句便道："老刘，你今天有一件事失于检点。"刘宝善听说，站着发愣，脸色就是一变。鹤荪道："老七的少奶奶今天生日，你怎么也不去敷衍一阵？"刘宝善笑道："我的二爷，你说话太过甚其词，真吓了我一跳。"说完这一句话，才将头上的帽子摘下来。朱逸士笑道："二爷，你有所不知，人家成了惊弓之鸟了。还架得住你说'失于检点'这一句话吗？"鹤荪笑道："你们一说笑话，就不管轻重，真把刘二爷看得那样不值钱，为了上次那点小事，就惶恐到这样子？"刘宝善将肩膀抬了一抬笑道："二哥，你别把高帽子给我戴，我到现在为止，心里可真是有点不安呢。今天七少奶奶寿辰，我并不是不知道，可是我就怕碰到了总理，问起我的话来，我没有话去回答。衙门里的事，现在我托了有病请着假，真得请你们哥儿几位，给我打个圆场才好。"

鹤荪见曾李二小姐在一边含着微笑，自己很不愿朋友失面子，便道："你在哪里喝了酒？说些无伦次的话。"朱逸士、赵孟元也很知鹤荪的用意，连忙将别的言语，把这话扯开。朱逸士就问曾美云道："还有些什么客没到？我给你用电话催一催。"曾美云笑道："你这话有点自负交际广阔，凡是我的朋友，他们的电话，你都全知道，这还了得？不过这里头有两个人你或者认识，就是王金玉和花玉仙。"朱逸士笑道："了不得！这两位和他们哥儿们的关系，你也知道吗？你说我的交际广阔，这样看起来，实在还是你的交际广阔，这件事，知道的人还不会多哩。花玉仙的电话……"只这一句未完，院子里有人接着答道："是六八九九。"说这话的，正是花玉仙的嗓音，已是一路笑着进来了。

王金玉、花玉仙两个人，牵着手笑嘻嘻的走了进来。鹤荪道："今天晚上怎么回事？提到谁，谁就来了。"花玉仙道："倒有个人想来，你偏不提一提。"鹤荪便问是谁，花玉仙道："我们来的时候，黄四如在我那里，她很想来。可是她不认识曾小姐，不好意思来。"曾美云道："那要什么紧？只管来就是了。朋友还怕多吗？花老板，就请你打个电话，替我请一请。"鹤荪道："那不大好罢？她是王二哥的人，只有她没有王二哥，王二哥年纪轻，醋劲儿大，会惹是非的。"王金玉道："他们俩感情有那末好，那就不错了。四如倒真有点痴心，可是王二爷真看得淡极了，总不大理会她。"曾美云道："哪个王二爷？不就是金三爷的令亲吗？我也认识的，那就把他也请上罢。"鹤荪道："你请多少客，还能够添座？"曾美云道："除现在几位之外，就是李瘦鹤和乌老二，原是预备临时加上两位的。"刘宝善听说，便去打电话催请。

花玉仙家到这里不远，首先一个便是黄四如到了。她一进来，就请花玉仙给她介绍两位小姐，曾美云见她异常的活泼，就拉着她的手笑道："我为了黄老板要来，把王二爷也请了，你想我这主人翁想得周到不周到?"黄四如笑道:"曾小姐,你别听人家的谣言,王二爷和我,也不过是一个极平常的朋友,他来不来,与我是没有关系的。"鹤荪笑道:"你这人,看去好像调皮,其实是过分的老实,我听说你对王二爷感情不错,可是王二爷对你很寡情。既是这样,你应该造一个空气才好,为什么反说你和王二爷没有什么关系,这样一来,他是乐得推个干净了。老刘,我们可以做点好事,小王来了,我们给她拉拢拉拢。"刘宝善笑道:"这个我是拿手,只要黄老板愿意的话……"说着,望了黄四如。黄四如道:"刘二爷,你别瞧我,我总是乐意的。拉人交朋友,总是好心眼儿。"李倩云听了,向她点了点头,笑道:"你说话很痛快,我就欢喜这样的人。"黄四如看到李倩云那样子,似乎是个阔小姐,便借了这个机会,和她坐在一处谈话。一会子工夫,李瘦鹤来了,王幼春也来了,只有乌二小姐一个人了。

曾美云分付听差不用等,在别一间小客厅子里开了席,请大家入座。刘宝善早预备席的次序,四周放了来宾的姓字片,将王黄二人安在邻席,王幼春不知道黄四如在这里,进来之后也没法子躲,就敷衍了几句。黄四如也很自量,只和李倩云说话。王幼春见李倩云浑身都露着曲线美,脸上淡淡的胭脂,衬着深深的睫毛,眼睛微微低着看人,好像有点近视似的,越发的增了几分媚态。她又不时的微笑,露出一嘴齐整的白牙来。王幼春只闻其名,今日一见,果然名不虚传,不觉多看她几眼。他只知道李倩云小姐和金家兄弟们有交情,却不知黄四如却也和她好。现在看出来了,要想认识认识她,少不得还要走着黄四如的路子才好。因此把不理会黄四如的心思,又活动一点。

这时入席见自己的位子和黄四如的位子相连,待要不愿意,很显然得罪她。得罪了她，怎能借着她和李倩云去亲近？因此只装着模糊，大家按照名字入席，自己也就按了名字入席。黄四如坐下，拿起王幼春的杯筷，就用碟子底的纸片来擦。王幼春笑道："你还和我来这一手？"黄四如笑着轻轻的道："怎么样？巴结不上吗？"王幼春道："哪有这样的道理？你就说得我这人那样不懂事？我是说我们不应该客气。"黄四如道："既不应该客气，你就让我动手得了，又说什么呢？"于是王幼春也就只好一笑了之。他二人说话，声音是非常的细微，在座的人，有听见的，少不得向着他们笑。

李倩云道："大家笑，我可不笑。朋友在一处，客气一点，擦擦杯筷，这也不算什么？"因看见右手李瘦鹤的杯筷，还不曾擦。便笑道："我也给你擦擦罢。"说着，就把他面前的杯筷拿了起来擦。李瘦鹤只呵呵两声，连忙站了起来，一面用双手接了过来道："真不敢当！真不敢当！"口里说着，眼睛又望了鹤荪。刘宝善在对面看见，笑道："这样一来，我倒明白了一个典故，晓得书上说的受宠若惊，是一句什么意思了。你瞧我们这李四爷。"李瘦鹤笑道："你不是心里觉着难受吗？这一会子，你的嘴又出来了。"刘宝善道："不错，我心里是很难受。可是我这会子难受，也应该休息一会儿，若是老这样难受下去，你猜我不会急死吗？"李瘦鹤笑道："你这话我倒赞成，中国真正的过渡时代，总算咱们赶上了。在这只破船里遇着这样的大风大浪，咱们都是不知命在何时？干吗不乐上一乐？"

李倩云已是把杯筷擦干净了，听他这样说，就伸手拍了他的脊梁道："你这话很通，我非常的赞成。"王幼春见李倩云是这样的开通，他想道：自己若是坐在李瘦鹤那个地方，就是不要什么介绍，也未尝不可以和她玩起来的。可惜事先不知道，要知道她这样容易攀交情的，我就硬坐到那边去。他心里是这样想着，眼睛少不得多看了李倩云几眼。李倩云的眼光,偏是比平常人要锐利些。她便望着王幼春抿嘴一笑。这个时候,听差斟过了一遍酒,大家动着筷子吃菜。王幼春见李倩云笑他,他就不住的夹了几筷子咀嚼着,想把这一阵微笑敷衍过去。李倩云笑道:"二爷这人有点不老实,既然是看人家,就大大方方的看得了,干吗又要躲起来不好意思呢?"这一说不打紧,王幼春承认看人家是不好,不承认看人家也是不好,红着脸只管笑着说:"没有这话,没有这话。"心里可就想着,这位小姐浪漫的声名,我是听到说过的,可不知道她是这样敞开来说。

赵孟元就道:"李老五,我有一句话批评你,你可别见怪。"李倩云一偏头道:"说呀!你能说,我就能听,我不知道什么叫着见怪?"赵孟元道:"那我就说了。你这人开通,我是承认的。可是两性之间,多少要含一点神秘的意味,那才感觉得有趣。若是像你这一样,遇事都公开,大煞风景。譬如王老二,他偷看你,是赏鉴你的美。据你刚才那种表示,虽不能说是你欢迎他的偷看,可是不拒绝他偷看。你既不是拒绝,口里就别言语,或者给一点暗示也可以,那末,王老二对于你这份感情那就不必提了,至少他把你心事当哑谜猜,够他猜一宿的了。你这一说,他首先不好意思再看你,或者还要误会你故意揭他的短处,把他羡慕你的心思,至少也要减除一半。你把一个刚要成交的好朋友,兜头浇了一盆凉水了。"李倩云且不答复赵孟元,却笑问王幼春道:"老赵的话对吗?你真怪我吗?"王幼春怎样好说怪她,连说:"不不。"李倩云笑道:"我不敢说我长得美,可是哪一个女子,也乐意人家说她美的。要不然,女子擦粉,抹胭脂,烫头发,穿高跟鞋为着什么?为着自己照镜子给自己看吗?所以我并不反对人家看我的。"

在桌上的男宾,除了王幼春而外,都鼓起掌来。赵孟元就向她伸了一个大拇指，笑道："你这种议论，总算公道，所有女子不肯说的话，你都说出来了。"李倩云笑道："你别瞧我欢喜闹着玩，可是交朋友又是一件事。谁要愿意和我交朋友，我嘴里不说出来，心里未尝不明白。譬如王二爷他今天一见着我，就有和我交朋友的意思，不过初次见面，不好意思十分接近。其实社交公开年头儿，那没有关系，爱和谁交朋友，就和谁交朋友去。至于那个人愿意不愿意和你交朋友，那又是一个问题，就别管了。"李瘦鹤道："这样说，你愿不愿和王二爷交朋友？"李倩云道："在座的人，谁要和女人交朋友，都有这意思，就算是发生了恋爱。这一点，我不便直说。"赵孟元拿了手上的筷子，轻轻在桌子上一敲笑道："得！我们索性敞开来说。我问你，你和鹤荪交情是不错的了，究竟是朋友，是爱人呢？"

李倩云倒不料他会问出这一句话来，不直说了，他们一定要批评自己还是不能硬到底。果然直说了，又怕会对不住曾美云。先望着鹤荪笑了一笑，然后右手用筷子夹了几丝菜，在嘴里咀嚼着，左手端起酒杯子来，咕嘟喝了一口酒。笑着用筷子指着鹤荪道："我和他的事，你不是明知故问吗？"曾美云一看他们这样的玩笑，不免有点不高兴，可是碍着面子，又不便说什么，只得望了大家傻笑。鹤荪因为李倩云说的话，也是太露骨一点，便笑道："傻孩子，你喝醉了酒了吗？"李倩云笑道："你别怪我，我是骑虎莫下。你想，我拿人家打冲锋，已经说在前面了，到了我自己，我就不说，那还不是自己打自己的嘴巴吗？其实我们也不过深进一层的朋友，谈到爱人，你当着大众，是不肯承认的。就是我在这席上面，也不敢硬说出来我和你有什么关系。"曾美云道："老五，你今天的酒，果然是喝多了，他们都拿你开心，你上了人家的当，还不知道吗？"

李倩云见鹤荪和曾美云都有点不乐意的样子，心想，若继续的向下说，一定会闹得不欢而散，不如就借了这个机会转圜，因笑道："可不是吗？他们都拿我开心的，我不说了。"回转头来，就向李瘦鹤笑道："老李，你怕嚷不怕嚷？若是不怕，我们来豁上几拳，你看好不好？"李瘦鹤也是醉心于李老五的，他特别的见邀，岂有不从之理？马上点头笑道："来来来！"说着话时，左手卷着右手袖口，左手已是伸出拳头来了。马上七巧八马，总算把刚才的话锋遮掩过去了。

但是一开了端，大家豁起拳来，就闹了个不休。曾美云看了李倩云风头出足了，却提议道："老五的酒量很好，拳也很好，能打一个通关吗？"李倩云道："你想灌醉我的酒吗？"曾美云道："并不是我要灌醉你的酒，不过我看你这样兴高采烈，给你凑一凑趣，你若没有那个胆量，你就不必尝试了，好在你又不是三岁两岁的小孩子，给人家一冤就冤上了。你说我是冤你，就算是冤你，我也不去否认。"李倩云笑道："得！我就打一个通关。"于是左手将右手的光胳膊擦了一擦，就向李瘦鹤笑道："来来来！这该先轮着你了。"李倩云究竟是个女子，对于这种武剧化的猜拳，绝不也像男子那样有经验，因之打到一半，就退回来。她又不服这口气，非打通不可，只管向下打了去。这样一来，酒就喝得可以了。只有半餐酒席的工夫，李倩云两脸喝得通红，只管笑哈哈的高声说话。只看耳朵根上戴的两根耳坠子，只管摇摆不定，已经醉得可以了。

鹤荪看了有些不过意，就对她笑道："你还闹什么？人家糊弄你，你不知道呢。我看有好几拳，都是你赢了，人家手快，手指头一伸一缩，就混过去了。你的拳实在好，人家不和你正正经经的豁，也是枉然。"说着，向李瘦鹤丢了一个眼色。李瘦鹤一见会意，便笑道："老五，他们大家都不忠厚，你不要来罢？"李倩云道："是真的吗？"说着话，鼓了嘴，咕嘟咕嘟的呼出两口气，因见旁边茶几上放有两碟水果，便起身拿了一个大梨，站在当地咬。恰好王幼春也起来拿烟卷，李倩云就笑问他道："你看我醉不醉？"王幼春笑道："醉不醉？问你自己，我怎样知道呢？"李倩云笑道："也许我喝得多一点了，脸上都发烧了，你摸摸我的脸。"

王幼春当了许多人，已经觉得不便伸手摸人家的脸，况且李倩云又说了在先，自己是偷看人家的，更不好摸人家，只得向她笑了一笑。李倩云见他不好意思摸，就拿着他的手，用脸向前一伸，一直伸到王幼春怀里，踮起脚来，脸在王幼春脸上一贴，斜着眼睛问道："你看发烧了不是？"王幼春真不料她有这种直率，吓得向后一退。李倩云将嘴一撇道；"你瞧，他还害臊！"鹤荪皱了皱眉道："她真是醉了，让她躺下罢。"于是站起身来，两手挽着她，向隔壁屋子里一张长椅上躺下，她倒是睡下了，鹤荪待要走时，她一把将鹤荪拉住，笑道："你别走，咱们谈谈。"鹤荪坐在长椅的尾端，笑道："你今天也闹得够瞧了，还打算闹吗？"

说到这里，那面散了席，大家一窝蜂似的，拥到这边屋子来。刘宝善笑道："饭是吃过了，我们找一点什么娱乐事情？"李瘦鹤道："打牌打牌。"刘宝善道："我们有这些个人，一桌牌，如何容纳得下？"李瘦鹤道："打扑克，推牌九，都成。"刘宝善道："娱乐的事情也多，为什么一定要赌钱？让曾小姐开了话匣子，我们跳舞罢。"黄四如一见李倩云和王幼春闹得那样热闹，心里十二分不高兴，可没有法子劝止一句，只是脸上微笑，心中生闷气。这时刘宝善提到跳舞，她不觉从人丛中跳了起来，拉着刘宝善的手道："这个我倒赞成，我早就想学跳舞，总是没有机会。今天有这些个教员，我应该学一学了。"王金玉道："我也是个外行，我也学一学，哪个教我呢？"

刘宝善用手指着鼻子尖，笑道："我来教你，怎么样呢？"王金玉笑道："胡说！"刘宝善道："你才胡说呢？跳舞这件事，总是男女配对的，你就不让爷们教，你将来学会了，难道不和爷们在一处跳吗？你要是不乐意挨着爷们，干脆，你就别学跳舞。"王金玉道："我也不想和别人跳，我只学会了就得了。"刘宝善道："那更是废话！不想和人家跳，学会了有什么意思？"曾美云道："不要闹，你先让她看看，随后她就明白了。"于是指挥着仆役们，将屋子中间桌椅搬开。话匣子也就放在这屋子里的，立刻开了机器，就唱了起来。

只在这时，乌二小姐嚷了进来，连说："来迟了，来迟了。"鹤荪道："你怎么这时候才来呢？可真不早哇。"乌二小姐还不曾答复这问题，赵孟元迎着上前，将她一搂，笑道："咱们一对儿罢。"说着，先就跳舞起来，其余曾美云和鹤荪一对，刘宝善和花玉仙一对，王幼春和李倩云一对。王幼春不曾想到和李倩云一对跳舞的，只因站在沙发椅的头边，李倩云一听到跳舞音乐，马上站立起来，他看见王幼春站着发愣，笑道："来呀。"面对王幼春而立，两手就是一伸。王幼春到了这时，就也莫名其妙的和她环抱起来。环抱之后，这才觉得有言语不可形容的愉快。王金玉和黄四如站在一边，都只是含着微笑。

曾美云这个话匣子，是用电气的，放下一张片子，开了电门，机器自己会翻面，会换片，所以他们开始跳舞之后，音乐老没有完，他们也就不打算休息。还是曾美云转到话匣子边，将电门一关，然后大家才休息。刘宝善走过来问黄四如道："你看，这不是很平常的事情吗？值得你那样大惊小怪。"黄四如看他们态度如常，也就只对他们微笑点点头。刘宝善道："你若愿意来的话，我就叫王二爷来教你。"李倩云道:"王二爷的步法很好,让他教你罢。"王幼春见人家当面介绍了,自然是推辞不得,也就只是向着大家微笑。

又休息了一会儿,话匣子开了起来,便二次跳舞。黄四如虽是有点不好意思,但是看着有人为之在先了,也就不十分害臊。王幼春道:"你一点都不懂吗?"黄四如抿着嘴唇,点了点头。王幼春笑道:"你这个蘑菇,我告诉你一个死诀窍,你既是不会跳,你就什么也不用管,只管身子跟我转,脚步跟我移。"黄四如笑着,点了点头。于是王幼春将她环抱着,混在人群中跳。黄四如刚才在一边,仔细看了那末久,已经有些心得,现在王幼春又教她不要做主,只管跟了跑,当然还不至于十分大错。王幼春原是不大欢喜黄四如的,这个时候手环抱着她的腰,她的手在肩上半搭过来,肌肤上的触觉,有两个消息告诉心灵,便是异样的柔软与温暖,加上一阵阵的粉香,尽管向人鼻子里送来,人是感情动物,总不能无动于衷。

因之经过一回跳舞之后,王幼春也就和黄四如坐在一张沙发上同喝茶。笑问道:"你觉得有趣没有趣?"黄四如道:"当然是有趣,若是没趣,哪有许多人学跳舞呢?"王幼春道:"你吃力不吃力?"说着,伸了手摸黄四如的胳膊,觉得有些汗津津的。黄四如因轻轻的用脚碰着他的腿道:"这一会子你不讨厌我了吗?"王幼春觉得她这话怪可怜,不由得哈哈笑起来。因道:"你这话可得说清楚,我什么时候又讨厌你了?"黄四如是明明有话可答的,她想着是不答复出来的好,便笑道:"只要这样就好哇!我还不乐意吗?"说时,握了王幼春的手,望了他一眼,轻轻的道:"明天到我家里去玩,好不好?"王幼春笑着,点了点头。

黄四如拉住他的手,将身子扭了两扭,哼着道:"我不!你要说明你究竟去不去?我不!你非说明不可。"王幼春笑道:"去是去的,不知道是预备什么送你?"黄四如正色道:"那样你就是多心了。难道说我要你到我家里去,我是敲你竹杠吗?"王幼春道:"不是那样说。因为我初次到你府上去,就这样人事一点没有,似乎不大好看似的。"黄四如道:"你真老妈妈经了,怎么还要带东西,才好到人家家里去呢?若是二爷要一点面子的话,给我们老妈子三块五块的,那就很好了。只要交情好,还在乎东西吗?哟!这话我可说得太亲热一点。"说着,掏了手绢掩住嘴笑。

王幼春喝的酒,这时慢慢的有点发作了,精神兴奋起来,不觉得有什么倦容,就只管和黄四如谈话。偶然感到口渴了,站起来要倒一杯茶喝。四周一看,这屋子里只剩电光灿烂,那些坐客,全不知道哪里去了。因笑道:"我听说他们要到前面打牌去,也没有留神,怎么就去了?"黄四如将右手中间三指捏着,将大拇指小指伸出来,大拇指放在嘴上一比道:"是这个罢?"王幼春道:"不能罢?他们都没有瘾的,除非借此闹着玩两口。我瞧瞧去。"于是悄悄的掀开左边的帷幔,只见里面点了两盏绿电灯,并不见人。

由这屋拐过去,便是曾美云的内室了。走进去,听到隐隐有笑声,好像是曾美云说把客送到这里再说罢。王幼春便退出来了,右边是刚吃酒的地方,拐过去是东厢房。果然有鸦片气味,却是刘宝善横在一张小铜床上吸烟,王金玉陪着。王幼春道:"一会子工夫,人都哪里去了?"刘宝善道:"他们说是打扑克去了,大概在前院罢。他们的意思,是怕吵了主人翁。"王幼春走回来,叫着黄四如道:"小黄,他们打扑克去了,我们也去加入。"黄四如却没有答应,缩了脚,侧着身子睡在沙发上。王幼春道:"别睡着呀,仔细受了冻。"黄四如伸了一个懒腰,朦胧着两眼,慢慢的道:"好二爷,什么时候了?我真倦,你有车子吗?请你送我回家去。"说毕,又闲上眼睡了。

王幼春推了她几推,她还是睡着。没有法子,一个人只好坐着陪了她。

静静悄悄的,过了一会子。黄四如坐起来,手抚着鬓发道:"呀!电灯灭多久了?窗子上怎么是白的?天亮了罢?"王幼春将窗纱揭开,隔玻璃向外张望,因笑道:"可不是天亮了吗?春天的夜里,何以这么短?混了一下子,天就亮了!"黄四如笑道:"现在,你该送我回家了罢?还有什么可说的?"王幼春道:"这个时候天刚亮,谁开门?索性等一会子罢。"黄四如笑道:"真是糟心,回又回去不得,睡又没有地方睡。"王幼春道:"你在那沙发上躺着罢,我到别的地方,找个地方打个盹儿。"黄四如果然在沙发上睡了,王幼春却转到烧鸦片那间屋子里去。

只见烟盘子依然放在床中间,刘宝善却和王金玉隔着灯盘子睡了。再转到前面,只见那小客厅里,桌子斜摆着,上面铺了厚绒垫,散放了一桌的扑克牌和红绿筹码子,还有一张五元的钞票。王幼春自言自语的道:"这也不知是谁的钱太多了?"捡了起来,向裤子袋里一塞。屋子里并没有人,李倩云、李瘦鹤、乌二小姐,都不知道到哪里去了?这时候也不便去叫差的,还是回到上房,就在一张小沙发上坐下,把两只脚抬起来,放在别张沙发上,这也可以算是躺下,就睡下了。

及至醒来,已是十二点钟了,有人摇着他的肩膀道:"你这样睡着,不受累吗?"抬头一看,却是鹤荪。王幼春将两只脚慢慢的放下来,用手捶着腿道:"真酸真酸。"鹤荪道:"既然酸,为什么还睡得很香哩?"王幼春道:"你不知道,昨天晚晌实在闹得太厉害,倦极了,所以坐下来就睡着了。"曾美云也在身后站着了,笑着,向王幼春道:"这样闹,可是可一而不可再呀。"王幼春笑道:"要闹也是大家闹,不是我一个人呀。"王金玉搭着花玉仙的肩膀,走进了屋来，笑着对黄四如道："小黄，睡够了没有？我们该走了。"黄四如在里面屋子里，理着头发，和曾美云深深的道了一声谢，然后走了。

其余男客女客，也各有事，各自告辞。惟有鹤荪本人，曾美云要留着吃了午饭再走。鹤荪因闹了一夜，总还没有睡得好，在这里能休息一会儿，也是好的，因此就表示可以吃午饭。又是两点钟才开出来，吃过了午饭，天就快黄昏的时候了。鹤荪想起有几件事，要办一办，又到别处混了一混，并没有回家。到了晚上八点钟，电话约了曾美云在中外饭店吃饭，带看跳舞，算是对于昨晚的宴会小小回席。

到了九点钟的时候，只见饭店里的西崽，引着金荣一直到舞厅里来。鹤荪见金荣的颜色有些不对，连忙在跳舞场出来，将金荣拉到一边，轻轻的问道："家里有什么事吗？是二少奶奶找我吗？"金荣满面愁容的道："不是的，总理喝醉了酒，身体有些不舒服。恰好几位少爷都不在家，我们这个忙，不用说，到处找人。"鹤荪道："喝醉了酒，也不妨事，你们大惊小怪的做什么？"金荣道："不是光喝醉了，而且摔了一跤，人……是不大好，找了好几个大夫在家里瞧。二爷，你赶快回家去罢，现在家里是乱极了。"鹤荪听了这话，心里也扑通一跳，连问："怎样了？"一面说话，一面就向外走，连储衣室的帽子，都忘了去拿，走出饭店门，才想起没有坐车来。看看门口停的汽车号码，倒有好几辆是熟朋友的汽车，将里面睡的汽车夫叫醒，说明借车一用，也不让人家通知主人，坐上去就逼着他开车。

到了家门口，已经停了七八辆车在那里，还有一两辆车上画了红十字。鹤荪一跳下车,进了大门,遇到一个听差,便问总理怎么样了?听差说:"已经好些。"鹤荪一颗乱蹦的心,才定了一定。往日门房里面,那些听差们总是纷纷议论不休,这时却静悄悄的一点声息没有。鹤荪一直向上房里走,走到金铨卧室那院子里,只见唧唧喳喳,屋子里有些人说话,同时也有一股药气味,送到人鼻子里。凤举背了两手,在走廊上走来走去,尽管低了头,没有看到人来了似的。燕西却从屋子里跑出来,却又跑进去。隔了玻璃窗子,只见里面人影摇摇,似乎有好些人都挤在屋子里。

鹤荪走到凤举面前,凤举一抬头,皱了眉道:"你在哪里来?"鹤荪道:"我因为衙门里有几件公事办晚了,出得衙门来,偏偏又遇到几个同事的拉了去吃小馆子,所以迟到这个时候回来。父亲究竟是什么病?"凤举道:"我也是有几个应酬,家里用电话把我找回来的。好端端的,谁料到会出这样一件事呢?"鹤荪才知这老大也犯了自己一样的毛病,是并不知道父亲如何得病的。只得闷在肚里,慢吞吞的走进金铨卧室里去。

原来金铨最近有几件政治上的新政策要施行,特约了几个亲信的总长,和银行界几个人在家里晚宴。本请的是七点钟,因为他的位分高,做官的人也不敢摆他的官派,到了六点半钟,客就来齐了。金铨先就发起道:"今天客都齐了,总算赏光。时间很早,我们这就入席。吃完饭之后,我们找一点余兴,好不好?"大家都说好,陪总理打四圈。金铨笑道:"不打就不打,四圈我是不过瘾,至少是十六圈。"说毕,哈哈大笑,听差们一听要赌钱,为了多一牌多一分头子的关系,马上就开席,格外陪衬得庄重起来。宾主入席之后,首席坐的是五国银行的华经理江洋,他是一个大个儿,酒量最好。二席坐的是美洲铁路公司驻华代表韩坚,也是个酒坛子。金铨旁边坐的财政赵总长,便笑道:"今天有两位海量的佳宾,总理一定预备了好酒。"金铨笑道:"好不见得好,但也难得的。"于是叫拿酒来。

大家听说有酒,不管尝未尝,就都赞了一声好。金铨笑道:"诸位且不要先说好,究竟好不好?我还没有一点把握。"便回头问听差道:"酒取来了没有?"听差说:"取来了。"金铨将手摸了一摸胡子笑道:"当面开封罢。纵然味不好,也让大家知道我绝不是冤人。"说着,于是三四个听差,七手八脚的扛了一坛酒来。那坛子用泥封了口,看那泥色,转着黑色,果然不是两三年的东西了。金铨道:"不瞒诸位说,我是不喝酒,要喝呢,就是陈绍。我家里也有个地窖子,里面总放着几坛酒。这坛是年远的了,已有十二年,用句烂熟的话来赞它,可以说是炉火纯青。"在座的人,就像都已尝了酒一般,又同赞了一声好。听差们一会儿工夫,将泥封揭开,再揭去封口的布片,有酒漏子,先打上两壶。满桌一斟,不约而同的,各人都先呷了一口,呷了的,谁也不肯说是不好。

金铨也很高兴,分付满席换大杯子,斟上一遍,又是一遍,八个人约摸也就喝了五六斤酒。金铨已发起有酒不可无拳,于是全席豁起拳来。直到酒席告终,也就直闹两个钟头了。金铨满面通红,酒气已完全上涌,大家由酒席上退到旁边屋子里来休息的时候,金铨身子晃荡晃荡,却有点走不稳,笑道:"究竟陈酒力量不错,我竟是醉……"一个"了"字不曾说完,人就向旁边一歪。恰好身边有两个听差,看到金铨身子一歪,连忙抢上前一步,将他扶住。然而只这一歪身子之间,他就站立不住,眼睛望了旁边椅子,口里罗儿罗儿说了两声,手扶了椅子靠,面无人色的竟倒了下去。这一下子,全屋子人都吓倒了。

第七十七回

百药已无灵中西杂进　一瞑终不视老幼同哀

这个时候，听差李升，在一边看到，正和他以前伺候的李总长犯了一样的毛病，乃是中风。说了一声不好，抢上前来一把搀住，问道："总理，你心里觉得怎样？难受吗？"金铨转眼睛望着他，嘴里哼了一声，好像是答应他说难受。大家连忙将金铨扶到一张沙发上，嚷道："快去告诉太太，总理有了急病了。"旁的听差，早跑到上房去，隔着院子就嚷道："太太，不好了！太太，不好了！"金太太一听声音不同，将手边打围棋谱的棋盘一推，向外面问道："是谁乱嚷？"那一个听差，还不曾答复，第二个听差又跑来了，一直跑到窗子外边，顿了一顿，才道："太太，请你前面去看罢。总理摔了一下子，已经躺下了。"金太太觉得不好，一面走出来，一面问道："摔着哪里没有？"听差道："摔是没有摔着哪里，只是有点中风，不能言语了。"

金太太听说，呀了一声，虽然竭力的镇定着，不由得浑身发颤，在走廊上走了两步，自己也摔了一跤。也顾不得叫老妈子了，站了起来，扶着壁子向前跑。到了前面客厅里，许多客围住一团，客分开来,只见金铨躺在沙发上,眼睛呆了,四肢动也不动。金太太略和他点了一点头,便俯着身子,握着金铨的手道:"子衡,你心里明白吗?怎么样?感觉到什么痛苦吗?我来了,你知道吗?"金铨听了她的话,似乎也懂得,将眼睛皮抬起望了望她。那些客人这一场酒席,吃的真是不受用,现在主人翁这样子,走是不好,不走也是不好,就远远的站着,都皱了眉,正着面孔,默然不语。有一个道:"找大夫的电话,打通了没有?"这一句话,把金太太提醒,连忙对听差道:"你们找了大夫吗?找的是哪个?再打电话罢,把我们家几个熟大夫都找来,越快越好,不管多少钱。"几个听差的答应去了,同时家里的人,都拥了出来。来宾一看,全是女眷,也不用主人来送,各人悄悄的走了。

因为这正是吃晚饭刚过去的时候,少奶奶小姐们,都在家里,只有二姨太和翠姨不曾上前。原来二姨太听了这个消息,早来了,只是远远的站着,不敢见客。一看金铨形色不好,也不知道两眶眼泪水,由何而至?无论如何,止它不住,只是向外流。自己怕先哭起来,金太太要不高兴,因此掏出手绢,且不擦眼睛,却握住了嘴,死命的不让它发出声音来。及至大家来了,她挤不上前,就转到一架围屏后去,呜呜咽咽的哭。翠姨吃过晚饭之后,本打算去看电影,拢着头发,擦好胭脂,换了一身新鲜的衣服,正待要走。听说金铨中了风,举家惊慌起来。这样子上前,岂不先要挨金太太一顿骂?因此换了旧衣服,又重新洗了一把脸,将脸上的胭脂粉一律擦掉,这才赶忙的走到前面客厅里来。好在这时金太太魂飞魄散,也没有心去管他们的事,叫听差找了一张帆布床来,将病人放在床上,然后抬进房去。同时,金太太也进房了。

将金铨抬入卧室,就平正放在床上。他们家那个卫生顾问梁大夫也就来了。梁大夫一看总理得了急病，什么也来不及管，一面挂上听脉器，一面就走到床面前，给金铨解衣服的纽扣，将脉听了一遍，试了一试温度。这才有工夫，回头见身后挨肩叠背的挤了一屋子人，因问道："大爷呢？"听差的在一旁插嘴说："都不在家。"梁大夫一看金太太望着床上，默然坐在旁边的椅子上，便半鞠着躬向她问道："这病不轻，名叫脑充血。救急的办法，先用冰冰上，当然还得打针。是不是可以，还要请太太的示。"梁大夫这样半吞半吐的说着，话既没有说完全，金太太又不明白他的意思所在，便道："人是到了很危急的时候了，怎能救急，就请梁大夫怎样做主张去办，要问我，我哪里懂得呢？"梁大夫待要说时，德国大夫贝克也来了。梁大夫和他也是朋友，二人一商量之下，便照最危急的病症下手。

刘守华急急忙忙的首先来了，他手上拿着帽子乱摇，口里问："怎么样？怎么样？"他虽不是金家人，究竟是个半子职分的女婿。只走到房门口，道之就将他拦住，把大略情形告诉了他。刘守华连连点头道："当然当然，这还有什么问题。"于是到了房里，轻轻和两位大夫说了，责任由家庭负，请他只管放手去诊。两位大夫听了这话，就准备动手，可是一个日本田原大夫，又带了两个女看护来了。金铨睡的卧室虽大，里面的人也不少，因此梁大夫就和金太太商量，将家里人都让出屋子外来，只留金太太和刘守华在里面。梁大夫和德国大夫日本大夫一比，当然是退避三舍，就让贝克和田原去动手。

正在动手术的时候，燕西却由外面首先回家了。走到走廊外，听屋子里鸦雀无声。只是屋子里电光灿烂，在外面可看到人影幢幢。正要向前，那脚步不免走得重一点，润之却由外面屋子里走出来，和他连连摇摇手，并不说话。这样子分明是不让进去，不让高声。燕西便皱了眉，轻轻的问道："现在怎么样了？"润之道："正在施行手术,也许打了针就好了。"燕西走过一步,探头向里面看时,只见父亲屋子里,四个穿白衣服的,都弯了腰将床围住。刘守华背了两只手,站在医生后面探望。母亲却坐在一边躺椅上,望着那些人的背影,一语不发。由人缝里可以看见金铨垂直的躺在床上,一动也不一动,而且是声息全无。燕西一见,才觉得情形依然很是严重,站在门口,呆呆的向里望着。

刘守华一回头,见他来了,便掉转身,大大的开着脚步,轻轻的放下来。两步跨到门外,拉了燕西的衣襟,嘴向屋里一努,意思是让他进去。燕西听到父亲突患急病,这是一生最大关键的一件事,怎能够忍耐着不上前去看?因此轻轻的放着脚步,踏一步,等一步,走到里面。在医生后面伸头望时,见女看护手上,拿了一个玻璃筒子,满满的装了一筒子紫血,似乎是手术已经完了,三个大夫正面面相觑,用很低微的声音说着英语。看那神气,似乎也许病要好一点。因为他们说着话,对了床上,极表示很有一种希望的样子。再看床上,金铨上身高高的躺着,垂着外边的一只手,略略曲起来。脸是像蜡人似的,斜靠在枕上,只是眼睛微张,简直一点生动气色没有。燕西不看还好,一看之下,只觉心口连跳上了一阵。一回头,鹏振也站在身后,一个大红领结,斜坠在西服衣领外面,手上拿了大衣和帽子,也呆了。

三个医生在床前看了一看,都退到外面屋子来,燕西兄弟也跟着。早有听差过来,将鹏振的衣帽接过去,轻轻的道:"三爷坐的汽车,是雇的罢?还得给人车钱呢。"鹏振在身上掏出一沓钞票,拿了一张十元的,悄悄塞在听差的手上,对他望了一望,又皱了一皱眉。听差知道言语不得,拿着钱走了。燕西已是忍耐不住,首先问梁大夫道:"你看老人家这病怎么样?现在已经脱了危险的时期吗?"

梁大夫先微笑了一笑，随后又正着颜色道："七爷也不用着急，吉人自有天相。过了一小时，再看罢。"燕西不料他说出这种不着痛痒的话来，倒很是疑惑。凡是大夫对于病人的病，不能说医药可活，推到吉人自有天相上去，那就是充量的表示没有把握。鹏振听了，更是急上加急。一想起他们的这个家庭，全赖老头子，仗着国务总理的一块牌子，一个人在那里撑持着。所以外面看来，觉得非常的有体面。而他们弟兄们，也得衣食不愁，好好的过着很舒服的日子。倘然一旦遭了不讳，竟是倒了下来，事情可就大大的不同了。

这实是一种切己的事情。任他平日就是一个混蛋，当他的念头如是的一转，除了着急之外，心中自然觉得一阵的悲切。这眼泪就再也忍不住，几乎要扑簌簌的掉下来了。像他已是这般的悲切，这二姨太比他的处境更是不同，正有说不出的一种苦衷，心中当然更要加倍的难过，早坐在外边屋子垂泪。一会儿，方揩着泪道："老三走来，我和你商量商量。"她口里叫着人过来，自己倒走出屋子去了。鹏振、燕西都跟了来，问什么事？二姨太看看屋子里的医生，然后轻轻的道："西医既没有办法，我看请个中医来瞧瞧罢，也许中医有办法呢。"鹏振道："也好，几个有名的中医，都托父亲出名介绍过的。一找他们，他们自会来的。"于是就分付听差打电话，把最有名的中医谭道行大夫请来。一面却请几位西医在内客厅里坐，以免和中医会面。

这个谭大夫，是陆军中将，在府院两方，都有挂名差事，收入最多。为了出诊便利起见，也有一辆汽车。所以不到半个钟头，他也来了。听差们引着，一直就到金铨的卧室里来。他和鹏振兄弟拱手谦让了一会儿，然后侧身坐在床面前，偏着头，闭着眼，静默着几分钟，分别诊过两手的脉。然后站起来，向鹏振拱拱手向外，意思是到外面说话。鹏振便和他一路到外面屋子来，首先便问一句怎么样？谭大夫摸了两下八字须，很沉重的道："很严重哩！姑且开一个方子试试罢。"桌上本已放好笔砚八行，他坐下，擂着墨，出了一会子神，又慢吞吞的蘸着笔许久，整了一整纸，又在桌上吹了一口灰，才写了一张脉案，大意是断为中风症。并云六脉沉浮不定，邪风深入，加以气血两亏，危险即在目前，已非草木可治。

鹏振拿起方子一看，虽不知道药的性质如何，然而上面写的"邪风深入"，又说是"危险即在目前"，这竟和西医一样，认为无把握了。因道："看家父这样，已是完全失了知觉，药熬得了，怎样让他喝下去呢？"谭大夫道："那只好使点蛮主意，用筷子将总理的牙齿撬开灌了下去。"鹏振虽觉得法子太笨了，然而反正是没用了，将药倒下去再说。于是将方子交给听差们，让快快的去抓药。谭大夫明知病人是不行了，久待在这里，还落个没趣，和鹏振兄弟告了辞，匆匆的就走了。金太太先听说请中医，存着满腔的希望，以为多少有点办法。及至中医看了许久，结果，还是闹了个危险即在目前。而且药买来了，怎样让病人喝下去，也还是个老大的问题。看看床上躺的人，越发的不动了，连忙嚷道："快请大夫，快请大夫。"

大家一听嚷声，便不免各吃一惊。有些人进房来，有些人便到客厅里请大夫。这三个大夫，已经受了燕西的委托，就在这里专伺候病人。至于医费要多少，请三个大夫只管照价格开了来，这里总是给。三个大夫听了这种话，当然无回去理由之可言，所以都在客厅里闲谈，只一请，便都来了。那梁大夫和金家最熟，在头里走，以为病人有什么变卦了，赶紧走到床前，诊察了一回，因对金太太道："现在似乎平稳了一点，还候一候再说罢，急着乱用办法来治，是不妥的。"金太太道："病人这个样子沉重，还能够等一会儿再看吗？"

梁大夫皱了一皱眉道："虽然是不能等待，但是糊里糊涂，不等有点转机，又去扎上一针，也许更坏事。至于药水，现在是不便用了。"说着，三个大夫，又用英语讨论了一阵子。这时，鹤荪回来了。

等了一会儿，大夫还是不曾有办法。金家平常一个办笔札的先生，托人转进话来，说是他认识一个按摩专家，总理的病，既是药不能为力，何不请那位按摩大夫来试试。听差们悄悄的把金太太请到外面来，就问这样可以不可以？金太太道："总理正是四肢不能动，也许正要按摩。就派一辆汽车把那大夫接来罢。"金贵站在一边道："我倒有个办法，也不用吃药，也不用按摩，就怕太太不相信。"金太太道："除此之外，还有什么法子呢？你说出来试试看。"金贵道："我遇上有个画辰州符的，法子很灵。他只要对病人画一道符，就能够把病移在树上去，或移到石头上去。"凤举走了过来道："这个使不得，让人知道，未免太笑话了。"

金太太冷笑一声道："你知道什么使得使不得？不是四下派人找你，你还不知道在哪里找快乐呢！设若你父亲有个三长两短，我看你们这班寄生虫，还到哪里去找快乐？"凤举不敢做声，默然受了。金贵道："把他请了来，他只对着总理远远的画下一道符，纵然不好，也决计坏不了事。"金太太道："你不必问了，干脆就把那人请来罢。"金贵道："那个按摩大夫请不请？"金太太道："自然是请。只要有法子可以治好总理的病，你们只管说。不管花多少钱，你们只管给我做主花。总理病好了，再重重的提拔你们。"金贵见金太太这样信任，很得意的去了。

凤举虽然觉得这样乱找医生，不是办法，然而自己误了大事，有罪还不曾受罚，若是从中多事，又不免让母亲驳回。驳回了，不要紧，若把自己兄弟们全不在家,父亲病了,没有人侍候的话也说出来,真会影响得很大,因此只好让母亲摆布,并不做声。就和这三个西医混在一处,详细的问了一问病状。及至按摩医生来了,听差悄悄的给凤举一个信,凤举就把三位西医引出金铨卧室来。

那按摩大夫走到卧室里床面前一看,才知道病已十分沉重。屋子里站着一位总理夫人,三个公子,眼睁睁的看他治病。他想,总理不像平常人,已是不可乱下手,而况这病又重到这种程度,设若正在按摩的时候,人不行了,千斤担子,都让按摩的人担着,这可不是闹着玩的。因伸手按了一按金铨的脉,又故意看了一看脸色,便往后退了一步。因听到人家叫鹤荪二爷,大爷不在这里,自然是二爷做主了。因向鹤荪拱拱手道:"二爷,我们在外面说话罢。"说着,就到外面屋子去了。金太太拦住鹤荪轻轻的道:"这样子,他是要先说一说条件哩。无论什么条件,你都答应,只要病好了,哪怕把家产分一半给他呢。"

鹤荪不料母亲对于这位按摩医生,倒是如此的信任,既是母亲说出这种重话来,也就不能小视,因此便一直到外面来和按摩医生谈话。按摩医生一见,就皱了眉道:"总理的病症太重,这时候还不可以乱下手术,只好请他老人家,先静养一下子罢。"鹤荪道:"难道按摩这种医治的方法,也有能行不能行的吗?"他道:"医道都是一理,那自然有。"他说着话时,充分的显出那踌躇的样子来。鹤荪看那神情,明知道他是不行,也只好算了,和他点了点头,就让听差将他带了出去。

他一出去,那个画辰州符的大夫就来了。这位大夫情形和西医中医以及按摩医生都不同。他穿了一件旧而又小的蓝布袍子,外罩一件四四方方的大袖马褂。头上戴了一顶板油瓜皮小帽,配上那一张雷公脸,实在形容不出他是何性格。听差引他到金铨卧室外时,他已经觉得这里面的富贵气象真可吓人,转过许多走廊与院落,只觉头晕目眩。这时,见屋里屋外这些人,而又恰是鸦雀无声,不由得不肃然起敬。早是两只大袖按了大腿,一步一步,比着尺寸向前走去。到了外边屋子里,鹤荪出来接见,听差告诉他,这是二爷。他一听"二爷"两个字,便齐了两只袖子,向鹤荪深深的作了三个揖。一揖下去,可以打到鞋尖,一揖提上来,恰是比齐了额顶。只看那情形,可以知道他十二分恭敬。这个样子很用不着去敷衍他的了,就很随便的向他点了一点头。

燕西、鹏振在一处看着,也是十分不顺眼,这是天桥芦席棚内说相声带卖药的角色,怎么也找来了?只是金太太有了新主张,只要是能治病,管他什么人,用什么办法来治,她都一律欢迎,那末,也只好让他试试再说。天下事本难预料,也许就是他这种人能治好。本来中西医以及按摩大夫都束手无策,也不能就眼看着不治。

这个画辰州符的,倒不像旁人,他的胆子很大,和鹤荪作了一揖以后,便拱拱手问道:"但不知道总理在哪里安寝?"鹤荪向屋里一指道:"就是那里。"这画符的听说,先向屋子里看了一看,然后又在屋外周围上下看了一看,点了一点头,似乎有什么所得的样子。然后又向鹤荪道:"二爷,请你升一步,引着我进去看看总理。"这时,屋子里只有金太太和道之夫妇,大家都在外面屋子里候着。画符的医生,进去之后,先作了一阵揖,然后走到床面前,离床还有二尺路,便不敢再向前一步了,只是伸了腰,向前看了一看金铨的颜色。再倒退一步,向鹤荪轻轻的道:"我不敢说有把握,让我给总理治着试试看。请二爷分付贵管家,给预备一张黄纸,一碗白水,一支朱笔,再赐一副香烛,我就可以动手。"说着,又向鹤荪笑着将手拱了两拱。这样一来，一家人便转得一线希望，大家以为他能治，金铨未必到了绝境了。

听差们连忙就照着他的话，将香烛朱笔白水，一齐预备了来。那医生分付听差，将香烛在院子里墙根下燃烧了，他然后手上托了那碗清水，在香头上熏了一熏。碗是在左手托着的，右手掐了诀，就手对着水碗，遥遥的在空中连画了几遍，连圈了几圈。做了一套手脚之后，喝了一口饱水，回过头来，呼的一声，就向金铨的卧室窗子外一喷。喷过之后，便拿了朱笔黄纸，在院子走廊下的电灯光里，伏在一个茶几上画了三道符。鹤荪背了两手，在远远的看着，心里不住的揣想，像这种行为，照着道教中说，这是动天兵天将的勾当了，是如何尊严的事，不料他就含糊糊的在廊子下闹将起来，看来是未必有何效验罢？他正这样想着，那医生拿了这三道符，就向着天打了三个拱，然后在烛头上将符焚化了。昂着头向了天，两片嘴唇一阵乱动，恍惚口中念念有词，然后左手五指伸开，向天空一把抓下来，捏了一个诀。右手拿了一支朱笔，高抬过顶，好像得着什么东西似的，连忙掉转身子，向屋子里跑了进来。走到床面前，距离着金铨约摸也有二尺路之远，挺着身子立定，闭了双眼，只管出神。

鹤荪兄弟，都静静的跟随在身后，燕西看了这样子，倒吓了一跳，这是什么意思？莫不是传染了中风？那画符医生嘴唇又乱动了一阵，然后两眼一睁，浑身一使劲，将笔对准了金铨的头，遥遥的就画上了三个大圈圈。左手的诀一伸，再向空中一抓，这右手的笔，就如通了电流一样，只管上下左右，一阵飞舞，画了一个不停。这一阵大画之下，又把左手作佛手式的中指伸直向上，其余四指，全在下面盘绕起来。鹤荪见他忙个不了，不敢从中插言，只管遥遥的看着他。

这时，凤举溜开了那三位西医，特地到屋子里来，看看他是怎么医治的法子。进来之时，便见金铨的面色有点不佳。那医生越画得凶，金铨的面色越不好看。凤举忍耐不住了，走上前，正待和医生说一句话，那医生就像是如有所得，立刻向金铨做抓东西之势，抓了三大把，掉转身去，就向屋子外跑，然后又做抛东西之势，对墙头上抛了三下，将朱笔一丢，喝了一声道："去！""去"字刚完，凤举接着在屋子里大嚷起来。原来他这种手脚，凤举却不曾看，只是在屋子里细察父亲的病，伸手一摸金铨两手，已是冰冷。又一提鼻息，好像一点呼吸没有，不由得嚷了一声不好了。接上道："快请前面三位大夫来瞧瞧罢。"那画符的医生本来还想做几套手脚，以表示他的努力，现在一听凤举大嚷，知道事已危急，趁着大家忙乱，找了一个听差引路，就溜走了。

　　这里鹤荪兄弟向屋子里一拥，把床围住，只见金铨面如白纸，眼睛睁着望了众人，金太太从人丛挤了过来，握住金铨的手道："子衡，你不能就这样去呀！你有多少大事没办呢！我们几十年的夫妻，你忍心一句话也不给我留下吗？你你……"金太太说到这里，万分忍不住了，眼泪向下流着，就放声哭了起来。二姨太在外面屋子里逡巡了几个钟头，可怜要上前，又怕自己不能忍耐，会哭出来；要不上前，究竟不知道病人的现象是什么样子，万分难受。这时，听到金太太在屋子里有哭声，一阵心酸，哇的一声，由屋外哭到屋里来。几位小姐早是眼泪在暗中不知弹了多少，现在母亲一哭，也引动了。小姐们一哭，少奶奶们也哭，一时屋里屋外，人声鼎沸。究竟凤举年纪大一点，有些经验，垂着泪向大众摇手道："别慌，别慌，大夫还在这里呢。请大夫来看看，纵然不能治好，或则将时间延长一点，也许让父亲留下几句遗嘱。"大家听了这话，更是伤心，哭声哪里禁得住？

三个西医，已经让听差请了进来，还是梁大夫挤着上前，到床边仔细看了一看。只一看金铨的颜色，也不用再诊脉了，便正着颜色对凤举道："大爷，你还是预备后事罢。纵然再施手术，再打针，也是无用，总理已经算是过去了。"说毕，向后退了一步，其余两个医生，也不愿在这里多讨没趣，一齐走了。金太太听到说完全绝望，便猛然的向铜床上一扑，抱着金铨的颈脖，放声大哭。金太太究竟是有学问的人，伤心是伤心，表面上总是规矩的。

二姨太和金铨的感情，本就不错，而今又失了泰山之靠，心里有什么事，就藏不住，挤到床边，伏在床栏上，一边哭着，一边说着，只说是："我怎样得了呢？日子还长着啦，我靠着谁？你待我们那些好处，我们一丝丝也没报答你，叫我们心里怎么过得去呀？你在世，你让我们享福。你陡然把我们丢开，我们享惯了福，干什么去呢？你是害了我们啦。"二姨太这一遍老实话，也差不多是全家人心里要说的话。她一说不打紧，兜起大家一肚皮心事，越发的大哭起来。

金太太垂着泪向佩芳、慧厂道："叫奶妈把两个孩子快抱了来，送他爷爷去罢。是他的骨肉，都站到他前面来，一生一世，就是这一下子告别了。"说毕，又放声大哭起来。不多一会儿，两个乳孩子也抱了来。孩子听到一片哭声，也吓得哇哇的直哭。两个小孩子一哭，大家倒不像往常一样，怕小孩子受了惊，却觉得这大的小孩子都哭了，这事是十分的凄惨，于是大家更哭起来。在大家这样震天震地的哭泣声中，金铨所剩一缕悠悠之气，便完全消灭了。

第七十八回

不惜铺张慎终成大典　慢云长厚殉节见真情

金铨一去世，在屋子里的人，大家只有哭的份儿，一切都忘了。翠姨走近前，靠了墙，手上拿了手帕，掩着脸，也哭得泪珠雨下。听差们丫头老妈子因屋子里站不下，都在房门外，十停也有七八停哭。凤举哭了一阵，因对金太太道："妈，现在我们要停一停哭了，这丧事，要怎样的办呢？"金太太哭着将手两边一撒道："怎么办呢？怎么完全，就怎样办罢。"凤举正待回话，金铨的两个私人机要秘书韩何二先生，站在走廊下，叫听差来请大爷说话。

凤举将袖子擦着眼泪走了出来，两个秘书劝了一顿，然后韩秘书道："现在大爷要止一止哀，里里外外，有许多事要你直起肩膀来负责任了。第一，是国家大事，政府方面，得用你一个名义，赶快通知院里，总理已经出缺，一方面也要以私人名义写一封呈子到府里去报丧，这样院里就好办公事。总理在政治上的责任很大，这是不可忽略的。第二，府上与外省的疆吏和国外的使领，很多有关系的，是否要马上拍电去通知，应当考量一下。"

凤举听了这话，踌躇了一会儿道："这种事情，我不但没有办过，而且没有看人办过，我哪里拿得什么办法出来？就请你二位和我办一办罢。"韩秘书听了，几乎要笑出来，但立刻想到，少主人正有这样重大的血丧，岂可当面笑人？于是脸色沉了一沉道："大爷，这是如何重大的事，我们岂能代办？对于府院两处通知一层，那是必不可少的，这倒无所谓。至于对京外通电一层，这是不是影响到政局上面去，很可研究。在政府方面说，当然是愿意暂时不把消息传出去。可是在府上亲友方面，私谊上有该知道的，若是不给他们知道，也许他们见怪。大爷总也要到政治上去活动的，是否要和他们联络，这就在大爷自己计划了。"凤举听了这话，心里才恍然大悟，便道："既是这样，我一时也拿不定主意，让我去和家母商量商量看。"两个秘书道："既然如此，那就请太太出来，大家商量一下也好。"凤举于是转身进房，将金太太请到外面屋子里来，把话告诉了她。

　　金太太坐下，一面擦着眼泪，一面心里计划这件事，因道："对外的电报，那还从缓拍出去罢。你们将来的出身，总少不了要府里提拔，就是内阁一部分阁员，也都是和你父亲合作的人，在他们还没定出什么法子以前，回头疆吏就来了两个电报，让他们更难应付，那不是我们的过错吗？"凤举道："我也是这样想啊！那末，妈就不必出去见他们，我叫他们办通知府院两方的事情就是了。"金太太道："这一说通知，我倒想起一件事了，是亲戚和朋友方面，都要去通知一个电话。你们兄弟居丧，有些事情，是不能出面过问了，我把里面的事都交给守华办，外面的事我想刘二爷最好。"凤举道："不过他有了上次那案子以后，有些人他不愿见，我想还是找朱逸士好一点。"金太太道："关于这一层，我也没有什么成见，只要他周旋得过来就是了。"于是凤举走至外面，回复两个秘书的话。

　　这时，已是十点多钟了，刘宝善、朱逸士、赵孟元、刘蔚然都得了消息，先后赶到金府来。因上房哭泣甚哀，有许多女眷在那里，他们不便上前，只在内客厅里坐着。现在凤举抽出身子来办事，听差就去告诉他，说是刘二爷都来了。凤举听说，走到内客厅里，他们看到，一齐迎上前道："这件事我们真出于意料以外呀。"凤举垂着泪道："这样一来，我一家全完了，老人家在这个时候，实在丢下不得呀。"说着，两手一撒，向沙发上一躺，头枕着椅子靠，倒摇头不已。刘宝善道："大爷，你是长子，一切未了的事，你都得扛起双肩来办，你可不能过于伤心。"凤举擦着泪，站了起来，一手握着刘宝善的手，一手握着朱逸士的手道："全望二位帮我一个忙。"因把刚才和金太太商量的话说了。

朱逸士道："照情理说，我们是义不容辞的，不过这件事，我怕有点不能胜任罢。"赵孟元道："现在凤举兄遭了这种大不幸，我们并不是说客气话的时候。既是凤举兄把这事重托你，你就只好勉为其难。"凤举道："还是孟元兄痛快，我的事很麻烦，就请你也帮我一点忙罢。"赵孟元偏着头想了一想，因道："这里没外人，我倒要打听一件事，关于丧费的支出，以及丧事支配，你托付有人没有？"凤举道："没有托人，我想这事，由守华大概计划一下子，交帐房去办，反正尽量的铺张就是了。"赵孟元听了这话，且不答应，望着刘宝善。

刘宝善微微摆了一摆头。凤举道："怎么样？不妥吗？"刘宝善道："令亲刘先生，人是极精明，然而他在外国多年，哪知道北京社会上的情形。你说诸事紧缩一点也罢了，你现在笼统一句话，放开手去办，这不是让……"说到这里，走近一步，低声道："这分明是开一条帐房写谎帐的大路。经理丧事的人，趁着主人翁心不在焉的时候，最好落钱，何况你们又是放开手办呢？"说到这里，鹏振鹤荪兄弟都出来了。接上和金家接近的一些政界要人，已经得了消息，也纷纷的前来探候。于是推了朱逸士、刘宝善二人在前面客厅里招待。凤举和一些至好的亲友，就在内客厅会议一切。一面分付帐房柴先生、庶务贾先生，合开一分丧费单子来。

贾柴二位，在帐房里，又商议了一阵，将单子呈上。赵孟元和他兄弟们围在桌上看。只见写道：

寿材一具，三千八百元
寿衣等项五百元
珍宝不计
白棚约一千五百元
添置灯烛五百元
酒席三千元
杠房一千元

只看到这里，赵孟元一看单子后面，千元上下的，还不计有多少。因将单子一按道："大致还差不离。只是我有一个疑问，这寿材一样东西，原是无定格的，开三千不为少，开五千不为多，何以开出一个零头三千八百元？"他手按了单子，回过头去，望了柴贾二位先生的面孔。

贾先生笑道："这事不是赵五爷问，我们也得先说明呢。刚才我和几家大桅厂子里通了电话，问他们有好货没有？我可没有敢说是宅里的电话，他们要知道是总理去世了，他准能说有一万块钱的货，反正他拿一千的货来抵数，我们又哪里知道。所以我只说是个大宅门里有丧事，要打听价钱而已。问到一家，有一副沉香木的，还是料子,不曾配合,他说四千块钱不能少,我想:一二百块钱,总可以退让,所以开了三千八百块钱。不过这也没有一定,我们还可以设法去找好的。"

赵孟元听他说毕,点了点头道:"这算二位很在行。可是这单子上漏着没开的还多,请你二位到前面再去商议一下子,我们再在这里计议。"柴贾二人听了如此说,自出去了。凤举连忙问道:"怎么样?这里面有弊病吗?"赵孟元望了一望屋里,见没有听差,又看了一看屋外,然后拉着凤举的手,低了声音道:"不是我多事,也不是我以疏间亲。"鹤荪连忙插嘴道:"五哥,你为什么说这话?岂不是显得疏远了?"

赵孟元道:"是啊!因为你们托重了我,所以我不管那些,就实在办起来。我看这单子,头一下子,我就看出毛病了。一说到价目,他们就说是用电话在桅厂子里打听来的。他不举这个证据也罢了,举了这个证据,我倒发生一个极大的疑问。无论是谁,不会注意到棺材铺里的电话,若是注意到棺材铺里的电话,当然和他们是很熟,我们叫他开单子,统共有多少的时间,居然就在桅厂子里把价钱打听出来了,这里面不能无疑问。无论南北,替人经手丧事的,多少要落一点款子,说是以免倒霉。就是至亲好友也要从中落个块儿八毛,买点东西吃,我看你们帐房,怕不能例外。而且寿材这样东西,果然像他所说的那话,完全是蒙事,你嫌三百元的东西不好,回头他将一百元的东西给你看,说是最好的了,要值五百元,你有什么法子证明他不确?一个经手人要和桅厂子认识,你想,这买卖应该怎样呢?"这一席话,说得凤举兄弟真是闻所未闻。

燕西道:"五哥,你说得很有情理,但是这些事情,你怎样又会知道?"赵孟元道:"你们过的快活的日子,怎么会料到这些事上来？而且贤昆仲所接近的，都是花钱不在乎的大爷，又哪听过这样打盘算的事？我曾有过两回丧事，吃亏不小。当时经过也不知道，事后慢慢人家点破，所以才知道很多了。这些事，诸位也不必说破，只说诸事从简省入手……"凤举听他说到这里，连忙接嘴道："那不很妥当罢？我们本来就不从简省入手。老人家做了这一生的大事业，到了他的丧事，倒说从简省入手，人家听了，未免发生误会，而且与面子有关。"

赵孟元皱了眉，向凤举拱了拱手道："呵哟！我的大爷，这不过一句推诿之词罢了，并不是把丧事真正从简省入手。我们和帐房这样说，别人怎么会知道？"凤举道："那究竟不妥，宁让他们从中吞没我一点款子，我也不对他们说从简省入手。无论怎样说一句推诿话都可以，为什么一定要说从简省入手呢？"赵孟元听了他这话，肚子里嚷着：他们怎样得了！可是一想到一向受金家父子提携之处，人家有了这种大事，当然和人家切实的帮忙。他们要这样的虚面子，且自由他，犯不着和他们去计较。便点点头，低低说了一声那也好。

鹤荪见赵孟元有一种有话要说又止住的样子，连忙道："五哥说得很对的，我老大只是怕帐房发生了误会，真会省俭起来。我看这事就重托五哥仔细参酌开一个单子，分付他们照了这单子去办，是办得体面，或是办得省俭，这都用不着细说的。"赵孟元是一番好意，替金家省俭一点款子。现在听他们弟兄口音，总是怕负"省俭"两个字的名义，自己又何必苦苦多这事去吃力不讨好，便道："还是这话适得其中，就照这样办罢。现在第一要办的，便是府上大大小小、上上下下要穿的孝衣，总在一百件以上，就是上房里穿的，也有三四十件。这要叫一班裁缝来，连夜赶快的做。"

凤举道："这倒说的是。不过平常人家用的，都是一种粗白布做的，

1013

未免寒酸。我们不在乎省那几个钱,我想用一种俄国标或者漂白竹布。"赵孟元听了这话,眉毛又皱了几皱,虽有十二分的忍耐性,到了这时,也不得不说上一两句,便道:"若论平常的孝衣呢,寒酸倒是寒酸。不过古人定礼,这种凶服,本来就不要好布,为了形容出一种凄惨的景象出来。自古以来,无论谁家都是这样,府上若用粗布做了,越显得很懂古礼,我想绝没人反说省钱的。关于这些事,都会斟酌,贤昆仲用不着操心,只要给我一个花钱的范围就是了。"凤举道:"没有范围,家母说了,尽量去办。"

说到这里,柴贾二位,把帐单已经开来了。赵孟元却不似先那样仔细的看,只看了一个大概。就是这帐单子,也不是先前那样吓人,把数目都写了个酌中。赵孟元道:"这样子就很好了,应该只有添的,没有减少的了。事不宜迟,你们就去办起来罢。"柴先生道:"现在帐房里还共存有一千多元现款,动用大数目,少不得要开支票。"凤举道:"这个你又何必问呢?只管开就是了。"赵孟元道:"大爷这话可没有领会到柴先生的意思。往日帐房动用数百元的数目,或者开支票,都是要向总理请示的。现在总理去世了,他还照着老例,遇到大事,不能不问大爷一下。"

凤举被他一提,这才明白,因道:"你这话说得对。我想这两天要用整批款子的地方,一定不在少处,可以先报一个总数目,然后我再向太太请示去。"柴先生道:"太太这两天是很伤心的,我们不能时时刻刻到上房去麻烦,我想遇事请大爷做主就行了。就是大爷不在前面,还有二爷三爷七爷呢,都可以问的,那就便当多了。"凤举也不曾深为考量,听到这种说法,倒以为帐房里很恭维他们兄弟。就点点头答道:"你这话也说的是,就是这样的办罢。"柴贾二位照着往日对金铨的态度,向凤举连说两声是,便退下去了。

刘守华本早出来了,他一看到前面客厅里来的客很多,因此替凤举弟兄们出去应酬了一遍。这时他到内客厅里,听了他们所议丧事的办法,有点不对。在外国看过许多名人的丧事,只是仪式隆重而已,没有在乎花钱图热闹的。可是开口,又怕他们说洋气重,不懂中国社会风俗。因此也不说什么。凤举说是托他和赵孟元共同指挥着,他也就答应了。这样一来,仆役们都知道丧事是要铺张的,大家也就放开手来干了。

自这日十点钟起,金家上上下下,电灯一齐亮着,乌衣巷这一条胡同,都让车子塞满了。上房里是亲戚来慰问的,外客厅里是政界银行界来唁问的,内客厅里齐集了金家的一些亲信,帐房里是承办丧事的来去接洽,门房围着许多外来的听差,厨房预备点心。这除了上房女眷们哭声而外,这样闹哄哄的,令人感觉不到有抱恨终天的丧事。前后几重院子,为了赶办丧棚,临时点着许多汽油灯。这汽油灯放着白光,燃烧出一种嗡嗡的声音,许多人在白光之下跑来跑去,自然表示出一种凌乱的景象来。

上房里,许多女眷们都围着金太太在自己屋里,不让她到停丧的屋子里去。金太太的喉咙,带着哑音,只向众人叙述金铨一生对人对己种种的好处,说得伤心了,便哭上一遍。举家人忙到天亮,金太太也就又哭又说坐到天亮。凤举兄弟们,神经受了重大的刺激,也就忘了要睡觉,混混沌沌,闹到天亮。还是朋友们相劝,今天的事更多,趁早都要去休息一下子,回头也好应酬事情。凤举兄弟们一想,各自回房安息。

弟兄里面,这时各有各的心事,尤以燕西的心事最复杂。他知道,男女兄弟或有职业,或有积蓄,或有本领,或有好亲戚帮助,自己这四项之中,却是一件也站立不住。父亲在日,全靠一点月费零用,父亲去世了,月费恐怕不能维持。要说去弄差事,好差事已经失了泰山之靠,不容易到手了。小差事便有了,百儿八十的薪水,何济于事?有父亲是觉察不到可贵,而今父亲没了,才觉得失所依靠了。他这样一肚子心事,在大家一处谈着,还可以压制一下,离开了众人,心事就完全涌上来。

走到自己房里,只见清秋侧着身子躺在沙发上,手托着半边脸呆了,只管垂泪珠儿。燕西进来了,她也不理会。燕西道:"这样子,你也一宿没睡吗?"清秋点了点头,不做声。燕西道:"你不是在母亲房里吗?几时进来的?"清秋道:"我们劝得母亲睡了,我就回房来。我想,我这人太没有福气,有这样公正这样仁慈的公公,只来半年,便失去了。我们夫妇,是一对羽翼没有长成的小鸟,怎能……"说到这里,就哽咽住了。

燕西听她这一番话,正兜动了自己满腹的心事,不觉也垂下泪来。因拿手绢擦着眼睛道:"谁也做梦想不到这件事。事到如今,有什么法子?我们只好过着瞧瞧罢。"正说到这里,院子外有人叫道:"七爷在这里吗?"燕西在玻璃窗子里向外一看,只见金荣两手托着一大叠白衣服进来。因道:"有什么事?你进来罢。"金荣将衣服拿进来,放在外面屋子里桌上,垂着泪道:"你的孝衣得了,少奶奶的也得了,连夜赶起来的。"燕西一看,白衣服上,又托着两件麻衣,麻衣上,又是一顶三梁冠。自己一想,昨日早上很高兴起来,哪料到今日早上会穿戴这些东西哩?两手捧了脸,望着桌子,顿脚放声大哭。哭到伤心之处,金荣也靠了门框哭起来。清秋垂了一会泪,牵着燕西的手道:"尽哭也不是事。你熬了一夜,应该休息一会子了。待一会子起来,恐怕还有不少的事呢。"燕西哭伤了心,哪里止得住?

还是两个老妈子走来带劝带推,把他推到屋子里床边去,他和衣向下一倒,伏在床上呜咽了一会儿,就昏睡过去了。

但是他心里慌乱,睡不稳帖,只睡了两个钟头便醒了。起来看时,清秋依然侧身坐在沙发上,可把头低了,一直垂到椅靠转拐的夹缝里去,原来就是这样睡着了。燕西见她那娇小的身材,也不是一个能穷苦耐劳的人。父亲一死,这个大家恐怕要分裂。分裂之后,自己的前途太没有把握,难道还让她跟着去吃苦吗?想到这里,望着她,不由呆了一呆。只在这静默的时间,却听到远远哭声。心想,这个时候,不是房间里想心事的时候,于是便向外面走来,刚出院门,只见家中仆役们,都套上了一件白衣。自己身上还穿一件绸面衬绒袍子,这如何能走出去?复转身回房,将孝衫麻衣穿上了,更捆上白布拖巾,戴了三梁冠,这才向前面来。

到了上房堂屋时,各大小院子里已是把孝棚架起来了。所有的柱子和屋檐一齐都用白布彩挂绕着。来来往往的人,谁也是一身白,看了这种景象,令人说不出有一种什么奇怪的感想。刚走到母亲房门口,金太太垂泪走了出来道:"去看看你父亲罢,看一刻是一刻,寿材已经买好了,未时就要入殓了。"说着,一面向前走。燕西一声言语不得,扶了金太太向金铨卧室里去。这时,凤举正陪着梁大夫和两个助手,在屋子里用药水擦抹金铨的身体。女眷们在外面屋子里坐着,眼圈儿都是红红的。凤举见母亲来了,便上前拦住了道:"妈,就在外面屋子里坐罢。"金太太也不等他说下句,便道:"我还能见几面?你不让我看着你父亲吗?"说时,便向前奔。可是一到房门口,就哽咽起来了。

在外面屋子里的女眷们,一齐向前,再三劝解,说是等洗抹完了,再看也不迟,这时候上前,不免碍大夫的事。金太太勉强也不能进去,只得算了。然而就是坐在这外面屋子里，对着金铨那屋子，想到室在人亡，也不由得悲从中来。加上满眼都是些穿白衣的，金铨屋子玻璃窗里垂着绿幔。往日卷着绿幔，远远的就可以看到他坐在靠窗子一张椅子边，很自在的抽着雪茄。而今桌子与绿幔依然，却在玻璃上纵横贴了两张白纸条。便是这一点，结束了四十年的夫妻，不由得金太太又哭起来。她昨天一晚，已经是哭了数场，又不曾好好的睡上一觉，因此哭得伤心了，身子便昏晕着支持不住，人斜靠了椅子慢慢的就溜了下去，同时哭声也没有了，嘴里只会哼。燕西连忙就叫梁大夫过来，问是怎么了，梁大夫诊了一诊脉，说是"不要紧，这是人过于伤感，身体疲倦了，让太太好好的休息一会儿，也就回过来了，不吃药也不碍事的。为慎重一点起见，我可以打一个电话回家，叫家里送点药水来。"燕西于是叫听差们将母亲抬到一张藤椅上，先抬回房去。

这里刚进房，外面又是一阵大嚷，只听说是："不好了！二姨太不好了！快快找大夫罢。"燕西听了这话，也是一阵惊慌，便问："谁嚷？二姨妈怎么样了？"二姨太屋里一个老妈子，走上前拉住燕西道："七爷瞧瞧去，二姨太不好了！"燕西见那老妈子脸色白中透青，料是不好，遂分付屋子里的人，好好的看着母亲，自己连忙到二姨太屋子里来。只见二姨太直挺挺睡在床上，声息全无。梅丽站在面前，乱顿着脚，娘呀妈呀的哭着嚷着。燕西问道："二姨妈怎么了？怎么了？"梅丽哭道："我也不知道是怎么的，刚才我要进房来拿东西，门是关的，随便怎样叫不应。还是刘妈打破玻璃窗，爬进来开的门，见娘睡在床上，一点声音没有，动也不动，我才知道不好了。七哥，怎么样办呢？"说着，拉了燕西的手，只管跳脚。燕西伸手摸了二姨太的鼻息，依然还有，再按手脉，也还跳着。因道："大夫还在家里,大概不要紧的。"说到这里,清秋同凤举夫妇先来了,接上其余的家人,也都来了,立刻挤满了一屋子的人。

梁大夫在屋外就嚷着道:"无论是吃什么东西,只要时间不久,总有法子想。"说着挤上前,就看了看脉,口里道:"这是吃了东西,请大家找找看,屋子里犄角上,桌子抽屉里,有什么瓶子罐子没有?知道是吃什么东西,就好下手了。"一句话将大家提醒,便四处乱找,还是清秋在床底下发现了一张油纸,捡起来嗅一嗅,很有烟土气味。便送给梁大夫看。他道:"是的,这是用烟泡了水喝了。不要紧,还有救。我再打电话回去,叫他们送救治的东西来。"说着,他马上又在人丛中挤了出来。梁大夫一面打电话,一面就分付金宅的听差的,去取药品。不到二十分钟,药品取来了,梁大夫带着两个助手,就来救治。

这时,二姨太在床上睡着,两眼紧闭,脸上微微白中透青,不时的哼上两声。梁大夫解开她的胸襟,先打了两药针,接上就让助手扶着她的头,亲自撬开她的口,用小瓶子对着嘴里,灌下两瓶药水下去。二姨太似有点知道有人救她了,又大大的哼上了两声。梁大夫这才回转头来对大家道:"大概吃的不多,不过时间久一点,麻醉过去了,再给她洗洗肠子,就可没事。府上哪里来的烟土呢?"凤举道:"这都是为了应酬客预备的,谁提防到这一着棋呢!"梁大夫道:"大爷有事,就去料理事情罢。这里病人的事,有我在这里,总不至于误事。"凤举也因为要预备金铨入殓,就让佩芳陪梅丽在屋子里看守二姨太。清秋也对燕西说,若是没有什么事,暂时也愿在这屋子里。燕西也很赞成。他们兄弟们这才出了二姨太屋子去应付丧事。一大清早,都算为了二姨太的事混过去了。

到了一点钟以后,是金铨入殓的时候了。前面那个大礼堂,只在一晚半天之间,把所有一切华丽的陈设,撤销得干净。正中,蓝白布扎了灵位,两边用白布设了孝帷,正中两个大花圈,一是金太太的,一是二姨太的。此外大大小小分列两边。一进这礼堂,满目的蓝白色,已是凄惨。加上正灵位未安,一张大灵案上,两支大蜡台上插了一对绿蜡。正中放着空的寿材,不曾有东西掩护,简直是不堪入目。金家是受了西方文明洗礼的,金铨向来反对僧道闹丧的举动。加之主持丧仪的刘守华,又是耶稣教徒,因之,并未有平常人家丧事锣鼓喇叭那种热闹景象。这只将公府里的乐队借来了,排列在礼堂外。关于入殓的仪典,刘守华请了礼官处和国务院几位秘书,草草的定了一个仪式:

一、金总理遗体在寝室穿国定大礼服。

二、男女公子,由寝室抬遗体至礼堂入棺。

三、入棺时,视殓者全体肃静,奏深沉哀乐。

四、封棺,金夫人亲加栓。

五、金夫人设灵位。

六、哀乐止。

七、三位夫人献花。

八、家族致敬礼。

九、亲友致敬礼。

十、全体举哀。

以上仪节,又简单,又严肃,事先曾问过了金太太,她很同意,到了入殓时,便照仪式程序做下去。金铨尸体在寝室里换了衣服之后,在医院里借得一张帆布病床来移了上去,将一面国旗,在上面掩盖了,然后凤举、鹤荪背了带子,抬着两端,其余男女六兄弟,各用手扶着床的两边,慢慢抬上礼堂来。金太太和翠姨带着各位少奶奶,在后面鱼贯而行。到了礼堂,有力的仆役们,就帮助着将尸体缓缓移入棺去。金铨入棺之后,金太太亲自加上栓,然后放下孝帷,大家走到孝帷前来,旁边桌上,已经题好了的灵牌,由凤举捧着送到金太太手上,金太太再送到灵案前。这时,那哀乐缓缓的奏着,人的举动,因情感的关系,越是加倍的严肃。设灵已毕,点起素蜡,哀乐便止了。司仪喊着主祭人献花,金太太的眼泪,无论如何止不住了,抖抖擞擞的将花拿在手上,眼泪就不断的洒到花上与叶上。只是她是一个识大体的妇人,总还不肯放声哭出来。

金太太献花已毕,本轮到二姨太,因为她刚刚救活过来,不能前来,便是翠姨献花了。关于这一点,在议定仪典的时候,大家本只拟了金太太一个人的。金太太说:"不然,在名分上虽说是妾,然而和亡者总是配偶的人,在这最后一个关节,还是让两位姨太太和自己平等的地位,谁让中国有这种多妻制度呢?再说二姨太的孩子都大了,也不应看她不起。"因为有金太太这一番宏达大度的话,大家就把仪式如此定了。当金铨在日,只有二姨太次于金太太一层,似乎有半个家主的地位。翠姨无论对什么人,都不敢拉着和家主并列,就是对于小姐少奶奶们还要退让一筹呢。所以关于丧仪是这样定的,她自己也出于意料以外,心想,或是应当如此的罢?金太太献花已毕,司仪的喊陪祭者献花,翠姨就照着金太太样式做一套,献花已毕,用袖子擦着眼睛,退到一边去。这以下晚辈次第行礼。到了一声举哀,所有在场的人,谁不是含着一腔子凄惨之泪?尤其是妇女们,早哇的一声,哭将出来。立刻一片哀号之声,声震屋瓦。

在场有些亲友们,看了也是垂泪。朱逸士将赵孟元拉到一边,低声道:"我们不要听着这种哭声了,我就只看了这满屋子孝衣,像雪一般白,说不出来有上一种什么感想哩。"赵孟元道:"就是我们,也得金总理不少的提拔之恩,我们有什么事报答过人家?而今对着这种凄惨的灵堂,怎能不伤心?"说到这里,朱逸士也为之黯然,不能接着说下去。

这天正是一个阴天,本来无阳光,气候现着阴凉。这时,恰有几阵风由礼堂外吹进里面来,灵案上的素烛,立刻将火焰闪了两闪,那垂下来的孝帷,也就只管摇动着。朱逸士、赵孟元二人站在礼堂的犄角上窗户边,也觉得身上一阵凉飕飕的。赵孟元拉了一拉朱逸士的衣襟道:"平常的一阵风,吹到孝帷上,便觉凄凉得很。这风吹来得倒很奇怪,莫不是金总理的阴灵不远,看到家里人哭得这样悲哀,自己也有些忍耐不住罢?"朱逸士呆呆的做声不得,只微微点了一点头。旁观的人尚属如此,这当事人的悲哀,也就不言可知了。

第七十九回

苍莽前途病床谈事业　凄凉小院雨夜忆家山

这里孝堂上，大家足哭了半小时，方才陆续停止。女眷仍都回到上房，凤举兄弟却因为有许多亲密些的亲友来谒灵和慰问，事实上不能全请刘宝善代表招待，也只得在内客厅里陪客。所以丧事虽然告了一个段落，凤举兄弟们，依然很忙。金家虽不适用旧式的接三送七，但是一班官场中的人物，都是接三那天前来吊孝，这又大忙了一天。哀感之余，又加上一种苦忙，男兄弟四个之中，到了第四天，一头一尾，都睡倒了。大夫看了一看，也是说："这种病，吃药与不吃药，都没有多大的关系，只要好好的休养两天，就行了。"

燕西住在屋子里，前面有深廊，廊外又是好几棵松树。大夫说："阳光不大够，可以换一个阳光足的屋子，让病人胸心开朗一点。"清秋听了大夫的话，就和燕西商量，将他移到楼上去住。这楼上本是清秋的书房，陈设非常干净，临时加了两张小铁床，清秋就陪着他在楼上住。这几日，天气总也没有十分好过，不是阴雨，便是刮大风。燕西在楼上住着第二天，又赶上阴天，天气很凉。依着燕西，就要下楼在外面走动。清秋道："你就在屋子里多休息一天罢，大哥对内对外，比你的事多得多，他信了大家的话，就没有出房门。你又何必不小心保养一点？家里遭了这种大不幸，你可别让母亲操心。"燕西道："这个你怕我不知道吗？一天到晚把我关在屋里，可真把我闷得慌。"清秋道："你现在孝服中，不闷怎么着？你就是下了楼，还能出大门吗？"燕西叹了一口气道："这是哪里说起？好好的人家会遭了这样的祸事。我这一生的快乐，就从此而终了。"

燕西说话时，本和衣斜躺在床上。清秋拿了一本书，侧身坐在软椅上看着，带和他谈着话。燕西说了这句话，她将手上拿着的书，向下一垂，身子起了一起，望了燕西一下。但是她又拿起书来，低着头再看了。燕西道："你好像有什么话要说的样子，怎么又不说了？你还有心看书？"清秋道："我的心急比你还恐怕要过十二分呢。你都说我有心看书，我真有心看书吗？我不看书怎么办？呆坐在这里，心里只管焦急，更是难受了。"燕西道："你和我谈话，我们彼此都心宽一点。刚才你有一句什么话，不肯直说出来？"

清秋道："这话我本不肯说的，你一定要我说，我只得说了。刚才你说一生的快乐，从此完了。这个时候哪里容你我做子媳的谈'快乐'二字？你既是说了，倒可以研究研究，不知道你所说的快乐，是从前那种公子哥儿的快乐呢？还是做人一种快乐呢？"燕西皱了眉道："你这是什么话？快乐就是快乐，怎么有公子哥儿的快乐，做人的一种快乐？难道公子哥儿就不是做人吗？"清秋道："所以我说不和你讨论，我一说你就挑眼了。你想，一个人随便谈话，哪里能够用讲逻辑的眼光来看？你愿听不愿听呢？你不愿听，我就不必谈了，省得为了不相干的事，又惹你生气。况且你现在正有病，我何必让你生闲气？"

燕西道："据你这样说，倒是我没有理了。你有什么意见？你就请说罢。"清秋道："你别瞧我年青，但是我的家庭，从前虽不大富大贵，究竟也不曾愁着吃喝。后来我父亲一死，家道就中落了。自我知道世事而后，人生的痛苦，我真看见和听到不少。凡是没有收入，只有花钱出去的，这种穷是没有挽救的穷。自己有钱，慢慢会用光。自己没钱，只有借贷当卖了。我家里就过了这样不少的日子，所以我觉得人穷不要紧，最怕是没有收入。"燕西道："这个我何尝不知道？不过我们总不至于像别人，多少有一点财产，产业不能说不是一种收入。只是这种收入，是有限的，不能由我们任性的花罢了。"清秋道："你这话就很明白了。所以我就问你是要哪一种快乐？若是要得做总理儿子时代的快乐，据我想，准是失败。若是你要想找别的一种快乐呢，我以为快乐不光是吃喝嫖赌穿，最大的快乐，是人精神上可以得着一种安慰。精神上的安慰，也难一言而尽，譬如一件困难的事，自己轻轻易易的就做完了，这就可以算的。"

燕西道："这个我也明白的，何须你说。"清秋道："这不就结了，刚才我所说的话，还是没有错呀。我以为你不像大哥，他早就在政界里混得很熟了，人也认识，公事也懂得，无论如何，他要混一点小差事，总不成问题。你对于那些应酬的八行，老实说，恐怕还不在行，更不要谈公事了。"燕西道："你就看我这样一钱不值？"清秋道："你别急呀。不懂公事那不要紧的，一个人也不是除了做官就没有出路，只要把本领学到就得了。"燕西道："到了这个年岁了，叫我学本领来混饭吃，来得及吗？我想还是在哪个机关找一个位置，再在别的机关，挂上一两个名，也就行了。"清秋道："若是父亲在日，这种计划要实现都不难。现在父亲去世了，恐怕没有那样容易罢？"燕西道："哪个机关的头儿，不是我们家的熟人？我去找他们能够不理吗？你一向把事情看得难些，又看得太难了。"

清秋见燕西谈到差事,满脸便有得意之色,好像这事,只等他开口似的。他的态度既是如此,若一定说是不行,也许他真会着恼。因道:"你对于政界活动的力量,我是不大知道,既是你自己相信这样有把握,那就很好。"燕西道:"据我想,找事是不成问题的,我急的,就是我从来没有办过事,能不能干下去,倒不可知呢。"清秋先是疑他未必能在政界混到事,现在他说有如此之容易,未必他就毫无把握,只要真能在政界混下去,以后好好的过日子,未尝不可以供应自己小两口子的衣食。只是他一做官之后,还是和这些花天酒地的朋友在一处混,那末,是他自己本领赚来的钱,更要撒手来一花,那如何是好?她心里如此想着,关于燕西所答应的话,一时就不曾去答应。

燕西望着她道:"我所说的话你看怎么样?不至于说得很远吗?"清秋道:"当然啦,你们府上是簪缨世家,有道是百足之虫,死而不僵,何至于你要出来找事会生什么困难,不过是你们府上门面是这样的大,混到政界上去若是应酬大起来,恐怕也是入不敷出呢!"燕西点点头道:"这个你倒说的是。譬如老大去年在外另组织一个小家庭,一月用一千还不够呢,何况我们将来还要正式布置呢。"

当燕西说凤举小家庭一句,清秋就想说如何能比?不料这一句话还没有说出来,他连忙就说:"何况我们将来还要正式布置呢。"如此说,是比凤举那番组织还要阔。待要批评两句,这又不是三言两语说得清的,说不清,彼此恐怕还会发生纠葛,这倒不如不说,还可以省了许多事了。因此又默然坐着。燕西道:"说着说着,怎么你又不做声了?"清秋道:"这种事情,至少也在三个月以后罢?我们又何必忙着讨论呢?你的身体又不大好,我不愿意空着急,分你的神。将来等家中丧事了结了,慢慢的磋商罢。"燕西也是因为提到这种事,心神不免要增加许多烦恼,清秋不肯说,也就不说了。

可是有了这一番谈话,清秋又凭空添了无限的心事,这一生,真要是像燕西执着维持原有生活状况的态度过下去,不能没危险。别的事不必说,就以现在而论,他不但没有一个钱私储,倒有好几千块钱的私债。设若一旦自己组织家庭起来,马上就会感到拿钱不出来了。关于将来谋生的事,燕西虽未必肯听自己的话,然而这件事关系甚大,究竟不能不和他说个详细。自己年青,见解总还有不到之处,这件事少不得要私自向自己母亲请教一下,看她怎样说。不过自己母亲,以为金家有的是钱,女婿也很像有才干,将来也不可限量的。这时若把实话告诉她,她不但要大大的失望,恐怕也要把燕西的为人看穿。在母亲面前,揭出丈夫的短处来,这究竟也是不相宜的事情呀。这样看起来,还是自己慢慢的打算,不要告诉母亲为妙罢。清秋沉沉的想了又想,反而把自己弄得一点主意没有,神志昏昏的,手上捧着一本书,坐下一边,只是爱看不看的。

这一天的天气,格外的坏,到了下午六七点钟,竟是希希沙沙的下起雨来。自从家中有了丧事以后,金太太总不很大进饮食。大家劝着,或者喝一碗稀饭,或者用热汤泡一点饭,就是这样麻麻糊糊的算了。清秋虽不至于像金太太那样的悲伤,然而满腹忧愁,不减于第二人,要她还是像平常一样的吃饭,当然是不能够的。但是向来是陪着金太太吃饭的,在金太太这样眼泪洗面的日子里,不能不打起精神来,增加她的兴趣。因之这天晚上,纵然是一点精神没有,也不得不勉强走下楼,到金太太屋子里来吃晚饭。饭盒子这时已经拿到屋子里来了,正坐了一屋子人。

原来这两天,除了梅丽陪着二姨太,佩芳陪着凤举之外,只有道之夫妇另外是一组,其余金太太的子女都在这里吃饭,是好让母亲心里舒服些。金太太一看到清秋进来,便道:"今晚上你还来做什么?你屋子里不是还躺着一个吗?"清秋道:"他睡着了,现时还不吃晚饭呢。"金太太道:"我这里坐着一大桌人,够热闹的了,你还是到自己屋子里去吃饭罢。若是没有心思看书,把我这里的益智图带去解解闷。省得那位一个人在屋子里。"清秋本来也吃不下饭去,既是金太太叫自己回房去,落得回自己房里静坐一番。因是在书橱子里拿着了益智图竟自先走了。

这个时候,雨下的正紧。清秋回到自己屋子里,虽然全有走廊可走,可是那一阵阵的晚风,由雨林里吹过来,将雨吹成一片的水雾,挟着冷气,向人身上直扑过来。那雨丝丝的吹到脸上和脖子里,不由人连打了两个寒噤。自己所住的这个院子,本来就偏僻的,往常还听到邻院里,有各种嬉笑娱乐之声,现在都没有了,仿佛就是特别的冷静。加上自己又搬到楼上去住了,就只有廊檐下一盏电灯,其余的灯都熄了。远远望着自己屋子里,也好像又新添了一种凄凉景象似的,心里也就有点害怕。走到那海棠叶门边下,就叫了两声,都没有人答复,更是害怕。自己勉强镇静着,生着气道:"我越是好说话,这些底下人越是不听话,只是我一转眼的工夫,又不知道他们跑到哪里去了?"一面说着,一面赶快的上楼。

走进房去,燕西已是醒了,便道:"我仿佛知道你走了的,这一会子工夫,你就吃了饭吗?"清秋道:"我哪里要吃饭?我原是去陪母亲。那里倒有一屋子的人,她说让我回屋子来陪着你。我也以为你一人在屋子里怪闷的,所以回来了。幸而是我来了,你瞧,就是我走开这一会子的工夫,两个老妈子都不见了。要不然,你一个人在这里,更要闷呢。"燕西道:"既是母亲那里人多,我去坐一会子罢,你可以一个人在这里吃饭。"说毕,出房就走,清秋正有些害怕,幸得燕西是醒的,正好向他说几句话。不料他反要去赶热闹,自己又不好说两个老妈子走了,留他做伴。只得说道:"外面雨倒罢了,那雨里头吹来的风,可有些不好受。"燕西道:"你让我出去谈谈罢,若是在屋子里坐着,那更是憋得难受呢。"说着,已是下楼而去。

清秋一时情急,楼壁上有个叫外面听差的电铃,也不问有事没有,忙将电铃一阵紧按。因之燕西出院去不多大一会儿,金荣就进来了,站在楼下高声问道:"七爷叫吗?"清秋道:"我这院子里一个人没有,我还没吃饭呢。"金荣道:"我刚才看到这院子的李妈,在厨房里呢,我去叫她罢。"清秋道:"不,不,你先找一个人来给我做伴罢,然后你再找她们去。"金荣见清秋真是害怕,就隔着墙大声嚷道:"秋香姐在院子里吗?七少奶奶叫你过来有事呢。"秋香以为果然有事,答应着就走过来了。清秋听到秋香的声音,心下大喜,连忙走到栏干边,向下面连招了几招手,笑道:"快来,快来,我正等着你呢。"金荣道:"少奶奶,我该叫她们送饭来了罢?"清秋道:"稀饭就行,一两样菜就够了。"金荣答应着去了。

秋香走上楼来,清秋握着她的手道:"你吃过了饭没有?"秋香道:"我们少奶奶到太太那里去了。我们用不着等,吃过了。"清秋执着她的手,一路走进房来。因道:"幸而你来给我做个伴,要不然,我一个人守着这一幢楼,孤寂死了。"清秋在沙发上坐下,也让秋香坐了。秋香笑道:"七少奶奶,你的脾气有好些和七爷相同,七爷和我们不分大小的,从前这里的小怜和他很好。小怜走了,阿囡、玉儿和我,都和七爷不错,只是春兰年纪太小些,不和我们在一处玩。"清秋听了这些话,忍不住要笑,便问道:"你说话这样天真烂漫,你今年几岁了?"秋香道:"我哪里知道呢?我是小的时候,拐子把我拐出来的。那个时候问我,我自己会说四岁,就算是四岁,其实我是瞎说的。后来让拐子把我卖在杨姥姥家里,也不知过了多少年,就转卖到王家,跟着三少奶奶到这里来了。我到王家的时候,都说是十二岁,连那年共四个年头了,我就算是十五岁了。"

清秋道:"你姓什么呢?"秋香摇了一摇头道:"我不大记得,好像是姓黄,可是和'黄'字音相同的房呀,方呀,王呀,都说不定呢。"清秋道:"你记得你的父母吗?"秋香道:"我还记得一点,我父亲还是个穿长衣服的人,天天从外面回来,都带东西给我吃。我母亲也常抱着我,但是这不过是一点模糊的影子罢了,仔细的情形,我是一点也不记得。"清秋道:"你家在什么地方,你知道吗?"秋香道:"我的少奶奶,我哪里能记得清许多呢?就是我在杨姥姥家里的事,而今想起来,也好像在梦里的一样,你想,我还能够记得许多吗?我若记得许多,我为什么不逃回去呢?我就常说,像我这种人,在世上就算白跑了一趟,姓名不知道,年岁不知道,家乡父母不知道。"

清秋听她说得这样可怜,心里一动,倒为她垂下几点泪,秋香究竟是孩子气,自己说着,其初不觉得怎么样,及至清秋一垂泪。自己也索性大哭起来。清秋擦着泪道:"傻孩子,别哭了,我心里正难受呢。你再要哭,我更是止不住眼泪了。有手绢没有?擦一擦罢。"秋香听她如此说,一想也是,人家正丧了公公,十分懊丧,不能安慰人家,还要特意去惹出人家的眼泪来吗?因之立刻止住了哭,掏出手绢将两只眼睛擦了两擦。

这时两个老妈子,都回屋来了,接上厨子又送了稀饭小菜来。清秋让老妈子一直送到楼上屋子里来,掀开提盒,送上桌子,早有一阵御米香味,袭人鼻端。老妈子将菜碟搬上桌子来看时,乃是一碟花生仁拌香干,一碟福建肉松,一碟虾米炒菜苔。除了一大瓷罐子香米稀饭而外,还有一碟萝卜丝烧饼。清秋对秋香道:"这菜很清爽,你不吃一点吗?"秋香道:"我刚吃完饭了。"说着,便在老妈子手上接了碗,在暖水壶里倒了小半碗热水,将碗荡了一荡,然后给清秋盛了一碗稀饭,放在桌上。又把书桌上的纸,裁了两小方块,将筷子擦了一擦,齐齐整整的放在桌沿上,再端一张方凳让清秋坐下。清秋道:"你们少奶奶太享福了。有你这样一个孩子伺候,多么称心!"秋香道:"这很容易呀。七少奶奶出钱买个使女来就是了。"清秋道:"我听了你刚才所说的话,我恨不得把天下做拐子的全杀了才称心,我还能自己去作这个孽,花钱拆散了人家的骨肉吗?"

李妈便接嘴道:"少奶奶你是知其一,不知其二呢。卖人口,谁是亲爹娘做主呀?都是拐子手上的人了,你若不买,他也卖给别人。像卖到咱们这种人家来当使女的,真算登了天了。有些人家的使女,吃不饱,穿不暖,那还罢了,叫人家孩子做起事来,真是活牛马——做得好,没有一个'好'字;做不好,动不动打得皮破血出,或者把好孩子逼傻了,或者把活跳新鲜的孩子打死了,有的是呢。你若买了使女,你就算是救了那孩子了。"清秋道:"说虽然是这样说,我总不愿在我手上买使女。一个人不买使女,两个人不买使女,大家不买使女,这拐子拐了人来,没有人要,也就不干这坏事了。"秋香点点头道:"七少奶奶,你存这样好心眼儿,将来一定有好报。"清秋叹了一口气道:"小妹妹,你还没有我那种阅历,你哪里知道!"说时,见老妈子还站在一边,因道:"我有一个人在这里做伴就行了,你们晚饭还没有吃罢?去吃饭去。"李妈便笑着请秋香多待一会儿,自下楼去了。

清秋吃一碗稀饭,又吃一个半萝卜烧饼。说是饼很好吃,一定要秋香吃了一个。秋香给她收了碗碟到提盒子里去,送到廊外,又陪着清秋到楼下洗澡屋里去擦了手脸。清秋复上楼来,她又跟着上楼。清秋道:"我这院子里的人回来了,你来得太久了,你们少奶奶回来了,不看到你,又要怪你了,你去罢。"秋香道:"不要紧,三爷回来了,蒋妈会来叫我的。我在别个院子里,常常玩得很晚回去,也没有说过呢。"清秋道:"你平常怎么不到我这里来玩玩呢?"秋香听说,向清秋微微一笑。清秋道:"哟!你因为七爷在这里,就不来吗?一家人避什么嫌疑哩?"秋香道:"不是为了这个,我们从前和七爷老在一处呢,那要什么紧?这件事你就别问了,我也不愿意说出来。"清秋道:"为什么不愿说出来?难道还有什么不能说的事吗?"

秋香望了一望清秋的脸,又不敢向下说,向屋子外看了一看,见没有人上楼,这才低着声音微笑道:"七少奶奶,你和我们少奶奶感情怎么样?"清秋道:"不坏呀,我和三位少奶奶,四位小姐,都过得像自己的姊妹似一样,和谁也不错。你干吗问我这一句话?"秋香道:"我也是这样说,你和谁也不错,可是你有件事不大清楚罢?从前有一位白小姐,和七爷很好,她是我们少奶奶的表妹呢。"说着,向清秋又是微微笑道:"这话我不能说了,说了又要说我多事。"清秋道:"我怎么不知道?我知道得很清楚呢。这位白小姐和我在舞场会过,人也很和气的。而且很活泼,不像我这样死板板的。你们七爷不能要她做少奶奶,真是可惜。"秋香望着清秋的脸,好大一会儿,才道:"果然是那样,你怎么办呢?我们也不会认识的,那更可惜了。"清秋道:"你这孩子,不知高低,倒问得我无言可答,我来问问你,你说不能到我这里来,和白小姐有什么关系?"

秋香笑道："少奶奶，你有点装傻罢？我这样说了，你有什么不明白的？"清秋道："明白虽明白，我还不知道详细，这件事，怎么会让你都知道了？"秋香道："我怎会不知道呢？我们少奶奶就常和三爷提这一件事。三爷先还和少奶奶抬杠，后来说不过少奶奶，也就不说了。"清秋听了这话，当然是十分的难过。转念一想，她究竟是个小孩子，她一高兴，能把听到的话都告诉我，也就许她把我的话告诉人。有了她这几句话，事情也很明白，不必多问了。因道："你这孩子有点胡扯！你少奶奶也不过和三爷说着开开玩笑罢了，哪真会为我的事拾杠子呢？这句话可不许再说了，说多了，我也会生气的。"秋香笑道："你这人真老实。"清秋道："你们少奶奶大概也就回到家里来了，你回去罢。"秋香因她提到这句，也不敢多说，就自行下楼了。

这样一来，清秋倒不害怕了，一个人对着一盏惨白的银灯，也不看书，也不做事，只是坐了呆想。这时，楼外一阵阵的雨声，又不觉的送入耳鼓。那雨本是松一阵，紧一阵，下得紧的时候，也不过听到他屋上树上，一片潮声。及至松懒之际，一切的声音都没有了，只有那松针上的积雨，滴答滴答不绝的溜下雨点。偶吹上一阵风，这雨点子，也就紧上一阵。古人所谓松风，所谓松子落琴床，都是一种清寒之韵。这种清寒的夜色里，院子里又没有一点人声，那雨点声借着松里呼呼的风势，那一份凄凉景象，简直是不堪入耳。清秋在丧翁之后，本已感到自己前途的苍莽，再又感到自己环境恶劣，伤心极了。就在她这伤心的时候，那雨点是啪哒啪哒，只管响着，那一点一滴，都和那凄凉的况味，一齐滴上心头。因之这种响声，不但不能打破岑寂，而且岑寂加甚。

这屋子门外，悬的那幅绿呢帘子，只管飘荡不定，掀起来多高。

楼廊外,由松树穿过来的晚风,一直穿进屋子来。清秋身上,只穿了一件旧绸的衬绒旗衫,风掀动了衣角,不知不觉之间,有一种寒气,直由皮肤透入心里。这种冷气,比把自己的身子放在冷水缸里,还觉得难受。本待先去睡觉,然而燕西身体不好,自己本来伺候他的,而今他还不曾回房,自己先倒去睡了,这也未免本末倒置。因之只管坐在了沙发上,静静的等候。等了一点钟,又等一点钟,只听到楼下的壁钟,当当的敲过了十下响,这院子里,也就觉得又度过了一重寂寞之关似的。这夜色是更深沉了,听听楼下时,一点声音没有,连那两个老妈子,都无甚言语了。坐着也是很无聊,便站起来,将茶壶里的茶倒了一杯,喝着消遣。恰是吃过饭以后,忘了添开水,这一杯茶,也就一点热气也没有。喝到嘴里,把口漱了一漱,便吐出来了。放下茶杯子,又呆坐着。

那雨点声依然不曾停止。清秋烦恼不过,就索性走出房门来,看看这雨色,究竟是怎样?只刚伏到栏干边,燕西站在楼下海棠叶的门中,只管向她乱招着手。清秋道:"你有事不会上楼来?偏偏要我下去。"燕西不答,只管笑着招手。清秋不知不觉之间,翩然下了楼。燕西执着她的手道:"你一个人坐在屋子里,不是烦闷得很吗?雨声是多么讨厌啦!"清秋道:"那也不见得,仁者见仁,智者见智,小楼一夜听春雨,深巷明朝卖杏花,这不是由很好的印象中,产出来的香艳句子吗?"燕西笑道:"果然的,这是看杏花的时候了。你瞧,咱们后院子里那几棵杏花又红又白,开的是多么好看!走,咱们一块看花去。"清秋道:"雨是刚刚停止,路又湿又滑,不去也罢。"燕西道:"不要紧,搀着你一点。不趁着这花刚开的时候去看,等花开过了,再想看又没有了。走罢!"说时,拉了清秋的手就走。

清秋虽然不愿,可是在燕西一方面,总是好意,也只得勉强跟了他走。走的路上,正长遍了青苔,走得人前仰后合,好容易到了后院,果然几棵杏花,开得像堆云一般繁盛。杏花下面,有一个女子一闪,看不清是谁,燕西丢了清秋,便赶上去。清秋原是靠了他扶持的,他陡然一摔手,清秋站立不住,由台阶向下一滚。这里恰是一个水坑,清秋浑身冰冷,拖泥带水爬了起来,又跌下去,身上的泥水,也越滚越多,便招手乱嚷燕西。燕西只管追那女子去了,哪里听见呢。

第八十回

发奋笑空劳寻书未读　　理财谋悉据借箸高谈

　　这个时候，清秋心里又是急，又是气，挣命把手伸了出来，只管乱招乱抓。忽然省悟过来，原来是一场恶梦。自己依然斜躺在沙发上，浑身冰冷。屋子里那盏孤灯，惨白的亮着，照着人影子，都是淡淡的。自己回想梦中的情形，半天做声不得，身子也像木雕泥塑的一般，一点也不会动，只管出了神。心想，梦这样事情，本来是脑筋的潜忆力回复作用，算不得什么。不过这一个梦，梦得倒有点奇怪。这岂不是说我已落絮沾泥，人家置之不顾了吗？正想到这里，屋子外面，希希沙沙又是一阵雨，响声非常之急，这才把自己妄念打断。起来照着小镜子，理了一理乱发，觉得在楼上会分外的凄凉，就一人走下楼来，分付李妈沏上一壶热茶，斟了一杯，手里端了慢慢呷着出神。呷完了一杯，接上又呷一杯，接连喝完几杯茶，也不知道已喝足了，还是继续的向下喝。老妈子送她新沏的一壶茶，不知不觉之间，都喝完了。

　　这时心神完全镇定了，想着又未免好笑起来，我发个什么傻？只管把这种荒诞不经的梦，细细的咀嚼什么？腿上还穿的是单袜子，坐久了,未免冷得难受,不如还是睡到被里去的舒服。于是将床上被褥展开了,预备在枕上等着燕西,不料人实在疲倦了,头刚刚挨着枕头,人就有点迷糊,不大一会儿工夫,就睡着了。睡得正香,只觉身体让人一顿乱搓。睁眼看时,只见燕西站在床面前掀了被乱推过来。连忙坐起来笑道:"对不住,我原打算等你的,身上有些凉,一躺到床上就睡着了。"燕西解了衣服,竟自上床来睡,并不理会清秋的话。清秋道:"现在什么时候了?你觉得舒服些吗?"燕西道:"没事,你别问。"清秋道:"你瞧,就算我没有等人,也不是存心,这也值得生这么大的气。"燕西依然不理会,在那头一个翻身向里,竟自睡着了。清秋倒起来替他盖好了被,自己坐着喝了一杯热茶再睡下去。

到了次日,自己起来,燕西也就起来了。清秋见房中无人,便低声问道:"你昨晚为什么事生气呀?"燕西道:"昨晚在母亲那里谈话,大家都瞧不起我,说现在家庭要重新改换一下子了。别人都好办,惟有我们一对,恐怕是没有办法。母亲说让我好好的念几年书,大家的意思,以为我再念书也是无用。"清秋道:"就是这个吗?我倒吓了一跳,以为又是我得罪了你呢。他们说你无用,那就能量定吗?我虽不能帮助你的大忙,吃苦是行的。我情愿吃窝窝头,省下钱来,供给你读书,你就偏偏努一努力,做一点事业给他们看看,只要有了学问,不愁做不出事业来。你以为我这话怎么样?这并不是光生气的事呀。"

燕西将脚一跺道:"我一定要争上这一口气,我看那些混到事情的,本事也不见得比我高明多少,我拿着那些人做标准,不见得就赶他们不上。"说着,又将脚跺了两跺。清秋道:"你的志气自是很好,但是这件事,只要慢慢的做给人家看的,不是一不合意,就生气的。"燕西道:"我自然要慢慢的做出来给人家看,为什么只管发气?"当时他说完了,板着脸也不再提。漱洗完了,点心也不及吃,就向外走。清秋道:"你到哪里去?这个样子忙。"燕西道:"我到书房里去,把书理上一理。"清秋道:"这也不是说办就办的事呀。"燕西哪里等得及听完,早出了院子门一直向书房里来。

到了书房里,一看桌子上,全摆的是些美术品,和一些不相干的小杂志,书橱子的玻璃门,可是紧紧的锁上了。所有从前预备学习的中西书籍,一齐都锁在里面。因之按了电铃,把金荣叫来,分付用钥匙开书橱门。金荣道:"这两把钥匙放到哪里去了,一时可想不起来,你得让我慢慢找上一找。"燕西道:"你们简直不管事,怎么连这书橱钥匙都会找不着。"金荣道:"七爷,你就不想一想,这还是一年以前锁上的了。钥匙是我管着,你总也没开过。再说,有半年多了,不大上书房,哪里就会把这钥匙放在面前呢?"燕西道:"你别废话,赶快给我找出来罢。"说时,坐在一张转椅上,眼睛望了书橱,意思就是静待开书橱。

金荣也不敢再延误,就在满书房里乱找。只听到一片抽屉哗哒哗哒抽动之声。燕西道:"你这样茫无头绪,乱七八糟的找,哪里是找?简直是碰。你也应该想一想,究竟放在什么地方的呢?"金荣道:"我的爷,我一天多少事,这钥匙是不是你交给了我的,我也想不起来,你叫我想着放在什么地方,哪成呢?"燕西眉毛一皱道:"找不着,就别找,把这橱门子给我劈开得了。"金荣以为他生气,不敢做声,把已经开验过的抽屉,重新又检点回来,找得满头是汗。燕西冷笑道:"我叫你别找,你还要找,我就让你找,看你找到什么时候?我等着理书呢,你存心捣乱,不会把玻璃打破一块吗?"金荣道:"这好的花玻璃,一个橱子敲破一块,那多么可惜!"燕西正待说时,屋子外有人叫道："七爷，太太有话说呢，你快去罢。"燕西听到声音呼得很急促，不知道有什么要紧的事，起身便走了。

金荣见他等着要开书橱门，恐怕是要取什么东西，不开不成。真要打破一块玻璃，取出了东西来，恐怕还是不免挨骂。想起金铨屋子里四架书橱，和这里的钥匙是差不多的，赶快跑到上房，把那钥匙寻了来。拿着那钥匙。和这书橱一配，所幸竟是同样的，一转就把锁开了。将锁一一开过了之后，把橱门大大的打开，就等着燕西自己来拿东西。书橱门既是开了，自己也不敢离了书房，说不定他有什么事要找。不料足足等了两小时，还不见燕西前来，自己原也有事，就不能再等了。只好将书房门一总锁起来，自到门房里去等着。直到下午，送东西到燕西屋子里去，才顺便告诉他。

清秋在一旁听到，便问道："你追着金荣要开书橱做什么？难道把满书橱子书，都要看上一遍吗？"燕西道："我原来的意思，本想翻一翻书本子的，可是自己也不知道要看哪一部书好？所以把书一齐翻了出来，偏是越急越不行，书橱子关着，老找不开锁，我因为妈叫我有事，我就把这事忘了。"金荣道："橱子都开着呢，我把书房门锁上的了。"燕西皱眉道："我知道了，你怪麻烦些什么？"金荣不料闹了半天，风火电炮要开橱门，结果是自己来问他，他倒说是麻烦，也就不敢再问了。

燕西道："我今天一天，都没有看见大爷，你知道大爷在哪里？"金荣道："我为着七爷要看书，整忙了一天，什么事也没有去办。上午听说蒙藏院的总裁介绍了几个喇嘛来，好像是说要给总理念喇嘛经。大爷就在内客厅里见着那些喇嘛的。又听说不一定要在家里做佛事，就是庙里也行的。"燕西道："那末，他一定是在家里的了，我找他去。"说着，一直向凤举院子里来。

前面院子里，寂焉无人，院子犄角下，两株瘦弱的杏花，长长的、小小的干儿，开着稀落的几朵花，在凉风里摇摆着，于是这院子里，更显得沉寂了。燕西慢慢走进屋去，依然不见一个人。正要转身来，却听到一阵脚步声。只见那墙后向北开的窗子外，有一个人影子闪了过来，复又闪了过去。那墙后并不是院子，乃是廊檐外一线天井，靠着白粉墙，有一个花台，种了许多小竹子，此外还有些小树，倒很幽静。燕西由凤举卧室里推开后门，伸头一望，只见凤举背着了两只手，只管在廊下走来走去。看那样子，也是在想什么心事。他忽然一抬头看见燕西，倒吓了一跳，因道："你怎么不做声就来了？有事吗？"燕西道："我找你一天，都没有看见你，不知道你到哪里去了？我有两句话，要和你商量一下子。"

凤举见他郑而重之说起来，倒不能不听，便道："我也正在这里打闷主意呢。"燕西道："现在家里事都要你担一份担子了，我的问题，你看怎样解决？就事呢？我怕没有相当的。读书呢？又得筹一笔款的。但是读书而后，是不是能有个出路，这也未可料。"凤举道："我以为你要商量什么急事，找着我来问。这个问题很复杂的，三言两语，我怎能替你解决？"

燕西道："当然不是三言两语所能解决，但是你总可以给我想一个计划。"凤举道："我有什么计划可想？我私人方面，有一万多块钱的债务，这两天都发生了。你们都是这样想，以为父亲去世了，钱就可由我手里转，我就能够胡来一气了。"燕西道："你何必在我面前说这种话？只要别人不问，你随便有多少私债，由公款还了都不要紧。"凤举道："你以为钱还在我手里管着吗？今天早上，母亲把两个帐房叫了，和我当面算得清清楚楚，支票现款帐本，一把拿过去了。这事难为情不难为情，我不去管他。有两笔款子，我答应明天给人家的,现在叫我怎样去应付呢?真是糟糕!到了明日,我没有什么法子,只有装病不见人。"说着,依然在走廊下走来走去。

燕西一看这种情形,没法和他讨论,回身又折到了金太太屋子里来。这里正坐了一屋子人,除了道之四姊妹,还有鹏振夫妇。佩芳和金太太斜坐在侧面一张沙发上。金太太道:"也许是凤举有些觉悟了,从来银钱经过他的手,没有像这样干净的。"佩芳道:"这一层我倒知道的,他虽是乱七八糟的用钱,'公私'两个字,可分得很清楚。现在家里遭了这样的大难,他也心慌意乱,就是要扯公款,也想不到这上面来的了。"说到这里,正是燕西一脚由外面踏了进来,金太太道:"老七,你今天有什么心事?只看见你跑进跑出,坐立不安。"燕西一看屋子里有这些人,便道:"我有什么心事?我不过是心里烦闷得很罢了。"说着,在金太太对面一张椅子上坐下。

这一坐下,不觉稀沙一阵响,连忙回头看时,原来是椅子上有一把算盘呢。因道:"妈现在实行做起帐房来了,算盘帐簿,老不离左右。"金太太道:"嘻!你知道什么?凡是银钱经手的人,谁见了会不动心?不过总有一种限制,不敢胡来罢了。一到了有机可乘,谁能说不是混水里捞鱼吃?现在除了家里两位帐房经手的帐不算,外面大小往来帐目,哪里不要先审核一下?光是数目上少个一万八千,我都认为不算什么。最怕就是整笔的漏了去,无从稽考。钱是到人家手上去了,他不见你的情,还要笑你傻瓜呢。所以我在你父亲临危的那一天,我只把里外几只保险箱子管得铁紧。至于丧费怎样铺张,我都不会去注意。他们要花,就放手去花,就是多花些冤枉钱,也不过一万八千罢了。若总帐有个出入,那可难说了,所以人遇到大事,最忌的是察察为明。"说到这里,用眼望了道之姊妹道:"我也是个妇人,不敢藐视妇女。可是妇女的心理,往往是抱定一个钱也不吃亏的主义,为了一点小事,拼命去计较,结果是你的眼光,注意在小事上的时候,大事不曾顾到,受了很大的损失了。这是哪一头的盘算呢?前几天,我心里有了把握,什么也不管,这几天我可要查一查了。总算不错,凤举办得很有头绪,花钱并不多。"

道之姊妹听了,倒也无所谓,只有玉芬听了,正中着心病,倒难过一阵。当时望了一望大家,都没有说什么。在她这眼光像电流似的一闪之间,清秋恰是不曾注意着,面向了金太太。金太太向她补了一句道:"你看我这话说得怎么样?"清秋本来是这样的主张的,何况婆婆说话,又不容她不附和呢。因道:"你老人家不要谈修养有素了,就是先说经验一层,也比我们深得很。这话自然是有理的,我们就怕学不到呢。"玉芬听了这话,深深的盯了清秋身后一眼。清秋哪里知道,回转身见道之望着她,便道:"四姐是能步母亲后尘的,其实用不着母亲教训,你也就很可以了。"道之不便说什么,就只微点了一点头。道之不说,其余的人,也是不肯说,金太太所说的一番话,无人答复,就这样消沉下去了。

玉芬向佩芳丢了一个眼色,轻轻的道:"大嫂,我还有两样东西在你那里,我要去拿回来。"佩芳会意,和她一同走出来。走出院子月亮门,玉芬首先把脸一沉道:"你瞧,这个人多么岂有此理!上人正在说我,你不替我遮掩,倒也罢了,还要火上加油,在一边加上几句,这是什么用意?让我大大的受一番教训,她就痛快了吗?"佩芳望了玉芬的脸道:"夹枪带棒,这样的乱杀一阵,你究竟说的是谁?我可没有得罪你,干吗向我红着小脸?"玉芬道:"我是说实话,不是开玩笑,凭你说句公道话,清秋刚才所说的话,应当不应当?"佩芳道:"母亲那一番话,是对大家泛说的,又不是指着你一个人,干吗要你生这样大的气?"二人说时,不觉已是走到佩芳院子里。

佩芳道:"你调虎离山把我调了回来,有什么话说?"玉芬道:"别忙呀,让我到了你屋子里去再说也不迟,难道我身上有什么传染病,不让进屋子不成?"佩芳道:"你这人说话真是厉害,今天你受了什么肮脏气,到我头上来出?"说着,自己抢上前一步,给她打着帘子,便让她进去。玉芬笑道:"这就不敢当了。"佩芳让她进了房,才放下帘子一路进来,也笑道:"你总也算开了笑脸了。"玉芬道:"并不是我无事生非的生什么气,实在因为今天这种情形,我有点忍耐不住。"佩芳道:"你忍耐不住又怎么样呢?向着别人生一阵子气,就忍耐住了吗?"玉芬道:"不是那样说,我早有些话要和你商量。"说着,拉了佩芳的手,同在一张沙发椅上坐下,脸上立刻现了一种庄严的样子道:"我们为着将来打算,有许多事不能不商量一下子。就是这几天我听母亲的口音,这家庭恐怕不能维持现状了。而且还说,父亲既去世,家里也用不着这样的大门面。就是这大门面,入不敷出,也维持不了长久。"

佩芳笑道:"你这算是一段议论总帽子罢?以下还有什么呢?帽子就说得这样透彻,本论一定是更好的了。"玉芬把眉头一皱道:"怎么一回事?人家越是和你说正经话,你倒越要开玩笑。你想想看,家庭不能维持现状,我们自然也不能过从前一样的生活了。"佩芳道:"这是自然的,我看多少有钱的人家,一倒就倒得不可收拾,这都是由于不会早早的回头之故。母亲的办法,我们当然极力赞成。"玉芬道:"极力赞成什么?也用不着我们去赞成呀。你以为家庭不能维持现状以后,她老人家还要拿着这个大家庭在手上吗?这样一来,十分之九,这家是免不了要分开的。凭着这些哥儿们的能耐,大家各自撑立门户起来,我以为那是盲人骑瞎马,夜半临深池的情形。"佩芳先还不为意,只管陪着她说话,及至她说到这里,心中一动,就默然了。她靠了沙发背躺着,低了头只管看着一双白手出神。手却翻来覆去,又互相抢着指头,好像在这一双手上,就能看出一种答案出来的样子似的。半晌,便叹了一口气。

玉芬道:"你叹什么气?这样重大的事情,你不过是付之一叹吗?"佩芳这才抬头道:"老妹,这件事,我早就算到了,还等今天才成问题吗?据你说,又有什么法子呢?"玉芬道:"这也不是没有法子一句话,可以了却的,没有法子,总也得去想一个法子来。我想了两天,倒有一条笨主意,不知道在你看去,以为如何?"佩芳道:"既有法子,那就好极了。只要办得动,我就惟命是听。"玉芬道:"那就不敢当,不过说出来,大家讨论讨论罢了。我想这家产不分便罢,若是要分的话,我们得向母亲说明,无论什么款子,也不用一个大,可是得把帐目证明清清楚楚的,让我们有一份监督之权。除了正项开支,别的用途大家不许动。若是嫌这个办法太拘束,就再换一个法子,请母亲单独的拨给我们一份产业。我们有了产业在手,别人无论如何狂嫖滥赌,管得着就管,管不着就拉倒。"

佩芳听着这话,默然了一会儿,将头连摆了几下,淡淡的道了一个字:"难。"玉芬道:"为什么难?眼睁睁的望着家产分到他们手上去,就这样狂花掉吗?"佩芳道:"我自然有我的一层说法。你想,产业当然是儿子承继的,儿媳有什么权要求监督?而且也与他们面子难堪,他们肯承认吗?现在他们用钱,我们在一边啰嗦着还不愿意呢,你要实行监督起来,这就不必问了。至于第二步办法,那倒成了分居的办法,未免太着痕迹。那样君君子子的干,恐怕母亲首先不答应。"玉芬道:"这就难了。那样也不成,这样也不成,我们就眼巴巴的这样望着树倒猢狲散吗?"佩芳道:"这有什么法子?只好各人自己解决罢了,公开的提出来讨论那可不能的。"

玉芬听了这话,半晌不能做声,却叹了一口气。佩芳伸着手在她肩上连连拍了两下道:"老妹,你还叹什么气?你的私人积蓄不少呀。"玉芬道:"我有什么积蓄?上次做公债,亏了一塌糊涂,你还有什么不知道?我一条小命,都几乎在这上面送掉了。"佩芳笑道:"你还在我面前弄神通吗?你去了的钱,早是完全弄回来了。连谁给你弄回来的,我都知道,你还要瞒什么呢?"玉芬听了这话,不由得脸上一阵通红。顿了一顿,才低低的说了一句:"哪里能够全弄回来呢?"只说了这样一句,以下也就没有了。佩芳知道她对于这事要很为难,也不再讨论下去。坐了一会儿,扶着玉芬的肩膀起来,又拍了两下,笑道:"你的心事,我都明白了,让我到了晚上,和凤举商量商量看,先探探他们弟兄是什么意思?若是他们弟兄非分居不可,我们也无执拗之必要。然后再和他们商议条件,别忙着先透了气。"说时,又连连拍了玉芬几下。

玉芬眼珠一转,明白这是佩芳不愿先谈了,只得也站起来道:"可也不急在今日一天,慢慢商量得了。要是急着商量,他们还不定猜着我们要干什么事哩。"佩芳点了一点头,玉芬出门而去。可是她走出院子里,却又转身回来,笑向佩芳道:"我知道你们夫妻感情好的时候,是无话不谈的,你和大哥谈论起来,不许说这话是我说的。"佩芳道:"我们有什么无话不谈?人家可是说你夫妻无所不为哩。"玉芬听着,啐了一口,才抢着跑了出去了。

佩芳听了玉芬这一番话之后,心想,机灵究竟是机灵的,大家还没有梦到分家的事,她连分家的办法,都想出来了。照着她那种办法,好是好,可是办不通。若是办不通,就任凭凤举胡闹去,自然是玉芬所说的话,树倒猢狲散了。心里有了这样一个疙瘩,立刻也就神志不安起来,随后仿佛是在屋里坐不住,由屋后转到那一条长天井下,靠了一根柱子,只是发呆望着天。自己也不知道站了多久,正待回屋子里去的时候,只听凤举在屋内嚷道:"不是在屋子里的吗?怎么没有看到人呢?"佩芳道:"什么事,要找我?"凤举听说,也走到后面天井里来,咦一声道:"这就怪了,我今天躲在后面想正事了,你也躲在后面想心事,这可以说是一床被不盖两样的人了。"佩芳将眼瞪了一瞪道:"说话拣好听的一点材料,不要说这种不堪入耳的话。"凤举道:"这几句话有什么不堪入耳?难道我们没有同盖过一床被吗?"说到这里,就伸着脖子向佩芳微微一笑。佩芳又瞪了他一眼道:"你有这样的热孝在身,亏你还笑得出来!这是在我面前做这样鬼脸,若是让第二个人看见,不会骂你全无心肝吗?"

这几句话太重了,说得凤举一个字也回答不出来。还是佩芳继续的道:"你不要难为情,我肯说你这几句话,我完全是为你好,并不是要找出你一个漏洞来挖苦你几句,我就心里痛快。我私下说破了,以后省得你在人面前露出马脚来。"凤举一个字也不说,对着佩芳连连作了几个揖道:"感谢,感谢!我未尝不知道死了老子,是平生一件最可痛心的事,但是这也只好放在心里。叫我见着人,就皱眉皱眼,放出一副苦脸子来,我实在没有那项工夫。反正这事放在心里,不肯忘记也就是了,又何必硬邦邦的搬到脸上来呢?"佩芳道:"你要笑,你就大笑而特笑罢。我不管你了。"说毕,身子向后一转,就跑进屋子去了。凤举道:"你瞧,这也值得生这样大的气。你教训我,我不生气,倒也罢了,你倒反要生我的气,这不是笑话吗?"

佩芳已经到了屋子里去,躺在沙发椅子上了。凤举说了这些话,她只当没有听见,静静的躺着。凤举知道虽然是一句话闹僵了,然而立刻要她转身来,是不可能的,这也只好由她去,自己还是想自己的心事。不料她这一生气,却没有了结之时,一直到吃晚饭,还是愤愤不平的。凤举等屋子里没有人了,然后才问道:"我有一句话问你,让问不让问?"佩芳在他未说之先,还把脸向着他,及至他说出这话之后,却把脸向旁边一掉。凤举道:"这也不值得这样生气,就让我说错了一句话,驳我一句就完了,何必要这样?"说时,也就挨着佩芳,一同在大睡椅上坐下。佩芳只是绷着脸,爱理不理的样子。

凤举牵着她一只手,向怀里拖了一拖,一面抚着她的手道:"无论如何,以后我们做事要有个商量,不能像从前,动不动就生气的了。何况父亲一大部分责任都移到了我们的头上来,我正希望着你能和我合作呢。"佩芳突然向上一站,望着他道:"你居然也知道以后不像从前了,这倒也罢。我要和你合作,我又怎么办呢?你不是要在外面挑那有才有貌的和你合作吗?这时才晓得应该回头和我合作了。"凤举道:"咳!你这人也太妈妈经了,过去了这久的事情,而且我又很忏悔的了,为什么你还要提到它?"佩芳道:"好一个她!她到哪里去了?你且说上一说。"凤举道:"你又来挑眼了,我说的它,并不是指着外面弄的人,乃是指那一件事。有了那一件事,总算给了我一个极大的教训,以后我绝不再蹈覆辙就是了。"佩芳鼻子一耸,哼了一声道:"好哇!你还想再蹈覆辙呢。但是我看你这一副尊容,以后也就没有再蹈覆辙的能力罢?"凤举道:"我真糟!说一句,让你驳一句,我也不知道怎样说好?我索性不说了。"说毕,两手撑了头,就不做声。

佩芳道:"说呀!你怎样不说呢?"凤举依然不做声。佩芳道:

"我老实告诉你罢,事到如今,我们得做退一步的打算了。"凤举道:"什么是退一步的打算?你说给我听听。"佩芳道:"家庭倒了这一根大梁,当然是要分散的了。到了那个时候,我们这一部分,你是大权在握,你有了钱,敞开来一花,到后来用光了,只看着人家发财,这个家庭我可过不了。趁着大局未定,我得先和你约法三章。你能够接受,我们就合作到底。你不能接受,我们就散伙。"凤举道:"什么条件,这样的紧张?你说出来听听。"佩芳道:"这条件也不算是条件,只算是我尽一笔义务。我的意思,分了的家产,钱是由你用,可是得让我代你保管。你有什么正当开支,我决不从中阻拦,完全让你去用。不过经我调查出来,并非正当用途的时候,那不客气,我是不能支付的。"

凤举道:"这样说客气一点子,你是监督财政。不客气一点,就是我的家产让你代我承受了,我不过仰你的鼻息,吃一碗闲饭而已。你说我这话对不对?"佩芳道:"好!照你这样说,我这个条件,你是绝对不接受的了?"凤举道:"也并非不接受,不过我觉得你这些条件,未免过于苛刻一点,我希望你能通融一些。我也很知道我自己花钱太松,得有一个人代我管理着钱。但是像你这样管法,我无论用什么钱,你都认为不正当的开支,那我怎么办?"

佩芳见他已有依允之意,将头昂着说道:"我的条件就是这样,没有什么可通融的。你若是不愿受我的限制,我也不能勉强。你花你的钱,花光了就拉倒。但是我不像以前了,有了你一个孩子,你父亲给你留下不少的钱,你也是人家的父亲,就应当一文不名的吗?你也该给我的孩子留下一些。这一笔款子,在你承受产业的时候,就请你拿出来,让我替孩子保管着。将来孩子长大,省得求人,你也免得由自己腰包里掏出来有些肉痛。我的话,至此为止,你仔细去想想。"说毕,竟自出门去了。凤举望了她的后影,半晌做声不得,究竟不知道她毅然决然的提出这样一个条件什么用意?既是她已经走了,也不能迫着她去问,只好等到晚上,她回房之后,再来从从容容的商量。自己也就慢慢的踱到前面客厅里来。

第八十一回

飞鸟投林夜窗闻愤语　杯蛇幻影晚巷走奔车

金家因为有了丧事以后,弟兄们常在这里聚会的。鹏振一见凤举进来,起身相迎,拉着他的手道:"我有话和你说。"说了这句,不容分说,拉了凤举就向屋外走。到了走廊下,凤举停了脚,将手一缩道:"到底有什么事,你说就是了,为什么这样鬼鬼祟祟的?"鹏振道:"自然是不能公开的事,若是能公开的事,我又何必拉你出来说呢?"说了这句话,声音便低了一低道:"我听到说,这家庭恐怕维持不住了,是母亲的意思,要将我们分开来,你的意思怎么样?"凤举听说,沉吟了一会儿,没有做声。鹏振又道:"你不妨实说,我对于这件事,是立在赞成一方面的。本来西洋人,都是小家庭制度,让各人去奋斗,省得谁依靠谁,谁受谁的累,这种办法很好。做事是做事,兄弟的感情是兄弟的感情,这绝不会因这一点,受什么影响。反过来说,大家在一起,权利义务总不能那样相等,反怕弄出不合适来哩。"

凤举听他说话,只望着他的脸,见他脸上,是那样的正板的,便道:"你这话未尝没有一部分的理由。但是在我现在的环境里,我不敢先说起此事,将来论到把家庭拆散,倒是我的罪魁祸首。"鹏振道:

"你这话又自相矛盾了,既然分家是好意的,'罪魁祸首'这四个字,又怎能够成立?况且我们办这事,当然说是大家同意的,决计不能说谁是被动,谁是主动。"凤举抬起手来,在耳朵边连搔了几下,又低着头想了一想,因道:"果然大家都有这意思,我决不拦阻。有了机会,你可和母亲谈上一谈。"鹏振道:"我们只能和你谈,至于母亲方面,还是非你不可。"凤举道:"那倒好,母亲赞成呢,我是无所谓,母亲不赞成呢,我算替你们背上一个极大的罪名,我为什么那样傻?我果然非此不可,我还得邀大家,一同和母亲去说。现在我又没有这意思,我又何必呢?"鹏振让他几句话,说得哑口无言。呆立了一会儿,说了三个字:"那也好。"

正这样立着,翠姨却从走廊的拐弯处,探出头来,看了一看,缩了转去。不多一会儿,她依然又走出来,便问道:"你们两个在这里,商量什么事呢?能公开的吗?"鹏振道:"暂时不能公开,但是不久总有公开之一日的。"翠姨点了点头道:"你虽不说,我也知道一点,不外家庭问题罢了。"凤举怕她真猜出来了,便道:"他故意这样说着冤你的,你又何必相信。"一面说着,一面就走开了去。但是翠姨刚才在那里转弯的地方,已经听到两三句话。现在凤举一说便跑,她更疑心了。而且鹏振又说了,这事不久就要公开,仿佛这分家就在目前,事前若不赶做一番打算,将来由别人来支配,那时计较也就迟了。她这样想着,心里哪能放得下?立刻就去找佩芳,探探她的口气。然而佩芳这时正在金太太那边,未曾回去。就转到玉芬屋子里来,恰是玉芬又睡了觉了,不便把她叫醒来,再问这句话。回转身来,听到隔院清秋和老妈子说话,便走到清秋院子里来。一进院子门,便道:"七少奶奶呢?稀客到了。"

清秋正站在走廊下,便迎上前,握了她的手,一路进房去坐着。

见她穿了一件淡灰呢布的夹袄,镶着黑边,腰身小得只有一把粗。头发不烫了,梳得光溜溜的,左耳上,编着一朵白绒绳的八节花,黑白分明。那鹅蛋脸儿,为着成了未亡人,又瘦削了两三分,倒现着格外的俊俏。清秋这一看之下,心里不觉是一动。翠姨将她的手握着,摇了两摇道:"你不认得我吗?为什么老望着我?"这样一说,清秋倒有点不好意思,便索性望着她的脸道:"不是别的,我看姨妈这几天工夫,格外瘦了,你心里得放宽一点儿才好。"

翠姨听了,深深的叹了一口气,然后坐下道:"一个二十多岁的人,死了丈夫,有不伤心的吗?可是我这样伤心,人家还疑我是故意做作的呢。咳!一个女人,无论怎样,总别去做姨太太,做了姨太太,人格平白的低了一级,根本就成了个坏人,哪好得了呢?"清秋宽解着她道:"这话也不可一概而论,中国的多妻制度,又不是一天两天,如夫人做出惊天动地的事情的,也不知多少。女子嫁人做偏房的,为了受经济压迫的,固然不少,可是也有很多的人为了'恩爱'两字,才如此的。在恩爱上说。什么牺牲,都在所不计的,旁人就绝对不应看轻她的人格。"

翠姨道:"你这话固然是不错。老头子对我,虽不十分好,但是我对他,绝无一点私心的。他在的日子,有人瞧不起我,还看他三分金面。现在他去世了,不但没有人来保护我,恐怕还要因为我以前有人保护,现在要加倍的和我为难呢。我这种角色,谁肯听我的话?就是肯听我的话,我只有这一点年纪,也不好意思端出上人的牌子来。我又没有一个儿女,往后,谁能帮着我呢?再说,有儿女也是枉然,一来庶出的,就不值钱,二来年纪自然是很小,怎样抚养得他长大?总而言之,在我这种环境之下,无论怎样家庭别分散了,大家合在一块儿去,大家携带我一把,我也就过去了。现在大家要分家，叫我这一个年青的孀妇，孤孤单单的，怎么办呢？七少奶奶，你待我很不错，你又是个读书明理的人，请你指教我。"

清秋不料她走了来，会提起这一番话，不听犹可，一听之下，只觉浑身大汗向下直流，便道："我并没有听到说这些话呀。姨妈，你想想看，我是最后来的一个儿媳，而且又来了不多久，我怎敢提这件事？而且就是商议这事，也轮不到我头上来哩。你是哪里听来的？或者不见得是真的罢？"翠姨以为清秋很沉静的人，和她一谈，她或者会随声附和起来。不料现在一听这话，就是拦头一棍，完全挡了回来。便淡淡的笑道："七少奶奶，你以为我是汉奸，来探你的口气来了吗？你可错了。我不过觉得你是和我一样，是个没有助手的人，我同病相怜，和你谈谈罢了，你可别当着我有什么私心啦。"清秋红了脸道："姨妈说这话，我可受不起，我说话是不大漂亮周到的，有不到的地方，你尽管指教我，可别见怪。"翠姨道："并不是我见怪，你想，我高高兴兴的走来和你商量，你劈头一瓢冷水浇了下去，我有个不难受的吗？这话说破了，倒没有什么，见怪不见怪，更谈不上了。"清秋见她这样说着，又向她赔了一番小心。翠姨这口气，总算咽下去了。然而清秋对于分家这件事，既然那样推得干干净净，不肯过问，那末，也就不便再说，只说了一些别的闲事，坐了一会子就走了。

清秋等她走后，一个人坐在屋子里纳闷，这件事真怪，我除了和燕西谈了两句而外，并没有和别人谈过，她何以知道？再说，和燕西谈的时候，并不曾有什么分家的心思，不过这样譬方说着，将来前途是很暗淡的，家庭恐怕不免要走上分裂的一途。这种话慢说是不能作为根据的，就是可以作为根据，这是夫妻们知心之谈，怎样可以去瞎对第三个人说？翠姨虽然是个长辈，究竟年青，而且她又不是那种谈旧道德的女子,和她谈起分家的话来,岂不是挑拨她离开这大家庭?这更是笑话了。她谁也不问,偏来问我,定是燕西在她面前漏了消息,她倒疑心我夫妇是开路先锋。这一件冤枉罪名,令人真受不了呀!设若这话传了出去,我这人缘不大好的人,一定会栽一个大跟头,这是怎样好?我非得把燕西找来,问他是怎样说出来的不可。

越想越是不安,也就不能再在屋子里坐了。又转身到金太太屋子来,可是燕西早已离开此地了。清秋因为屋子里只金太太一个人,便陪着金太太坐下。金太太说到金铨在时,事事有人拿主意,也就无所谓的过太平日子。现在孀居,才感到了种种痛苦。说着,又谈到了冷太太。金太太便说:"我有这些儿女,衣食也是不必去发愁的了。当年亲家老爷去世,丢下亲家太太,你们母女孤苦伶仃度到现在,真是不容易哩。"这几句话,说得清秋加倍难受,两行眼泪,不由人做主便流了出来。转念一想,怕如此更惹出金太太眼泪,忙掏出手绢,将眼睛连擦了几擦。金太太似乎也知道她的意思,便向着她叹了一口气。所幸不久的时间,便吃晚饭,人也来多了,这种伤心的话,搁下不提。

吃过晚饭,金太太屋子里,兀自坐着许多人。金太太心里烦得很,暂时不愿和这些人坐在一起,就一人走出来顺着走廊,不觉到了隔院翠姨屋子边。只听到翠姨一个人,在屋子里说着话不歇。心里不觉得暗骂了一声,只有这种人,是全无心肝的,一个女子,年青死了丈夫,还有工夫发脾气,你看她倒不在乎。金太太想着,就慢慢腾腾的走过来。到了窗户外,靠着一根柱子立着,一听那口声,却是翠姨和一个老妈子说话。那老妈子道:"你怕什么?拔出一根毫毛来,比我们腰杆儿还粗呢。你还愁吃喝不成?"翠姨道:"一个人不愁吃喝就完了吗?再说,就靠我手上这几个钱,也不够过日子的,就叫我怎样不发愁呢?"

金太太一听,心里大吃一惊,心想,她为什么说这话,有吃有喝还不算,打算怎么样呢?于是越发沉默了靠了柱子,侧着头向下听去。只听见老妈子道:"天塌下来,有屋顶着呢,你怕什么?"翠姨冷笑一声道:"屋能顶着吗?要顶着天,也是替别人顶着,可摊不上我呀!我想到了现在,太阳落下山去,应该是飞鸟各投林了。我受他们的气,也受够了,现在我还能那样受气下去吗?你瞧,不久也就有好戏唱了,还用不着我们出头来说话呢。"

金太太听了这话,只气得浑身抖颤,两只脚其软如绵,竟是一步移动不得。本想嚷起来,说是好哇,死人骨肉未寒,你打算逃走了。这句话达到舌尖,又忍了回去。心想,和这种人讲什么理?回头她不但不说私议分家,还要说我背地里偷听她的话,有意毁坏她的名誉,我倒无法来解释了。她既有了这种意思,迟早总会发表出来的,到了那个时候,我再慢慢的和她计算,好在我已经知道了她这一番的意思,预防着她就是了。

金太太又立了一会儿,然后顺着廊檐走回自己屋子去。一看屋子里还坐有不少的人,这一肚子气,又不便发泄出来,只是斜着身子坐在沙发上,望了壁子出神。凤举这时也在屋子里,一看母亲这样子,知道生了气,不过这气由何而来,却不得而知。因故意问道:"还有政府里拨的一万块钱治丧费,还没有去领。虽然我们不在乎这个,究竟是件体面事,该去拿了来罢?"金太太对于凤举的话,就像没有听到一样,依然板着面孔坐在一边。凤举见母亲这样生气,将话顿了一顿,然而要想和母亲说话,除了这个,不能有更好的题目。因此又慢慢的踱着,缓步走到金太太前面来,像毫不经意似的,问道:

"你老人家看怎么样?还是把这笔款子收了回来罢。"金太太鼻子里突的呼了一口气,冷笑道:"还这样钻钱眼做什么?死人骨肉未寒,人家老早的就要拆散这一份家财了。弄了来我又分了多少?"

凤举一听这话,才知母亲是不乐分家的这一件事。这一件事自己虽也觉得可以进行,似乎时间还早,所以鹏振那一番话,很是冒昧,自己并无代说之心。而今母亲先生了气,幸而不曾冒失先说,然而这个空气,又是谁传到母亲耳朵里来的哩?鹏振当然是没有那大的胆,除非燕西糊里糊涂将这话说了。这件事,母亲大概二十四分不高兴,只有装了不知道为妙。因之默然的在屋子里踱来踱去几步,并不接嘴向下说去。金太太看他不做声,倒索性掉过脸来向凤举道:"我也要下到这一着棋的,但是不知道发生得有这么快。一个家庭,有人存下分家的心事,那就是一篓橘子里有了一个坏橘子,无论如何,非把它剔出来不可。我也不想维持大家在一处。分得这样快,只是说出去了不好听罢了。"金太太发过了一顿牢骚,见凤举没有搭腔,便回转脸来问道:"你看怎么样?这种事情,容许现在我们家里发生吗?"

凤举对于这件事,本来想不置可否,现在金太太指明着来问,这是不能再装麻糊的了。因道:"我并没有听谁说过这个话,你老人家所得的消息,或者事出有因,查无实据……"金太太突然向上一站,两手一张道:"怎么查无实据?我亲耳听到的,我自己就是一个老大的证据呢。"凤举道:"是谁说的?我真没有想到。"金太太道:"这个人不必提了。提了出来,又说我不能容物。现在我开诚布公的说一句,既是大家要飞鸟各投林,我水大也漫不过鸭子去,就散伙罢。只有一个条件,在未出殡以前,这句话绝对不许提。过了七七四十九天,在俗人眼里看去,总算满了热服,然后我们再谈。

俗言说得好，家有长子，国有大臣，我今天对你说了，我就绝对的负责任。你可以对他们说，暂时等一等罢。"凤举道："你老人家这是什么话？我并没有一点这种意思，你老人家怎么对我说出这种话来？"金太太道："说到家事，你也不必洗刷得那样干净，我也不怪你，我对你说这话，不过要你给我宣布一下子就是了。"

凤举一看金太太的神气，就知道母亲所指的人是翠姨，不过自己对于翠姨平常既不尊敬，也不厌恶。现在反正大家是离巢之燕，也更用不着去批评她。母亲说过了，自己也只是唯唯在一边哼了两声，等着金太太不说，也就不提了。

坐了一会儿，金太太气似乎消了一点，凤举故意扯着家常话来说，慢慢的把问题远引开了。金太太道："说到家庭的事，我总替燕西担心，你们虽是有钱便花，但是也知道些弄钱的法子，平常帐目，自然也是清楚的。燕西他却是第一等的糊涂虫，对于这些事丝毫不关心，将来有一天到了他自己手上掌家，那是怎样办？而且他那个少奶奶，又是对他一味的顺从，他更是要加倍的胡闹了。"凤举道："我想他还不急于谋事，今年只二十岁，就是入大学里读书去，毕了业出来再找事，还不晚啦。"金太太道："我也是这样想。这个日子，叫他出去做什么事？想来想去，总是不妥。从前让他在家里游荡，那本就不成话，而今失了泰山之靠，这更不能胡来了。第一，就是那三百块的月钱，我要取消。原是给一笔整数，省得时时要钱零用。结果为了有这一笔钱，放开手来用，更大闹亏空了。"

说到这里，只见门外边，有一个人影子一趑，又缩转去了。金太太伸头向外望了一望，连问两声是谁？外面答应着是我，燕西却走进来了。金太太道："你这样鬼鬼祟祟的做什么？"燕西道："并不是鬼鬼祟祟的，因为这儿正提到了我，我为什么闯进来？"凤举道：

"母亲说,要裁掉你的月费哩。我不敢赞一词。"燕西站着靠了桌子,五个指头,虚空的扶了桌沿,扑通扑通的打了一阵,只是默然不做声。金太太道:"我刚在屋子里说的话,大概你也听见,你因为有了这一笔月费,倒放开手来乱用,你想对不对?结果,钱反而不够。你的手笔反而也用大了,那是何必呢?"燕西听了这话,依然不做声,将五个手指头,把桌子扑通扑通,又打着响了几下,那脸微微朝下,可没有理会到金太太说些什么。金太太道:"你说罢,怎么不做声?我这话说得对不对呢?"燕西依然向下看着,才慢慢的道:"若是家用要缩小呢,当然把我的月费免了,不过我除此以外,可没有什么收入。至于用钱用得过分的话,那也不能一概而论。"说话时,将鞋尖只管在地板上乱画。金太太道:"论说,也不省在你头上这一点儿钱。只要你不胡花,我照常给你,也不算什么。"

凤举听说这话,心想,这倒好,刚才对我说要裁他的月费。这会子当面说,只要他不胡花,也不在乎,那末,我若先说出来,倒像是我多事了。因对燕西道:"我也是这样想,你是没有就事的人,这月费如何可以取消?可是我也不敢保举,免得我们像约好了,通同作弊似的。我的主张最好你还是找个相当的学校去读书。"燕西道:"为什么你们主张我去读书呢?"金太太道:"据你这种口气说,好像你的学问已经够了,大可以就事了?"燕西道:"倒不是那样说,我想父亲去世了,我要赶快做个生利的人,不要依然做个分利的才好。并不是我觉得自己的能力够了。"金太太道:"只要你有这一番意思,你就有出头的希望了。平常人家,还把儿女读书,读上二十多岁呢,咱们家里,何至于急急要你挣钱?只要你明白,好好读书,将来自然是生利的,无论你用多少钱,我都供给你。"

燕西当金太太说时,背了两手,在屋子里当中走两步打一个转身,似听不听的样子,更也没有去看金太太的颜色。这时,忽然转身向着金太太道:"你老人家这话真的吗?"金太太道:"你这话问得奇了,我做娘的人,以前只有替儿子圆谎的,几时向儿子撒过谎?"燕西道:"这话诚然,哪个也不能否认,但是我的意思不是那样说,怕是反过来说我无用呢。既是你老人家有这样好的意思,我一定努力去读书,本来前几天我就预备看过一次书了。"凤举听他说出这种话来,只管向他望着,头微微的点上几点,金太太哼了一声道:"这倒是你的老实话,预备过了一次。这一次,不知道有多少时候?第二次在什么时候预备呢?大概是不可知的了。"燕西这才知是失言,微微笑了一笑。

因为有了这两个爱儿在身边,金太太略微解除了一些愁闷。因为解除愁闷的原故,对于翠姨说的那一番话,暂时也就搁了一搁,就不像以前那样愤愤不平的样子了。凤举自父亲去世以后,孝心是格外的重了,每日都要抽出工夫来,陪着母亲说说话。而且每日的帐目,金太太大致要问一问,小节目都是凤举报告。因为这样,凤举更是不能不多费一点工夫,细细报告出来。凤举先是背靠了桌子和金太太说话,那样子好像随时都可以走的样子。现在索性走到金太太对面一张椅子上坐下来,便不像要走的情形了。燕西见老大所说的一些家常话,非常之细琐,金太太倒偏是爱听,心想,老大也为什么学得一肚子奶奶经?半天没有插嘴的机会,就自行走出房来。

燕西自关在家里不能出去,苦闷异常,只是这个屋里坐坐,那个屋里坐坐,始终也得不到适当的安身法。今晚为了不知怎样好,才到母亲房里来的,到了母亲房里以后,又遇着凤举在谈家常,依然是不爱听的事。所以又跑出来。跑出来以后,倒是站在走廊下呆了一呆,这应该到哪里去好?母亲说是让我再进学校,以后要和书本子做朋友了。无聊的时候,正好拿书本子来消遣,自然不会感到苦闷,书也就慢慢的到肚子里去了。这样想着,不觉得信着脚向书房这院子里走来。老远的向前一看,连走廊下一盏电灯,也昏暗不明,书房里面,黑洞洞的,一线光明也没有,这又跑去做什么?夜是这样深,何必跑到那里去受孤凄?

只这一转念之间,人已离开了院子门好几步,一直向自己房子里走来。隔了窗户就微微听到清秋叹了一声气。进房看时,清秋侧着身子坐了,抬起一只右手,撑了半面脸,两道眉毛深锁,只管发愁。燕西道:"这日子别过了,我整天的咳声叹气,你是整天的叹气咳声。"清秋这才将手一放,站了起来,向燕西道:"你还说我,我心都碎了。我刚才接到韩妈一个电话,说是我母亲病了。"燕西道:"既是岳母病了,你就回家去看看得了,这也用不着发什么愁。"清秋道:"我就是愁着不能回去了,一来是在热孝中,大家都不出门呢,偏是我首先回去,自己觉得不大妥当。二来我怕这话说给人家听,人家未必相信,倒说是我藉故回家去。电话里说,我母亲不过一点小烧热,也不是什么大毛病,不回去看,我母亲知道我的情形,当然也不会怪我。真是睡在床上不能起来的话,我想韩妈明天早上一定会来的,那个时候,都问明白了,我再前去,或者妥当一点。"

燕西皱了眉道:"人家说你小心,你更小心过分了。你母亲病了,你回去看看,又不是好玩,有什么热孝不热孝?依我说,趁着今天夜晚,什么人也不通知,你就坐了家里的车,跑去看一趟,一两个钟头之内,悄悄的回来,谁也不会知道。我替你通知前面车房里,叫他们预备一辆车子,又快又省事多么好。"

清秋本来急于要回去看看母亲,只是不敢走,现在燕西说悄悄的回去一趟,马上就回来,果然可以做得利落,不会让什么人知道。

这样想着，不觉是站起身来，一手扶了桌子，一手扣着大襟上的纽扣，望了燕西出神。燕西脚一跺，站了起来道："你就不用犹豫了，照了我的话，准没有错，我给你通知他们去。"清秋对于这种办法，虽然很是满意，但是终觉瞒了出门，不大慎重。自己只管是这样考量，燕西已经走出院子门去了。不多一会儿，燕西走回房来，将清秋的袖子拉了一拉，低声道："时候还早，趁此赶快回去。我在家里等着你，暂不睡觉，你上车子的时候，打一个电话回来，我就预先到前面去等着你，然后一路陪你进来。你看，这岂不是人不知鬼不觉的一件事？"清秋随着燕西这一拉起了身，对着桌上一面小镜子，用手托了一托微蓬的头发，在衣架上取了一件青斗篷向身上一披，连忙就出门。

刚刚走到院子门下，又向后一缩，燕西正在身后护送着，她突然一缩，倒和燕西一碰。燕西问道："做什么？做什么？你又打算不去吗？"清秋踌躇了一会子，斜牵着斗篷，向外一翻，因道："你瞧！这还是绿绸的里子，我怎能穿了出去？"燕西跺着脚，咳了一声，两手扶了清秋的肩膀，只向前推。清秋要向回退，也是不可能，纵然衣服是绸的，好在是青哔叽的面子，而且又是晚上回娘家去，也就不会有谁看见来管这闲事的。

自己给自己这样的转圜想着，已是一步一步的走上了大门口。老远见大门半开，门上的电灯放出光亮来，果然一切都预备好了。走到大门下，已有两个门房站在大门一边伺候。据这种情形看来，分明是大家都知道的事情，这还要说是瞒这个瞒那个，未免掩耳盗铃。不过已经到了车成马就的程度，就是不回家去，也是大家都知道的了。低着头，一声不言语出门，家里一辆最好的林肯牌汽车，横了门外的台阶停着。这是金铨在日，自己自用的汽车，家里人不敢乱坐的，不料燕西却预备了这样一辆,心里又觉得是不安。燕西已对车夫说好,是开往落花胡同,原车子接七少奶奶回来。汽车折光灯一亮,一点响声没有,悠然而逝的去了。燕西觉得这件事很对得住夫人,心里很坦然的回房去。

但是,这晚瞒着出门的人,不止清秋,还有个王玉芬。清秋的车子走到半路上的时候,玉芬坐了家里另一部汽车,由外面回家的时候,在一条胡同口上,两个相遇了。清秋心里一面念着母亲的病,一面又在惦念着怕在金家露出了马脚,心里七上八下,只低了头计划着,哪有工夫管旁的闲事。玉芬由外面回家,心里却是坦然的,坐在车子里只管向外乱看。这胡同出口的地方,双方汽车相遇,彼此都开慢了许多。在这个当儿,玉芬向外看得清楚,对方开来的这一辆蓝色林肯牌汽车,正是自己家里的车子,再一看车子里坐的不是男客,却是女性,更是可注意的了。

玉芬猜想中,以为家里有女子坐这汽车出来,不过是道之姊妹,及至仔细一看,却是清秋,这真是一桩意料所不及的事了。恰是清秋低着头的,又好像是躲开人家窥视她似的,这让玉芬更加注意了。她这样跑出来,决不会得燕西同意的。别的事我不能说,至少的成分,是跑回娘家去,商量分家的事。看她不出,她倒是先下手为强了。我回去得查一查这件事,看看这分家的意思,是谁先有意?

这样一味的沉思,汽车不觉到了家门口。自己下车走进大门,门房站在一边,玉芬便问道:"七少奶奶刚才坐车出去,你们知道吗?"门房看她那样切实的说着,不敢说是没有出去,只得随便用鼻子哼了一声,答应是不错的样子。玉芬一听这话,站着偏了头问道:"大概她回娘家去了罢?谁叫人开这辆好汽车走的?这件事若是让七爷知道了,我看你们是吃不了兜着走呢。"门房道:"不是七爷自己跑出来分付开这辆车,我们也是不敢开的。"玉芬脸一沉道:"这要是七爷对你说的,那就好。"说毕,挺着胸脯赶快的就向里边去。

鹏振在屋里软榻上躺着,一听到唧唧一路皮鞋声,就知道是玉芬回来了。他自己跑出屋来,拧着了屋檐下的电灯,等玉芬进去。玉芬笑着和他点了一点头道:"劳驾。"玉芬进了屋子,鹏振跟了进来。鹏振随手将房门向后掩着,就轻轻的对玉芬道:"密斯白对于这件事,态度怎么样?总是出于赞成的一方面罢?"玉芬皱了皱眉道:"无论什么事,总是不宜对你商量的。若是对你说了,你总是不能保守秘密的。我去商量了,有没有结果,我自然会对你说,何必挂在口头?若是让别人听去了,你看够有多么大麻烦?"鹏振道:"我哪知道你总会对我说呢,我是个性急的人,心里有了事,非急于解决不可。"玉芬向他连连摇着手,又摆着头道:"不要说,不要说,我全明白了。"说毕,向椅子上一坐,左腿架在右腿上,两手十指交叉,将左腿膝盖一抱,昂着头,却长叹两口气。

鹏振心里倒是一吓,这是什么事得罪了她?要她发出这种牢骚来。刚才问了她一句,已经大大的碰了一番钉子。若要再问,正是向人家找钉子碰,恐怕非惹得夫人真动气不可,还是不说的好。于是将两手插在西服裤子袋里,半侧着身子,望了玉芬,只管出神。玉芬道:"你不要疑神疑鬼的,做出那怪样子来,我老实告诉你,我们所做的事,是德不孤了。"鹏振抢着问道:"真有这样的事吗?这真怪了!谁?谁?"玉芬于是将在胡同口上碰到了清秋的事,对鹏振说了一番。因道:"你想,她这样更深夜静溜了出去,又是燕西同意的,不是有重要的事,何至于此?冷家是有名的穷亲戚,趁火打劫的,还不趁我们家里丧乱的时候,拼命的向家里搬吗?我倒要去探探老七的口气,看他说些什么?"

鹏振连忙摇着手道:"这可使不得,谁都是个面子。你若把人家的纸老虎戳穿了,不但难为情,而且他以为我们有心破坏他的秘密,还要恨我们呢。"玉芬笑道:"你以为我真是傻瓜吗?我不过试试你的见解怎样罢了。不过他们也走上这条路了,我们可别再含糊,回头我多出了主意,你又说是女权提高,我可没有办法。"鹏振笑道:"我几时又说过这种话呢?我没有你给我摇鹅毛扇子,我还真不行呢。"说时,比齐两袖,向玉芬深深的一揖,然后又走进一步。

玉芬一掉脸道:"你可别患那旧毛病,你可知道你在服中?我虽不懂什么叫古礼今礼,可也知道什么叫王道不外乎人情。"鹏振脸一红道:"我又患什么旧毛病?不过说一句实心眼儿的话罢了。"玉芬也不计较,自到后房去,换了一件旧衣服,一双蒙白布的鞋,出了房间,却向佩芳这边来。

第八十二回

匣剑帷灯是非身外事　素车白马冷热个中人

玉芬向佩芳这边院子经过鹤荪的院子，却听到慧厂冷笑了一声。这一声冷笑，不能说是毫无意思，玉芬一只脚已经下了走廊台阶，不觉连忙向后一缩，手扶了走廊的柱子，且听她往下说些什么？只听见鹤荪道："你就那样藐视人，无论如何，我也要做一番事业你看看。"慧厂道："你有什么事业？陪着女朋友上饭店，收藏春宫相片，这一层恐怕旁人比你不上。若论到别的什么本领，你能够的，大概我也能够。我劝你还是说老实话，不要用大话吓人了。"鹤荪对于慧厂这种严刻的批评，却没有去反诘，只是说了三个字："再瞧罢"。

玉芬心里一想，他们夫妻俩，虽然也是不时的抬杠，但是不会正正经经谈起什么事业不事业，这个里头恐怕依然有什么文章，且向下听听看。这一听，他两人都寂默了五分钟，最后还是鹤荪道："我就如你所说，不能做什么大事，难道我分了家产之后，做一个守成者还不行吗？"慧厂道："这样说，你就更不值钱了。你们兄弟对于这一层，大概意见相同，都是希望分了家产来过日子的。还有一个女的……"说到这句,她的声音,忽然低了一低。这话就听不出来了。玉芬听那话音,好像是说自己分了财产之后,那家产可是收到自己腰包子里去的。鹤荪又低声道:"别说了,仔细人家听了去。"

玉芬怕鹤荪真会跑出来侦察,就绕了走廊,由外面到佩芳那边去。远远的只看到佩芳房间的窗户上,放出一线绿光,这是她桌子上那一盏绿纱灯亮着,她在桌子上写字了。屋子里这时是静悄悄的,并无人声,也不见什么人影子,这分明是凤举出去了,佩芳一个人在屋子里待着。这个时候,进去找她说话,那是正合适的了。于是在院子门外,故意的就先咳嗽了一声。佩芳听见,隔着窗户,就先问了一声谁?玉芬道:"没有睡吗?我一个人坐在屋子里,无聊得很,我想找你谈一谈。"佩芳道:"快请进罢,我也真是无聊得很,希望有个人来和我谈谈哩。"说着,自己走了出来,替玉芬开门。玉芬笑着一点头,道了一声不敢当,然后一同走进屋子来。

佩芳笑道:"我闲着无事,把新旧的帐目寻出来,翻了一翻,敢情是亏空不小。"玉芬一看桌上,叠了两三本帐簿,一个日本小算盘,斜压着帐簿的一只角。一支自来水笔,夹在帐簿书页子里面。桌子犄角上,有一只手提小皮箱,已是锁着了,那锁的钥匙还插在锁眼里,不曾抽出来。玉芬明知道那里面的现款存折,各种都有,只当毫不知道,随便向沙发上一靠,将背对了桌子,斜着向里坐着。佩芳对于这只小皮箱,竟也毫不在意,依然让它在桌面前摆着,并不去管它,坐到一边去陪玉芬说话。

玉芬道:"说句有罪过的话,守制固然是应该的事,但是也只要自然的悲哀,不要矫揉造作,故意做出那种样子来。就以我们做儿媳的而论,不幸死了一个顶天立地的公公,自然是心里难受。可是这难受的程度,一定说会弄得茶不思饭不想,整日整夜的苦守在屋子里,当然是不会的。既是不会,何必有那些做作?"佩芳微笑道:"你说的话,我还不大明白。你说那些做作,是些什么做作?"玉芬道:"自然就是指丧事里面那些不自然的举动。"佩芳道:"嘿!看你不出!你胆量不小,还要提倡非孝,打倒丧礼呢。但是我想,你也不会无缘无故说出这种话,必是有感而发。"玉芬点头道:"自然是。你知道我心里搁不住事,口里搁不住话的。我有点小事非回家去走一趟不可。但是鹏振对我说,不回去也罢,热孝在身上。平常他要这样拦我,我是不高兴的。这次他拦我,我可要原谅他,他实在是一番好意,我也不能不容纳。不过他自己有些家事,万不能不出去,也像大哥一样,出去几回了。今天晚上。他也出去的。他回来,可报告了我一件可注意的新闻。"佩芳道:"什么新闻?他还有那种闲情逸致打听新闻吗?"

玉芬偷看佩芳的颜色,虽然乘间而入,问了一句令人惊异的话,但是她脸上很平常,在桌上随手摸了一张纸条,两手两个大指与食指,只管抢着玩。玉芬这才道:"这话我虽不相信,我料定他也不敢撒这样一个谎,去血口喷人。据他说,在路上遇到了我们七少奶奶,一个人坐了父亲那辆林肯牌的汽车,在街上跑呢。"佩芳道:"真的吗?她为什么要瞒着人,冒夜在街上跑呢?"玉芬道:"这也很容易证明的事,大嫂派蒋妈到她屋子里要个什么东西,看她在家不在家,就晓得了。"佩芳手上,依然不住的抢着那张纸条,眼光是完全射在那纸条上,却是没有看玉芬的脸色是怎样,淡淡的道:"管他呢?家里到了这种田地,各人自扫门前雪,休管他人瓦上霜。"玉芬点头,表示极赞成的样子,答道"这话诚然,我也是这样想。我也不过譬方说,叫蒋妈去看一看。其实证明了又怎么样?不证明又怎么样?"

佩芳道:"她没有出去倒罢了。若是出去了,我们也不必再提。

因为夜晚出去,平常也不大好,何况现在又是热孝中?你对于她这事的批评怎么样?"玉芬斜躺着,很自在的样子,左脚的脚尖,却连连在地板上敲了几下,顿了一顿,才道:"出去是不应该的。不过有急事,也可例外。然而她何必瞒着大家呢?人家都说她对于娘家如何如何,我想或者不至于。像今天晚上的事,外面门房听差车夫等等那些下人,毫无知识,岂能不疑心她是回娘家去有所图吗?咳!聪明人究竟也有做错的时候。"佩芳这才去收拾桌上的笔砚账簿,对于玉芬所提的一番话,好像是忘了,就没有再去答复。等得东西都收拾好了,然后就找了别的事来谈,越谈越有趣,却让玉芬把话转不过来。玉芬坐了许久,谈不入正题,起身走了。

这时,便是晚间十二点钟了,凤举由外面回房来,佩芳道:"我料定你一点钟以前,不能进房的,不料居然早来了。"凤举道:"往日你说我,犹所说焉,现在我在服中,你怎能疑惑我有什么行动?"佩芳道:"你这真是做贼的心虚了,我说不能早回房,也作兴是说你有事,不见得就是说你花天酒地胡闹去了。我没有说,你自己倒说出来了。这个我今天也不和你讨论。刚才玉芬在这里谈了半天的话,她说清秋今晚一个人坐汽车出去了,疑惑有点作用,你看怎么样?"凤举道:"怪不得我在前面,听到老七陪着清秋,一路唧唧喁喁说着话进来。原来他们小俩口子,倒在另找出路!他们少高兴,母亲正在生气,要调查谁提倡分家呢。我听了母亲那口气,好像说要分家的是翠姨,倒不料是他两口子做的事。清秋那孩子,你别瞧她不言语,她的城府极深,你们谁也赶不上她哩。"这一席话,凤举随口道出,不大要紧,可是又给清秋添上一项大罪。

佩芳心里想着,婆婆终是疼爱小儿子小女的,保不定私下分给了燕西一件什么东西,所以燕西预先腾移到岳母家里去。凤举总有手足之情的,大概就是在实际上吃一点亏,也未必肯说。趁了清秋刚回来,必定有些话和燕西商量,且偷着去听听,看他们说些什么?于是也不通知凤举,轻轻悄悄走向清秋这边院子里来,恰好这个时候,院子门口那盏电灯,已经灭了,手扶着走廊的柱子,一步一步,走向清秋的院子里。清秋的屋子里,还亮着电灯,她的紫色窗幔,因为孝服中,换了浅蓝的了。电灯由窗子上向外射,恰好看见窗子下,有一个黑影子,斜立在廊下。佩芳贸然看见,浑身一阵冷汗向外一冒,全身都酥麻了,心里扑通扑通乱跳,只是来得尴尬,不便喊叫,就自己下死劲镇定了自己。

仔细看那影子,却是一个女子,心里忽然明白,这也是来听隔壁戏的了。所幸自己还未曾走过去,轻轻向后倒退一步,便是院子的圆洞门,缩到圆门里,藉着半扇门掩了自己的身子,再伸着头看看那人是谁?自己家里人,只要看一个影子,也认得出来的,这人不是别个,正是报告清秋今晚消息的王玉芬哩。看了一会儿,见玉芬不但不走,反而将头伸出去,微微偏着,还要听个仔细。自己在门边,也听到燕西在屋子里说话,他道:"既是你母亲病不怎样重大,我就不去看她了。要不然,人家又要说我只知道捧丈母娘。"直待听完了这句,玉芬才移动了脚。佩芳总怕彼此碰到了,会有许多不便。赶快一抽身,扶着墙壁走了几步,然后闪到向自己院子的路上来。果然玉芬轻轻悄悄,由那院子门出来,回自己院子去了。佩芳直待她走远了,然后从从容容回到自己屋子里去。心里有了这样一件事,且按捺下不做声,看看玉芬、清秋她们什么表示?

然而清秋自己,总以为昨晚回家的事,很秘密的,决计没有人知道。但是就是有人知道,至大的错处,也不过是不该随便出门,而况且这事又完全是燕西主张的,更不必担多大的忧虑。因之到了次日，照常还像平常一样。玉芬呢，遇到了佩芳之时，却不断的以目示意。有清秋在当面时，那就彼此对看看，又要看一看清秋。在王玉芬意思之中，好像说，我已经知道她一件秘密工作，那个秘密工作的人，还闷在鼓里呢。佩芳看了玉芬那得意的样子，倒也有趣。

不过这件事，起初是四五个人知道，过了两天，就变成全家人知道。就是金太太的耳朵根下，也得着这件事一点消息。金太太对于清秋，本来没有什么怀疑之点，这种消息传到她耳朵里去，她虽不全信，可是清秋回家去了一趟，这总是事实。觉得这孩子，未免也有点假惺惺。在表面上，对于一切礼节，都很知道去应付，怎么在这热孝之中，竟私下一个人溜回家去了？这岂不是故意犯嫌疑？然而平常一个自重的人，决无去故意犯嫌疑之理。那末，清秋这次回去，总是有些原因的了。金太太这样想着，就把以往相信她之点，渐渐有点摇动。等清秋到屋子里来坐的时候，金太太的眼光，便射到她身上去，见她依然是那样淡然的神情，就像不曾做一点失检事情样子。这可以证明她为人是不能完全由表面上观测的。

当金太太这样不住的用眼光看清秋的时候，清秋也有些感觉，心里想着，婆婆为什么忽然对我注意起来了？是了，现在是时候了，这腰身未免渐渐的粗大起来，她一定是向我身体上来观察，看着到了什么程度。虽然这件事情，迟早是要公开的，然而在这日期问题上推起来，最好是事先不要说开。因为心里这样想着，金太太越去观察她，她越是有些不好意思，这错误就扩大起来。

在丧期中，内外匆忙，人心不定，日子也就闪电似的过去，不知不觉之间，已过二七，家中就准备着出殡了。对于出殡的仪式，凤举本来不主张用旧式的。但是这里一有出殡的消息，一些亲戚朋友和有关系的人，都纷纷打听路线，预备好摆路祭。若是外国文明的葬法，只好用一辆车拖着灵柩，至多在步军统领衙门调两排兵走队子而已，一个国务总理，这样的殡礼，北京却苦于无前例。加上亲友们都已估计着，金家对于出殡，必有盛大的铺张。若是简单些，有几个文明人，知道是文明举动，十之八九，必一定要说金家花钱不起了，家主一死，穷得殡都不能大出。这件事与面子大有妨碍了。

有了这一番考量，凤举就和金太太商量，除了迷信的纸糊冥器和前清那些封建思想的仪仗而外，关于喇嘛队、和尚队、中西音乐、武装军队都可以尽量的收容，免得人家说是省钱。金太太虽然很文明，对于要面子这件事也很同意，就依了凤举的话，由他创办起来。凤举因仪仗虽可废，但是将匾额挽联依然在街上挑着，这却无伤大雅。这样一来，提取那稍微有名者送的挽联，一共就有四百多副。每人举着一副，也就四百多人。同时把各区半日学校的童子军都找了来，组织一个花圈队，这也就够排场，抵过旧式的仪仗有余了。

凤举还怕想得不周到，就问朋友们还有什么热闹的办法没有？他一问，大家也就少不得纷纷贡献意见。有两个最奇怪的建议，一个主张和清河航空厂商量，借一架飞机来。当着出殡的路线，让飞机在半空里撒着白纸。一个主张经过的路线所有的商家都下半旗。这一件事，并不难，只托重警察厅，通知一声就是了。凤举也觉这个办法很好，大可以壮壮面子。照说，父亲在日，很替国家办些大事，而且这次病故，政府也有个哀恤令，这样铺张，也不过分，就托人去办。航空厂那边首先回了话，说是没有这个前例，不敢私下答应，总要陆参两部有了命令，才敢照办。警察厅里人听了，却连信也没有回。凤举很是生气，说是总理在，他们要巴结差事，还怕巴结不上，这样小而小的两件事他们都不肯办，真是势利眼。不过他们要这样势利，权不在手，没有他们的法子，也只好算了。

又过了两天，便是出殡的日子，早一晚上，全家电灯放亮，就开了大门一晚到天亮。次日上午，亲友和僚属们前来执绋的，除了内外几个客厅挤满了，走廊上及各人的书房里，也都有了人了。全家纷纷攘攘。凤举兄弟除了履行已措置妥当的大事而外，其余的事，自己都不能过问，一例让刘守华和朱逸士去主持。里面太太小姐们，又是哭哭啼啼，觉得死别中又是一层死别，自然也是伤心极了，哪里能过问一切琐事？所有内外都是纷乱的。出殡的时间，原是约定了上午九点钟，但是一直到上午十点钟已经敲过，一切仪仗都没有预备妥当，还是外面来执绋的等得不耐烦，纷纷打听什么时候可以走，这才由办事人里面推出两个人来主持，将棺柩抬出去了。

女太太们，跟着来送殡的，都坐着马车汽车，有车子的亲友们，知道金家搜罗车辆很费事的，大家都带了车子来。亲友里面最穷的，自然是冷家一门。冷太太虽然身体不好，但是据清秋说，所有的亲戚，没有不来送殡的，她心想，这一门亲戚，只有自己一个人，虽然清秋的舅父，也可以代表，然而他姓宋，不姓冷，究竟又隔了一层了。因之将家事交给了韩妈，也到了金家来。这金家支配送殡车辆的人，对于金氏几门至亲，知道都有车辆的，就不曾支配着。因为不曾和有钱的亲戚支配，连这个无钱的亲戚，也就算在内。清秋自己，又是在混乱中，跟着大家出门，对于母亲车辆这一件事，也不曾想到。大家送殡的女眷们，到了大门口，纷纷让带来的底下人去找车。没有车的，早经这边招待好了，分别坐上署着号头的汽车与马车。这倒把冷太太愣住了，自己没车子带来，也不知道要坐这里的车子有什么手续，不要胡乱的来，一失仪，就给姑娘丢脸了。

这些送殡的车子，除了家属而外，数目太多了，都是没有秩序的，哪辆车子预备好了,哪辆车子便开了走。车子开着走了三分之二了,冷太太还是在大门口徘徊着,没有办法。看到一个听差似的人,便将他拦住道:"劳你驾,将我引一引,我们亲戚送殡的车子,哪些是的?"那听差的又不认识冷太太,便道:"老太太,我也摸不清。你的车子是多少号码?我给你找个人查查去。"冷太太一时说不上来,他也没有等,见人群中有个人和他招手,他就走了。冷太太只得重新进大门,找着门房,告诉要坐车子。门房认得她是亲家太太,便迎了上前笑道:"没有给你预备一辆车吗?"冷太太道:"也没有人来通知我,我哪里知道?"门房笑道:"这天家里也真乱,对不住你,我给你外面瞧瞧罢。"

门房出去了一会儿,笑着进来道:"有了,有了,是王家那边多下来的一辆车,正找不着主儿,你要坐,就坐了去。"冷太太也未曾考量,是哪个王家?以为是给亲戚预备的车子,这个不坐。那个就可以坐了去。因此就让这门房引导着,上了那辆车子。这辆汽车,开的时候,门口停的车子,已经是寥寥无几了。这汽车夫将车机一扭,摆着车头偏向路的一边,却只管超过一些开了的汽车去。一直开过去三四十辆车子,再过去,就是眷属的车子了,车夫才将车子开慢,紧跟着前面的车子走。

在这送殡的行程中,无所谓汽车马车人力车之别的,所有的车子,一律都是一尺一尺路挨着走。冷太太所坐的车,是玉芬娘家的车子,当然车夫会把车子开到王家车子一处。王家自己,本只有两辆汽车,今天除了自家两辆汽车都开来而外,又在汽车行另雇两辆汽车。玉芬的大嫂袁氏,原把自己的车子留着自坐,但是一出门,白秀珠却临时坐了哥哥的汽车送殡来了。一见袁氏,便在车子里招手。袁氏走到车边,扶了车门道:"你怎么这时候才来?"秀珠道:"你有什么不明白?

我是不愿到金府上去的。但是金老伯开吊,我没有来,送殡我可不能不来。我叫了这里的听差打电话给我,一出了门,我就赶来,送到城外南平寺,行个礼我就回去的。"袁氏笑道:"哟!你至今……"说到这里又忍回去了,改口道:"你车上还搭人吗?要不,我坐你的车,一块儿谈谈,我们好久不见,也该谈谈了。"白秀珠道:"欢迎欢迎。"口里说着,已经是把车门打了开来,于是二人同坐在车内谈心。

袁氏偶然一回头,却由车子后窗里看到后面紧跟着一辆车子,乃是自己的,因对秀珠道:"我坐着你的车子,我的车子,倒……"说时,把后面车子看清楚了,呀了一声道:"这是谁?这样不客气!哦!是了,这位老太太,我也见过一回的,不就是冷清秋的娘吗?"秀珠听了这句话,也不知是何原故,脸色立刻转变,问道:"冷清秋的娘?你的汽车干吗让给她坐?"袁氏道:"我和她并不认识,怎会把车子让给她坐?我想,她总以为是这边金家的车子,糊里糊涂上去的,反正我也不坐,就让她坐到南平寺去罢。"秀珠道:"我不看你往常的面子,我非逼你上自己的车子去不可,这一趟算让你坐去。有话在先,回来要坐我的车子,可是不行。"

袁氏笑着伸手将秀珠的脸蛋掏了一把,笑道:"你这个人醋劲真大,到现在你这股子酸劲还没有下去。我听说现在金七爷和你慢慢恢复感情了,你也应该变更态度呀。"秀珠将脸一偏道:"废话!恢复感情怎么样?不恢复感情又怎么样?"袁氏笑道:"事在人为呀!有本事,人家在你手里夺过去,你再在人家手里夺过来。"秀珠鼻子里哼着,冷笑了一声。袁氏道:"得!我瞧你的,反正这日子也不远啦。"秀珠微微点了一点头,又冷笑了一声。袁氏和秀珠,虽不十分亲密,然而因为玉芬和秀珠要好的关系,她也就不把秀珠当做外人,因此彼此都很随便的说话。这话一谈开了端,袁氏就不断的和她谈起燕西的事来。这话越说越长,汽车一直到了南平寺,已然停在庙门口了。秀珠道:"到了,下车罢,倒走得不慢。"袁氏将手表抬起看了一看,笑道:"十点钟动身,现在一点多了。还不慢?"秀珠道:"下车罢,不要多说了。"于是二人夹杂在许多男女吊客之间,一路走进庙去。

这南平寺的和尚,知道这是一等阔人金总理的丧事,庙里的各处客堂佛堂,都布置得极好,男女来宾,纷纷攘攘分布在各处。各处虽然都有金家的人招待,然而这些客彼来此去,招待的人,当然也有照顾不到之处。秀珠和袁氏进来之后,因为她不愿一直到金家内眷那边去,旁边有个小佛堂,多半都是些疏远亲友屯集着,秀珠也就急走两步,走到那边去。那里只金家两个管事人的太太出面招待,本来是敷衍之局,无足轻重。袁氏是不大到金家去,秀珠也是疏远亲友之流,自然也是平常的招待,只迎着一点头,说声请坐而已。秀珠刚是落坐,恰是冷太太也跟着来了。她可没有知道这地方是些疏亲远友,也跟了过来。这里的招待,偏是认得她的两个人,一直迎下台阶来,笑着点头道:"冷太太,你请到上面内院佛堂里去罢,七少奶奶都在那边。"冷太太道:"我倒是不拘,随便在哪里坐都可以的。"一个招待说:"这里也很曲折的,我来引你老人家去罢。"说着,就在前面引导,带了冷太太去了。

秀珠亲眼得见这事,只把脸气得通红,鼻子里呼呼出气,用眼睛斜瞟着院子里,不住的发着冷笑。袁氏在一边,看着也有点不平。都是儿女亲戚,为什么七少奶奶的母亲来了,就这样的捧,三少奶奶的嫂子来了,就没有人理会?你们只知拣太太喜欢的亲戚捧,哪里知道人家是穷光蛋一个,连汽车还是借坐我这不受欢迎的呢?袁氏心里这样想着,见着秀珠生气也不去拦阻。巴不得秀珠发作出来,倒可以出一口气。但是秀珠尽管不好,嘴里却不肯多吐出一个字来。

袁氏走上前,扯了一扯她的衣角。秀珠回头来,袁氏招招手,将她引到一边,因低声道:"你瞧,这些当招待员的真是不称职了。招待这边客人的,放了正经客人不招待,倒飞出界限,去招待别个所在的客人。咱们微微教训他一下子,你看好不好?"秀珠道:"看在主人面上,不要理他就算了。"袁氏笑道:"咦!你倒不生气了?平常你还不肯在面子上吃亏的,怎么今天你倒很随便起来?"秀珠道:"不是我不发脾气,但是人家有丧事,心里都闹嘈嘈的。就是他们自己出面招待,也不免有不能周到之处。至于这请的两个招待员,我看他们就是小家子气象,他不缠我们,我们不去缠他也罢。哪个有许多工夫生那些闲气?其余的人,怪我们两句不要紧。若是太太知道,倒说我们不是送殡来了,闹脾气来了,我如何承受得起?"

袁氏见秀珠并不十分生气,也不便一味挑拨,因道:"你既来了,也应该到他们一处去打个照面。一面向主人表示人到礼到,二来也让这些不开眼的招待员,知道咱们是谁?"秀珠道:"我们的心尽了就是了,又何必在人家面前表示人到礼到呢?他们不知道我是谁,就让他们不知道我们是谁罢。"袁氏微笑着低声道:"你不是和这边的人,有些言归于好的意思吗?为什么又是这样言无二价的样子呢?"袁氏说着话,可就伏在秀珠肩上,嘴直伸到秀珠的耳朵边,又道:"你不是那样傻的人,来都来了,为什么不和他们打一个照面?"说时,拉了秀珠就走。秀珠虽要挣脱,也是来不及,也就只好由着她,跟到金氏家眷聚居的佛堂上来。

这里的佛堂很大,有孝服的,究竟不便出来招待,十几个人,都挤到左边屋子雕花落地罩后面去。亲戚们都在外面走,就可以随便的谈笑。袁氏和秀珠一来,一直就到里屋子里去,将大家安慰了一番，然后重到外面来坐。冷太太本也在这里，一见袁氏，起身相迎道："请坐请坐，我好面熟，年老了，记性不大好，我忘了你贵姓了。"袁氏笑道："我不敢说贵人多忘事，但是刚才伯母来到这里，还坐的是我的车子呢！我们本也没有车子富余，因碰到了我们这位妹妹，坐到她车子上来说话，就把自己的车子，空下来了。"说着，用手拍了秀珠的肩膀。

这一句话，似乎是随便说的一句玩话，然而用心人听起来，分明又是讥笑冷太太自己没有汽车坐，所以坐人家的车子。冷太太平常为人倒是模糊，惟有和金家的人事往来，总是寸步留心，以免有什么笑话。今天由金家门口登车之时，因为时间匆促，不曾加以考量。现在袁氏一说这话，想起来了，她是王玉芬的娘家的嫂子，刚才便坐着是她的车子了。自己真是大意，如何坐着他们家的车子？我知道王家人是最不满意我们冷家人的……到他们面前露怯，真是不凑巧。不过这事已经做了，悔也是悔不来的，只有直截了当，承认就是了。因道："这可对不住，我还没有谢谢呢。"然而说了这句话，觉得"对不住"这三个字，有点无由而起，自己也就脸上红了一阵。袁氏道："都是亲戚，还分个什么彼此呀？你老人家若是要用的话，随便坐一天两天，也不要紧，怎么还谈谢呢。"她越是这样说，冷太太越觉得是难为情，只红着脸。

有些亲戚，知道冷家是很穷的，听袁氏那种话，大有在人家面前摆阔的意思，心里也就想着，在这大庭广众之中，再三的要显出人家是没有汽车的，岂不是故意笑人？同时，各人的脸上，自然也不免得这种神气露出，只望了袁氏，又望望冷太太。有一两个人怕冷太太下不了场，就故意找她说话，把话扯开了。冷太太也知道人家拉着说话，是避开舌锋的，这样一来，心里就未免更难堪。

金家在寺里安灵，男女来宾，大家都谒灵了。冷太太因所事已毕，就不愿再到金家去了，因对清秋道："我不知道怎么一回事，心里突然难过起来，我不能到你家去了，我要先回去休息休息。"清秋知道母亲身体不好，今天来得就勉强，若是不要她回去，一定拖到金家去，恐怕真会把她拖出大病来。因答道："你若是身体真不好，就先回去罢。这边母亲，我自会和她说。你有车坐吗？"冷太太恐怕当真说了出来，女儿心里要难受，只说有车，就轻轻悄悄的溜出大门来，自雇了一辆人力车回家去了。

第八十三回

对簿理家财群雏失望　当堂争遗产一母伤心

这些来宾里面，要算是秀珠最注意冷太太的行动。她一见冷太太不声不响走了，分明是为了刚才一句话，马上躲了开来的。于是她悄悄的走到袁氏身边，将她的衣服，轻轻一拉。袁氏回过头，望了她一望。在这一望之间，便是问她有句什么话说？秀珠向前面一望，望着前面一努嘴。轻轻的道："老的让你两句话气走了，你也特难一点，怎么硬指明着她借了你的车坐呢？"袁氏眉毛一扬道："谁叫她自己没有车呢？我要是没有车，我就不来送殡了。"

她们两人说话之所，原来离开了众人，自坐在佛堂一个犄角上。这犄角便紧邻着内眷们休息的那间屋子，袁氏重声说的几句话，恰是让隔壁的清秋完全听去了，心里倒不由吃了一惊。这个时候，玉芬也坐在近处，清秋待要多听两句，又怕她留了心，反正知道是这样一回事，便好像没事一样，自避开了。在里边转过落地罩，就看见秀珠穿了一件黑旗袍，一点脂粉不涂，也在宾客丛中，自从那回在华洋饭店与她会面而后，已知道她和燕西交情犹在。本想对她淡然置之，可是心里总放不下，这次见了面，越是觉得心里难受。这一股子气,虽然不能发作,然而这一阵热气,由耳朵根下,直涌上脸来,恍惚在火炉上烤火一般,望了她一望,依然避到落地罩里去了。心想,怪不得形容我家没有汽车,原来是有她在这里,你真厉害,一直会逼到我母亲头上来。无论如何,我已然嫁过来了,我看你还有什么法子?你只宣布我家穷,我可没有瞒着人,说我是有钱人家的小姐呢!这样想着,不觉坐在椅子上,一手靠了桌子,来撑住自己的头。

金太太也在这屋子里歇着的,老妈子刚打了一把手巾来,擦过了满脸的泪痕,她一见清秋斜坐在一边,似乎在生闷气,便问道:"清秋,你母亲大概是实在身体支持不住,让她回去就是了。送殡送到了这里,她总算尽了礼,你还要她怎么样?"清秋道:"我也知道她不行,让她回去的,但是我转身一想,怕亲戚们说闲话。"玉芬正把眼睛望着她呢,就淡淡的样子,将脸偏着向窗外看着天道:"哪个亲戚管那闲事?有爱尽礼的,有不爱尽礼的,何必拉成一律?"金太太听她二人的口音,彼此互相暗射着,不由得淡淡的叹了一口气。对她二人各望了一望,却没有再说什么。

清秋究竟胆小的,她一见金太太大有无可奈何的神气,只得低了头,再不做一句声。金太太道:"事情也完了,殡也送了,我要先回去一步了。"说着,她已站起身来向外走。佩芳道:"你老人家怎不把孝服脱下来呢?这是不带回去的。"金太太道:"没关系,现在家里算我是头了,要说有什么丧气的话,当然是我承受。我也看得空极了,还怕什么丧气?"说着,依然是向外走。几个跟来的老妈子看见,知道太太要回去,就抢上前两步,赶快分付前面预备开车。金太太只当一切都不知道,就一直的向门外走。

这一下子,大家料定她是气极了,早有道之领头,带了女眷们,一齐跟了出来。本来这里送殡的人,一个一个到停灵的屋子外去行礼,是很延长时间的事情,直到这时,还在行礼,大家都不便哪个先走。现在金太太是主要人物了,她既走了,大家也不勉强去完成那种虚套。门口的车辆,停着在大路上,有半里路长,一大半不曾预备,这时突然要走,人喊声、汽车喇叭放号声、跟来的警察追逐人力车声,闹成了一片。金家的人,四处的找自己车子,一刻工夫,倒有七八辆车子抢着开了过来。金太太依然不做声,坐上一辆,只对车夫说了一句回去,就靠着坐靠,半躺着坐在一个犄角上了。大家站在庙门口,目望金太太的汽车,风驰电掣而去,都有点担心,不知道她今天何以状态突变,也不等这里的事情完就走了?不过她一走,大家也就留不住。纷纷的坐车散了。

　　金家女眷们,一部分留在庙里,料理未了的事,一部分就跟着回家来。清秋见金太太今天生气,自己倒要负一半的责任,金太太回去了,怕她还要生气,也就赶着回来。但是回家以后,金太太只是在她屋子里闲躺着,一点什么话没有说,这事似乎又过去了。清秋也总希望无事,金太太不提,那就更好,也就不敢来见金太太,免得再挑起她的气了。到了吃晚饭的时候,勉强去陪着吃饭,燕西却不在那里,金太太依然没说什么。清秋心里这一块石头,才落了下去。直等吃完了饭,金太太才道:"你们暂别走,我还有话说呢。"这里同餐的,只有敏之、润之,她们是不会发生什么问题的。清秋一想,恐怕是事到头上了。这也没有法子,只得镇静着坐定。金太太却叫老妈子道:"我先告诉你的,叫他们一齐都来。"两个老妈子答应着分头去了,不多大一会儿工夫,燕西和三对兄嫂,道之夫妇,二姨太和翠姨,还有梅丽,都来了,大家坐着挤满了一屋子。

　　金太太四周一望,人不缺少了,便正着脸色道:"我叫你们来不是别事。我先说了，棺材还没有出去，不忍当着死人说分家。现在死人出去了，迟早是分，我又何必强留？今天我问你们一个意思，是愿私分，还是愿官分？"大家听到金太太说出这一套，都面面相觑，谁也说不出话来。金太太道："你们为什么不做声？有话可要说，将来事情过去了，再抢着来说，可有些来不及了。"这句话说过，大家依旧是默然。

金太太冷笑道："我看你们当了我的面，真是规矩得很，其实恨不得马上就要把家分了。这样假惺惺，又何必呢？你们不做声也好，我就要来自由支配了。"到了这时，玉芬忍不住了，本坐在一张圈椅上的，于是牵了一牵衣襟，眼光对大家扫了一遍，然后才道："照理，现在是摊不着我说话的，无奈大家有话都不说，倒让母亲不知道是什么意思？说到分家的心思，母亲是明镜高悬，不能说大家就一点这意思都没有。但是要说父亲今天刚刚出殡，马上就谈到分家的头上，或者不至于。母亲就有什么话要分付大家，也不妨再搁些时。一定要今天提起来，恐怕传到外面去，要说这些做晚辈的太不成器了。"

当她说时，金太太斜着身子，靠在一个沙发犄角上，两手抱在怀里，微偏着头听了。一直等玉芬说完，点点头道："这倒对，这急于分家，倒是我的意思了。我倒也想慢慢的，但是我不愿听那些闲言闲语。至于怕人家笑话，恐怕人家笑我们也不见得就自今天为始。散了就散了，比较痛快，还要什么虚面子？玉芬，你不要误会，我并不是驳你的话，我只是想到分开来的妥当，并无别意，也不单怪哪一个人。"玉芬碰了这样一个钉子，真忍不住要说两句。她心里正计划着，要怎样的说几句才好，忽然一想，今天晚上，她老人家发号施令，正要支配一切，我为什么在上菜的时候，得罪厨子，当然是忍耐住了的好。小不忍则乱大谋，现在正用得着那一句话了。

这样想着,便立刻把一肚子话逼了回去,也是呆呆坐在一边。

一室之间,坐了许多人,反而鸦雀无声起来。金太太见大家不做声,便将脸朝着凤举道:"这该你说话了,你有什么意见?"凤举正拿了一支烟卷,靠着一张椅子,抽得正出神。两手抱在胸前,完全是静候的态度,要等人家说话。现在金太太指名问到自己头上来,这却不容推诿,放下手来,拿着烟卷弹了一弹灰,对大家看了一遍,用手向外摊着道:"我又没预备怎么样,叫我说些什么呢?"金太太道:"这又不是叫你登台演说军国大计,要预备什么?你有什么意思说出来就是了。"凤举道:"我也不敢说那句话,说能担保大家依然住得很平安。不过这事要怎么办,我是不敢拿主意。官分呢?私分呢?我也不懂。"说着,把手上的烟卷头丢了,又在身上掏出一支烟卷来,离着金老太太远远的,却到靠窗户的一张桌子上拿洋火,将烟卷点了。

金太太道:"你过来,你跑什么?你不是问官分私分吗?官分就是请两个律师来,公开的分一分。私分就是由我支配。但是我也很公的,把一切帐目都宣布了,再来分配。有反对的没有?"慧厂道:"本来呢,中国人是赞成大家庭制度的。其实小家庭制度,可以促成青年人负责任去谋生活,英美文明国家都是一样。母亲是到过外国的,当然和普通人见解不同。不过我们既是中国人,对于中国固有的道德,也应该维持。折衷两可的话,我就说句很大胆的话,分家我虽不曾发起,可是我很赞成。不过怎样的分法,我以为倒可以随便,母亲以为怎样支配适当,就怎样支配。手掌是肉,手背也是肉,母亲也绝不会薄哪个厚哪个的。就假如有厚薄,我们分家,为了是各人去奋斗,谋生活独立,这一点就不必去注意。"

慧厂先是很随便的说,越说到后来,声调越高,嗓子直着,胸脯挺着,两只手掌,平铺的叠起来,放在大腿上,就像很用力似的。

大家听了慧厂一番话，见她竟大刀阔斧这样的干起来，又都替她捏一把汗。哪知金太太听了，一点也不生气，却点了一点头道："你这话倒也痛快！本来权利的心事，人人都有的，自己愿怎样取得权利，就明明白白说了出来，要怎样去取得。若是心里很想，嘴里又说不要，这种人我就是很痛恨。"金太太说到"痛恨"两个字，语音格外重一点。大家也不知道"这种人"三个字，指的是哪一个。大家都不免板了面孔，互相的看了一眼。

金太太倒不注意大家的态度如何，她立起身来走到里边一间屋子里去，两手却捧了一个手提小皮箱出来，向着屋子中间桌子面上一放，接上掏出钥匙将锁开了。大家看到金太太这样动手，都眼睁睁的望着，谁也不能做声。也料不到这手提箱里，究竟放的是些什么？只见金太太两手将箱子里的东西，向外一件一件检出，全是些大大小小的信套纸片等类，最后，却取出了一本帐簿，她向桌上一扔道："你们哪个要看？可以把这簿子先点上一点。"这里一些儿女辈，谁也不敢动那个手，依然是不做声的在一边站着。金太太道："我原来是拿来公开的，你们要不看，那我就完全一人收下来了。但是，荣华富贵，我都经过了，事后想着，又有什么味？我这大年纪了，譬如像你们父亲一样，一跤摔下地，什么都不管了，我又要上许多钱做什么？你们不好意思动手，就让我来指派罢。慧厂痛快，你过来点着数目核对。凤举说不得了，你是个老大，把我开的这本帐，你念上一念，你念一笔，慧厂对一笔。"

慧厂听说，她已先走过来了。凤举待还要不动，佩芳坐在他身后，却用手在他膝下轻轻推了一把。凤举会意，就缓缓的走上前来，对金太太道："要怎样的念法？请你老人家告诉我。"金太太向他瞪了一眼道："你是个傻子呢？还是故意问？"说着，便将那帐簿向凤举手里一塞道:"从头往后念,高声一点。"凤举也不知道母亲今天为何这样气愤?处处都不是往常所见到的态度。接过那帐簿,先看了一看,封面上题着四个字:家产总额。那笔迹却是金太太亲自写下的。金太太倒是很自在了,就向旁边一张椅子上坐下去。专望着凤举的行动。凤举端了那簿子,先咳嗽了两声,然后停了一停,又问金太太道:"从头念到尾吗?"金太太道:"我已经和你说得清清楚楚的了,难道你还没有了解不成?"

凤举这才用着很低的声音,念了一行道:"股票额一百八十五万元。"他只念了一行,又咳嗽了一声。金太太道:"你怎么做这一点事,会弄得浑身是毛病?大声一点念,行不行?"凤举因母亲一再见逼,这才高着声道:"计利华铁矿公司名誉额二十万元,福成煤矿公司名誉额十八万元,西北毛革制造公司名誉额五万元。"金太太道:"且慢一点念。在场的人,对于这名誉股票,恐怕还有不懂得的,我来说明一下。这种股票,就是因为你们父亲在日,有个地位,人家开公司做大买卖,或者开矿,都拉他在内,做个发起人,以便好招股子。他们的条件,就是不必投资,可以送股票给我们,这种股票,是拿不到本钱的,甚至红利也摊不着,不过是说起好听而已。平常都说家里有多少股票,以为是笔大家产,其实是不相干的。凤举,你再往下念。"凤举当真往下念,一共念了十几项,只有二十万股票,是真正投资的。但是这二十万里面,又有十五万是电业公司的。这电业公司,借了银行的债几百万,每月的收入,还不够还利钱,股东勉强可以少还债,硬拉几个红利回来,这种股票,绝对是卖不到钱。那末,一百八十五万股票,仅仅零头是钱而已。

凤举念了一样,慧厂就拿着股票点一样。凤举把股票这一项念完,金太太就问:"怎么样?这和原数相符吗?"慧厂自然说是相符。

不过在她说这一声相符的时候,似乎不大起劲,说着是很随便的样子。她是这样,其余的人,更是有失望的样子了。但是金太太只当是完全不知道,依然叫凤举接着向下念。凤举已是念惯了,声音高了一点,又念道:"银行存款六十二万元,计:中西银行三十万,大达银行二十万。"凤举只念了这两家,玉芬早就忍不住说话了,就掉转头望了佩芳,当是说闲话的样子,因道:"大嫂,你听见没有?"佩芳笑着点了一点头。玉芬道:"父亲对于金融这件事,也很在行的,何以在两家最靠不住的银行,有了这样多款子?"她虽是说闲话,那声调却很高,大家都听见了。金太太道:"这两家银行,和他都有关系的,你们不知道吗?"佩芳道:"靠得住,靠不住,这都没有关系,以后这款子,不存在那银行里就是了。"玉芬道:"那怕不能罢?这种银行,你要一下子提出二三十万款子来,那真是要它关门了。"大家听了这话,以为金太太必然有话辩正的,不料她坐在一边,并不做声,竟是默认了。

翠姨坐在房间的最远处,几乎要靠着房门了,她不做声,也没有人会来注意到她。这时,她忽然站起身来,大声道:"这帐不用念了。据我想,大半总是亏空。纵然不亏空,无论有多少钱,都是在镜子里的,看得着可拿不着。"金太太冷笑一声道:"你真有耐性,忍耐到现在才开口。不错,所有的财产,都是我落下来了,我高兴给哪个,就把钱给哪个。你对我有什么法子?"翠姨道:"怎么没有法子?找人来讲理,理讲不通,还可以上法庭呢?"刚说到这里,咚的一声,金太太将面前的桌子一拍,桌上有一只空杯子,被桌面一震,震得落到地上来,砰的一声打碎了。金太太道:"好!你打算告哪个?你就告去!分来分去,无论如何,摊不到你头上一文。"

翠姨道:"这可是你说的,有了你这一句话,我就是个把柄了。你是想活活叫我饿死吗?"金太太向来没有见翠姨这样热烈反抗过的,现在她在许多人面前,执着这样强硬的态度,金太太非常之气愤,脸上颜色转青变白,嘴唇皮都抖颤起来。

佩芳一看这样子,是个大大的僵局,若是由翠姨闹去,恐怕会闹出笑话来。于是走上前一把将她的袖子拉住,让她坐下,笑道:"这又不是谁一个人的事,母亲自然有很妥当的办法说出来。这里算账还没有开端,何必要你先着起急来?"翠姨道:"我是为了不是一个人的事,我才站起来说几句废话,若是我一个人的事,大家不说,我才是不说呢。"金太太道:"你说又怎么样?你能代表这些人和我要产业吗?除了梅丽而外,都是我肚皮里养出来的,他们的事,还不至于要你这样一个人出来说话。就是梅丽也不过她娘出来说话罢了。"二姨太听着这话,早哟着一声,站立起来。金太太用手向她一挥道:"你坐下,没有你的什么事,我不过这样譬方说一句罢了。"二姨太要坐下去,刚刚落椅子,但是想到金太太这一句话,千万未便默认的,复又站了起来。金太太道:"大概这句话不说,一定是憋得难受。有什么话?你就简单说出来罢。"二姨太道:"我上半辈子,那样可怜……"

梅丽原坐在金太太这边,站起来一跳脚道:"你这是怎么了?请你简单的说,你索性从上半辈子说起,若要是不简单,这得说上前十辈子了。"在孝期中,本来大家都不敢公然露出笑容来的,有了二姨太这一番表示,又经梅丽这样一拦,大家实在忍不住笑了,都向着二姨太微笑。二姨太被大家这样笑一顿,这才有些难为情,到底是把话忍回去了。金太太看她老实人受窘,也有些不忍,便道:"你的话,不必说,我也明白的。你就是说你原来很可怜,总理在日待你很不错，才享了后半辈子福。而今后半辈子未完，总理去世了，难过已极，万事都看灰了，哪有心谈到财产……"二姨太连道："对了！太太，你这话说对了。我虽说不出来，我心里可是这样的想着。"金太太道："本来我们对于死者的关系，哪个也不会比你浅薄。可是只有你能说这句话，叫人想起来，真要难过。"说着，深深的叹了一口气。

有了二姨太这样一打岔，比金太太正颜厉色的效力还大，把一屋人那种愤愤不平之气，自然的就这样镇压下去了。在这种情形之下，刚才那一番紧张的情形，完全和缓了慧厂就把桌上的契纸，完全叠好，向小皮箱子里一放，因道："这许多账目，不是一时可以点完的，慢慢再点罢。而且我为人也就最怕计数目字，大哥，你看怎么样？"当她问这句话时，已是伸了手出来，要接风举的那本款簿。风举自也不能将这账簿一定拿在手里，就交给她了。她接过向箱子里一放，然后对金太太道："今天各人的心绪都乱了，一会子工夫，这账可对不清。"她嘴里说着，已是随手把那箱子盖盖上。风举依旧坐回原位了。

金太太道："那不行！快刀斩乱麻，要办就是今天一劳永逸的办。我告诉你们，账全在这里，除了现在住的这一所房子不算，还有城外一个庄子的地，这个得暂时保留着。其余的现款，还有三十万。提出十万来，她们四姊妹，每人分两万。二姨太她说了，她自己有几个钱，而且愿跟着我一辈子，什么也不要。然而没有这个道理，暂分一万。"说着，将头向二姨太连点儿下道："以后有什么事，我可以贴补你。"说毕，脸又一板，向翠姨瞪着眼道："我并不是怕你闹，公道话，我不让人家来说我的，你若不出金家的门，你也有一万。"回转头又对风举道："明知道不能给你们多钱，但是替你们也保留不了一辈子，还有廿万现款和那些股票，作四股分，你们兄弟们拿去。字画古董书籍，统归我保管，我决不动，别人也不能动一根毛。"

金太太这样雷厉风行的说了一篇支配法，虽有一大半人不赞成，然而都不敢明白的起来反对。翠姨她一想，反正是破脸了，便站起来道："无论加我一种什么罪名，若是没有证据，我是不怕的，话我也是要说的。大家想，这样一个大名鼎鼎的国务总理，该有多少钱呢？若说丢下来的产业，只有这些，我就不相信。我的年纪还轻，一万块钱，我活不了一辈子，还得给我钱。若是不给，我就破了面子，要登报声明了。若是怕我声明，除非把我杀了。"说着，又站着跳起来。

金太太是个吸了文明空气的太太，而且又是满堂儿女，若去和翠姨对骂，这是她认为极失身份的事。便指着道："看你这个泼辣的样子，就知道不是一个好东西！你尽管无赖，我是不怕你的。"翠姨也用手指着金太太道："我怎么无赖？你说！用'无赖'两个字，就可以把我轰了出去吗？"金太太气得说不出什么话来了，只指着翠姨叫大家你看你看。二姨太一见，这风潮要更会扩大，连忙站起身来，拉着翠姨的手道："你今天怎么啦？倒像喝醉了酒似的。"说着，便拉了她的手向屋外走。佩芳也走了过来，在后面推着，再也不容翠姨分说，就把她推出了房门。于是玉芬也跟在后面，就把她推回房去。

金太太望着凤举兄弟们，半晌不做声，大家也默然了。还是金太太先开口道："你们瞧，这样子，这个家不分开来还成吗？你们还有什么意见？"说着，把目光就转移到清秋身上来。清秋看了一看燕西，虽然没有说什么，那也就是问他，自己能不能说话。燕西也会意，却没有什么表示。清秋这就对金太太道："刚才二嫂说了，让大家去奋斗图着生活，分家本不能说不好。不过我和燕西，年纪都太轻了，我对于维持家务，以及他怎样去找出身，都非有人指点不可。再说，他还打算求学呢。说不定到外国去跑一趟，我一个人怎样能担一份家？我很想母亲还带携带携我们几年。"说着，望了金太太，又望大家。平常若是说着这话，金太太一定很同情的，现在听了这话，知道清秋有回娘家去的一件事，觉得她这话，不见得出于本心。便淡淡的道："话倒是对的，不过我到了现在，也是泥牛入海，自身难保，你要靠我，未必靠得住。其实你就自撑门户，还有你的母亲可以顾问呢。"

清秋竟不料金太太会说出这句话来。这几天也知道上次回家的事，已经露了马脚，知道的人，已是不少，分明婆婆这话，有点暗射那件事。想到这里，也不知是何原故，脸上一热，有点不好意思了。燕西便道："那是什么话？我们家里的事，怎么会请外姓做顾问呢？我对于分不分，实在没有预料到，若是勾结外人，我可以发誓，绝对没有这件事。"道之站起来，向燕西丢了一个眼色，拉着他一只手道："你又来了。母亲心里不大痛快，大家要想法子安慰她才是，干吗大家都和她顶嘴？你别说了，出去罢！今天晚上，什么事也不谈了。"

清秋正也怕闹成了僵局，自己无法转圜，趁了这个机会，就站起来了。道之一手牵着她，就拉她回房去。到了屋子里，清秋默然无语的坐着。道之笑道："傻子，你还生什么闷气？今天无论是谁说话，也得碰钉子的。其实刚才你所说的话，合情合理，自然是谁也不能驳回的。你这种办法，我很赞成，你别焦心，好歹全放在我身上。"说着，站起来，走到她身边，拍了两拍她的肩膀，笑道："你今天这个钉子碰得冤枉，我也很给你叫委屈的。"清秋也站起来道：

"这也不算碰钉子,就是碰钉子,做晚辈的,还有什么可说的呢?"道之见她总还不能坦然,又再三再四的安慰了一番,然后才走了。

当天晚上,闹一个无结果,这也就算了。到了次日,大家也就以为无事,不至于再提了。不料到了次日,吃过午饭,金太太又把凤举四兄弟叫了去,说是:"从种种方面观察,已经知道这家有非分不可的趋势,这又何必勉强相留?这家暂时就是照昨天晚上那样分法,你们若是要清理财产后彻底一分,那要等我死了再说。"于是就将昨日看的股票、存折都拿出来,有的是开支票为现款,有的是用折子到银行里过户,作四股支配了。这种办法,除了鹏振外,大家都极是赞成。因为这两年以来,兄弟们没有一个不弄成浑身亏空。现在一下各拿五万现款在手。很能做一点事情,也足以过过花钱的瘾,又何必不答应呢?鹏振呢,他也并不是瞧不起这一股家产,因为他夫妻两人,曾仔细研究多次,这一次分家,至少似乎可以分得三十万上下。现在母亲一手支配,仅仅只有这些,将来是否可以再分些,完全在不可知之列。若是就如此了结,眼睁睁许多钱,都会无了着落,这可吃了大亏。

因之凤举三人在金太太面前,不置可否的时候,他就道:"这件事,我看不必汲汲。"金太太道:"对于分家一件事,有什么汲汲不汲汲?我看你准不比哪个心里淡些呢。你不过是嫌着钱少罢了。你不要,我倒不必强人所难,你这一股,我就代你保管下了。"这样一说,鹏振立刻也就不做声。金太太将分好的支票股票,用牛皮纸卷着的,依着次序,交给四个儿子。交完了,自己向大沙发椅上,斜躺着坐下去,随手在三角架上取了一挂佛珠,手里掐着,默然无言。他弟兄四人既不敢说不要,也不能说受之有愧,更绝对的不能说多少。受钱之后,也就无一句话可说,因之也是对立一会儿,悄悄的走了。

金太太等他们走后,不想一世繁华,主人翁只死了几天,家中就闹得这样落花流水,不可收拾。这四个儿子,口头上是不说什么,但没有一个坚决反对分开的。儿媳们更不说,有的明来有的暗来,恨不得马上分开。倒是女儿虽属外姓,她们是真正无所可否,然而也没有谁会代想一个法子,来振作家风的。人生至于儿女都不可靠,何况其它呢?思想到这里,一阵心酸,不觉流下泪来了。

第八十四回

得失爱何曾愤来逐鹿　逍遥哀自已丧后游园

金太太在这里垂着泪，道之抱着小贝贝进来了。问道："你又伤心，小外孙子来了，快亲亲罢。"说着，抱了小孩子，真塞到金太太怀里去。金太太抚摸着小孩子的头，望了道之道："守华看了半年的房子了，还没有找着一处合适的吗？"道之道："已经看好一处了，原打算这两三天之内就搬。"金太太道："不是我催你搬家，我这里不能容纳你一家了。就是凤举他们也要搬家，自立门户去了。你还寄住在这里，那成什么话呢？"于是就把刚才分财产的话，说了一遍。

道之道："你真这样急，眼见得这家就四分五裂了。好比一把沙一样，向外一撒，那可容易，再要团结起来，恐怕没有那一日。"金太太道："团结起来做什么？好让我多受些闲气吗？有你老子在日，他有那些钱，可以养住这些吃饭不做事的人，我可没有那些钱。迟早是一散，散早些，我少受气，不好吗？不过我养了这一大班子，到了晚年还落个孤人，人生无论什么都是空的，真无味呀。"说着，在袖子里抽出一条手绢，在两只眼睛角上又擦了两擦。接着将小贝贝抱了放在大腿上坐着，只管去摸他的头。

道之听母亲所说,也觉黯然,不过自己是个出嫁的女儿,有什么法子来慰母亲的寂寞呢?顿了一顿,因道:"那也不可一概而论,老七夫妇,就太年青一点,让他们离开,也不大好吗?"金太太听到这里,先摇一摇头,接着又叹了一口长气。道之道:"你老人家为什么叹气?"金太太道:"我叹什么气?我看最不了的,就是这一对了。清秋这孩子,我先以为她还不错,而今看起来,也是一个外实内浮的女子。我这两天才知道,她和老七胡闹得够了,才嫁过来的。大概不久,笑话就出来了。"道之道:"有什么笑话?难道到了日子了?"

金太太道:"这也不算什么,这年头儿,乳着孩子结婚的也多着啦。只是我最近发现她有一晚上,漏夜回家去了一趟,办什么事我不知道,可是老七也是通了,分明是商量着办的了。我只知道这一位……"说着,将三个手指头一伸,接着道:"她很有几个钱,老早就大做其公债买卖,而今由清秋这事一推,哪个不是一样呀?他们有钱不能让谁抢了去,偏是表面上极力装着穷,我为这一点,也恨他们不过,让她去造一番乾坤罢。"道之知道母亲是极能容物的人,现在是这样的不平,这话也就不好相劝。因叹了一口气道:"若是大家就是这样的散了……"说不下去了,又唉着一声。

母女对坐无言的坐了一会儿,接着玉芬来了,才开始说话。玉芬却望着道之道:"四姐,刚才你在这里吗?我们真分了吗?"说着这话,把声浪压得极低,好像有极端不忍的样子。金太太道:"这事我就是这样办,并不算分家,家留着我死了再分。现在不过给你们一点钱,让你们去做奋斗的基础罢了。真有不愿要的,谁愿光了手去做出一番事业来,我更是赞成。"说毕,板了脸不做声。坐了一会儿,玉芬觉得一肚子的议论,给婆婆一个大帽子先发制人的制住了,暂时也就只好不说。恰好老妈子说有电话找,借着这个机会,就离开了这里,回自己屋子里去接电话。

一说话时,却是白秀珠。她道:"现在你总可以出来了罢?我有几句话和你谈谈,请你到我这里来。"玉芬道:"关于哪一方面的事,非马上来不可吗?"秀珠在电话里顿了一顿,笑道:"不忙,但是能马上来是更好。"玉芬以为电话里或不便说,就答应马上来。挂上电话,回头见鹏振将所分的那一股纸券,放在桌上,远远坐在沙发上,望了桌面,只管抽烟卷。玉芬一把将那些东西完全拿在手上,打开衣橱向一只小抽屉里放进去。一面锁抽屉和橱门,一面回过头来说道:"你真没有出息,不过这几个钱,你就看得那样出神。我姓王的,就不分家产,也比你这个超过几倍去呢,那又算什么?"鹏振笑道:"原是因为钱不多,我才想了出神,觉得做这样不够,做那样也不够。若是钱多的话,手边非常顺适,我就用不着想了。秀珠她在电话里怎样的说,是合作的事吗?"玉芬道:"合作也好,不合作也好,与你可没有什么关系,你也不必问。"说时,将钥匙放到小皮包里,自己匆匆换了一件衣服,就走出来。

这两天家里的汽车,都闲着的时候多,便坐了一辆,独自到白家来。也不用老妈子通报,一直到秀珠屋子里来找她。在窗子外先笑道:"我够交情不够交情?一个电话,马上就来了。"秀珠听到玉芬的声音,早迎了上前,握住她的手笑道:"真是够朋友,一个电话就来了"。将玉芬让在一张软榻上,自己也坐在上面,因低声说道:"你要怎样谢我呢?你的款子,已全部转存到华国银行去了。因为这笔款子,是由华国银行转拨的。家兄不知道你能不能信任那银行,不敢给你存定期的,只好给你存活期的。和公司方面,纠缠了几个月,总算告了一个段落。"说着,连忙打开箱子,拿了一个折子，交给玉芬。

玉芬虽知道公司里那笔款子，有白雄起在公司的货款上，有法子能弄回来。然而钱没到手，究竟不能十分放宽心。现在不但钱拿回来了，而且人家都代为存好了。白雄起虽系表兄的关系而出此，然而也亏得秀珠在一旁鼎力吹嘘，不然，决不能办得这样的周到。于是站起身来，一只手接了折子，一只手握了秀珠的手，笑道："我的妹妹，这一下子，你帮我的忙帮大了，我怎样的谢你呢？"秀珠笑道："刚才我也不过说着好玩罢了，当真还要你谢我吗？"玉芬道："你虽然不要我谢，然而我得着你这大的好处，我怎能说不谢？"秀珠笑道："你真是要谢，请我吃两回小馆子就得了。因为这全是家兄办的，我可不敢抢别人的功劳。"玉芬道："吃馆子，哪时候不吃，这算得什么谢礼？"说着，定了眼神想了一想，自言自语的道："我有办法，我有办法。"

秀珠拉了她的手，又一块儿坐到软椅上去，两手扶了玉芬的右肩，将头也枕在肩上，笑问道："这么久不出来，你也不闷得慌吗？"玉芬觉得她这一份亲热，也就非常人所可比拟，反过一只手去，抚摸着秀珠的指尖，又抚摸着秀珠的脸，笑道："表妹，真的，我说要感谢你，是必定要做出来的，绝不是口惠而实不至的人。"秀球站了起来，拍着她的肩膀笑道："谁让我们是这样的至亲呢？难道说能帮忙的时候，都眼睁睁望着亲戚吃亏去，也不帮助一把吗？得啦，不要再提这话了，我们再谈别的罢。"玉芬见她这样开诚布公的说了，就不好意思再说酬谢的话，只是向着秀珠笑。

秀珠道："现在你金府上，总可以不受那丧礼的拘束了。你在我这儿多谈一会儿，吃了饭再回去，我想伯母总不会见怪罢？"玉芬一抬肩膀，两手又一伸，一撇嘴道："不成问题，树倒猢狲散，我们家今天分家了。但是这家可以说是分了，也可以说是没有分，你觉得奇怪不是？让我……"秀珠便接着道："不用说，我已经知道了，这种办法也很好，事实上大家干大家的，表面上并没有落什么痕迹。"玉芬道："你怎么会知道？这事也不过刚发生几小时，真是好事不出门，恶事传千里了。"秀珠微笑道："这也不算恶事，也没有传到一千里，我有耳报神，把消息告诉我了。"

玉芬一想，就猜着十有八九是燕西打了电话给她了。这话她若不说，也就不必说破。便装麻糊道："这事本也用不着瞒人，亲戚家里，自然是首先知道的。我想着，为了种种便利起见，很打算搬出来，找一所小一点的房子独住，你看如何？"秀珠笑道："哟！这是笑话了。像你这样的智多星，哪样事情不知道，倒反过来请问于我？"玉芬笑道："就算我是智多星，老实说，你也比我不弱呀。我来问你的话，你倒不肯告诉我？"秀珠笑道："你既承认是智多星，我就不妨说了。我以为你最好还是搬出来住，要做个什么，要办个什么，还不至于受拘束。就是我，也可以不受拘束，随便到你府上去谈天了。"玉芬道："你到现在为止，对我们老七，还有些不满意吗？"

秀珠听了她这话，顿了一顿，没有答复。两手叉了腰，昂着头道："不！我对他完全谅解了。玉芬姐，你不是外人，我所告诉你的话，谅你也不会宣布。哼！像金燕西这种人才，没有什么出奇，很容易找得着。不过人家既在我手上夺了去，我一定要显显本领，还要在人家手上夺回来。我说这话，你相信不相信？"说着，她又是一摆头，把她那烫着堆云的头发，就在头顶一旋。玉芬拍着她脊梁笑道："我怎么不相信，只看你这种表示坚决的样子，我就可以相信了。秀珠被她说破，倒伏在椅子背上笑起来。

玉芬道："不是你自己说明，我可不敢说，我看我们老七，就是在孝服中，大概也不止来找你一次了。今天有约会吗？"秀珠一抬头道："有，他说舞场上究竟不便去，我约他在咖啡柜房里谈谈。咱们名正言顺的交朋友，那怕什么？决不能像人家弄出笑话来了，以至于非要这人讨去不可。这种卑劣的手段，姓白的清白人家，不会有的。"玉芬真不料她大刀阔斧，会说出这样一套，笑道："你很不错，居然能进行到这种地步，我祝你成功罢。"秀珠又哼着一声道："这种成功，没有什么可庆祝的，然而我出这一口气，是不能不进行的。"玉芬看她的颜色，以至于她的话音，似乎有点变了常态，要再继续着向下说，恐怕更会惹出什么不好听的话来，只得向她默然笑着，不便提了。便道："我也要看看表兄去，应当专诚谢他两句哩。"说着，就出了秀珠的屋子，去看白雄起去了。

秀珠拿起床头边的电话插销，就向金家要电话。不多一会儿，燕西就接着电话了。秀珠道："请你到我们家来坐坐，好不好？你三嫂也在这里。"燕西答说："对不住，有我三嫂在那里，我实在不便来。但是晚上的约会，我可以把钟点提早一点。她在那里，就是你也觉着不方便。"秀珠道："彼此交朋友，有什么叫方便不方便？"燕西道："我刚刚将钱拿到手，少不得我也要计划一下，我们哥儿们正有一个小会议哩。我明天到府上来拜访就是了。"当他二人正在打电话的时候，玉芬在白雄起那边屋子里，也拿了插销打电话，一听有秀珠和燕西说话的口音，就听了没有做声。把这事搁在肚里，也不说出来。当日在白家吃了便饭回去，便留意起燕西的行动来。

到了晚上八点钟打过，燕西就不见了。约摸有一点半钟，在隔院子里听得清楚，燕西开着上房门进屋里去了。于是一切的话，都已证实。燕西这种行动，连玉芬都猜了个透明，清秋和他最接近的人，看他那种情形，岂有不知之理？所以燕西一进房来，清秋睡在床上了。只当睡着了不知道,面朝着里,只管不做声。燕西道:"也不过十二点多钟罢了,怎么就睡得这样的死?"清秋也不以为他说得冤枉,慢慢的翻转一个身,将脸朝着外,用手揉着眼睛道:"还只十二点多钟吗?不对罢。跳舞场上的钟点,怎样可以和人家家里钟点相比呢?"

燕西是穿了西服出去的,一面解领带,一面说道:"你是说我跳舞去了吗?我身上热孝未除,我就那样不懂事?我要是到跳舞场上去了,我也该换晚礼服,你看我穿的是什么?你随便这样说一句不要紧,让别人知道,一定会说我这人简直是混蛋,老子的棺材,刚抬出去,就上饭店跳舞了。你转着弯骂人,真是厉害呀。"清秋道:"我是那样转着弯骂人的人吗?只要你知道这种礼节,那就更好哇。不过你闹到这般晚才回家,是由哪里来呢?"燕西道:"会朋友谈得晚一点,也不算回事。"清秋道:"是哪个朋友?"

燕西把衣服都脱毕了,全放在一张屉桌的屉子里,于是扑通一声,使劲将抽屉一关,口里发狠道:"我爱这时候回来,以后也许我整宿不回来,你管得着吗?这样的干涉起来,那还得了!我进你一句忠告,你少管我的闲事!"说话时,用脚上的拖鞋,扑通一声,把自己的皮鞋,踢到桌子底下去。到了这时,清秋有些忍不住了,便坐了起来道:"你这人太不讲理了,你闹到这时候回来,我白问一声,什么也不敢说,你倒反生我的气?我已十二分的信托你,你却一丝一毫也不信托我。男子们对于女子的态度,能欺骗的时候,就一味欺骗,不能欺骗的时候,就老实不客气来压迫。"燕西道:"怎么着?你说我压迫了你吗?这很容易,我给你自由,我们离婚就是了。"

清秋自嫁燕西而后,不对的时候总有点小口角,但是"离婚"两个字,却没有提到过。现在陡然听到"离婚"两个字,不由得心里一惊,半晌说不出话来。燕西见她不做声了,也不能追着问,他一掀被角,在清秋脚头睡了。清秋在被外坐了许久,思前想后,不觉垂了几点泪。因身上觉得有些冰凉,这才睡了下去。心里便想,再问燕西一句,是闹着玩呢?还是真有这个意思?盘算了一晚,觉得总是问出来的不妥,无论是真是假,燕西一口气没有和缓下去,只有越说越僵的,总是极端的隐忍着。到了次日早上,清秋先起,故意装出极平常的样子,仿佛把昨晚的事全忘了。燕西起来了,一声也不言语,自穿他的衣服。穿好了衣服,匆匆忙忙的漱洗完了,就向前面而去。清秋虽然有几句话想说,因为要考量考量,不想只在这犹豫的期间,燕西便走了,一肚子的话,算是空筹划了一阵。

燕西出来,自在书房里喝茶吃点心,在家里混到下午两点钟,秀珠又来了电话,说是在公园里等他了。燕西总还没有公开的出去游逛过,突然提出上公园去,怕别人说他。因之先皱眉,见人只说头痛,因之也没有哪个注意到他,就告诉金荣道:"我非常烦闷,头痛得几乎要裂开了。我怕吃药,出去吸吸新鲜空气。有人问我,你就这样说。"金荣也不知道他命意所在,也就含糊答应着。燕西分付毕了,就坐着一辆汽车,向公园里来。知道秀珠是专上咖啡馆的,不用得寻,一直往咖啡馆来。

远远看见靠假山边一个座位上,有个女郎背着外面行人路而坐,那紫色漏花绒的斗篷,托着白色软缎的里子,很远的就可吸引人家的目光。在北京穿这样海派时髦衣服的人,为数不多,料着那就是秀珠。及走近来一看,可不是吗?她的斗篷披在身上,并不扣着,松松的搭在肩上,将里面一件鹅黄色簇着豆绿花边的单旗袍透露出来。见着燕西,且不站起,却把自己喝的一杯蔻蔻,向左边一移,笑着将嘴向那边空椅子上一努，意思让他坐下。燕西见她热情招待，自然坐下了。

秀珠看了一看手表，笑道："昨天两点钟回去的，今天两点钟见面，刚好是一周。"燕西道："你这说我来晚了吗？"秀珠道："那怎样敢？这就把你陪新夫人的光阴，整整一日一夜分着一半来了。昨天晚上回去，你夫人没有责备你吗？"燕西道："她向来不敢多我的事，我也不许她多我的事，这种情形是公开的，决不是我自吹，你无论问谁，都可以证明我的话不假。"秀珠这时似乎有了一点新感动，向着燕西看了一眼，发出微笑来。这种微笑，在往日燕西也消受惯了。不过自与清秋交好，和秀珠见了面，便像有气似的，秀珠也是放出那种愤愤不平的样子，后来彼此虽然言归于好，然而燕西总不能像往日那样迁就。燕西不迁就，秀珠纵有笑容相向，也看着很不自然。总而言之，她笑了便是笑了，脸上绝无一点娇羞之态，就不见含有什么情感了。现在秀珠笑着，脸上有一层红晕，笑时，头也向下一低，这是表示心中有所动了。

燕西不觉由桌子伸过手去，握了她的手。因问道："请你由心眼儿里把话说出来，我的话，究竟怎么样？有没有藏着假呢？"秀珠将手一缩，向燕西瞟了一眼道："你又犯了老毛病？"燕西笑道："并不是我要犯老毛病，我要摸摸你，现在是不是瘦了一点？"秀珠道："你怎么说我瘦了？我又没害病。"燕西道："虽然没有害病，但是思想多的人，比害病剥削身体，也就差不多。"秀珠笑着摇了一摇头道："我有饭吃，有衣穿，我有什么可思？又有什么可想？"说着这话，对燕西望了一望。意思是说，除非是思想着你。燕西被她这一望，望得心神奇痒，似乎受了一种麻醉剂的麻醉一样，说不出来有一种什么奇异的感觉，望着她也笑了。

茶房见秀珠的大半杯蔻蔻,已经移到燕西面前来,于是给秀珠又送了一杯新的来。这时,燕西才知道是喝了人家的蔻蔻,杯子上还不免有口脂香气,自不觉柔情荡漾起来。于是两手一撑,伸了一个懒腰,笑道:"你今天到公园里来,光是为了等我说话,还有其它的事情呢?"秀珠笑道:"这个你可以不必问,你看我坐在这里静等,还做有别的事情没有?若是没有做别的事情,你想我一个人坐在这里做什么?"说到这里,向着燕西望了一眼,现出那要笑不笑的样子来。燕西笑道:"这样说,由今天起,你就是完全对我谅解了?"秀珠将小茶匙,伸在杯子里,只管旋着,低了头,一面呷蔻蔻,一面微笑。

燕西躺着在藤椅子上,两脚向桌子下一伸,笑道:"你怎么不给我一个答复?我这话问得过于唐突一点吗?"秀珠鼻子里哼着,笑了一声道:"这样很明显的事,不料直到今天你才明白,我还有什么可说的呢?"燕西笑道:"这样说,你是很早对我谅解的了,我很惭愧,我竟是一点都不知道。不过我现在完了,我不是总理的少爷了,是一个失学而又失业的少年。我的前途,恐怕是黯淡,不免要辜负你这一番谅解盛意的。"秀珠脸色一正道:"你这是什么话?难道我是那样势利眼?再说,你这样年少,正是奋斗的时代,为什么自己说那样颓唐不上进的话?"

燕西当自己说出一片话之后,本来觉得有点失言,总怕秀珠不快活。现在听秀珠的话,却又丝毫没有生气的意思,不但彼此感情恢复了,觉得她这人也和婉了许多,大不似从前专闹小姐脾气了。在他这样转着良好念头的时候,脸上自然不能没有一点表示。秀珠看见,笑道:"你今天怎么回事?好像是初次见着我,不大相识似的,老向我望着。要吃一些点心吗?若不吃点心,我们就在园里散散步如何？"燕西当然目的不是吃东西，便道："我是在家里闷得慌，在园子里走走，我很赞成的。"于是招呼了一声茶房，二人就向树林子走去。

秀珠的斗篷，并不穿在身上，只搭在左胳膊上，于是伸了右手，挽着燕西左胳膊，缓缓的走着。燕西心里也想着，就是在从前，彼此也不曾这样亲热的。这一句话，还不曾出口，不料秀珠倒先说起来，她就笑道："我们这样的一处玩，相隔有好久的时候了。"燕西道："可不是，不过朋友的交情，原要密而疏，疏而又密，那才见得好的。"秀珠笑道："你哪里找出来的古典？恐怕有些杜撰罢？"燕西笑道："我也不知道是不是杜撰的，不过我心里觉得是这样，所以我就照着这样子说出来。"秀珠点点头道："原来你为人，是这样喜好无常的。往日如此，来日可知了。"燕西笑道："这话在你，或者应当这样说的。现在我是无法辩明，将来你望后瞧，自然就明白了。"说到这里，燕西固然是不便向下说，秀珠也就不便向下说，二人倒是默然的在树林外的大道上走着。

走了许久，秀珠却不自禁的叹了一口气。燕西道："好好的为什么你又伤感起来？你这口气，叹得很是尴尬呀。"秀珠笑道："叹气有什么尴尬不尴尬？我一年以来，全是这样，无缘无故，就会叹上一口气，为了什么连我自己也不知道。"燕西道："这自然是心里不痛快的表示，希望你以后把这脾气改了。这也容易改的，只要遇事留心，就可以忍回去了。"秀珠笑道："多谢你的厚意。但是这个脾气也不是空言可以挽回来的……"说到这里，秀珠自摇了一摇头，似乎这话说得不大妥当。于是彼此默然了一会儿，二人在公园里走着，整整兜了两个圈子。

秀珠弯了腰，用手在腿上捶了两下，笑道："老这样走着吗？

我有点累了。"燕西道："再去喝一杯咖啡去。"秀珠道："喝了又走，走了又喝，就留恋在公园里，不用走了。我家里还有一点事，要回去料理料理。"燕西道："不忙不忙，还兜两个圈子。"秀珠皱了眉道："我实在有事，怎么办呢？但是你的命令，我也不敢违拗，陪你走一个圈子，我的确要走了。"燕西听她说出这种话来，倒过意不去，便道："你真有事的话，不要为了玩误了正事。"秀珠勉强的笑道："再走一个圈子也不要紧，我的事固然不能丢下，也不能与你心里不痛快。"说着，缩了脖子一笑。

　　燕西也笑了，又走了一个圈子，倒是燕西先说："你回去罢，这个圈子，走了有三十分钟，工夫耽误不少了。"秀珠的一只胳膊，让他挽着还不曾抽开。便笑道："那末，请你送我上大门口。"燕西连说着可以可以。秀珠笑着望了他一眼道："你的脾气，比从前好多了。"燕西笑道："这话可以代替我说你，我对于你，也是这样的感想。"秀珠这就不用再说了，只是微笑。二人很高兴的一路出了公园，还是燕西用汽车送了秀珠回家，然后才回去。

第八十五回

衰服近优伶不亏好友　红颜计柴米贻笑方家

燕西回到家门口，刚一下汽车，只见门房里有个中年汉子，先迎了出来。燕西很眼熟，却记不起他姓什么。只看他穿了一件黑色长衫，又戴了黑色的呢帽，不是什么高明的衣饰，颇带一点流派。他早走上前，给燕西请了一个安，问道："七爷，你好？"燕西望了一望他道："我很是面熟，你贵姓？"那人道："我是李大，白莲花是我妹妹。"燕西微笑道："哦！我记起来了，她好吗？好久不见了。我们老爷子过去了，我是什么应酬也不能理会。"李大向后一站，道了一声是。燕西道："你令妹在天津一趟不错罢？"

李大皱了眉道："别提，赔了。回来之后，倒是有几处邀她。她是让你捧起面子来了，为了戏码子，东不成，西不就。现在倒是自己来个班子，早就要来请七爷的示，知道宅里有白事，不敢过来，连电话也不敢打。今天舍妹让我过来，给七爷请安，给三爷大爷二爷请安。"燕西道："我们现在不比从前了，虽然说不见得就穷下来，可是这样热闹地方，前去不得，给人家议论一阵，可受不了。"李大连连答应了几个是，可是站着也没敢动。燕西站着想了一想，便道：

"你的意思我明白了,再说罢。"说着,进内去了。

李大见他匆匆的进去了,一点没有得着结果,这和今天来的目的,相差未免太远。望着上房,未免发了愣。那门房就叫道:"李大哥,怎么样?和我们七爷说着,得了个信儿吗?"李大走回门房里,皱了一皱眉道:"七爷忙得很似的,没有给我一句准话,我就这样回去了,交不了差,家里准得有麻烦。要不,劳你驾,进去再给我提一声儿,若是有点好处,我准忘不了你。"说着,笑了起来,和门房连拱了两下手。门房笑道:"不用上去回,要是照你这一套话,走上去,准是碰钉子回来。我的意思,最好就是你请李老板自己来说。七爷碍着面子,他自己不便上戏馆捧场的话,他帮个忙,拿出几个钱来,总也没有什么不可以。"李大道:"现在能来吗?她糊里糊涂跑了来,又是个乱子。"

门房一笑,接着将头一摇,现出他那很自负的样子来,因笑道:"这就用得着我们了。她来了,我们给她找个地方先坐着,然后悄悄的上去一回话。一见了面,怎样的去说话,我想李老板准比我们还机灵,用不着我们去担心。"李大笑道:"那敢情好,可是舍妹不像我,要她在这儿等上三四个钟头,那办不到。"门房用手一指鼻子尖道:"要我们干吗的?你先打个电话来,七爷在家里,她才来,不在家,回头再打第二回电话,你看这办法妥当不妥当?"李大不料门房自告奋勇,能帮这样一个大忙,就连作两个揖道:"那我就感激不尽了,过两天,我先请你喝一壶。"门房笑道:"咱们朋友,交情不在乎这上头,你就照我的话办罢。"

李大有了这样一个机会,自是喜之不尽,回家去对白莲花一说,白莲花是到过金府多次的,只要门房不挡驾,自己有法子见着面,那就好说了。当日自然是来不及去见燕西。到了次日,梳洗好了,连午饭也不吃,就打了电话到金宅的门房里去。门房连说正是机会,今天上午他要在家里等一个人,不会出门的。白莲花听了这话,挂上电话,赶快就坐了车子前来。到了金宅门口,那门房不待人去找他,他竟自迎上前去,笑道:"李老板你来得好,七爷这时候在书房里,你先请到外客厅坐一坐,我去给你送个信儿。"白莲花道:"我带了名片来了,你先给我递了这张名片去。"于是交了一张名片给他,向他笑着说了一声劳驾。门房听了这一声劳驾,比得了什么重礼,还要高兴。连道:"这不算什么,李老板难得来的,这一点小忙,我们还不应帮的吗?"说着,将那张小名片握在手板心里。

到了书房里,只见燕西手上捧了一本图书杂志,架起脚来,躺在沙发上看。门房叫了一声七爷,燕西并不曾起身,只是放下杂志,对他望了一望。门房也不说什么,就把那张白莲花的名片,轻轻向杂志封面上一放。燕西一望是"白莲花"三个字,将名片拿在手里,将杂志一扔,便笑道:"她来了吗?这真胡闹了,怎么办呢?你让她在哪里坐?"门房知道他已完全软化了,便笑道:"我没有敢往里头引,让她坐在外边小客厅里。"燕西道:"胡闹了,一个女客,怎么让人家在外边小客厅里待着呢?"门房道:"那末,请她到书房来坐罢?"燕西对于这办法,还在犹豫着,门房已经走了。

不多大一会子工夫,房门一推,白莲花轻轻悄悄的伸着半边身子进来,探望了一下,见并没有别人,然后笑着叫了一声七爷。燕西道:"请进罢,好久不见了。"白莲花也不见外,就在燕西坐着的那张沙发上坐下。燕西握了她一只手,见她穿的是一件灰哔叽夹袍,便道:"你穿得这样的素净?"白莲花道:"你府上有了白事,我穿得那样花花哨哨的来,也不近情理。再说,我不是我大哥回去说七爷让我来,我还不敢来呢。"燕西心想,我何曾叫你来?你哥哥和我说话,我都没有听完呢。不过心里虽然是这样的想,口里可不能这样的对人说,便笑道:"这更见得你为人客气过分了。"说时,便伸手要按铃,白莲花拦着道:"你又要叫听差张罗一气吗?茶也不要,烟也不要,我们的交情不在这上面。说了两句话,我就走,我也不便在这里多耽搁。"

燕西道:"不要紧,我虽然在服中,难道客还不能来吗?你的来意,我也明白了。我暂时是不好明目张胆出去玩的,这一层你当然也明白,用不着我来说。"白莲花笑道:"我连来还不敢来呢,自然是不敢要七爷出去的了,只要肯帮忙,也不敢劳你大驾。"燕西道:"用不着我出门的事,像我们这样的交情,我哪里推得了?你实说,要我出多少钱?我尽力而为。"白莲花笑道:"七爷虽然是一句老实话,我们听了,可是罪过了。凭着什么,要七爷在金钱上帮忙呢?我的行头,凑付着还可以唱几出戏,就是怕上台的日子,上座儿不行,那可要了面子。我想,只要七爷给我提倡三个礼拜,我这头一关打破,就好办了。你别听着说三个礼拜,这日子长久了,其实一个礼拜,也不过唱两天戏,凭你七爷代销几个包厢和三排散座,总不成多大问题。"

燕西先听她说,并不要在金钱上帮忙,倒有些奇怪。这时她掉了一个方向,就是不做行头,只销戏票,由她的说法算来,不做行头,就不能算是花钱了,这戏票和包厢票不用拿钱去买吗?心里这样的想着,脸上便有些个不高兴。白莲花原是因为燕西把话说得太直率了,所以说着这话,想来遮掩遮掩,不料越遮掩越坏,倒引起主人翁不高兴起来。于是将头斜靠着燕西的肩膀,一手绕过来,搭在燕西的肩膀上,鼻子里连哼了几声,扭着身子道:"七爷,你总得帮我的忙,你若不帮我的忙,我可急了。好七爷,你最疼我的,你别让我着急了。"

这一下子,不由得燕西不把一肚子气消了干净。便道:"你的事情,我有什么法子不答应?不过我现时在服里,实在不敢大闹。花了钱不要紧，真会找上一顿骂挨。"白莲花见燕西已是不能拒绝了，便握着他的手道："你是知道我的情形的，我除了你以外，并没有第二个捧我的。就是有那些不相干的人来捧我，我也不稀罕他捧。平常也没有什么关系，到了这样要紧的时候，我妈就说我平常不肯应酬人，现在怎么样？我让她说了我好几次，我也没有法子替自己来分说了。我明知道七爷这个时候，是不能出面捧人的，我来找你，真是十二分没法。我说这话，我想你未必相信。"

这一阵不痛不痒的话，闹得燕西真无法可以说个"不"字。便笑道："我真是要捧场，不但要瞒着外头人，就是自己家里，也要守极端的秘密。若是让人知道了，我们老太太就不能答应我。你是什么日子上台？请你先通知我一声。我虽然不能来，也会请刘二爷代表的。"白莲花知道他已是完全答应了，便笑道："你若是不便听戏，到后台去玩玩也不要紧。说不定我还可给你介绍介绍两位。"燕西伸手一摸白莲花的嫩脸，笑道："有这样一个，我就受不了，我还能再让你介绍吗？你真大方，倒肯不吃醋。"白莲花瞟了他一眼道："你这是什么话？难道你只认识我一个？那也太难了。你以后就只许捧我一个，你若是捧别人，我不依你的。"说着，鼻子里连哼两声。燕西对于这种醋意，明明是越酸越情浓，心里十分得意。便笑道："我就听你的话，不捧别人了。可是介绍还得介绍呢。"白莲花道："哼！我不介绍了。"燕西哈哈大笑。

白莲花道："你这是不成问题的了，我也不便多在这里坐，我先去。"燕西道："何必回去？就在我这里吃午饭罢。"白莲花道："那更是不妥，让老太太知道了，真成了那句话，我吃不了兜着跑呢。你若是诚心赏面子，愿意和我吃饭，中晌来不及了，就请晚上到我家里去吃便饭。我不敢说有什么好菜，我一定亲自做两样菜给你吃。"燕西道："真的吗？不要是把馆子里菜冒充的罢？"白莲花道："只要你肯赏光,我一定亲自做菜给你吃。你若是不肯信,回头你就监督着我做菜,你看好不好?我家里到菜市上还不远,我不但是做出来,我还要亲自到市上挑选一番,看是什么东西做出来好吃。可是我忙了一阵,你要不去的话,我真会怪你。"说着话,她已是站了起来,两手都握了燕西的手,装出那种十分亲热的样子来。

燕西始终也没有说去,不料她倒说得那样肯定,简直是非去不可。因点点头,向她微笑。白莲花撅了嘴,微微的跳着脚,又扭着身子道:"那不行,你骗着我去买了菜,我倒是自己来吃吗?"燕西笑道:"你有点不讲理了。你说要做菜,又说要亲自去买菜,好意虽是一番好意,但是我自己想着我自己的事,是不是有工夫去呢?我还没有算计好。"白莲花不等他向下分辩,便道:"我明白七爷的心事,以为我现在要七爷捧场,才请七爷去吃饭,有点势利眼。其实吃饭是吃饭,捧场是捧场,决不能混在一处说的。"燕西道:"糟了,这样说,倒是我怕捧场,所以今天不去吃饭。我们一言为定,下午六点钟,我一定到你家去。可是我和你有约在先,千万不要弄出许多菜。要弄许多的话,留我下回再去吃。你看我这样多干脆,你只约我吃这一餐,我连第二第三餐,都答应去了。"白莲花一听燕西的口音,决不会反悔的,这就高高兴兴的辞别回家。

燕西当时原是碍着她的面子,及至她走了,一想到这样热孝在身,就到女戏子家里去捧场,人家知道了,固然是要骂,就是自己良心上说来,这种举动,也太不通情理。难道说父亲去世,又接着分家,这样生离死别的环境之下,还能作乐吗?白莲花自己来了,这面子驳不过去,给她几个钱,也就完了,何必一定要自己捧场?这样一想,所说的话,也就不觉得完全推翻。正午本约了两位旧同学,商量自己出洋求学的问题,留着吃过饭,谈谈说说,自然也就不觉是下午三四点钟了。所谈的结果,是自己要补习英语,这一步不预备得充足,纵然是身边多带一些钱,也减少许多兴味。自己一想,也是不错,我的英文,本来有些底子的,无故把它丢了,实在可惜。就是不出洋,把英文练习好了,也不算坏。这样想着,客去以后,就在书房里不走,翻出几本英文书出来看。

然而当他翻着英文书看了几页之时,白莲花催请的电话就来了。她在电话里说,不一定在吃饭的时候到,早些去,也可以多谈谈。燕西一接电话,便笑道:"何以这样快?我这人真未免太馋了。"白莲花在电话里再三央告着,说是必得去,若不去,我就急了。燕西被她央告不过,笑了一笑,只好答应就来。白莲花还怕他这话靠不住,说毕,又切实叮咛了几句。

燕西原是想着,用话能敷衍过去,也就算了,现在白莲花这样殷勤的表示着,若是不去的话,未免太不给人家面子。好在到女伶家里,和到戏园子里去捧场,完全不同。这不过男女朋友,彼此往来,决不能认为是捧场。就是让人家知道,也不能说我什么闲话的。这样想着,把刚才要读英文的计划,就完全抛开。在孝服中穿绸衣是不可能的,穿布衣服,又从来没有养成这样的习惯。这只有一个法子,改穿西服,至多不过是袖子上圈上一道黑纱,于漂亮上是毫无妨碍的。他这样的一想,立刻挑了一套漂亮西服换上,然后坐了汽车,匆匆向白莲花家来。

白莲花听到门外汽车声响,却一直接到大门外来。手挽着燕西下车,笑道:"真对不住,还要你抽空跑来了。"手握着手,二人笑嘻嘻的走进门去。白莲花的母亲,也是苍蝇见血一般,老远的拍着手笑道:"真是给面子,一个电话就催得来了。"迎上前,说了一句好久没见，就放连环铳似的，胡乱着问了一阵好。燕西也来不及答应，只口里含糊答应着好，点头而已。白莲花已是有名坤伶，所以她家就住了一所独门独院的屋子。北房三间，是白莲花住所，在这三间中，一间是白莲花的卧室，两间打通了，做了白莲花的会客室。燕西来了，白莲花毫不踌躇的一直引他到卧室里来。白莲花已大有南方人的风味了，卧室里面，正中也放了一张铜床，也摆两张大小的沙发，没有炕，也没有北方人用的那种粗笨的大四方凳子。

燕西笑道："你去了一趟上海，几趟天津，慢慢也讲究舒服了。"说着，坐在床上，用手连按了两下被褥。白莲花道："也不是为了图我一个人的舒服。"燕西笑道："不是图你一个人的舒服，这是为了图多少人的舒服？我倒要问个清楚明白。"说时，拉了白莲花，就向着她脸上望了，逼她回话。白莲花红了脸笑道："你又猜到哪儿去了？我的意思，不过说是有客来了，可以引到这屋子里来坐坐。"燕西道："这不结了，我问的话，没有错呀。"白莲花瞟了他一眼，笑道："到我这屋子里来的客，姊妹们不算，男的可只有你一个呢。"

燕西握着她的手道："我不信，你有什么法子证明你这一句话不是假的？"白莲花道："那很容易，叫我妈来问一声，你就明白了。"燕西道："不用别人证明，只要你自己证明就行了。"白莲花道："我自己要证明什么？我已经说了，就是你一个人到我屋子里来的时候，那就只有你一个人到我屋子里来。"燕西道："不是口说，要事实来证明。"白莲花低声微笑，向外一努嘴道："别胡闹。"白莲花母亲李大娘正沏了一壶好茶，要向屋里送，隔了门帘子，听着这句话，就默然站在外边屋子里，不进去了。过了十几分钟，李大娘故意将外面屋子里东西弄得响，燕西和白莲花就出来了。

白莲花母女，这个时候，是二十四分快活，比买彩票得了头奖还有把握些。李大娘走进走出,张罗着茶水,白莲花坐在身边,陪着谈话。还是燕西笑着先开口道:"你不是要亲自做菜给我吃的吗?"白莲花笑道:"就是这一层,可把我为难死了。我要是去做菜罢,这里就没有人陪你。我要陪你罢,又没有人做菜。所以我在陪你说话,心里可就估量着,这事要怎样的办?"燕西笑道:"这可真叫你为难。但是我有个办法了,我和你一路下厨房去,于是你也陪了我,你也做了菜我吃。"白莲花笑道:"那怎样行?厨房里有煤灰,脏了你的衣服。"燕西道:"不要紧,我也爱看人做菜。"白莲花抢着道:"你别信口开河了。你爱看人做菜,你在家里的时候,天天待在大厨房里吗?"燕西笑道:"我说的人,是美人的人,不是厨房里那些笨猪似的厨子。你不信,我在家里的时候,还喜欢用火酒炉子,在自己屋子里自己做菜呢。"

白莲花顿着眼皮想着,微微的一笑,摇着头道:"你下厨房,那使不得,还是我陪你,让他们去做罢,其实我做的菜,也不如他们。"燕西学着那戏院子里小生的样子,将右手一个食指,横着在鼻子下一拖,接上提起大腿,在大腿上一拍,于是将食指向地下画着圈圈,身子一扭道:"我是醉翁之意不在酒哟……"白莲花轻轻在他胳膊上捏了一把,低声道:"你少说两句,好不好?他们听见,有什么意思?"燕西见她那种风情流动的样子,也就忍不住笑将起来。白莲花道:"你若是有工夫出来玩,在我这里吃过晚饭之后,我们一路去看跳舞,你看好不好?我反正还没有唱戏,就是回来晚一点,也不要紧。"燕西笑道:"好,我哪里有那样大的胆子,现在居然就去上跳舞场?"白莲花笑道:"你今天怎么回事?老是这样死心眼儿哩。"燕西听说,于是又哈哈大笑起来。

他两人在这里谈话,李大娘自去做菜,等到把菜饭做好了,已经晚上了。吃过了晚饭,白莲花纠缠着他,非要他陪了去看跳舞不可。燕西觉得她意思太殷勤了,总不便过拂,果然就依了她,一路到巴黎饭店去看跳舞。这个跳舞场,常是一直跳到大天亮的。燕西和白莲花到了饭店里,索性叫汽车夫开了汽车回去,不用在此等候。到了次日,燕西又在白莲花家里吃午饭,白莲花才正式开口,叫他拿出一些钱来,好筹备登台的一切事情。燕西手里,正有着几万块钱,一点儿小应酬,当然是不在乎。便道:"这个你用不着为难了,要多少钱,我给你筹多少钱就是了。"白莲花听说,偏了头,做出那沉思的样子,右手点着左手的指头,口里念着,这样一百,那样八十,竟数出不少的帐目来。燕西估量着,已经有四五百块了。便道:"不用算,我下午送五百块钱来罢,这也许不够,不够的话,我给你再行补上。你看我办事干脆不干脆?"白莲花听说,什么也不曾答复,先就是一笑。

他们是在屋子里说话,李大娘在隔壁屋子里听了,便接着笑道:"那敢情好,将来我们怎么谢谢七爷呢?"白莲花由屋子里向外一跑,皱着眉道:"这又碍着你什么事?要你在外边搭岔儿。"李大娘心里也明白,年青人坐在一处讲情话,是讨厌年老的人在一边坐着碍眼或答话的,于是笑着一缩脖子道:"算我多事!可是我也是实心眼儿的话呢。"她说着,已是走出去了。白莲花回转身来,燕西握着她的手笑道:"你对于妈,一点不客气,你妈也太惯你了。"白莲花道:"并不是我和她不客气,她说话东一句,西一句,听了怪腻的。"

燕西往常来,李大娘总是不即不离的在一边照应,燕西真也有些不愿意。可是白莲花却是丝毫没有什么感想,今天她只搭了一句腔,就让白莲花把她赶走了,当然是极痛快的事。因笑道:"今天回家,她没有问你什么话吗?"白莲花说:"没有问。"燕西道:"她放得下心吗?"白莲花瞟了他一眼笑道:"有什么不放心?难道怕你把我拐去卖了吗?我们还是谈正经事好不好?"燕西起身笑道:"不用谈,就是我刚才所说的话,五百块钱,晚半天送来。我今天下午,万抽不开身,家里有好些事。"白莲花只说得一句不是为钱,第二句也就说不出来了。燕西急于要走,不能停留,白莲花就握着他的手,送出大门口来。燕西上了汽车,白莲花还在门口站着呢。

他到了家,已见两乘大车,在门口停着,堆满了东西。燕西问门房道:"四小姐不是说还有两天搬吗?怎么今天就搬起来了?"门房道:"我也不知道,四姑爷今天上午,带了两个人来收拾东西,接上就搬。听说那边新房子,还没有裱糊好呢。"燕西觉得也是奇怪,便一直到刘守华这边屋子里来。只见屋子中间,放了一只大箱,箱子大开着。刘守华一样一样的向里面塞,西服脱下了,只穿了一件衬衫,然而他头上,还一阵一阵向外冒汗珠。道之手上提了一个小皮包,由里面套间里出来,小皮箱上还挂一把钥匙,似乎最后一只紧要箱子,也收拾完了。

道之看见燕西,便道:"这样子,你是刚才得着消息,来看情形的,对不对?"燕西怎能说是不对,便道:"很奇怪,你们怎么突然的就搬了?"道之道:"不搬做什么?在这里当重大的嫌疑犯吗?我们总还可自立,不至于去靠父亲一点遗产。"她说这话时,脸色已是慢慢的板起来。刘守华皱着眉,唉了一声,又一跺脚。道之眉一扬道:"你姓刘,你不敢惹他们。我姓金,我怕什么?"刘守华道:"你就是为了充好汉,弄得没有人缘,现在只剩两个钟头了,你还要充好汉?老七还没有懂得原委,你糊里糊涂说上一大堆,人家还不知道为了什么事呢?"燕西道:"果然的,为了什么事呢?"道之冷笑道："什么事？三嫂很不满意我，说要分，从外姓分起。你想，在这里住的外姓还有谁？我早就要搬了，而且还有一个姨奶奶在外面呢。偏是大家留着。"

燕西听了这话，才知道她和玉芬又有口角的事了。便笑道："她纵然有什么话，也不能代表我们大家的意思。树倒猢狲散，大家都是要走的了，你又何必先忙？"刘守华道："你既知道树倒猢狲散，那还有什么说的？而且我们还扔了一个日本姨奶奶在外面。"道之冷笑道："这一来，秃子做和尚，你倒将就着，若不是父亲过世去了，我就在家里住一辈子，也不搬出去，弄得你离而不离，合而不合，看你怎么样？"刘守华笑道："当着你兄弟的面，这可是你自己说的。怪不得这几月说找房，总是一句话而已。"道之道："你别高兴，搬出去之后，我也不难为她，和你好好的说说，让她回国去，嫁到中国来，还不免给人做姨太太，那何必呢？"这样一提，刘守华不敢再说什么了，一人自去捡他的箱子。

燕西站着望了一会儿，也是不好说什么，自回自己屋子里去。只见清秋伏在案上，似乎在列一张什么表似的，画了一些横格子直格子，格子里面，写了许多细字。远远的看了一看，也不去理会。清秋见他向软椅上一躺，腿伸着直直的，似乎是疲倦了。笑道："你在哪里来？累了吗？"燕西心里有事，以为这话是讥刺他的，很不高兴，默然没有做声。清秋哪里知道这一层原故，依然画她的表，一直将表画完了，高高兴兴的拿到燕西身边来。笑道："请你看上一看，我这个表，列得怎么样？你还有比这完全些的计划没有？"

燕西睡在那里，先是想到白莲花的那笔钱，继而想到刘守华之走，伏了大家分散的预兆，照此下去，不定哪一天要散到自己。散到了自己头上，那就钱也为数不多了，现在似乎不能不谨慎一点，以为将来之计。由省钱便又想到了白莲花的那一笔款子，这是不是要拿出来哩？这不成问题，当然要拿出来的，难道还能在一个坤伶面前丢了这脸不成？好在也就是花这一次，以后不要浪费就得了。我在歌舞场中，多少钱也花了，岂在乎这一点款子。这样的想着，把要消极的意思，又兴奋起来。正想到这里，清秋把那张表送来了。燕西也不曾伸手去接，就拿在手里一看，上面写的几个稍大的字是："小家庭第一年预算表"。燕西将手一挥，淡淡一笑道："不要让人家笑话了！我们家里这样大的家庭，也不知道什么叫预算表。到了我们手上，就要做起预算表来，真是会做作。"

清秋一头高兴，碰了他这样一个钉子，真是不快活。然而就这样拿了转去，也有些不好意思，勉强笑道："并不是我做作，你想呀，以前我们家开销虽大，进款也大，只要用得不十分大，就不必预先筹付。将来到了我们自己手里，能有多少进款，现在也不知道。就是分这样一点家产，我们也要好好保留着，怎么不要在事先预算一下？"燕西突然站起来道："这样说，你是料定我没有本事弄钱的。我纵然弄不到钱，我的家也用不着你操心来支配！"

清秋让他说了一顿，愣住半天不能做声，默然的将那张表放在桌上，然后才很和缓的道："不要我画表，我不画就是了，这也用不着生这样大的气。我也不懂什么道理，我现在做事，总是不如你的意。仿佛我和前几个月，另变了一个人。我也知道你的心事，大概是被那跳舞场紫色灯光和那沉醉的音乐迷住了。不过我想，一个人必定要到舞场上发泄爱情，恐怕总不会走上正常的道路。依我看来，那不过是求一时愉快的人所做的事，决不是永久的办法。"燕西脸一变道："你这不明不暗的话，指着谁说？我什么时候上了舞场了？你说这话，在平常还不要紧，当我有孝服在身的时候说我，你简直是加上我一行罪。但是我也不怕你说,纵然是事实,也不见得有什么法律来制裁我。"

他说着,脚就在地板上用力一顿,咚的一下响。清秋再想说一句,见他气势汹汹的,决也不会接受。这样说下去,徒然使二人的感情破裂,那又何必。因之燕西站着,她倒反而默然无声的拿了一块橡皮,似有心似无心的,去擦磨表上的格子,擦出了许多纸屑,低了头只管吹着。燕西见她不做声,自己的确是有虚心事,不能反去责备人家,因此也就不说什么了。

第八十六回

白玉锡佳名二花争艳　黄金供滥用一客无愁

这时,清秋一人在椅子上躺了一会儿,道之却来了,站在房门外道:"清秋妹,我马上就搬走了,改天来看你罢。"清秋只知道她要走,不知道走得这样快。自己惟有和她最好,听了一个"走"字,心中立刻一跳。道之说了一句告别的话,抽身便要走。清秋连忙赶上前来,一把将她拉住道:"既是要走,何不在我这里坐一会子?你知道的,你若是走了,我更显得枯寂了。"道之执了她的手道:"好在你是很爱清闲的人,不见得为了短一个我,就会寂寞。你真要感到寂寞的话,可以到我家里去玩玩。我的东西,都捆扎好了,不能再耽误了。"清秋也不知道为了什么,心中无限的凄怆,道之在前面走,她在后面跟,竟有几点眼泪无端滴了下来。当然,在这种情形之下,不能不将道之送了出去。

燕西对姊妹之间,却无所谓。道之在外国多少年,也不觉得什么,现在道之不过搬出去住家,更是淡然。所以清秋虽然送道之走了,燕西倒落得打开箱子,取出了两叠钞票,揣在身上。这钞票是亲自开支票,在银行里取来的,乃是五十元一张,十张一叠,随随便便正是藏了一千元在身上。身上既揣了钱，便觉屋子里坐不住，于是缓步踱到书房里，和白莲花通了个电话，叫她自己来取钱。那边白莲花接的电话，却出于他意料以外，说是身体不好，自己不能来。燕西一想，费了许多工夫，才得我松了口，给她的钱，怎么我叫她来拿钱，倒反而不急呢？难道是用不着要钱了吗？无论如何，能这样子傻，恐怕真是病了，也未可定。

当日白天因为出去的时间太久了，不能再出去，直到次日吃过午饭，才一直向白莲花家来。本来是很熟的，直向她卧室里走。他一掀门帘子，倒不由得不猛吃一惊。原来白莲花屋子里，这时却另有一个女子在那里，看那年纪，也不过十六七岁，身上穿了一件黑色雁翎绉的长袍，一直拖平了脚面。乌的颜色不算什么，最妙的是沿衣服四周，钉了一匝白丝瓣盘的花边。衣服的下面，开了长长的岔口，露出那芽黄色的长管裤子，颜色极是调和。这种装束，也不是什么特别的，很容易看到。只是这个女子的皮肤，白得像雪敷的一般，有了这乌衣在身上一衬，就黑白分明了。她是鹅蛋脸儿，天生的白中带红的颜色，没有擦上一点脂粉，配上那微鬈下梢的黑发，如黑漆一般的眼珠，实在由那绝不艳丽的当中，表示艳丽出来。

真不料白莲花家里，有这种人才，也猜不透是什么人。因之燕西进也是不好，退也是不好。白莲花正躺在那沙发上，看见燕西进去，连忙向前相迎。那个女子，将身子一侧，就想由燕西身旁挤了出去。白莲花笑道："傻孩子，别走，七爷又不是外人，我给你介绍介绍。"一面就对燕西道："这是我的妹妹。"于是她走前一步，客客气气，和燕西鞠了一个躬。但是鞠躬之后，也不等燕西说第二句话，一字不响，就走了。燕西望着门帘出了一会儿神，笑问道："你又冤我，我从来没有听见你说过有这样一个妹妹。"白莲花道："她是三婶的闺女，比我小两岁，能叫妹妹不能叫妹妹呢？"燕西笑道："以前怎么总没有听见说？"白莲花道："以前她是人家一个姑娘，我和你们提起来做什么？现在她没有法子，为了经济压迫，也只好来唱戏，所以，我能给你介绍。"

燕西连连鼓了两下掌道："好极了，她也要上台吗？我一定捧场。"白莲花瞟了燕西一眼道："你这人生得是什么心眼儿？人家落难落得唱戏，你倒鼓起掌来说好。"燕西道："你误会了我的意思了。我鼓掌说好，说是她这种人才去唱戏，一定是会成名的。你给我介绍介绍，好不好？"白莲花道："我不是已经介绍了吗？又介绍什么？"燕西笑道："你让她和我点个头就跑了，这算什么介绍？必得介绍她和我成个朋友，那才算是介绍呢。"白莲花笑道："你又存了什么心眼儿？打算怎么着？"燕西道："你这是什么话，咱们这一份朋友交情，总算不错，靠着你的妹妹这一点，让我们做个朋友，这很算在人情天理之中的事情，我要存什么心眼儿？"白莲花笑道："若是这样说，那倒没有什么。"便向外面叫道："老五，你来你来。"她在外面答道："我不去，有什么话，你出来告诉我罢。"白莲花道："你这样大的孩子，还是跑过上海的，我的朋友在这里，你害什么臊？"白莲花这样说，她索性连话也不回答了。白莲花笑道："这个丫头，非我去拉她不成。"说着便出去了。

燕西听到门帘子外面，哧哧笑了一阵，脚步很乱的，在外面响着。门帘子一掀，白莲花将她拉了进来。她立刻将手一缩，正了脸色，后面跟着。燕西一见她进来，早是笑着迎了上前。那女子却没一点笑容，紧跟在白莲花身后，一块儿坐下。燕西明知道她是一个戏子，然而她极端的庄重，也就没有法子可以和人开玩笑。只好掉过脸来问白莲花道："令妹怎样称呼？"白莲花笑道："干吗这样客气？

干脆你就问她叫什么名字得了。她因为我的关系，就叫白玉花。你看能用不能用？"燕西笑道："玉本是白的，这样叫着就好听。"说这话时，偷眼去看白玉花，见她侧转身子坐在沙发上，也不知什么时候，让她取得了一根丝条。她将丝条放在椅子上，只管盘来盘去，盘着海棠叶、梅花瓣等等的样子。

燕西不但想不到看她的笑容，她的脸色是怎样的，都没有法子去看到了。于是对白莲花道："她什么时候上台？和你一块儿出演吗？"白莲花道："不！我想捧她一下子，让她去唱一回大轴子试试看。只要广告上字写得大，说是上海新到的，也许可以吓人家一下子。她的扮相很好，唱是学了多年了，我想总不至于不能对付。若有人捧上几回，也许就捧上去了。七爷能不能看我的面子，捧捧她？"白莲花说了这样一大套，白玉花还是在那里盘丝条子，也不转身，也不回头，也不答话。

燕西料着她初次来交际的姑娘，一定是害臊，便道："若是短人帮忙的话，我少不得凑一角。不过像令妹这样的人才，总不至于没有人捧，似乎用不着我们这种人来凑数罢？"白莲花听了燕西这话，见白玉花还是背了身子坐着。便问道："你听见没有？"白玉花这才回转头来道："我怎么没有听见？"白莲花道："你既是听见了，怎样也不说一句话？"白玉花道："我的话，都请你代我说了，我还用得着说什么？"说毕，依然端端正正坐在那里。

燕西听了她的话，又看看她的颜色，心想，这个女孩子，真合了那一句古话，艳如桃李，冷若冰霜。凭我这种人，她都不大理，不相干的人，她更是不在乎了。我无论在什么女人面前也没有碰过这种橡皮钉子，我倒要试试她的毅力如何。便对白莲花笑道："这话可又说回来了，我既答应捧你在先，当然还是捧你。"白莲花瞟了他一眼,又摇一摇头,笑道:"哟!你捧我还要有什么条约吗?我这份不算,你得另外捧捧我妹妹。"燕西道:"我一个人,哪有那末大的力量,连捧两个大名角呢?而且我看令妹,也不至于非我捧不可。"说着这话,眼光可就射到了白玉花身上。白莲花用右胳膊将白玉花拐了一下,笑道:"你总不学一点交际手段,怎样混得出来?连七爷这样好说话的人,都不高兴了,别人还行吗?求佛求一尊,你这样子,还是请七爷多帮忙罢。说呀!别不做声啦。"

白玉花没有经她姐姐说明,她还绷了脸坐着,经她姐姐一说之后,索性伏在沙发靠背上,抬不起头来。燕西虽不能知道她是不是在发笑,然而她还是没有受过人捧的,那是绝对无疑的了。这个女子,犹如一块璞玉一般,未经磨琢,正是可捧的。他在这里如此揣想,白莲花坐在一边,已经偷看得很明白,便笑道:"你别瞧我这妹子不做声,她肚子里有数的,设若你捧她,她心里十分感激的。"白玉花就望了她姐姐一下,又低了头。在望的时间,势子来得非常之猛,好像是说白莲花的话太冒昧了?燕西笑道:"人家自己都不着急,倒要你说了个不歇,你有什么话没有?我要走了,这点款子,你拿去做筹备费。"说着,将一叠钞票,塞在白莲花手上,她道了一声谢谢,接着钱,顺便就握住了他的手,笑道:"你坐一会儿,我真的有事和你商量。"

白玉花这就正式开口了,望了燕西道:"你坐一会儿,忙什么?"她这一句话,好比吸铁石吸铁一般,把燕西要走意思就完全打消。笑道:"这里我是来熟了的,随便的来去,你有什么话和我说吗?要是有,我就坐一下。"白玉花这才向他微微一笑,瞟了他一眼道:"还不是刚才那句话,要请你多帮忙。"这一个微笑,在旁人不算什么,现在出之于白玉花,燕西认为是极可贵的事,至少证明她并非不睬,乃是性情如此。便笑道:"只要你承认我有捧的资格,你打三天炮,我准捧三天。除了我自捧不算,另外还去拉几个陪客来,你看怎么样?"白莲花微笑道:"那还问什么怎样呢?我们自然是欢迎极了。"燕西望着白玉花微笑道:"这话是真的吗?"白玉花本又要笑出来,却把上牙咬了下嘴唇皮,把笑忍回去了。只借着燕西问话的机会,向上点了一点头,表示白莲花的话是对的。

燕西见她真个有了表示,说到帮忙,便是心肯意肯。因笑道:"我这人做事,说办就办,决不会口惠而实不至的。李老板,你对令妹说一声,要怎样的办?"说着,就望了白莲花,待她答复。白莲花先望着白玉花,然后抬头想了一想,笑道:"我想,你在我姐儿俩面前,总也不好意思待谁厚待谁薄,那就是这样办,跟我一样。"燕西连点着头道:"行行行,另外我还要送二老板一点东西,以为纪念。"白莲花笑道:"什么呢?大概不能送戒指罢?"燕西道:"我也不能有那样冒昧,我打算送一只手表。"说时,目射着白玉花黑衣袖外的白手。

白莲花见他这样子颠倒,心里又喜又气。喜的是和妹妹找到了一个主顾,登台这一件事不用发愁了。气的是自己和燕西的交情,恐怕要让妹妹夺去。燕西全副精神都注意的是她,难道我就没有她美?女子们这个"妒"字,有时比生命看得还重,二人虽是姊妹,却也不肯含糊的。因之白莲花脸上渐渐泛起红晕来,所有的笑容,都是勉强发出来的,很不自然。

燕西看她的情形,也有点觉察出来,便笑道:"我捧令妹,自然是客串的性质……"于是又对白莲花望了一眼道:"总听你的命令,你让我捧到什么时候,我就捧到什么时候。"白莲花伸着手高高举起,比了一比,然后在燕西手背上轻轻拍了一下道:"照你这样子说,我姐儿俩还要吃个什么醋不成?"白玉花不说什么,却瞟了她姐姐一眼。

白莲花笑道:"要什么紧,七爷和我也是老朋友,高攀一点,简直和哥哥妹妹差不多。哥哥,你说是不是呢?"说着这话,将脸仰着望了燕西笑。燕西连说是是。白玉花将嘴一撇,对着白莲花用一个指头,连在腮上耙了几下。白莲花拖了燕西一只手,就伏在他的胳膊上,哧哧笑了一阵。

　　燕西见白玉花渐渐活泼起来,心下大喜,好在今天身上的现款带的不少,又掏出五百块钱来,交给白莲花道:"我就照着你的话,平等办理,这也是五百块钱,作为令妹上台的筹备。其余的事,我们过一二天再说。"白莲花接着钞票,在空中一扬,向白玉花道:"七爷待咱们真不错,你别傻头傻脑的,也得谢谢人家呀。"白玉花听说,果然向燕西微鞠着一个躬,口里说了一声谢谢。燕西笑道:"先别忙着谢,我还有一半劳力没有尽呢。"白莲花道:"说谢我也不敢,今天,我姐儿俩请七爷来吃晚饭,七爷肯不肯赏面子?"燕西听说是姐儿俩请,就是一百个肯来,不过今天家里搬走了一房人,母亲是不大高兴的,吃饭,心里恐怕她会生气。今天不知有弟兄几个在家里,若是有两个不在家,说不定生出什么是非来,今天还是回家吃晚饭的好。便对白莲花道:"老要你请我,那也不成话,今天不行了,我还有事,明天我再来请你二位罢。"白莲花也想到,或者是他家里有什么事,不然,他不会推辞的。便道:"我们天天有空,听你的便就是了。"

　　李大娘在外面屋子里,她听了一个够,早知道燕西又花了五百块钱了,这时也笑着跳了进来道:"你们虽然应该谢谢七爷,可是也别耽误人家的正事,只要七爷赏脸,你们就来一个随传随到的罢。"说着,拍手一笑。燕西有个脾气,就是讨厌和上了年纪的妇人周旋,李大娘跑进屋来恭维,燕西就感到老大的不痛快。本来是要走的,现在却是片刻也不愿停留了,对白玉花说了一声再会,匆匆的就走出来。

回到家里时,电灯已是上了火了。清秋这几日知道燕西手里有了钱,不免要大大的挥霍一顿,虽然没有法子拦住他,然而却不断的注意他的行动。当清秋送道之走了以后,并不见燕西出房门一步,预料他要拿钱出去玩的,便不敢延误,赶回房来,以为自己在当面,燕西拿起钱来,多少有点顾忌。不料走回房来看时,燕西已经不见了,看看放钱的那个大皮箱,盖子却没有盖得十分完好。就近一看,更是吓了一跳,那箱子盖两个搭扣,竟有一个不曾搭住,用手一按绷簧,那个搭好的搭扣,也扑的一声,绷了上来。原来开了箱子,却未曾锁。在地板上看看,并没有钥匙,打开箱盖看时,倒是衣服上面摆着。清秋心想,这个箱子放有好几千块现款,这样敞开,老妈子进来,随手拿去一笔,有什么法子来证明,自己又不知道这箱子里的详细数目,也不敢声张,便将箱子关好,等燕西回来。

这时燕西回来了,清秋首先一句便问道:"你今天出去,拿了多少钱走的?"燕西听到她盘问钱,便不大高兴,脸上的颜色,就有些红黄不定。清秋很从容的站起来,向着他笑道:"你不要多心,我并不是追问你拿了多少钱,因为你走得太快,没有锁上箱子,你走了一会子,我才回房来的,钱的数目上若是有些不对,我可负不起这个责任,所以我要问上你一问。"燕西道:"什么,我没有锁上箱子吗?"说着,伸手到衣袋摸了一摸,果然没有钥匙。便道:"这可糟了,你数了我的钱没有?"清秋道:"我不知道你箱子里存了多少,又不知道你拿走了多少,我数一数,又有什么用?"

燕西连忙打开箱子,见钥匙放在箱子里面上,笑道:"我这人真是荒唐,怎么会把钥匙放在里面不锁起来?让我来点了一点数目看。"于是他一人就将箱里现款点了一点,笑道:"侥幸得很,居然一个钱没有丢。"清秋道:"你仔细数了,果然一个钱没有丢吗?"燕西道:"不会错的。我放的是整数六千五,我拿了一千,这里还有五千五。"清秋道:"你今天有什么要紧的事,竟会用上一千块钱?"

燕西被她一问,这才知道自己失言了,便笑道:"我现在哪里还有那样大的手笔,一用就是一千块钱,我是把这钱存了一笔定期存款。"清秋道:"你有许多钱,为什么单独存这样一笔款子?"燕西说不出所以然来,微笑了一笑,顿了一顿,然后笑道:"我不过是先试一试,其余的自然也是要存上的。"清秋笑道:"那样就好,可不要是存无期的长年,连利息都免了,那是有些不合算的。"燕西突然听到,还没有悟会到她的意思,想了一想,才明白了。这钱本来是自己花费了,她既知道,也不敢说什么,自己也未便有什么表示,只是微笑了一笑。清秋见他并没有说什么,就知道燕西所提的这笔款子,已是完全用过去了,钱已用了,怪他也是枉然。便微笑道:"只要箱子里的钱不少,这也就万幸。虽然用了,那也不算什么。"燕西把箱子关好,便将钥匙向清秋怀里一扔,自己在对面沙发上躺下。清秋本想说两句俏皮话,转身一想,难得他如此大方,将钥匙拿过来,替他看守一天是一天,不要把他弄翻了,于是捡了钥匙揣在身上。

燕西心里也就念着,今天上午在外面跑了一天,下午又不声不响的花了一千块钱,这也应当在家里休息一会儿,不得再出去了。如此想着,躺在沙发上,就把双脚架得高高的,还是不住的摇曳着,表示那无所用心而又是很自在的样子。他心里定了这个念头,还不到十分钟,金荣就在院子里喊七爷接电话。燕西问是哪个打来的?

金荣说是刘二爷打来的,有紧要的话说。燕西却也相信是刘宝善的电话,因为他这一程子,不得意的事,接连的来,最近又为一家银行倒了,倒了他好几万块钱。他觉得北京不大妙,赶快迁地为良,他有电话来找,也未可知,于是便走到书房去接电话。

燕西一出来接电话,才知道猜想错了,打电话来的乃是白秀珠,并不是刘宝善。便笑道:"这个时候打电话给我做什么?是请我吃晚饭吗?"秀珠也笑道:"除此之外,还有什么话呢?我在普鲁士饭店等你。"燕西道:"我们吃中国馆子罢,何必到那种地方,花钱不少,吃三四个单调的菜?"秀珠道:"那里的音乐好,我就去了,你快来罢。"说着,便挂上了电话。燕西心想,这也真是一件怪事,为了音乐好去吃饭,目的是在吃饭的呢?还是听音乐呢?但是刚才在电话里,她已经说着先去了,若是不去,让她一人在饭店里等着,也是会打电话来催的,倒是不如先去的干脆。书房里有帽子,戴着便走,也不再回房去了。

清秋也是看到他有点倦游的意思,以为他今天不会再出门的,不料一去接电话,却永久不见他回来。便叫老妈子到前面去打听,老妈子回来报告,七爷早已出门了。清秋手上抚弄着钥匙,许久不能停止,望了藏着现款的箱子,深深的叹了一口气,神志颓废,就在沙发上躺下,一直躺到七点多钟,老妈子问:"快开饭了,还是在屋子里吃饭呢?还是到老太太屋子里去吃呢?"清秋道:"我还是到太太屋子里去吃罢。一个失意的人,若是再让她孤孤单单的,更难过了。这种情形,只有我知道的。"说着,先站起来,到浴室里去洗了一把脸,对镜子里理了一理头发,还对镜子做了一点笑容,觉得脸容并不悲苦,才上金太太屋子里来。

这时,金太太屋子里,果然摆下了碗筷。因为这些儿女们,最近都是轮流到她屋子里来吃饭,以便安慰着她。所以这屋子里总预备下六七个人的座位,如道之夫妇,燕西夫妇,梅丽,这几个人到的时候为多。今天道之夫妇走了,燕西也走了,梅丽有点头晕发烧,二姨太太叫她不必出房门,喝一点稀饭。清秋呢,又是在沙发上想心事,把时间忘了。敏之、润之虽知刘守华走了,却不料其余的人都未曾来,敏之是在写给未婚夫的信,正催着他回国,信要写得切实点,就不能来陪母亲。润之偏也是心里烦闷,懒出房门。金太太一个人在屋子里,见摆了一桌子饭菜,竟只自己一个人吃,她何能听一个一个下人去分别解释,只觉儿女们都是靠不住的,这后半辈子,还有什么意思?一阵心酸,又掉下泪来。其实金铨在日,金太太一人吃饭的时候,也很多很多。但是那个时候,就不曾有什么感想,而且现在也忘了从前有这种时候。

女仆站在一边,只知道金太太伤心,哪知道伤心何在?这里只有一个陈二姐,她是个过来人了,便了解金太太意思,连忙跑了出来,先就进到凤举屋子里来,轻口喊道:"大爷大少奶奶,赶快去罢,太太今晚一个人吃饭,在掉眼泪呢!"凤举最近是很孝顺的,虽然见饭已摆上了小桌,一面起身,一面对佩芳道:"去罢,我先走了。"佩芳也不愿一人在屋里吃饭,就跟他一路到金太太屋子里来。金太太正背脸坐着,听到脚步响,回头看见他夫妇来了,便问道:"你们吃过饭了吗?"佩芳在凤举后面,倒抢着说:"没有,我们是打算连孩子带了来,一齐到这儿来吃呢。"一提到了小孩子,金太太心里便自然高兴起来,因道:"可别胡来,天色黑了,抱着孩子穿过几个院子,别说受惊不受惊,吹了风也是不好。"佩芳道:"因为这样,所以没有抱了他来,妈吃饭罢。"金太太见他夫妻二人已经快要坐下,自然也就跟着来坐下。金太太先用勺子舀了一勺子汤喝,便道:"陈二姐呢?这汤冷得这个样子,也该用火酒炉子热上一热才好。"

金太太说这话时,陈二姐正是引了清秋进来。因为她要叫清秋,清秋已经出了院子门了,二人连忙赶了来。这里已经上桌,陈二姐在房门口答道:"我预备好了。"说着,进房来,匆匆忙忙的搬了火酒炉子烧了起来。清秋见凤举夫妇在这里,倒想起今天若是没有他们来,这里便要十分冷淡,幸而自己是来了。于是在一边坐下,没有做声。金太太道:"你是陈二姐叫来的吗?老七呢?"清秋只顾答应后面一个问题,说是他今天在外面跑一天的了。金太太见陈二姐将汤热好了,又把别样拿去热,便道:"又不是冷天,将就着罢。明天对厨房说,这里只预备一两个人吃的菜,也就行了。大事都完了,撑着这空架子做什么?我迟早是庙里修行去,用不着找人来热闹。"大家听了这话,都觉是言中有物,然而各人的感想不同。凤举、佩芳以为不来呢,也就不知道,来了倒要挨骂。清秋以为我本是要来的,何尝要陈二姐去找我,其实除了害病而外,我又哪一次没有到呢?但是大家也只好安然的受着,不过是在心里不快而已。

自金铨去世以后,金太太屋里要算这一餐饭,吃得大家不痛快,也就要算这一餐饭,金太太心里最是难受。其实世界上每天一个人吃饭的,又哪里可以用数目去计?然而没有多人共餐的盛况在前陪衬着,也就很平常了。所以一个冷淡的所在,最怕是有过去的繁华来对照呢。

第八十七回

私念故乡偏房兴去意　　忽翻陈案记室背崇恩

这一晚上,吃完了饭,大家自然陪着金太太坐一会儿。因为敏之、润之来了,金太太对佩芳道:"我这里已经够热闹的了,乳妈子一人带着孩子在屋子里,你也瞧瞧去。"佩芳因为凤举和金太太商量好了,要停了前面那两位帐房先生,明天就要发表,今天已经告诉帐房,结一盘总帐。心想,这两位帐房,也不知挣了多少钱,现在叫他结总帐,他虽然料不到明天就停职,然而也必为时不久,这个日子,岂有不做坏事的?因之也不通知别人,就向前边来。

佩芳自遭丧事以后,并没有晚上到前面来过,就是白天,也很少来。这时走到前面来,大异往常,仅仅是留着长廊下一两盏电灯,金铨办公那个院子里,以至于两个客厅,全是漆黑。到了前面那楼厅下,也只檐下有一盏灯,让那碧绿的柳树条子一罩,更阴沉沉的。厅下那个芍药台,芍药花的叶子都已残败了一大半。想起去年提着补种花苗,预备开跳舞大会的情景,就在昨日一般。如今情形可就完全不同了。金铨故后在这里停灵多日,楼下有两扇窗子开着,风吹得微微摇动,咿呀作响。向里一望,黑洞洞,不觉毛骨悚然,连忙向后退了两步。正在这时,前面有个听差,拿着东西,送到后面来。佩芳这才放大了胆。然而再也不想去打听帐房先生的什么秘密,便走回上房来。

走到翠姨的院子里,只听到她屋子里有哭泣之声,停脚听了一听,正是翠姨自己哭,就顺步走了进来。只见她侧面坐在沙发上,用手掩了脸,呜呜咽咽,像是很伤心。佩芳走进来,她才揩着眼泪,站起身来道:"大少奶奶,今晚上得闲到我这里来坐坐。"佩芳道:"并不是得闲,我听到姨妈在哭,特意来看看,好好的,又是怎样伤心了?"说着,她在沙发上坐下。翠姨道:"我并不是无故伤心,因为我今天不大好,没有吃晚饭,在床上躺着,迷迷糊糊的,梦见你父亲,还是像生前那种样子。"

佩芳听到她说梦到了亡故的人,这本也不算什么。只是刚才走那大客厅楼下过,已是吓了回来的,现在又听说是梦见了金铨,暗中又不觉打了一个寒噤。因道:"这是心里惦记着他老人家,所以就梦见了。刚才,我还走大客厅下面过来,想到去年开芍药花,开赏花大会的事,恐怕是也再无希望有这样的盛会了。"翠姨道:"你们有什么要紧?丢了靠上人的日子,现在是自己的世界了。你看我这样年轻轻儿的,让你父亲把我摔下来,这是怎样办?除了靠我自己,我还靠谁?你母亲一朝权在手,便把令来行,还要趁这个机会来压迫我。叫我怎样不加倍的伤心呢?"说着,又呜咽起来。

佩芳对于一朝权在手,便把令来行的话,倒很赞成,却不能说出口。对于翠姨,觉得她到了现在,果然是个可怜的女子。便道:"这话不是那样说,父亲去世,这是大家的不幸,也不能望着哪一个人没有办法。他们还有这些弟兄,你总是个长辈,难道能不问吗?"翠姨道:"我长了二十多岁的人,难道这一点我都不懂,还打算搭出庶母的架子来,和人讲个什么理吗?我仔细想了一想,只有两条路,一条我是当姑子去,一条我找职业学校,学一点职业,认识几个字。但是我说第一条路,像那些荦不荦素不素的庵堂,我是不能去的。若是进学校,北京也好,上海也好,都可以找到相当的。我的主意拿定了,谁也改不过来。再说,我多年没有到南方,我也趁此工夫,回家去看看。"

佩芳听她如此说,心里倒吓了一跳。一想,她这是什么用意?简直是要脱离金家了。真是不巧,偏是我首先听到她说这话,不要让我又沾着什么是非。于是赶快将话扯开来道:"人事真难说,谁也料不定什么时候走上风,什么时候走下风的。从前那样铺张过日子,要完全改了才好。但是看他哥儿们,觉得一样也减少不得,这样闹,总有一天不可收拾的。我有什么法子?这也只好过一天算一天罢了。"翠姨道:"你怕什么?除了自己的积蓄不算,还有大靠山娘家在后面呢。我这娘家,等于无……"翠姨觉得这话,有点和先说的矛盾,便改口道:"虽然等于无,不是因为他们穷,放心不下,不能不去看看。"

佩芳听她的话,简直是非回南方去不可,这一出戏就有得闹了。不过她既要走,还不知道走在何时,索性紧她一句,把时间挤出来。因道:"现在天气倒是不十分热,出门很便利的。"翠姨道:"我就是要走,恐怕还有两三个礼拜,若是有什么意外,也许要延迟到一个月以外去。我是知道的,说了一声走。少不得有闲是闲非吹到我耳朵里来。但是我已经决定了走,无论是谁,也拦阻不下来的。"佩芳道:"那也谈不到罢?"佩芳似是而非的说了这样一句话,就算答复过去。因站起来道:"我要瞧孩子去,不能多坐,你别再伤心了。"说着,在翠姨肩上轻轻拍了两下,就很匆忙回房去了。

到了屋子里,凤举已先在那里,他问道:"你到哪里去了?怎样这时候才来?"佩芳且不答复他这一句话,在衣橱下层抽屉里取出一双拖鞋,啪的一声,放在地板上,坐在矮椅上,一面脱了鞋子换拖鞋，一面就叹了一口气道："讨姨太太，有什么好下场头？"将一双鞋子向抽屉一放，啪的一声，把抽屉关上，向矮椅上一靠，又一个人微笑道："反对娶妾，绝不能说是女人有什么酸素作用，实在有道理的。"凤举望着他夫人，停了许久，才道："到了现在，还有工夫去翻这个陈狗屁？"佩芳道："你以为我是说你，你做的那种事，我都不好意思提起，你倒先说了。"凤举道："要不然，你刚才为什么要发牢骚？"佩芳架着脚颠动着，很自在的把刚才翠姨说的话，学说了一遍。

凤举听了这话，倒不能不有些惊异。便问道："这话是真吗？那她一走就算完了，谁也不能承认她姓金的！"佩芳冷笑一声道："你以为你这个'金'字，也像黄金一样值钱呢，你不承认她姓金又怎么样？她非要你这'金'字不可吗？"凤举道："不是那样说，她既出去了，知道她要干些什么事？若惹下什么乱子，说是姓金，我们当然要负一份责任。"佩芳道："不是我说句不知大体的话，她不但不会利用这个'金'字，也许她见人还要瞒住这个'金'字不说出来呢。"凤举道："这倒好，合了南方人说的话，破篮装泥鳅——走的走，溜的溜了。"佩芳道："也不过走了两个人，何至于落成那样子？"凤举道："五妹接着巴黎的电报，要到法国去了。刚才拿了这电报，和母亲去商量，说是已经回了一封信去，说是暂不能走。母亲倒批评她不是，说是你们到巴黎结婚去也好，省了一笔无谓的耗费。那样子十之七八，是去成功了。"

佩芳道："自己家里人少个把两个，倒没有什么，从明日，大批的裁佣人，家里就要冷淡起来了。两个帐房的帐，结出来了没有？"凤举道："结出来了。我刚才草草的看了一遍，竟看不出一点漏缝来。外面闲言闲语很多，都说柴贾二人发了财，怎么回事呢？"佩芳道："越是会装假的人,表面是越装得干净的。今晚上还早,我和你查查看罢。"凤举皱眉道:"查是要查,我最怕拼数目字费脑筋,怎么办呢?"佩芳冷笑道:"这倒好,有家产的人,都不必盘帐,完全让人吞没掉了,那也无法知道了。你这种话,幸而是对我说了,若是对帐房先生说了,他会拼死命的去开你花帐。这话若让你母亲知道,家里的事,哪里又再能放心让你去问。"凤举道:"我也知道这种话说了出来,是要受你批评的。但是我因为有你做我的后台,我才这样说,没有你,我也只好练习着算了。"佩芳道:"你这简直不像话!为了查帐,才来学算盘,天下真有这种道理?"

凤举觉得自己的话,根本上就站不住,越辩论是越糟,只得含笑坐在一边,在皮烟盒子里,取出一根雪茄烟,慢慢的来抽着。佩芳道:"明天就要辞帐房了,帐不盘个彻底清楚,怎能让他走?你坐在那里抽上一阵子烟,这事就算了吗?"凤举衔着烟道:"我正想法子,要怎样才没有毛病呢?我的意思,明天把朱逸士、刘宝善他们请来,先查个彻底。"佩芳站起来,向了凤举呸了一声道:"你这种屎主意,赶快收起来罢。这班人把你金家的秘密,还没有知道够吗?到了现在,大事完了,还要整个儿让人知道呢?"

凤举笑道:"何必这样凶?你听我说,这些帐,本来就是很普通的,没有什么不能公开。何况没有外人管帐,把管帐的一辞,他也无和你保留秘密之必要,这秘密自然也就让传漏出去了,这与朱逸士他们知道,有什么分别呢?"佩芳道:"据你这样说,倒是人越知道的多越好了?你不想,管帐的当然也有其秘密的地方,如何敢乱说?事外之人,他有什么顾忌的?"凤举无可说了,便笑道:"既是如此,我这件事就烦重你,请你和我查一查罢。"说着,就把两个帐房先生送来的帐簿,放到桌上,笑着和佩芳拱了拱手。

佩芳见凤举不行，自己眉毛一扬，笑了一笑。心里越是要在帐簿上寻出一点破绽来，以表示自己不错。无如这两个帐房都是在金铨手下陶融过来的，纵然有弊，在书面上，哪里能露出什么马脚？这一次呈帐簿上来，明知道是办结束，金家的亲戚朋友，势力尚在，若有舞弊的事情发生，当然脱不了干系，所以他们的帐目，除了大项，由金太太核过一次，已经不错而外，就是大项下的小款，也分厘丝毫都开了出来。佩芳先查了一查，帐房经手的外面往来款项，再看看家中收支总数，此外抽查了几项小帐，不见有破绽。但是心里一定要立功，绝不肯含糊，且将那新式簿记的来往帐，放到一边，只把记杂用的流水旧帐本，一页一页，由前向后翻。翻来翻去，竟翻了一个钟头，依然没有破绽可查。

凤举站在桌子边看看，又坐到一边去，坐了一会儿，又过来看，只是嘴里不肯说出。佩芳心里也很急，不觉把簿子一阵快翻。不料在她一阵快翻之时，在书面以外，有点小发现。她立刻按住簿子仔细一看，拍着桌子突然站起来，笑道："哼！我手里哪偷得过去？"凤举见她如此惊讶，便问道："你看出什么情形来了吗？"说着，伸着头过来看，佩芳两手捧了帐簿子向上一举道："你看你看，这是什么？照字面上看，你就看得他们的毛病出来吗？"凤举笑道："在字面上我也就无查帐的能力了，你还要我到字面以外去查，那如何能够？"佩芳得意极了，身子摇了两摇，指着鼻子尖道："有他们会作弊，也就有我会查弊。你看一看，这帐簿子，他们撕了好几页。"凤举道："不能够罢？我们帐簿都是印刷局里定制的，每本一百页，由首至尾，印有字码，这就原为固定了，免得事后有倒填日月，插帐进去的事。这页数他们敢短吗？"

佩芳道："他们不敢短，他们可敢换。你看这八十八至九十一页帐簿,比原来的纸料,要新一点,这已经很可疑。"凤举道:"这也许是印刷局里偶然用了两种纸印的,不能作为证据。"佩芳道:"印刷局里,印几千本书几万本书,也不至印出两样的纸来,何况印我们百十本帐簿?就算印错了,应该有一部分,绝不能仅仅是四页。你想,四页帐簿,不过一两张纸,印刷局印许多帐簿,何至于拿一两张别色纸来凑数呢?这还不算,便是这四页格子的颜色,也不同。这还不算,这帐簿原是用纸捻子暗钉了,再用线订的。现在纸捻子断了到八十七页为止。八十八页到九十一页,没有什么眼,可是九十二到一百,有两个穿纸捻子的窟窿。你想,这四页岂不是拆了帐簿,换了进去的?"凤举道:"据你如此一说,果然有些破绽,但是只看出他们撕了帐簿,没有看出他们假造帐目,就算知道,也是枉然。"佩芳道:"既然知道这几页帐簿是添进去的,自然是可以断定这里有假帐,我们把这四页帐簿,慢慢来研究,总可以研究出来。"

凤举听她如此一说,也像得了什么把握似的。便道:"果然有道理,让我来看看。"佩芳将帐簿子一推,站起身来道:"让你看罢,我不行了。"凤举笑着向后一退道:"我说看看,这正是试试的意思,并没有什么把握,你若让开等我来,那就是取笑我了。"佩芳向凤举微笑道:"这种话,也就亏你说出口,你就不会争上一口气,赛过我去吗?"凤举只是微笑,不说什么。佩芳又坐下来,将账簿子再仔细的看了一看,点头道:"我看出来了,这四页账里,怎么会付出六笔大账去?这里有一笔是付西山公司煤款的,这家公司,已经在阴历年冬倒闭了,为什么在公司倒闭后,还追付一千余元的欠账?在公司未倒闭以前,他就不追着向咱们要吗?"

凤举道:"提到别一件事,我不知道,若提到这笔煤账,我是知道的,仿佛记得有一家煤号里,在去年夏天和我们借过一大笔钱,说是本钱年冬准还,将煤来还息钱。不然我也不留神,那天我到账房里想去挪几个钱用,遇到那公司里的人,老在那里麻烦着不去,因之我不好开口,误了我的事。"佩芳道:"不用说,就是这家煤号了。他们只利息不入账,煤就可以算买来的了。"凤举道:"据你这种猜法,有了我这种事实来证明,完全是对,我去问问他,这账究竟是怎么回事?"说着,拿起账簿子挟在胁下,打算就要到前面账房里去。

佩芳一把将他拖住,问道:"你这是怎么了?存心去打草惊蛇吗?"凤举道:"打草惊蛇也不要紧,我料他们跑不出我的手掌心。"佩芳道:"既是如此,你何必今天晚上去问?明天难道就迟了吗?你这个人,简直没有出息,一点芝麻大的事,还搁不住,你还在外交界里混呢!"凤举放下了账簿笑道:"你又把事看得太重了。对付他们,还要用什么手段,什么时候查出了他们的弊,什么时候就许大爷盘问。"佩芳道:"你这话在平常可以这样说,现在是盘结总账的日子,你就不能如此说。他作了多少弊,我们还没有完全查出来,岂能为了这一件事就动手?我看你还是安安稳稳的去休息,等我把这账盘一宿,你明天起来,我一桩一桩告诉你,你拿了这账簿去查个现成的账,你看好不好?你再要搅我,我就不能查了。"

凤举虽然不能完全接受夫人的命令,但是想了一想,究竟是他夫人所说的有理。便笑道:"我要看看你的本事究竟如何,就依了你的话,先行睡下。无论如何,在这四页假账之内,我想你总可以再找出几个证据来罢?"说毕,果然就睡了。至于佩芳是几时上床的,自己都不知道。

到了次日起来,佩芳又是先起,凤举首先一句,便问帐查得怎样了。佩芳笑道:"帐虽是我查出来,大炮可要你去放。并不是我怕事,把这种责任交给你。你要知道,这是显手段的事,你显了这个手段,人家都佩服你有才具,也许将来能得着一些利益。"凤举道:"你说得这样的好听,但是我还不知道这帐弊病在哪里,我就这样去放一个空炮吗?"佩芳在身上掏出了钥匙,将抽屉打开了,然后在抽屉里,拿出一张单子,交给凤举道:"这就是我一夜工夫的成绩,你先仔细看上一看,等自己胸中有了把握,然后再到前面对帐房们说去,我包你说一样,他们要惊异一下子呢。"凤举拿着那单子一看,只见第一项,便是三千一百一十五元的巨款。这笔帐并不是在那四页假帐里面写着的,乃是假帐上有一笔补付古董店的数目,三千一百十五元。由这欠数,去追查原数,是前二月付的款子。

　　凤举看了,先还不懂。佩芳道:"我解释你听罢。父亲在日,常收些古董送人,这是事实。然而有时候他付支票,有时候付现款,却没有记过帐。这笔总帐上,写了有该店三千二百元收据一张,正是这收据露出了马脚。卖东西的人,交货得钱,这就完了,还另外写个什么收据?显系父亲先付古董钱若干成,免得古董为人所得。一时古董或有收拾之处,古董店不及交来,所以先写了一张收条。不知如何,这收条未曾收回,落在他们手里。恰好那个日子,帐房付了八十五元,买了一件小古董。现在他们以为死无对证,就添上三千一百十五元,凑成那收据的数目。"凤举道:"这收条大概不至于伪造,这古董店也大意,有三千多元的收据,交了古董,怎么不收回去?"佩芳道:"收条遗失,也是常事,只要我们这么写着字给他,说是那张收据业已遗失,古董业已收到,该收据作为无效,不也就算了吗?至于你自己家里,要借着这个开一笔谎帐,他如何管得着?"凤举道:"极对!极对!我们再拿了这帐簿子到古董店里一对帐,不怕对不出来。"说着,再看那几笔帐,也有千数的,也有百数的。凤举一面漱洗着,一面计划要如何盘这几笔帐？漱洗之后，便对佩芳道："这事非同小可，我要到母亲那里去请一请示。"

于是将单子帐簿，一齐带到金太太屋子里来，因把详细情形，对她说了。金太太也很吃惊，便道："这还了得，他们胆敢换帐簿造假帐，平常吞没银钱可想而知。这是你们私下管不了的，说不得了，我要卖个老面子，你打个电话给杨总监，我亲自和他说话，请他派几个警察来，先把这两个东西看管，再问他愿官了私了？若愿私了，要他找出保来，彻底的把帐盘一下，有一个钱靠不住，也得要他吐出。"凤举也是气极了，也不再考虑，就打了个电话给警察总监。金铨去世未久，他们的官场地位，自然还在，杨总监果然亲自接话。凤举一告诉他家母有事请教，杨总监更是愕然。金太太接过话机，亲自说了一个大概，杨总监恐怕牵涉到了金家的产业，事情非小，便亲自坐着汽车前来。金太太听到说警察总监要自己来，觉得有些小题大做。然而人家既是愿意来，也无拒绝之理，只得分付凤举出来招待。

不多一会儿，杨总监到了，凤举先让至客室里陪着，说了几句客气话，然后就把帐的情形说了。总监道："府上的银钱出入，都是归这两个帐房吗？"凤举道："除了银行往来的大帐目而外，都是归他们。大概每年总也有六七十万的额数。"总监含着微笑道："这里面当然有点弊的。就请你把这二位帐房先生请出来罢。"凤举答应着，叫了个听差，去请柴贾二人。同时，这总监也就对跟着他的两名随从警察，丢了一个眼色。一个警察出去了，却引了七八名带手枪的警察进来。凤举哪里看见过这个，倒吃了一惊。他们进来，都知道凤举是大爷，还举手行了个礼，站在一排红木椅子背后。不多会儿工夫，两位帐房进来，凤举究竟是天天见面的人，还站起身来。这位警察总监，却把脸一板，横了眼珠向他二人望着。他二人进门，看到客厅里有许多警察,而且警察总监也来了,就知道事情不妙,彼此对看了一眼,做声不得,老远的就站住了。

总监用手将胡子一抹,望着柴贾二人道:"你们二人代金总理管了这些年的帐,北京城里买了几所房子而外,大概还在家里买了不少的地。照说,你们也可以知足了,为什么总理去世,你们还要大大的来报一笔谎帐?"柴贾二人脸上变了色,望望总监,又望望凤举。凤举虽知道杨总监要奚落这二人两句,但是不料他连柴贾二人在北京置有产业的事都说出来了。这件事,始终就没有听到提过,不知他如何知道了?再者,柴贾二人的脸色,竟是犯什么大罪一般,不见有一点血色。杨总监道:"你们做的事,照道德上说,简直是忘恩负义,没有什么可说的。若是照法律上说,你也是刑事犯。"说到这里,对旁边站的警察一望,喝了一声道:"将他带了。"

贾先生一看这情形,谅是脱不了干系,就对凤举拱拱手道:"大爷,这件事,我们实在冤枉,请你仔细派人查一查。我们伺候总理这些个年月,纵然有点不到之处,请你还念点旧情。"杨总监喝道:"知道念什么旧情,你也不能在总理死后,捏造许多谎帐了。"柴先生也道:"就是宅里的帐,我们还没有交代清楚,请总监让我们找个保,随传随到。"杨总监喝道:"我只晓得抓人,不管别的。你们要保,到法院里保去!"警察见总监绝无半点松口之意,大家一齐向前,不容分说,就把柴贾二人拥起走了。

凤举不知道杨总监说办就办,自己倒觉得有些过分。站在一边,也做声不得。杨总监却回过头来,对他笑起来了,走上前,用手连拍了凤举肩膀几下,笑道:"你看我办的这件事,痛快不痛快?"凤举看看他那情形,刚才对柴贾二人那一番凛凛不可犯的威风,完全没有了。因笑道:"到今日,我才知道总监的威风有这样的大。

这件事，舍下也不愿意怎样为难他二人，只要把实话说出来就行了。"杨总监笑道："俗言道，旁观者清，我们的职业，就是诚心做社会一个旁观者，其实也没有什么特长。请大爷把查出来的帐，开个单子给我，也许不必到法庭，我就可以找出一个办法来了。"凤举拱拱手道："那就更好，他们都是先父手上的老人，只要帐交出来，家母饶恕他们，我也不十分追问。"杨总监道："那就很好，府上究竟是忠厚之家，我也不去拜太夫人了。"说毕，他告辞而去。凤举很感谢他，一直送到大门口才回来。

第八十八回

故主宣言群奴半日散　旁人屈指一子八月生

这一幕戏，凤举也觉是过于严重一点。这些仆役们，一见两个老帐房，从前常和几位少爷一处玩笑的，都落了这样一个下场，其余的仆役们，哪个敢说没有一点弊病，若是援例一一查起来，大家少不得都有一场官司。看看金家的排场，已经收拾了十之五六，也绝不会再用以前那末些个下人，大家要想个太平下场，也就无留恋之必要了。如此想着，除了几个有亲密关系和老成些的，都交头接耳，纷纷议论起来。

商议了半天，大家都得了一个结果，就公推两个代表去见太太。说是总理去世以后，家中事情少得多，都是受了总理太太恩典的，不能在这里拿钱不做事，大家都要辞职，将来太太少爷有用我们的时候，我们立刻回来伺候。这样说，很光彩，太太也不至于不放手的。但是这样商议了，哪个去当代表呢？一推起来，谁也觉得这事有些冒险，设若太太一变脸，又叫了警察来，那真是招祸上身了。大家白商议了一阵子，结果是谁也不敢去做代表。

这听差之中，要算李升跟金铨年月多，他就不当听差，也可以有饭吃了，对于得失的一层，倒不怎么放在心上。而且伺候金铨时候，也共过不少的机密，料得太太是不会为难的，因之听差们闹恐慌，他却不动声色。后来看大家闹得凶了，便私下找凤举，将事情告诉了他。凤举一顿脚道："这些东西，太可恶，总理在日，他们敢这样吗？分明是瞧不起我哥儿们，我得把杨……"李升连连摇手道："大爷，你别嚷！你别嚷！就怕他们不那样办，他们真要那样办，他们——不干，落得打发他们走。反正咱们宅里又没有以前那些事，用不着许多人了，他们要走，趁此收拾也好。"凤举道："话虽如此，但是依我的主张，宁可我辞他们，不要他们推代表来辞我。我家不用人，别家还用人呢，此风断不可长。"李升道："大爷，你怎么能和这些人一般见识？打发他们走开，了结这一档子事，不也就完了吗？"凤举道："等我去问一问老太太，看她的意思怎样？"说着，便到金太太屋子里来，把这事详细的告诉她了。

金太太冷笑道："这是应有的事，没有什么可怪的。既是他们怕吃官司，当然放过他们去，我家虽不如从前，不至于马上就用不起这几个下人。现在可以留一个门房，两个听差，厨房里也留下两个，其余打发走，每人另赏两个月工钱，让他们看看金家是穷是没有穷？"凤举道："这个办法，我倒极是赞成，马上就去对他们说去。"说毕，抽身就要走。金太太道："这也不是说办就办的事，难道你还真把他们叫到当面，和他演说一段不成？你盘算一下，要留哪几人？先把他一个一个叫来，告诉了他们，然后写一张字条贴在门房里，让他们一个个到上房来拿钱走，就省事极了。我想着，李升是要留的。"

金太太说时，陈二姐正在一边倒茶，连忙放下了茶杯，走过来给金太太请了一个安道："太太我给我兄弟求个情，把他留下罢。

我想他绝不是那样不懂好歹的人，这回捣乱，准没有他。"金太太道："你给金荣讲情吗？其实也不必罢，以后我们这里，是一天比一天冷淡的。他人很聪明，在我们这里，恐怕也不上算。"陈二姐道："哟！太太，你说这话，我姐儿俩还当得起吗？金荣十四五岁就到宅里来伺候几位少爷，长到快三十岁了，都是靠着宅里一碗饭养大的。慢说大爷二爷三爷七爷，将来都是了不得，就算不罢，哪怕不挣钱呢，也得在这儿伺候着，报你一点恩。"金太太向凤举笑道："别管怎样，她的话，说得很受听，那就把金荣也留下罢。可是只能留这两个，不能再留人了。"凤举道。"还有车夫呢？"金太太道："只留一个。你们谁要坐车子，车子是公的，车夫和汽油，可得自己出钱。还像以前吗？你们自己胡跑不算，还要满街满市去请客，闹得乌烟瘴气。"这样说着，凤举就不敢向下提了。

　　李升知道凤举这一去请示，就不定会出什么花样，因之就慢慢的溜进到院子里来，悄悄的听里面说些什么。听到自己已经留用了，这还无所谓，本在预料之中，及至听到陈二姐求情，金荣也被留用了，这倒是个好消息。赶忙就跑到前面去找金荣，拉到僻静的地方，把话一齐说了。金荣道："我姐姐说的是，我在金府长了大半个人，就是以后不给我薪水了，我也应当在宅里做事。"李升笑道："你总算是很机灵的，设若不听到我的报告，你就不会这样说了。"金荣道："我不是那种人，你打听打听，今天他们闹风潮，有我在内吗？"李升笑道："今天他们闹着，根本我就没有理这个碴，我哪知道哪个在内，哪个不在内。"金荣笑着，也就不说什么了。

　　就在这时，只听到凤举叫着李升呢，李升向金荣点点头道："是那事情动了头了，我先去，你也别走开，也许大爷就要叫你呢。"他说着，走向上房去了。金荣当真不敢走开，就在进内院的院门下等着。不多大一会儿工夫,李升手上拿着一个纸条,走了进来,只是把眉毛皱得深深的。走过来,两手一扬道:"这个是一件难差事,怎么会让我去贴这张字条呢?"金荣道:"一张什么字条,会让你这样的为难?"李升更不答话,就把字条递给他看。金荣接过手来,只见上面首一行写的是:男佣工等鉴……。金荣笑道:"这样客气,还来个'鉴'字儿。大概这都是太太的意思,是要落个好来好去呢。"李升道:"你先别废话,你看看这张字条,我能不能出去贴起来?"金荣从头一看,上面写的是:

男佣工等鉴:

本宅现因总理去世,一切用费,都竭力节省。所有以前之男女佣工,均当大为裁减。自本日起,所有男佣工,除已经通知留用者外,其未通知之人,即日歇工。其解职之佣工,虽可以另谋生路,但念其相随有日,不无劳苦。除本月工资照给,并不扣除外,另按人加赏薪水两月,以示体恤。仰各人向大爷手分别支领,切切莫误。

金荣笑道:"这个像一张告示。大爷是办公事办惯了,一提笔就是一套公文程式上的文章。"李升道:"你认得几个字,又要卖弄,这话让大爷听见了,你该受什么罚?"金荣笑道:"不要紧,大爷和我们从小就闹惯了的。"李升道:"那很好,你和大爷的关系很深,你应该替大爷办一点事,这张字条,你就拿去贴罢。"金荣道:"我就拿去贴,要什么紧?我们套两句戏词,是奉命差遣,概不由己,料同事的,不能说是我出的主意。就算我出的主意,每人都捞上三个月工钱，这不算坏罢？"金荣说着，果然并不考量，就拿了一张字条，送到门房里去贴起。

这字条一贴，仆役们一喧嚷，就都挤了一屋子人，认得字的看字，不认得字的，用耳朵听人家嘴里念。大家虽丢了事情，觉得还是主人不错，有些人竟是悔着今天不该捣乱的。这些听差们，前些日子，得着两位帐房先生消息，都猜着金家是所剩无几了。现在看金家的情形，分明还是与以前一样，花钱毫不在乎。那末，大家想着在这里守着，没有多大好处的念头，未免错了。字条上写得明明白白，没有通知留用的，都去拿钱，大家互相一看，竟都不像受了通知的情形，那末大家干脆是领钱走路，于是大家半忧半喜的收拾铺盖。

到了下午，金家所用的男役，差不多完全走光了。前面两大进屋子，立刻冷淡起来。尤其是大门口，平常东西横着两条板凳，总不断的有人坐在那里说笑，现在可没有了。因为大门口只有一个门房，李升和金荣，不断要到上屋来做事，所以一到天色黑了，门房关起大门来，以便容易照应。这都罢了，最感到不便的，就是凤举兄弟。汽车夫不能用公家的，谁也不敢私下用人，一来怕金太太说话，二来也怕将来难乎为继。只保留了一个车夫，只能开一辆车，大家简直分润不过来。好在兄弟几个，都会开汽车，汽油家里还存着不少，有了急事，只好开了车子出去。

这两天，燕西正迷恋着白莲花姊妹，怎能不出去？依然是玩到晚上十二点钟才回来。清秋天天在灯下候着，等到他回来了，便皱着眉向他道："快发动了，怎么办？你先给我漏一点风声出去罢。"燕西口里总是答应着，但是一到白天起了床，他就有他的事去忙，清秋含有一种什么痛苦，他哪里会知道？这天家里散帐房、散听差。

清秋知道了消息，心想，男仆既大为裁减，女仆自然也是要裁减的。自己屋子里，用两个女仆，实在多了一个。若是要裁人的话，当然要裁去。只是自己临产在即，若是那个时候，比平常倒少一个老妈子，也许感到不便。这话应该先和燕西商量一声才好。不料家里虽有这样大的事，燕西事先没有理会到，也就不在意，依然出门玩去。由上午到吃晚饭，还不看见回家来。

在吃晚饭前两个钟头，清秋便觉得肚子有点痛，心里也念着，据自己算，总还有两个礼拜，大概不是的。自己事先都筹划好了，到了那个日子，一辆汽车悄悄的坐到医院去，待生产出来，然后再说。千万要不是今天才好，现在一点没有准备，孩子下来了，自己是有生以来所未经的事，那怎么办呢？转念一想，恐怕是自己心理作用，把这事扔在一边去，不想也许就好了。于是走出屋子来，在太湖石下，徘徊了一阵，看看竹子，又看看松树。但是无论你怎样放怀自得，这肚子痛，便是一阵紧似一阵。这种痛法，与平常那种小病不相同，又是胀人，又是坠人，痛得人站立不定。没有法子，只好走回房去，在沙发椅子上躺着。刚一躺下，似乎痛止了一点，身上舒服一阵。然而不到两分钟，又痛得和以前一样。躺不得了，便坐起来。坐了几分钟，还是心神不宁，又站了起来。但是无论如何，不肯说出来，只望燕西马上回来，好替她做主。

李妈进进出出和清秋做事，见她坐立不安，面色不对，便轻轻问道："七少奶奶，你不要是发动了罢？这可不是闹着玩的事，我看要向太太去告诉一声。"清秋背靠了椅子，两手反撑着，皱皱眉道："我知道是不是呢？若要不是的，那可闹出笑话来了。"李妈道："就算不是的，也到了日子了，应该让姥姥来瞧瞧。你这儿是用日本姥姥的，日本姥姥，早两三个月就瞧着，这时候通知，也不算早啊！"

清秋道:"虽然如此,也别让今天抢着去通知。"金家的下人,都是有一种训练的,不曾得着主人的许可,谁敢做主去办一件事?因之李妈也不敢去通报,只是在一边干望着,和清秋着急。

到了吃晚饭的时候,陈二姐通知清秋去吃晚饭,见清秋坐在沙发上,不住的哼着,便问道:"少奶奶又不舒服了吗?"清秋哼着道:"可不是,我不吃晚饭了,你去罢。"陈二姐看那样子,也就明白过了八成,加之李妈站在一边,和她丢了一个眼色,她心里更有数了。到了院子里,她忽然叫道:"李姐,请你出来给我找个东西。"李妈出来了,她先老远的张着嘴,走到陈二姐身边,低低的道:"我看是发动了,她不让说。这不是闹着玩的,你去和太太说一声儿罢。"陈二姐道:"我也是看着很像,我去了。"

陈二姐跑回了金太太屋子里,先笑了一笑。金太太道:"又是谁在外面骇吓你了罢?"陈二姐见屋子里还有好些人,不知这话能不能冒昧的说出来。因之又笑了一笑。金太太看她那神情,似乎要抢着说,又不敢说的样子,便道:"你说,什么公事罢?"陈二姐望了望屋子里坐的人,然后走到金太太身边,低着声音道:"我刚才到七少奶奶屋子里去,看那情形,好像……"说着,又笑了一笑道:"好像快要给你道喜了。"金太太一听这话,心里就明白了。顿了一顿,才问道:"七爷没回来吗?"陈二姐道:"就是他没回来,所以七少奶奶不让旁人来说,就没有人知道了。"金太太微微皱了眉,对屋子里的人道:"你们先吃饭,不用等我,我到清秋那里去看看。"说着,站起身就向清秋屋子里来,陈二姐也在后面紧紧跟着。

到了院子门边,就听到清秋屋子里,就微微有一种哼声,及至走进她屋子里,只见她两手伏在椅子上,枕了头,一听脚步声,她猛然抬起头来,还微笑着道:"妈不是吃饭吗?"金太太走上前,握了她一只手,三个指头便暗中压住了她的手脉,问道:"你这孩子,太缄默了,这样重大的事情,事先你怎样一句不说?我虽知道一点,不料是这样的快。"清秋不由得脸上一红,低了头道:"我也是没有料得这样快的。"金太太见她已不否认了,这事已完全证实。便道:"这还了得!赶快把那个日本产婆找来。"一回头对陈二姐道:"就叫你兄弟开一辆汽车去接罢,越快越好。"清秋道:"我想到医院里去。"她说的这七个字声音非常低微,几乎让人听不出来。金太太很奇怪的,便问:"那为什么?"在金太太这样分付时,这一件事,也早惊动了全家,是女眷们差不多都拥向清秋这院子里来。

只有玉芬,她和清秋的意见越闹越深,听到清秋要生产了,她一个人在屋子里冷笑起来道:"这二十世纪,人类进化,生理也变更状况了,八个月不到,这就该有小孩子出世。"鹏振也在屋子里,听了这话,却怕玉芬会到清秋屋子里来讥笑她,便笑道:"你别引为奇怪,生理变态的事,这也常有的。"玉芬道:"你又懂得生理学,在我面前瞎吹。"鹏振道:"我虽不懂得,但是我有做大夫的朋友,耳朵里可听见人说过。"玉芬一想,这事若是科学上有什么根据,别是没有打着蛇,倒让蛇咬了一口,便道:"有也好,没有也好,只要她丈夫认为是对的,那就对了。旁人要说,那不是瞎说吗?"鹏振笑道:"大家都捧场去,你不去捧一个场吗?"玉芬大声道:"呸!谁捧那种臭场?"鹏振见她说不去,亦可少一场是非,就不做声了。

但是玉芬虽不到清秋那边院子里去,让她一概置诸不问,她也是有点办不到。这边院子,和那边是一道小粉墙隔着,灯光人语,走出屋子来,一律可以听见看见。她在屋子里坐了一会儿,觉着闷不过,就站在廊子下,靠了柱子静静的听着。只听到那边人语喁喁,始终不断。一会子听到日本产婆的声音进去,一会子听到有些人散了出来,又听到佩芳说:"大概还早,别在这里搅乱,我待一会儿来罢。"玉芬知道她是回自己屋子去了,再也忍不住,就向佩芳来打听消息。玉芬这里要向佩芳那边去,恰好是她也要向这边来,两人就在院子外边遇着了。

玉芬低声笑道:"现在事情出头了,她取什么态度?不难为情吗?"佩芳笑道:"这个时候,她痛得要命了,还顾得了什么害臊不害臊?你不瞧瞧去?"玉芬道:"老实说,这还算是私生子呢,我可不愿意瞧。我到你屋子里去坐坐,你把消息告诉我,我也强如去了一般。"佩芳觉得她的话,未免言重一点,但是事不干己,也犯不着上去替人家辩论,笑道:"你到我那里去谈谈,倒是欢迎。但是消息我可没有,等着十一个钟头以内,总有消息罢?"于是二人一路向佩芳这边走。恰好是凤举不在屋子里,二人可以开怀畅谈。

玉芬一坐下来,首先一句便道:"怪不得去年秋天,老七那样八百里加紧跑文书,抢着要结婚,敢情为了今天这事下的伏笔。幸而这还赖上八个多月,勉强算八个月。若是再迟一个月,赖也就不好赖了。"佩芳笑道:"你真是前朝军师诸葛亮,后朝军师刘伯温,天文地理,无所不知。"这一句话,说得玉芬倒有点不好意思,微笑道:"你以为我爱管闲事吗?我才管不着呢。"佩芳也怕这一句话,又说的得罪了她,便笑道:"不但是你,就是我,也觉得去秋他急着结婚,大有原因。可笑四妹为了这事,倒和我们抬了不少的杠,如今水落石出,看是谁错谁不错呢?"玉芬道:"水落石出,她更不错了,她替他们圆了场,免得生出意外来,而且给金家保留一条后。"

正说到这里,只听一阵喧哗声,从走廊下过去。其中有个人说话,就是燕西,他道:"开什么玩笑,这也不算什么喜事。"玉芬和佩芳都默然不做声,等着他走了过去。佩芳笑道:"这位先生,这几天很忙,听说又和两个女朋友走得很热闹,几乎每天都在一处。"玉芬道:"不见得是女朋友罢?不是跳舞场上的交际家,就是女戏子。老七倒有一样好处,不向八大胡同里去钻。"佩芳一瞧自己这话,又失神了。现在要说燕西的女友,好像就是白秀珠的专利,说他和女友在一处,那就不啻说他和秀珠在一处了。于是昂着头,故意装成想什么事情似的,把这事抛到一边去。

玉芬笑道:"出了神的样子,又在想什么?"佩芳道:"我想老七添了孩子,应该叫什么名字呢?"玉芬笑道:"这个不用想,现成的在那里。若是一个男孩子,就叫秋声,若是一个女孩子,就叫天香。"佩芳道:"这都不像小孩子的名字,而且现在是夏天,何以不按现在节令,却按着秋天方面起意思?因为他母亲叫清秋的原因吗?"玉芬笑道:"表面上是这样,骨子里不是这样。你想,秋声不是秋天的消息吗?天香不是说桂花吗?我还记得有这样一句诗:天香云外飘,这孩子是云外飘来的。"佩芳笑道,"你也太刻薄一点子了,你也仔细人家报仇。"玉芬冷笑道:"也未见得罢?她开别人的玩笑,开得够了,现在也该人家开她的玩笑了。你想,我表妹……"

佩芳听玉芬这话,觉得她已明张旗鼓的和秀珠帮忙,便笑道:"你的话很有道理。从前老七在结婚以前,我很赞成他和秀珠妹的婚姻,不说别的,就是你表哥现在是个红人儿了,亲戚方面,彼此也可以帮个忙。现在呢,老七自己手里有了钱,我怕冷家还得要他帮贴一点。"玉芬道:"这是不成问题的事,不然,那位冷家太太也不是那样开通的人,以前她就肯让老七在她家里胡闹。"说着话,听见金太太咳嗽着由屋檐下过去,接着燕西和一个人说话,也由自己院子出来,向金太太屋子去了。玉芬道:"管他呢,我也到那屋子里去点个卯,至于七少奶奶欢迎不欢迎我,我管不得许多了。"说着,她就走了出来。但是她走出了佩芳的院子,并不到清秋院子里去,却向金太太这边来。

走到屋子外头,只听到有燕西咳嗽声,金太太虽在说话,声音却很低。于是轻轻的走到窗户边,用耳朵贴住了窗子,听他说些什么?听到燕西带着笑声道:"自然是我的过失,但也不能完全怪我一个人,反正是我们金家的孩子就得了。"金太太道:"你为什么不早点和我说?我早知道了,把她送到南方去过几个月,等着孩子有几个月再回来,就也省得亲戚朋友生议论了。"燕西道:"我本来要说的,偏是家里赶上了丧事,我那就没有法子提了。就是提了,也不能离开呀。反正我金燕西承认是我自己的孩子,也就没有什么可议论的。"这句话说完,屋子里寂然了许久。

玉芬听了这话,心想,别瞧老人家面上高兴,敢情在背后她还很仔细的。老七这样好胜过分的人,若不是他的孩子,他哪有承认之理?不过这个疑点,不但是母亲,里里外外谁也在所不免。拿着这个疑点,无论如何,将来也可将燕西取笑一番罢?这时,屋子里头,母子们似乎又在唧咕一阵,好像金太太对此事大不谓然,还在责备燕西。玉芬正把心事按捺住,要听上两句,不料就在这时,后面一阵脚步声,回头看时,是清秋屋子里的老妈子,急急忙忙跑了来。

玉芬闪开走到路中间,问道:"我正要瞧瞧去呢,现在怎么样子了?"李妈道:"三少奶奶,你去罢,那东洋婆子说,快了。"她口里说着,并没有停住,一直就向金太太屋子里跑。玉芬知道他们也是要出来的,赶紧就走回院子去。到屋子里以后,刚刚要坐下,便听到隔壁院子里,一阵人声喧哗。她禁不住,复又走到廊檐下来。鹏振在沙发上看着,抬着肩膀笑道:"人家添孩子的人,也不过如此,我看你,倒忙得不亦乐乎了。"玉芬听说,走到屋门口,伸着头,进来问道:"你说我什么?"鹏振笑道:"我先说的话,我自己取消,你要去看热闹,你就赶快一点罢。"玉芬道:"你管得着吗?你管得着吗?"她说着话,索性走到屋子里来,对着鹏振脸上来问。鹏振只是笑,将脸偏到一边去。玉芬见他不管了,然后又走出屋子来。

这时,那边院子里的电灯光,映着高墙都是亮的。那来往的大小脚步声也是响着不断。玉芬虽不愿意过去看,然而听到那边那样的热闹,又禁不住不问。在院子里徘徊了许久,又到佩芳屋子里来闲谈。一进屋门,只见二姨太也在这里。她拿住佩芳一只手,低了声音说话,看到玉芬进来,便微笑了一笑。玉芬道:"二姨妈,恭喜你又要抱孙子。"二姨妈叹了一口气道:"这可不像小同、小双出世了,没有了爷爷,做奶奶也没意思呀。"玉芬道:"若是爷爷在世的话,我想这个孩子出世,他老人家也不十分欢喜的。他老人家,就讲的是个面子,面子上说不过去哪成呀?"

二姨太将手摆了一摆,低声道:"别说了。我刚才看你母亲那副神气,笑又不是,气又不是,就愁着这话传扬出去,有点不好说。其实也不算什么,八个月添孩子的,多着啦。再说,这改良的年头儿,添了孩子结婚,也有的是。做上人的,只要模糊得过去,那也就算了。"玉芬笑道:"都要遇到你这样的上人,这事就好办了。"二姨太道:"我没有做上人的资格,我有这资格,也管不了谁,一定是多哭几场。"佩芳、玉芬听了这样无能的话,也都笑起来了。

第八十九回

临榻看新孙难言此隐　怀金窥上客愿为谁容

笑声未歇,蒋妈笑嘻嘻的走了进来,向佩芳道:"挺大的一个胖小子哟!初生子有这样的快,我是第一次瞧见呀。"二姨太问道:"孩子下来了吗?"她虽问道,也不待蒋妈的答复,已经走出房来。玉芬听说,便问蒋妈道:"你看见孩子了吗?那模样儿像谁?"蒋妈不曾考虑,立刻答道:"很像七爷的。"玉芬道:"真像七爷吗?那末,你七爷用不着再找别的什么证据了。"说着,又向佩芳一笑。佩芳觉得她这话很是严重,若是传到清秋耳朵里去了,很容易出是非,因之连笑也不敢笑,默然含混过去。玉芬见佩芳不搭腔,觉得她也太怕事了,又是一笑。

因外面大家都是一阵乱,玉芬见佩芳有要走的样子,也就先走出来了。走到清秋院子外面,果然听到小孩子的哭声。那哭声很高朗,要照中国人孩子哭声的办法推论起来,这孩子的前途,也是未可限量的。玉芬在院子门外站了一会儿,却见金太太出来,要闪开也来不及,便向金太太道了一声恭喜。金太太也是忙糊涂了,玉芬是否已经过去看孩子,她并不知道,便微笑道:"虽然没足月分,孩子倒长得挺好的,你看像他老子不像?"玉芬不便说没有进去看,随便答应了一句,却问道:"祖母应该给小孩取个名字才好。"金太太道:"什么没有预备,我忙着啦,哪有工夫想到这上面去。"玉芬笑道:"我倒想到了一个名字,叫小秋儿怎么样?"金太太笑道:"夏天出世的孩子,怎么叫秋儿?"玉芬道:"他母亲不是叫清秋吗?学着他母亲罢。"

金太太正要到自己屋子里去找东西,对于这句话,也没有深考,就走了。恰好燕西跟着走过来,把这些话都听见了,他笑道:"为什么不学父亲要学母亲呢?"玉芬倒不料他会突如其来的,这时候出现,便笑道:"凑巧这话是你听去了。但是我说的,不过是一种笑话,并不见得就能算数。"燕西道:"虽然不能算数,这个理由可不充足。"玉芬笑道:"说笑话还有什么理由?有理由就不是笑话了。"玉芬说到"笑话"二字,嗓子格外提得高,似乎很注意这两个字似的。燕西本就知道自己和清秋结婚以后,玉芬就常是表示怨色的。而且她说话,向来是比哪个也深刻。在今天这种情形之下,正是她有隙可乘的时候,这几个笑话字样,不见得是无意思的。当时便笑道:"得了!算我是笑话就得了。"他说了这句,也不再和她辩论,就到金太太屋子里来。

金太太到她后边屋子一个收藏室里去找了许久,找出一个玻璃盒子来。这盒子里面,收着两枝很大的人参,放在桌上,隔着玻璃看到,整枝儿的摆着,都不曾动。金太太揭开盖来,取了一枝,交给燕西道:"这一枝就给你罢。"燕西道:"这也不过要个一钱二钱的,泡点水给她喝就是了,要许多做什么?"金太太道:"你心里就那样化解不开,多了不会留着吗?从前你父亲在日,和关外政界上朋友有什么往来,就免不了常收到这个,收惯了我也看得稀松,谁要我就给谁。现在我清理着,也不过五六枝了,再可得不着了,要拿钱去买的话,可得花整把的洋钱呀。无论什么东西,有的时候,总别太不当东西,将来没有的日子,想起才是棘手呢。"燕西领了母亲一顿教训,也不敢再说什么,很快的回房去。

到了屋子里,只见清秋睡在床上,将被盖了下半截,枕头叠得那样高,人几乎像坐在床上一般。倒也看不出她有什么痛苦。她见燕西进来,含着一点微笑,将胸前的被头按了一按,两手将孩子捧出来,和燕西照了一照。在屋子里收药包的日本产婆,却插嘴笑道:"真像他父亲啦。"燕西也是一笑。

这时屋子里不少的人,都给燕西道喜。但是说也奇怪,燕西对于这件事,总觉难以为情似的,因为人家道喜虽无法避免,却也不愿老是道喜下去。把人参切了一点,分付李妈熬水。自己就收拾了一副被褥,让老妈子送到书房里去。笑对清秋道:"我到外面,至少要睡一个月了,你这屋子里,总得要一个人。还是添一个人呢?还是就让这里两个人来回替着呢?"清秋道:"我本来就没有多少事,不必添人了。"燕西道:"我看还是和你母亲通个信……"清秋连忙皱了眉道:"今天夜深了,明天再说罢。"燕西也就不说什么,到了外面书房去了。这样一来,燕西心里倒很是欢喜,这一个月以内,无论怎样的大玩特玩,也不必想什么话去遮掩清秋了。

这天晚上,金太太到清秋屋子里,来了不少的次数。见清秋总没提向娘家去报喜信的话,知道她是有点难为情。等人散完了,才假意埋怨着说,大家忙糊涂了,都没给孩子姥姥去送个信。清秋道:"夜深了,知道了,我妈也是不能出来的。"金太太道:"这件事,说起来还要怪你,你为什么事先不通知你母亲一声呢?"清秋对于这句话,却不好怎样答复,只得答道:"我也料不到这样快的。"

她说这话,声音非常之低,低得几乎听不出来。金太太听了这话,觉得她是无意出之,或者真是不足月生的,这也只好认为一个疑团罢了。到了次日,金太太见燕西夫妇,依然未有向冷家通知消息的意思,觉得再不能听之了,便让陈二姐坐了车子到冷家去报信。

陈二姐是个会说话的,看见冷太太,先问了好,然后才说:"我家七少奶奶,本来还有两个月,就替你抱外孙子啦。也不知道是闪了腰是怎么着,昨天晚上就发动了。这一下子,不但旁人没预备,就是她自己也没预备,你瞧我们昨天这一阵忙。"冷太太啊哟了一声道:"这可怎么好呢?你们怎样……"陈二姐笑着向冷太太蹲了一蹲,请了个双腿儿安。然后笑道:"给你道喜,大小都平安,昨天晚上十二点,你添了个外孙子了。我看了看,是个雪白的胖小子。本来昨天晚上就该送信来的,夜深了,怕你着急,所以今天我们太太少奶奶打发我来。"冷太太道:"小孩子好吗?不像没足月的吗?"陈二姐道:"不像,长得好极了。"

冷太太口里说着话,心里可就记着日子,连结婚到现在,勉强算是八个月,小孩子倒是怎样,这事可就不便深究了。因道:"我家小姐对你还说了什么?"陈二姐本没见清秋,这话怎说呢?倒不觉为难起来。冷太太见陈二姐这种为难的样子,也就知道其中尚有别情,因先道:"你先回去,待一会儿我也就来看你太太。"陈二姐听如此一说,也就把话忍回去,先告辞走了。

冷太太却把韩妈叫来,向她商量道:"你瞧瞧,我们这孩子做出这样糊涂的事,以前也不告诉我一声。现在到金家去,那些少奶奶小姐们谁都会咬字眼儿挑是非的,叫我什么脸见人说话?你去一趟罢,我不去了。"韩妈道:"那不行啦!你去了,模模糊糊,一口咬定是没有足月生的,也没有什么。你若是不去,倒好像我们自己心虚似的,那更糟了。你为着咱们姑娘,你得去一趟。你若不去,他们那儿人多,说是孩子姥姥都不肯来,连底下人都要说闲话了。"

冷太太见韩妈这样说着,虽是把理由没有说得十分充足,但是仔细一推敲起来,果然是不去更为不妙。便道:"我去一趟罢。去了我就回来,少见他们家的人也就是了。小孩子的东西,我一点也没有预备,这只好买一点现成的了。"韩妈总是心疼清秋的,见冷太太不高兴,百般的解说,催着冷太太换衣服,陪着她一路上街去买东西。东西买好了,又替她雇好车到乌衣巷,这才不包围了。

冷太太也是没法,只好板着面孔前来。到了金家,见东西双栅栏门,已经关了一边。栅栏里面,从前那一大片敞地,总是停了不少的车辆,还有做车夫生意的,卖零食的,而今都没有了。一排槐树,今年倒长得绿荫荫的,依然映着那朱漆大门楼。大门楼下,摆着两排板凳,以前总是坐满了听差,今天却也未见一个人。门洞子里空洞洞的,不像往日早有许多人欢迎出来。冷太太让车夫拉到门洞边,下了车子,所有自己带来的东西,既不见有人出来迎接,只得一包一包的由车子上拿下来,放在长凳上,然后给了车钱,自己一齐捧着,走了进去。看着左边门房关得铁紧,右边门房开着半掩的门,看见有个长了胡子老听差,在那里打盹。

冷太太知道金家排场很大的,自己就是这样冲了进去,又怕不妥,只得先咳嗽了两声。无如那个老听差,睡得正甜,这两声斯斯文文的咳嗽可惊不醒他。冷太太没有法子,只得走到门房外,用手将门拍了几下。那老听差,一连问着谁谁谁?然后才睁开眼来。见是一位穿了裙的老年妇人,将眼眨了几眨,当着是他注视的挣扎,然后才站起来向冷太太望着。这一下他看清楚了,是七爷的岳母,连忙上前,将冷太太手上的东西接了过来。笑道:"门房里现在就是我一个人了，我给你送到里头去罢。"冷太太也不知是何原故，门房里只剩了一个人，也不便问得，就跟了他去。

进到上房，人多点了，有个老妈子看见，上前来接着东西，便嚷着冷太太来了。她并不考量，就引到金太太屋子里来。金太太因为冷家贫寒，越是不敢在冷太太面前摆什么排子，早就自己掀了门帘子走出，一直到院子里来。照说，这个时候，冷太太可以和金太太道一声喜，金太太也应当如此。但是现在两人见面之后，谁也觉得这话说出有些冒昧。因之二人把正当要说的话不谈，彼此只谈着平常的应酬语，你好你好。

金太太将冷太太请到了屋子里坐下以后，这才含糊的说道："本来昨天就应当送个信去，无奈夜已深了，捶门打壁的去报信，恐怕反会让你受惊。"冷太太笑道："倒也没什么，我家那个寒家，纵然半夜三更有人打门，我也不怕，哪里还有人光顾到舍下去了不成吗？今天你派陈二姐到我那里去了，我听说了，比你还要加倍的欢喜，因为我总算又看见一层人了。"金太太笑道："我现在还是三个小孙子，也不见得就嫌着多啦。"于是哈哈一阵笑。冷太太站起来笑道："我要去看看你这不嫌多的孙子，回头咱们再长谈。"金太太便分付陈二姐陪了她去，好让母女谈话。

陈二姐引着冷太太到清秋这院子里来，一进院子门，就听到呱呱一阵小孩子哭声。她忽然有个奇怪的感触，心想，自己当年生清秋的日子，仿佛还在目前，转眼之间，清秋又添孩子了，人生是这样的容易过去，不由人不悲感。好在这个观念，就只片刻的工夫。

一脚踏进了清秋的卧室门，见清秋躺在床上，她先是很难为情的样子，叫了一声妈。那个"妈"字，也只好站在面前的人听见罢了。冷太太走到床前，握了清秋一只手，低声问道："我今天才知道，你事先怎不和我说一声哩？"清秋到了此时，还有什么可说？沉默了许久，才说一句道："我也不知道有这样快的。"说着这话可就低了头。冷太太看这情形，这些话大可不必追求下去了，便笑道："孩子呢？我看看。"清秋这才转了笑容，在被里头将小孩子抱了出来。

冷太太一抱过来，这小孩正好睁开着一双小眼，满屋子张望。看那小脸蛋儿，虽然像燕西，这一双小眼睛，可很像清秋。究竟是一个血统传下来的人，冷太太想着，也是自己一点骨肉。这一个"爱"字，也不知是什么原故，自然会发生出来，看了孩子头上，那一头的蓬松的胎发，红红的脸蛋儿，便想到了从前在她母亲的时候，她母亲也是这个样子，于是在小孩子脸上，就接了两个吻。

清秋心里正捏了一把汗，不知道自己母亲，对于这个孩子存一种什么观念，就怕母亲要把他当一个不屑之物来看待。现在见母亲对孩子连亲了几个吻，这正是表示她很爱这外孙子了，母亲既爱外孙，对于自己女儿，更不能有什么问题的。因之冷太太这几个吻，比吻在她自己脸上，还要心里舒服许多了，也就笑嘻嘻的望着她母亲。冷太太又将孩子看了一看道："这倒很像他爸爸，什么都可跟着爸爸，只有他爸爸那样的会用钱，可不能跟着望下学。"清秋笑道："不能跟他爸爸学的事情太多了，他若是也像他爸爸那样会用钱，用着一直到自己添孩子，那倒也是不坏的事情呢。"

正说到这里，有玉芬的女仆，在外屋子喊着七少奶奶。清秋道："田妈，大概是你三少奶奶要那个酒精炉子罢？你拿去罢，我们的这一个已经拾掇好了。"那个田妈走进房来，望了冷太太一望，在旁边茶几上，拿着酒精炉子就走了。金家的规矩，亲戚来了，男女仆役们都要取十分恭敬态度的。清秋见田妈对自己母亲简直不理会，很有点不高兴，便道："这个老妈子，也太不懂礼节了，不请安罢了，问句好,也不要什么紧?"

冷太太笑道:"你到这儿来做少奶奶有多久?就讲这些了。她不理会也好,我们这样的穷亲戚,不大来,来了,又不能十块八块地赏给下人,要人家恭维一阵,自己伸不出手来,也就怪难为情的。不如两免了,倒也是好。"她母女俩如此说着,那个田妈恰是没有去远,句句听得清楚。她虽不敢显然的向她们提出什么抗议,然而她可回转头来,恶狠狠的对着窗子,瞪了一眼,接上她把那雷公脸式的下巴,向着窗子里一翘。在她这表示之间,以为要我恭维你这样的穷鬼,你也配!她不做声,可就极愤恨的走了。

冷太太和清秋,都是随话答话,哪里会注意到这一点上去了?当时谈了一些家常,冷太太又告诉清秋一些产后保重之道,并约了过一两天,再来看她。因许久不曾看到燕西,便问道:"我们这位姑爷,总是这样大忙特忙,怎么也不去看看我呢?"清秋有一肚子的话,都想说出来,既而一想,说出来也是多让一个人烦恼,便随口答道:"他也是忙一点。"冷太太道:"哦!他忙一点,我们姑爷现在有了差事了吗?"清秋道:"现时在服中,他怎么能就事?"冷太太道:"那大概是上学了,他不是常说要出洋吗?"清秋道:"他在家里温习功课呢。"

冷太太一想,这就是姑爷不对,在家里温习功课,丈母娘来了,为什么也不来打个照面?但是这话对清秋说是无益,叮咛了两句,复到金太太屋子里来。金太太便留着她多坐一会儿,吃了晚饭再走。冷太太说是家中离不开人,早点回去好。金太太知道她母女的性格差不多,是不爱在礼节上周旋的,她要走也不勉强,便说:"以后希望常来,清秋一个月内不能回去,可以多来看她两次。"冷太太笑道:"亲母是多儿多女的人,我就不来看她,也是放心的了。"

于是笑着走了。

当她走出了外院门，恰是顶头碰见燕西，不但是他一个人，后面还跟着个白莲花。冷太太并不认得白莲花，但是看她那样装束入时，极长的红色的旗袍，极细的腰身和袖子，又是高跟鞋，走起路来屁股两边扭。这绝不是金家亲戚朋友，人家丧事未久，到人家里来，不应穿得这样艳丽。同时燕西看到了冷太太，也不知何故，突然向后一缩，退了两步，而且脸上红一阵白一阵的变了颜色，这里面更有文章了。冷太太早知道他胡闹惯了的，说明了，也不见得改过来，徒然让他怀恨，只当不知道。便先笑着叫了一声姑爷，道："我回去了，明后天我还来呢。"燕西本来想说一句伯母来了吗，怎么就回去？于是当面的应酬话就过去了。现在冷太太自己先说要回去，只得改口道："我也想和你老人家谈谈，坐一会儿不好吗？"冷太太道："你有什么话谈，明天到我家里去罢，我也许后天来。"燕西道："好好！我明天就来。"

他竟自向他书房里走了。白莲花跟着到了他书房里，一顿脚笑道："糟糕，一进来，就遇到你们家亲戚，背后准得骂我穿这一身红。你叫她伯母，她是你什么人？"燕西笑道："你真问得奇怪，明知我叫她伯母，怎么又问是我什么人呢？"白莲花道："不是那样说，伯母这种称呼很普通的，只要是年长些的，都可以叫伯母。还有些人叫丈母娘做伯母的呢。"燕西笑道："不能够罢？譬如你母亲，我就没有叫过伯母。"白莲花瞟了他一眼道："这样无味的便宜，讨来有什么好？"燕西笑道："这是无味的便宜吗？你想，我们这点关系……"白莲花皱眉道："别提了，你这儿人多，让人家听去了，我有什么意思？你想，我母亲那一块料，凭哪一点可以做你的丈母娘？你不是说拿一点东西就走吗？快去拿罢，别让我老等了。"燕西道："我就去拿，你就在我屋子里等一会儿，门的暗锁眼里，插着有钥匙，你若是再怕人撞着，可以把门先锁上，等我来叫门你再开。"说着，一人向自己院子里来。

一进房，见清秋睡着，面朝里，一点动静没有。心中倒是一喜，拿了钥匙在手，便去开箱子。清秋原是醒的，她听到脚步声，以为是老妈子进来拿什么，便没有去留意。及至听到箱子上的钥匙有发动声，不免吓了一跳，口里问着是谁？转过身来。燕西倒不能含糊，便笑道："我没有零钱用了，进来拿点钱用。"清秋道："我也知道的，你不是要钱用是不会进来的。"燕西一边开着箱子，一边笑道："你这话说得有点不对罢？我进来就是拿钱吗？早上我进来一趟，上午我也进来一趟，这都不是拿钱罢？"清秋笑道："了不得！你进来两次了。钱是你名分下应得的，你爱怎样花就怎样花，与我什么相干？反正也就是那些钱，今天也拿，明天也拿，拿完了你也就没事了。不过现在你这儿还有一个小的，你还顾他不顾呢？多少留点给他花罢。"

燕西道："你这人也太啰嗦了，我进来拿一回钱，你就说上许多话。难道我这钱放到了箱子里去，就是不许动用的？你的意思，我就只靠这些钱来用，不能做一点别的事吗？"清秋道："我不敢这样说你，但是像你这样子用，恐怕挣钱有些不够花罢？据我看，你现在花钱，比父亲在日，阔过去三倍四倍还不止哩。譬如一个月用一千，要找一个月挣一千的事，不容易罢？现在你一个月用的数目是多少？大概你自己知道，用不着我来说了。"

燕西本拿了五百块钱钞票到手上的，听到清秋这一篇话，心想，挣五百块钱送到箱子里来，果然是不容易。如此一想，手就软了。

清秋躺在床上，反正总是不做声，你拿也好，不拿也好，看破了这钱总是留不住的，随他花费去。燕西一看清秋侧身望着，却是不做声，好像听凭自己胡拿似的。这样一来，倒更觉得不便漠视人家，便将五百减去一半，只拿二百五在手。他又有点后悔了，答应了白莲花姊妹给她买许多东西，若只拿二百五十块钱去，东西买不全，那多么寒碜！这是不必考量的，还是多带一些在身上的好。宁可带而不用，却不可临时缺了款。

如此想着，他依然又开了箱子，把放下那二百五十块钱的钞票，重新拿在手上。匆匆忙忙的就向袋里一塞，那意思自然是不肯让清秋知道。但是他这种要拿又止，止而复拿的样子，清秋怎能不猜个十分透彻？却向他微笑了一笑，同时，好像头也在枕上点了一点。这一点头一微笑，好像是说你的心事我已经知道了。燕西笑问道："你笑什么？我也是不得已，有几笔款子非用不可。今天拿了，以后我就不会拿什么钱了。"清秋笑道："我又没说什么，管你拿多少，又不是我的钱，你何必对我表白什么呢？快点出去罢，大概朋友还等着你呢，你不必为着敷衍我，把人家等急了。"燕西听她这话，不由得心里扑通跳上了一下，脸一红道："我这钱又不是马上就花，外面有什么人等着我？你为什么这样多心？"清秋向着他又点了一点头，加上一个微笑。燕西对于她这一笑，自己也不知道是甜是苦，也就对她微笑一笑，拿着钱，很匆忙的就走出来了。

到了书房里，白莲花果然将屋门紧紧闭住，燕西告诉一声我来了，她并不忙着开门，先埋怨着道："你来了，别忙呀，和少奶奶慢慢的办完交涉再说罢。我们拘禁三点钟两点钟，那又算什么？"说着，将门锁剥落一声开了，钥匙向桌上一抛，人就板着脸坐在一边。燕西握了她的手笑道："对不住！我不是成心。遇到我母亲，叫住我说几句话。你想,我能不听着吗?我自己也好像没有耽误多少时候,可不知道去了许久哩。得啦,我正式给你道歉。"说着和她笑着一点头。白莲花将嘴向他一撇,笑着道:"除了送你'没出息'三个字,也就没什么别的可说了。"燕西笑道:"那就走罢,别让令妹在家里又等着发急。我一个人回家来一趟,倒惹得两个人着急,这可是我的不对了。"说着,携了白莲花的手,就向外面跑。

燕西因为家里的汽车没有开,却偷偷的把旧汽车车夫找回来一个,又自己买着汽油,一天到晚的坐着。所以出起门来,很是方便,比从前大家抢着要汽车,反觉现在舒服多了。他和白莲花坐了汽车,一路向李家而来。这里一条路,走得是更熟了。下车之后,一直向里面走,只见白玉花拿了一根长带子,站在屋子中间,带唱带舞的练习着。因笑道:"还好,还好,这样子她倒是没有等得着急呢。"上前用手拍了拍白玉花的肩膀,笑着问她:"着急不着急?"白玉花回转头来,对他瞟了一眼道:"七爷,你干吗总是不能正正经经的,一进门就动手动脚?"燕西笑道:"这年头儿男女平等,彼此摸了一下子,这也不算什么,干吗瞪眼?"李大娘听见这话,由屋子里笑了出来说道:"哟!七爷,谁有那末大胆,敢对着七爷瞪着眼呢?玉花你怎么着,敢和七爷开玩笑?"她笑着迎到面前来,就伸了手道:"七爷,我给你接住帽子,宽宽外衣,请到屋子里坐罢。"燕西只得拿下帽子交给了李大娘,一面笑着脱下了马褂,就跟她走进了白莲花屋子里去。

白莲花握了燕西的手,一同在沙发椅子上坐下。白玉花原是不大高兴的,一见李大娘一张脸迎着燕西说话,心里已经有些转动了,及至燕西走进屋子来,看到他穿的长衣服里,腰上有一个包微拱起来,分明是口袋里盛满了钞票,这一进房来,就要开发了,自己为什么在这饭要上桌的时候,去得罪厨子?便也笑着跟进来道:"七爷,我和你闹着玩儿,你还生气吗?"说着话,也就挤到燕西一块儿来坐着,伸着手握了燕西的手,将头靠住了他的肩膀,身子是紧叠着身子。燕西本来就无所用心,倒是李大娘一阵胡巴结,才觉得有些不对劲。白玉花又是一阵亲热,倒反而疑惑起来,心想,今天她们为什么有些态度失常,难道对我有什么新举动吗?既是有新举动,我倒不能不提防一二。如此一想,态度便持重起来。他这一持重,李氏母女三人怕他不满,更是加倍的恭维了。燕西先虽觉得讨厌,后来李大娘走了,就剩李氏姊妹在一旁恭维,这就很乐意。过了一会儿,白莲花又不知道临时发生了什么事情,走开去,就剩白玉花一个人了。

燕西见屋子里没有第三个人,便笑道:"玉花,我对于你,总也算鞠躬尽瘁了,何以你对于我总是淡淡的神气?要怎么样,你才可以回心转意呢?"白玉花笑道:"这是笑话了。我和你无怨无仇,这'回心转意'四个字,从哪儿提起?"燕西道:"咱们虽不是仇人,可也不是爱人,要望你做我的爱人,怎样不望你回心转意呢?"白玉花连连摇手道:"言重言重,这怎么敢当?再说,还有我姐姐呢?"燕西笑道:"你姐姐太调皮了,和我初认识她的时候,简直变成了两个人。"白玉花也不答复他的话,便笑着朝外连叫了几声姐姐。

燕西摇摇手,笑道:"干吗,你要对质吗?对质也不要紧,她已经答应退让一步了。"白玉花将嘴一撇,鼻子哼着一声道:"我算把男人看透了,只要是乍见面的女子,模样儿生得端正些,其余都不管,就想着人家做他的爱人。或者在相识了以后,或者在做了爱人以后,不论迟早,总要把那女子嫌成一堆狗屎,再去重新找人。你想,男子们口里说出来的'爱人'这两个字,能值钱吗?"燕西笑道:

"男子不是我一个人，我也不去辩护，但是你年轻轻儿的，就看得这个样子透彻，也会减少许多乐趣的。我若是也照你这种法去想，我会不赌钱，不跳舞，也不捧场了。"白玉花笑起来道："这样子，你是真生了气，连我都不愿意捧的了。"燕西笑道："我怎么不捧？不捧你，我今天还会来吗？"白玉花再也不敢说什么了，就挽了手，陪他在一块儿坐着。这一番谈话，时候可是很久，几乎就两三个钟头呢。

第九十回

露影太荒唐封金预告　怀诗忽解脱对月长嗟

燕西同着白玉花在屋子里谈心，白莲花不知有什么事，走开了去，去了许久，也就来了。三个人说笑了一阵，就一同坐汽车出去。他们首先所到的一个地方，就是乌斯洋行。因为李氏姊妹知道这洋行里值钱的外国货不少，而且燕西对这个洋行，又是十分熟悉的，因此拉着他同来，要参观参观。燕西到这种地方来，决计是不能小气的，所以不得不先跑回家去，拿了一笔现款，放在身上。到这种洋行里来，就是带了一万二万，也未必花不了。燕西不过是预备五百块钱，已经少而又少了。

当时到了乌斯洋行里，白莲花看那玻璃格子，有几个绵绒盒子，托着金灿灿的钻石戒指，就伏在玻璃上向里面看着。这里的伙计，知道金家人买东西，是不大怕贵的，就对白莲花笑道："小姐，拿出来看看罢？东西真好，价钱也极是便宜。"他说着话，已经就把几只盒子拿出来，一齐放在旁边桌上，请他们坐下来细看。燕西一想，不必问价钱了，反正五百块钱，一齐拿了出来，也不会够买一只的。便笑道："不必看了，比我自己那两只小得多。"店伙笑道："要好的还有。"燕西连摇手道："你不必当大买卖做，我们不过是来参观参观，买一点小东西的。"白莲花听了这话，就不便再问什么价钱，可是手上拿着那戒指，可有些舍不得放下去呢。燕西已经交代明白了，她就不能再去干涉。他既不看钻石，自己只管漫不经心的走了开去，到别的玻璃格子外，去看一些普通的玩意儿。白莲花知道大东西是不成，也只好拉着白玉花，一同走了过去，随着在燕西身后面看。

燕西提了几样花围巾香水镜匣之类，放在外面，故意说着不错，让她们去买。她姊妹俩虽然买不到珍宝，反正这些好东西，也都用不着拿钱去买的，多要一样是一样，因之稍微合意的，都买下来了。共总算一算，竟也三百多块。白玉花究竟还不曾深受社会陶融的，一想，买零碎东西就买了这些钱，人家也就相待不错，良心上不能再要人家花钱了。要不然，第二回也许不肯再同着上街哩。因对着白莲花再望了一望，见燕西正走到店堂里去，就低低说着"行了"二个字。白莲花也是眼皮一撩，头微摆着笑了。那意思说，这便不值得注意。于是她一人又增加着买了几样东西。大一个纸包，小一个纸盒。店伙做了好几捧，送到汽车上去。于是燕西再同上汽车，带着姊妹俩，到馆子里吃了一餐晚饭。晚饭以后，复又把她们送回家去。

一天之间，这一辆汽车，向白莲花家跑了四五趟。汽车夫也不知何以如此忙？这一次车子在她家门首，却停了好久，结果是十一点钟的时候，燕西、白莲花、白玉花一齐到大门口。白玉花对燕西低声笑道："有我姐姐陪着，也就行了，她们不让我去看跳舞，我也没法子。"燕西无精打采，低着声音道："那是你不赏光，我也没有法子。"白玉花道："你问我姐姐，我自己没有说要去吗？我妈说我比不得姐姐，夜里不让出门。"燕西笑道："好罢，过天见罢。"

说着,他就和白莲花同坐上汽车去。汽车开到饭店门口,燕西说是不用等,让车夫开了空车回去了。

清秋对于燕西的行动,本来抱着放任主义,现在产后,自己在屋子里静养,更不管燕西的事。这天晚上,金太太到清秋屋子里来,要看小孩子。在灯下抱了一会子,而且决定了名字,叫小和,顺着小同的名字,一路下来。而且这"和"字,同着"秋"字的半边,也说是一半像母亲哩。金太太以为这名字还有点意思,清秋一定有什么议论的。一看清秋斜躺在床上,双眉紧锁。金太太握了她一只手道:"你怎么回事?身上有病吗?"清秋道:"并没有什么病,只是心里有点烦闷。"金太太道:"这两天熬了一点参水喝吗?"清秋道:"就只喝过一回,以后没有喝过了。"金太太道:"我叫燕西别把东西糟踏了,并不是说就摆在那里不动。"就分付李妈就泡上一点。李妈说:"那是七爷收的,不知道放在哪里?"金太太道:"你到书房里去问他,叫他自己进来拿,我还有话要问他呢。"李妈去了一会儿,走进来说:"七爷不在家。"金太太一看壁上挂的钟,已经十二点多钟了,便叹了一口气道:"这个东西,也是至死不悟。事到如今,他还要昏天黑地的闹下去,如何得了?"

清秋本也不想揭破燕西的行为,现在既是金太太知道了,她就用不着代守秘密,默然的坐着。金太太问道:"他这一程子,常在外面整夜的闹吗?"清秋道:"在闹丧事的那几天,他是在家里的。除此以外,他整夜不归,那是常事。而且他这种行动,还是不许人过问。谁要问问他的事,他会生气的。"金太太将孩子交给了清秋,坐在床边,默然了许久,突然又问道:"据你这样子看来,他分得的那些钱,大概用了不少罢?"清秋道:"谁知道呢,钥匙在他身上,只见他开箱子拿钱,可不许人家问他拿钱做什么。拿了多少,更是不得而知的了。"金太太叹了一口气道："我拿钱在手里不分开来呢，我受不了那种冷气。分出来了呢，又眼睁睁的望着这几个人像流水似的花了去。这叫我也不知道要怎样是好？"清秋道："其实他的行动，我也不敢问，不过现在既然有了孩子，这孩子读书的钱，总得预备一点。若是像他这样……"清秋越说越声音小，说到后来，无话可说了，也是叹了一口气。金太太到了这时，也是无词可措，坐了一会子，自回屋子里去。

一到屋子里，便叫陈二姐去看看七爷在家没有？若是不在家，就把门房叫了来。陈二姐去了一会子，却是把门房叫了来了。金太太叫着门房当面，就将凤举兄弟最近进出的时间，仔细盘问了一遍。这弟兄四个，是燕西跑得最厉害，鹤荪次之，鹏振又次之，凤举却是不大出去，出去也是有事。金太太听了这种报告，气愤已极。便追问燕西出去，向在一些什么地方？门房对于这个问题却不肯怎样答复，因笑道："你想，七爷要到哪里去，还会在门房留下一句话吗？"金太太料着门房是不肯说的，就也不再追问，只分付门房，燕西回来了，不必告诉他就是了。到了次日早上，金太太首先一件事，便是派人问燕西回来了没有？到了十点钟了，还是没有回来。金太太实在忍耐不住，就坐在外面书房里等着。

到了十一点多钟的时候，燕西才高高兴兴回来了。胁下正夹着一个纸包，向桌上一放。一回转头来，才看见自己母亲，斜靠在沙发上坐了。金太太且不说什么，首先站起来，就把那个纸包抢在手上。燕西笑道："那没有什么，不过是两张戏子的照相片。"说着，便也要伸手来夺。金太太正着脸色道："我要检查检查你的东西，你还不许我看吗？"燕西看见母亲脸上白中透紫，一脸的怒色，就不敢多说什么。金太太解开那纸包一看，见是两张四寸女子半身像片，燕西坐在一张椅子上,一个女子携了他的手,站在一边,一个却伏在椅子背上,三人几乎挤在一堆了。燕西说这是戏子,金太太看着,想起来了,其中有一个叫白莲花,是在自己家里演过堂会的。由这张相片上,想到燕西不曾回来,可以明白许多了。于是拿着相片向桌上一抛,板了脸道:"就是这两个人闹得你丧魂失魄?"

燕西真不料母亲今天突然会有这种举动,照形势上看起来,一定是清秋不满意自己拿钱,昨天对母亲说了。她难道也要学大嫂他们一样,来压迫丈夫不成?我不是那种男子,决不能够让妇人来管着的。他心里只管如此想了,表面上是不做声,似乎对于金太太是敬谨受教了。金太太道:"你以为现在还是国务总理的大少爷,有无穷尽的财源,可以供你胡花?你不想你箱子里那些钱,大概再过两三个月,也就完了。完了以后,我看你还有什么法子弄钱来花?本来你花你分去的钱,我管不着你,但是你究竟是我的儿子,你若闹得不可收拾了,将来也是我的过错,人家也会说我的,所以我不能不说一声。"燕西道:"就是照两张相,这也很有限的钱,何至于就闹到那样不可收拾?"

金太太冷笑一声道:"你以为我是个傻子呢。人家大姑娘陪着你玩,陪着你照相,她为的是什么?能够白陪你开心吗?我今天警告你,你少花天酒地的闹,若是再闹下去,我就凭着几位长亲,把你的钱封存起来,留着你出世的儿子将来读书。"燕西听了这话,更猜着是清秋的主意,于是也不敢做声,静坐在一边,一手撑了椅靠,一手托着头,一只脚乱点了地板作响,等着金太太一人去责骂。等金太太骂得气平了,才道:"我也觉得有些不对,从今天起,我不出门了,你若是不信,可以派一个人到书房里来监督着我。"金太太脸一偏道:"我不用监督,我就照我的法子办,不信,你试试瞧。"

说毕,叹了一口气,出门去了。燕西也向睡椅上一躺,两脚架了起来,摇曳了一阵,心里就玩味刚才母亲所说的话。觉得这事绝非突然而来,必定是清秋出的主意。于是跳了起来,就向内院里走。

到了自己屋子里,见清秋面朝外,在枕上已经睡着了。便嚷道:"呔!醒醒罢。"说着,两手将她乱推。清秋猛然惊醒过来,口里还连喊了两声哎哟!睁眼看是燕西,便问道:"有什么事吗?"燕西向椅子上一坐,两腿一伸,两手插到裤袋里去,昂了头不做声。清秋看他这样子,又像是要生气了,便坐起来道:"你要什么?"燕西道:"我要钱,把钱花光了,大家要饭去,有什么要紧?我就是这样办,你干涉我也是不成。"说着又跳了起来。

清秋道:"这真怪了。跑进屋子来,把人叫醒,好好的骂上一顿。你花你的钱,我干涉你做什么?昨天你拿钱,我虽然说了几句不相干的话,听不听,本来在你,而且钱由你拿去了,又没碍着我的事。你把钱花光了,倒回家来找人生气?"燕西道:"你还要装傻吗?你把这些事全告诉了母亲,让母亲去和我为难,你好坐现成的天下,对是不对?你只管运动母亲封存起来,我就是没钱,也不至于在家里守着你,我有地方找乐儿去。我现在并没带钱,你看看。"说时,将手在腰里拍了几下,又道:"我一样的出去玩几天给你看!我走了,你又有我什么法子呢?"说毕,到房后身,拿了一套西服和一件夹大衣,挺着脖子走了。

清秋殊不料燕西是如此的不问情由,胡乱怪人。他发完了脾气,连别人解释的机会也不给,就掉头走了。听他的口音,竟是只图眼前的快活,将来他自己怎样,已经不放在心上,更哪里会去管别人的死活哩?想起去年这时,二人正度着甜蜜的爱情生活。自己一片痴心,以为有了这样一个丈夫,便是终身有所寄托,什么都在所不计。到了现在，不但是说不上什么寄托，简直自己害了自己了。在家里度着穷苦的生活，虽然有时为了钱发愁，但是精神上很自然的，不用得提防哪一个，也不用得敷衍哪一个，更不会有人在背后说一句闲话。现在连说一句话走一步路，都得自己考量考量，有得罪人的地方没有？这样的富贵日子，也如同穿了浑身的锦绣，带着一面重枷，实在是得不偿失。心里如此的想着，只管懊悔起来，不知不觉的垂下几点泪。

　　因听得玉芬在院子门外说话，又怕她撞了进来，在枕头底下，找出一块手绢，将眼睛擦了一擦。自己叹了一口气道："这样的人生，过着有多大意味？管什么产后不产后，我还老躺在床上做什么？将被一掀，就下床来在沙发上坐着。呆坐一会儿，也是闷不过，就缓缓的走出屋子，到廊檐下来，看看院子里的松竹。她只一出正屋的门，李妈看见，老远的呀了一声道："我的少奶奶，你怎样就跑出来了哩？受了风，可不是闹着玩的呀。"说着，她已是迎上前来，挡住了去路。清秋笑道："我的命很贱，死不了的，受一点寒风，并不要紧的。"李妈只管将她向屋子里面推，笑道："千万请你进去，若是让太太知道了，说我们不小心伺候，我们是吃不了兜着走呢。"清秋笑道："这是笑话了，我又不是三岁两岁的小孩子，难道还要你做保姆不成？"清秋口里虽然如此说，到底还是向后退着，退到屋子里去了。只是她心里已增加了无限的烦恼，无论如何，在床上已经不能安静的躺着。一人坐到了下午，在沙发上打瞌睡。

　　金太太悄悄的进来，要看燕西在做什么。在廊子外听听屋子里寂然无声，由窗子眼向里面一望，倒吃了一惊，便在窗外叫道："清秋！清秋！你这是怎么？"清秋也是睡得正熟，猛然被金太太一声叫醒，身子一哆嗦。金太太说着话，已是走进屋来，站着望了清秋的脸色道："你这是怎么一回事？是和燕西生了气，故意这样作践身体呢，还是在床上坐不住了,要下地来走走?"清秋笑道:"我好好的,并没有和他生什么气,我是睡得不耐烦了。"金太太道:"那不行,你得赶快去躺下。你初生就这样胡闹,你不知道是危险万分的事吗?那不行,那不行,上床去,上床去。"说着牵了清秋一只手,就让她到床上去。清秋也是看到老人家用意殷勤,不便执拗,只得笑着上床去了。

金太太道:"我看你这样子,对于带孩子一件事,简直是不行。你不要再拒绝我的主张,还是雇个乳妈罢。"清秋道:"并不是我敢拒绝母亲,不过没和燕西说好,我就这样办了,他将来又是不快活。而且我想小孩子,能够喝自己的乳更好,省得经过那些无知识乳妈来盘弄。"金太太道:"好虽好,我看你什么不知道,可让我操心呢。你或者是为了省那几个钱,可是不用存那心思,就让燕西没出息,难道咱们家雇乳母的钱,还会发生什么问题吗?"清秋心里想着,那未必不发生问题,只是口里不敢说出罢了。当金太太在这里,就忍耐着躺在床上。接着又是道之回家来看她,二姨太也来谈说了一阵,倒不寂寞。

到了晚上,依然不见燕西的影子,料是又出去了。照他这两个月行动看起来,只管和白秀珠一天亲密一天,当然是和她在一处周旋。然而白秀珠的哥哥,新近已放了镇守使,手下带有一万多兵,驻在的地方,民脂民膏都是他的,秀珠家里很有钱用。她和燕西住一处,就让"吃喝逛"三个字,完全是燕西花钱,也不能一天花好几百块。这于白秀珠之外,必另有个花钱的地方。一个人当父丧未久的时候,还能这样花天酒地的闹,那世界上还有什么事,再可以让他伤心的?我就再悲苦些,他能正眼看一看吗?越想越难过,自己就慢慢的由最近追溯到以前,觉得去年这个时候,燕西图着接近自己,在落花胡同租下房子，那一番铺张扬厉，真个用钱如泥沙一般。那个日子便不觉得他太浪费，只觉得待人殷勤，终于是让他买了这颗心了。

清秋由这里一想，自己是个文学有根底，常识又很丰富的女子，受着物质与虚荣的引诱，就把持不定的嫁了燕西。再论到现在交际场上的女子，交朋友是不择手段的，只要燕西肯花钱，不受他引诱的，恐怕很少罢？女子们总要屈服在金钱势力范围之下，实在是可耻。凭我这点能耐，我很可以自立，为什么受人家这种藐视？人家不高兴，看你是个讨厌虫；高兴呢，也不过是一个玩物罢了。无论感情好不好，一个女子做了纨绔子弟的妻妾，便是人格丧尽。她一层想着逼进一层，不觉热血沸腾起来。心里好像在大声疾呼的告诉她，离婚，离婚！

原是躺在床上沉思了，想久了，不觉坐起来。坐起来之后，更又不觉踏了鞋子下床。坐在椅子上，听听屋外，寂无人声，便掀开玻璃里面一角窗纱，向外看了一看。因为身子背了屋子里的灯光，只见假山边一丛野竹，摇摇不定的有些清影晃动。对面粉墙上，也似乎格外白些了。抬头看着天上，一轮团圆的月亮，正在白云缝里钻将出来。于是找了一件夹旗袍加在身上，就走到廊子下来看月。这时，那一轮月亮，不偏不倚，正在当头。抬头看看，两棵松树，在月下留着两个亭亭的倩影，在雪白的月色地上，微微移动。清秋走到树下，看了树干，抬了头，由树缝子里看了出去。这树里的月亮，似乎更亮，也觉别有风致。只管呆呆的看着月亮，就不觉想到月亮里面去。

在科学上说，月亮是个地球的卫星，而且是没有生物的了。若是照着神话一方面看去，倒很有趣味，说是嫦娥吃了后羿的灵药，奔进了广寒宫，做了月宫之主。这种说法，不管是靠得住靠不住，然而可想到上古时代，更是体面人以至于王与后，也并不讳言什么离婚的,古人诗上说的什么"嫦娥应悔偷灵药,碧海青天夜夜心",还去替嫦娥发那闲愁。其实像后羿那种武夫,嫦娥那种美丽的女子,绝对不会成一对儿,散了倒也干净。为什么"嫦娥应悔偷灵药"呢?不过"碧海青天夜夜心"这句话,不能指为她是挂念丈夫,也可以说是她看到人家儿女团圆,她不免动心罢了。从来中国人的思想,除了圣经贤传以外,不能弄官做,不能装面子,就大不赞成。其实真正的男女爱情思想,还是道学先生认为风花雪月的词章上很有表示。《诗经》是不必说,像屈原、宋玉的赋,以至于唐人的诗,宋人的词,元人的曲,哪里不代表儿女子一种哀呼?"早知潮有信,嫁与弄潮儿",在唐朝就很胆大的有人说出来了,现在女子们还甘爱丈夫的压迫而不辞吗?

清秋本是个受旧书束缚的人,今天忽然醒悟,恰是在旧书本子里找着了出路。越想越觉环境不对,望着天上一轮圆月,在青天上发着清辉,今天晚上,是何等的好看!可是推想着到了明晚再明晚,就不能够了。月亮或圆或缺,还是那个月亮,可是看月的人,就不相同了。古人说得好:"人生几见月当头?"月夕花晨,人人不能好好的欣赏,在愁里恨里过去,倒不如不看见是干净。自己传袭亡父的遗志,空有一肚子诗书,而今不过是增加些自己的懊恼而已。想到这里,不觉望着月亮坠下几点泪来。

但是这时天气还很凉,清秋在月下站立许久,觉脊梁上有一阵寒气,只向外冒。站立不住了,就走回屋子去,又找一件小坎肩,加披在身上了。不料这寒气袭在身上,却不能再驱逐出去。自己抚摸着自己的手背,已是冰凉的。这才上床钻进被去,紧紧的裹着身子睡。一觉醒来,凉是不凉了,身上却有些发着烧热。自己原不知烧热到了什么程度,但是口渴得很。半夜里是不愿惊动人,只好自己爬起来找茶喝。等到自己下床之时,忽然头脑昏晕,在灯光下望着屋子里的物件,都一律转动起来,这才知道自己的病深了。就伏着身子,用手枕了头缩着身子睡了许久,睡得头已不是先前那样沉重了,慢慢的掀开一角被,伸直身子睡着。然而自这时候起,便睡不着了。隔壁屋子大挂钟,一点二点三点四点,都听得清清楚楚。到了六点钟以后,偶然睡熟了一会儿,但是不多久的工夫,依然惊醒了。

李妈进了房来,因小孩儿哭得很厉害,却见清秋闭着眼睛,随手拉了一个枕头在怀里搂着,并没有抱小孩。笑着向前将小孩抱着送到她怀里去,觉有一阵热气,拂面熏来。李妈看到这情形,知道她是病了,而且这病来得突然,可不敢含糊不语,担这个责任,当时就到金太太屋子里去报告。金太太还不曾起床,陈二姐正在外面屋子里洗茶壶茶碗。见她匆匆忙忙跑进,便问有什么事?李妈便说:"七少奶奶病了,连孩子都不会乳,看那样子,有点迷糊呢。"陈二姐道:"太太没醒,别惊动。这位老人家现在也是提心吊胆过日子,受不了吓的。"说着话,放了茶碗,就跟着到清秋这院子来。

她一进门,清秋便醒了,睁开眼,先哼了一声,然后在枕头上点头微笑道:"你来得很好,我有点不舒服,我想托你去问一问母亲,水果能不能吃?我心里烧得很,想吃一点凉的。"李妈道:"我的少奶奶,那怎么使得?这讲究的,一个月还不许手下凉水呢。能吃生冷吗?"陈二姐是个少年寡妇,这事也是外行,便说:"去问太太再说。"伸着手摸了一摸清秋的额角,却是烧热得很。因道:"烧得这样厉害,用凉的一盖,也许盖出事来。"清秋用手摸了一摸胸口,皱着眉道:"难过得很,给我一口冷茶喝,也是好的。茶是煮开了的水,喝一点凉的,也不要紧。"陈二姐道:"你忍耐点,喝口温热的罢。"

清秋见要求不到凉的,便不做声,侧了脸睡着。

李妈倒了一杯温热的茶来,清秋摇摇头,闭上眼睛不肯喝。陈二姐端着,送到她头边,说了许多的好话,清秋才昂着头,用嘴亲着杯子,很随便在杯子沿上呷了一口。陈二姐见清秋那种神气,衰弱到不知所以然。同时她脸上两道红晕,和平常人脸红不同,满腮都是红的,在颧骨上,更红得变成了紫色。由这一点,更可以知道她烧热得厉害。因执着清秋一只手,低声问她心里难过不难过?清秋摇了一摇头,意思好像是说不怎么样。陈二姐道:"月子里,那是很麻烦的,赶快去找个大夫来瞧瞧罢。"清秋睁眼望了望她,没说什么,又摇着头。

陈二姐这已明白她不是懒说话,简直不要诊病。这事颇为紧要,不能含糊,因对着清秋道:"少奶奶,我这就去对太太说了。"清秋连忙一伸手,拉住她一只袖子,连连摆了两摆头。陈二姐道:"这不是闹着玩的事,怎么可以不对太太说呢?我不来瞧,我知道了还要去说呢?而今我已都来看见了,能不说吗?七少奶奶我知道你,你可得想开些。"清秋听了这话,竟会流下泪来,赶快掉转脸去,在枕头下找了一块手绢,将眼泪擦了两擦。

陈二姐站起身来,清秋又用一只手拉着她袖子,低声道:"请你别忙说罢,我是昨天才起来一下子,也许就是那样吹了一口风,受了一点寒了,过一会子就会好的。你若去说了,倒觉得是大惊小怪。"说毕,哼了一声。陈二姐将她的手扯开,又远远站着安慰了几句,然后就向金太太屋子里来报告。金太太未到醒的时间,却睡得正熟。陈二姐怕叫醒了她会吃一惊。只得等着。然而等着金太太醒来再说时,已是出了祸事了。

第九十一回

泉水出山残文留旧迹　衣衫刺目烈火灭余痕

当时陈二姐要报告清秋的病状，偏是金太太不醒，自己正在这里着急。不料跟翠姨的胡妈，慌里慌张，一脚踏进屋子里。见陈二姐一人坐在这里，就缩了转去。缩了转去之后，停了一停，她又回转身来。陈二姐看她那种踌躇不定的样子，料着有事，便迎上前拉着她的手，站到一边问道："你有什么事吗？"胡妈低着声音道："怎么办？我们三姨太走了。"

陈二姐听了这话，心里倒扑通跳了一下，顿了一顿，问道："什么时候走的？"胡妈道："今天一早，她就起来了，说是到医院看病去。又恐怕自己身体支持不住，要玉儿一路去。我心里就奇怪得很，她就是昨晚上说了两声身上不舒服，也并没有别的什么病样，为什么情形那样重大呢？刚才我接到玉儿的电话，说是由车站偷着打来的，姨太太已经买了火车票，带着她要上天津了。她说不愿跟姨太太到上海去，特意打电话告诉我一声，让我告诉太太，把她们拦回来。可是我来说了，我又怕太太说是我勾通一气的，那我更受不了。"

陈二姐倒好像关心她的什么事似的，脸上红一阵白一阵。便道：

"这事非同小可,怎能不告诉太太?我去把太太叫醒来罢。"于是走到床面前,从容叫了两声,两声没有叫醒,只得放大着声音,喊将起来了。金太太一个翻身坐将起来,问道:"什么事?什么事?"陈二姐顿了一顿,才道:"三姨太一早就带着玉儿出门去了。"金太太冷笑道:"一早就走了,由她去罢。现在她无法无天的时代,谁还干涉得了她出门吗?"陈二姐知道金太太依然误会了意思,便道:"三姨太不是出去买东西,也不是做客,是搭了火车,到天津去了。"金太太一面下床踏着鞋,一面问道:"你是怎么知道的?"陈二姐道:"胡妈进来说的。"胡妈在房门外,已经听到金太太下床说话,便进来把事情又告诉了一遍。

金太太冷笑了两声,又坐到沙发椅子上去,半晌做声不得。忽然站立起来,就向翠姨屋子里走。陈二姐和胡妈也不知道她有什么事,也在后面紧紧的跟着。及至赶到翠姨屋子里,金太太首先就将不曾锁的橱子屉桌先翻了一翻,里面虽还有东西,都是陈旧破烂的。一回头对陈二姐道:"有我做主,你把锁的箱子,打开一只来我看看。"陈二姐向前,两手只将箱子一托,把箱子托得老高,因道:"用不着开了,箱子轻得很,大概是空的。"金太太于是将所有的箱子,都提了一提,都是随手而起,毫不吃力。掉转脸就对胡妈道:"你是故意装傻呢?还是今早上才知道?"胡妈道:"我难道还瞒着太太,和姨太太勾通一气吗?"金太太道:"你难道是个死人?天天跟着她在一块儿,她把这些箱子里的东西,搬个干干净净,你怎么会丝毫不知道?"胡妈道:"太太,你想呀,她自己搬她自己的东西,明的也好,暗的也好,旁人怎样会去疑心她有什么作用呢?哪个能猜到她会逃走呢?"

金太太沉吟了一会子,便道:"你是阿囡找来的人,阿囡又是五小姐由苏州带来的人,照说,我是不应该疑惑你。但是你要知道,你跟着她有这样久,对着大家说话,我不能保你这个险,你应当这两天好好待着,让大家去查个水落石出,果然查得你没事了,你才可以出这个大门。"胡妈听了这话,脸上一阵红似一阵,鼻子一耸,竟掉下泪来。这眼泪一流,就保持不了原来的状况,哽咽着道:"我在宅里这样久,不料落这样一个坏的名声。"陈二姐道:"胡姐,你怎么着?太太说得清清楚楚的话,你会听不清楚?太太正为的是相信你,才要你等水落石出。若是疑惑你,现在就不能这样对你了。"

金太太满肚皮都是心事,这时可就管不着胡妈受屈不受屈,即刻叫陈二姐把凤举兄弟找来,只有燕西不在家,三个大兄弟,一会儿工夫就来了。金太太将翠姨的事一说,大家都默然无声。这因为金太太对于这个家庭,早存着一个不可救药的念头,可是又要维持这个面子,不愿人家说闲话。因此事实和心思老冲突着,已惹下她一身的毛病。现在再要和她说这些事,那是加增她的痛苦,恐怕真会病倒的。金太太坐在一张沙发上,将一手托了头,也闷着一句话不说。还是佩芳来了,金太太一拍腿道:"你们从前都说这个人不错,跟着一处混,现在看看她做了些什么事?死鬼做一辈子的大事,就是这件事办得二十四分糊涂。"说着,又一顿脚。

佩芳倒不料为了这事,反来受金太太当大众一顿教训。到了这图穷匕见的时候,当然不能去和翠姨辩论,便笑道:"谁又知道谁将来是好人,谁将来是坏人呢?又合了那两句古话,叫做'周公恐惧流言日,王莽谦恭下士时'了。从前她总是一个……"佩芳说到这"一个"两字,知道这下面一个字,是不能说出来的,顿了一顿,然后才道:"无论如何,同住一家的人,总有一个来往,并不是怎样待她特别好呀。"金太太道:"这些话不用去分辩了。现在我们大家要商量一下子,对这件事,我们要执个什么态度?"凤举道:"哪有什么法子?当然是取放任主义,随她去了。"金太太道:"她这种忘恩负义的东西，就让她这样便便宜宜的远走高飞，去逍遥自在吗？"如此一说，凤举就不敢多嘴了。

鹏振道："我们先把箱子打开来，检查一遍再说。也许在箱子里检出一点把柄，我们更有制服她的法子。她走了自然是走了，谁还将她拉了来不成？不过让她尝尝厉害罢了。"说着，找了一把剪子和钉锤子，在箱子上乱打乱敲，先敲开了一只白皮箱。一看里面，哪有什么？只有两卷破旧的棉絮和几张报纸。接连打开了几只箱子，里面都只有一两件破衣服，并无什么把柄可找。他们开箱子时，金太太很自在的，向着箱子里闲望着，一直开到第五个箱子的时候，金太太一摇手道："算了罢，闹个什么劲儿？她既然是早早预备走的，还会在箱子里留着把柄吗？"凤举道："这话倒也是真。若是有计划逃走的人，事前事后，都会关照的，何至于还有大批的证据，落到旁人手上去呢？"金太太坐着呆了一呆，突然站起来道："我总不服，她就收拾得干干净净，我还要查查。"

于是将屋子里的橱子柜子，格扇抽屉，全都翻着看了一看。凡是信札账单以及零碎的纸张，都拿起来检查一番。但是无论怎么样检查，绝无什么形迹可寻。其间有两封是上海寄来的挂号信，但是只有一个信封，信囊里的信纸，都没有了。金太太点点头道："哼，真有本领。但是我真找不着你一点毛病吗？"说着话，依然将一堆字纸继续清理着。在这样清理的中间，居然检出还有一封带着信纸的信。金太太连忙抽出来一看，字体写得非常恶劣，显然不是一个通人写的字。那信上写道：

翠姐大人台鉴：

寄来快信收到。知姊逃出龙潭虎穴在急，妹不甚喜欢之至。阿要先租好房子,请你先写信来关照好了。钻戒勿要北方卖脱,留着在身边好了。万一嫌搁多了不能生利,等到至申再卖亦好。此地珠宝在好脱手,你自己唔不真心人,说把婢女带来,再好不过。从前寄来的……

只有这一张,以后的残缺了。但是翠姨和上海方面通信,预约逃走,并且要带钱和人去,都有很实在的证据了。冷笑一声道:"好贱货!这一下子偷拐我家的不少。"凤举看到母亲那种情形,也不知道这信上说的是些什么,望了母亲,却不敢说要看。金太太道:"你们拿去看罢!你父亲在日,我就常对他说,他是到过欧美的人,应该用一夫一妻的制度,不能讨姨太太,讨一个也就够了,何必再讨第二个?他倒说得好,欧美的人,何尝不讨姨太太?不过是外室罢了。有钱的人,讨三个四个外室的也很多呀。与其讨外室,就不如名正言顺的娶姨太太。你看,他倒有这一篇大道理。他就不明白金钱买来的爱情,势力夺来的爱情,总是靠不住的。如今怎么样呢?"金太太说着说着,马上就掉下两行眼泪来了。

凤举道:"她走了就走了罢,也犯不上去和她赔眼泪。"金太太道;"我难道还舍不得她吗?我只恨你们在太平无事的时候,全不听我的话,如今有了毛病,百孔千疮,所有以前留下的病菌,趁着病人一倒,一齐冒出来作祸了,这样的病症,恐怕是挽救不好的了。我想,你们还是趁着手上有几个钱,各自早奔前程罢,不要再在这枯树下面乘凉了。大风暴雨来了,抗是抗不住,找躲的地方又来不及,闹得不好,那是会同归于尽的。"金太太越说越伤心,将手里的信一扔,坐到沙发椅子上,背转身去,眼泪如泉的流将下来。这时,大家都受了教训,都不便上前去劝解,只是怔怔的望着。凤举一弯腰,搭讪着将信捡起来看了一看。

这个时候，翠姨逃走的消息，已经传遍了，全家的人，都跑来看这边情形。大家不明白这后半截的事，见金太太倒在沙发上垂泪，没一个不惊异的。翠姨跑了，金太太会哭她，这简直是颠倒的事情呀。金太太擦着眼泪，也想起来了，我这样重看，他们不会发生误会？便道："到了今日，把我以前所说非分家不可的话，可以证明了罢？事事让人家称心如意，人家还要逃跑，若是我一点不放松，恐怕到了今日，连我这条老命都保不住了。"说到这里，嗓子提了一提道："凤举，你给我把她屋子里这些东西，仔细给我检查检查，再有什么把柄，一齐给我看。我不能放过她！我要打电报到上海去，托人在上海处治她一下子。"说着，板了脸，一拍衣服走了。

金太太一走，满屋子里的人，大家就纷纷议论起来，大家异口同声说，知道翠姨免不了一走的。凤举检查东西，正检查得不耐烦，一跺脚道："你们都是刘伯温的后天八卦，既然知道她势在必走的，为什么早不报告一声？现在人走出八百里外去了，都来放这马后炮。"佩芳道："你又发什么大爷脾气？事先没有人说过吗？我就说过。我说翠姨不像二姨太，你们应当给她安顿安顿。可是你说不会有这种事呢。我知道，你有心病，你是自己跑过了一位姨奶奶的了，所以不愿谈这种事。"凤举鼻子一哼道："你骂我虽骂得痛快，也有点拟于不伦罢？"佩芳哪服这口气，正想驳复一句，慧厂在旁边笑道："唉！既往不咎，过去的事，你还说它什么？"佩芳道："他若不发这一顿大爷脾气，我也犯不着说，可是他忘了前事，我要不提一提，他倒以为别人都不如他呢。"凤举这时把威风完全减下了，只是去清理着文件，却不敢再说什么。

这一开始清理，少不得破帐本字条儿，都拿出来清理了一阵。

翠姨虽然把可做把柄的文件，完全收去了，但她只限于正式的字据，至于别的文字内，偶然有一二点存下的病根，她自己也不会去注意。可是这事经有心的人，细细一检查，毛病就完全出来了。凤举看到一样，就捡起来一样，然后做一大卷包起来了。在这屋子里来看热闹的人，这时都走了，只有佩芳一人在这里，凤举笑道："刚才许多人在这里，你就那样给我大钉子碰，让我多难为情！你要知道，我就是发大爷脾气，我也不是对你说的，你为什么充那个英雄，出来打倒我呢？"佩芳道："都是家里的人，我就给你碰一个钉子，也没有多大关系，况且我说的，也是实话。"凤举道："我以为不应该这样，最好是我的事，你可以和我遮掩。你的事，我也可以和你遮掩。"佩芳道："我没有什么事，要你和我遮掩。除非……其实我没有什么事，要你和我遮掩。"凤举笑道："只要你说这句话，那就得了。"说着，将那一大包文件拿起，向胁下一夹，向外便走。

佩芳道："别忙，我问你，这包里究竟是些什么？而且，我还得要问问你，难道我还有什么事，要你遮掩的不成？"凤举微笑道："也许有，可不知道是什么时候发现。"佩芳原是跟着在他身后，一路说着话的，这时可就一把将凤举的衣襟扯住道："你说你说！我有什么事要你给我遮掩？难道翠姨逃走，是我出的主意吗？"凤举站着，转过了身来，就对她笑道："你这人说话，真是咄咄逼人。我说也许有，并不是指着一定就有，你着什么急？譬如说，你问我害病不害病？我只能说也许有那一天，可不敢说绝对的没有。因为我说了也许害病，你就要问我害的什么病？哪一天害病？请问，我怎样答复得出来呢？"

佩芳站着望了他微笑道："你所说的意思，原来就是这样的吗？"凤举道："当然原来的意思就是这样。"佩芳站着沉吟了一会子道：

"我怕你有什么新发现呢?然而你真有什么新发现,我也自有正当的理由来驳倒你。"凤举笑道:"这就很好了。你既自恃有正当理由来驳倒我,管我有什么新发现没有?好在……"

他本说着话又向前走,佩芳却扯住他的衣襟道:"你忙什么?把话说清楚了走也不迟。你说有新发现,究竟发现了什么?"凤举又站住了,回转身来向她笑道:"我这样一句开玩笑的话,你为什么这样充分的注意?"说着,眼睛望了她,一双手却把食指按着拇指,弹得啪啪作响,放出一种很调皮的样子来。佩芳正待用话来问他时,慧厂却迎面的走来了。佩芳看到了慧厂来了,不得不将凤举松手,就退了一步。慧厂笑道:"还是先前那段公案没了吗?我看你们还在交涉似的呢。"佩芳笑道:"不相干,我们的麻烦,反正捣一辈子也是捣不了。"

凤举趁着她在和慧厂说话,一个不留神,就先走了。走到金太太屋子里,金太太一见有许多文件,便道:"你不要胡闹,哪里就有这么些个把柄?"凤举道:"自然没有这些,不过里头,总有些彼此有着关连的文字在内。让我就在这屋子里清理清理。可是要你老人家下一道命令,无论是谁,不能参与我清理文件的这一件事。"金太太道:"那是自然,若要让好几个人弄,七手八脚,会弄得茫无头绪的。"凤举有了母亲这句话,很高兴的就将文件摊放在桌上,一件一件从头翻阅着。也不过翻阅四件稿子,佩芳就来了。一见凤举坐在方桌子一面,左手边叠着一大堆东西,却把一件放在怀里,把几件放在右手下。佩芳在桌子边一张方凳子上坐下来,半扭着身体道:"这又够累的了,我帮着你一点罢。"说时,伸手便把那些稿件捧到自己这一边来。

金太太道:"你随他一个人弄去罢,也不急在顷刻工夫。若是两个人,他没有头绪,依然还是要清理第二道的。"佩芳若在自己屋里,简直不让凤举清理,也没有什么关系。但是在金太太当面,金太太说是推凤举一个人去清理,这可不能不遵从的。凤举得了胜利,心中自是欢喜。但是他脸上,却丝毫也不表示出来。只当是金太太的命令,是要责重他一个人办,所以他更是平心静气的将稿件清理起来,连头也不抬。佩芳虽然想对他做个什么颜色,也没有法子让他去看到。凤举好像是不知道佩芳有什么不高兴似的,看完了面前的,随手就把佩芳面前的稿子拿过去。佩芳虽不知道是有心如此。或者是无心如此,然而却恨着他不和自己有个商量,突然起身,就走开了。

金太太道:"佩芳有什么话要和你说吗?我看她坐在这里,很有些焦躁的样子,不耐烦的样子走了。"凤举笑道:"没事,刚才在翠姨屋子里,又拌了两句嘴,没有得着结论,我就跑开了。她是嫌辩论还没有辩论得痛快呢。"金太太道:"你们快要自撑门户了,怎么还是这样争吵不歇?夫妻是家庭的元素,若是夫妻二人不能合作,家庭幸福根本上就发生问题了。"凤举笑道:"她不愿和我合作,我也没有法子。就我个人论,我是很迁就她的了。"凤举口里说着话,眼睛依然还看着文件。

这里一本小帐簿上,清清楚楚的列着一行,大明银号翠记项下定期存款,过户佩芳大少奶奶,计洋二千元整。上面的日子,不过是相距两个礼拜。凤举看着,随手一捏,捏了一个纸团,随手向痰盂子做个一扔之势,纸团依然捏在手心。因到衣袋里取烟卷匣子,这纸团落在衣袋里,就不再向外面拿了。金太太哪会想到这字纸团一扔,含有一大关键在内?所以只在一边发她的闷气,却不曾说什么。

凤举接连扔几次纸团,金太太道:"不相干的,一齐归到一边就是了,这样的扔法,把我的痰盂,扔得乱七八糟。"凤举站起来,两手一举,伸了一个懒腰,微笑道:"这一篇总帐,你不必去管了,你若详详细细的知道,你会生气的。"金太太道:"你这是笑话了。我不要知道,我何必要你费这大事,把这些东西清理出来?"说时,伸了手,向凤举点了点头。凤举因母亲伸着手,不能不拿过去,只好把清理出来了的稿件,送到金太太手里。

金太太看到第一张稿纸,就是绸缎庄索款的一纸帐单,共有一千二百多块钱。掀开这一张,下面的一张,又是洋货店里的帐单,共有五百多块钱。金太太道:"所有外面的帐,上年年底下不都是结清楚了的吗?怎么又会钻出许多帐目来?"凤举道:"这自然是今年的新帐。"金太太道:"这个贱人,简直把钱当水用了。在你父亲未死以前,不过两个月,怎么会在衣饰上面,用了许多钱?这个帐付了没有付呢?"凤举道:"当然是付了。做买卖的人,他一看形势不对就会要钱的,若不然,又何必开这种清单?"金太太道:"这样子看来,这贱人的钱,真是不少,这样子狂用,我都看不出她一点为难的痕迹。这帐上能不能查出她有多少钱?"凤举道:"这可没法子查,若是照情形推测起来,大概有十万上下罢?"金太太道:"胡说,你怎么知道她手下有这么些个钱?"

凤举道:"我自然有根据推演下来的,怎么能够胡说?存款帐目是没有了,我在几笔利息的存款上面,已经查出了有几笔很大的收入,就是用长年七厘计算,我看那数目,都超过八万。此外利息所没有表出来的,自然很多,说她有十万上下,自然不能说是过分了。"说着,他就在帐簿子里寻出几款帐目,指给金太太看。果然上面有写着收利息半年两千元,有写着利息半年八百元的,其余,还有几笔零星小数目,都不在百元以下。金太太将这些稿件,向桌上一拍道:"不是你父亲死了,我还要骂他一句糊涂。对这种女人,拿许多钱给她用做什么？钱越多，她越是心猿意马。同是姨太太，为什么二姨太常常闹着恐慌，有时还要在我这里借钱？"凤举道："她没有机会和父亲要钱，八妹又是常常和她要钱花，所以她就恐慌了。"

金太太并不理会凤举的话，侧身坐在沙发上，只管呆想。她忽然站起身来，向外就走。凤举见母亲负气走了出去，好像是有什么事要解决的样子，不敢呆坐，也就放下稿件，跟着后面走出来。只见金太太并不回顾，一直就向翠姨屋里走。到了翠姨屋子里，胡妈正在收拾刚才翻乱的东西。金太太向大椅子上一坐，对她道："你把这箱子里的东西，不管是衣服是鞋袜，一齐给我清理出来，归到一个箱子里。"胡妈道："没有什么好东西了。检它做什么呢？"金太太道："你就不必管了。我叫你怎么样子办，你就怎么样子办。"

胡妈对于此案，已经是个嫌疑犯了，还敢多说什么话，因之也不再说什么，把各箱子里零零碎碎的东西，向一个箱子里搬去。这时，凤举跟着来了，站在一边，只看着纳闷，却不做声。陈二姐也是见金太太生气，不知有什么原故，随后跟着，站在房门口。金太太回头看到，就对她道："你去和我找几壶煤油来。"陈二姐道："要煤油做什么？"金太太皱眉道："你也喜欢管这些闲事？你去和我找来就是了。"陈二姐答应着是，转身去了。

不一会儿，陈二姐找了两壶煤油来。这里胡妈也就把东西完全归到了一个箱子里。金太太道："把这些东西搬到院子里去。"胡妈望了望金太太，便请陈二姐帮忙，把一只皮箱抬到院子里。金太太见桌上有盒取灯儿，随手拿了揣在身上，走到院子里，将皮箱看了一看。见凤举站在身边，望着他道："你和我倒出来，箱子提走。"凤举见母亲脸上，依然是气愤的样子，也不敢多说，就把箱子一翻，东西完全倒了出来。金太太再不分付人了，两手分提了两壶煤油，向着一堆衣袜，周围四转一淋，将煤油斟得干干净净的，把壶向旁边一扔。擦了取灯儿，将衣服四处点着。一刻儿工夫，烈焰飞腾，在日光下烧将起来。凤举在一旁微笑道："你老人家忙了半天，就为的是这事，这有什么意思呢？倒成了……"金太太道："倒成了什么？你以为是儿戏吗？我就儿戏一下子。"凤举见母亲依然是生气，这话可就不敢向下再说，站在一边，只是微微的笑。

这火势起来得更是凶猛，院子吹来一阵风，将衣服烧成焦片，打着回旋，卷入空中。金太太坐在走廊上一张椅子上看着，只是目不转睛。仿佛她一肚子愤激，无可发泄，都跟着这火焰向空中直冒。一直等这衣服完全烧着了，凤举道："你老人家可以回房去了。东西都烧毁了，就算抢出来了，也不能拿去用，不必再守着了。"金太太道："哼！我就是这个意思，我不让她这些东西，再在我面前出现，我若看见了，我会眼睛里出火！好罢，我到房里去。"说着，她很快的走回房去了。金太太这样一来，不但把全家惊动了，连亲戚朋友们也惊动了。大家对于这件事，都不分黑白，胡乱揣测起来。以为金太太要烧掉姨太太这些东西，绝不能是为了要出一口气那样的简单，其中必有原故，于是这一件事，就闹得满城风雨了。

第九十二回

伏枕染重疴母怀戚戚　传笺盼一顾郎趑匆匆

这一把无情之火，烧过以后，当时金太太才觉痛快，吐出了一口闷气。至于外面因此传说，如何能料到？当她进房的时候，陈二姐觉得漫天的风潮过去了，这才想起来一件事，七少奶奶不是病着，还得找大夫瞧吗？她就向着金太太吞吞吐吐的道："七少奶奶病重些了，你知道吗？"金太太道："我就不知道她有什么病，怎么会病重了？"陈二姐道："太太你自己去看看罢，究竟是怎样个病症，我可也说不上。一早我去瞧她，就像很重似的呢。"金太太忙了半天，实在也想去休息一下子。但是听到儿媳有了重病，就不能不去看看。叹了一口气，慢慢的就走向清秋院子里来，在外面就只听到微风摆着松针的声浪，屋子里，可是静悄悄的。

金太太在窗子外，就轻轻喊了一声清秋，也没有听到人答应。走进屋子去看时，那个小毛孩子远远的睡在床里边，清秋却是将身子侧着向外，一直睡到床外沿上。那两腮上通红通红的，已是烧得很厉害的样子。只看她睫毛簇成两排黑线，知道她是睡得很熟了。走上前一摸她的额头，如烙铁一般烫手。因低着头连叫了两声，清秋由嗓子眼儿里,轻轻的哼出来一声,眼睛依然未曾睁开。金太太将手擦着她的身体,她只半转着身,由侧着身子躺正了。

金太太见她迷糊得紧,握着她一只手,捏了一捏。又在她胸口上摸了一遍,只觉她浑身都是滚热的,的确是病重。产后的人温度增高,这是最危险的一件事,何况她又是如此的迷糊。因之呆呆的站在床面前,有三四分钟之久,做声不得。见李妈在屋里,便问:"七爷呢?"李妈答道:"七爷还是昨天下午到屋子里来了一趟,往后就没有看到。"金太太道:"怎么着?又是一天一晚没有回来吗?他也变得这样子的快,倒是我猜想不出来的。嘻!若是这样子闹,我倒是死了干净,我哪里忍心看到这种凄惨的下场呢?"陈二姐在一边看到,便道:"太太,这个时候,也不是你生气的时候,应当找哪个大夫,就赶快打电话找大夫罢。"金太太道:"其实这种事,都不应该我分心的了,偏是我不能不问。"因道:"你去叫金荣打电话,还是找梁大夫,把他的太太也请来,他太太是看产科的。他打完了电话,让他到冷家去,把冷太太请来。"陈二姐答应着去了,金太太便坐在一边沙发上,呆望着床上的病人。

陈二姐一去分付,佩芳、慧厂都知道了,心想,不要出了什么意外,那才是祸不单行哩。二人走到清秋屋子里来时,见金太太坐在这里发闷。一看床上的清秋,竟是像晕过去了一般,只是鼻子里还有呼吸,人简直一点不动了。慧厂伸手摸着清秋的额角一下,因问金太太道:"烧得这样厉害,不要紧吗?"金太太两手一扬道:"要紧,我又有什么法子?只好听之天命了。老七固然是不好,这孩子那遇事冷淡消极的毛病,也是让老七向外转的一个大原因。刚才据李妈说,她爬起来坐着看书写字不算,还跑到院子里去看月亮,看到很深夜才进房。产后的人,这不是胡闹吗?若是冷家亲母来了,我把这话对她一说,她也只有怪她姑娘不好,绝不能说是我们不理会。"

慧厂问道:"老七这一程子,真是大忙特忙,总不曾见着他的面。清秋病得这个样子了,不能不让他看看。产后有了这种病症,应该要慎重一点,不然老七对起病是不知,对病重了也是不知,在事实上,他是要负责任的。"金太太道:"这个东西,实在糊涂一万分!岂但他媳妇的病,他应当负责任,他要负责任的事,也太多了,咳!"说着话时,陈二姐跑进来说:"梁大夫到了。"

接着一阵皮鞋响声,梁大夫和他太太,都穿了白色的罩衣,后面李升一只手提了一个大皮包,跟着进来。郑而重之的样子,似乎在电话里所听到的话,是很危险的了。他夫妇俩和金太太寒暄了两句,马上就测温度、听脉,先忙了一阵。梁大夫为特别尊重少奶奶起见,自己避到外边屋子去,让他太太再在清秋身上,仔细检查了一遍。检查完了,梁太太将梁大夫叫进来,说说中国话,又说说德国话,讨论了许久。

梁大夫似乎还不敢决断,又将脉听了听,因对金太太道:"据我仔细检查,不像是产科里的病,是受了感冒。但不知道这位少奶奶,到过屋子外面没有?"金太太道:"到过的,昨天晚上,还在院子里看月亮呢。"梁大夫一面在皮包里把酒精灯、药瓶子向外搬,一面向他太太点着头,似乎有把握似的,对金太太道:"这就不错了,是感冒。因为产妇抵抗力小,所以病势来得凶。这二位少奶奶添孙少爷的时候,府上都看护得很好。"大夫说了这话,眼望着佩芳和慧厂。金太太心想,难道我们对这位少奶奶就看护得不好不成?只是这话放在心里,却不好说出来罢了。大夫忙碌着给清秋扎了一针,将皮包内的小瓶子药水,由她口里灌进去一瓶,站在旁边望着,清秋哼哼两声,已渐渐有些清醒。

这时，屋外一阵脚步乱响，男女仆人抢着进来报告，说是冷太太到了。金太太迎出房门一看，冷太太已是踉跄走进房来。向着金太太伸了两手互相握着，望了她道："又得要你操心了。"一面说着话，一面向里走，对屋子里的人点头，各称呼了一声。就走到床面前，伸手摸着清秋的头脚和手心，见她昏迷不醒，连叫了两声孩子，那眼泪就像抛珠一样，不断的流将下来。金太太一想，人家就只有这一个姑娘，也难怪人家看着心里难受。因拉着冷太太坐下道："大夫说，不过是受了感冒，不要紧的。你知道，我自遭了丧事以后，心绪恶劣到一万分，偏是……"说到这里，看了一看大夫，便道："今天因又有别的事发生，我不能十分照顾到她。"冷太太道："这孩子实在也太不小心了，有了许多下人伺候着，还会受感冒？"说着，不住的叹气。

接着凤举和鹤荪也来了，在外面屋子里，请了大夫去问病。冷太太一看，就是不见自己姑爷，本想问一句，料着金太太也答不出所以然来。若是有原因不见面，她不待问，已经自己先说出来的了。金太太和冷太太说着话，却见她很注意到外面屋子里谈话。过一会儿大夫走了，凤举、鹤荪也进屋子来看了一看，然后走去。冷太太道："他们哥儿几个，倒是很和气，彼此的事，也都能帮着做。姑爷不在家，就得烦大哥二哥招待大夫了。"

金太太听她话提到这里，本也就可以撒个谎，说是燕西有什么事出去了。然而燕西这样胡闹，一时纵然可以瞒过去，将来清秋还是会说出来的，冷太太倒不免说自己姑息儿子，而且看冷太太的样子，也并非完全不知道，不过不好说出来就是了。于是将这话头拨开，先叹了一口气，很诚恳的样子，望了冷太太道："大家庭真是不容易当，哪一件事我能不问，我能不受气呢？我现时在这里瞧病人，你不知道我早一小时，几乎气死过去呢。"于是把翠姨的事从头至尾，说了一个详详细细。有这一套很长的谈话，才把冷太太注意燕西的事，暂时牵扯过去。

这时,清秋哼了几声,慢慢睁开眼睛,醒了过来。冷太太连忙上前问道:"孩子,我来了,你知道吗?"清秋很细微的声音答道:"我哪里病得那样重,连人都认不出来吗?"她说着话,胸口肌肉颤动着,喘了几口气。冷太太道:"你怎么不自己保重一点呢?你瞧弄成……"冷太太哽咽着,将一只衣襟角擦着眼睛,忍住了泪。回头对金太太道:"其实她太年青,哪里能出阁?但是现在年青人,都说爱情比什么事重大,要结婚就结婚,做上人的哪里好说呢?"金太太听了这话,也替冷太太难受。可是无法接住她的话说,便向冷太太道:"许多家事,都要我亲身料理,亲母大概是知道的,我就没有法子来照应她。亲母若是能将家事丢开两三天,就请在舍下宽住些时,清秋也会感觉舒服一点。"

冷太太虽觉得愿意在这里陪着清秋,但是金家这些人,没有一个可以和自己谈得拢的。自己在这里住,恐怕会惹起人家的不快。因之对于金太太这句话,只管踌躇,却不能马上答应出来。清秋这时人清楚了,听到婆婆留母亲住下,正合她的意思,见母亲并没有答应的意思,眼睛只管望了母亲,一只手直伸到冷太太怀里来,向她点点头,哼哼道:"你就在这里住两天罢。"冷太太看到她有很盼切的样子,这倒不可拂逆了。便握住她手道:"我可以在这里陪你两天。"清秋点着头闭上眼睛,又昏昏睡过去了。金太太见冷太太答应不走,就和她告辞,回房料理家事了。佩芳、慧厂也各自走开,请了二姨太来陪客。

二姨太和冷太太倒对劲儿,谈得很有味,慢慢的谈到燕西身上。二姨太就说:"他也不是这两天不在家,这一程子他就忙。"她的意思,原是要和燕西洗刷,他并不是故意和清秋捣乱。然而冷太太听了就知道他是常不归家的,怪不得每次来,都不容易见着他了。冷太太叹了一口气道:"女儿总是人家的,看破了,我也不那样操心了,好在府上什么都是方便的,姑爷没有工夫照应她,也没有什么关系。"二姨太道:"唉!养儿女总是一件费心的事,纵然是男婚女嫁,各自成家了,做父母的,还是少不了要操心的。"冷太太道:"看破了,我也不大过问了。女孩在家里,自己还留心点,不知道她将来落个什么结果。若是已经出阁了,就算是有了结局,人家的人了,让人家去操心罢。"二姨太笑道:"你既是不操心,今天为什么又来了呢?"冷太太道:"我并不是要操心,我听到说她病了,也不知道什么原故,我就有一桩事放不下似的。"二姨太笑道:"还是呀!自己肚子里出来的,哪里能说不操心呢?"

冷太太让人家驳得没有话说了,也笑起来了。因问道:"你的那位小姐,婚姻事情,谈到了没有?"二姨太道:"这年头儿,这件事,要去问父母,哪里答得出来呀?好在她哥哥不少,她自己找着了是很好,找不着让她哥哥拿主意。前几个月,倒有人提,就是我们老七做喜事的那个伴郎。男家是谁?也没仔细问。听到家境不大好,是个穷苦学生。后来孩子父亲去世,也就没提到了。"冷太太道:"是不是另外一个伴郎呢?那两个伴郎,我都看到,是很清秀的。无论是哪一个,和你八小姐,都是一对儿。不过贫寒就没法子了。"二姨太道:"也许是。至于贫寒,那倒没有什么?谁能阔一辈子?谁又能穷一辈子呢?"二姨太说着,向冷太太露着微笑。那意思,她也就是一个半向着冷太太解释。冷太太心里,自也是了然。

只在这时,老妈子在外面一声嚷道:"八小姐。"接着就听到梅丽问话的声音道:"你们少奶奶的病,好些了吗?"二姨太道:"你瞧,说曹操,曹操就到了。"因喊着道:"梅丽,快来,伯母在这儿。"梅丽随着声音就进来了。冷太太看她穿了一件灰色芝麻点子的薄绸衣,细细的,长长的,一根绊带束着腰。下面露着一尺长的白地蓝格裙子。裙子下面,便是套着绿袜子。她袖子上,围着一块黑纱。她的头发,围着前后脑,一个黑圈儿,两鬓长长的贴着腮。在左边鬓发上,系着一朵绒绳编的白菊花。那种活泼天真的样子,看了真是令人喜欢。她进来笑着叫了一声伯母。冷太太且不理会她,就向二姨太道:"你这位小姐真好哇!这个洋装,穿得多紧俏。"二姨太说:"她进的那个学堂,是法国人办的,学生一大半是洋装。她自小儿就是这样闹惯了,我倒嫌着不老实。咱们是中国人,为什么穿洋装?洋人穿过咱们中国衣服吗?"

梅丽皱眉道:"这屋子里有病人,你也是这样啰里啰嗦的。我在院子外,早就听了半天了。"梅丽刚说完了这句话,发觉自己的话,有些不大妥当,便走到清秋床面前,连喊了两声清秋姐。清秋一睁开眼睛看到她,微哼哼道:"妹妹,多谢你来瞧,我不成……"她一面说着话,一面向床外看,又见着自己母亲和二姨太太,连忙就改着口道:"我可不能坐起来。"梅丽伸手一摸她身上的皮肤,烧得如热铁一般。呀了一声道:"病有这样重呀!"冷太太见她人已十分清楚了,便道:"看你这样子,病是好多了,现在怎么样?"清秋将眼睛闭了一闭,立刻又睁开来,哼了一声道:"我不能闭眼睛,我一闭眼睛,糊里糊涂的,就什么都看见了。"说着话,抬起一只手来,摸着头上的汗。

冷太太看到,心里很难过,复又走向前,握住她的手道:"孩子,你就别闭上眼睛,我陪你多谈一会子罢。"清秋因她母亲如此说着,果然就不闭眼,睁着眼和她母亲说话。梅丽又坐到椅子上来了,她却对梅丽招了一招手,头在枕上挪了两挪。梅丽会意,便将身子放在枕上，问道："你有什么事么？"清秋见她衣襟上插了自来水笔，就顺手扯了一下，可是力气小，扯不下来。梅丽会意，连忙在桌子抽屉里，找了一张硬纸来。将自来水笔解下，转开了笔套，和纸片一齐递给她。她将纸片在枕上极力按住，用笔写道："他两天不回来，我没关系。家母在此，请你找他来敷衍敷衍。"写毕，望了梅丽，将笔和纸都放在枕上。梅丽点点头，表示知道了。

清秋重重的哼了一声。冷太太道："你这样子没有力气，有话说就是了，何必写字？八小姐，她写的什么？"梅丽微笑道："没有什么，她不过开单子，买两样吃的。我把这单子，叫人买去。"因握着清秋的手道："你别着急，好歹我给你办到。"清秋望着她哼了一声，又道了一声劳驾。梅丽将字条揣在衣袋里，转身就向外走。二姨太道："买什么呢？得问一声大夫，能吃不能吃？这可不是能乱来的呀！"

梅丽拿着那字条，一直就向外面书房里来。走到书房门口，自己忽然止住了脚步，记得有一次在门外说笑话，里面不是七哥，是那位姓卫的在里面，我真臊得可以。而今想起来，那件事真做得有点冒昧，幸是不曾有人知道。今天糊里糊涂跑了来，不要又是他在这里罢？心里如此想着，脚步就格外走得慢。心想，若是今天遇着了他，我一定更要大方些，纵然有人说闲话，我也不怕。她如此想着，一步一步的向前，及至走到了书房门口，才发觉了自己这个幻想真是完完全全的幻象。那书房门今天是大大的开着，金荣正拿了一根鸡毛帚，在扫灰尘呢。因问道："七爷不在家吗？"金荣看看梅丽身后没有别人，料着她又是不管燕西事情的，便皱了眉道："咳！我们这位七爷乐大发了，在家里简直待不住。"

梅丽道："七少奶奶病着呢，他得管管，上哪儿去了，你知道吗？"

金荣想了一想,微笑道:"八小姐,你猜猜,还不是他那些熟地方吗?"梅丽道:"你打电话找找他看,找着了他,让我和他说话。"金荣道:"八小姐,你进上房去罢。电话归我打得了,你打电话,也许不大方便。"梅丽一听他这话音,就明白了。便道:"你就快些打电话罢。你就说我找他,家里有要紧的事。"金荣道:"这个我全知道,我准能把他找回来。不过找回来之后,八小姐可要说是你的意思。再说,你也别和太太说,要不,七爷会怪我走漏消息的。"金荣猜着燕西勾留的地方,不过两处,一处是白秀珠家里,一处是白莲花家里。这两处都是有电话的,很容易找,所以对于梅丽的叮嘱一口就答应了。

梅丽去了,金荣首先向白莲花家打电话,而且怕那方面会隐瞒,自己先通了姓名。果然他一猜就着,燕西正在那里,便在电话里问有什么事?金荣道:"七爷,你回来罢。七少奶奶病得人事不知,太太可找你好几回了。我只说也不知道你上哪儿去了,可别让太太知道了,要不然,回家来可有得麻烦。"燕西道:"你别撒谎,七少奶奶有什么病?昨天我出来,还是好好的。"金荣道:"你不信,打个电话去问梁大夫,病是他瞧的,有多么重,他准不能撒谎。"燕西听他说得如此切实,在电话就答应回来。挂上电话,金荣就来告诉梅丽,说是已经把电话打通了。梅丽原在二姨太屋子里,听了这话,自己便先迎到外面书房里来,在书房里等了一会儿,还不见到,又迎到大门口来。当她到大门口时,燕西的这一辆汽车,也就开到了。

梅丽远远见一辆汽车驰来。还以为来了一位客,及至汽车开近了,认得是自己家里的车子,就在门洞上等着。车子门一开,见燕西从从容容的下来。自己先奇怪了,家里只开一辆汽车的,汽油不多买了,车夫也不多用了,他这车子,又是谁开销?燕西一进门,笑问道:"出门吗?你打算上哪儿?我把车子送你。"梅丽道:"家里闹成这个样子,我还有心逛吗？我这人也太没有心肝了。"梅丽对于燕西，向来不曾这样正颜厉色说过话的。燕西忽然看到她这样子，倒不由得愣住了，因道："家里有什么事情发生吗？"梅丽道："我也不说，你到里面去问问别人罢。"说着，转了身就向里走。

燕西紧紧的跟在后面，用柔和的声音道："你告诉我罢，究竟为了什么呢？"梅丽道："家里跑了一个人。"也只就说了这一句，依然向里走。燕西本来就心里发生了疑团，梅丽又说跑了一个人，这倒是更让他吃一惊，问道："清秋呢？"梅丽道："她病得要死了，还跑得了吗？翠姨跑了。"燕西不料大半天的工夫不在家，家里就会出这种大事，因扯着梅丽的衣服道："你别走，我问你翠姨怎么会跑了的呢？"梅丽道："病着的人不问，你倒先忙着问跑了的人？你快自己屋子里去看看罢。"燕西见梅丽满脸都有不平之色，所说的话，又是有头无尾，分不清楚。也就急于要回屋子去看看，于是且不追问梅丽，一直就向自己院子走来。

一走进院门，便有一种不同平常的感觉。第一，是这院子里一点声息没有。第二，是在这和暖的阳光下，那竹子和松树，另有一种清幽的绿色，配着那走廊外的墙阴，越觉得这样静悄悄的。恰是绿纱窗子里，透出一丝安息香的气味来，仿佛已有个病人，在屋里等着似的。他走到走廊下，先咳嗽了一声。两个老妈子听到这一声咳嗽，早跑了出来，迎着笑道："七爷回来了，七爷回来了。"燕西见她们有那种喜不自胜的样子，料着等自己回来，也等急了。因道："少奶奶的病怎么样了？现在回了一些头吗？"老妈子道："好了，你进去瞧瞧罢。"燕西道："我说不要紧，大家都这样大惊小怪催我。"一面说着，一面就向里走。一脚踏进房，只见冷太太和二姨太两个相对坐在床面前，这倒是出于意料以外的事，不觉向后退了两步。

冷太太倒是客气，先站起来勉强笑道："姑爷，你回来了。"燕西也笑道："我刚才打电话回来，听说清秋病了，所以我赶回来。这几天实在忙一点，忙得没有工夫在家里待着，不料清秋就是这个日子病了。"说着，回过头来一看，只见清秋一只手，撑住了床褥子，抬起头来望着，似乎有什么话要说似的。燕西不能再装模糊，就向前一步，在床面前俯着身子问道："我听说你病得很重，现在怎么样？不觉有什么痛苦吗？"清秋觉得生孩子以来，他也不曾如此殷勤问过，现在这种样子，当然是有所为而发的，便慢慢的平躺下去，用手提着燕西的手，轻声道："我好一点了，大夫说是小感冒，没事。"燕西道："我就在刘家，你先该打个电话给我。"清秋微微一笑，将她的一口白牙露出来，缓声道："你既然有事，你还是去进行罢。不要为了我，耽误了正事。现在我妈又来了，你更可以放心出去，不必有后顾之忧了。"

燕西正因为对着岳母在这里，不知道如何敷衍是好？现在清秋叫他出去，他倒正合心怀，便道："我实在还有两件事没有料理完毕，本来是抽空跑回来的。你既然有伯母在这里照应，我倒是可以放心。我可以到外面去混两个钟头，下午再回来罢。"清秋点点头，暗中却叹了一口气，又竭力的忍回去了。燕西回过头来，冷太太问道："姑爷大概有什么事办成功了？"燕西道："现在有两个位置，每月有点薪水，我正想弄到手。"冷太太点点头道："这就好，我早就这样想着，读书读得做了博士，也无非是出来就事。既然可以就事，那就很好，不必一定再读书了。姑爷，你有事，你放心去罢。清秋的病也不重，有我在这里，尽可以放心的。"

燕西一面听话，一面看二姨太的颜色，见二姨太的脸色，似乎有些不以为然的样子，正望着冷太太，有一句话要说出来。燕西便道:"二姨妈,我找事这一件事,怕不能成就,还没有在家里发表呢,你也就别和我公布罢。"二姨太笑道:"那敢情好,我听了也很欢喜的,凤举不也就是你这大年岁就出来找事的吗?"燕西道:"所以我这几天非常之忙,过了明后天,我想总可以告一个段落了。那末,我就放心出去了。"说着,回转身来,复又伏在床沿上问道:"你要什么吃的不要?我可以给你带一点回来。"清秋的手让他握着,不能摆动,却摆了两摆头,说了"不要"两个字。

燕西见屋子里三个人,都没有留他,他大可以走了。于是对清秋点点头道:"若是我能早一点回来,一定可以赶回来吃晚饭,要不然,我也会打一个电话回来的。"清秋在床上望着他,哼着点了一点头道:"你去罢,家里的事,就不用管了。"燕西又对冷太太道:"伯母多住一两天,我闲了再陪你谈。"说毕,就走出去了。

第九十三回

半夜驰车娓婉谈浮海　清晨破镜凄凉卜下场

燕西这样来去匆匆，二姨太看了都有些不过意。便问清秋道："老七真忙，可以就什么事呢？你总知道罢？"清秋道："他还没有提到呢，本来我就不大爱管他的事。添了孩子以后，也不得空谈，所以我不知道。"二姨太听此话音，知道她是卫护燕西，也就不提了。但是燕西一去之后，并没有回来吃晚饭，也就没有打电话回来探问消息。冷太太只是陪着清秋在屋子里，有人来就闲谈一会儿，没有人闲谈，她就静静的坐在屋子里。

这一晚上，岳婿自然是没有见面，到了次日，由上午一直到下午，依然不见燕西进房来。冷太太对清秋道："姑爷应酬果然是忙，忙得昼夜不能回家，这事情大概有个八成希望了。"清秋道："这可说不定，也许待一会儿，他就回来了。"说着这话，不再去讨论，复等了一会儿，又等到了晚上电灯亮了，依然不见燕西回来。冷太太又道："姑爷又忙着不能回家了，这事有个大八成儿了罢？"清秋便皱了眉道："咳！你老谈这个做什么？"冷太太的意思，本也是想了这几句话，用来安慰清秋的，现在清秋既是不愿她说，更可以不必提起，只当没有燕西这个人，回来不回来，都没有关系。

燕西是白天在白莲花家里打小牌，晚上又因为白莲花、白玉花在共乐园出台，捧场捧到十二点钟方才回家。刚一进门，金荣抢着迎上前道："七爷，你怎么这时候才回来？"燕西道："我知道，没有什么了不得的病，我又不是大夫，在家里尽瞧着也没用。"金荣道："不是说这事，白小姐打了好几次电话来了，说你回来了，务必回她一个电话。"燕西道："十二点多钟了，还打个什么电话？明天再说罢。"金荣只听到这里，便走到燕西书房外面，书房里面的电话铃，已是叮铃铃响起来。金荣将电话一接，便连道："七爷刚回来呢。"燕西本想一直就到后面院子里去的，听到金荣如此说，不觉也走进房来，问道："是白小姐的电话吗？"金荣便让过一边，将话机子拿着，向燕西手上交过来。

燕西一问话，秀珠第一句便道："你什么事这样忙呢，找你一天也找不着？"燕西笑道："没法子呀！我自己要找一找出路了。"秀珠道："年轻轻儿的人，别那样犯了官迷了，让人家听到了，倒怪寒碜。我倒有一件事正要找你，你能不能到我家里来一趟？"燕西道："多么晚了，戏园子里都散戏了，我还要向外头跑？"秀珠道："你放心来，我并不是要找你去跳舞，有一件极好的事情，要和你谈一谈。你千万不能把这机会丢了。"燕西听到秀珠这样说，似乎是真有什么要紧的事情，因道："既不是要我陪你，这样夜深了，何必要我出来？你不能在电话里告诉我吗？"秀珠道："你这人真是不通，若是电话里能说，我早就三言两语告诉你了，何必要你来呢？我在家里等着你了，快来罢。"说着，那边电话，已经挂上了。

燕西挂上了电话，站着发了一会儿愣，心想，岳母在这里，应该到屋子里去，看看夫人的病才对。不然，这一天一晚，闹些什么？

可是真要去看病，少不得有一番纠缠，而且也许受着什么监督，晚上就不能再出门。秀珠正在那里等着，她可急了。不进去罢，反正只说我没有回来，这也就是一行罪而止。想完了，转身回来，就向外走。外面的汽车，刚刚开进汽车房，汽车夫也打算休息了，燕西站在车夫房门口，连叫着开车开车。汽车夫原不敢说什么，慢慢吞吞答应了一句，觉得一点气力也没有。燕西一顿脚道："怎么回事？不愿开车还是怎么着？我总拼得你们过，我还要出门呢，你们就想图舒服吗？"汽车夫连忙跑进车房，咚咚一阵响，将车子开出去。

燕西一车子坐到白家门首，果然人家这儿是很兴旺的样子，大门外那盏球罩电灯，大放光明，照见门外一字排开上几辆汽车，还有一个警察在门口逡巡，似乎是新添的岗位。燕西一下车，这里的门房，就伸着头向外看，一见是燕西，先笑着叫了一声七爷，低声道："姑小姐等着呢。"燕西笑问道："你们家，今天怎么这样的热闹？有什么举动吗？"听差道："这一程子我们这里天天闹到半夜，大概我们师长的事，快要发表了。"燕西听了他的话，很觉他有些夸耀的意思，真是不开眼。半夜里亮着大门口的电灯，这是我们家常干的事，这又有什么可说的呢？这种人也就不屑于去和他多说话，弯过了前面的客厅，一直就到上房里来。

他一到院子里，秀珠早就知道了，已是从上房里迎将出来。在屋檐电灯光下，看得很清楚，见燕西西服的上口袋里塞了一条绸花手绢，便笑道："你这样子，是由外面刚刚到家，就到我这里来了罢？"燕西道："金荣在电话里已首先告诉你了，你还问什么呢？"秀珠站定了脚，将一个食指含在嘴里，由燕西上身看到脚下为止，点了两点头，微笑道："我看你，不是在朋友那里，商量什么要紧的事，一定是一个很好玩的地方，取乐回去的罢？"燕西笑道："我现时还在服里,能到什么地方去取乐呢?"一面说着,一面跟着秀珠向里走。秀珠一直引着他到卧室外的一个小客室里坐着,却在茶几上拿了一把大茶壶,斟了一杯热气腾腾的咖啡,送到燕西面前。接着在茶柜里取出一盒未开封的古力糖,打开了盖,用雪白的手指钳了三粒,放在咖啡杯子里,笑道:"够了吗?"燕西道:"咖啡要喝个热热的,甜甜的,你还给我来上三块。"秀珠抿着嘴微笑,又钳了三粒古力糖放下去。

秀珠在他对面一张椅子上坐下,瞟了他一眼道:"你嘴里,自然是很甜。不过你这种甜话,我已经听得太多了,你再在我面前说,不但你说得乏味,我也听得乏味了。"燕西笑道:"果然如此,为什么叫我来呢?我来了,不让我说着你心里欢喜,倒让我说着你心里烦恼吗?"秀珠道:"虽然不让你引起我的烦恼,但是要你说实话,不是要你把我当三岁两岁的小孩子,用些甜蜜蜜的话来骗我。我那样要听你的谎话,半夜三更把你叫了来说吗?我告诉你,现在有个好机会,我哥哥要派两个人到德国去,和政府办一笔军用品。我和他商量着让我也随了这两个专员去,他已经答应了。设若你也高兴,我可以叫他和你添上一个专员的名字,不但不花钱,可以白到欧洲去玩一趟。而且买卖成功了,还可大大的拿一笔康密辛。"

燕西笑道:"这哪使得,我一不懂洋文,二不懂军事,凭什么资格去呢?"秀珠道:"反正有两个懂的人在那里了,你不过做个幌子,有什么使不得?而且论起资格来,你也是大外交家的儿子,你就冒着懂外交的身份去,也不算勉强。这事只要成功了,我们就可发个小财。在欧洲什么事不好做?你现在整天整晚说谋事,能谋个什么事呢?恐怕未必一下子就能挣上几千几万罢?"燕西用小勺子舀着咖啡,慢慢的喝着,沉吟着道:"这倒是个办法。但不知道什么时候走呢？"秀珠道："你想，若是不急的话，我何必一天打四五遍电话找你？"燕西听了这话，立刻儿却答复不出来，但是笑了一笑。

秀珠道："我可是真话，你为什么发笑？以为我是闹着玩吗？或者以为我的话说错了呢？"燕西道："笑话了，你一番好意，我为什么倒说你错了呢？不过我的家庭，不像以前了，虽然还大家合在一块儿，已经是各人打算各人的。我母亲也看出来了，心里十分难过。我突然要出洋去，在我母亲看来，一定是十分奇异的，而且因为初次出门，就到了这么远去出洋，母亲当然也有些舍不得。所以我要走，却是忙不得，总得先和母亲商量好。"秀珠听了这话，突然站起身来，将脸一板道："你不必说了，我知道你有许多困难。你不去，你就不去，何必要扯上许多不相干的理由？我这人总算太不识时务，为什么和你谈上这样不相干的事？夜深了，请你回府休息罢，不必谈了。"

燕西见她那一种言不二价的神气也很是不快活，不过却不愿和她生气，静默了两三分钟，然后才道："你不体谅我的苦衷，我可没有法子。请你想一想，在我这种环境之下，不要和我母亲商量商量，这事办得通吗？"秀珠站在面前，两手互抱着在胸前，昂了头听他说话。等他把这一遍理由说完了，将脚尖在地板上敲着响了一阵，鼓着嘴道："既是你环境上有困难，就不去了罢，难道你在北京，还会找不出一条路子来吗？"燕西见秀珠的神情，已不是像先前那样生气，便道："你仔细想想我的话，一定能相信，我不是胡说。总而言之一句话，关于出洋的这个总答案，我是同意的。现在我不能不考虑的一点，就是对我母亲说着，要怎样让她不留难。"

秀珠抿了嘴唇，在他对面椅子上坐下，眼睛皮下垂，眼珠可是望着他，好像在审查一件什么事情似的。燕西道："你想想看，我这话对不对呢?"秀珠摆了一摆头道:"你这话不对,你除了伯母以外,就没有第二个人留难你的吗?我不信。"燕西道:"这话很是。不过我只要我母亲答应了,其余是绝对不成问题的。"秀珠眼珠钉住了燕西的脸,问道:"真个绝对不成问题的。"秀珠眼珠盯住了燕西的脸,问道:"真个绝对不成问题?"燕西点了点头道:"我敢说这句话,你肯信不肯信呢?"秀珠道:"能那样就好。我给你整三天的期限,你在家里把各事弄好,若是过了这三天的期限,我哥哥恐怕不能等了。我想无论什么难说的话,有三天三宿去谈判,总可以解决。若是还解决不了,当然这事也就无进行之必要了。"

燕西一听只三天的期限,不免就把眉峰一皱,及至更听到秀珠后面一段解释,点头笑道:"好罢,我总尽着这三天的力量,切实解决一下。好歹在两天以内,我可以先告诉你一点情形,多少也就看出六七分了,你不用性急。"秀珠将嘴角一动,鼻子哼着,微笑一声道:"我性急什么呢?我逍遥自在的,跟着哥哥在北京有这些年了,难道我急于要脱离他吗?"话谈到了这里,彼此都觉得不好再怎样的切实说了,燕西只好勉强微笑了一笑。那一杯咖啡,因为他不住的用茶匙去搅扰,已经凉了,他端了杯子起来,一口便喝了。秀珠笑道:"现在还是甜甜的热热的吗?"燕西道:"虽然不是热热的,可是依旧是甜甜的。不热不要紧,我喝进肚去,在肚子里,自然就热起来了。"秀珠笑着哼了一声。

燕西笑道:"你还有话分付我吗?若是没有话分付,我就要走了。回去晚了,我怕家母会见责的,现在舍下不像从前了,过了十二钟点,全家都睡了。就是马上回去,家母要问起来,我还得说是由这里回去的呢!"秀珠听他先说的两句话,本来想驳他两句,听到了最后一句话,便昂了头笑道:"你这不是存心捣乱,这个消息,怎好预先说出去呢?那末,你请回府罢,实在也不宜太晚了。"燕西笑着道了一声是,还带着弯了一弯腰,秀珠道:"你怎么前倨而后恭?"燕西道:"我一来就是这样,今天并没说什么不客气的话呀。"秀珠道:"别谈今天,你往前说。"燕西道:"就是最近几天,我也想不起来有什么事得罪了你。"秀珠道:"别谈最近几天,还得往前说,在半年以前,你的态度是怎么着?由今日看来,不是前倨而后恭吗?"燕西又无话可说了,只好笑了一笑。

秀珠道:"你别多心,我这人是死心眼儿,不会到现在还来怪你的。我要是怪你,今天也不一天打四遍电话给你了。你想我这话,对是不对呢?"燕西道:"对的。可是我不信你,也不会深夜向这里跑了。你看对不对呢?"秀珠道:"这些话,我们都不必说了,你要回去,你就回去罢。我不过和你说句笑话罢了,你可别多心。"说毕,向燕西笑了一笑。燕西看她那情形,似乎是没有什么气了,便捞住她一只手,摇撼了两下,笑道:"你这样的替我帮忙,我很感谢你。"秀珠笑着一缩脖子道:"只要你心里记着我一点就得了,我倒不在乎你口头怎样的感谢不感谢。"

燕西也不松手,隔了小茶几,将她牵着走过来,然后二人一路出屋子里,走至外面。秀珠将手一缩道:"家里这个人,让人家瞧见,什么意思呢?"燕西只得松了手,跟着她走到了大门口,秀珠又低声和他说了两句,他才坐上自己的汽车回家去了。燕西这一场谈话,足占了一个半小时,到家时,已经快两点钟了。

他敲着门走了进去,家里更是漆漆黑黑的,什么声音也不听到,这个样子,也不必走回自己院子里去看病人了。走了进去,更是要惊动岳母,还不知道自己做了什么事,到这样夜深回家呢?于是就在前面书房里睡了。其实这个时候,清秋并没有睡觉,正等着燕西回来,有几句话要背着母亲对他说一说呢。因为冷太太总也怕燕西晚上会回来的,所以老早的避到楼上睡觉去了。清秋亮了床头边一盏电灯,正捧了一本书在看。仿佛之间,听到前院有些声响,似乎是燕西回来了。今天有母亲在这里,料着他会进来敷衍一下子的,不料等了许久,却又是声息渺然了。

清秋伸着手到枕头底下去掏出一只表来看了一看,已经是两点半钟了。将表依然塞在枕头下,用一只手撑着被,坐了起来。向屋子四周一看,只觉灯虽亮,还带着一种阴寒之色。外面院子里,风声也停止了,在空气的沉静里面,听到两个老妈子一种呼噜呼噜的鼾睡声,远远送到耳鼓里来。回头看看这床上躺着的孩子,也闭了一双小眼睛,缩着两手,睡得很香。对着儿子点了点头道:"孩子,你这时候,糊里糊涂,睡得这样安稳,你哪里知道你命宫的魔星,也就逼着你一步一步的上前了?你知道你将来是多么危险啦?咳!不知是你害了我,也不知是我害了你?我们谁也不要怨谁,只怨命罢。"

清秋闷极了,自言自语一番,夜阑人静,未免觉得无聊,于是叹了一口长气,就睡下去了。但是终日终夜躲在床上的人,睡眠是不会不够的,所以清秋虽然耐着性子睡了去,然而她并不会睡着,只是清醒白醒的在床上。一直到了窗户上发亮,才迷迷糊糊的睡了一会子。

醒来以后,冷太太已是坐在床面前椅子上了。冷太太见她睁开眼来,首先便问道:"你睡好了一些吗?我摸着你的额头,我觉得还有些烫手呢。"清秋勉强挣扎着笑道:"我没有事了,你别替我担心,今天可以回去了。在这里,你也究竟过不惯。"冷太太走上前一步,向着她低了声音问道:"怎么着?有谁不大愿意吗?"清秋道:"那倒不是,我想你惦记家里事没人管,放不下心呢。"冷太太道:"家里的事固然我是放心不下,但是你的病,我也放心不下。我在这里,家里也不过怕出什么毛病,我若回去了,想起你的病,我就很着急了。"清秋笑道:"着急也不至于怕我死,现在我这样子,是会死的人吗?"冷太太道:"你又胡说了,我也不过怕你很闷,陪着你罢了。"

清秋见她母亲的样子,倒也不十分担忧,更趁机逼着母亲回家。冷太太究竟看她又说又笑,也就答应回家了。吃过了午饭,冷太太说是回家去看看,过一半天再来,就向金太太告辞回去。到了下午,清秋又回复到一个人独守空房的态度了。这初出世的婴儿,除了喝乳,便是睡觉,倒不怎样占她偎抱去的工夫。她无可奈何的中间,惟一的法子,还是看书。她自己下床找了一本书,躺在床上看。只是心中有事,书中的字句,看到眼里,却印不到心里去,看了许多页数,并不知道书中说的什么。结果只好把书一抛,睁了两眼,在床上躺着。躺了一会儿,依然感到无聊,又把书拿起来看。这一回极力的忍耐用心看下去,算是知道书上说什么了。

但是也不过看到两页书,燕西进来了。清秋手举着将书挡了脸的,见他进来,只将书放下一点,眼睛在书头上望了一望,依然是高举起来挡了脸。燕西道:"又看书了,病完全好了吗?"清秋默然着许久,才用鼻子微微哼了一声。燕西在床边一张软椅上坐下,斜靠着,很自然的道:"你不大爱理人,生我的气吗?"清秋道:"我没做声,敢生你什么气?"燕西道:"你这话就不对了。这话和他人说,或者还费点事。你是有一肚子中国书的,和我说说,你不至于不承认。我记得古书上有这么一句话,乃是'不敢言而敢怒'。气是生在心里的,有什么不敢?"清秋微笑道:"你可别和我谈书,要说我看过书,我真的糟踏得文章扫地。一个人念书念成我这种样子,那有什么意思呢？"燕西道："我恭维你两句，你倒越要和我抬杠，未免太难点。"

清秋将书按下，一抬头道："我又没说你什么，我不过埋怨我自己罢了。你怎么说我和你抬杠呢？"燕西道："听你的话音，看你的颜色，就知道你是说我。你以为你有一肚子书，嫁了我这样一个人，就算是文章扫地了。哼！那也不要紧，现在还不迟。你还可以高抬身价呢。"清秋坐了起来，向燕西缓缓的摆了两摆头道："七爷，别这样呀！对于无抵抗的人，只管进攻，那不算什么本领的！我就为了这个孩子，还为了我一个老母，所以我这样委屈求全，要不然，我……早……"说到这里，她哽咽着再也说不出来，一翻身便伏在桌上哭将起来。

燕西道："你以为你母亲在这里，你做出这种样子我就怕你吗？无论去凭什么人说，你好好儿的和我哭着闹着，这是什么意思呢？"说毕，坐着架起脚来抖着，慢慢的道："也无非是说我没来伺候你的病。光是这一件事，我想不犯什么大罪。"清秋哭了一阵子，才抬起头道："我为要瞒着母亲，才受你这样的罪呢！她早走了。"燕西道："好！你倒说出这种话来了，爱怎么样？听凭你。不过今天这事不管你是不是有意无意的，你起先和我闹，总是事实。我好好的问你的病，你倒对我冷嘲热讽起来。"

清秋道："多谢你来看我的病了。有病的人，都要这样的等你来看，我想死也死过去好几个了。你是来看我的病吗？恐怕是玩倦了，回家来休息休息，或者回家来拿钱的罢？你爱怎么着，你就怎么着，我也犯不上去问你。"燕西冷笑道："果然我就受你的挟制不成？"清秋垂着泪道："你不屈心吗？你欺侮我到这种样子，还说我挟制你呢？"燕西坐着椅子上，半晌没说话，突然站起来道："好！你反正说我是没有诚意的，我就没有诚意，把开箱子的钥匙交给我，我要拿钱。"清秋脸一偏道："怎么样？我的话不是说对了吗？钥匙在这里,你拿去。"说着,在枕头底下摸索了一阵,将钥匙摸出,然后伸手向桌上抛去。偏是她这一下用劲过了分,啪嚓一声打在那架衣橱的玻璃砖镜子上,镜子中间,打了一个小窟窿,四周如蛛丝网一般分开了许多裂痕。

燕西看到,心中倒怔了一怔,不知道清秋如何发这大的气?清秋也是心里吓了一跳,顺手这样一下,怎么把这面镜子打破了?照着平常的迷信来说,这可是一件不大吉祥的事情,纵然不必迷信,把一面天天应用的镜子打破了,也是怪可惜的,值钱不值钱倒在其次。她如此一想,也是默默着说不出话来。屋子里沉寂了许久,究竟是燕西忍不住,先开口了。冷笑一声道:"这就是你的示威运动罢?这屋子里的东西不值多少,就让你全毁坏了,也不要什么紧。"清秋道:"我并不是拿东西出气,不过失手打了。不过你在这一点上怪我,我也承认。"燕西道:"我哪敢怪你?是我得罪了你,你应该砸东西的。"说着话,自开了箱子,取了一卷钞票在手上,钥匙也不交给清秋了,就这样拿在手上带着出门去了。

清秋坐在床上,眼望丈夫走出去,一句话也说不出。本来也是自己弄错了,怎么会把这面大镜子打碎了呢?自己在追悔不及的当儿,想到古人乐昌破镜的那句话,于是后人总把破镜当为夫妻分离的一个象征。本来和燕西的感情,一天淡似一天,大有分离可能。偏偏在这个当儿,打破了这面镜子,让人心上拴了一个疙瘩。这样看来,也许真有那样一天了。如此慢慢的想着,偶然一回头,却见自己刚才看的一本书,落在地板上,忽又想到说的文章扫地那句话。心想,我到现在,不就是像这本书,落在地板上一样吗?我不为自己争气,也当为一般女子争气。我就离开金家,难道我就会饿死吗?想到这里,便披衣下床,端了一杯茶,坐在沙发上慢慢的喝着。

忽听到阿囝在窗子外叫了一声七少奶奶。清秋答应了一声,说是请进来罢。阿囡走了进来,先笑道:"七少奶奶总是这样客气,对我们还是下这个'请'字呢。"清秋笑道:"这也不算是客气,我向来是这样的。人生在世,不到进棺材的那一天,总也不能决定他的终身怎样?我岂能早早的端什么排子?将来我也有你这样一天,人家要到我面前来发威风,我就更是难受了。"阿囡笑道:"七少奶奶说这话,我怎敢当呢?你拔出一根毫毛,比我们腰杆子还粗呢。你这一出洋将来回国,更要好了。"清秋笑道:"我出洋吗?望哪一生了。"阿囡笑道:"你这就不是老实了。刚才我在太太屋子里,就听到七爷和太太商量,要到德国去。七爷去,你还有个不去的?"

清秋听了这话,心里倒跳了两三下。便笑道:"这是他说的闹着玩的,那怎么靠得住?"阿囡道:"不能,七爷和太太说的时候,是正正经经的样子,不像是闹着玩。太太还对他说,这事办不到呢。"清秋笑道:"也许出洋罢,你到这里来有什么事吗?"阿囡笑道:"我就是来打听这事的。你若是出洋,一定会到上海去上船的,我愿意跟着你一同回上海。"清秋道:"到德国去,是不一定坐船,由铁路也可以走。你去听七爷还说些什么?若是真到上海去搭船,我可以带你去。"阿囡闻说,果然高高兴兴的去了。

去了许久,阿囡走回来,向清秋笑道:"七少奶奶,我刚才说的话,是我听错了,别提了,将来七爷问起来,千万别提到我告诉你了。"清秋道:"这是什么意思?难道他要出洋,还是什么秘密的事情吗?"阿囡迟疑了一会子,笑道:"反正将来你会明白的。"清秋看到阿囡这样为难的样子,微笑道:"既喜欢多事又怕惹事。这么大姑娘了,还这样的淘气!你放心罢,我不说你说的就是了。其实你七爷,先和我说了,事后再去告诉太太的。"阿囡将信将疑的笑着去了。

第九十四回

病榻起疑团乍惊惨色　情场增裂缝各动离怀

这一个消息，可把清秋惊动了，等阿囡去后，可有点不耐烦起来。洗了一个脸，将头发梳理了一会儿，牵整齐了衣服，分付李妈看好毛孩子，自己便要向金太太这里来。两个老妈子见她要走，都拦住了房门，说是前两天在院子里站了一站，惹下一场大病。现在病没好，人都坐不住，怎么又要走呢？清秋被她们一拦，走不上前，复在椅子上坐下了。果然头上昏沉沉的，如戴了铁帽子一般，简直抬不起头来。头一持重，身子也支持不住，靠在沙发上，就坐着待住了。

两个老妈子牛头不对马嘴的瞎劝解了一阵，清秋也没有去听他们的，只是坐着想心事。慢慢的抬起头来，用一只手靠了椅子撑着，恰好对面是刚才打破的那面镜子。镜子下半截，却还完好，照着自己的像，除了又黄又瘦之外，而且双眉紧皱，眼色无光，简直没有一点精神。那托着头的手，手腕上的螺蛳骨，很显然的高撑起来。这倒不由得自吃一惊，万不料自己会憔悴到如此地步，若要再病下去，那会成了蜡人了。自己害病，那没有什么关系，只是这个初出世的孩子，乳汁要发生问题，小孩子何辜，受这样的厄运呢？这样想着，便尽管望了镜子出神。

清秋对着镜子，一阵想到伤心之处，便回想到了前此一年，觉得那个时候的思想，完全是错误。那时以为穿好衣服，吃好饮食，住好房屋，以至于坐汽车，多用仆人，这就是幸福。而今样样都尝遍了，又有多大意思？那天真活泼的女同学，起居随便的小家庭，出外也好，在家也好，心里不带一点痕迹，而今看来，那是无拘束的神仙世界了。我当时还只知齐大非偶，怕人家瞧不起。其实自己实为金钱虚荣引诱了，让一个纨绔子弟去施展他的手腕，已经是自己瞧不起自己了。念了上十年的书，新旧的知识都也有些，结果是卖了自己的身子，来受人家的奚落，我这些书读得有什么用处？我该死极了。想到这里，泪如雨下。望望镜子里，那个憔悴不堪的女子，挂了满脸的泪痕，已不成人模样了。看着，更是伤心要哭。

李妈因她不走了，本来出去了。现时在院子里，听到屋子里有呜咽的哭声，很是奇怪，走进来见清秋已经两手伏在椅靠上，枕着头哭，却不知道这事由何而起？劝也不好劝得。于是一个人拧把热手巾过来，请她擦脸。一个人倒了一杯热茶送到她手上。李妈道："这一程子，你动不动就伤心，何必呢？你年纪轻，好日子在后呢，别恼坏了身子。"清秋叹了一口气道："你们不懂我的心事。"说着，摇了一摇头，将茶杯放下，把床上的那本书拿过来，又侧着身子靠了椅子看。她一看书，就不理人的，两个老妈子又走了。清秋拿着书，只看了两页，便烦腻起来，不知不觉的把书放下，只是手捏了书枯坐。

忽然有人叫道："清秋姐，你怎么了？孩子哭得这样厉害，你也不理会。"一句话提醒了清秋。回头一看床上，那毛孩子把脸都哭红了，张着小嘴，哭得浑身只管颤动。连忙走上前，把小孩子抱了起来，再一看说话的是谁，才知道是梅丽进来了。梅丽笑道："你刚才睡着了吗？怎么小孩子哭，你都不知道？"清秋叹了一口气道："妹妹呀！我的魂灵都不在身上了，慢说小孩子哭，恐怕我自己哭，我都不会知道了。"梅丽道："唉！我也给你打抱不平，你们是爱情结合的婚姻，为什么现在感情薄弱到这种样子呢？"清秋道："我倒不怪他。爱情绝不是强求得来的，而且越强求越觉得自己没身份，以至于惹起人家的讨厌。我只恨我自己太没有主张了。怎么会让人家讨厌，自己一点不争气？"梅丽道："你千万不要说这话了，我七哥就是这个脾气，风一阵，雨一阵。"清秋道："唉！我也不希望他回心转意。嘿！我是玉环领略夫妻味了。"

她说着话，搂了小孩子斜靠沙发上，脸上竟带着一点淡淡的笑容。梅丽虽不懂得她说的这个故典，但是察言观色，也可以知道她是看透了世情之意，便道："这话就不对，难道就这样僵了下去不成？"清秋默然不做声，许久许久，才冷笑了一声。梅丽看了她这种情形，未免发生一点误会，心想，人的心思，朝夕有变迁，清秋对于七哥，这样冷冷的，一定是灰了心。灰了心原也可原谅，她实在是有些不堪了。不过她说着话，好像很有决断，别是她要寻什么短见了？心里如此想着，就偷眼看看清秋的脸色，见她脸上冷冷的，似乎就带了一种凄惨的神气，面无人色。她越看越像，越像也就越怕，不敢在这里多说话了，悄悄的离开，一直就到金太太屋子里来。

只见金太太板着脸和敏之、润之谈话。她道："这糊涂东西，若是这样胡闹下去，岂不是给我添上了一层累？他的婚姻，本来就没有和我商量过一句，等事情成了功，才来告诉我。这本来就嫌着根基不稳固，现在他果然要散伙了，他自己也当想法子去解决去，不能不了了之的来害我。"润之道："老七这件事要不得，就是没有婚姻问题在内，如今父亲一去世，就靠着秀珠出洋混出身，也没有什么面子。清秋新产之后，又没有一丝事情得罪他，要说模样儿、性格儿、学问，哪样又配不上老七呢？"金太太道："倒别提学问了，这孩子就为着有了一点学问，未免过于高傲。至于她那性情，以前我也觉得很温柔，不过最近我有几件事观察出来，觉得她也是城府过深，这种人最是难于对付的。我想她和老七闹不来，恐怕也是为了这一点，你想，老七有一点事故就嚷嚷的人，哪里搁得住她暗的里抵抗呢？"

梅丽慢慢的走到屋子里，听到金太太如此说，心想，连母亲对于清秋的批评，都是如此，那末，别人说她的坏话，更不足为奇了。刚才听了清秋的话，本来想告诉金太太的，现在看这情形，要怎样的说出来，倒不能不考量一番，因之走到敏之一处，随身坐下，故意微微叹了一口气。敏之道："你又有什么心事呢？两道眉毛皱得连到一处来了。"梅丽道："我自己有什么心事？我是替人家着急。"金太太也是注视着她的脸，很久很久的道："你替人家着急，谁呢？"梅丽道："你们刚才说的是谁呢？"敏之笑道："嗳哟！你的心眼儿太好了，燕西已不出洋了，你别替别人担忧了。"梅丽道："咳！我不是说这个，我在清秋姐那里来，我看她都有些迷糊了，孩子在床上哭得要死，她坐在屋子里会不听见。和她说，原来什么也不在乎，好像就要死似的，我怕她是吃了什么了。"

金太太倒吓了一跳，身子颤了一颤，问道："你怎么知道呢？你怎么晓得呢？"敏之道："这话也有些可能。她一听到老七要抛家到德国去，而且是跟着秀珠一块儿走，她那个肚子里用事的人，没有法子，只好走上这一条路。"金太太站起来道："这不是闹着玩的，这孩子怎这样胡闹起来？真是家门不幸，一波未平，一波又起。"说着，就向外走。敏之、润之猜了她是到清秋那里去，也就在后面跟着。

三人很快的走进清秋的房,只见她抱了小孩子在那里垂泪。清秋自梅丽去后,正也有些感触。加之一个小院子里静悄悄的,一点声音没有,自然的愁从中来,慢慢的垂下泪来。这时金太太和敏之、润之走进来,出于意料,倒吓了一跳,连忙站起身来迎着。金太太看了她那种样子,更是疑心的了。向她脸上注视着,问道:"孩子,你怎么了?有什么话,总可以好好的商量,何必做什么傻事?你怎么了?快说快说!"这几句话问得突然,清秋倒不知如何答复是好,望了别人,也是发愣。敏之道:"你是个聪明人,怎么想出这个笨主意?你吃了什么了?"润之道:"你说罢,不说,我们就把你送到医院去。"这一句话,问得她更是莫名其妙了。便道:"我没有吃什么呀!"金太太道:"不能没有吃什么,刚才梅丽跑去告诉我,脸上都变了色了。她心里是搁不住事的,可是也不会撒这大的谎。现在时髦人,都讲究自杀。我真不懂,每一个人只有一条命,没有两条命,把命取消了……"

清秋这才算完全明白,她们误会了她自杀,而且疑心她已经吃了毒药了。便笑道:"这是哪里说起!我并没有起这个念头,你是怎么知道的?"金太太道:"不是梅丽在你当面看见的吗?"清秋道:"不能够罢?我要寻短见,也不能当着人的面干哪。一个人要自杀,绝不会让人知道的,若是让人知道,那就是假自杀,我何必在八妹当面做出那个样子来呢?"梅丽本也跟着金太太后面来的,只是站在窗子外面,没有进房。这时听到屋子里所说,完全是由于自己一种误会而生,倒有些不好意思。便往屋子里一跳道:"算我说错了,大家别往下追究了,没有这种事,我们不是更情愿的吗?"清秋见梅丽红着脸,不能不和她解释两句,便道:"八妹原没有错,倒是她一番好心,因为我说到燕西要出洋了,心里很难过,所以她就急了。"

敏之道："出洋也不要紧，我们不都是出过洋的吗？也就安然回来了。"

金太太听清秋的口音，料着她对于这件事，也都已明白了，用不着隐瞒，便道："你放心罢，我绝不能让他这样胡闹的，从前他说一个人出洋，我还可以答应。现在他就是一个人要走，我也不能让他走，除非是他带了你一路走。"说着话时，金太太就在她对面一张椅子上坐下，对了清秋望着。见她将两手环搂着孩子，低了头望着孩子的脸，不知不觉之间，竟有几点眼泪落在孩子的脸上。她便伸出一只手，轻轻的在孩子脸上抚摸着，把滴在孩子脸上的眼泪珠儿揩抹去。金太太看了她那样子，心里也是老大不忍，便道："我的话，你当然可以相信，我绝不能用话来骗你。"

清秋低着声音道："你老人家自然不能骗我，但是燕西要出洋去，听凭他的自由，我也不拦阻他的。夫妇是由爱情结合，没有爱情，结合在一处，他也不痛快，我也不痛快，一点意思也没有，倒不如解放了他，让他得着快乐。"金太太道："不必说这些话了，我不能让他胡来的。"润之道："这是的确的话，就是我们，也没有一个赞成他的。他今天和母亲提起来，经大家一说，也就把他那股子豪兴打回去了。他并没有说什么，就出去了，自然是回复别人的信，他再不出洋了。"

清秋将孩子脸上的眼泪擦干了，又在衣袋里掏出一条小手绢，捏成一小团，在眼睛角上，极力按捺了几下，鼻子里也是息率有声。在这时间，她两只肩膀，不住的向上扛抬着，旋又落下。她虽是没哭出，金太太看她那样子，知道她是很伤心的了。因道："你的身体刚好一点，你又这样子不知道保重，就算这个初出世的孩子，你不要去理会他，但是你还有个母亲呢，你不和她想想吗？"金太太不说这句话，倒也罢了，一说这句话，清秋呜呜咽咽，索性哭出声音来，那眼泪一阵比一阵拥挤,再也忍耐不住。

梅丽站在椅子犄角边,哭丧着脸,也掉下几点泪来。金太太一回头看见,便道:"你又懂得人家心里有什么事伤心,要你也陪着掉泪?这就是你不好,无事生非,造起谣言来。"梅丽一难为情,将手绢揉着眼睛,就很快的走开了。金太太向清秋道:"你也无须乎再伤心了,你且上床去安息安息。夫妻们总是这样的孙庞斗智,绝不是长局,我自然会和你想个法子把这事解决了,你不必胡思乱想。"清秋擦着眼泪道:"我本来就不一定抓着他不放,你老人家是很明白的,有了这话,我更放心了。"金太太道:"你可不要误会了我的意思,难道我还能主张你们离婚吗?我所说解决的这一句话,也无非让你们以后和和气气,向前找一条光明的路来。并不是……"

清秋不等金太太说完,连忙答道:"你老人家的意思,我完全明白,但是我可以斩钉截铁答应他一句话,他爱什么人要和什么人结婚,都听凭他的便,我自有我的办法。"金太太当然不好追问她有什么办法,若要问她的办法,那就是说燕西一定要离婚了。皱了眉道:"年青的人,何必这样消极?"清秋道:"一个人,总没有生成就是消极的,当然有些道理。我……"只说了一个"我"字她就忍住了。金太太老坐在这里劝儿媳妇,她很觉无聊,叫敏之、润之在这里陪她坐一会儿,就先走了。

平辈说话,比较的自由,她们就盘问清秋,燕西对她可有什么表示?清秋冷笑一声道:"有表示倒好了,就是他并无什么表示,对我取一种形同陌路的样子。我为尊重我自己的人格起见,我也不能再去向他求妥协,成一个寄生虫。我自信凭我的能耐,还可以找碗饭吃,纵然找不到饭吃,饿死我也愿意。"润之笑道:"你倒是个有志气的,不过听你这话音,很是恨他,间接的我们兄弟姊妹,也在可恨之列了。"清秋道:"那是什么话?就是对燕西,我也不恨。他娶我,是我愿意的,上当也是我自己找上门的,怎能怪他?我心里难过,就为了我白读书,意志太薄弱了。"

敏之笑道:"人家都说你是个贤人,这样看来,你真是个贤人了,宁可自己吃亏,并不埋怨别人,这是多么难得!"清秋道:"你别以为我做不到,我……我……我早就决定了是这样办的了。"她如此说着,把头一低,又是几点眼泪水,滴在小孩子的脸上。她自己哽咽了喘着气,就不替孩子擦去眼泪水,那眼泪流到孩子嘴里,孩子以为是浮汁,唧咕着两片小嘴唇,只管吸起来。大家看了这样子,都不免有些难受,因之默然起来。

敏之道:"你上床去休息休息罢,随便你有什么主张,有什么办法,你总要上床去睡才是。不能够坐在这里,马上就拼出个什么道理来。"清秋道:"并不是我不肯上床去睡,只是我一上床去睡,心里更觉闷得慌,所以还是熬着点,坐在这里的好。"润之走上前,两手将她胁下微挽着,笑道:"别人罢了,我们大姐儿仨,总算对你不错,你应该给我们一点面子。你就不愿意上床,勉强也得上床去休息一会儿。"清秋听她提到面子问题,只好抱着孩子上床去。敏之笑道:"你是个学文学的,从来文人,都谈什么三上构思。你有什么计划,也不妨在枕上慢慢的去想着呀,躺下罢。"说着,她就伸手接过孩子,润之又给她牵着被,然后还要伸手来给解衣襟上的纽扣。

清秋忍不住笑了,便道:"二位姐姐,这是把我当小孩子来哄了。我睡就是了,不必费事了,我真是不敢当。"说着,解了衣服,真个躺下。敏之将孩子交给了清秋,笑道:"这是你二人的爱情结晶,就看这一点,也别生气了。"清秋叹了一口气道:"话是由着人说的,我要不是有这个冤家，也许不会这样没有解决的办法了。"她说着，搂了孩子躺下去，不再说什么。

究竟她是勉强起床的，身体一得着休息，充分的现出疲倦样子，敏之坐在一边，看她眼皮微微合拢，竟不知道招呼屋子里的人，就迷糊过去了。看看她的眼睛合成两条缝，睫毛深深的簇拥着，两个颧骨上，抹了胭脂似的，两个大红印子。润之望着敏之道："这样子，又是要熬出病来的，作践身体何苦呢？"姊妹两人看到，也觉黯然，就默默相对的，在屋子里坐着。润之嘴向床上一努，轻轻的道："听她的话音，她倒是很愿离婚。"

这一句话刚说完，门帘子一掀，却是燕西回来了。敏之、润之都没有说什么话，同时却咦了一声。燕西道："怎么你两人都在这里呢？"敏之一看床上的清秋，睡得正熟，便道："她不好过，我们来看看她。"说毕，二人起身向外走。燕西道："怎么没有人陪着，坐住了？有人回来了，你们倒是要走，那为什么？"润之道："你没回来的时候，我们暂时看护着病人，你回来了，就用不着我们了。"敏之正色道："不说笑话，这个人确有几分病。"燕西也没说什么，送着他两个姐姐出院门。润之两边望了望没人，便皱着眉用手指着燕西道："老七你也太忍心一点了。"说毕，二人便走了。燕西默然靠着院门站定，竟像呆子似的。还是李妈在院子里看到，随便问了一句："你不进屋子去吗？"燕西无精打采，慢慢走回屋子里去，对床上看了一看，随便在床对面椅子上坐下，不觉吁了一口气。

清秋睡在床上，虽然迷糊着，然而对于屋子里屋子外人的行动，却是似乎听见又不大听见。直待燕西吁了一口气，她觉这声音有些不同，于是睁开着迷糊的眼睛，向床下看了一看。一看是燕西回来了，转着身子,依然把眼睛闭上了。燕西道:"你既是醒的,见我进来,为什么不做声?"清秋睁开眼来望着,便冷笑道:"你是回家来挑衅的,对不对?不必,你要到什么地方去,听你的便,我是不敢拦阻你的。君子绝交,不出恶声,要散便散,要离便离,也就完了,何必借题发挥吵着闹着才散呢?"

燕西在身上掏出银烟盒,取了一根烟卷,躺在沙发上,吸了一阵,手指上夹着烟卷弹灰,一面喷出烟来,一面发着冷笑。清秋道:"你不要以为我是假话,我已决定了主意这样子办了。"燕西道:"这可是你说要离,你说要散。"清秋将孩子一放,手撑着枕头坐了起来,点点头道:"你就说是我出了主意得了,我既愿成全你的前途,我就成全到底,你就说是我的主意,也不要紧。你当然是千肯万肯,我既然愿意了,马上就可以宣布,你若是定了日子启程的话,我相信还不至于误你的行期。"

燕西听得这一遍话,就不由得心中一动,因道:"不耽误我的行期,你知道我要到哪里去?"清秋道:"你不是要和白小姐出洋,一路到德国去吗?"燕西默然,拿起烟卷,又抽了两口。清秋道:"你要去,只管去,我也不敢拦着,何必瞒了不告诉我?"燕西道:"就算有这事,又是谁对你说的?"清秋道:"这种话,你想有哪个肯对我说?我是参照好几个人的话,猜想出来的。"燕西冷笑道:"这样说,你完全是捕风捉影的话了?"清秋道:"不管我是猜的对不对,只要你自己说一声,有没有这种计划?若是果然有了这种计划,我这样说了,你还有什么不满意的吗?"燕西哈哈打了一个冷笑道:"满意满意!但是我现在要走也走不成功了。你这个人情,可惜送迟了一点,现在我是不领情的了。"清秋道:"为什么迟?陪你的人在北京,并没有走开,就算走开了,到德国的火车轮船,还不许你去吗？"

燕西又默然着抽香烟，许久许久，才很从容的道："我若是果然到德国去，倒希望你做恶意观察。"清秋笑道："我想你是有点想不通罢？你若是不把真情告诉我，我虽然一切都不明白，可是你和白女士，始终只能做个甜蜜的朋友而已。假使我知道得很清楚，我让开你们，你们正正堂堂的结合起来，那多么痛快！"燕西对于她的话，并不怎样答复，一人自言自语的道："假使，假使，就不是什么诚意的话。"清秋也淡笑了一声道："诚意，我也不知道这'诚意'两个字怎样解释呢？"燕西道："你是说我没有诚意吗？"

清秋不理，坐在那里，脸上一点愁苦的样子也没有，只是笑嘻嘻的。燕西坐在沙发上，偷眼看看她，却猜不出她究竟是好意的还是坏意的。便道："你也不必阴一句阳一句的说，我知道你有母亲和许多人做后援。我是斗争你不过的，但是我们做一天和尚撞一天钟，未必……"不曾说完，一转身就跑出房门去了。清秋躺在床上，眼望着他走了，接二连三的叹了几口气。一人坐了许久，无聊得很，自己又不愿拿书看，翻了一个身，便躺下来睡了。

这一天晚上，燕西自然是不肯回来，到了十一点多钟的时候，金太太却带着梅丽来了。见清秋侧身向外，眼睁睁望着那盏悬着的电灯，动也不动。她见有人进门，才起身坐了起来。金太太将手遥遥的和她招了两招，带着笑容道："你身体不大好，躺下罢。"清秋微笑道："也没有那种情理罢？"金太太和梅丽在床边椅子上坐下，先问清秋身子好些了没有？再又看看孩子，然后才向屋子四周看了一遍，因道："这样子，老七又出去了，他不是回来了一次吗？"清秋含糊答应着。金太太道："他可和你说了什么没有？"清秋也不隐瞒，就把先前和他的话说了一遍。金太太向梅丽点点头道："你七哥倒是真话。"清秋道:"燕西大概又和你提到,说是我不干涉他,他还是要出洋了。"金太太道:"你何必松口,说是由他呢?"清秋看看金太太的颜色,便道:"不是我松口,我实在是这种意思。"谈到此处,金太太无故叹了一口长气。

清秋道:"你老人家放心,决不让你操什么心。"金太太道:"我真料不到你们这样由爱情结婚的人,只这短短的时候,就变了卦。而且我也不见你们有什么事大争吵过,何以就丝毫不能合呢?"清秋道:"总也是知其一不知其二,若是真的什么大事争吵,决裂也就决裂了。惟其是他尽管不愿意我,我又尽管让步,他没有法子可以和我说出离婚的理由,逼得没奈何,只有一走了之。在我呢,我一天不答应离婚,他一天不痛快,为了不痛快,他用什么法子对付我,没有什么问题,设若把他逼得出了什么毛病,我又有什么好处?我想开了,是听他的便为妙。"

金太太默然了许久,点点头道:"你这是好心眼儿的话,不过他不是和你很好吗?何以现在会和你意见大不同呢?"清秋道:"这也很容易明白。根本上我们的思想不同,我不爱交际——我不爱各种新式的娱乐,而且我劝他求学找职业,都不是他愿听的。此外,我家穷,他现在是不需要穷亲戚的了。"金太太听了她这话,脸上有点红晕泛起,接着脸色板下来道:"那也不见得罢?就算他不成人,从前你也不交际,也不会新式娱乐,也不算富有,他何以会和你求婚的呢?你这样瞧他不起,也难怪他不痛快了。"清秋道:"我怎能瞧他不起,我都说的是实话。至于他为什么喜好无常,这个我哪里说得上?"金太太突然道:"如此说,你们都愿意离婚,孩子呢?"清秋道:"孩子吗,在金府上不成问题罢?找一个乳妈就解决了。"

金太太到这儿来,本来觉得儿子不对,要来安慰儿媳几句的。现在经清秋这一番话说过之后,她觉得清秋对燕西的批评,太刻毒了,而且没有一点留恋,照着她这话音去推测,那简直是看不起燕西,对燕西的感情如何可以想见。那末,燕西对她不满,自然也是情理中事了。她如此想着,口里虽不能说了出来,就默然了许久,未曾再提一个字。还是清秋先开口道:"夫妻是完全靠爱情维持的,既没有了爱情,夫妻结合的要素就没有了,要这个名目上的夫妻何用?反是彼此加了一层束缚。请你转告诉他,自明天起,就不必和我见面了,他要什么东西,都可以拿去。至于哪天要我离开府上,听他的便。我除了身上穿的一身衣服而外,金府上的东西,我绝不多动一根草。我就是对这个……孩子……"她说着话,把睡在被里的毛孩子,两手抱了起来搂在怀里,哽咽着垂下泪来。

金太太道:"你口口声声要离婚,你说,这是他逼你,还是你逼他呢?"清秋用手挽着一只袖头,在眼角揉了两揉,哽咽着道:"你替我想想,若是像他不理会我,我也没法子理会他,这样过下去,还有什么味?就算勉强凑付在一起,有多少日子,便生多少日子的气,未免太苦了。所以我想来想去,还是让他快活去。我也落个眼不见,心不烦。"金太太道:"你既是舍不得这个孩子,那又何必……"清秋什么话也说不出来,只是泪如牵线一般,由脸上坠了下来。

梅丽当她们说话之时,一点也不做声,也不知道怎样说才好?及至清秋说到最后,在这种情形之下,她实在不能不说了。便道:"清秋姐,你别说了,瞧我罢。"金太太听了她这一句话,倒不由得噗哧一笑,立刻又正色道:"一张纸画个鼻子,你好大的脸子。这个大问题,瞧你什么?"清秋道:"我可不敢说那话,八妹也是一番热心,都是手足,不过年青点罢了。"梅丽笑道:"既然如此说，你就听我的劝，别说什么离婚了。"清秋叹了一口气道："我哪里是愿意这样，也是没有法子呀。我不离开你哥哥，你哥哥也是要离开我的，光我一个人说不离，又有什么用呢？"说到这里，金太太依然是不能再说什么，只有闷坐着。于是全屋子都十分的岑寂起来了。

第九十五回

强夺珠针病狂怀璧通　永离鸳帐封步闭楼居

当金太太和梅丽一路来劝清秋的时候，金太太屋子里还坐着一屋子的人，等着消息。过了许久，还不见金太太回去，大家就料着这里头多少还有些别的问题，因之在屋子里的敏之、润之有些不放心，首先跟着来。二姨太因为梅丽来了，怕小孩子不知道利害，会乱说了什么话，也就紧随在敏之之后，立刻清秋屋里热闹起来。大家说了大半夜的话，依然无结果。金太太看清秋对梅丽的感情，似乎还不坏，就让梅丽陪着清秋在这里睡，然后才大家散去。清秋倒也没什么异样的感觉，有了人陪着说话，什么问题谈到了，都讨论一阵，好在也不顾虑什么了，话倒可以说个痛快，竟忘了睡觉了。二人说话说到三点钟，还是梅丽先疲倦了，慢慢的睡去，清秋叫了她几声，不听到她答应，也就睡了。

次日清秋醒来，已有十点钟了，在枕上一睁眼时，便看到燕西在开箱子拿钱。猛然看到，还以为是自己眼睛花了，将眼睛闭了一下，再仔细看看，可不是他匆匆忙忙打开了箱子盖，在那里点着钞票吗？清秋也不做声，由他拿去。他将那箱子关好，又把箱子搬开，把最下层一口铁皮箱子，先打开了，然后弯着腰去开里面一个小保险盒子的锁。原来这个盒子，本是金太太一个不用的东西，清秋要了来，就装她一些珠宝首饰。最初燕西拿来的款子和存折，本也要搁在这里面，燕西怕清秋随时可检点数目，不曾答应。这时燕西打开了保险箱子，清秋还疑心他忽然谨慎起来，要把他所有的钱，全放到里面去，因之也睁眼望着，依然不动声色。及至他把保险箱打开了，并不是放东西进去，却是捧了首饰盒子出来，拿了一个小蓝绒的长盒子，向身上一揣。

清秋一惊道："你这是做什么？"燕西一回头，见清秋是醒着，重声答道："你管我做什么？"清秋坐了起来道："我亲眼见你把一个小盒子揣到身上去了，那是一个珍珠别针，不是你用的东西，你为什么拿出来？"燕西道："我不能用就不能送人吗？"清秋一板脸道："那不行！"燕西放下首饰盒子，掉转身来对着清秋微笑道："不行？是你冷家带来的东西呢？还是你自己挣的钱买下来的东西呢？"清秋道："不是我冷家带来的，也不是我挣钱买来的，但是这东西也决计不能说是你的，不能让你拿去。"燕西道："是我金家的东西，我姓金的人就能拿。你能说是你的不让我拿去吗？"他一面说着，一面盖这铁色皮盖子，大有了却这层公案之势。清秋只得一掀被条，坐在床沿上踏鞋子。

燕西望着她道："怎么样，你敢在我手上把东西抢了去吗？"清秋道："我抢什么？这东西固然不是我的，也不是你的，是你母亲赏给我的。就算我不配得着，我也不能辜负老人家那一番好意，应当原物退回去。你要拿去卖掉也好，你要拿去送人也好，但是必定要把母亲请了来，将话说明，你就是把所有的首饰，完全搬了去，我也不哼一声。要不然，我是穷人家的姑娘，将来追问起东西来，还不知道我带到哪里去了,我岂不要蒙不白之冤?"

他两人一阵争吵,把梅丽也吵醒了,睡意朦胧中,听到燕西有拿了东西要走的意思。便也坐起来,她一头的短发,睡得像乱草团一般,两手抬起,爬梳头发,眼睛视着燕西,看他在做什么?见他脸上凶狠狠的样子,箱子又搬得很乱,心里便明白了。因皱了眉道:"七哥,你怎么着?简直一点都想不开吗?无论什么事,总有个了结的时候,你就是这样老往下闹去,也没有大的意思!"说着,伸着手扶了清秋的双肩,向下带推着道:"清秋姐,你又何必起来?躺下罢。"清秋道:"他把母亲给我的东西要拿走,我能置之不理吗?"清秋趁着这个机会,就把燕西今天来拿东西的事,完全说了出来。

梅丽道:"七哥,这就是你的不对了。那个珍珠别针,是女人用的东西,你何必拿去?"燕西道:"我怎么没有用?我不能拿去送人吗?"清秋道:"八妹,你听听,他分得的钱,我不能动一个。我分得的一点首饰,他反要拿去送人。我穷要穷个干净。叫李妈把母亲请了来,把我所有的首饰,完全收了回去。"燕西不拿东西了,将两手向西装裤袋里一插,向沙发椅子上坐下去,两脚架了起来,冷笑一声道:"你真能穷得干干净净,有点难罢?不说别的,你照一照镜子,由头上到脚下为止,哪些东西是金姓的,哪些东西是姓冷的,请你自己检点一下。"

清秋突然站立起来,指着燕西道:"你就这样量定了我吗?我今天就恢复原来的面目,不用你金家一点东西。这是你的戒指,你拿去。"说着,左手在右手指头上,极力一捋,脱下那个订婚的戒指,向燕西怀里一抛。接着弯了腰将鞋子一拔,随手在床栏干上抓了一件长衣,向身上一披,向外便走。梅丽因为在清秋这里睡,没有穿睡衣,穿的是件短的对襟褂子。看见清秋向外走,也来不及穿长衣了,见椅子上有一件夹斗篷,连忙随手抓了过来,就向身上一披,口里喊着道:"清秋姐,你到哪里去?"口里说着,赶快就向外面追了出来。

清秋刚出院子门,梅丽跳上前,一把拉着道:"清秋姐,你到哪里去?真要闹出大问题来吗?"清秋正向前跑,突然被梅丽一拉,身子支持不住,脚站不稳,身子一虚,几乎栽了下去,所幸身边走廊下,有一根柱子,连忙扶着站定了。一回头喘着气,定了定神道:"你拉我做什么?我现在并不走出大门去,不过去见见妈,把话先说明来。"梅丽道:"你就是有话和母亲说,你也可把她请来,何必还要带了病,自己跑去呢?"清秋道:"请已经来不及了,还是我自己去见她老人家罢。"说着,摆脱了梅丽的手,依然向前跑。梅丽身上披的斗篷,来不及抓着,也落到地下来了。梅丽一手抓着,随便搭在身上,也只好在后面紧紧跟着。

清秋头也不回,一直走到金太太屋子里去。金太太看到她姑嫂两个,蓬着头发,披着衣服,气呼呼的跑了来,倒吓了一跳,以为她俩睡在一处打架了,连忙迎上前问道:"怎么了?怎么了?"清秋站定了,还不曾答复出来,梅丽一脚跨进了房门,便道:"妈,你劝劝清秋姐罢!她要和七哥分手了。"金太太无头无脑的听了她这样一句话,更不知道这是怎么一回事?便望了她道:"怎么下了床又闹起来了?"清秋于是把燕西的言行,说了一遍,她只说七八成,已经眼泪向下乱滚,把话说完了时,那眼泪更是一粒跟着一粒,滴了衣襟一片泪痕。因道:"他这种话都说出来了,是彻底的不合作了,我为自己顾全自己的人格起见,我还只有回家去,穿我冷家的衣服,做我穷人家的女儿。"

金太太看了清秋这情形,料得这事决裂到了二十四分,且不向清秋说话，却偏转头来问梅丽道："燕西现时在哪里？你把他给我叫了来。"梅丽心里，本来也有些不平，既是把他叫来问一下，那也好，看他还有什么话说？于是急急忙忙，就跑回清秋屋子里去。不料清秋白淘了一阵子气，燕西究竟把那个珍珠别针，带起走了。梅丽跑回来，更是快，一进屋子气吁吁的道："七哥已经走了。"金太太愣住一会儿，没有话说。清秋道："请你想想，他这个人变到什么样子了？这还能够望他回心转意吗？得了，我决计让他，我也不说离婚，请你先放我回家去住几天，把我自己的衣服清理出来，把金府的衣服再脱下。从此以后，他不能说我从头至脚，没有一样姓冷了。"

金太太皱眉道："唉！你怎么还解不开呢？这种话也能信他吗？就算你二人不合作，你的东西，也不完全是他给你做的……"清秋不等金太太说完，垂着泪说道："现在和他不是讲情理的时候，我只希望再不受他的侮辱，无论什么牺牲，我都是肯的。那个孩子是金家的，我不敢负这个责任带了去，我在你面前求个情，让我回去躲一躲。我现在想起住小家，穿布衣，吃着粗茶淡饭，真是过天堂里的日子了。"说到这里，哽咽着不能再说，索性坐下，伏在桌子上放声哭起来。金太太摇了一摇头，又叹了一口气道："这样闹，一天不如一天，这个家简直是很快要败完了。"

梅丽跑来跑去，却把佩芳惊动了，也跟着过来看是什么事？这时正站在门外，见清秋坚决的要回家去，金太太的身份，只能硬阻止，却不能用好言去劝解她，对于她哭没有办法，这事很僵。她看到不能不理会，就走进来对清秋道："哎呀！你这个生产没有满月的人，慢慢的商量，何必这样性急？你若是这个日子真跑回家去，不但伯母不知道什么重大的事发生了，就是亲戚朋友们，也要大大的惊异起来,岂不是大家不好?"清秋道:"事到如今,还打算向好的路上做吗?那恐怕是不能够了。"因把燕西的态度,又简略的说了一遍,问道:"大嫂,大哥他会对你说出这种话来吗?说出来了,哪个又能忍受呢?我若是无人格,我就在这里吃金家的穿金家的,终生让他笑去。我若表示我的人格还不错,我决不能在这里一刻待着。"

她说到这里索性不哭了,说着话,赶紧一阵把眼泪揩干,绷了面孔坐着。佩芳道:"你就是要和燕西决裂,也不是一走了之的事情,总得先商议出个办法来罢?"清秋摇着头道:"没有商量,没有办法,我就是要妈答应,让我回去住几天。"金太太道:"回去住几天,没有什么不可以,也不忙在今天哭丧着脸回去。"清秋不说话了,一只手搭着茶几上撑了头,静等人家去劝。梅丽一想,这事只有道之可以转圜,也不通知别人,就走出房去,打了一个电话给道之。

道之得了这个消息,也是一惊。觉得母家真是不幸,接一连二的,只管出这种分离的事。就是随身的衣服,坐了汽车赶回家。来到了金太太房门外时,已看到屋子里许多人,围着清秋在那里垂泪。佩芳一见,便笑着迎出来道:"四妹来了,好极了。清秋妹最相信你的,你来劝劝罢。"道之道:"我接着梅丽的电话,只知道又发生了波折,究竟是什么一回事呢?"金太太道:"梅丽她在场,你让她说罢。"道之于是靠了清秋身边坐下,伸手就握了她一只手,然后才昂着头望了梅丽道:"究竟是怎么一回事呢?"梅丽也来不及坐着,站在屋子中间,就把这事的经过,背述了一番。

道之站起来,用手拍了清秋的肩膀道:"这事是老七不对,你暂消气,我准能和你办个圆满解决。你最大的目的,是要表明你不穿金家的衣服,不用金家的钱,不吃金家的饭,依然可以过活。要表明这件事的办法也很多,何必一定要回家去?你暂消气罢。"清秋道:"我除了回家去,实在没有别的办法,你让我回去罢。"金太太道:"你说了一天了,还是这样一句话。"道之向梅丽丢了一个眼色,便道:"你真要回去,也不能拦住你,八妹我们三个人找一个地方去细细谈上一谈罢。"说着,就拉了清秋一只手,把她搀了起来。梅丽会意,也就向前拉住清秋一只手道:"我们一路去谈谈罢。"清秋不能连谈话也拒绝人家,只得和她姊妹俩一路走出金太太屋子。

三人走到廊子上,梅丽道:"我们到哪里去坐呢?"道之笑道:"这两天孩子长得好吗?我要看看孩子去。"梅丽道:"这两天孩子长得好多了,我们看孩子去罢。"说着拉了清秋就向她自己屋子里走。清秋向后一退道:"我今天从那院子里出来了,我决计不回去了。"道之将她的手一拉道:"你这人就是这样想不开,你就是出来了,不愿再在那屋子里住,那也不要紧,进房去,看过了孩子,我们再出来,也是可以的。难道我们把你骗进房去,就当牢一样把你关起来不成吗?走罢,一路去坐坐罢。"清秋听了她这话,不便再执拗不去,只得垂着头跟了他们一路回去。到了屋子里去,刚好那毛孩子醒了在哭,道之就抱了起来,送到清秋怀里。清秋一看到孩子哭,自己也禁不住要喂孩子乳吃,因之,将孩子搂在怀里,低头注视着孩子,只管垂下泪来。道之和梅丽默然坐在一边,看她究竟怎么样?

大家约沉静了五分钟没有说话。还是梅丽忍耐不住,先道:"清秋姐,这可以不说走罢?"清秋哪里做声,眼望了孩子由垂泪加紧,又在嗓子眼里哽咽起来。道之知道她的心已经软化了,便耐下性子,慢慢的将离婚的利害关系,直说了两小时之久,才把清秋说得有点活动,因道:"四姐说了许多好话,我也不能绝对不理,现在我可以提出一个办法,试办给诸位看。到了这个办法都办不通的时候,那就不能怪我姓冷的不讲情理了。"道之道:"只要你肯说出条件来,那就好办,你说你要怎样呢?"清秋道:"这楼上一列屋子,不是没有人住的吗?今天我就搬上楼去。我既不能回去找旧衣服,我总不能赤身露体。我要检几件随身衣服带了上楼去。请告诉厨房,以后每餐只给我一碗素菜,一碗汤,多送了我就不吃。我没有别的事,暂时喂这孩子罢。在没有解决婚姻问题以前,我不下楼,除了一个老妈子送东西而外,无论什么人都不能上楼。"

道之笑道:"这是做什么?自己画牢自己坐吗?无论什么人都不能上楼,我能不能呢?"清秋脸一偏道:"当然不能,绝对没有个例外的,你们能答应不能答应呢?"道之想了一想,笑道:"好!我就答应你罢。不过坐牢是闷得慌的,总要找一点书看看。"清秋道:"书倒是要的。请你念我交朋友一场,帮我一个忙,把书给我送一二百本来。"道之点点头道:"我又成了朋友了。朋友就朋友罢,我也不想一定争着亲热起来。一屋子书呢,只要一二百本就够了吗?"清秋道:"看完了,我可以再要。"道之笑道:"那也好,也许你就这样大彻大悟了。就只要书,还要佛像、蒲团、木鱼、磬、香炉、蜡台……"梅丽一拉道之的衣服道:"人家正是有心事,你还要和人家开玩笑做什么?"道之笑道:"她这个人,有点疯了,我不好说什么,只有和她开玩笑。"清秋道:"四姐,你若和我开玩笑,你就不是诚心和我解围,我依然是要回家去的。我现在要走,不必通知什么人,说走就走的。反正大家不能成天看守着我。"

她说着这话,脸可是板得铁紧,道之一想,也许她真会做出来,就让她一人坐在楼上看书,那也没有多大关系。因道:"好罢,我答应你就是了。"清秋再也不说什么,将孩子放到床上,打开衣橱,捡了一些衣服，抽了床上一条被罩，胡乱一包，然后一手抱了孩子，一手提了包袱，向道之、梅丽点点头道："看你二位的面子，我这就上楼了。"说着，一步一摇的向外面走。道之道："哎呀！这个包袱你就让老妈子提着上去，也没关系罢？"清秋这才将包袱向地板上一放，抱了孩子匆匆上楼去。道之、梅丽在后面跟着，一脚刚要踏上楼梯，清秋在楼口上一只手一横，道："你们遵守条件不遵守条件？说了无论什么人都不上楼的，怎么先就来了？"道之摇了摇头道："真这样坚决，你初次上楼，我们送送你也可以。"清秋板着脸道："我又不是上庙出家，送什么？若是一起来我就不照规矩办，以后怎样对付别人呢？"

梅丽拉着道之的手道："四姐，我们就依着她，不要上去罢。她在气头上，我们何必和她争执许多呢？"道之看着清秋板着脸皮，脸皮板得紧紧的，泛出一层红色来，挺着腰杆子在楼口上站着，这自然是不受通融的。道之站在楼梯下，迟疑了一会子，笑道："真照这样办，岂不成了笑话？"梅丽听说，却暗中牵了一牵道之的衣襟。道之以为她有什么转圜的办法，也就不再说，跟着一路，走到房子里去，迁了清秋的眼光。道之先低声问道："你有什么办法吗？"梅丽道："你随她闹去罢。一个人住在楼上，一步也不动，那多么闷人？我瞧她就不能住几天，她自然会下来的，你又何必这个时候拦着她一头高兴呢？"道之笑道："你就是这样一个主意，这一点我都不知道，我成了傻瓜了。"

梅丽以为这话也有些道理，不料倒碰了姐姐一个钉子。因道："那我就不说了，可是你既知道，为什么还一死劲儿的劝她呢？"说着，脸就红了。道之一想这几句话，果然有点令小妹妹难为情。便笑道："你说得对，不过我怕她愣住了，硬不受调停。你是很知道她的脾气的，既是这么着,就依了你的话,随她去罢。"于是走出屋子来,叫老妈子给清秋送东西上楼去,分付两个老妈子,七少奶奶要在楼上静养,你好好伺候着。如若不然,就告诉太太。说毕,姊妹俩自去了。

这楼上的屋子本也有一张床,前不久燕西就在这里养病的。未生产以前,清秋也常在楼上看书,所以楼上的设备,倒也是齐全的,不用得到楼下去搬上来。只是清秋许久未曾上楼,又是老有心事,不曾注意到楼上的事。这时拉开一扇房门,只见桌上椅上,尘灰堆积得如蒙了一层灰色垫子一般,电灯线上,还网着几根蛛丝,人震动了空气,那细丝只管在空中飘荡。清秋在屋子四周看了一遍,叹了一口气,然后把前后的窗户,一齐开了。李妈将她在楼下放的一包衣服,提了上楼,微笑道:"七少奶奶,你何必呢?有些事,看破一点罢。你又没满月……"清秋一板脸道:"你只做你分内的事,别废话。这里满屋子都是灰,快些给我收拾干净。"李妈究竟是金家的老佣人,很知道燕西的事,未免替清秋可怜,虽然碰了钉子,依然还笑嘻嘻的,请清秋到廊子下去站着。把屋子里掸过灰,扫过地,急急忙忙下楼去,把清秋陪嫁的一套被褥抱上楼来,铺在小铁床上。

原来清秋来时,以为东西少,婆家看不上眼,索性一点嫁妆也不预备,完全由金家制备一切。一月之后,冷太太想起在家中清秋那份东西,留着也是白放着,便找了一箱书籍,和一套被褥送了来给清秋做纪念。清秋也不好意思拿出来,只有李妈知道,放在下房隔壁一间空房子里。这时清秋见她抱了来,心里倒是一喜。李妈微笑道:"我这件事,大八成儿办得对你的劲儿了罢?"清秋道:"这样看起来,别怕寒碜,还是有点娘家东西好哇。"李妈把床铺收拾好了,便道:"七少奶奶你真该躺躺了。你的身体,也不见得怎样好,设若出了什么毛病,那可是个累赘。就是不出什么毛病,将来到了你上了岁数的时候,可要发作的呢!"清秋道:"你说的倒管得远,我眼面前就不得了呢。"说着，抱了孩子和衣就向床上一滚。躺好了，舒一口气道："舒服。"

李妈看了她那样子，便笑道："七少奶奶，我说你累着了不是？这应该好好的躺一会子了。"清秋正依了她的话，闭着眼睛睡去。及至醒过来时，屋子里已是收拾得清清楚楚。李妈她并未走远，就在楼廊下坐着。听到屋子里有响动，便走了进来，对清秋道："饭早过去了。我看你睡得好好儿的，不愿把你叫醒。你要吃什么，我叫去。"清秋想了一想道："我这一程子，心里怪难受，无论见了什么油腻的东西，就要吐。你告诉厨房里，以后每餐给我弄两样素菜，一个碟子一碗汤就得。"李妈哪里知道她有什么意思？富贵人家，倒不想什么珍馐美味，总是爱吃个新鲜素菜的，她这种分付，自也是在情理之中。便答应着向厨房分付去了。自这天起，便是这样吃饭。

到了晚上夜深，燕西又进房来拿衣服换，扭了电灯，一看屋子里是空的，倒吃了一惊。李妈跟着进来，问要什么？燕西两手一挥，望着床上道："人呢？"李妈道："七少奶奶要养病，到楼上待着去了。"燕西四周看了看，屋子里东西，不像移动了什么，便问道："这话是真吗？怎么一样东西也没有拿走？"李妈笑道："你还不知道七少奶奶的脾气？说愣了，是扭不转来的。她把家里带来的那捆行李搬上去了。"燕西听说，便想到楼上去看看。转念一想，她搬到楼上去，正是要恐吓我，我若去了，正是中了她的计，我偏不理会她，看她怎么样？冷笑道："搬上楼去算什么？反正还没有出这个院子呢。"偏是燕西这样在楼下说着，在楼上的清秋，完全听到了。心想，幸而我是死了心，并不是假惺惺，要你来转圜。设若我希望丈夫来转圜的话，我岂不是作法自毙吗？这样想着，把她已灰的心，又更踏进两步。

到了次日早上，等老妈子送过茶水之后，自己便把楼梯口上的楼门锁住了。她早已预备下一个小籤箩，和一根长绳子。要什么东西，用绳子将籤箩坠下去，然后叫老妈子放在里面，自己拉了上楼来。非万不得已，不让老妈子上楼。自己也不下去。这样一来，自有许多人来看清秋，都上不了楼。就是金太太来过一次，清秋也是站在楼廊上告罪，不肯开门。道之在家里得着消息，又跑了来，隔着楼门和清秋说话。道之道："你这岂不是自己给自己牢坐？你拼倒别人什么？"清秋道："我根本就不想拼人，因为我要回家，你们都不放我走，我只好躲在楼上。若是我的目的达不到，我就永不下楼了。设若你再把书送来，让我心思更定些，你就功德无量。"

这楼门本是格子的，道之站在那边，看见清秋穿了一件旧的黑绸旗衫，瘦怯怯的身子，白而无血的皮肤，又是蓬着一头长发，一个大长楼廊子，并无第二个人。她斜倚着身子站定，高处的风，吹着她的衣服和头发飘动起来，那样子怪可怜的。一个花样娇艳的人，不到一年，就蹂躏到这般田地，燕西实在不能不负些责任。她如此想着，倒望呆了。

二人相隔了格子门，彼此呆呆对立了一阵子，还是道之先道："清秋妹，你真是下了决心，我有什么法子？但是你打开楼门，让我们进去，陪你坐坐，这也无碍于你的事呀。"清秋两手扶了门格子，向格子缝里和道之点头道："四姐，我和你告罪了。我为了自己要拘束我自己，开门这是做不到的。"道之伸手摸了她的手指头，叹了一口气。于是和她握了一握手道："好罢，你进房去，我去和你把东西点来就是了。"她于是望了一阵子，转身下来径直的跑到存书的楼上去，搬了几十部书，一齐叫佣人送给清秋。清秋得到了这些东西，如获至宝一般，齐齐整整的完全陈设起来，更不做下楼之想了。

第九十六回

风景不殊游踪增感慨　情怀莫逆闲话自缠绵

清秋闭楼封居以后,一连三日,都是这样,这可把全家都震动起来,真是这样闹下去,那就不好办了。清秋的表示是不必说了,大家都注意到燕西身上来,看他的态度怎样?燕西第一晚,本来睡在自己屋子里,到了第二日,心里想着,若是不理会她,她一人睡在楼上,若是闹出什么意外来,可是不得了。但是自己要进房去睡,大家都会说我是软化了,那就丢大了面子,只要告诉老妈子一声,叫她们留意就是了。

如此想着,借着到屋子去拿东西,先看动静。因为不愿表示软化,就没有向老妈子问清秋的话。老妈子又知道燕西的脾气是很强硬,说了清秋的事怕碰钉子,也一字不提。因之燕西虽有意而来,却无所得而去。到了外面,消息更是不通,只得把这事搁下去。在这样僵持的态度中,又经过了一天,燕西也觉得太不痛快,既不能一下子就离婚,又是一副绝对不能合作的神气,在家不妥,在外老不回来,也是不妥。想来想去,想到这只有找梅丽去探探清秋的口气是怎样?然后才能做定主意。

这样想着，于是装着无事闲散步的样子，溜到二姨太院子里来。到了院子里，故意放重脚步，又咳嗽了两声。二姨太在屋子里听到，伸头在玻璃窗子里望着，先呵呀了一声，接上说道："老七今天有工夫在家里，难得呀！"燕西笑道："大家都这样说，我一天到晚在外面跑，其实……其实……"说着话，一步踏进屋子来。很随便的道："梅丽呢？也是老见不着她。"梅丽手上拿了一本书，卷着一个筒子在手里，由里面屋子跑了出来，一偏头道："那是，你五湖四海到处逍遥，我知道你在什么地方？怎能送着你看去？你一到我屋子里来，准见得着我，只可惜你没来。"

燕西也不去理会她这生气的话，却很随便的道："我有两本新的杂志，不知道在你这儿没有？"梅丽道："你又胡扯！你去年订的一些杂志，早满了期，今年你又没有订，哪里来的新书？"燕西道："我说新的，不过说是不曾看过的书罢了。我那几个书架子，实在也乱得厉害。我想自告奋勇来清理一下子，你能不能够帮我一点忙？"梅丽还不曾答应出来，二姨太道："去罢，去帮七哥一点忙罢。自己看的书，总是自己清理的好。"说着，倒抚了梅丽两下头，又给她牵牵衣服。

燕西笑道："梅丽这么大人了，姨妈还是像带小孩子一样的哄着。"二姨太笑道："不是我把她当小孩子，这东西矫情着啦，不哄着一点可不成。"燕西道："矫情还能再哄吗？就当打。"二姨太笑道："打？谁让一家人算她小呢？就是你媳妇儿在娘家的时候，你岳母也是哄，可不打呀。"燕西听二姨太说到这里，就不愿让她往下再提了。因对梅丽道："要说哄，也已经哄过你了，现在可以和我一路去捡东西去了罢？"他说着，先在前走。梅丽正有一肚子话要和他说，他既约了前去，正合其意，就很高兴的跟着他走了去。

到了书房里，燕西找着钥匙，开了书橱门，只见堆着上起下落的书本，铺着很多的灰尘。橱门一开合，震动得灰尘的霉气味，向鼻子里直扑将来。梅丽抢着把橱门一关，笑道："这个差使我受不了。你反正也不看书的，让它生了蠹虫算了，干吗让我受这罪？"燕西道："怕脏就算了，我回头叫金荣跟我拾掇就是了。"梅丽道："你往后可别起新花样，添事人做，今天又要散掉一半老妈子了。母亲说了，现在一个院子里，只用一个老妈子，谁要另外用人，谁一个月交出十二块钱来，工钱伙食，一齐在内由母亲去给。你想，谁还肯吃这个亏呢？结果是散了。你那院子里，就剩下李妈一个人了，楼上跑到楼下，到外面去做事，少不得交给金荣去办了。"燕西道："这个与我没关系，我不管。你到我院子里去过吗？"

梅丽听了这话，却向燕西望着。因道："说到了你院子里的事，你也会想到清秋姐吗？"燕西故意皱了眉，装出苦脸子来道："她这个人真是不容易应付，你想在这年头，夫妻还有什么大问题，合则留，不合则去。她却要闹着别扭，死也不肯解决。"梅丽冷笑道："你说这话，以为夫妻拆开，也像主人辞退一个下人一样呢。"燕西道："那本来没有什么分别。"梅丽道："你说她闹别扭，以为她不肯走吗？其实她要走，比你还急得多呢。"因把这几天清秋的态度，对燕西说了一遍。

燕西一鼓掌道："那就好极了，让她走就是了，她要什么条件，只要我力量办得到，我就完全答应。"梅丽道："你以为人家是那没有志气的女子，离婚还要什么赡养费吗？她就是要这样随身一套衣服走了出去。看你一听到离婚，你就鼓掌，真是令人寒心。可是现在你既然这样讨厌她，为什么去年又那样不顾一切要讨她？"燕西顿了一顿，淡笑一声道："你别说那话，我对于她，也牺牲了相当的代价的。我先是不知道她的志向怎样？既是她很明白，那就两下情愿，可以……"梅丽不等他说完，突然将身子一偏道："我不爱听你这种话，你这人太欺侮人。"梅丽一面说着一面向外走，脸上红红的，还有一片怒色。

恰是玉芬匆匆的由外面走了进来，在她后面笑问道："八妹打算出门吗？怎么上前面来了？"梅丽本就知道玉芬来了，故意装了不知道，这时她问出来，倒不能不答应了。装麻糊装不过去了，才道："我是七哥叫我出来的。"玉芬携着她的手，轻轻对着她耳朵道："这个人不要是得了精神病罢？我看他的举动，真有些反常了。"梅丽倒不料站在玉芬的立场上，她会怪燕西反常，便淡淡的道："人是难说的。"玉芬笑道："你这个喜欢打抱不平的人，怎么不出来说两句公道话哩？我们的身份不同呀。你说错了话是不要紧的。"

梅丽一想，人心都是肉做的，七哥做得太过不去了，自然她也不能再嫉妒清秋，因道："我说是无可说的，不过我对七哥有些不高兴，不像以前，认他是可亲爱的了。"玉芬道："你的哥哥们都是这样哇。老七现让两个唱戏的迷住了，一个叫白莲花，一个叫白玉花。"梅丽道："唔，也是姓白的！"玉芬顿了一顿，一看梅丽的样子，还不怎样着恼，便挟了她一只手臂道："你到我屋子里去坐坐，我把这二花的事，谈些你听，这才觉得有趣哩。"她如此的亲热起来，弄得梅丽心软起来，却不好意思不跟她走。

走到玉芬屋子里，鹏振也在屋子里。玉芬笑道："偏是不凑巧，我们要谈几句私话，偏是你在这里。"鹏振道："既是你们有话说，我又何必打搅？我就让开罢。"说着，已是站起身来，做一个要走的样子。玉芬连摇了两下手道："不用不用！我好久没有到公园去过了，我和八妹一路到公园去走走。八妹，去罢？"说着，见梅丽并没有十分愿意的样子，又笑道："太热闹的地方，我们当然不能去，上北海水边走走罢。"梅丽原是想推辞不便到公园去，现在玉芬说，公园不去也不要紧，可以到北海僻静地方走走，再不好意思不去了，便道："你刚回来，又要出去吗？"玉芬道："不要紧，这两天我有点事，借了白家一辆汽车坐着，来来去去，都是很快的。现在车子还放在门口，我们就走罢。"

梅丽听说白家的汽车，很不以为然，心想，自己家里有汽车，为了省工省汽油不肯坐，倒要坐人家的车子，这是什么算盘？宁可不坐车子，也不向亲戚家去丢这个脸。玉芬见她有些犹豫的样子，却猜不着她是为什么犹豫，便道："不要紧的，就是母亲说你，有我承当，就说是我把你拉出去的就是了。走罢走罢，不要犹豫了。"说时，又挽了梅丽一只手臂，只管向外拉。梅丽被她拉了一只手臂，总不好意思说不去，只得勉勉强强的一同走出大门。果然有一辆不认得的汽车，停在大门外，汽车夫看见人到，跳下车来，将门开着，让她二人上车去。梅丽坐上车子，自己有一种说不出来的感想，玉芬却是丝毫也不在意，谈笑自若的到了北海。

进得门来，远望见琼岛上的树林，绿成一片。经过长桥，望到水里的荷叶，如堆碧浪似的，高出了水面好几尺。歇了许久不曾到此地来，不觉得是时光更换，仿佛是这个地方的景致，完全变动了。一看之下，好像又是一番沧桑，另到了一个地方一般。在梅丽眼光看来，便觉着不如和任何人来那样有趣了。玉芬见梅丽东看看，西瞧瞧，似乎有了什么感触似的，便道："八妹，好久不来了，乍到这里，倒很快乐似的。"梅丽道："我还有什么快乐？这合了那一句文语，风景不殊，什么……哟！抖文我可不成，我说不上来了。"玉芬虽说不上那一句话，但是梅丽命意所在，倒是知道的，因道："这话也难怪,无论什么有趣的事情,我觉得都不如父亲在日那样好了。"梅丽默然,跟她走着。玉芬见梅丽感触很深,自己当然是不便高兴太过分了,因之只能默然的走着。

过了北海,在五龙亭找着茶座,玉芬引着她看荷花,说些风景上的话,慢慢谈得梅丽高兴了。才笑道:"这话还得说回去,我不是说老七捧上两个女戏子吗?因为这两个戏子叫白莲花、白玉花,人家只知道老七为姓白的忙着,哪知道白莲花、白玉花,是她们唱戏的名字。其实她们是姓李,由这个假姓白的头上白生了误会,人家以为老七最近的行动,是受了秀珠的关系,你说冤枉不冤枉呢?"梅丽道:"哦!这里头倒有这些曲折。不过七哥自己说着有时候也会到秀珠姐的,不见一点没有来往。"玉芬停了一停,才微笑着答道:"来往当然是不能一点也没有,他两个人平常的友谊本来还保持着,来往也是人情呀。"梅丽道:"那末,七哥要跟她到德国去的这句话,倒有些真了?"玉芬道:"真也没有用,你想,秀珠肯带他去吗?总之,老七是好恶无常的人就是了。"

梅丽对于玉芬这种答复,认为不甚满意,便笑道:"无论这件事,是哪个主动的?不过这种远道同游的计划,说出来是很令人注意的,而况在以前,他们本有些关系呢。"玉芬道:"你这种说法,是普通的眼光观察出来的。若照我说起来,可又不同。光明正大的,又不瞒着谁,同道要什么紧?从前的关系,尽管是从前的关系,好在早已散开了,现在干现在的事,有什么相干?"梅丽道:"照理说,这是不容易驳倒的一句话,但是我又要问一句了,陆军部派员到德国去,有让他两人跟着去的必要吗?白小姐呢,沾她哥哥的光,到德国去一趟,倒也无所谓,我七哥到德国去做什么?跟我一样,连一个德国字母也不认识的。"

这一句话，真把玉芬问着了，半晌答复不出来。想了一会儿，才笑道："那或者还有别的原因，老七不是急于要得一个位置吗？或者是他走自家的路子，想在使馆或领事馆里，找一件事做罢？"梅丽道："这样说，还是秀珠姐携带他了？他要是走路子的话，不找秀珠姐还找谁呢？"玉芬笑道："人要走起路子来，什么都不顾的，也许就是走的她这一条路子罢？你听到清秋她有什么话没有？"梅丽心想，你还把我当小孩子呢，绕了一个大弯子，倒是在我口里讨口风，因道："唉！她现在自己罚自己坐牢，是十二分消极的了，还有什么话说呢？而且她有什么话，也不会对我说，怕我嘴不谨慎，又乱说出来了。"玉芬笑道："你总是这样热心，倒很帮她的忙。"梅丽道："人类同情心总是有的，这也不算是帮忙罢？"她说着这话，脸上就有些气鼓鼓的。玉芬也就不谈这个问题，又讪讪的扯到别的问题上去了。

恰好两人谈到有些不合调的时候，远远望见刘宝善的太太，在树荫底下，纱旗衫被风吹得飘飘然，笑着向亭子里走来。玉芬站起身来，和她招了一招手，让她坐下。梅丽道："怎么是刘太太一个人出来？"刘太太道："那边茶座上，还有好几个人，乌二小姐、邱小姐都在这里。我想在茶座上找找宝善的，不想会到你二人。"玉芬笑道："你两口子，算是生活问题解决了，吃一点，喝一点，乐一点，可以老三点了。"刘太太听说，回过头对前后茶座上望了一望，便低声道："我的少奶奶，你还不知道吗？自从闹了那一回案子，已经受了很大的损失。这几个月来，接一连二的丢差事，现在算一点什么都没有了。这也不但是他一个人，还有那朱逸士，总算是个老公事，前两天也把差事丢了。我倒正想找你，白师长听说有外调督军的希望,你和那边是亲戚,帮宝善一个忙儿,给他介绍一下罢。"

玉芬听了这话,眉毛一扬,嘴角微牵,脸上表示得意之色来。笑道:"你的消息真灵通呀!这事是不假,可是你要走这条路子,有一个人可找,比我说话灵得多哩。"梅丽站起身来,笑道:"你二位谈谈罢,我到那边去瞧瞧,看有些什么人?"说毕,她站起身来就走。刘太太正巴不得梅丽走开,她既走远,也不拦住她了。

梅丽沿水岸走,那海里的荷叶,一阵的清香吹送到鼻子里来,令人精神为之一爽。眼贪看着荷叶,只管走去,就忘了经过了茶座,及至醒悟过来,已离开远了。心想,和乌二小姐这些人坐在一处,也谈不出什么好的来,走过来就算了,不必和她见面了。因之一人沉思着,只走了去。绕了大半个弯子,已走到老槐树下面了。现正是槐花半谢的时候,一阵风过,那槐花如雪片一般,由树枝上落将下来。人行路两边的草外,齐齐的堆着一行槐花,远看尤其是像残雪。梅丽见槐花正落着,就站在树下徘徊观望,赏鉴景致。正在这时,却见远处有个西服青年,也在那里徘徊,好像是要走过来的样子,看到梅丽在这里,又不敢过来。这里绿槐阴森,除了行人,是没有专在这里浏览的。梅丽见有男子窥探,倒吓了一大跳,正待抽身要走,那少年却取下帽子,鞠了一个躬,叫了声八小姐。他叫出一声,梅丽才想起来了,这正是燕西的朋友谢玉树,便也点了个头,站在树荫下让他过来。

谢玉树将帽子拿在手上,连连点着头走过来。隔了三四尺路,就站住了。笑道:"八小姐,久违了。"梅丽点了点头,也道了一声久违。谢玉树道:"令兄在家吗?燕西在家吗?"他第二句本是因为第一句说得含糊,特意解释的。可是连道两句在家吗?自己觉得有点语无伦次，脸上有点红晕了。梅丽也不知是何原故，到了这时，向身前身后看了两回，又低着头牵了牵衣服。谢玉树本来就鼓着十二分的勇气前来说话的，梅丽再害臊起来，更不知如何说是好了。还是梅丽振作起精神来，向他笑道："谢先生也好久没有会到七家兄罢？"她有了这一句话问出，谢玉树才定了一定神，笑道："可不是吗？我到府上去奉访过两回，燕西都不在家。"梅丽微微叹了一口气道："唉！他现在的行为，有点不对了，和拿书本子的朋友，一天远似一天，和玩的朋友，可又一天近似一天。"谢玉树笑道："他很聪明的，只要一用功，无论什么功课，自然的就做上来了。"梅丽道："那也不见得罢？"谢玉树道："是的，我和他同过学，还不知道吗？"

梅丽听到这里，不便得把一个哥哥为题只管谈下去了。但是除了接着这话说，一刻儿工夫，又不容易牵扯到别的问题上去，因此只向着他笑了一笑。谢玉树想了一想，才道："八小姐是一个人来的呢，还是同府上哪位来的呢？"梅丽道："是和三家嫂来的，她和几个女朋友，坐在五龙亭里，我是走出来散散步。"谢玉树趁她说话，偷眼看她的身体，见她穿了一件黑纱长衫，露出手胳膊来，越是显得白。她那贴着蝴蝶翅的短发，又贴上一朵白绒线扎的菊花，在这素净之中，又充分的现出美丽来。但是这偷看的时候，也极其短促，不等梅丽的眼光觉察出来，他已经把眼光回避到一边去了。

正在这个时候，有一个西装少年，手挽着一个时髦装束的女子，并着肩膀，比着脚步，笑嘻嘻的低声软语过来。谢玉树和梅丽，都侧目而视的，看人家走了过去。谢玉树笑道："公园里散步，恐怕要算北海为最好了。"梅丽笑着点了点头。谢玉树道："吴蔼芳女士没有信给八小姐吗？"梅丽笑道："谢先生和卫先生的交情，在我和吴女士之上，他二人总有信给你罢？"谢玉树道："咳！不要提起,自从分别以后,一个字也没有接着他的。也许是蜜月风光,把朋友忘怀了。"梅丽道:"这么久了,难道还算蜜月风光?"谢玉树道:"这蜜月似乎不应该只限定一个月,只要是认为是甜蜜的期中,不难把这个月延长到一年以至于无穷期。"

梅丽和谢玉树,也会面不少了,每次会到他,他都是羞人答答的,随便说几句话就算了,倒不料他今天开了话匣子,絮絮叨叨就说上许多。自己本是暂时避玉芬的,既不曾和乌二小姐一处,耽误时候久了,倒怕玉芬会疑心,可是谢玉树正谈得高兴,忽然告辞而去,又觉大大的扫了人家的面子。而且心里虽这样踌躇,脸上也不愿显露出来,因为只略微表示一点出来,像谢玉树这样的聪明人,没有不知道的,让人家扫兴而去,无异是表示讨厌人家了。于是只管装微微的笑容来,站在一边。谢玉树因她只管笑着,并不答话,心里也就明白,因点着头道:"过一两日,我再到府上去奉看燕西兄罢。"梅丽笑了一笑道:"那是很欢迎的。"

说到这里,所谈的话,差不多告一个段落,可以走了。但是谢玉树依然在那里站着,梅丽就不能不陪着他,相对而立。所幸这位谢先生,今天比以前要脸老得多,所以只顿了一顿,他又想起话来了,因道:"八小姐,现在没有上学吗?"梅丽道:"舍下遭了这样不幸之事,什么事都灰了心了,哪还有心上学?"谢玉树倒觉有十分惋惜的样子,便道:"令尊去世,虽然是一件很不幸的事情,但是也不能因为这个,荒废了自己的学业。"梅丽道:"谢先生说的是,下个星期,我依然是要到学校里去的。"说到这里,这个问题,又算告一段落了。谢玉树若不另找题目的话,又得呆呆的站着。

梅丽一回头,见后面有两个女子走来,其中一个,似乎就是玉芬。只得向他点一点头道:"三家嫂来找我来了,再见罢。"说毕,抽身向来路走，及至与那两个女子见面，并没有玉芬在内。自己一想，这样匆匆忙忙走开，却是何苦？不过已经走过来了，决无再回去和人谈话之理。回头看看谢玉树时，正也是向这边走了来，于是就放缓了脚步，一步一步的走着。谢玉树听说梅丽的三嫂来了，他并不认识，就不敢再向前面跟了来。但是虽不跟来，远远看着，似乎也并无妨碍，因之他又只是遥遥的跟随，并不向前。梅丽不向后看，倒也罢了，梅丽一向后看，他心里想着，跟在女朋友后面，这成什么话说呢？身子一缩，缩到树荫下去。

梅丽回头看了几回，见他依然是不肯上前，就放出了平常的步子，依然走回五龙亭来。玉芬皱了眉道："阿哟！我的八小姐，我怕你丢了，上哪儿去了呢？乌二她们都到这里来了，说是并没有看到你。"梅丽笑道："反正在北海里头，不出大门，不出后门，会跑到哪里去？"玉芬道："你一个人溜到哪里去了呢？"说着，拖着椅子，靠近了她，低了声音道："你一个人瞎走，仔细碰到拆白党。公园里，一个年青的姑娘，是走不得路的。"梅丽红了脸道："青天白日，要什么紧？"玉芬笑道："你倒胆子大，只要是那样就好。我忘了叫汽车开到后门接我，我们在水边下溜达溜达，走到大门口去，别坐船了。"梅丽对于这层，倒无所谓，就跟着玉芬由海边绕出来，走到东边老槐树林子里大道上，经过刚才和谢玉树说话的所在，心中倒不免略有所动。

偏是玉芬前后看看人，扶着梅丽的肩膀，对她耳朵道："这一条路，又幽静，又远，晚上走这里过，常有不好的男人冲出来瞎说八道，就是白天，也算这地方最不妥当。"梅丽道："怎么又说上了？"玉芬笑道："我这是指导你们的好话，你倒嫌我贫吗？"梅丽对她这话，也不再去辩论，只随她走。走到琼岛边，又遇到谢玉树从山上下来，玉芬眼光锐利得很,将梅丽轻轻一推道:"那个和燕西做傧相的美男子来了。"谢玉树远远见她一望,又是和梅丽说话的神气,以为人家是打招呼,便取下帽子点了一个头。这一下子,真把梅丽为难死了,心中不住的乱跳。心想,这个书呆子,未免过于老实,怎么好在我家人面前客气起来呢?这样一来,未免给人家许多笑话的材料了。她如此想着,心里乱跳,原是和玉芬并排走着的,不觉退后了一步。玉芬心想,他是认得自己的,只得笑着叫了一声谢先生。

这一叫,谢玉树无所用其客气,更是迎了上前,点头道:"三少奶奶,久违了。"玉芬也笑着答应久违了。谢玉树的眼光于是射到梅丽身上去。梅丽却对他丢了个眼色,他不觉的就连着哦了两声,才说出一句话来:"八小姐不再逛逛吗?"梅丽答应一句是,于是大家点头而别。这一下子,让玉芬就猜了个透彻,刚才她两人藏头露尾想说话,颜色很是惊慌,分明是有意闪避。而且两人见面,并不说什么寒暄之词,只含糊的过去了,很是可疑。尤其是谢玉树说不再逛逛吗?这个"再"字,似乎知道梅丽已经逛过去了。怪不得刚才梅丽一人走开,原来是会她的情人来了。这个小鬼头,大家都说她天真烂漫,到了谈恋爱的时候,也就不能保全她的天真了。心里如此想着,且不说破,依然当是不知道,和梅丽同车回家。

第九十七回

冰炭人情失官求内助　　泥云身世访主忆前情

玉芬到家之后，白天是没工夫谈论，到了晚上，她心中再也搁不住了，就借着到佩芳屋子里去看侄子小双儿，在灯下逗着孩子玩了一阵，便笑道："大嫂，令妹没有来信吗？"佩芳道："他夫妻二人，婚姻很美满，现时正在预备英语，他们要到英国去呢。"玉芬笑道："天下的事，真是说不定，不料老七那次结婚，竟会惹下他们这一段好姻缘。"佩芳道："可不是，天下事就是这样难说。"玉芬笑道："不但惹下一段姻缘，大概是惹下两段姻缘呢。"佩芳道："两段姻缘，还有一段，出在哪个身上？"玉芬道："哪一个，自然是那位伴郎姓谢的，女的却是我们家的。"佩芳笑道："不错，我仿佛听到说，那姓谢的很注意我们家一位姑娘，我想再不能有冒充小姐的小怜出现，要是有这样的人，一定是八妹。不过八妹在学校里读书的时候，汽车来，汽车去，就很少与男子接交的机会。这半年来，人也仿佛大了，懂事多了，有了父丧，从不出门……"

玉芬摇了一摇头道："得了，得了。你没听见说过，女子善怀吗？她要是有了什么心事，哪里会让你知道？"佩芳笑道："当年你和鹏振没结婚时,对于他大概就善怀过,要不然,你怎么就知道女子善怀呢?"玉芬笑道:"我老皮老脸的,还怕些什么?要说笑,你就尽管说笑罢。"佩芳道:"这个不管它。我问你,你忽然说出来,一定有点凭据,你告诉我,让我参考参考。"玉芬于是将今天在北海的情形,添了些穿插,自头至尾告诉佩芳听。

佩芳笑道:"据你这样说,倒有八九成相像了。八妹嫁得这样一个如意郎君,她也很好。不过二姨妈的意思,以为儿女婚姻,上人多少要参加一点意见的,这段婚姻,她能不能同意呢?"玉芬道:"我想八妹的婚姻,二姨妈也未必能做主,而且这个姓谢的,也没有什么可驳的,只是一层,这人未免贫寒一点。据老七说,他在学校里,是个著名的穷学生。往将来说,二姨妈似乎用得着一个有钱的姑爷。"佩芳点着头笑了一笑。玉芬道:"怎么样?你不以我的话为然吗?"佩芳道:"自然是如此,不过在八妹一方面,年青的姑娘,不沾上'爱情'两个字则已,沾上'爱情'两个字,富贵贫贱,那是不成问题的。"玉芬道:"所以做长辈的,对于这一层,就不能不事先慎重考量,譬如老七这一段婚姻,当时一团高兴,就是要打破一切阶级观念的。可是到了现在,怎么样呢?不是互相不情愿吗?若是早知道如此,不联上这一段婚姻,那是多好?到了现在,两方闹得很僵,一时又收不转来,何苦呢?"

她谈到了这上面来,佩芳就有点不愿意往下谈,只得扯开来笑道:"君子成人之美,后事就不管它了。这件事你是有关系的,何不给他们漏一点消息出来呢?你把消息漏出来了,八妹要是不否认的话,就可以进行了。"玉芬道:"我怎么会有点关系呢?你这话,大可考量。"佩芳道:"我并不是说你有别的关系,不过是你首先发现的罢了。其实我也知道你很谨慎,哪会去漏出这消息?"玉芬突然向上一站道:"那要什么紧?这又不是不可告人的事情,我就去。"佩芳笑着挽了她的手道:"你不要信我胡扯的话,你得考量考量,别去乱说。"玉芬身子不动,回转头来笑道:"你以为我当真有那样傻,去管人家的闲帐呢?我是试试你的态度的。"佩芳笑道:"哟!你还不知道我是个老实无用的人吗?你一说,我自然信以为真的了。还用得试吗?下次你不要玩手段试试我,只要随便对我一说,话里套话,我自然会把心事说出来的。"

玉芬红着脸,才掉过身来,索性笑道:"哟!我的老姐姐,你打我几下好不好?我顽皮一点,偶然和你开了一点玩笑,也不要紧呀。我玉芬就自己卖弄聪明,也不敢到孔夫子面前来背书文啦。"带说带坐,挨着佩芳坐在一张沙发上,用手抓着佩芳的手。佩芳一缩手,笑骂道:"你这小刁钻鬼,真厉害,闹得我笑又不是,骂又不是。你这套玩意儿,别在我这儿使,去玩弄鹏振罢。我看你对鹏振也没有给他过什么颜色看,也没有什么大争论,他对你像一只小绵羊一样的驯服,大概也就是受不了你这种手段。"玉芬笑着点头道:"是呀!无论谁对丈夫,都免不了用这一着的。这是女将军的甩手锏,一甩出来,准没有错。"佩芳还没有答复她的话,只见秋香匆匆的跑了来道:"三少奶奶快去罢,三爷不知道为什么事,只在屋子里生气呢。"佩芳一推道:"快去使甩手锏罢。"

玉芬听说是鹏振在生气,猜不透是为了什么?却急于要回屋子去看,也顾不得佩芳笑话了,跟着秋香就走。走到院子里,只听到鹏振将桌子一拍,一人在屋里嚷了起来道:"这真是世态炎凉了。别忙,老子总有一天报你们的仇。"说毕,又将桌子拍了一下。玉芬听了口音,分明是受了外人的气,与自己夫妻们的事无关。在外面便道:"什么事?这样发了疯病似的。"鹏振却在屋子里长叹了一口气。玉芬走进来,只见他斜靠在沙发上,像害了病一般,一点精神没有。玉芬道:"什么事?吓得秋香把我找了回来。"鹏振突然站起来,两手一拍道:"你瞧瞧,这是不是岂有此理?盐务署裁人,竟会把我名字也裁掉了。这样一来,一个月又少四百元的收入了。"

玉芬听了这话,倒是一愣,问道:"真的吗?"鹏振道:"都发表了,怎么不真?老实说一句,财政界的人物,那个没有受过我父亲的好处?而今就忘记了。"玉芬道:"事先怎么你一点消息也不知道呢?"鹏振道:"就是这话了,他竟打了一个措手不及,我若知道一点消息,我不必托人去讲情,我亲身出马,也要找这位署长大人谈谈。"玉芬坐在他对面,用上嘴唇咬了下嘴唇皮,低头想了一想,微微点着头道:"我和你找一条路子,试试看。"鹏振道:"我知道,你找的是白家,他未必肯和我帮忙罢,白雄起现在是况巡阅使的灵魂,这班官僚最怕军阀,只要军阀肯说话,那比圣旨还灵的。"玉芬道:"你不要说那一套,你到底是愿意不愿意呢?"

鹏振道:"只要能托人去说回来,那是再好不过的事,岂有不愿之理?"玉芬道:"不是那样说,因为你府上有一部分很有志气的人,是不肯找白家人做人情的。因为白家从前远不如你们府上,现在你们要回转头来去找他,好像是有些丢脸了。"鹏振叹了一口气道:"十年河东,十年河西,哪个保管得了那些?我这事就托重你了。"说着,站起来,向玉芬拱了一拱手。玉芬笑道:"你虽是要托人,我看你还有点不服这口气似的。我有言在先,要托人家,就不能埋没人家的人情,我可不能秘密进行。"鹏振道:"这也无须乎秘密呀!哪个能说一辈子不求人呢?"玉芬道:"我看一个人,还是要倒两次霉才好,倒了霉之后,他就懂人事,说人话了。"鹏振觉得夫人这话,未免过重一点,但是这时要去驳倒夫人的话,又怕夫人生气,只得淡笑了一笑。

玉芬道:"除我之外,你不妨再找一个人,让老七对秀珠说一说,比我的力量又高上一倍。"鹏振皱了眉道:"不要提这位先生了,我是整天整晚不见他露一回面。"玉芬道:"这几天,他常是到秀珠那里去吃午饭的,你不妨在吃午饭的时候,打一个电话去找一找他,我想总十有八九可以碰到。"鹏振哦了一声。玉芬道:"你哦些什么?好像说这就难怪找不着他了。其实他也就是那一会儿在那里,其余的时候,不知道到哪里去了?我还替他瞒着秀珠呢。"鹏振道:"他到的地方,我倒仿佛听到有人说过,恐怕也未必完全在那里。"玉芬道:"在什么地方?你说!"

鹏振一时高兴,先是无意说出来了。这时一想,自己又怎么会知道燕西的所在呢?这未免有点嫌疑。顿了一顿,然后笑起来道:"我哪里知道他在什么地方?不过胡猜罢了。我想他无非是在戏园子和舞场这个两地方罢了。"玉芬听说,鼻子里哼了一声,望着鹏振冷笑,而且抿了嘴,和他连连点了几下头。鹏振一看夫人这种情形,大有生气的样子。这是惹不得,连忙在衣架上找了帽子向头上一覆,笑道:"我是想到了什么,就要做什么的,让我去找找老七看。"说毕,匆匆忙忙,就向外面走。所幸玉芬对于鹏振的行动,却未加以注意,于是他就很平安的走到外面来了。

现在外面几重院子的事,并不都全归金荣一个人管。金荣坐在大楼下那间二重门房里,是不大走开的。全家原来有五所电话,现在也只留下一个,电话机就在楼下。进来的电话,都是归金荣接着。鹏振走出来时,只见金荣伏在一张小桌上,拿了一张包茶叶的纸,用墨笔胡乱写了些大小不匀的字,看那样子,是十二分的无聊。他听到脚步响,一抬头见是三爷,随手将字纸捏了一团,站将起来。鹏振道:"鬼鬼祟祟的,一人又在这里瞎涂些什么?"金荣微笑了一笑,没答复出来。鹏振道:"我不管你写什么,我问你,这一程子七爷总是在白莲花那里呆着吗?"金荣怎么敢说燕西到哪里去了,只是微笑着说不知道。

鹏振道:"你瞒别人就是了,还瞒着我干什么?有人打电话给七爷,总瞒不了你的,他到哪里去了,你还有个不知道的吗?据我想,一定是在白莲花那里的时候居多罢?"金荣微笑着道:"三爷当然是明白的。"鹏振道:"这个时候,他在那里不在那里呢?"金荣道:"这可不敢说定。不过……"鹏振道:"你藏头露尾做什么?纵然是七爷知道了,就说是我问你的,也不要紧。"鹏振说着,看这情形,就断定了燕西必在白莲花那里。若是打电话去,也许他还不接。自己已是改坐人力包车了,坐着车子直向白莲花家来。

一到门口,便见自己家里的一辆汽车在这里,两个汽车夫,也都不见,似乎在门外停留了好久的时候了。鹏振下了车,也不惊动人,悄悄的走了进去。到了院子里,脚步放重着,先咳嗽,上房有个人掀着帘子迎了出来,正是白莲花。她笑道:"这是什么风,今天把三爷刮来了?"鹏振道:"好久不见,我特意来看看你们,我家老七在这儿吗?"说到这句话时,已是跟白莲花钻进帘子里面来。燕西见是老三一个人,而且料到此来必有所谓,并不藏躲,也就迎了出来。笑道:"你真有耳报神,就知道我在这里,我是刚到呢,家里有什么事吗?我这也就回去了。"鹏振道:"你回去不回去我管不着,我有一件事要找你商量商量。"

燕西也想不到清秋在家里出了什么事,心中未免有点微微的跳。鹏振道:"你不要多心,我不管你的事。我就是有两件自己的事,要和你谈一谈。"说着,脸便向里边一间房里看去。燕西笑道:"可以到里面去坐的,我介绍一个朋友和你见见。"说着,就叫一声玉花，客来了。便代着掀开帘子，让他进去。鹏振向里一钻，只见一个十六七岁的姑娘，蓬松着短发，脸上并不曾扑粉，长眉入鬓，美目流盼，穿了一件淡青的旗袍，清淡之中，别具风流，着实可爱。她见了人来，缓缓的站起，微微的向鹏振一鞠躬。而且轻轻的叫了一句三爷。鹏振连忙笑着点头道："别客气，请坐下罢。头两次令姊出台，我不知有你，要不然，我一定捧场。"白玉花却不说什么，只是微笑站着。

鹏振望了她，笑对燕西道："和她姐姐的相貌，虽然她有一两处相同，可是她更温柔了。很好！不错！"说时，白莲花已跟了进来，张罗一切。鹏振笑道："李老板，你有这样一个好妹妹，怎样没有和我们提过一声儿呢？"白莲花道："有半年了，也见不着三爷的面，就是要和三爷提一声儿，又怎样提起呢？"鹏振笑道："这是我的不对，许久也没有和你打个照面。你这位令妹，是个可造之才，前途未可限量……"燕西插嘴道："你不是和我有话说的吗？"鹏振笑道："我和人家初见面，总得应酬两句，有话不妨慢慢的说，忙什么呢？"燕西初以为鹏振找了来，必有重大火急的事情，而今看起来，似乎也不要紧的，也就很淡然了。

白莲花笑道："别是因为我们在这里，你们不好说话罢？那末，我们就躲开罢。"鹏振笑道："我们无论说什么话，也不至于和你们有什么冲突，又何必这样避嫌？"白玉花听了她姐姐的话，已是首先站将起来。鹏振虽是解释了一番，要加以拦阻，但是白玉花和她姐姐丢了一个眼色，就向外面走去。白莲花本来也想听听他兄弟说些什么，既是白玉花都走了，自己怎好在屋子里独自待着，抿了嘴，也就微笑出去了。

燕西见她姊妹走了，就低声向鹏振道："你这是怎么回事？特意跑来找我说话,找到了我,又是逍遥自在的,好像一点事情没有。"鹏振道:"怎么没有?我的话可不便当着人家说呀。"燕西道:"这更怪了,刚才人家走开的时候,你还再三再四的留着人家,这会子人家走了,你又说是当着人家的面,有些不便说。究竟是……"鹏振皱了眉道:"不辩论这些无聊的话了,我有一件事和你商量,盐务署这回裁员,居然把我的名字也勾了,你说气死人不气死人?据你三嫂说,这事不难挽回,只要托白雄起写一封亲笔信,就可以实现。只是我和白家,以往并没有什么私人交际,今天有了事才去找人家,有些不对,这是怎么好?"说到这里,眉毛是皱得更厉害了,望了燕西,很盼望的等着他回话。燕西道:"我虽然常到白家去,但是也不常和他交谈的。这事除非另找一个人去说,不过……"说着,嘴里吸上一口气,现出充分踌躇的样子来。

鹏振道:"我只找你去说一说,至于你再去转托哪个,我就不管。好在秀珠女士,为人极是热心,对我们姓金的,只要能帮忙,她决计没有不帮忙的。这件事,我就请你转托她,说我余情后感罢。"燕西笑道:"其实要去找她,不如让三嫂去。"鹏振道:"她怎比得你?她不过是亲戚的关系罢了。你……"鹏振觉得这以下不好说了,不能说是朋友的关系,会比亲戚还深些。因就顿了一顿,含糊着道:"你就努力试试罢,她自然也是要去的,双管齐下,自然更妙。现在你就去得了,你得着什么消息,也不必回家,打一个电话告诉我就行了。你去罢,你去罢。"他原是坐着的,他口里说着你去罢,燕西没有站起来,他倒站起来了。

燕西笑道:"这也不是抢着办的事,何必这样急?"鹏振不管,扯着他的衣服,把他拉了起来。因道:"趁着条子刚下来,盐务署留我也好,财政部给我一个事也好,这回被裁,可以说是为了调动调动，我就不寒碜了。"燕西站起来，伸手搔了一搔头，又向他微笑。鹏振道："我知道你有为难之处，你只管走，这里李老板姊妹有什么说出来，我可以和你讲个情。"说着，便叫了一声李老板。

白莲花走进来笑道："你们的私下话，说完了吗？"鹏振道："没有什么私话，不过我有一件事要他和我跑一跑罢了。"说着，向白莲花拱了一拱拳头，笑道："两三个钟头之内，他准回来。你有什么事，他不会误的。"白莲花笑道："这是什么话？难道说我还能干涉七爷的行动吗？"鹏振道："不是那个意思，因为燕西到你这儿来，总是有什么约会的，约会没有完，我怎么好叫他走开呢？"白莲花笑道："我们这儿，成了七爷半个家了，差不多天天来的，还有什么约会？"

在她这样说时，白玉花已经走了进来了，就不住的向她使眼色。白莲花笑道："你别着急，不要紧的。三爷也是我们的好朋友，许多事还得求三爷帮忙呢，瞒着他干什么？"白玉花道："你瞧，我又没说什么，你怎么说上这些个？"她说着这话，脸可就红了，远远的走了开去，坐在墙角一把小椅子上。鹏振看到，心想，在坤伶里面，白莲花那样斯文的人，已经是不可多得。不料白玉花的性情，比她姐姐还要温柔几倍，看起来着实可爱得很。她穿了一件白地花点子长衫，瘦瘦的，长长的，越觉得是亭亭玉立。她低着头，只管拿右手去抚摸左手的指甲。燕西在一边，见他一双眼睛，只管射在白玉花身上，便笑道："你不是催我马上就去吗？现在你倒不急了。"鹏振醒悟过来，笑道："哦哦！是，我先走，我在家里等着你的电话了。"说毕，匆匆出门而去。

白莲花追着送到大门口。白玉花在屋子里，却向燕西一撇嘴道："你们兄弟，都是一双馋眼。"燕西笑道："怎么我兄弟都是一双馋眼？

我老三看了你一会子,与我又有什么关系呢?"白玉花低着声道:"你初见我的时候,不是像这一样吗?"燕西哈哈大笑起来道:"那天初见面的情形,你还记得呢?"白玉花道:"我怎么不记得,我一辈子都记得。你兄弟……"燕西抽出身上的手绢,抢上前一步,一伸手,捂住了她的嘴,笑道:"不用说了,下面这一句话,我完全知道了。"白玉花头一偏道:"别在这里胡闹了。你哥哥有事托你,你也应该去替他办一办才好。只管玩,什么正经事都放得下,这算什么呢?"燕西笑道:"得!我倒要你来教训我,我这就走了。"说毕,便满屋子张望,好像要找什么。白玉花斜着眼睛望他,只是发笑。好久,才道:"你不是找帽子吗?你今天就没有戴帽子来,大概落在白小姐那里了罢?你去会白小姐,顺便带着找帽子,再好不过了。"说毕,又是微微一笑。燕西知道她把话听去了,让她揶揄得够了,一转身便走。

出门坐了汽车,就一直向秀珠家来。他看见秀珠,把鹏振的事实提了两句,秀珠便说:"已经得了玉芬的电话,知道是这一回事,这不值什么,我追着哥哥写一封信就是了。"燕西见她已肯帮忙了,很是欢喜,坐着车子就回家来报信。刚到家门口,只见有一辆不认识的汽车,停放在那里,这是很少见的事了。是谁呢?心里如此想着,且不去找鹏振,先到客厅里去张望,看是谁人?

在雕花玻璃门外,远远望去,便见有几个人影子在里面晃动,而且是一片的欢笑之声。燕西倒不料家里忽然热闹起来,赶紧向里面一走,看到第一个人,就让他大吃一惊,原来是拐走小怜的柳春江来了。这一惊之下,燕西向后一退,柳春江见他那种吃惊的样子,也是一愣。他等燕西站定了,然后抢上前一步,伸手和他握着,笑道:

"七哥,久违了。"燕西猛然听到"七哥"两个字,未免有点刺耳。本来彼此的交情,并不见深,连见面用名号相称,都觉得勉强。现在忽然称起哥弟来,却有些突然。一看凤举、鹤荪在屋子里坐着,都很坦然的样子,自己也便镇静着,笑道:"我听说你到日本去了,什么时候回来的呢?"柳春江道:"回来有一个礼拜了。这里还有两位朋友,你认识吗?这位是贺梦雄,这位是余健儿。"

说时,早有两个穿西服的朋友,迎上前来。燕西道:"我们认识的,我们认识的。"于是一一握了手。余健儿笑道:"我们这一来,你有点愕然罢?春江兄回国以后,家庭中是很欢迎的,听说很好,其实在这二十世纪里头,婚姻问题,本来只要主角同意,其余是不成问题。我们就劝他认府上做一门亲戚走,他自然是赞成,而且他夫人……"说到"夫人"两个字,声音低微极了,而且还顿了一顿,又接着道:"也是想回来看看。梦雄兄和令兄电话一说,令嫂就马上要她来,我们这是前站先行,大元帅也就快要到了。"说着,哈哈一笑。

燕西这才明白,今天柳春江也算新亲过门,他头里一声七哥,却是从这儿来的。他这话当然是不假,乐得做个好人。便笑道:"那我们欢迎极了。她……春江的夫人,我们就像兄妹一样,最好是……能来往更好了。"柳春江见燕西说得那样吞吞吐吐的样子,觉得再逼他说,他是很窘的,掉过头来,还是和凤举、鹤荪谈话。大兄弟俩究竟是善于谈吐一点,根本上就不谈到小怜身上去,只谈些日本人情风俗。

谈了一阵子,只听到外面过道上一片脚步杂沓之声,而且还有人说笑。燕西心里明白,这一定是女眷们,不曾有人介绍,未便进来,先偷看看这位恋爱使女的柳少爷,究竟是怎么一个人?燕西听外面有人起哄，自己也镇定不了，趁着柳春江和大弟兄们说得热闹，就溜了出来。走到外面看时，乃是阿囡、秋香、小玉、兰儿四人。燕西和她们招了招手，走上前问道："你们看什么？有点不服气吗？"小兰向来老实，而且向来不敢和少爷说笑的，听了这一句话，脸先红了。燕西因客厅里有人，也不便再说笑。因低问道："我还指望是大嫂她们出来了呢，原来是你们。"秋香嘴一撇，低声道："小怜随便现在怎样好法，总是这里做使女逃走的，少奶奶们不怪也罢了，还能来欢迎她吗？"燕西摇着手，低低的道："别瞎说，别瞎说。"说着，手向屋里一指。

这时，门口有一声喇叭声，是汽车来了的表示。阿囡笑道："来了。"一手挽着秋香，一手挽着玉儿，就向外面跑。燕西缓步走了出来，还不曾到大门口，早见一个穿白底红点子花纱旗衫的少妇，袅袅婷婷而来。燕西不觉想起去年见她穿花衣，笑她像观音大士的事，时光容易，人事大变，和从前完全不同了。小怜倒不像以前那样小家子气象，见着燕西，笑盈盈的早向燕西一个鞠躬，叫了一声七爷。燕西倒愣住了，一时不知道叫人家什么是好？只是笑着点了一点头。

秋香这班人，不容分说，已是一拥而上，有的握着小怜的手，有的牵着小怜的衣襟，都围着叫你好呀！可没有人称呼她什么。小怜却依旧姐姐妹妹的叫了一阵，问好的，答应好的，大家闹了一阵。于是大家簇拥着她向上房里走。这一番亲热，自然是不可以言语形容的了。

第九十八回

院宇见榛芜大家中落　主翁成骨肉小婢高攀

小怜到大门口的时候,还不觉察到情形有什么不同,及至走到大楼下那个二门边,只见两旁屋子里不像从前,已经没有一个人。大楼下的那个大厅,已经将门关闭起来了,窗户也倒锁着。由外向里一看,里面是阴沉沉的,什么东西也分不出来。楼外几棵大柳树,倒是绿油油的,由上向下垂着,只是铺地的石板上,已经长着很深的青苔。树外的两架葡萄,有一大半拖着很长的藤,拖到地下来,架子下,倒有许多白点子的鸟粪。架外两个小跨院,野草长得很深。小怜问秋香道:"花儿匠简直不管事了,你看,什么东西也不收拾收拾。"秋香道:"唉!花儿匠早辞掉了。前面院子这大地方,只有金荣哥一个人,他怎么管理得过来哩?"小怜哦了一声,眉毛皱了一皱,等她走到第二重院子时,正门关上,却让人由旁边小侧门内进出。

这时,蒋妈由里面迎将出来了,她老远的便笑道:"小……"这一个"小"字刚叫出口,猛然醒悟,现在人家是正正堂堂的少奶奶了,如何可以还叫人家当丫头的名字?心里一机灵,便笑道:"小姐,我的小姐,可把我想极了。"小怜笑着点点头道:"你很好,还是这个样子。"蒋妈笑道:"哟!我们还不是这个样子,有什么好样子呢?"说着,迎上前,想要握她的手。猛然低头一看,见人家手指上,带着一粒钻石戒指,便将手缩回去了。小怜虽看到她有些难为情的样子,只好装模糊当是不知道。

大家一齐进了里院,小怜道:"我先看太太去。"于是向金太太这边屋子来,一看那院子里,两棵西府海棠,倒长得绿荫荫的,只是四周的叶子,有不少凋黄的。由这里到金铨办公室去的那一道走廊,堆了许多花盆子。远望去两丛小竹子,是金铨当年最爱赏玩的,而今却有许多乱草生在下面。那院子静悄悄的,不见一个人影。金太太住的这上边屋子里,几处门帘子低放着,更是冷静得多。不过这个时候,小怜全副精神,都注意在屋子里面的老主人,心里扑腾扑腾乱跳了一阵。那脚步也不知道是何原故,也有些抖擞不定。小兰抢上一步,掀开了门帘子让她进去。她笑着说了一声不敢当,那声音也是细微得很。她把一脚跨进了门,便见金太太端端正正坐在屋子里,立刻浑身一发热,脸红了起来,远远的她就是一个鞠躬下去,口里极低的声音叫了一声太太。

金太太对于小怜,是隔了一层关系的主人,她上次逃跑,虽然在大体上不对,然而与金太太无多大利害。现在她很阔绰的回家来了,对她私人言,也替她可喜。何况她又很谦逊,依然还用主仆的称呼。因之也就立刻站起身来,点头笑道:"好!很好。"接着,用了一句问行人的套话:"几时回来的呢?"小怜道:"回来一个礼拜了,早就应该回来请安的。"说时,身子偏着站在一边。金太太笑道:"快别这样称呼了,你现在总是一位少奶奶,柳府上也是体面人家,过去的事,提他做什么?好汉不论出身低啦,只要心里不忘本,大家都愿意顾全体面的。你这样就很好,不是那样小人得志便癫狂的样子。以后当一门亲戚走就是了,你是无家可归的,我们家也不嫌多一门亲戚。你总是客,坐下罢。"

金太太先坐下了,小怜见身边有一张椅子,倒退一步坐下。一回头,见秋香、小兰一班人,都站在一边,面上有点犹豫之色,又站了起来。金太太笑道:"你一讲礼,又太多礼了,和她们也客气什么呢?"便对小兰道:"这有什么看西洋景似的?客来了,也该倒一杯茶来罢?"小怜笑道:"不用了。我先去见见各位小姐少奶奶,再来陪太太坐。"金太太道:"那也好,你去罢。你回来了,我很欢喜,我有许多话,要和你谈一谈呢。"说毕,她却情不自禁的叹了一口气。

小怜退了一步,走出屋来。秋香早抢先一步,忙着给佩芳去报信。小怜走到佩芳院子里时,是旧日所居的地方了。第一件事,便是自己常喜徘徊的柏枝短篱,已经有好些焦黄的,走廊上一架鹦鹉架子,还在那里,旧日相识的鹦鹉,却不见了。但是也来不及寻觅旧踪,早见玻璃窗内,佩芳的影子一闪,便喊起来道:"少奶奶。"说着,秋香倒由屋子里掀了帘子出来,然后引她进去。小怜进来,见佩芳手上抱了一个孩子,由屋子里笑迎出来,便觉脸上一红。佩芳笑着点头道:"这是想不到的,你居然会回来。怎么不和你们柳少爷一路进来呢?"小怜道:"他早来了,在前面客厅里。待一会儿,他自然是要进来的。"一伸手,将小孩子接过去抱着,吻了一吻小脸,笑道:"我在日本,就听到说添个孙少爷了,很是快活的。这样子,多么像他爸爸呀!"说时,在身上掏出一把小金锁来,提了丝绦,挂在孩子脖子上。

佩芳笑道:"这样子,你好像是早已预备下的了。你还是这样有小心眼儿哩。"小怜笑道:"不是我有什么小心眼儿,是我们那边母亲分付下的。二少奶奶还有一个小孩,我也带着的。"佩芳说着话,将她引到自己屋子里来坐,接过孩子,抱了他向前摇摇身子,笑道:"谢谢姑母了。"小怜对于这种称呼,也没有什么表示,只是一笑。

这时,金荣左右两手提着两只细丝藤箩,走了进来。在藤箩外看到里面左一包右一包的纸包,红红绿绿的。佩芳笑道:"这样子是在海外给我们带了东西来了?"小怜笑道:"这些东西,虽不少洋货,可是并不是日本货。我在日本的时候,本想带些日本出产回来。春江他说,我们国里,正在抵制日货,我们为什么还带日本东西去送人呢?难道有意替日货宣传,提倡日货吗?我听了他这话,倒不好意思再说什么。到了上海,他倒想起来了,买了好些东西带来。"她在这里说着,金荣已经放下了藤箩要出去。小怜将手一招,笑道:"你别走,我也送你一样东西。"于是在藤箩内挑了一个纸包,交给他道:"这是一件袍料,柳少爷叫我送给你的。"

金荣眼看着她长大的,当年她也叫声金荣哥,今天她以少奶奶的资格回主人家来,自己对她不谦逊,是不懂规矩。对她谦逊,不服这口气,所以见小怜的时候,只笑着说一声你回来了。而且心里也怕她照规矩赏钱,实在不好意思收她的。而今她只说送礼,而且还抬出柳少爷来,不卑不亢,措置得很当。自己也就不便再含糊了,趁接着纸包的时候,向小怜作了几个揖,笑道:"请你替我谢谢柳少爷。"说毕就走了。

佩芳笑道:"你越发想得周到了,连听差的也不得罪哩。"小怜笑道:"并不是我想得周到,我听说宅里人都走了,只有他和李升,依然还在这里做事,这种人总算有良心的,所以我很器重他。"佩芳叹了一口气道:"不要提起,自你去后,我们家是一天不如一天。总理一死,大殿倒了正梁了,家里人心惶惶,接二连三的出岔事,就是我和你大哥，也不知如何了局？"

小怜听到了佩芳这样称呼，心里又不免一动，想不到当年的主人，现在变成阿哥了。这样看来，富贵人家所谈身份问题，也大可以通融，只要看做奴才的，自己怎样去努力罢了。不过佩芳都会谈到将来不知如何了局，那末，金家的前途，也就可想而知。便微笑道："你也太过发愁了。总理虽然去世了，还丢下许多家产啦。再说，大爷自己的差事，也就很不坏，将来爬到总理那个位份，也是不可知的。"佩芳叹了一口气道："别人说罢了，难道你也不知道他的为人？他从前那些差事，哪一件不是靠父亲的面子弄来的？现在已经有两处发生问题了。至于丢下来的家产，要好好的过日子，未尝不可以混一辈子。若要像你大哥那样子，一个月一万也花得了，请问又过得几时？我是不问三七二十一，把这些捞到手，替他保留起来再说。"

小怜还不曾答话时，只听窗子外有人哟了一声道："你们真是久旱逢甘雨了，一见面，谈得就分不开来，怎么把客留住了，也不让她和我们见面呢？"小怜隔了窗子，昂着头向外叫了一声："二少奶奶，你好哇？"慧厂笑着自掀帘子进门来，抢上前一步，握着小怜的手，笑道："好极了，你现在是十分得意了。"小怜笑道："我有什么得意呢？就是得意，也是靠主子的福。"慧厂道："呀！快别再说这话。我向来就主张平等的，现在你结了婚，又不沾金家一草一木，更谈不到什么主仆了。"小怜笑道："人总不能忘本，虽然这儿大家都待我不错，我怎能够那样自负？你添的小宝贝呢？"佩芳笑道："你还是以前那样，肚子里搁不住事，身上放着的那一件见面礼，你是急于要送出去，是不是？那末，你就先到她那边去，和小孩儿见着面，把这问题解决了罢。"慧厂握着小怜的手，就让她一路跟着到自己屋子里来。

小怜经过走廊,到慧厂房门外,只见门口那一片玫瑰花地里,生长许多牵牛花和野豆子,将花干胡乱卷着,蓬卷着一大堆。花外的一堆假山石,爬山虎的藤却是长得更茂盛,山石成了一个绿堆。然而东拖一条,西拖一条,倒垂下来,又卷着地上乱草,更觉上下一片毡了。慧厂对于家庭琐务,原来就不大爱清理,一切都归下人去治理,现在院子里,草长得多深,除了鹅卵石砌成的那一条人行路而外,一律都让乱草铺了。慧厂见小怜四周的打量,便笑道:"你觉得我这院子里太荒芜了罢?"说着,叹了一口气道:"现在要办而未办的事,也就多了,哪里管得到院子里这些草上面来?我们一天一天看惯了,倒也不过如此。大概初来的人,是会觉得今昔不大相同的了。"小怜走了几重院落,所见各院子里的情形,都一律如此衰败,对千金家不振的趋势,也就看透了十分之七八,也不免暗暗替着大家叹了一口气。

走到慧厂屋子里,倒是有一件可喜的事,首先射人眼帘,就是捣床里面,睡着一个白胖的小孩子。这是个正暑的天气,那小孩子只穿了一件连叉脚短裤的兜肚,大半个身子,全暴露在外面,非常的好玩。小怜俯着身子,拿起来粉团儿似的小手,在鼻子上闻了一闻,站起对慧厂笑道:"这一个小孩儿,真是可爱!"慧厂笑道:"这很容易的事呀,到了今年下半年,你自然有的。"小怜红了脸道:"我不要。"慧厂笑道:"你说话真是一个大大的矛盾。刚才你说小孩儿好玩,这会子你怎么又说起不要来了?"她说着话时,小怜又在她手拿的小皮包里,取出了一把小金锁,轻轻的给小孩儿挂上。趁着慧厂一谦逊,便把这个岔儿揭过去了。

这时,小兰由外面跑了进来,笑道:"柳少奶奶,太太请你呢。"小怜道:"哟!妹子,你这是什么话?我们还能这样客气吗?"慧厂道:

"自然名正言顺的应当这样称呼,难道她还叫你的小名不成?"小怜道:"叫小名要什么紧?至多叫一声姐姐……"底下一句还不曾续完,秋香也进来了,笑道:"姐姐,我们少奶奶请你去。"慧厂笑着向小怜丢了一个眼色,指着秋香道:"这孩子的聪明,不在你以下,她将来也许和你一样。"小怜只说了一个"哟"字,秋香一掉头一转身子道:"我没那个福气!"慧厂笑道:"怎么没那个福气,你就托你姐姐找柳少爷介绍一个,不就行了吗?"秋香一掀帘子,站在廊檐下向屋子里头道:"姐姐,你去不去?我们少奶奶等着呢。"慧厂笑道:"你一年不回来,成了个香饽饽了,你就去罢。"小怜笑道:"这可不敢当,大家看得起我罢了。"慧厂笑道:"怎么不是香饽饽呢?若不是香饽饽,人家就不会想尽了法子来……"她说到了这里,也是觉悟过来,这句话,实在是不容一语道破的。

小怜装着麻糊,匆匆的走出屋子,就向玉芬屋子里去。她怕这处到了那处不到,会得罪人,索性脚不停留,各处一转,然后再到金太太屋子里来坐。只是一位七少奶奶那里,原来不认识,而且她是闭楼自居,熟人还不见,生人更是无法拜见,就不曾去。不过在金太太面前,总还要表示一下,以期周到。因道:"这位七少奶奶,听说长得极漂亮,学问又好极了,我没有法拜见。"金太太叹了一口气道:"这件事简直不能谈,现在我们家,什么事都有了。你的七爷,现在还是以前那样子吗?唉!两个人了。这位少奶奶呢,也是几句书害了她,心高气傲,弄成这一份僵的局面。这件事,亲戚朋友无人不知,大概你也明白了。"小怜道:"原先不晓得,还是刚才听到三少奶奶说了一点。"金太太道:"我们不能道人家不好,你回家以后,大概谁都见着了,就是没看到燕西罢?"

小怜还没有答话,燕西却在门外答道:"怎么没有见着?大概全家和她见面最早的还要算是我罢?"说着,一掀帘子进来。金太太见他身上穿了一件雨过天青色的直罗长衫,只是袖子上套了一个黑纱圈圈。下面又是白丝袜子,软底漆皮鞋,上面头发梳得溜光。金太太对着小怜,原已有点笑容,及至燕西走了进来,她的脸色,立刻向下一沉,便对他道:"这真是难得的事,今天怎么会有工夫回家来了呢?其实家里也没有你什么事,天倒下来,还有屋脊顶着呢,你大可在外面玩了一个够再回来呀!"燕西脸色略一迟钝,接着又笑道:"你老人家没有看到我,就说我不在家,其实我到外面去的时候也很少。忙一件事,不能老是忙着,我也总应当结束的呀。"金太太冷笑一声道:"你也知道结束的时候吗?哼!"

燕西虽然受着母亲的教训,并不敢做声。小怜在一边看到,心里却有些奇怪,为什么太太现在对于七爷是这样的厉害,难道儿子一讨了媳妇,母亲就有些不以为然的吗?再看金太太的脸色时,依然是紧紧绷着。燕西却斜侧了身子,坐在一把软椅上,微笑着问小怜道:"在中国看到日本人,自己一生气,头发梢子上都是有火的。你们在日本,终日和日本人鬼混,觉得自己怎么样?"小怜道:"我是不大出门的,社会上一般的情形,不大明了,若照我所知道的说,日本人倒很欢迎中国人肯在他们那里花钱。我们遇事肯花钱,他们也恭维得厉害。不过那些无知识的人,有时候不客气起来,当面直说中国人会做亡国奴,好像说,中国迟早是日本的。据我听到人所说的,在日本留学的人,这种刺激是常常碰到的,没有法子辩驳,也不敢把人怎么样,忍气吞声,只好含糊过去罢了。"

金太太坐在一边,听他们所说,都是些正经的话,这也未便来干涉他们,就让他们向下谈去。燕西说了一阵子,偷眼看母亲并无怒色了,便向小怜道:"春江在前面,我还不曾和他谈谈呢,回头见罢。"说毕,也不等金太太开口,连忙就钻出了帘子来。小怜笑道:"别忙走哇,还得请你引我去见见少奶奶呢,我有点小礼物,得当面交给小孩子。"

燕西站在檐廊下,只哦了一声,人也就走远了。他回来,原是向鹏振报告白家那个消息的,偏是小怜夫妇一来,将这事打了一个岔,便扯开来了。这时走到前面,鹏振却在他小书房里等着。他已是三天不曾进这书房的了,走这书房门口过,燕西原不打算进去,鹏振却由里面喊了出来。燕西道:"我正要到前面找你呢,说的那件事,已经行了,你放心罢。"说毕,自己依然举步向外走。鹏振道:"你哪里去?"燕西笑道:"我是抽空回来的,还有几件事不曾交代呢!"鹏振道:"你有什么事没有交代?你的事我全知道。我托你的事,你也总得和我说个清楚明白,要不然,你说事情已经办妥了,我知道你办到了什么程度?"

燕西被他一问,只得站住了,将一双脚踏在走廊的栏干上,再用手撑在大腿上,托住了自己的头,笑道:"我到白家去……"鹏振远远摇着手道:"你有什么事那样忙,连到屋子里去谈一谈的工夫都没有?这件事,也不是那样不值得注意,随便站着说说就算了。"燕西笑道:"其实也没有什么可说的,所以我不进去说。倒不知道你也是这样念妈妈经,非要我说个清楚明白不可!那末,我就陪着你进去说一说罢。"鹏振还怕他溜开去,直等燕西走进屋子以后,才由后面跟了进来。

燕西向沙发椅上一躺。笑道:"你真不放我的心,我不进房来,你还不肯进来呢。"鹏振道:"谁叫你这一程子闹得太不成话呢?大概除了你自己,现在是没有能信任你的了。"燕西叹了一口气道:"各人有各人的难处,别人哪里会知道?谁相处在我的环境之下,谁也会像我这样的。"鹏振连连摇着手道:"别谈了,别谈了!我不管你那一本帐。我现在所要问你的,就是你和我谋的事,是怎样和前途说的?前途又怎样答应的?"燕西笑道:"官场也没干多久,官场的习气,倒是这样的深。左一个前途,右一个前途,说得多肉麻呀!"

鹏振见兄弟讥笑他,很有些不高兴,转身一想,现在要托重着兄弟呢,也犯不着和他计较什么。便笑道:"这也是一句很普通的名词,有什么肉麻?难道平常就不许说'前途'两个字吗?然而我这也不去申辩,你就告诉我你所要说的话得了。"燕西道:"我觉得没有什么可说,你托我的事,我照样告诉了秀珠,秀珠认为是不成问题的事,等她哥哥回家,就让她哥哥写信。最好的结果,也不过如此,你还要我怎样详细的说?"鹏振听着,心里一阵痛快,噗哧一声笑了。只道:"就是如此简单吗?"燕西道:"不如此简单,照你说,还得把怎样进大门,怎样进客厅,怎样坐着说话,一齐说了出来不成?反正你托我的事我替你办到了也就行了,你还有什么话说呢?"燕西说到这里,再也坐不住了,已是爬起身来就向外面跑。鹏振追到门外来,只摇了一摇头,没有他的法子,也就不做声了。

燕西出得门来,坐了车子,一直就到白莲花家来。白莲花笑着:"玉花,你瞧瞧,七爷来了不是?我说的话,不会错罢?"燕西笑道:"我答应办的事,并没有办完,怎能够不来呢?"说着话,自打帘子,走向白莲花屋子里面来。白玉花手上拿了一本小说侧着身体看,燕西进来的时候,她只斜着眼珠,向燕西瞟了一下,身子也不曾动上一动。燕西一歪身子,也在她坐的椅子上挤将下去。一手搭了她的肩膀,笑道:"看的什么书?我……"白玉花不等他说完,将他的手一推,站了起来,头一扭道:"斯文一点行不行?你怎样老是这种样子？动手动脚，我也不好怎么样说你了。"燕西碰了一个钉子，默然了一会儿，也不站起来，斜斜的躺在靠椅上，只是抖文。

白玉花又斜过眼睛来看了一看他，见他有些难为情的样子，她就不是那样骄气扑人了，手上拿了书还是看着，退了一步，坐到椅子上来。燕西也不理她，依然是左腿架在右腿上抖着文。白玉花见他依然是不理，这才掉转身来，将书向他面前一伸，笑道："你瞧，不过是一本武侠罢了。"妇女们的笑，是有莫大力量的，在她这样笑着一说之下，燕西又进了她爱力圈了。

第九十九回

谈笑弄娇嗔新装十索　言行失常态情局孤忙

白玉花一笑之后,燕西也就跟着笑了。因道:"这倒怪,你不看言情,倒要看武侠。这是什么原故?"白玉花道:"一个人一天到晚只是醉生梦死的谈爱情,哪还有什么振作的精神?我现时全过的是胭脂花粉的生活,再要看言情,就一点丈夫气都没有了。我不是一个男子,我要是个男子,决定要轰轰烈烈干一干大事,不能够整天的……"说到这里,她顿了一顿。

白莲花在外面听到,觉得又是妹妹给燕西钉子碰,便笑道:"玉花,你别吹,自己说漏了,真要轰轰烈烈做一场的话,也没有谁拦着你,干吗一定要做了男子才成呢?做女子的,就不许轰轰烈烈干吗,这样说,还是你自己不争气。"她说着笑了,一掀门帘子进来,对燕西眉毛一扬道:"七爷,我可跟你出了一口气了。"燕西笑道:"就让你妹子说着痛快痛快罢,又何必把她的话驳回呢?"白莲花笑道:"你这人也是愣受罚不受赏的人,我帮着你,你倒不愿意。"白玉花斜着看了一眼,抿嘴微微一笑。

白莲花笑道:"七爷匆匆忙忙的跑去了,匆匆忙忙的又跑了来,必有所谓。"燕西道："玉花不是要我和她去买点东西吗？昨天我有事没去成，今天我要再不去的话，你们会疑心故意推诿了。所以我今天无论怎样的忙，我还是跑了回来，打算陪你们出去一趟。"白玉花听了这话，禁不住又是一笑，两腮上微微露出两个小酒窝儿，站起身道："劳你驾了。"燕西最爱看她这两个小酒窝儿，也望着她笑了。燕西知道她姊妹二人，已经乐意了，便笑道："要走我们就走哇。你们二位一出门，由洗脸以至换衣服，这其间，所消耗的时间太多了，快点罢。"白玉花道："你这样郑重其事的要带我们去买东西，但不知道可以给我们买些什么？"燕西道："你二位不是说要到印度公司去买些印度绸缎吗？"白玉花道："我没说这话。我这人有点顽固，不愿穿外国料子。绸缎本来出在中国的，不穿中国料子，倒穿印度料子，这是什么用意呢？"

燕西心里想着，中国料子比印度料子就便宜多了，她不要印度料子，倒要中国料子，这是乐得省钱的事了。便笑道："那就上绸缎庄罢，我有家熟铺子，东西都是很好的。"白玉花道："我不等着什么衣服穿，你真要送我东西的话，你就送我一挂金链子。"燕西道："成！少不得下面还有一个鸡心小匣子，打算嵌谁的相片呢？"白玉花道："谁的相片我也不嵌进去，我用不着那个，我要挂一支转动的铅笔。"燕西向着白莲花笑道："她改了东西了，你打算要什么呢？"白莲花道："我陪你们一路上金店罢，也许可以找着一两样合适的。七爷，你还是别这样慷慨罢。我们去了，回头把首饰乱七八糟一挑，一个人真会花上你好几百块钱，你会后悔的。"说着，抿嘴一笑，望了白玉花。白玉花因她姐姐的话很是俏皮，也就跟着她的笑，接上一笑。

燕西到了这时，只有绝对的赞成去才是，不然，就没有面子了。

白莲花自己一个人笑道:"我还是不去罢,我只刚说出来这一点子要求,七爷就有点不大愿去的意思了。"燕西笑道:"这是哪里说?我一个字也不曾响出来,你怎么就知道我不愿意去了?而且你两个人说着,我还带了一点笑意儿听着呢。"白玉花在一边看了,只是抿嘴微笑。白莲花道:"你笑什么?我说的可是真话呀!"白玉花望了一望燕西,又望了一望她姐姐,依然是微笑。

燕西在这种一阳一阴的揶揄之下,实在不能忍受,便强笑道,"你姐妹俩大概有点信任我不过罢?但是我自己仔细想着,也不曾在你二位面前失信啦。"白玉花道:"你怎么提起我来?我没有说你什么。"燕西道:"你虽然没有说什么,可是你姐姐说了许多俏皮话,你怎么不代我驳回去一声儿呢?"白玉花道:"我又何必替你去驳回呢?你不会用事实来证明她的那句话不确吗?"燕西道:"你这话对了。那末,我现在就请二位一路出门上汽车。若是二位不愿去,那就存心让我做滑头,我也就无可说的了。"说毕脸上可就微微泛出了一层红晕。白莲花笑道:"七爷真急了,我们就去罢。"说时,就向白玉花丢了一个眼色。又道:"玉花,你就随便换一件衣服得了,别再多耽误时候了。"于是二人匆匆的换了衣服,就一同和燕西上汽车向金店而来。

燕西身上,已带了三百多块钱。心里想着,她们也不过买几件零碎首饰,总也不至于用多少钱。也就毫不踌躇的陪着她二人去。汽车停在一家金店门口,自己首先跳下车来,将二位老板引着进去。金店里的伙友,一看是坐汽车来的主顾,料是不坏,相率迎上前来。连忙问着,要点什么?白莲花道:"我们要买两挂链子,你拿出来挑挑。"燕西心想,我就知道不能一个人要,一个人不要,这不就由一挂变为两挂了吗?默然不做声,随她二人去和伙友接洽。伙友将她们引进玻璃柜边,等她二人隔了玻璃柜指明了要盒子里陈列的那一挂,然后由身上掏出钥匙,将玻璃格子旁边的活门打开,拿了一挂链子出来。依然把那活门关上,两只手拿了链子,交给了白莲花。身子向并排的这一边一闪,似乎有点障碍去路的样子。

燕西站在一边,原是微笑的望着,这时就禁不住发言了。笑道:"你们一小心起来也就未免太小心了。我就不说,站着离货格子远啦。凭这两位小姐的样子,身上总不会带着手枪,你干吗这样小小心心的防备着?"伙友听说,倒有些不好意思,便笑道:"笑话了。我们这行,都是这样,开了格子,马上就得关上。"一个小胡子的伙友,走过来一拱手,笑道:"这位先生一双眼睛好厉害。做生意买卖的人,我们替东家办事,办得……总得什么一点……"燕西摇摇手道:"不谈这个了,做买卖罢。"便笑向白莲花道:"挑好了没有?挑好了给钱就去,别让人家担上一份心。"白莲花笑道:"我们反正花钱买东西就是了,管人家怎么样呢?"她说着,向白玉花招了一招手,笑道:"你不挑一挂吗?"

白玉花懒懒的样子,很随便的答应一声道:"照你的样子买一挂就是了。"这样说着,于是伙友又拿出一挂金链子来,替她送到里边柜房去,给他们包裹。燕西走向前一步,对白玉花笑着低声道:"你看他们多小心呀,我们不给钱,他是不交货的呢。"白莲花道:"当然的,这有什么奇怪呢?"说了这句话,却回头对伙友道:"你们有白金的戒指吗?给我挑一只拿出来看看。"伙友到了这时,也看出他们几分情形来了,就照着她的话,挑了两只白金戒指,递到她手里。她看了一看,拉着白玉花一只手,向她一个指头上轻轻套了上去,笑道:"你带一只试试,合适不合适?"白玉花带着,平伸着手看了一看,笑道:"就是它罢。"白莲花笑道:"还得取下来,让人家称一称分量呢。"笑着,仍就在她手上取下来,交给伙友道:

"也是照样的两只。"伙友拿到内柜去了。

白莲花还伏在玻璃格子上,往里面张望着。燕西看这情形,分明还是要挑东西,心里不免有点焦急,身上并没有带着许多钱,再要挑了首饰,如何会得出帐来?但是果真要上前拦阻的话,又显着自己小气,站在一边,倒有些踌躇的样子。偏是白莲花又看出来了,对伙友道:"东西挑好了,我们丢一百块定钱在这里,回头我们再拿钱来取货。好在货在你们柜上,你们总可以放心的。"伙友都笑着说:"不放定钱,也没关系。"燕西倒不怕花钱多,就是怕受窘。既然可以暂时不付钱,就先拿出一百块钱出来,倒也无所谓,因之在身上掏出一百元钞票来,交给了柜上。伙友渐渐也就看出燕西是个阔少爷了,既是先放了一百块钱的定钱,而且东西又并不拿一样在手里,这买卖还有什么不可以放手做的?因之二花要什么,他就挑什么出来看,结果,白莲花挑了一个粉镜盒子,白玉花挑了一个锁链镯子,一齐让柜上开了帐单子,一把交给燕西了。

燕西拿着帐单子顺便看了一看,就向身上一揣,似乎是毫不注意的样子。白莲花走向前一步,靠近了燕西,低声微笑道:"你不是说和我们去买绸料吗?我们可以一路去了。"燕西一想,不是说好了只买首饰,不买衣料的吗?怎么首饰刚买到手,又要买衣料呢?然而"不去"的一句话,怎好当了金店的伙友们说出来?便含糊点了一点头,首先向店门外走。白莲花姊妹跟着他一路坐上车去。汽车夫照例要回过头来,问一句到哪儿?白玉花脸色一沉道:"把车子送我们回家去罢。"燕西最怕是得罪了她,见她有不高兴的神气,便道:"怎么回家去呢?不是说好了去买衣料的吗?"白莲花微笑一笑,白玉花绷着脸却是一字不响。燕西这却无可推诿的了,便向汽车夫一挥手道:"向成美绸缎庄去。"汽车夫当然是听主人翁的命令的,便拨转车机,一直向绸缎庄开来,而且开到绸缎庄大门里的天棚下面才停住。

燕西还不曾下车,这里的掌柜,认识他们金家汽车的牌号,早有几个人迎了出来。等他下车时,大家便点着头,鞠着躬,同笑着叫七爷你来啦。跟着白莲花、白玉花走下车来,大家一看,并不是金府上的少奶奶和小姐们,那末,其来由可知了。当时一阵欢迎,把他迎接到楼上去。这一字通楼靠南的一带,列着七八列长案,每张案子上,都是绸料架子,云霞灿烂的陈列了一片。这些东西,有丝织物,有毛织物,那些名字却由着绸缎庄上的人去瞎诌,无非绫罗绸葛之上,再加些花月金玉的好看字眼儿。燕西随着二花之后,绕着这几张长桌,转了几个圈圈。凡是颜色清淡一点的,花色新鲜一点的,几乎两人都要挑上一件。燕西默记着,大概有十几件了。燕西这倒放心,好在这个绸缎庄,是和家里有来往账的,夏季的料子,又无非是绸和纱,买得多也不过二三百块钱材料,那也不要紧,只记上一笔大账罢了。

这店里的老伙友,一见七爷一声不言语,只管由两位女宾去挑选,料着七爷是要大大请一次客的,那末,索性趁此机会,多招揽一点买卖,因笑着在二花之前,将新到贵重料子,指指点点,告诉了许多。看了三五样,当然总有一两样中意的。中了意之后,总是白莲花笑着问燕西道:"这个料子怎样?"燕西明知在她一问之时,已经非买不可。若是说不好的话,徒然扫了人家的兴致,所以也就干脆说好。二花将衣料挑选完了以后,老掌柜的就把账单子递了过来,笑道:"七爷,这一笔账还是记上罢。好久不照顾我们了,今天才来。"燕西拿过账单子来看了一看,点点头道:"好罢,你就拿去记上罢。好在也快到付钱的日子了。"老掌柜捧了两只拳头,连连拱了几下,笑道:"七爷说话,总是这样客气。"燕西笑道:"只要你不客气就好,我这衣料算是叨光了。"

老掌柜不好说什么了,伙友们已经是把衣料捆束四大包,两个伙友们夹着两包,走了过来。老掌柜的就借此笑道:"给七爷送上车子去罢。"说时,他先接过一个纸包裹来,便向旁一闪,有个让路之势。燕西也不和他说什么了,就引着二花一路走下楼,伙友先将绸料一齐送到汽车上去,燕西上了汽车,就向二花问道:"你们还上哪里去买什么吗?"白玉花对她姐姐望了一望,白莲花将脚向上抬了一抬,把鞋尖摆了两摆,微笑道:"我们去买两双皮鞋罢。"白玉花低声微笑道:"也好罢。"燕西对于这个要求,更用不着推诿了,便分付汽车夫一直开向安康鞋庄去。

这个鞋庄,也是和金家极熟的,伙友满盘招待。掌柜的一看七爷后面,跟了两位女友,心里就明白了一大半,便向燕西微笑道:"买两双坤鞋罢?"燕西点了点头。早有小徒弟们将高跟鞋、平底鞋,搬了许多双放到玻璃格子上来。燕西呵呀了一声笑道:"怎么样?打算让我们给你去开鞋庄分号吗?要不然,是特别大廉价罢?"伙友也笑起来道:"我是怕两位小姐挑得费事,所以一齐搬了出来,让大家看看。"燕西指着向二花道:"人家都搬出来了,请二位挑罢。"白莲花笑道:"不用挑,都是好的,一样拿一双罢。"白玉花也笑道:"就是那末样子办罢。"燕西听她们所说,分明是有意负气,也就跟着微笑,并不置可否。伙友在一边也看出了一些情形,虽然趁此可以多卖几双鞋子,然而得罪了七爷,闹得金家不来做买卖了,那也不好,何况这半年以来,金家也就不大有大生意可做呢。于是向学徒丢了一个眼色,低声道:"收拾收拾。"白莲花道:"为什么收拾起来?你怕人家买了去吗?"伙友笑着没有做声。

白莲花于是将最好的鞋子,拿了几双试了一试。试过了一遍,又让白玉花试了两双,然后她突然站着,将手一拍衣服道:"行了行了,不必再挑了,别……"说着,眼睛向燕西瞟了一下。燕西只是微笑,什么也不说。好在这个所需要的钱不多,就掏出钱来会了账。会了账之后,索性不说回家,静等她二人怎样分付?白莲花抬起手腕上的手表看了一看,笑道:"时候还早着,我们一块儿到乌发洋行去一趟,还来得及,能陪我们去吗?"燕西笑着拖了长音道:"可……以。"

白莲花向她妹妹一笑。二人先坐上车去,燕西跟着上车以后,车子已是向回路上走了。燕西敲着前面的玻璃板隔扇道:"现在还不回去哩。你向哪儿开?"汽车夫回转头来道:"李老板分付了回去呢。"燕西且不去理车夫,即回转脸来向白莲花道:"你不是说还买东西吗?"白莲花道:"我倦得很,要回家睡觉去,今天我还没有睡午觉呢。以后天气凉一点的时候,再去买罢。"燕西笑道:"可以的,我总会人情做到底。"

这样议决了之后,燕西才安心送了二花回家。不过心里想着,小怜今天回家去之后,自然有许多话说,柳春江那人也怪有趣的,偏是自己在家里只待一会子,匆匆忙忙的就出来了,将来事后说起来,我这人未免有些对不住人。于是笑着向白莲花道:"差事算是我办完了,现在我可以回去了。"白玉花微笑道:"我可不敢要七爷办差事呀!别走了,吃了晚饭再走罢。"燕西知道她向来不易对人客气的,现在也客气起来,这一餐晚饭,不能不吃。不过今天不回家去,又很容易令人注意的,这只有推谢白玉花这一段人情的了。于是笑着道:"像我这样的客,人家家里,别来多了。一来之后,就是整天的不知道走。"白玉花微笑道:"是了,出来久了,也该回去看看你们少奶奶了。"

燕西也不和她辩论什么,只微笑着点了点头。白莲花见他向外走,就跟着送到大门外来,趁着过道里无人的时候,轻轻握了他的手道:"你明天是什么时候来呢?我们一块儿去游北海去。"她这一只热手,在燕西手心一触着,又嗅到一阵肉香,不觉心里一动,忽然一转念,还是不走罢?此念一转,他的行动也变了。向她一笑道:"你们都留我吃晚饭,预备了一些什么好菜呢?"白莲花笑道:"要说好菜,我们这里可比不上府上,只是一点敬意罢了。"燕西和她说着话,脸朝着里,正也打算向里面走。只见白玉花悄悄的跟出来,站在院子门边,嘿了一声响,向燕西招了一招手。燕西以为她有什么分付呢,就迎上前去。

白玉花微笑道:"快回家去罢。你们的贵管家,打了电话来了,说是请你快快回去,有要紧的事呢。"燕西曾和金荣说好了的,没有十分紧要的事,可以不必打电话,免得人家担心。便问道:"真的吗?"白玉花道:"你不信,你就自己打一个电话回去问问,我又几时骗过你呢?"燕西一想,她这话想是对的,不能留我吃饭之后,又突然要我回去。因笑答道:"也许家里有什么事发生,那末,我就先回去罢。要是我赶不上来吃饭的话,我就先打回一个电话来通知你,不必老等着我了。"说毕,就向外面直走了去。

汽车夫先看到燕西出来,正要打开车门来,现在燕西又出来了,可不知是不是上车。因之呆坐在车座面前,却未动身。燕西一面开着车门,一面骂道:"你怎么回事?想什么事,想出神了?快开回家去。"在他如此骂汽车夫的时候,脸上当然是有些生气的样子,在车子开着向前,脸回过来,一看二花之际,脸色还依然有气。等他自己觉察出来的时候,彼此已离得很远了。燕西第二个感想,可就想着,这件事怎么办?人家好好的送我出来,我倒给她不好颜色看,这要不解释一下,那是会发生极大的误会的。一路想着,车子到了家门口。

下了车子,首先就向客厅里跑去,看看柳春江可还在这里坐着。这时,他大弟兄三个,除了依然陪着柳贺余三人之外,又添了朱逸士、何梦熊二人,大家说说笑笑好不热闹。柳春江一见燕西进来,连忙起身相迎。笑道:"七哥是个忙人啦。"燕西道:"我算什么忙人?瞎胡闹罢了。"柳春江道:"其实年青的人,也不妨在外面寻些娱乐,因为娱乐是调剂人生的。若是光做事,不找娱乐,人生就未免太枯寂了。"燕西原是一句随便敷衍的话,不经过柳春江一番解释,倒也罢了,经过解释之后,反而觉得自己所谓瞎胡闹云者,是真个有些瞎胡闹,不免脸上红了一阵,怕是让柳春江看出了什么破绽,他故意当了大众来洗刷。凤举在一边冷眼看着,知道燕西是有些不满意这句话的,便道:"不过我们在服中,要找什么玩的,事实上也是不便。实不相瞒的话,到了现在,愚兄弟自身,也得自去找一条新出路,怎能够腾出工夫来娱乐呢?"

柳春江一句为人解释失言的话,结果是弄得自己失言了,真是大为尴尬。只得借着站起身来,以取火抽烟卷为由头,躲过了人的注意。同时大家也就向余贺二人去谈话,把这一层缘由,给他揭过去了。燕西对于这话,却不十分在意,看见柳春江中指上戴了一个钻石戒指,便迎上前看了看,笑道:"这个宝光很足,哪里买的呢?"柳春江笑道:"这算是我们订婚的戒指,不是新买的。"燕西听说,心里倒有些纳闷。小怜跟着他逃走的时候,纵然还有几个私蓄,无论如何,不够买这一只钻石戒指的,这可见小柳是在信口胡诌。柳春江似乎也就看出燕西踌躇不定的情形来,便笑道:"我是一对买来的,我们彼此各分了一个带着的。"

燕西待要再问时,凤举望了他一眼,只得停止了。约隔了两三分钟,凤举起身走出客厅来,燕西也跟着走。凤举一回头,见他跟着来了,便停住脚,望了一望后面,低声道:"你这人怎么回事?小柳总算是个新亲过门,你先打了一个照面就不见了,现在重见面,你什么也不提,就是问上了人家的钻石戒指,未免俗不可耐了。"燕西红了脸道:"他戴得,我还问不得吗?你们谈了一天的话,又谈了一些什么高尚风雅的事情呢?"凤举道:"我是好意点破你,爱听不听,都在乎你,你又何必强辩呢?"

燕西再想说两句,却也无甚可说的,正站在走廊下出神呢。只见金荣在前面一闪,心里忽然想起来了,糟糕!是他打电话催我回来的,我也不问是什么事,还有人等着我一块儿吃晚饭呢。于是抛开了凤举,自走向前面来问金荣。金荣见附近无人,才低声道:"太太问你两三次了,不定有什么话和你说呢。"燕西道:"你这个东西,真是糊涂虫,即是太太有话对我说,为什么我进门的时候,不对我说明?现在我回家这久了,你才对我来说,耽误事情不少了。"金荣道:"我的七爷,你回家来了,我根本上就没有看到你,叫我有话怎样去报告你?"燕西道:"你把事情做错了,你还要混赖,难道你不会先在电话里说明吗?"他嘴里如此说着,脚步就开着向上房里走。到了金太太屋子外边。听到里面静悄悄的,并没什么声音。心里就想着,母亲屋子里大概没有旁人,正是一个进去说话的机会了。因之先在院子里,故意放重了脚步,然后又咳嗽了两声,这才走进屋子里面来。

金太太闲着无事,却拿了金铨的一个小文件箱子,清理他生前一些小文件底稿。燕西进来了，她也只当没有看见，还是继续的清理着。燕西只得一步一步走上前，直走到她身边来，先开口问道："有什么事找我吗？"金太太一回头，淡笑着道："你忙得很啦。你瞧，回来只打了一个照面，又公忙去了，连和我说句闲话的工夫都没有呢。"燕西只是笑道："其实我也不曾跑远，就在附近看了两个朋友，而且老早也就回来的了。"金太太放下了文件，向着燕西坐下来，问道："附近的两个朋友，是谁呢？"燕西见母亲全副精神都注视在自己身上，一刻儿也就不敢再撒谎，默然的站着。金太太长叹了一声道："最不得了的一个人，恐怕要算你了。"燕西默然了一会儿，很从容的道："我出去会两个朋友，也不算什么，这也值不得这样重视啊！"金太太道："好罢，就算是你会朋友罢，不过你这样一天到晚的会朋友，会到什么时候为止？又会出了一些什么成绩出来？"

燕西被母亲如此一问，倒无甚可说了，便笑道："你老人家也不必追问，反正我不久就要出洋去的了，趁我没有动身以前，先快活两天，这也不过分。"金太太道："你不要说什么出洋出阴，我不管这些的，儿女哪一个是靠得住的？我看透了，你只管走罢，我不怕的。"燕西呆呆的站了一会儿，母亲不说什么，自己也就不能说什么，踌躇着道："妈没有话说了吗？我要到书房里去清理清理书了。"金太太听他如此说着，向他看了看，冷笑了一声。燕西无可谈的了，搭讪着检着小箱子里的文件看了两页，因母亲总是不理，也就无法在这里坐住，于是悄悄的步出屋子来了。

第一百回

惨语断生平小楼伴佛　狂呼惊夜半烈焰冲宵

燕西原是想到前面客厅里去混上一顿的,忽然记起还不曾通知二花,别让人家老等着吃饭了,如此一转念头,自己就赶快跑到前面去,和白莲花通了一个电话。经过小客厅时,他兄弟们已经在陪柳春江一块儿吃酒了。这个时候,也不便突然参加入席,只得一个人自溜回书房里去。躺在沙发上,加倍的觉得无聊,拿了一本书,随翻了几页,也是看不下去。手按着书出了一会儿神,心里便想到今天所用的款,由今天所用的款,又想到自己所有资财的总数。他如此想着,这两个月来,究竟消耗了多少,不能不结算一下帐。自己的现款,都做了活期存款,究竟花了多少钱,自己也记不清,这只有将支票根清查一下子,便可以分明了。

想到了这里,赶忙就回自己院子里去,翻箱倒箧一阵,把几家银行的支票簿,都拿了出来,清查一遍,查了头一本,再查第二本时,只查了一半,把前面支票的数目就忘了。手里还有两本支票不曾算。自从离开了学校,对于数目字,就不愿意去记,而今突然要几分几角堆上百十千万算起来,实在不胜其烦。于是将支票向箱子里一塞,叹了一口气道："迟早反正是完，算个什么劲儿？"于是关了箱子，躺在一张沙发上，静静的坐着出神。

当他如此出神的时候，便听到一种微吟低诵之声，缓缓的传入耳朵来。这分明是清秋在楼上读书。过了一会儿，又有毛孩子的哭声，清秋的吟诵声停止住了，便有拍孩子和哄引孩子的呵哈声。那声音由模糊变得清晰，似乎是由屋子里踱到外面来了。燕西仔细的听，果然清秋是抱了小孩子，在楼下廊檐上踱来踱去。踱了许久，她把小孩子抱进去，然后又在沉寂的空气里，发出吟哦之声。燕西心想，这个女人真算有忍耐性的，难道不知道我在楼下，只管看她的书？是了，她是知道我在楼下，故意装出这种态度来的。她以为她很镇静，并不把我放在心上呢。哼！其实我也不会被你屈服的。燕西想到这里，一点也忍耐不住，将房门倒锁着，又到书房里睡觉去了。

他不出去，楼上的清秋还不知道。他到了院子里，便扑通一声反带着外房的门，可就把清秋惊动了。不过她不知这是燕西出去，反以为是燕西走进屋来，连忙停止了自己的书声，熄了临窗的电灯，只留着床面前一盏绿罩壁灯，斜照了床上。自己便斜靠了一张软榻，静静的出神。然而她很沉静的听了许久，并不听到楼下有一点响动，这倒有点奇怪，他这种人，决不能如此沉静的，莫非有什么意外的举动吗？果然他有什么举动，那真是我虽不杀伯仁，伯仁由我而死，在天理良心上，有些说不过去。因之悄悄的开了房门，伏在楼栏干上，向下面看着，但是看了许久，依然不见有何动静。而且楼下的各房子里电灯，也一齐熄了，楼下几间屋子，黑漆漆的，没有一点形迹，似乎不像是有人。

清秋看到，这就更可怪了，他来之后，能闭门就睡觉吗？她如此的沉思着，伏在栏干上更是不能走，只管向几间屋子望着。望有许久,因为吹了两口风,一直呛到嗓子里去,不由自主的,便咳嗽了两声。她这样一咳嗽,把楼底下的李妈便惊动了。跑了出来,抬头向楼上问道:"七少奶奶,要什么东西吗?"到了此时,清秋不能不做声了,只得答道:"不要什么,我不过在屋子里热得厉害,出来乘乘凉罢了。没有事,你去睡觉罢。"说着,她也就自回房间去了。

只在这时间,楼下走廊上的电灯,又是一亮。清秋想着,究竟是燕西没走。刚才自己伏在楼栏干上的时候,就不定他藏在什么地方呢。然而有人叫起来了,不是燕西,却是道之。她道:"清秋妹,睡了没有?"清秋答道:"没睡呢。"于是亮了电灯,也走出来。向下一看,只见道之走在前面,那位日本姨太太樱子抱了小贝贝跟随在后面,并无别人。道之向楼上招招手道:"你能不能打开楼门,让我们到楼上来坐坐?"清秋踌躇了一会子道:"有什么事呢。等不及明天谈吗?"道之道:"倒没有什么要紧的事,我现在不大回家,来了一趟,我总想和你谈谈。我今天晚上,还要回去呢。"清秋看那样子,她自是诚意,一定拒绝她上楼来,也是不对。只得打开楼门,自己迎到楼梯口上。

樱子还是第一次到清秋楼上,只见通楼上用花格扇隔成几间房。正中一间,正面摆了一张琴台,壁上挂了一幅《灵山说法图》。下面一张长方桌,正中一个三脚鼎,左边一个紫色胆瓶,插了一束鲜花,右边一个玉瓷果盘,紫檀架子架着,堆了满满的一盘鲜果。两面又是两张琴台,列着整整齐齐的几十部经书,只台前有一盏电灯,用绿纱宫灯罩罩着。屋子里虽很简单,微微的还带有一点檀香味。令人丝毫感不到这是少妇深闺了。右边一个雕花圆门,有绿色的垂纱幔子,清秋自掀着幔子,让她二人走进去。大家走进屋子来,迎面所看到的,除了一床一桌一几而外,便只有三张软椅,和一张小孩儿摇床。像金家什么中西家具都全备的人家,真不料到屋子里陈设倒如此简单。

清秋让这妻妾二人坐着,便坐在床上,一手靠了床栏干,斜撑着身体。她虽不说什么,可以知道她是疲倦极了的。道之道:"我看你这样子,身上似乎有些不舒服,你觉得怎么样?"清秋摇摇头笑道:"我一年到头,都是这样的,无所谓舒服,也无所谓不舒服。"道之笑道:"这就叫善病工愁了。但是这四个字,从前是恭维女子,而今可是咒骂女子。"清秋叹了一口气道:"我这种人,还不该让社会上去咒骂吗?"道之道:"你有什么罪恶,应该这样?"清秋一手撑了头,默然了一会儿,然后慢慢的低低的说了一句:"我自己知道。"

道之见她两道眉峰深锁,长睫毛低垂着,蓬乱的头发,配着清秀的脸儿,十二分的可怜。因道:"不是我又说废话,人生不过几十年光阴,遇事都应该看破一点,何必这样消极,日坐愁城?"清秋笑着,站起来道:"你的意思,是要我积极呢?我从哪个地方去下手呢?"说着,牵了一牵自己衣服的下摆,又坐了下去。

樱子坐在一边,看了清秋郁郁不乐的样子,对于个中情形,虽不十分了解,但是也知道她是在婚姻问题上,受了重大打击的一个人,也就只管皱了眉望着清秋。清秋也想,日本人只管瞧不起中国人,但是不嫌嫁给中国人做妾。道之见清秋一双眼睛,都射在樱子身上,便问道:"你为什么对她这样注意?"清秋笑道:"我想日本人都是强横异常的,所谓共存共荣,那是靠不住的话。何以你们这位姨太太,倒是这样的温柔?我每次看到她,总会有这样一个感想。"樱子已很懂中国话了,清秋的意思,她已明了十之七八,于是向清秋微微一笑。道之笑道："她现在和我们守华不是实行共存共荣吗？这话又说回来了，日本人都是腹剑森森的，一个外交官家里，讨一个敌国的女子做姨太太，是有点危险性的。她之所以肯嫁到刘家来做二房，也许因为守华是个外交官罢？"

清秋听了道之这一篇话，倒替樱子捏了一把汗，觉得她的话，实在严重一点。但是看看樱子的态度，一点也不在乎，只是将眼珠望着道之，微微带些笑容，并不感到怎样的难受。清秋一想，这位日本太太，是真心这样的屈服呢？或者是假惺惺呢？也许道之是故意给她这种侮辱，然而就樱子方面而论，真是能忍受的了。道之笑道："清秋妹，你真是一个好人，处在你自己这样的环境里，你还要顾念旁人。"清秋道："这个你有点不明白。你要知道，越是境遇不好的人，越可以和别人发生同病相怜的情形，我怜惜别人，正是怜惜自己呢。"道之一拍手笑道："这是天地反了常，日本人居然有足怜惜的，而且怜惜她的，还是中国人！"如此一说，连樱子也跟着笑了起来。

樱子坐在一边抱着孩子，只管举目四顾，她仿佛是猜不出清秋这样居住，含有什么用意？清秋算是懂了她的意思，便笑道："你别看我这屋子里不华丽，我很心满意足了。我只希望一辈子够这样住着，可是环境许可不许可呢？这可就难说了。"道之笑道："你说这话，也未免过虑太甚了。就算老七会花钱，难道还能影响到你的生活问题上去不成？"清秋对于这话并不理会，只是默然坐着。还是道之知道她心里又有了感触，便将言语拉开来道："你现在看的是什么经书了？大概很有进步罢？"清秋道："进步是谈不到，不过书是看得不少。现在我正做第二步功夫……"道之笑道："那末更要参禅打坐了？"清秋道："绝对不是像你所猜想的什么参禅打坐，我还是看书写字，设法增进一点学问。我想一想，像我们做女子的，第一步就是要竭力去了'寄生虫'这个徽号，所以我的第二步是干，不是做了丈夫的寄生虫之后，再变成一个社会或人类的寄生虫。"

道之一拍手道："你这话简单痛快极了。都照你这法子去办，那又什么要紧？"清秋笑道："半夜深更，为什么这样大嗓子嚷嚷？"道之道："哟！你这里真成了大雄宝殿了，连嚷嚷都不成呢？"清秋道："不是如此说，我这院子里，是寂寞惯了的。若是突然热闹起来，却很能引起别人注意的。"道之指着樱子道："那末，让她这种人陪着你得了，她是整日整夜不做声的。"樱子笑了，搭讪着抱着孩子闻了一闻。这时，楼下有人叫道："四小姐，太太叫你去呢。"道之听说，又安慰了清秋几句，便走了。走出了院子，回头看看她院子里那一份凄凉，倒不由得叹了一口气。

到了金太太屋子里，金太太告诉她道："倒是小怜回来，勾起了我一肚皮心事。你看，她和姓柳的，感情多么好？偏是你这些兄弟班子，没有一个像人家的。尤其是老七，他绝不能这样以不了了之。大概冷家那方面，也完全明白了，索性不来往，虽然不知道人家有什么用意，就着表面看起来，人家总是二十四分让步，真让我心里过不去。"道之道："我刚才也是由清秋那里回来，看她那样子，倒也安之若素了。"金太太道："她虽安之若素，我们能让她就这样闭门自守，这样下去吗？"道之听了这话，倒是怔怔若失，说不出一句什么话来。金太太道："我也不过这样说起，这也并不是今天就能解决的事情，慢慢再说罢。天晚了，你也可以回去了。"

道之一看金太太，是个很伤心的样子，这话也就不必怎样的向下说了，说了也是徒惹她难过，便道："我本来也就打算回去的了。儿女的事，到了读书毕业，男婚女嫁之后，也就用不着父母再去操心了。他们各有各的主张,事到如今,说也是不行,你就由他们去罢。也别在屋子里老开着电扇,这种风,总是不自然的,吹在身上久了,不见得好,恐怕反而有碍。你最好是早点睡,万一睡不着的话,出来凉凉也没什么关系。"她说着一行三人自走了。

金太太屋子里,把所有的佣人都散了,现在只有金荣的姐姐和小兰。道之走了,现在只有几个姑娘们来陪着,少奶奶们都各有私事,姑娘不来,自然是一个人了。因见小兰坐在靠门一张藤椅子上打盹,便道:"中午睡了一场午觉,也该过足了睡瘾了,怎么这时候又是这样七颠八倒的?你去把二姨太请来,说我无聊得很,请她来谈谈话。"小兰揉着眼睛,在灯光下一笑,扶着门走出去。这正屋走廊上,本设有两把藤椅和一个茶几,金太太自行搬到院子里来,又把屋子里一壶菊花茶和两个茶杯,一块儿搬到院子里,自己坐下,静等二姨太来谈天。不料小兰走回来说:"二姨太院子里漆漆黑,叫了两声,八小姐在屋子里答应,二姨太肚子痛,已经睡觉了。"金太太道:"既是睡觉了,那就算了。你也乘凉去,让我一个人在这里休息休息。"她一个人坐在藤椅上,四周无人,不知不觉的就抬着头看了天上出神。

这时,一道深浅明暗的银河,横拦在天空,成群结队的星斗,满布在银河左右,偶然一个长尾巴流星,箭一般的由高而下。她就想着,这又不知道天空中是哪个小星球炸裂了,飞出陨石来?假使地球也有这样的一天,什么也就完了。这样想着,就看着天空中那闪烁不定的星光。当日金铨在时,夏天乘凉,他喜欢谈天文的,他说,那就是另一个太阳系的太阳,那个太阳系,当然也有几个像地球一样的行星围绕着。天空上有这些个闪烁的星光,就应该有许多太阳。这个宇宙是有多么大呀?我们看别个太阳系,也不过一个铜盘大,一个星球,也不过一粒豆子大。反过来说,那星球上有人类的话,一定看着地球也是一粒豆子。全世界不过一粒豆子,全世界上一个家庭,那小得还能去研究吗?唉!失败就失败了罢,照着宇宙看起来,反正是渺乎其小的一件事。

金太太在今天晚上,本来有一肚皮的牢骚,不知怎样子自己去解释才好?于今由几颗星星上一想,倒反觉得四大皆空,并不足介意了。自己心里的积闷一经排除,心里舒服得多了。悠悠的晚风,由墙头上吹来,那种凉意就不断的向人催眠,昏昏沉沉的,也就睡过去了。忽然有人推着身子道:"太太,你别着了凉,进去睡罢。"金太太正入睡乡,不愿人家叫醒,说了一句不要闹,偏过头去又睡着。但是过了一会儿,推的人又来叫了。金太太知道是小兰,说了一句你去睡罢,并不再说什么。

也不知道经过了多少时候,突然怕人的声音,突破了寂寞的黑夜,只听得说:"不好了!着火了!不好了!"金太太听了这话,猛然向上坐了起来,眼前通亮,满院子都是红光,所有院子里东西,都看得清清楚楚。抬头看时,只见屋后头,冒出几十丈高的火焰,火头上的红烟,卷着团,向长空里直冒,同时那零碎的火星,在烟中间乱飞。因为火势是这样猛烈,只听到一种呼呼的声浪,犹如刮风一般。金太太哎呀了一声,转身向外院走。跑了四五步,觉得不对,又向屋子里跑,口里也情不自禁的喊着不好了。

这时,金家男女,都惊醒了,里外乱跑。金太太定睛一看,火在最后进堆东西的空房起来的,到前面还远。便站在院子当心,用手乱挥着道:"大家不要惊慌,叫人打电话到消防队。各人先把贵重东西检检,再向外搬。"玉芬一手提一个小箱子,七颠八倒,走到这院子中间站定,口里只喊怎么好?怎么好?佩芳两手抱了小孩子,浑身筛糠似的抖,牙齿抖得咯咯作响。凤举赤了一双脚,手里拿了一只脸盆。鹏振两手抱一只箱子。鹤荪光着脊梁,披了一件白纱长衫,一面扣着一面跑,慧厂让乳妈抱了小孩,自己跟着在后面走出来,抬头周围看了看,转身又走进后院去。鹤荪顿着脚道:"你向哪里去?你向哪里去?"慧厂一扭身子,发狠道:"傻瓜!你拉着我做什么?你不要去救出一些东西出来吗?看你这样子,还斯斯文文的,拖上这样一件长褂,这是做什么?你要和火神拜会吗?"说毕,跑了进去了。这几句话,不但把鹤荪提醒了,把由书房跑出来的燕西,也提醒了,赶着就向他自己院子里跑了去。

燕西跑到自己院子里,只见那屋头上的火焰,向天空上乱喷,满院子火光熊熊,全让浓烟弥漫着,楼上几间屋子,一大半都遮着了黑烟,分不出窗户房门来。燕西一想,清秋还在楼上呢,这个人脾气很偏的,不要还钻在楼上没有下来啦。如此想着,且不进房间,就顺着楼梯,直冲上楼去。不料那楼梯口上的房门,竟是大大开着的,由门里冲了进去,已是觉得烟味触鼻,令人承受不住。尤其是两只眼睛,熏得不好受。这样看来,清秋在屋里面,那如何受得了?禁不住口里喊了起来道:"清秋!清秋!不逃命去吗?"喊着,直冲进屋子里去。

这屋子里,电灯虽还是亮的,只因黑烟重重包围,也不十分清亮,在外屋子里,却看不到里面屋子。外面屋子无人,伸头看看里面屋子,黑烟更甚,也是没有人。她不是一个傻瓜,其余的屋子,自然是没有人。楼下还有许多东西,赶快跑下楼去拿东西要紧。也不再喊清秋了,连窜带跳,跑了下楼去。自己刚下楼梯,身后却也有楼梯一阵响,回头看时,有阵小孩子哭声,一个女子由走廊下一蹩,已跑出院子去了。燕西看到,心想,那岂不是清秋?我在楼上乱找乱嚷,她为什么倒不做声？因又喊道："清秋！清秋！你不来拿一点东西走吗？"然而在他这样喊时，人已经走过了回廊，出院子去了。不但是没有回声，而且头也不曾转过来看一看。

燕西见她如此，也不再去追问，在烟雾中奔进了屋子，先把自己放现款支票的那个箱子拖了出来，带跑带拖，抢出了房门。一看楼上，已经有一角屋檐，沾着了火焰，火声风声，呼啦作响，已是闹成了一片。似乎是救火会消防队的人都到了，外面已经发出了军号声警笛声，同时救火人的呼喊声。燕西生平不曾搬过什么笨重家具，这时两手一身，和一个箱子厮搏，浑身是汗，再被声音一惊扰，人简直不知道如何是好？加上那火焰头上冒出来的火星，四面纷飞，洒到院子地上，更是吓人。燕西要走，手里放不了那只箱子，不走，又站不住脚。正在万分为难的当儿，只见烟火丛中，一个人跳了进来，高声叫道："七爷！七爷！快出去！火打后面来了！"燕西听那声音是李升，便道："快来罢，我这只箱子。"说着气喘喘的将箱子拍了两下响。

李升这时已看得清楚，跑上前来，举起箱子，向肩上一背，顿着脚道："七爷，你在前面走，我在后面跟着，别耽误了。快走快走！"燕西见李升已经背了一个箱子，自己手上是空着的，却待一转身进去，再背第二只箱子，李升伸出手来一把将他衣服抓住，喊道："怎么着？你不要命了吗？"燕西听到李升口出不逊之言，也有点气，便道："你怎么回事？"李升依然抓着他的手道："我的爷，你也看看前面是一种什么情景，还能走过去吗？"说着，也不管燕西同意不同意，一手拉住肩上的箱子，一手抓了他的衣服，拼命的向外奔。待燕西奔出那里院子门时，只听到轰隆隆一声，也不知道是倒了墙，也不知道是坍了屋，只觉那火焰向四周一撒，烟雾里夹着许多灰尘，向人身上直扑了来。燕西看了这种情形,也觉再耽误不住,只得跟了李升跑。

到了前面院子看时,已是零零碎碎,搬了不少的东西在地面上。也有许多消防队,拿了钩耙梯子,各种救火器,四处乱跑。同时,亲戚朋友家里,也各有人来慰问和帮同抢救物件的。百忙里抬起头来,看那火焰冲上天空,大半边天,都是红色。在火光中,看到墙头上和屋顶上站了许多人。尤其是注水皮管放出来的水头,犹如一条水龙在火焰中,直穿了过去,射到燕西住的那所后楼去。眼见那楼上的火光,一伸一缩,极力和水抵抗。墙后面的火光,兀自卷着几十丈大小红烟团,慢慢上升,火势还未见少煞。那些救火的人,也不知得了一种什么暗号,十几个人一齐扑上墙头,伸着钩耙就把燕西住房前面的一排低屋一齐打倒,哗啦啦一声响得惊天动地,这一下子,算是把火头已然断住。

金太太站在人丛中,禁不住口里念了一声佛。凤举嚷道:"不要紧了,不要紧了,火路算是断了。"不过他们虽是在庆幸着,然而燕西所住的地方,已经在火路里面,算是牺牲了。

第一百一回

两老恸慈怀共看瓦砾　同胞作愤语全没心肝

金太太到了这时,目望着火光,已经出神了许久,忽然哎呀一声道:"这可不好了。"凤举道:"你老人家又发什么急?火不至于再烧过来了。"金太太道:"清秋呢?清秋呢?还有小孩呢?"大家猛然想起,都叫了一声哎呀。燕西在人丛中挤出来道:"我进去拿东西的时候,曾抢到楼上去找她的。可是随便怎样的叫,也不见人,后来我下楼,看到她抱了孩子走出来了。"金太太走近前一步问道:"是走出来了吗?这不是闹着玩的!"燕西道:"事到如今,我哪里还有什么心思闹着玩,她抱着小孩出来的时候,我还听了小孩哭的呢。"金太太道:"既是出来了,何以不见她出来?"

站在院子里的人,大家都说没人看到。金太太道:"老七不要是看花了眼罢?若是有个三长两短,一大一小,天啦,那……那……真作孽。"燕西道:"我清清楚楚看了她走的,若不是她,除非是鬼显魂。"金太太道:"老说是她,人呢?"慧厂道:"大家不要慌,好在火不要紧的了,四处找找看。"燕西抢了一阵东西,心神刚刚粗定,这时经大家一恐吓,他也慌了,转身就跑向外边去。金太太抬着手喊道:"糊涂虫,你到哪里去?"燕西道:"她胆子小,也许在大门口。"说毕,依旧向外跑。

这时,火路虽然断了,火势有没有熄灭的希望,还是不可料。加之救火队怕电线走火,已经把几个总电门都关闭了,前前后后的电灯,算是一齐熄了。大家只在暗中摸索,也没有谁敢离开东西去找人。金太太最担着一份心,一个儿媳,一个孙儿,设若不幸葬身火窟,未免太惨了。儿媳们都要救东西,既没人肯走,只得催着小兰道:"你也给我找找人去,烧光不烧光,你反正是穷骨头,为什么舍不得走呢?"小兰虽然心里害怕,已经烧了许久,恐吓的时间一长,人也有些麻木了。既是金太太催着去,不能不分身去找找。但是她也没有定见,随便跑了几个院子,一无所得的又回来了。燕西跑出了大门口,问问人,也是不知踪影,重回院子来。

现在火势渐渐低下,已不至于再行燃烧。结果,算是烧了一排堆东西的空房,和燕西住的半幢楼院。平房是拆掉的,隔壁院子里,鹏振所住的也拆掉一间房。照着警察章程,失火的人家,带事主到区问话,要负失火的责任。但是体面人家,着个听差到区转一转就行了。至于失火的原因,便可以说是空房电线走火,连失察的责任,都不必去负的。这里的警察人物,对于前国务总理家失慎,有什么可说的?现在正是空房起火,这也不用金宅报告,他们自己调查所得,便是电线走火。现在金宅只两位管家,彼此都相熟的,也不便带区问话,含糊便算了。火势既熄,把总电门重开,大家又重新来找人。这一回子,算是大家都动身了。然而由内及外,由外及内,找了几个来回,哪里看到清秋的影子?这就不能不疑心她是逃走了,或者烧在火里的了。

现在金家算又热闹起来。亲戚朋友们不断的来慰问,外面客厅里,拥挤着好多男宾,金太太上房里,是挤着全部的内眷。火的事,都扔到一边,大家议论着清秋失踪的事。有些人说,清秋抱了厌世的主义,烧死了也未可知。有些人说,她不是那样傻的人,要自杀,简便的法子很多,何必跳在火里去死呢?今晚亲戚朋友都有人来,只是冷家没理会。他们有姑娘在这里,岂有不过问之理?准是清秋跑回去了,所以冷家不必来人。倒是这一句话,有相当的理由。

金太太连忙派人到冷家去打听,不到一小时,打听的人回来说,冷太太就不知道这里失火,还问七少奶奶平安吗?我说,只烧了几间闲房,没事。冷太太说,夜深了,家中无人,不便出门,明天再来。金太太得了这种报告,稍微镇定一点的心事,又复跳荡起来。这个人就算没有烧死,只是不辞而别,就这样走了,也是一种不好的现象呀!大家纷纷议论,不觉得也就是东方发白。金太太再也忍耐不住了,亲自带了几个人到燕西那幢院子里去,将火烧的所在,挑掘寻找了一阵,看看可有尸首?然而寻了许久,并没有什么形迹。金太太寻过了一遍,凤举又带着人来寻找一遍,这也就太阳高照屋顶了。金太太站在这院子门边,整有两小时,见并没有不幸的痕迹,心里才算平安了许多。燕西、金荣已抢着来报告,说是冷太太来了。这句话,不能不让金太太心里一跳。

这个时候,金太太还不曾转了身子,小兰已抢着跑了来报告,说是冷太太来了。金太太心想,这个地方,怎好让她来看?只是她已来了,自也拒绝不得,因此迎着出了院子门,先在那里等着。不大的工夫,冷太太来了。她总是抱着古套的,这个日子,上身穿了夏布褂子,下面还飘飘洒洒的系着一条长裙子,那样子自然是很镇静的。金太太迎了上前来先皱着眉道:"我们不幸得很啦!"冷太太道:"是呀,昨天晚上我听说府上走了火,身上立刻就抖起来,后来听说没有多大的损失,我心里就宽了。你是知道的,我家里人口少,半夜深更,那是走不开的。清秋这孩子是大意的,这一程子总是淘气,我也没有她的办法。她昨天晚上在……"

冷太太说着,一面只管向里走。她一脚踏过了走廊门,哎呀了一声,向后一退,她已看到那个很幽雅整齐的小院子,变成瓦砾之场了。她初进金家大门的时候,除了看到地面上透湿之外,其余一切如常,原来种种揣测,差不多一扫而空,倒也心里很舒服。现在看到女儿所住的地方,竟烧成了这种情形,大大出乎她意料之外。立刻,脸上颜色青一阵白一阵,站着也有些前仰后俯的不定。她手扶着走廊上的一根柱子,望了金太太道:"她……她……我那孩子呢?"金太太看她那种情形,脸上正也是一样的青白不定,现在冷太太既问起来,只得镇静着道:"这还有原故的,你不用慌。"冷太太道:"有原故的吗?她究竟死了没有死呢?别的我也不问了。"金太太道:"死是没有死,但是人也不见了。"于是把昨晚失火,燕西看到清秋的情形,说了一遍。

冷太太道:"哟!他和她是冤家了,他的话,哪里会靠得住?这样说,我的孩子准是没命了。"只说到一句没命,早是哇的一声,哭将出来。金太太虽不愿意人家哭,然而人家丢了一个女儿,又怎能禁止人家不哭?只得靠了门框,站在一边干望着。冷太太究竟是个斯文人,在人家家里一个人放声大哭,也是不对,便掏了手绢捂住嘴,自己勉强的忍住了哭,然后揩着眼泪道:"还是在火场子里面刨刨罢,也许可以找出来的。"金太太道:"你就放心罢。你想,你的姑娘是我的儿媳,你的外孙是我的孙子,我能说麻麻糊糊不找个水落石出吗?"

冷太太也不肯再说什么,缓缓的走进了那院子门,见清秋住的地方,地下的砖瓦,堆有一尺多厚,乱七八糟的在瓦砾堆上,架了几根横梁。三方的砖墙,秃向空间立着,屋子可是没了。开窗户的地方,墙上倒露了几个焦糊的窟窿。冷太太向着天叹了一口气道:"老天怎么也是专和这孩子为难,偏偏是把她住的这屋子给烧了?这孩子命苦。"只这一个"苦"字说出来,嗓子一哽,两行眼泪,又滚将下来。金太太道:"你放心,我决计不骗你,她实在没有落在火里。只是她这样走了,走向哪里去呢?我依然还是很纳闷呀。"冷太太又自己拿着手绢,擦了一擦眼泪,向金太太道:"我到你屋子里去坐坐罢,在这里我瞧着怪伤心的。"这句话,兜动了金太太也是心里一酸,只是人家刚停止哭,怎好又去招人家?便道:"我也有话和你细谈一谈呢。"

说着,自在前面引路。冷太太到了金太太屋子里,只见所有的陈设,收拾了一大半,桌子上椅子上,都乱放几只箱子。因道:你这屋子里,也预备搬动的吗?"金太太道:"唉!你哪里知道?昨天晚上的火,简直红破了半边天,到处火星乱飞,不是消防队拼命的救,十幢这样的房子也烧掉了。因为火那样大,大家各逃生命,就没有顾到别人。等火势稍顿一顿,我就想起清秋来,一阵乱嚷,大家这才急了。"冷太太道:"你良心好,将来总有你的好处,你瞧,府上这些个人,没有人注意到她,都罢了,燕西和她是什么关系?也会不知道。唉!"

冷太太叹过了这一口气,坐在椅子上,好久不曾说第二句话。小兰过来倒茶,冷太太道:"你七爷今天总应该在家罢?你请了他来。"小兰答应着要去,冷太太又道:"你可千万别说我在这里,要不然,你算白跑一趟。"金太太听她的话,很有些讥讽的意思,待要点破一两句罢,燕西这个人是没有准的,也许今天早上,真不在家。原不必做什么坏事,他一想左了,真能开了汽车满城去找清秋的。因之金太太也默然坐着。但是只管默然也不行,好好儿的也叹了两口长气。

小兰去找了燕西一趟,还是一个人独自回来。金太太问道:"七爷呢?又不在家吗?"小兰道:"七爷不大舒服,在书房里躺着呢。"金太太道:"你没有说冷太太来了吗?你这个傻东西。"小兰顿了一顿,想了一下,便道:"我是照着太太话说的,请他来。他躺在沙发上,没有起身,只是说身子疲倦极了。"金太太向冷太太道:"你看这孩子,真是不经事,昨天晚上就这样闹了一下子,今天他会病倒了,怪是不怪?"冷太太道:"也不必他来了,我也没有什么话对他说。就是对他说,他不听我的,也是白费几句话。现在只有请求你,想个法子赶快把这娘儿俩找回来。不看僧面看佛面,你念着小孩子,也应当把她找着。我们亲戚,彼此都用不着瞒的,我这种穷家,哪里还拿得出钱来悬赏格呢?"金太太道:"这件事,要那样办,那就会闹得满城风雨的了。老实说一句,清秋真是走了的话,无非为了他们夫妻不和睦,负气走的,要回来自然会回来,不回来决不是报上一段广告,可以把她找回来的。"

冷太太听了这话,突然将脸色一正道:"这样子说,我们就看着她丢了,一点办法都没有的了?你是儿孙满堂的人,真可以不在乎,你想我就这一个姑娘,怎能够不挂心呢?我把这孩子,从小养到这样大,真是不容易的呀。"她说着话,情不自禁的复又哽咽起来了。拿了手绢,不住的擦眼泪,眼泪依然是不断的向下流着。金太太固然是个很精明的人,然而她的心术,却是很长厚的。她见冷太太一行眼泪一行眼泪的流着,自然虽有卫护燕西的意思,就也说不出口,只得默然坐在一边。冷太太哽咽着:"在一年以前,我绝想不到今天是这种情形。我本来就苦,如今索性只留我这一个寡妇,真是苦上加苦的了。"这几句话,也不免兜动金太太一番心事,心一酸,跟着就流下泪来。

两位太太彼此相对的流着泪,一句话不能说出,于是乎站在旁观地位的小兰,也不知有一种什么奇异的感触,眼圈儿一红,眼泪也要向下落。金太太一回头,见她靠了一张高茶几,有那种悲惨的情形,便道:"这倒怪了,与你有什么关系,要你做出这种缩头缩脑的样子来?"不说明,小兰倒无所谓,一说明之后,小兰倒很是不好意思,只得一低头走出了房门去。

冷太太是个柔懦的人,平常就不容易和人红着脸说一句话,现时在亲戚家里,又哭又说,已觉是万分的越出了规矩,连着人家丫头都引动得哭起来,如何再好向下去说?只得擦擦眼泪道:"咳!事到于今,哭也是无益,还总是请亲母太太,想个法子,就是找不着她回来,也要打听打听她究竟是死是活。"金太太道:"这自然是我们这边的责任,就是亲母太太今天不来,不说这话,我难道也能置之不顾吗?我已经告诉他们弟兄几人,大家分头去打听。只要不出北京城,不会找不着的。"

冷太太对于这个答复,虽不能十分满意,然而在事实上,除了这个,也没有第二个办法,这也只好忍耐着,不能再去做第二步的要求。便叹气道:"只要亲母太太看这办法好,我也没有什么说的。她虽是由府上走的,总不成我还要向府上要人?"金太太听了她这话,自是有些不高兴,然而看她那种凄楚的样子,决不能再与人以难堪。便道:"她究竟是个人,也没有犯什么法,当然可以行动自由。况且昨晚上,家里又是那样忙乱,她和家里人一样的逃难,谁又能够禁止她不走呢?"冷太太道:"虽然是如此说,假使燕西有一分心事关照她,我想也绝不会落到这步境况的了。"金太太被这话顶住了,答不出所以然来。

恰是道之、敏之从后面进来,她们是比较和冷太太熟识些的,一齐走了进来。先安慰了冷太太一阵,然后又说出了许多办法来。冷太太道:"别的什么都不说,事情已是闹到这种样子了,不谈什么责任不责任,在情份上说,我们这位姑爷也应当来和我商量个办法。我真不料他躲个将军不见面,简直不理会我,我是又伤心,面子上又难看。"道之道:"我又要替他辩护一句,他并不是躲着伯母,他实在因为这事对不住人,见了伯母有些惭愧。当了家母在家里,他又怕更受什么责备,所以暂时不出来。等一会儿我必定让他到伯母家里去,想出一个妥当办法来。"

敏之道:"我看伯母暂时不要回府了,在我们这里,先等一等消息罢。"冷太太道:"我在家里,只知道府上走了火,真没料到有这件惨事。家里什么事都没有安排,整天的在这儿等消息,可是不行。"道之道:"伯母家里有事,只管请便,我们这儿得着消息,随时向你府上去报告。"金太太道:"你就有事,也在我这里宽坐一会子,等他们分途去找人的带些消息回来。"冷太太也没有说好,也没有说不好,叹了一口气,抽出一条手绢,擦了一擦眼泪。那眼泪水只是一行一行的向下滚着。道之敏之只管看了不过意,只管去安慰她。

又谈了一小时,冷太太见没有消息,又站起身来告辞,两手伏在胸前,向金太太作了一个揖,很诚恳的道:"亲母,孩子的事,托重你了。"说着,又转过身来,向道之姊妹,揖了一揖。大家都哗然起来,说是不敢当。金太太握着她的手道:"亲母,你放心,我还有四个女孩给人呢？你这样，不是让我更不过意吗？"冷太太垂着泪，点头道："亲母这样说，我就放心了。"一面说着，一面向外走。金太太道："各凭各良心，我反正不能把一个孙子牺牲了。别的话能假，这一句话，我总不会假的。"说着话，执着冷太太的手，只管向外面送着，一直送到洋楼重门下，才止住了不送。道之姊妹，更一直送到大门口，分付开汽车送了冷太太回去，直等汽车开走了，然后才回来。

走到金太太屋子里，只见她沉着脸色道："老七这东西，太可恶了。这样重大的事情，全不理会，就让老母亲一人替他扛着吗？"道之道："实在也是不对。刚才冷伯母在这里坐着，说得多好，他能够出来见一面，也让人家心里好受点。我去问问他去，这是个什么用意？"说着，就向燕西的书房里走来。走到门口，里面是静悄悄的，并没有一点声息，伸头向窗子里一望时，只见燕西躲在一张睡榻上，手上拿了一张白纸，翻来覆去的，折叠着玩意儿。目光看了那纸，只管出了神，似乎东西折叠成功不折叠成功，都不在乎，只是要继续折叠着，方才有趣。

道之站在门外停了一停，见他并不注意到门外，便喊了一声老七。燕西一回头，连忙站了起来，让道之坐下，问道："你还没有回去吗？"道之道："家里闹了这样大的事，我总得在家里安慰安慰老人家，哪能像你这样没有心肝，一点儿不在乎？"燕西道："我怎么没有心肝？火已经烧了，烧的就是我，我算倒霉极了。我有什么法子？叫我对火场痛哭一顿不成？"道之道："你还要强嘴？老婆儿子，生死不明，你倒坦然无事？"燕西道："她走了，叫我有什么法子？这大的北京城，叫我满市乱找去不成？"道之道："随便怎么说，你都有理，刚才你岳母来了，你怎么不去见一见？人家只有这个姑娘，嫁了你，只望前途光明，结果是火烧走了，你也不去安慰人家两句。假使不是文明人家，和你要起人来，你打算怎么办？"

燕西两手一撒道："让她要人得了，充其量也不过是打官司。可是我有嘴，我也会说，一个人，不是一件东西，哪里看守得住的？哪个丈夫，也不负看守妻子的责任罢？"道之冷笑道："你倒辩白得有理，你会说这些个话，怎么不去对你岳母说呢？若是一个人藏在屋子里说这种话，那不算什么。"她说着话，脸可就红了。燕西倒不料道之向来为着自己的，今日也是这样有气的样子，便道："你不要信旁人的话，以为我怎样薄待清秋，把她气走了。其实不过我忙一点，没有工夫敷衍她，她就对我不满。我的脾气，你也是知道的，她既然是对我不满，我又何必苦苦迁就她，因此二人就生疏了。你想，她忽然会搬到楼上去住，简直要和我绝交的样子，你想，我这个人能受她那种手段，对她低声下气将就下去吗？"

道之道："她搬到楼上住，不是为了你要到德国去，才气出来的吗？"燕西道："这就不能望前推了，不是她有对我不住的所在，我也不会气出这种话来的。"道之道："我以为这些话，都不必去说了。我做姐姐的，总愿没有人说你的短处才好。难道让大家说你虐待女人了，我还有什么面子不成？只是现在人生死未卜，你总应该把她的短处忘了。"燕西道："不是这样说吗？我正躺在屋子里发愁呢。"道之道："我本来也不愿多管你们的事，可是母亲说，你们的婚姻，完全是我一个人促成的，现在闹成这种样子，我要负责。我听了这话，我怎样不生气，当着你们可生可死，那样要好的时候，拼命的要求结婚，我们在一旁的人，倒能说将来一定会翻脸，拦住你们不进行吗？"

道之越说越有气，嗓子也越说越高，到了最后，左腿向右腿上一架,两只手抱了左腿的膝盖,偏着头向一边看着。鼻子哼一声,冷笑道:"假如再换一个人的话,不见得比清秋好,苦还在后头呢,这倒是我料得定的。"燕西偷眼看着道之,实在有了气,这个姐姐,向来是疼爱自己,又肯帮忙,终不成把她也给得罪过来了。便站起来向她拱拱手微笑道:"不要提那些了,只要你能和我想个法子,我和她彼此两全,我没有什么不遵照办理的"道之向他望了一眼,哼了一声道:"你还有心肝吗?事到于今,你居然还笑得出。家里固然闹得是家败人亡,你几乎也是杀人放火了。"燕西脸一红道:"四姐,你这话,也未免特重一点罢?"道之把架的大腿放了下来,在地板上,用脚连点了几下道:"不重!不重!"

燕西两手向胸前一抱,昂着头,两手又一扬道:"杀人偿命,欠债还钱,天大事也完了。就算冷清秋是我逼走的,我也不过陪她一走,也就完了。"道之道:"你陪她一走,这倒正合了你的计划了。我告诉你,别起那种糊涂心事,以为靠着白秀珠的力量,到德国去就可以发财。秀珠根本上就是不可侵犯的小姐脾气,你再要去依靠她,她这一分骄气,应该长到什么程度?你受得了吗?"说时,将手连连向燕西指点着。燕西板了脸道:"你那样瞧不起我,简直损坏我的人格。"道之道:"我是好话,你别以为我踢了你的痛脚,你心里难过,你要知道现时难过,比较将来难过,好得多呢。你不必和我争论,我们同到母亲那里去,看她对你说些什么?一个人有理无理,决计不是自己可以强说出来的,总得求大家的公论。你不信,就和我一同走。"说时,推了他一推。燕西身子一扭道:"我不去。"道之道:"哼!我也知道你不去呢。"说毕,一掉头走出屋子而去。

第一百二回

对客道烦忧初尝苦境　替人流急泪重见残装

道之到了此时，总也算二十四分不满意，一人走到金太太屋子里来，脸上还是怒气未息。金太太道："你见着他了，他说些什么？"道之道："有什么可说的？这孩子算是毁了。"她说了这话，也是一偏身子坐在椅子上，架了腿，两手抱着膝盖。金太太道："你也是这样大的气，他究竟说了些什么？"道之道："他是利欲熏心，想靠了白家一条路子去找出身，所以家里的事，无论失败到什么样子，他都是满不在乎。我也不愿说了，反正是我自己的兄弟，我要批评得他一个大不值，与我有什么好处呢？你要愿意知道他说些什么，你就自己去问他罢，我是不好意思说的了。"金太太终究不知燕西说了些什么，道之既是不肯说，自也不好怎样问得。便又叫小兰再去催燕西来。

这时，燕西一人躺在睡榻上，两手牵了一根绳子，只管互相扭着。眼望了天花板，口里随便的哼着。小兰站在书房门口，先叫了一声七爷。燕西手里，依然牵着那绳子，不曾理会。小兰又大声道："太太请你呢，七爷，你听见没有？"燕西一翻身坐了起来，皱了眉道："你们怎么回事？我在书房里静静的养一会儿神，都不能够吗？去！去！别在这里打搅。"说着这话，连连的挥了几下手。小兰怎敢和燕西抵抗，没有做声，低头走了。

燕西站了起来，长长的叹了一口气。昨晚上抢出来的一口箱子，放在书房里边屋子，进去对箱子出了一会儿神，又叹了一口气。他望了许久，忽然叹了一口气道："我料不到呀。"说时，自己一个人，想要上前去开箱子，手刚一扶到箱子盖，又愣住了，还是退了回来，依然倒在睡榻上，架着腿摇撼了出神。出神了许久，还是跳了起来，又到那间小屋子里去开箱子。箱子打了开来，一看那里面，乱七八糟的，所塞的一些衣服和零用东西，胡乱的纠缠着一处，简直分不出哪项归哪项起来。在箱子面上爬梳了一阵，好容易找出自己的存款折子和支票来。向来就怕校阅数目字，而今在失意的时候，倒要去仔细盘查几个月来挥霍的总数，这如何不头痛？因之两手抱了这些有数字的文件，猛然向箱子里一掷，又昂头叹了一口气道："反正是花费干净的了，完了就了事罢，算什么劲儿？"

外面忽然有人插嘴道："怎么一个人在屋子里嚷嚷起来了？"燕西一回头，原来是朱逸士来了。因道："你瞧，糟心不糟心？好好的来这么一场火，专烧我一重院子，我现在是合了那句俗话，人财两空。你瞧，我是应当怎样办？"说毕，也到外边屋子来，一仰身子在睡榻上坐了，接着两手一拍。朱逸士也皱着眉道："说起来，真也是怪得很，怎么偏是在这个时候，嫂夫人会失踪了？"燕西摇摇头，叹了一口气。又将脚在地上涂了几涂。他胸中那一种抑郁不平之气，只在几项表示上，可以知道，他简直是没有法子可以发泄出来，其痛苦也就可想而知了。朱逸士看了他发愁，倒没有什么法子去安慰他。一看燕西分开了两条腿坐着，两只手肘撑了两个膝盖，将两只手托了头,眼睛望了地板,头发向前散着,披了满额和满脸。

朱逸士道:"事已至此,你懊丧也是枉然,你没有打听嫂夫人现时在什么地方吗?"燕西道:"偌大的北京城,叫我到哪里去打听?她不下决心,也不会走。这个我倒无所谓,只是我心里有一种说不出来的痛苦。长了这么大,我今天算是知道什么叫痛苦的境遇了。这痛苦,自己也不知道是为了人,还是为了东西。你给我想个法子,要怎么样解释这层困难呢?"朱逸士不禁笑道:"我又不是你肚子里的蛔虫,连你自己痛苦在哪里还不知道,我们做朋友的,知道从何处下手?"燕西依然两手捧了头,脸向着地板,不曾掉动。朱逸士走向前,拍了他两个肩膀,笑道:"前面客厅里,有许多人在那里,大家到前面去谈谈罢。谈谈笑笑,你就会把烦恼解除了的。"说着,拉了燕西手臂,就向书房外面拖。燕西勉强的站了起来,就让他拖着走。

到了前面客厅里,所有弟兄们的朋友,差不多都在这里。看见了燕西,大家都感到他是此次受难最重的一个人,都和他拉着手,说他受惊了。燕西笑道:"也无所谓,向来就抱着随地化缘的宗旨,火烧了,倒落个无挂无累。"说着,倒笑嘻嘻的在一张软椅上靠了背,半躺着坐下去。刘宝善口里衔了一根雪茄,竭力的吸了两口烟,闭了眼睛,出了一会儿神,叹了一口气道:"唉!这一程子,大家的运气,都不大好哟!"凤举道:"你还发什么牢骚?你的生活问题,算是解决的了。"刘宝善站起来,向凤举连作两个揖,笑道:"我的大爷,别这样抬举我,我可受不了。许多人都说我生活问题解决了,以至于想找一点小事混混,也不能够,人家总说我用不着忙这个。上次那个大竹杠,不都是这空气坏的事吗?再要来一下子,可要了我的命。"燕西道:"有什么要你的命?反正比我强罢?我现在真是两袖清风了。"

说着话时，鹤荪嘴里，衔着一杆七寸长的象牙小旱烟袋，上面燃着大半截烟卷，身上穿了一件旧直罗长衫，可踏着一双拖鞋。他皱着眉，缓缓走进来，两手轻轻一拍道："这回可是真正的散了。"说毕，右手取下小烟袋，左手伸平了巴掌，弯腰向着痰盂子里敲了敲烟灰。凤举皱了眉道："我们二爷，真有点名士派，你看他这从容不迫的样子。他带了一句话到这里来报告，只说了一个头子，人家都等着听他的下文，他倒是那样没事似的，许久也不露出一个字。"鹤荪依然将小旱烟袋在嘴里衔着，向旁边一张藤椅上坐下，吸着烟卷道："忙什么？反正没有昨天晚上发火那样着急。"凤举道："我就让你从从容容的说罢。现在大家都在听你下半截的话，这下半截怎么样？"

鹤荪道："母亲刚才说的，说是家里一切的用途都减少了，又何必住这所大房子？她决计搬出去独自过活。你想，她老人家走了，我们还能住在这里不成？慧厂说了，她真要搬。"凤举道："真有这件事吗？"鹤荪道："当然是有这件事。没有这件事，难道我还成心来撒这样一个谎不成？"凤举道："其实据我看来，也不必急急的走上这条路，只要别的事俭省一点就成了，至于房子大，是自己的，又不多花一个钱。"鹤荪道："你这是只知其一，不知其二。虽然住着不花钱，倘是大家搬出去了的话，租给别人住，岂不会挣了一些钱进来吗？"凤举道："难道我们家里还差这几个钱用？到了我们家都要干吃瓦片的生活，大事就完了。"他对于这几句话，倒是轻飘飘的说出来的，可是大家一听之下，都默然的不说一句话。

燕西是不大理会各人的意思，就问坐在身边的鹏振道："三哥对于这件事，持着什么态度？"鹏振沉吟着道："真是大家要搬出去的话，那也好，我的意思，以为各人组织了小家庭，大家有一种方便。"燕西淡笑一声道："现在倒是我好了，大家庭也好，小家庭也好,对我反正无所谓。我一个人,哪里也好安身。"凤举道:"你这叫胡说!难道你的孩子和媳妇,就听其自然的消失,不去找了吗?"燕西道:"就是找回来的话,她也未必能和我合作,我觉得她不下散伙的决心,是不会走的。夫妇勉强结合,那也没有一点趣味,倒是这样的痛快。"他如此一说,满屋子的人,又是一次默然。

还是燕西叹了一口气,站起来道:"大家别这样愁眉苦脸的了,有什么开心的话,大家谈上一谈罢。"鹤荪向朱逸士道:"你看到哪里有适合的房子没有?我倒不必要大,只要干净点就行了。"朱逸士笑道:"你这个'大'字当然是以现在府上的屋子为标准。可是比这小下去,三间房是小,一间也是小,究竟要小到什么程度才合适呢?"鹤荪笑道:"当然不致于小得到一间或三间房那种程度,像你们住的那个样子,也就行了。"

凤举听到鹤荪所说,竟是搬定了,心中很不高兴。但是果然老太太有了这个意思,兄弟们是遵慈命而行,自己哪里干涉得了?皱了皱眉道:"这都是急其所缓的话。现在我们先要谈到火场上的善后问题,你所说的,又不是今天明天的事,忙什么呢?我看燕西倒应该到里面去,向母亲请示一下,应当怎么样去对付冷家?"燕西道:"我闷得了不得,这些人在这里,大家谈谈,也可以解解烦闷,你一定要我去见母亲做什么?见了母亲,也不过是多挨几句骂。要找人,只有两条路,一条是在报上登广告,一条是到区署里去送个报告单子,报告走失,让他们通知城内警察去留意。这两件事,似乎都此路不通罢?叫我满街满市找去,我可办不到。"

凤举道:"没有法子想,难道就如此置之不理不成?"刘宝善点了点头道:"这是规规矩矩的话,七哥总应该和老太太去商量一下,事已至此,总还是图个结束,不再扩大才好。"燕西道:"怪话了。

还扩大些什么，再烧一次房子不成？就算冷家和我要人，也不是我轰走的，何况我金家还有一个小的陪着去呢。"朱逸士正着脸说道："这倒是正话，置之不理，总是不好。想办法不想办法是一事，办法行得通行不通又是一事。若是老太太方面不免责备两句，这也没有关系，总不能因为老太太责备，你就永久不见老太太。"燕西因大家都劝他去见母亲，不便坚执不去，慢慢的站起来，微叹了一口气道："真是让我没有法子！"说了这话，于是缓缓的踱出客厅门，走向金太太屋子里来。

金太太正躺在一张睡榻上，手里拿了一挂佛珠，一手掐着，一手数着，眼睛微微闭着，似乎是心无二用。燕西缓缓走进来了，她依然在掐着佛珠，并不睁开眼来理会。燕西本想叫一声妈，也不知道什么原故，这个生平最先会说的一个字，竟一时说不出来。既不能惊动母亲，又不能来了之后，转身就走开，只得在母亲对面一张椅子上随身坐下。他手碰了桌上的茶杯，叮当一下响，金太太这才睁开眼来，冷笑一声道："你还有工夫来看我？你不是很忙的吗？"燕西手扶着桌上的茶杯，转着杯子，远远的看看杯子上的画，并不曾做声。金太太道："你现在脑筋有点麻木不仁罢？怎么烧了房子丢了人，你还是一点没有事似的？"燕西道："我怎么会没事似的呢？我到现在为止，还是<u>坐立不安</u>。可是<u>坐立不安</u>，也只能急在肚里，难道我还摆在脸上，只管又说又哭的道着苦情不成？"金太太道："事到于今，我也管不了你们了，我决计搬出这屋子去。"

燕西手拿着茶杯，只管转着看花纹，许久，叹了一口气。他又望了金太太正要说什么，只听李升在外面叫道："这样热的天，就是没有什么危险，那里一股火气没有退，也不该过去，现在打伤你，你怪谁哩？主子家里，有这种不好的事，你倒要讨小便宜？"金太太便喊道："李升，你说什么？"李升走到房门外，隔着纱帘子道："那厨房里一个打杂的，他跑到火场上到土里去掏东西，墙上落下几块砖头，由耳朵边斜劈下来，肩膀上打肿了。他要跑来求求太太恩典，给他几个钱养伤，我把他骂了一顿。你想，上上下下，大家心里都怪难过的，他还要来求恩典，这种人简直是没有心肝。"金太太道："他在火场里去掏东西，什么意思？"李升道："他以为七爷屋子里，金银财宝是烧不了的，一定都埋在乱瓦乱砖里头，他趁着家里人都没有心思，想先掏出一些去。太太，你想这东西可恶不可恶？"金太太叹了一口气道："人心都是这样的。无知识的人，也就不必和他去计较了。"

李升道："我倒在土里头刨出一个小扁箱子，大概是七爷的，外面还没有坏，好好还锁着呢。"燕西由屋子里抢了出来道："还有个箱子吗？怎么样的？我看我看。"李升手上提着一只二尺上下的长方形扁箱子，举了一举道："你瞧，这不是？"原来这是一只绿漆铁皮的小箱子，原是放些信件和纸张零碎的，也不记得是搁在什么所在。有了铁皮保证，竟未烧着，这倒是出于意外的一件事了。金太太在屋子里问道："找到一个什么箱子？里面有什么吗？"燕西道："不相干，是个装文件的箱子。我书房里有一把同样的钥匙，等我拿去开开看。"说时，连忙提了箱子，就向书房里跑。找着钥匙，将箱子打了开来，只一掀盖子，自己倒失声笑起了。

原来里面这些文件，都烧成了焦黄的，手伸着一捏，却是一把灰。因为箱子，虽是铁皮包的，不能烧坏，然而这种热气，总可以传了进去，隔了箱子，就是这样把纸给炼焦了。手提箱子，走到廊子外，就向地上一倒，以为这也不值一顾了。然而这样一倒，却是当的一声响,将脚拨开纸灰一看,原来这纸灰里面,藏着有一面镜子呢。弯腰拾起来,不觉自己是一怔。记得结婚后几天,自己端了照相匣子,和清秋照了好几张相。有一张相,在松树下面,堆了几盆菊花,清秋侧着身子看花,姿势照得好极了。自己一高兴,配了个圆镜框子,一面玻璃砖的镜子,一面是薄玻璃盖着相片。就放在桌上,不料一个不小心,把镜子打破了,自己脸上,当时很是不好看,幸而清秋不在屋子里,赶快藏在箱子里。心里还想着,等到将来彼此年老了,把这相片取出来,打破迷信。现在凤去楼空,这事到真有些可信了。

心里如此想着,手上捧了一个破镜框子只是出神。身后有人问道:"站在太阳里做什么?不怕晒人吗?"说着话,那人已将镜子接了过去。回头一看,原来是梅丽。梅丽接过那镜子一看,只见里面夹了一张相片。那相片由镜框子夹缝里,漏出来大半截,都烧糊了。那在镜子里的大半截,只剩了清秋大半截影子。她接着,也是许久不做声。燕西原来出神,被她接过,就醒悟过来的。现在看到如此,便道:"你老看着做什么?"燕西只管如此问,梅丽却是不做声,依然怔怔的将镜子拿着。那镜子上面,却滴了几粒水珠。燕西低头一看,原来她哭泣着,已经滴下泪来了。燕西道:"你这是做什么?"他不问则已,他一问之后,梅丽索性哭得息率有声,那泪珠像抛沙的一般流了下来。燕西道:"你这是怎么着?站在大路上哭,人家看见,还以为是我欺负了你呢!"梅丽道:"你不欺负人吗?你你……你多损呀?我看着这相片,好像清秋姐就烧死了一样呢。"她说着话,一扭身子就跑了。

燕西听她所说,虽是小孩的话,然而自己心中,为了这事,却也有一种说不出来的痛苦。赶紧走回书房里去,将房门一关,两手托了头,靠着书桌坐了。自己不知道坐了多久,有人敲着门,连叫了几声七爷。燕西糊里糊涂的,叫了一声进来罢。却是金荣推门进来,低声道:"唉!你也别伤心,保重身体要紧。前面客厅里,开一大桌饭,我怕你吃不下去,叫厨房做些清淡的,送到屋子里来吃好吗?"燕西道:"不必,我吃不下去。"金荣道:"你总得吃一点,饿着肚子也是无济于事。"

燕西站起身来,又复坐下。金荣见他有些徘徊不决的样子,又道:"七爷,你早上一点东西都没有吃,总得吃一点。到了下午,你总还有些事,若是一点东西不吃,你会病的。"燕西叹了一口气道:"像这日日向下落的家庭,死了倒也干净,省得用眼睛来瞧,也省得伤心。"金荣道:"你吃得了多少,你就吃多少,可是你到大家一处坐着谈谈心,也是好的。"燕西站了起来一顿脚道:"好罢,我就依了你的话。"他说着,就走向前面客厅里来。

这时,前面一桌宾主,都坐下了,举了筷子要吃菜,一见燕西到了,都站了起来,向他乱招着手道:"加入加入!"燕西往常遇到大群朋友的所在,有人欢迎他,他一定是欢欢喜喜的,也嚷着加入。这次可是例外,只是皱了眉毛,淡淡的一笑,在下手一张空椅子上坐下。这一群人中,现在要算赵孟元最快活,因为他并不曾受金家势力消歇的影响,而且自己在官场上另开了新路径,还是很活动。所以在全桌上,他是最高兴不过,话也说的最多。他首先向燕西笑道:"七哥是个快乐之神,向来不知道这个愁人的'愁'字是怎样写,而今也是这样老皱着眉头。凡事总得看开一点,别尽管向失意的地方想。我们大家也都在和你想法子。你烧了一点东西,当然不算什么,就是尊夫人,我们详细的讨论了一番,不带孩子去,她或者有什么意外。带了孩子去,绝不忍心抛了孩子怎么样的。"

燕西踌躇了一会子,望了桌上这么些个人,开口要说一句什么话,忽然又忍回去了。赵孟元道："你想想，我这话不对吗？"燕西没有做声。桌上的人，可就根据了赵孟元的话，大家讨论起来。燕西本是要坐到大家一处来，把这件事暂时丢了的，不料大家所议论的，偏偏是这一件事，不免惹起了心中无限的烦恼。因之索性一句不提，只管听旁人说去。但是口里虽不说话，同时也就吃不下东西去，手扶了筷子，只拨弄着碗上的饭粒，夹了几粒，送到嘴里去，并不曾扒上一口饭。凤举看到，皱眉道："我看你这样子吃不下去，那就不必吃了，勉强吃下去，回头心里更是不好受用。"

燕西将筷子一放，将碗一推，就下桌来，坐到一旁去。凤举究竟是个长子，看到家中连出事故，心中也是抑郁不欢，只吃了大半碗饭。鹤荪心里儿自惦记着分居的一件事，不大说话的人，也更沉默。鹏振深知清秋和自己夫人不大合适，很觉得自己夫人，对她有些过分的地方，那末，清秋出走，多少有点责任，心里也是不安。这四位少爷，都是忧形于色的，在这里的朋友们，自然是不能喧宾夺主，很快的就把一餐饭吃完，桌上许多碗菜，竟有不曾下箸的。凤举绕着桌子走了一个圈子，叹了一口气。因对刘宝善道："二爷，我们聚餐的时候，总算不少，像这样赴鸿门宴似的吃饭，大概不多罢？哎！风景已殊，举目有河山之异。"

鹤荪接过听差的手巾把，擦了一把脸，自在身上拿出烟卷盒子，取了一根烟卷，放在旱烟袋头上。拿出身上的自来火盒，划动了火机，盖子一掀，火焰一冒，偏着头，将烟卷就了火焰吸上。盖了自来火盒，缓缓的放进口袋。却趁着这时，喷出两阵浓烟来。悄悄的坐在一张藤椅子上，人向后一躺，便架起腿来。见旁边茶几上放有两张印刷品，顺手拿来，两手捧起，挡了面孔看着。

凤举道："鹤荪，昨晚起火的时候，你在哪儿？"鹤荪依然在看印刷品,随便答道:"在屋子里睡着呢!"凤举道:"你起来了没有?"鹤荪道:"家里失了火,焉有不起来之理?你这话问的是什么意思?"凤举道:"我看你这样从从容容的样子,一定是疾雷起于前而不变色,大家烦闷极了,你好像没事。"鹤荪这才一放印刷品,站了起来道:"你叫我怎么着?我向着大家哭一起子,跳一起子,事情就太平了不成?"

凤举皱了眉道:"你简直是语无伦次!"鹤荪且不理会他。见赵孟元正背了手隔着玻璃窗向外张望,便喊了一声老赵。他一回转身来,鹤荪笑道:"我现在知道古人说的什么诗以穷而愈工,那倒是一句实话。你瞧我们大爷,不过三分钟的工夫,肚子里急出好些典故来了。"大家也正觉凤举今天何以大抖其文?鹤荪一说破,大家想着,不由得哈哈一阵笑了起来。这一笑不要紧,可是又引起一阵麻烦。

第一百三回

对坐无聊愁城生怨色　远来有意情海起新澜

凤举兄弟在客厅里吃饭，悲极转喜，大家笑了一阵。就在这时，李升由外面走进来，走到凤举身边，低声道："老太太请。"凤举看李升有一种郑重的样子，似乎不是什么好消息，便跟着走了出来，也低声问道："又发生了什么问题吗？看你这样子，倒好像有什么大事。"李升道："老太太刚才由客厅外面过，脸色很不好看。到了屋子里，就分付我请大爷。"凤举也猜不出这是什么事，一走到屋子里，就看到金太太沉郁着脸色，端坐在那大椅上，凤举进来，她许久不做声。

凤举虽是不畏惧母亲，然而在这家难期中，母亲心里悲痛之时，自不能不加上一份小心，因走近前来，低声道："有什么事吗？"金太太又将脸色一沉道："你们都是些毫无心肝的东西！到了现在这种时间，你们还能够大吃大喝大乐？"凤举远远的坐下道："你是听见我们刚才在客厅里说话吗？这都因为刘二爷这班朋友，今天一早就来了，家里的便饭，留着他们吃一顿。我们有什么可乐的？不过因话答话，笑了两声。"金太太道："还笑得出来吗？"凤举道：

"我们家里不幸,朋友家里没有遭不幸,自己不笑罢了,难道还……"

金太太手一拍椅子靠道:"我恨透了你们这班东西了,事到于今,你还强辩?我坐在这里,是日坐愁城,今天下午,我就到道之那里去住些时,这家不管了,由你们闹去罢。好在也就只剩了这一所空房子。"听到这里,凤举不觉得颜色一正道:"你若是气头上的话,我就不说了,若是你真有这个意思,我可要说一句,这是行不得的。无论怎么样说,多少还有四个不中用的儿子,难道家境一不好起来,这四个人就是如此无能,娘也供养不了,让你到亲戚家过活去吗?你可别去。"金太太道:"我愿到哪里去,我身体上的自由,谁管得着?我到她那里去,她能给我一种安慰,你们呢?昨天晚上这一场火,我看不是无原故的。我这一所房,还值几万块钱,我要保留着,我得想法子保留。"金太太说着话,脸上可是变成了红色,似乎很生气。

凤举用右手五个指头在桌上轮流的敲了一阵,眉头紧锁着,这样子约摸有三分钟之久,在沉默的当中,极力的思索,终于是想出了一句话,冷冷的道:"这样说,你是要大家搬出这一所房子去?"金太太一点头道:"对了。到现在,我为什么不打一打算盘呢?我的几个存款,已经全分给你们了。我不但没有了进款,而且也没有了积蓄。现在排场虽然小了许多,但是每月伙食用费,依然得拿出一两千块钱去,这样下去,不到三年,我要穷个精光了。管他呢,只要大家好好的过日子,我也就能对付一日,就过一日。现在你们在一处,除了用小心眼儿之外,快活的还是快活,胡闹的还是胡闹,这不闹到大家同归于尽,你们不会觉悟!我勉强维持这一大家人,那不是维持大家,是送大家上死路了。"

凤举听母亲这一顿申斥,羞惭之下,不免愤激起来,突然向上一站道:"你这话说得是对的。不过真是大家要过下去,决计不能这样没有办法的向下过,除了老七现在还没有收入而外,我们兄弟三人,当然每人每月要摊出一笔款子来,维持家用,以后就不至于要你出钱了。"金太太道:"现在的家用,就算每月一千块钱罢。我问你们,每人能摊三百块钱出来不能?"凤举顿了一顿,又坐了下去。右手伸了一个食指,在茶几上连连画着圈圈,缓缓的道:"这总可以的罢?"金太太冷笑一声道:"这总可以的罢?"凤举不敢说了。那手指头依然在茶几上去画圈圈。

母子都默然了一会子,金太太道:"老实说,我并不希望你们有这样一天,只要你们自己养活着自己,不再闹什么亏空,我也就觉得是福星高照了。我叫你来,并不是商量这一件事,我早有了这个意思,还没有决定哪一天实行。现在就是叮嘱你一句,家门的祸事,重重叠叠而来,虽然你们抱了那种达观主义,满不在乎,不过也只宜放在心里,不可摆在表面上。人家说你们一句全无心肝,我也不去管他,若是人家说到我和你死去的父亲,会养出你们这种儿子,可是替我们添了一行罪,我想你们总也有些不忍心。我话说到这里为止,外面还有你们那些好朋友在那里等着,你快去高谈阔论罢。"

凤举听了母亲的教训,看她的脸上,又是没有一丝笑容,觉得母亲真是气极了。便踌躇着不敢走。金太太看了凤举刚想起身一站,复又坐下,便冷笑道:"你不用做出这种样子来。你们弟兄,对于我的话,只要十句肯听一两句,我们家里,又何至于冰山一倒,大家就落成这一步田地?要好也不在现时这一下子工夫,你去罢。"凤举本来还有许多话要说,但是直跟着说下去,又怕把话说僵了。只得还是站起来,缓缓的向外走去。

到了客厅里,原人都在,只差了鹏振。凤举便问鹤荪道:"老三呢?"鹤荪道:"他说要出去一趟,但是没见出门,似乎是到屋子里换衣服去了。"凤举道:"他哪是要出去?……"说到这里,一看屋子里,还有许多的朋友,把话突然忍耐下去了。朋友之间,谁也明白大爷是个最要面子的人,三爷是个最会打算盘的人,大爷只这一句话,已经把他对三爷的态度,完全表示出来。这话不好让大爷再说下去,再说时,三爷的面子就要不好看的了。大家就趁着凤举说话顿了一顿,抢着说着些别的事情,把这种话锋牵扯开去。凤举躺在藤椅上,向着天花板叹了一口气道:"心有余而力不足。"燕西道:"什么事心有余而力不足?"凤举皱着眉,将头摇了一摇道:"说起来很牢骚,我不愿谈,回头到里面去问问,自然明白。"

燕西听了这话,也就明白十之八九,心里想着,果然我们这一大家子人要分散了。倒剩了我一个孤独者,这应当和谁去混在一处?母亲是不大满意我的,几位哥嫂,既是说各立门户了,我哪能去附和他们?二姨太,两个姐姐,更是不能合作的了。燕西由前想到后,真是全家散了的话,谁也不能和自己同在一起住着。一个人住着呢,又寂寞不堪,现在唯一的办法,就是跟着秀珠,一同到德国去。到了德国有事就做事,无事就读书,总比在家里捧着膀子赋闲好得多了。他如此一想,心里无限的烦恼,似乎又解除了一点。最好是马上到白家去,和秀珠谈上一谈,更是安定。然而这个时候出门去,未免令人注意,要到秀珠那里去,更是招物议。心中一不耐烦,坐在许多人一处,人家说些什么,都未曾听到。有心事不如自己到一边想去,如此一转念头,马上起身到书房里去。

走进房,先静静的躺了一会儿,躺着不能安定,爬起来又在走廊上徘徊着。徘徊了好久,依然走到屋子里,在睡榻上躺着。伸手一按电铃,金荣走了进来,不等他开口,燕西便道:"你知道吗?我们快散伙了。"金荣听到这话,不明他用意所在,站在一旁,倒愣住了。燕西又问道:"你没有听见说吗?"金荣笑道:"听见说的,这不过是老太太一时气头上的话罢了,你别多心。"燕西道:"绝不能是气头上的话了,一定要成事实,你看要怎样办?"金荣哪知道燕西问这话是什么意思,停了一停,慢慢的道:"我向来就是伺候七爷的,当然还是伺候七爷到头。"金荣总不是那种趋炎附势的小人。燕西摇了一摇手道:"唉!你误会了我的意思了,我不是问你的事,我是问我自己的事,你有什么办法没有?"

金荣真不料七爷会说出这话,竟要自己做军师,便笑道:"你这是笑话,怎么叫我出什么主意哩?"燕西道:"那要什么紧?真知道我事情的人,为数就不多,所以能替我想法子的,也就只有几个人,你说对不对?"金荣听了他如此说,虽然也可以出一点主意,但是一想到主仆之分,以及燕西的为人,还是不乱说话为妙。因此笑了一笑,向后退着,做个要出门的样子。直退到门边,才道:"你也别急,再过两三天,大家心里一安,就不会这样烦恼的了。"说毕,他反带着门就退出去了。

燕西为了没有法子,才想到叫金荣来问,不料金荣也是说不出所以然的。一人便静静的在屋子里躺着,也不叫人,也不出门。因为听到冷太太留下了的话,回家去看看,下午还是要来的。不料这天下午,冷太太却不曾来,而且也没有派人向这边来打听消息。心想,这可怪了,在这样紧急的时候,他们那一方面,竟会突然的停止打听消息,难道放弃了干涉主义,听其自然了?想了一阵,在屋子里又坐不住了,便踱着步子,缓缓的走到金太太院子里来。先在院子门口站了一站,听听金太太在屋子里有什么表示没有?听了许久,却是寂然,不知道金太太在休息着,还是不在屋子里?因此虽然缓向里面走,却极端的放重着脚步,但是一直走到窗户边,依然不听到屋子里有一点声音。这样看起来,简直母亲不在屋子里了,于是放开脚步走进去。

他将门帘一掀,走进门来一看,这倒出乎意料以外,原来除了屋子里坐着金太太而外,还有二姨太和敏之姊妹仨。大家都是愁眉不展,对面相向,并没有一个人开口说话。燕西进来了,梅丽向他脸上望了望,问道:"怎么脸上出那些个汗?"说着,在身上掏了一条手绢,向燕西身上一扔。燕西道:"我没有出汗啦。"说着,拿起手绢,向脸上去揩,揩了几揩,并没有什么汗。因道:"我照着镜子,也看到脸上是黄黄的,这不是出汗,是出油。"他这一说,大家都笑了。燕西道:"这是真话,笑什么?天气太热,或者是人过分的着急,脸上都会出上一阵黄油的。"金太太已是不笑了,便道:"据你这样说,你倒是很着急的了?不过要打你去出洋的算盘,倒是这样大家散了伙的为妙。你应该快活才是,怎么倒会着急呢?"燕西皱了眉道:"你老人家,一天到晚的嚷着散伙,真是散了的话,可合不起来。"金太太冷笑道:"你以为我愿办到九世同堂呢!"说完了这句话,她又不说了。

她斜靠了躺椅坐着,正了颜色,并不看人。敏之姊妹,也是各靠了椅子背,仿佛各人都撑不住自己的身子。二姨太手上找了一张报纸,很无聊的看广告上的图画。因为她虽然认识几个字,却不通文理的。大家都是这样的闷着。燕西要一人打起精神来说话,也是很勉强,自觉坐着无味,站起身来,便向外走。走到房门口,手一掀帘子,金太太道:"哪里去?多坐一会子,要什么紧?"燕西被母亲这样一喊,只得转回身子,依然在原处坐下。皱着眉道:"我在这里,看到大家都是很发愁的样子,我坐不住。"金太太道:"岂但这屋里你坐不住,我看乌衣巷这一所房子,都没有法安顿你的大驾了。"燕西听了,却不敢做声。

金太太又道："到了现在为止,清秋的消息,还是渺然。你虽不管这些,我总不能不担一点心,我已经出了一个赏格。虽不便登报,请亲戚朋友口头传说出去,把她母子寻回来的,酬洋一千元。有报确实消息的,酬洋五百元。同时,你也可以做一则广告,登到报上去。就说无论什么事,都好解决,只要她回来就行。至于这报登出去,不用彼此真姓名,要怎样使她知道,这却在乎你。"燕西道:"闹来闹去,还是要闹到登报,我认为不妥。"说时,两手环抱在胸前,昂了头,只管出神。金太太道:"你打算听其自然吗?不必说什么感情不感情了,就是敷衍敷衍面子,你也应该有点表示。"燕西昂了头,还是在想着,不过他的脚,却随着颠簸起来,正是更想出了神。

梅丽抢着答道:"这是应该的。假使七哥不肯出这个面子,我金梅丽不在乎,报上用我的名字得了。"二姨太手上兀自看着广告,这时突然将它向下一放道:"回头你又要怪我多事了。只要是登报,管是谁出面子,不总是会闹得无人不知的吗?"梅丽站了起来,头一偏道:"倒要你帮着他说,他更要不听大家的话了。"金太太向梅丽瞪了一眼道:"你这孩子说话怎么还是这样的呢?你要知道,以后大家分开着来过了,你就得全靠着你妈一个人。她虽比你少认识几个字,比你多活二十年,这见识就多着呢,你若是不听她的话,还是这样子闹脾气,你母亲一伤心,不理会你了,你才是苦呢。这么大岁数了,你还当着你是小孩子吗?"

梅丽对于她亲生母亲,实在是很怜惜的,只是让这位老实的二姨太惯坏了,一点子事,就使小性儿。而这位二姨太每逢说话,又不免露怯,梅丽一番好心,总要纠正过来,所以常是在人前抢白她母亲。今天这几句话,本来也不能说是坏意,现在金太太于伤心之余,切切实实的说了这几句话,也正是字字打入梅丽的心坎,一念母女二人,果然离开了家庭,那种情形,自己正是冷清秋第二。而这位老实的母亲,晚景也就不可以言宣了。心里想着,低头不语,不知不觉的竟会掉下几滴眼泪来。敏之笑道:"一说你娇,你更是娇成一朵鲜花了。说你这样几句,你会哭起来,怪不怪呢?"梅丽听到这句话,既不便否认自己撒娇,也不好意思把自己的心事说了出来,只是低了头垂泪。

燕西望了她许久,叹了一口气道:"这就够瞧的了!你还趁着这个时候,来上一分,那是什么意思呢?"金太太道:"什么是够瞧的?谁说了你什么来着吗?到了现在,我看你没有发别人脾气的余地罢?"燕西道:"我当然不能不担点忧愁,但是说我一定要负什么责任,我是不承认的。你想,一个人愿意牺牲的话,有手有脚,随时可生可死,旁人哪里看守得住?"润之道:"一件事情,总有一个起因……"金太太向她摇了一摇手道:"别说了,对这种人说话,那是对牛弹琴。"说着,脸向了燕西道:"我也没什么话对你说了,你去罢。"

燕西一想,一会子叫住我有话说,一会子又轰我走,也不知道母亲这是什么意思?虽不立刻就走,坐着也就没有做声。金太太望了他两手向后倒挽着脖子,枕在睡椅上,两只脚半悬着,在地板上带点带踏,很是无聊的样子。因用手一挥道:"我说了没有什么话和你说,就没有什么话和你说,你还在这里候些什么?我们这几个人,还有别的话要谈呢。"燕西姑起来道:"既是不让我听,我就走罢。"说毕,无精打采的走出房去。站在廊檐下停了一停,却也没有听到谁说什么,只是金太太叹了一口长气。

燕西也明知道母亲不会有什么事可以对着许多人说,倒不能对儿子说，因此也就走回书房里去。一推门，有一个客笑面相迎，却是谢玉树。燕西道："好久不见，今天何以有工夫来？"谢玉树道："我听到府上有点不幸的事情，所以，我赶来看看。"说着，偏了头看着燕西的脸色，呀了一声道："你的气色不大好。"燕西一拍手又一扬道："当然好不了，人财两空，气色还好得了吗？"谢玉树道："伤了谁？"燕西道："不是伤了，是跑了。你老哥总算是个有始有终的，她来的那一天，有你在此，她走的这一天，又有你在此。"

谢玉树一听这话，就明白了，还假装着不知道，就对燕西道："你和我打什么哑谜？你说的这话，我全不知道。"燕西道："我们少奶奶趁着起火的时候跑了。不但是她跑了，还带走我一个小孩呢。"谢玉树正着脸色道："这话是真？"燕西道："跑了媳妇，绝不是什么体面的事，我还撒什么谎？"因把大概情形，对他说了一遍。

谢玉树道："你们是完全恋爱自由的婚姻，都有这样的结果，这话就难说了。"燕西道："合则留，不合则去，这才叫是婚姻自由呢。"谢玉树道："或者是嫂夫人一时气愤，急于这样一走，出她一口气，在亲戚家住个三五天，也就回来了。"燕西道："你这话，若在旁人，或者可以办得到，至于这位冷女士，她的个性很强，恐怕不是这样随便来回的。"燕西说着话，可就躺在藤椅上，腿架了腿，只管摇撼着，口里哼着道："都说千金能买笑，我偏买得泪痕来。"谢玉树突然将脸向燕西一偏，问道："你这是说嫂夫人的吗？未免拟于不伦罢？"燕西依然摇着他的腿，淡淡的道："这里头的原因，也是不足为外人道也。"

谢玉树笑道："不是我老同学说话不知轻重，在你满嘴文章之下，也不应该说这话。纵然你对这位嫂夫人，不免十斛量珠，你所得的，恐怕也不止一副泪痕。天下人都是这样的，只会朝前想，可不会朝后想。"燕西道："若是照你这个说法,我以前不成其为人了。"谢玉树道："这是笑话,你别多心。现在既是嫂夫人已出走了,当然要想个善后办法。在这个办法之中,你有用着我的地方没有?若是有的话,我可以效劳。"他说着这话,脸上现出很诚恳的样子,绝不是因话答话的敷衍之词。

燕西心里想着,这位先生却也奇怪,我和他的交情究竟不过如此,至多也还是我请他当过一回傧相之后,才略微亲热。不料他常是和我表示好感,这次还由城外远远的跑来慰问。慰问了不算,而且还愿效劳,这未知是何理由?谢玉树见他在一边沉吟着,倒以为有什么重大的事情相托,便道："我们这样交情,当然用不着什么客气,只要是我可以办的事,我一定去办。"他一面说着,一面望了燕西的面孔,静等着他的回答。

燕西何曾有什么事要拜托他?经他如此很郑重的一问,倒不能置之不答,便故意沉吟的样子,心里去想着主意。因也放着很郑重的脸色道："只是这一件事,未免令你为难一点了。"谢玉树道："为难不要紧,只要是办得到的。不要是为难而又办不到的就得了。"燕西道："冷家那方面,我当然不能就这样置之不理。可是他们执着什么态度,我又不知道。我那位岳母,就是早上来过一趟,以后并无下文。我自己既不便去探听他们的意旨,非找个朋友去问问不可。你对于我们的婚姻,总也有点关系,所以我想请你去一趟。"谢玉树不待燕西再向下说,将身子一站,慨然答道："可以可以!若是这一点事,我都不能效劳,那也不成其为朋友了。什么时候去呢?"燕西道："那方面说了,今天下午,再来给我的回信。既是他们答应来,我们先别忙着去。要不然,倒好像我们只管将就人家了。"

谢玉树听了这话,也摸不清燕西是什么意思,既然是叫我去打听消息，可又说是今天别忙着去，却不知道是去好还是不去好？因笑道："你觉得那些话应当怎样的辗转的说为妙，我就怎样的说。现在我已经把演说这一道本事，练习了多次，总不至于见人说不出话来的了。"燕西道："我不是这个意思。难得你老远的跑进城来，今天不必回去，我们痛痛快快的谈一下子。这一次长谈，也许就是最后一次，因为我打算出洋了。"谢玉树也仿佛听到人说，他要和另一个爱人，一同到德国去。在他夫人走失之后，他说得如此肯定要出洋去，这里当然不无问题，自己却不便跟着问下去。断章取义的，只能答他上半截的话，便道："好极了，我也很愿意和你谈谈。但不知你有事没有？可不要为陪了我闲谈，耽误你的正事。"燕西道："我有什么正事？正事不过是伤心罢了。"说毕，长长的叹了一口气。在这时，金荣进来换茶，燕西道："谢先生老远的到城里来，大概肚子也饿了，你到上房里去看看，有什么点心没有？装两碟子出来请请客罢。"

金荣答应着走到上房里来，便向金太太要点心。金太太屋子里坐着谈闲话的这班人，依然不曾走开。金荣走到廊檐下，见他姐姐正出来，便迎着道："请你向太太问一声，有什么干点心没有？七爷来了客。"金太太在屋子里已经听到了，倒插嘴道："什么干点心湿点心？叫他少高兴罢，什么人来了，他特别恭敬？"金荣走近窗户道："是那位当过七爷傧相的谢先生来了。"金太太道："他怎么会来了？平常是不大肯来往的呀。"梅丽道："妈这里有点心没有？我们那里，倒还有些西洋饼干和陈皮梅，倒可以凑两个碟子。"金太太道："未免俗气，客来了，摆什么干果碟子？"梅丽道："人家的学校在乡下呢，老远的跑了来，大概也就饿了。陈二姐，你到我屋子里那玻璃格子里去找一找，那玻璃罐子里有些吃的。"她站起身来,脸向了窗子外,这样的说着。

润之笑道:"你倒这样子热心。老七来了客,与你什么相干?"梅丽脸一红道:"这算什么热心?七哥叫人进来要东西,一点也要不出去,岂不扫了他的面子?"金太太道:"不用什么干点心了,金荣可以问问那小谢吃了饭没有?若是没有吃,干脆让厨房里和人家下碗面吃。"润之道:"妈又好像跟人家很熟似的,怎么叫起他小谢来?"金太太道:"我听到老七和别人谈到他的时候,总是叫他小谢,不知道倒有多大岁数了?"梅丽道:"比我们七哥……"她一个不留神,又插嘴了,等到自己感觉到不对时,不免顿了一顿,下半截话就说不出来。

金太太望了她的脸道:"怎么说了半句又不说了?"梅丽道:"我也是听到七哥说过,说这个姓谢的比他小一岁,知道准不准呢?"二姨太道:"说起和老七当傧相的,我看他们,都不会比老七年纪大的,不知道你们说的是哪一个?"润之道:"别研究这年龄问题了,还是先让金荣到厨房里去要点心,人家可还饿着呢。这个人和我可没什么交情,我不过白说一声。"说着话时,眼光可就向梅丽瞟了一眼,梅丽脸子只朝着窗外,没有理会。

金荣站在外面,屋子里所说的话,都听见的了,便道:"太太,我就到厨房里看看去罢。"说着,便走了。金太太道:"这个人来了,我想老七应该有点感触才对。当日娶新媳妇儿的时候有他,于今新媳妇跑了,又遇见了他。倒是这两个做傧相的,有一个人占了便宜去,把我们佩芳的妹妹讨了去。"润之道:"两个之中,只有一个占便宜,那还不足为奇,那个没有占便宜的,可是也在打着糊涂主意呢!"金太太道:"这小谢也有什么意思吗?你说是谁罢?"润之向屋子里的人,都看了一眼,笑道:"有是有一个人,不过我不知道猜得对不对？"

梅丽听润之说到这里，坐在二姨太身边，把她母亲看的那张报，她倒拿过去看了。金太太是个周游世界，经过两个朝代的人，从幼也是金粉堆里长出来的，虽然时代思潮不同，然而儿女之情，总跳不出那一个依样葫芦的圈套。这会子她看了梅丽的举动，和润之的口吻，已是昭然若揭了。一个做母亲的人，当然不便将女儿的隐秘，在人前突然宣布出来。所以金太太心里虽然明白，这时却也不便跟着说什么，只微笑了一下。敏之究竟持重一点，她怕太说得明白了，二姨太夹枪带棒一阵乱嚷嚷，就更是不好收拾。因之找了别的几件事来谈着，把这话扯了开去。本来金太太心中烦闷得很，也没有这种闲情逸致，不提也就不提了。

第一百四回

上室迎宾故谈风土好　大庭训子严斥羽毛丰

到了这天晚上,冷太太那方面,依然不曾有人来探问消息。金太太心里倒纳着闷,难道这位亲母,对她姑娘倒是如此不注意?莫非这里头别有作用?但是以作用而言,也不过是在法庭起诉。然而看这位亲母,又不是那种人物,倒真的有些猜不透,金太太一人闷想了一会子。到了晚上,究竟放心不下,便把燕西叫了进来,将自己的意思,告诉了他。

燕西道:"他们家里几个人的脾气,我是知道的,不会有什么意外,只是拿不出主意来罢了。我已经托了谢玉树,明朝到冷家去走一趟,看看他们有什么意思没有?好在我已经照妈的话实行,在好几家报纸上登启事了。稿子是小谢拟的,说得很恳切。那末,明天拿了这张报到冷家去,说话也更好说一点。"金太太道:"留了底子没有?先给我看看。"燕西道:"留了的,我原打算先送给你来看呢。"说着,在身上掏出一张稿纸,交给金太太。

接过来看时,是一张玉版笺,上面写着行书带草的几行小字,觉得清秀灵活极了。金太太道:"这就是那个姓谢的亲笔字吗?现

在学新文学的人,写出好字来的,倒是很少。有些人简直不用毛笔,全是用钢笔写字呢。"说着,看那启事道:

双修阁主人鉴:

君抱幼子不辞而别,大难之余,倍增悲痛。某反躬自问,数月以来,对君虽有不德,而出入参商,君亦有所不谅。去留死生大计,苟意已决,非他人所可阻遏。君果以某为不足伍,欲另觅生机,从容商议,以觇其成可矣。若以一走了之,于事既无可结束,徒增两家堂上之忧,非计之得也。君从兹与某绝,不愿晤乎?果尔,某亦不必相强,请于书面提出意见,以示标准,某自当于力可致处,尽量照办。夫叶落不起,水覆难收,事已至此,岂能强求,君殊不必有所顾虑也。纸短情长,不尽欲言,谅之察之!

知白

金太太念了两遍,笑道:"咬文嚼字,未免有点酸气。"燕西道:"文字虽然酸一点,我的意思,倒都已包括尽了。我看他起草的时候,倒有点费劲。"金太太道:"这不去管他了,这双修阁主人,就是清秋的别号吗?"燕西道:"她以前写东西闹着玩,喜欢署这个下款,只要她见着报,一看就明白的。"金太太道:"咳!启事只管登,我看也是白费力,尽尽人事而已。姓谢的既答应了明天到冷家去,你请他过来,我有几句话当面嘱托他一番。"燕西道:"他怕见生人的,有什么话我代说得了。"

金太太道:"我还是见不得你的朋友,还是怎么着?你为什么不让他进来和我说话?"燕西道:"你没有听清楚我说吗?他是见生人说不出话来的。"金太太道:"你更是胡说了。既是他见生人说不出话来,为什么你倒推他去代表呢?"燕西道:"这也不懂什么原因,他对于我们家里少奶奶小姐,都格外不好意思相见,我想也许是那回当傧相让人看怕了罢?"金太太道:"这话不通,你把他请进来。"燕西见母亲一定要见,只得到书房里去对谢玉树说了。谢玉树脸一红道:"这又是你和我惹下来的麻烦。我还是去见不去见呢?"燕西道:"你若不去,连我都要受申斥的,说我不会传话呢。"

谢玉树听了这话,面子上虽然很是害羞,可是心里想着,果然金太太要见我做什么,这倒不能不持重一点,免得人家说我不郑重。于是站了起来,整了一整西服领子,又摸摸领带,最后,还扯了一扯衣摆。燕西笑道:"你这样郑而重之的,倒像是戏台上唱戏,小官要见大官一般。"谢玉树道:"老伯母特意来叫我去,我怎好不整齐衣冠?宁可费事一点,也不要失仪呀。"他口里如此说着,对了壁上悬的镜子,又照了一照,他分明是整齐形态的决心,虽然是有人在一旁议论,却也是不顾的呢。燕西看他如此,心里也就明白一点,于是不再去说破他。引着他到金太太这院子里来,自抢上前一步,替他掀着帘子,同时笑着点点头,意思是告诉他只管进去。谢玉树听了这话,连忙伸着手向头上一举,打算把帽子取了下来,不料是自己过于小心了,原来头上并没有戴帽子,自己倒不由得好笑起来。然而第一个感觉如此,第二个感觉,已经知道了自己的错误,赶快忍住了笑,一低头走了进来。

刚一抬头,便见金太太含着笑容,由一个内室走了出来。谢玉树远远的立定了脚,便向前行了个鞠躬礼,然后才慢慢的移步上前。

当他这样向前走路时，脸上不免有点红色，然而他自己也曾感觉到，竭力的镇静着，不让红色晕上脸来。金太太早已知道他是善于害羞的人，不必让他难为情，先就向他道："请坐请坐，谢先生和燕西是多年的老同学，到这里来了，也像家里一样，请不必客气。"谢玉树点着头，连说："不客气，不客气。"这个大屋子里，算是金太太招待内客的，桌椅很多。燕西怕他不知道向哪里坐下去才好，便伸着两手，带拦带推，把他引到金太太向来喜欢坐下的椅子边坐下。谢玉树一看这屋子里，有湘妃竹的桌椅，有红木大理石的桌椅，有细藤的桌椅，四处罗列，并不带一点洋气。绿纱窗配着绿色的细竹帘子。映着这屋子里自然有一种古雅之气。虽然是这种天气，屋子里自然凉风习习的。他心里想着，不说别的什么，只看这一点布置，这位太太就不是平常人的胸襟。

金太太在他对面一张藤椅上坐下，对他更是二十四分的注意。燕西总也怕谢玉树回答不出话来，只得为他先容，因道："我托你到冷家去的事，已经和家母说了，家母很同意。"金太太道："谢先生为我们家的事，老远跑了来，又要耽误了功课。"谢玉树笑道："伯母太客气，小侄也不是那用功的学生，这样进城一趟，哪里就算耽误？"金太太道："不必那样说，你看我们老七，不是和谢先生同学同班吗？谢先生在大学好几年了，他的成绩又在哪里呢？"谢玉树道："这因为燕西打算出洋去，所以耽误了。"

金太太一看燕西脸上，有些难为情的样子，究是自己的儿子，也不便让他十分难堪。于是转过一个话锋，就问谢玉树道："谢先生还有几年毕业哩？"谢玉树道："早哩！还有三年半。"金太太道："好在年青，那也不要紧。"谢玉树微微皱了眉道："只是在经济一方面，支持不过去。"说着话时，偷眼看看金太太的脸色，看她对于人的贫寒，是不是表示同情？金太太点了点头，又叹一口气道："天下事都是这样。有钱读书的人，书偏是读不出来。这极肯读书的，经济上又维持不了。府上现在还有什么人呢？"谢玉树道："就是家母在堂。还有一位家兄，在省城中学校里当教员，除了养家而外，还要帮助小侄，简直周旋不过来了。"金太太点头哦了一声道："令兄贵庚是？"谢玉树道："三十岁了。小侄倒只有十九岁，兄弟的年龄，相差得是很远的了。"金太太道："令兄有了家眷了吗？"谢玉树踌躇道："家寒……"

金太太已经知道了他的用意，便笑道："这很不算什么，哪一个富贵人家，能荣华一辈子？哪一个清寒人家，又会穷苦一辈子？天下的事，还不是在于人为吗？"谢玉树道："不过像愚兄弟，才学疏浅，年事又轻，恐怕救不了自己的穷。但是小侄自己也很明白，绝不能自暴自弃的。"金太太听他于说穷之后，自己又夸上了一句，心中也好笑，这孩子别看他斯斯文文的，倒也有些小心眼儿。因笑道："除此之外，府上还有什么人吗？"谢玉树道："没有什么人，没有什么人，我们的家庭，真是简单极了。"金太太道："府上是余杭，就住在杭州吗？"谢玉树道："一向住在杭州的，乡下还有点田，还有点桑树，然而还不够一个人花费的，算不得产业。"金太太道："一个人要创造一番事业出来，只凭他自己的本领去混，不在乎有产业没产业……"

金太太如此的说着，不免向他看看，又向燕西看看。燕西脸上，似乎有点惊奇的样子。金太太心里也明白，必是儿子怪自己，太顺着这位客人说话了。于是转过话锋来道："杭州是好地方，西湖是名震全球的了。"谢玉树道："不过这两年，西湖也减色了。一来是物质文明，把许多古色古香的所在都破坏无余了。二来湖里鱼虾太多,把湖水全弄浑了。"金太太道:"这话也诚然。城里的城隍山,我曾去过一回,倒也有趣,比北京天桥这地方,总要算是高明些的所在了。"

燕西听到此处,忽然噗哧一笑。金太太道:"你笑什么?"燕西道:"我想起一件事了,有一次我上城隍山,走错了路,由一条小巷上去。这一下子吃了大亏,经过许多人家的大门或后门,每家门口,摆着一个马桶,臭得我几乎发昏过去。"谢玉树皱了眉笑道:"这倒也是事实。本来旧街市的市政卫生,是不容易改良的。"燕西听到这里,心想,母亲是叫小谢进来,有几句话嘱托他的,而今看起来,简直是说闲话,这是什么意思呢?这样说着,话就越说越远了,母亲在今日,绝没有那种闲情逸致,会好好的找个晚辈进来闲谈。自己又不知道有什么话要说,又不便将话锋引了上去,只好坐在一边干着急。金太太问了许久的话,无非是些家乡风景和家庭细故。小谢不问,总是处于答复的一方面。后来金太太对燕西道:"谢先生和我谈话,很客气,不免受一点拘束,你陪着谢先生到前面书房里去罢。"说着,她首先站起身来。

燕西见母亲并没有什么话说了。究竟看不透这是何原故,只好又陪着他回到书房里去。这样一来,燕西心中,固然是纳闷,就是谢玉树自己,也未尝不纳闷。这位老伯母,无缘无故的把我叫了进去,不曾谈一句什么重要的事情,只是谈些闲话,用意安在呢?燕西叫了我进去的,是什么意思,自然他一定知道。因笑问道:"伯母今天考了我一顿风土人情,我是样样照实说。你在旁边听着,我有什么失仪的地方没有?"心里想着,燕西说话,从来是不大留神的,如此一问之后,多少总可以探得他一些口风。便望着燕西的面孔,看他如何回答?燕西躺在藤椅上,倒很自在,笑道:"我看家母很同情你的话，你有什么失仪？"

谢玉树原坐在他对面椅子上，这时站起来，在屋子里踱来踱去，闲闲的道："明天到冷家去的事，我倒想请示一二，可是你不提，我也不敢冒昧先说。"燕西道："就是我，也不知道家母请你去说话，是何用意呀，你叫我又说些什么呢？"谢玉树听了如此说，这话倒有点不便追求，不过自己心里，对这事已是很欢喜的了。因道："这样一来，明天到冷家去的事情，倒显着又重大些，更是让我不胜其任了。"燕西道："那也无所谓，我们是预备最后一着棋的了，这都是些陪笔，办得不好，没有关系。"谢玉树道："最后一着棋，是怎样一着棋呢？"燕西微笑一笑道："暂时倒也不必发表。"谢玉树向来是抱沉默态度的，便也付之一笑。

这天晚上，在金家住了一宿，次日用过早点，便向落花胡同冷家去。到了那里一问，冷太太不在家，宋润卿也不在家。韩观久出来说了几句话，牛头不对马嘴，一点没有结果。谢玉树只得无所得回来，向燕西报告了一番。燕西态度冷冷的，却也不做什么表示。谢玉树急于要回学校去，只对燕西说，请代向伯母告辞，便走了。燕西自然把这话回复了母亲，金太太听说，却也是很淡淡的，倒不明原因何在？只是她随后叮嘱了一句，今天你无论有什么大事，也不必出去，可在家里吃晚饭，我有要紧的话说。燕西料着是为清秋的事，便答应了。

这一餐晚饭，因为兄弟们都在家，还有几位朋友，大家又都在客厅里聚餐。吃过饭，闲谈了一阵，金荣进来说："老太太叫大爷二爷三爷七爷都去。四姑爷也去，有话说呢。"凤举一听，便知大有原因，对在客厅里的拱拱手道："各位请便罢，我们不定什么时候出来了。"燕西先走了出去,一会儿又走了回来,向在座的刘宝善道:"二爷,你若是没事,先别忙着走,我还有话对你说呢。"刘宝善道:"可以。就是我回家去了,你打一个电话给我,我就来。"燕西也不曾多说,就随着兄长们,一块儿到上房来了。到了金太太屋子里,只见外屋坐满了人,金太太漆下子女,竟不曾缺一个,另外还有位平辈的二姨太。这样看起来,一定是有什么重大事情商量。心想,自己的乱子,惹得大了,母亲若发起脾气,当然是找着自己先申斥一顿。这样看来,倒不如坐远一点,省得首当其冲。

金太太坐在靠椅上,将全屋的人看了一周,大家坐定了,便先开口道:"很好!都在这里。我叫你们来,你们心里应该也明白。"说着,又向大家看了看。大家都觉得情形非常严重,哪个敢插嘴说话?因之虽然满屋子是人,屋子里却是一点声息没有。然而大家不做声,形势又非常之僵,更是不便。只是刘守华是个外姓人,不在严重情形之下,受什么恐惧,便微笑道:"这话说别人可以,我就不大明白。"金太太道:"无论明白不明白,当然我不能说那样一句就算了事。"说着,想了一想,因道:"昨天我不是提议大家散了吗?你们不要以为我是一句气话,这是实话。你们想,这一大家子人,每月叫我拿出一两千块来养活着,那算一回什么事?我不想儿女养活我,老实说一句,我一个寡妇,也不能这样挥霍去养活一群儿女。"金太太说到这里,脸色又是一正。大家心里已是恐慌,还敢说什么?依旧是默然无语。

金太太道:"一切过去的旧帐,现在不必算了,算也是无益。你们弟兄和你们姊妹,除了梅丽而外,大家都可以自立的了。先说凤举,你父亲在日,你就在政界里混着,你父亲所认识的人,你认识一大半。纵然世态炎凉,现在差你父亲一点力量,然而人家总不好意思绝对不帮忙。要不然,以前你在外面交际,忙些什么?佩芳也是很识大体的,撑起门户来,将来在我以上。你两人应当有办法。鹤荪呢,办事能力虽差一点,守成是行的。有慧厂大刀阔斧的帮着他,生活也不成问题,而且慧厂很羡慕西洋的小家庭生活,自然分出去有办法。"说到这里,就应该轮着鹏振夫妇了。

玉芬搭讪着自起身倒了一杯茶,手捧了杯子,慢慢喝着。金太太先望了一望她,然后对了鹏振微笑道:"你处事很精明,不过用起钱来,也就有点糊涂。这一件事,我不免替你发愁。好在玉芬很能补你这点不足,你也非要她来帮助你不可。"玉芬偷眼看婆婆的脸色,有很严肃的样子,于是又把手上那个茶杯,依然送到茶几上去。不敢在原来的地方坐,坐到更远的一把椅子上去。

金太太也很镇静,当她走动的时候,并不说话,及至她坐下了,才道:"不过话又说回来了,过犹不及,无论什么事,太做过分了,总也是不妙。我告诉你们大家一句话,以后做事,总要适可而止。"大家听了这话,虽然知道是指着玉芬说的成分居多,然而言外之意,未尝不兼指着大家。所以在这种情形之下,谁也觉得面子上难看,都不能做声。金太太道:"我这几句话,还得补充两句,就是这个年月,人跟着人学,大家都学机灵了。自以为机灵,要去把人当傻子。结果,也许傻子玩机灵人。多少人都是自作聪明,结果是聪明自误了。"这几句话,分明是指着玉芬了。玉芬虽极力的镇静着,然而脸上总是不断的一阵一阵发热,跟着自然也有些红了起来。

金太太见她虽泰然坐着,眼皮下垂,可是不能平了视线看人,知道她已够受的了。于是鼻子哼着冷笑一声道:"燕西不必我说了,一天到晚,都是计划着出洋。出洋也是好事,不到外国去镀一回金回来,是不值钱的。不过也要看是什么东西镀金?像你现在这样学问,未必需要镀金罢?可是总而言之一句话,在你们自己,都以为自己了不得了。我好比一只燕子,把这一窠乳燕都哺得长着羽毛丰满了。那末,这一个燕子窠,也收藏不下,大家可以分开来,自己去筑巢,自己去打食。老燕子力有限,不必再来为难它了。哺长大了一窠燕子,老燕子已经去了一春的心血,也该让它休息一下。自己会飞自己会吃,还要老燕子一个一个来哺食,良心也不忍罢?我这样说着,话总算很明白。你们也不必过于孝顺了,有话只管当面说。我现时是在气头上,也许我的话不对。"所有在座的人,都受了一顿教训了,哪个还敢在这时候去向金太太回话,都默默的低了头。

凤举究竟是个居长的人,对于这件事,本来不能漠然置之,现在母亲又再三声明了一回,大家有没有话说?若是不做声,不但是对分居的事,业已承认,就是母亲刚才所申斥的那一大段话,也完全承认了。只得将身子挺了一挺向着金太太道:"母亲这段提议,本来好几次了,我们晚辈除了自己承认无用而外,还有什么话说?不过母亲昨日所说每月贴出家用一两千元的事,那是一时的情形,当然不能永久这样下去。这件事不妨我弟兄几个来商量一下子,大家分别负责。"说着,看了三个兄弟一眼。金太太淡笑了一声道:"你还不改这大爷的脾气,什么大问题,都是一句稀松的话就解决了。分别负责,你就有那样的力量,恐怕还没有那个权柄呢?你们挣几个钱,还是拿去开心用罢。我还有几个死钱养老,用不着你们出份子来养活我的。"

凤举碰了这样一个钉子,也不知道如何是好,接着向下说罢?母亲把话都说死了。不接着向下说罢?在许多人当面,很现着自己无用。于是也微微一笑道:"谁又敢自负是有用的呢?不过儿子养娘是一个问题,能供养不能供养娘,又是一个问题。"金太太道:"这一层你不必顾虑,以为你们离开了我,人家就会责备你们不孝顺。

这个不成问题,是我不要你们养,并不是你们弟兄不养我。"

慧厂见大家在座,只管受着教训,却没有一个人理直气壮能答复两句的,于是站了起来道:"妈这些话,教训得很对,我们都应当接受。老实不客气一句话,哪个要独力撑持这个家,当然是不容易。要说合作,为的是顾全面子吗?分居并不见得有损面子。何况合作的家,一国三公,大家摊钱,大家出主意,也许倒惹些纠纷。分开来,大家独立组织小家庭,自寻发展,母亲愿意到哪家去看看,就到哪家去看看,大家不敢说是能比以前好,对于母亲,当然是尽力而为。母亲不管理这么大的家,也可以少操许多心了。这又并不是争田夺地来分开的。这是由大组织化为小组织,由一种保护势力之下,各寻出路去奋斗,这并不是有伤和气。我们当然不敢说是羽毛丰满,然而也没有一辈子倚赖上人之理。现在只是要求母亲宽限几天,等大家去找好房子,布置小家庭一切应用的东西。"

润之和敏之坐在一张沙发上,低低的道:"你听听二嫂说话满口的新名词,倒好像在那里演说一样。"敏之也不好说什么,将身子碰了润之一下。慧厂说完,依然坐下。金太太道:"那当然,我还能要你们走立刻就走不成?我今天叫大家来当面说明了,不过就是要宣布我这点意见。大家能了解我这意思,那就好极了。其实我主意拿定了的,你们就是不了解,我也是一定这样的办,倒是慧厂这样说得痛快极了。"金太太说毕,直视着大家,儿女接触着她的眼光,都低了头下去。在众无异议之下,这分家一件事,可以说是成了定局了。

第一百五回

得意让花骄权门夜叩　失踪惊屋闭旧巷空来

燕西这一股子劲,跑到了白家。不料一进大门,偏是那门房的嘴快,第一句便迎着问道:"七爷今天怎么坐洋车来了?"燕西一想,不料偶然改坐一辆车子,都令人人注意,以后还是坐汽车来罢。一路想着,一路走了进去。白家现在是来得很熟的了,只管进去,也用不着什么通报。走到上房走廊下,恰是正面遇到了白秀珠。燕西是低了头的,并不曾看到人。秀珠先笑道:"你想什么心事?到了我家里来,还是这样的低着头想了去。"燕西一抬头笑道:"我在街上看到一件事,所以想着不断。"秀珠道:"什么事?这样的耐人寻味。"燕西想了一想笑道:"不说了罢。"秀珠笑道:"还是我不问了罢。"说着话,她引着燕西到她的小书房里来坐。

由这小书房过去,便是秀珠的卧室,原是一年以来不曾引燕西进来过的。燕西忽然见她今天特别优待,倒不明用意何在,不过自己正想与她合作之时,这样的接近,自是可喜。坐下来,首先叹了一口气。秀珠道:"你这个人真是合了那句迷信的话,现是在倒运的时候了。家里失了火,哪里也没有损失,偏是烧掉你住的几间屋子。"

燕西道："咳！这也许是合了那句话，在劫的难逃罢。"秀珠道："这就不对了。又不是遭了劫遇了难，怎样提得上'在劫的难逃'这一句话起来？"燕西用一只手撑了头，斜靠了椅子坐着，又微微的叹了一口气。秀珠道："我听说，除了东西之外，还有别的损失，是真吗？"燕西点了头，又突然问道："难道你还不知道吗？"秀珠道："你们家的事，我怎么会知道呢？"燕西笑道："你不知道我家的事，怎么昨天你会打电话去安慰我呢？"秀珠道："照你这样说，倒是我多事，安慰你坏了？"

燕西听说，连忙站起身来，向秀珠作了几个揖。笑道："这实在是我的不对，连个好歹不知道，用话把你冲犯了，我这里和你赔礼。"秀珠说过话以后，原是将脸绷着的。燕西作了两个揖之后，也笑了一笑，立刻又把脸绷住了。燕西道："你难道还生我的气？"秀珠道："我也不能那样不懂好歹呀？人家对我用好话来表示，我倒怪上人家了。"燕西觉得秀珠这句话，依然是骂着自己，可是再要反问两句时，秀珠更会生气的了。因之向秀珠一笑，自坐到一边去。秀珠不做声，燕西也不做声，屋子里倒静默起来了。

秀珠究竟是忍耐不过，便道："你冒夜而来，必有所为罢？"燕西道："没事呀。"秀珠道："你自己家里许多事，都要去办善后，没有什么事，怎能够跑了来？"燕西向她微笑了一笑道："这个你有什么不明白的？我们有两三天没见面了，又劳你的驾，打好几次电话去安慰着我，我应该来看看你，和你道谢。"秀珠笑道："就是这个事吗？你也太客气了。"燕西听了她的话音，又看看她的颜色，心里自觉得是老大的不舒服。可是要像一年以前，她有话来，便给她顶了回去，现在却没有这种勇气。然而不顶回去，再和她赔笑脸，实在又有些不甘心，因此靠了椅背坐着，架起右腿，只管摇撼，像是沉吟什么事似的。

秀珠看到燕西有一种很不自在的样子,便道:"你晚饭是吃过的了,要不要喝杯蔻蔻?"燕西见她说话时,脸上已经带有一种笑容,也就跟着笑了,便道:"不必费事。"秀珠道:"这也不费什么事呀?"燕西笑道:"我这话有一种别解,以为我到府上来,最好就是你一个人知道,不要放大家去注意。若是一来之后,又是要吃的,又是要喝的,四处八方都惊动了,我很觉得无味。"秀珠笑道:"回头又要说我批评你了。彼此正正堂堂的交朋友,一年来一回,不见为稀,一天来一回,也不见为密,这就看彼此相处的感情如何?为什么你来了,只许我一个人知道?而且你一进大门,就有门房看到,你要不让人知道,也是不可能的事。我听了你这话,我真有点不高兴。"说着话,脸上立刻又呆板起来。

燕西真不料秀珠这样容易生气,若是驳她,固然是怕因此在友谊上发生了裂痕,若是向她赔小心,又实在有些不甘心。心里在顷刻之间,起了好几个念头,结果还是忍住了这口气,一句话没有说。秀珠见他又默然了,笑道:"你为什么现在这样斯文了?"燕西道:"我肚子里既没有中国墨水,也没有西洋墨水,怎么斯文得起来?这两天,我魂不守舍,人有一半成了呆子了。我们是无话不谈的,我一点东西,都烧光了,我想到将来,一点根基也没有,也许有挨饿的一天呢。你想想看,在这种情形之下,我还有什么事高兴,蹦跳得起来哩?"

秀珠听了他的话,又看了他那种发愁的样子,又不忍跟着向下和他为难了。便伸手抓住他一只手,握了一握,笑道:"我和你闹着玩的,你急些什么?你真有什么为难的事情,我也很愿意帮忙。"燕西等了许久的机会,才得着一点话缝,而且秀珠执着自己的手,表示非常的诚恳,于是向她笑道:"你总算是我的好朋友,别人看到我发愁,谁肯说句帮忙的话?求着他,他还要推三阻四呢。这只有你慷慨,用不着我说什么,我心里的一番意思,你早就一宝押中了。"秀珠笑道:"也并不是我押中了,不过我和你相识这多年,彼此的情形,都是知道的。第一你没就事,第二你的积蓄,现在让火一烧,自然是更加困难。再说,你那一位……"

燕西两手乱摇着:"你又提到她做什么?"秀珠瞟了他一眼,又静默了一会儿,笑道:"这就是你的不对。难道她和你一年夫妻,还有一个小孩,说走了就走了,一点不动心吗?你不要以为她是我的情敌,我就不愿你对她有一点怜惜的表示。其实不然,她现在走了,就是表示在我手上失败下去,一个人怕了一个人,那就是了,我还有什么对她过不去?说句作孽的话,她果然是寻了短见,一了百了,那倒没有什么,若是她还带了一个孩子去寻生活,她是个穷苦出身的人,一点经济力量没有,叫她怎样去维持呢?据你说,她很有点旧道德,那更是不肯胡来的。这个社会,能容一个规规矩矩的女子去谋生活吗?"燕西笑道:"你倒很体谅她。"秀珠道:"我这人心眼儿就不坏,公是公,私是私。"燕西道:"我倒要请教,什么叫公?什么叫私?"秀珠一笑。二人话说到这里,感情更好了,声音也更小了,唧唧浓浓,谈了许久。

秀珠因为听到屋子外面,有人的脚步声,料着是仆人们经过,便高声道:"你看我这人说话,真是有头无尾,说了冲蔻蔻给你喝的,现在我会把这事忘了。"说着话,就伸手去按叫仆人的电铃。燕西一伸手,掩在电铃机上,笑道:"我们彼此心照,我说了不用喝,绝不是客气,当然就不用喝。你何必和我客气呢?"秀珠回手一把捏住燕西的巴掌,向他一笑道:"说了半天,你还是保持你那种态度。那末,我就不叫他们。你早点回去罢,我叫车子送你。"燕西道:"不必了。令兄的车子,不定什么时候要用的,我没事的人坐出去了,倒耽误他的正经事。"秀珠道:"他今天不大舒服,已经睡觉了。"燕西道:"他就是不用,我也不坐他的车子。他已经表示过,我不该坐汽车,我放了自己的汽车不坐,倒坐起他的车子来,更没有道理了。"

秀珠瞟了他一眼,笑道:"你倒有些怕他,那为什么呢?"燕西睑一红道:"并不是我怕他,他说的话,实在有理哩,让我说什么?我走了,明天见。"秀珠因为他有一句彼此心照的话,笑着点了一点头,握着他的手,一路出了小书房。燕西停住了脚,现出很踌躇的样子来,因低声道:"我的事,就是这样说,有什么消息,你随时告诉我。"那握着秀珠的手,紧了一紧,表示诚恳的意思。秀珠笑着向他点了两点头,笑道:"我知道,你放心得了。"说着话,燕西让她送到重门边,笑道:"你不必客气了。我们这种交情,难道还要在这种俗套上来分别吗?"秀珠笑道:"我也不是故意的,好像不这样送你几步,我是缺乏诚意似的。"

燕西对于她这话,在可解不可解之间,然而心里就立刻麻醉了一下,然后笑嘻嘻的,走出大门,依然雇了车子回家去。坐在车上,便一路想着如何到德国去做事,如何和秀珠做共同生活,到了外国去,要洗心革面干自己的事,不要像在北京一样,糊涂瞎混了。他如此想着,到了家,由大门口直想到钻进几重院子去,一直回自己那个"双修阁"去。不料到了那院子门口,漆漆黑的,竟没有一盏电灯,猛然一抬头,却看到星头满天,原来是房子烧光了,只剩一院子残砖败瓦。自己这才想起来,经过了一次大火了。于是转身,走向自己书房里来。

因为在秀珠家里谈话谈得久了,肚子里倒有些饿,很想吃点东西,便按着铃,把金荣叫了进来。金荣道:"你这时候才回来,老太太找你好几回了。"燕西道:"反正是那几句话,我听腻了,我肚子饿了,你到厨房里去看看,有什么吃的没有?"金荣道:"厨房今天又去了一个人,除了两餐饭,一餐粥,不另外预备什么了。"燕西道:"难道稀饭这时候也没有吗?"金荣道:"稀饭刚开过去,也不知还有没有?我瞧瞧去。"燕西道:"不必去瞧了,有了这几句话,我就够饱的,还吃什么?我马上就要睡觉了。"说毕,和衣就向床上一倒,脚拨着脚,脱了鞋子,拖着枕头来枕了头。金荣看他这样子,自是有满肚子的牢骚,不便再在这里唠叨了,转身出去给他带上了门。燕西一人躺在床上,情不自禁的用手连拍了几下床,心里可就想着,这个家庭真是越过越坏,到了晚上竟会吃不着点心,真是末路了。如此想着,掉转身子向里,就这样的睡了。

一觉醒来,还是半夜。屋子里悬的电灯,亮灿灿的发着白色,窗纱眼里,一阵阵的向里冒着凉气,睡着觉得很是衣单,赶忙起床,把窗户关了。然而在人挡住窗口、向外关着窗子的时候,恰好又是一阵很大的凉风,向人身上刮了来。初睡醒的人,身体是疲倦的,不觉得打了一个寒噤,赶忙再躺下来。当时并不觉得怎么样,及至天亮的时候,自己待要抬起头来,便觉昏沉沉的,有些昂不起来,同时胸中说不出来有一种郁塞难受的情形,觉得要吐出来才算痛快。于是伏在床沿上,也不管是不是对着痰盂子没对着痰盂子,哇啦哇啦,向地上一阵大吐。吐过之后,一个翻身向里,才觉得舒服一点。然而这时候太早,全家都未起床,他吐了一阵,并没有一个人知道,鼻子里有一种臭味,闻到很不好受,同时,嘴里又干又苦,很想点清水漱漱口,再喝一杯茶。然而电铃不在床面前,既不能起床,就无法去按。轻轻叫了两声,也没有人答应。

这时,心里恨极了,这样的家庭简直不如住旅馆还舒服些,大家主张散,我也散罢。燕西一人在床上发狠,他家里人有谁知道?依然还是静悄悄的。直待过了一个多钟头之后,才听见走廊上有了步履声。燕西不由得骂了一声道:"总也算是有人还阳了,真气死人!"外面人答道:"七爷,你醒得这样早?要什么吗?"说着,已推门进来,原来是李升。燕西道:"我昨晚要是死了,恐怕到今天上午,才有人收尸呢。我昨晚上就病了,简直没有人理会。你瞧瞧床面前,我吐了那末多。"说着,将手向床下面一指,李升一见,先呀了一声,因道:"你这是怎么了?你可别乱来呀。"说时,眼睛对了燕西脸上,很注意的看着。燕西道:"你以为我急得服了毒吗?凭怎么着,我也犯不上如此。我是半夜起来关窗户,受了一口凉风了。嘴里渴得要命,先去给我弄口水来喝罢。"李升口里说着话,眼睛依然望着燕西的脸,便点头答应着道:"好!我去叫金荣来给你收拾屋子,我自己去弄水。"

李升走出书房门来,先不叫金荣,一直就向上房跑。正好遇到陈二姐,猛然问道:"老太太没醒吗?七爷不舒服了。"说毕,转身向外走。陈二姐见他如此来去匆忙的样子,也是吃了一惊。赶快跑到屋子里去,就走到金太太床面前叫道:"老太太,你快起来罢,七爷人不舒服呢?看看去罢。"金太太被她惊醒,一个翻身向上坐了起来。望着她道:"你说谁病了?"陈二姐道:"刚才李升跑了进来,说是七爷不舒服,也没有说第二句话,就跑步了。大概⋯⋯"金太太听说,也不问个详细,穿好了衣服,赶紧就向外走。只走到燕西书房门口,先问了一声道:"老七,你身体怎么了?不大要紧吗?"说着话,已是很快的走进屋子来。

这时金荣在屋子里扫地,李升捧了一壶茶来,倒了一杯,放在床面前。不问燕西有病无病,倒是绝像一种害病的样子。因道:"孩子,你还是怎么了?可别乱来呀!"燕西道:"这很怪,我不舒服,你怎么会知道呢?没事,我不过吹了一口凉风,受了一点感冒罢了。"金太太虽然听他如此说,究竟不大相信,又走上前,用手摸了一摸燕西的额头,坐在床沿上,低着头,看了一看他的面色,然后掉转脸来向金荣问道:"你看看七爷的情况,是哪里不舒服?"金荣道:"昨晚上一点钟了,七爷要吃点心,厨房里没有,精神还挺好的。今天我还没起来,李爷就来告诉我,说七爷不舒服了,我哪里知道呢?"金太太笑道:"这样说,他是馋出病来了,哪有这样的事呢?"金太太一说,大家都笑起来了。

金太太见燕西一样的有笑容,料着他的话是真的,不过是感冒而已,这倒算解除了一种心事。便站起身来道:"只要你果然是受感冒,那倒没有什么要紧,可以好好儿的在床上躺一会儿,还有一件,你可别乱吃东西。我还没洗脸呢,回头我再来瞧你罢。金荣,你照应着他一点。"说着,缓缓走出房去,到了房门,又回转头来道:"老七,你可别乱动,只管躺着。"

陈二姐因金太太不曾漱洗,匆匆忙忙的就跑出来瞧七爷的病,自己也跟着出来看看,究竟怎么回事?站在门外边听了许久。及至金太太走了出来,她就微笑道:"你实在是疼儿女的人,这几位少爷,谁不是生儿养女的人了?可是你还这样的挂心他们。"金太太叹了一口气道:"这也只怪我的心太慈善了,我这些儿女,谁是这样挂心我的呢?"陈二姐笑道:"你嘴里又是这么发牢骚,只要哪位少爷有事,你就不知道怎么好了?"金太太听说,倒是一笑。走回房去之后,陈二姐就忙着运茶运水,一面又陪着金太太谈心。

金太太喝了一杯茶,静坐了一会儿,究竟是按捺不住,复又起身走向燕西这书房里来。这时他已起了床。拿了一床薄毯子盖着下半截,斜躺在一张沙发上。口里还衔着一支烟卷,很自在的两手捧了一张报纸在看。金太太道:"你瞧你这孩子,现在全没有事了,倒吓了我一大跳。"燕西放下报,便伸脚到地板上来踏鞋。金太太连连摇着手道:"你和我拘这些礼节,只要少放荡些,少让我担一份心,什么也就够了。你现在好一点子了吗?"燕西道:"哪里好了?头还在发晕呢。"金太太道:"既是头在发晕,你还抽着烟瞧报做什么?"燕西道:"我哪是瞧报?我找找报上,我登的那个启事,清秋有答复没有?"

金太太道:"你傻了,她又不是无处通信,有答复的话,她不会写信来吗?何必花那笔钱,还登一道广告呢?"燕西道:"我也是这样想,不过自我们启事登出以后,如石沉大海,她竟是一点响声没有。我猜着这个里头,多少总有点原因,所以我在报上找找看,或者她有些反响。她是每日非看报不能过瘾的人,我所登的这几家报,又都是她常看的报,不能没有见着我们的启事呀。"

金太太道:"这话也怪,今天三天了,你那岳母,她也不曾再来过一次。她母女二人,是相依为命的,难道把这样大一个女儿跑掉了,她也像你一样,置之不问不成?"燕西道:"你这话,我不能承认啦,我又何尝置之不问呢?"金太太道:"我们自己,也用不着去抬这些杠,我就问你,你私下去打听过冷家的消息没有?"燕西道:"我打听做什么?他不来找我,我倒要去找他吗?"金太太道:"你瞧!听你这话,你就是不大挂心了。孩子,你别糊涂,天下没有这样容易了结的事,你不理会人家,也许人家正在安排巧计动你的手哩。等到人家的锤子打到你的头上,你再来想法子挽回,那可就迟了。"

燕西听了这话,仔细一想,也觉有理。冷太太和清秋,是彼此十分亲爱的,清秋走失了,就是丢了她半条命,她如此放过金家,不向金家找人,决无是理。既然没有这个道理,一定是在想什么法子,来摆弄金家了。于是两手一拍腿道:"母亲这话,说得是很对的,我马上到她家去看看,她若有什么表示,我们也好想法子对付她。"金太太道:"你这孩子,总是这个脾气,哪一件事情,是不爱办的,就不怕延长到周年半载,哪件事情,若是要办的,立刻就办。"

燕西道:"并不是我说要办就办,无奈我想起了这件事,心里就拴了一个老大的疙瘩,非解除不可。"金太太道:"又不是今天拴的疙瘩,为什么忙着今天立刻要解除呢?"燕西道:"我自己也不知道是什么原故,不这样是不痛快的。我吃点东西,早上就去罢。我还有车,坐了车子去,虽然有点毛病,也没有多大关系。"金太太道:"我也知道你的毛病,你要去,就先去罢。谁让咱们亏着理呢?见了你的丈母娘,你可得好好的说几句话,别火上加油,又惹出麻烦来。"燕西答应着,就按铃叫金荣进来,分付他随便弄点吃的。金太太一看他身体也不怎样难受,上房里还有事,便先走了。

燕西见金太太一走,哪里坐得住?在衣架上抓了一件长衫,帽子也来不及戴,披在身上,一面扣纽扣,一面就向外走。到了门口,自己叫了德海开车,车子由车房开到大门口,刚刚停住,燕西就自己开了车门坐上车去,敲着玻璃板道:"走!走!"德海回转头来道:"你上哪儿?不说一声,我向哪里走呢?"燕西道:"上落花胡同冷家。你不是常去的吗?还有什么不知道呢?"德海知道七爷脾气上来了,不便多问,开了车机,直向落花胡同而来。燕西在车上,憋着一肚子心事,见了冷太太,要说些什么话,自己都预备好了。

不料汽车开到了冷家门口,在车上看到是双扉紧闭。燕西急忙跳下车来，要上前去按门铃，忽然一张红纸条，映入眼帘，这却不由得大吃一惊，原来上面大书有"招租"两个字。原来通到外面的电灯线，也割断了，电铃的机钮，也不见了，这只好用手去拍门。拍了好几下，里面才有一个老头子出来开门，向着燕西问道："是瞧房的吗？"燕西道："我不是看房子的，我是来拜访朋友的。原来住在这里的冷家，现时搬到哪里去了？"那老人摇着头道："这个我说不上，我是看房的。"燕西道："这冷家是哪一天搬走的，你总知道罢？"那老人道："我是昨天来看房的，以前的事，我全不知道。"说着，他两手就要来关上门。

燕西一看，这个倔老头子，似乎无甚话可对他说了。心想，这里关了门，隔壁自己做诗社的那所房子，以前让给邱惜珍家赁下去了，不如到邱家去问问。于是不坐车子，步行绕到圈子胡同来。胡同口上停着的人力车，那些车夫，是常年停着车在这里，做老主顾生意的。这时看到燕西步行过来，两三个人呀了一声，有个多嘴的，还抢着上前，向燕西请了一个安，笑道："七爷，好久不见你啦，你好？"燕西点了一点头，走过去几步，又回转身来，问道："我们亲戚搬家，是你们拉的车吗？"车夫道："坐汽车走的，用不着我们啦。那天搬家，我们没瞧见你。"燕西本想再打听，然而明知这些车夫嘴快，让他们知道了所以然，也是不好，于是点头走开。

燕西转到了圈子胡同这边，一看邱家的大门，也是紧紧的关上。原来这大门口，有灿亮的一块铜牌，刻着"邱寓"两个字，现在牌子没有了。只是那牌子原钉的地方，还有个钉牌子的印迹，在那印迹之下，也是照样的贴了一张红字招租贴子。这样看来当然也是一所空屋子，不用得上前去敲门了。自己打算将车夫找来问一问，然而又怕车夫看破了情形，消息外漏起来，更是与体面有关。踌躇了一会子，汽车已由隔壁胡同追了过来。燕西想着，当了汽车夫的面，胡乱打听，也是不好。他分付汽车开到胡同口去等着，自己一人缓步而行，只是出神。

后面忽然有人叫七爷，叫了过来，看时，却是看房人王得胜。他抢上前请了个安，笑道："老见不着你。"燕西皱了眉道："我家运不好，总理去世了，不大出门。房子让给邱家以后，他们不短房钱吗？"王得胜笑道："七爷介绍过来的，那还错得了吗？怎么上个月，邱家说是回南，就全家都走了？"燕西这才知道邱惜珍家回南了。便笑道："他们走的时候，我正不便出门，为了什么，我也不大清楚。"王得胜道："怎么你外老太太，也是走得很忙？第一天辞房，到第二天就搬走了呢？"

燕西听他的话音，也是不知道底细，便装出故意反问，让他猜的样子，因道："你知道他们搬上哪儿？"王得胜道："说是搬出大城去住了，我想不能罢？"燕西和他说话，却见街旁停的人力车夫，很是注意，又怕露出什么马脚，只笑着点点头。王得胜也摸不清他是什么用意。跟着说了几句话，告辞去了。燕西一人在胡同里转了一阵子，并不能得有什么结果，只好转出胡同口，坐上汽车，垂头丧气而去。

第一百六回

亦假亦真旧邻传噩耗　疑非疑是胜地觅芳踪

天下事，原有不少出人意料以外的。但是像这样的事，却是出乎意料以外太多了。燕西在车上一路想着，这可真奇怪，冷家不向金家要人，反倒是全家都走了。她既不曾拐去我的金钱，我又不是不让她离婚，何必有这种行动？是了，一定是怕我要回小孩子来，所以带着他隐藏起来了。其实我不过二十岁的人，哪里会愁到没有孩子？你带了去就只管带了去，我是丝毫也不关痛痒的。到了家里。下车就直奔上房，在金太太屋外院子里，便嚷起来道："你看这事怪不怪？冷家一家全逃走了。我真不明白，这是为了什么？"一面说着，一面走进屋子里，草帽也不曾取下。两手将长衫下摆一抄，向藤椅子上坐着靠下去。

金太太坐在屋子里，正自默念着这件事，听他由外面嚷了进来，心中也很惊异。及至他走进房时，倒是很坦然的样子坐下，便望了他道："你这话是真的吗？"燕西一拍手道："当然是真的，难道无缘无故，我还会撒这样一个大谎？"金太太道："既然是真有这件事,我可要引为奇谈了。你们两个人的婚姻,你说要离,她也说要离,谁也不碍着谁的事。你都不躲开她,为什么她倒会躲开你呢?难道还怕金家把她包围起来吗?"燕西道:"我也是这样猜着,这件事很奇怪。我自己本想在街坊面前打听打听,又恐怕太着痕迹,所以我跑了回来,先向你报告,打算叫金荣到那胡同前后,仔细去打听。她若是逃了,我想没有别的用意,无非是舍不得把那个孩子扔下。"金太太皱着眉想了想道:"除非是如此,然而也不至于呀。"燕西道:"我真猜不出这里面还有其它的原故。"

金太太将如意钉上挂的一串佛珠,取着拿在手上,一个一个的由前向后掐着,低眉垂目的坐着,只管出了神。许久,然后向燕西一点头道:"这个法子倒使得,你就叫金荣去打听一趟试试看。"燕西道:"事不宜迟,马上就叫他去。"说着,起身便向外走。金太太道:"别忙,你也把他叫了来,让我教他两句话。"燕西只管向外走,哪里听到他母亲最后说的两句话?已经一直走回自己书房去了。

这天金荣得了燕西的命令,到落花胡同前后打听了一个够,直到晚上七点多钟方才回来。燕西已是自己走到大门外,等着他有两三次了。金荣回家来了,他也知道燕西性急不过的,一直就向他屋子里去报告。燕西见他满脸带着忧色,料得事情有些不妙,先抢着问道:"怎么样,他们预备了什么手段,对付我们吗?"金荣摇摇头道:"那谈不到了。"燕西道:"怎么会谈不到?难道他们还有更厉害的手段吗?"金荣道:"并不是更厉害,七少奶奶大概……去……世了。"金荣说到这里,也不免嗓子哽了起来。

燕西吃了一惊,原是靠在藤椅子上坐着的,这时突然站立起来,向着金荣的脸问道:"那是怎么回事?你别是胡打听的罢?"金荣道:

"我怎能胡打听这种消息？我为这个，整跑了一天呢。我先跑到落花胡同，站在那里，和车夫闲谈天，他们似乎知道一点，看我那样子，是打听消息去的，他们不敢乱说。只说冷家已搬到乡下住去了，至于怎样搬到乡下去，住在什么乡下，他们也不知道。后来我索性冒个险，等到南隔壁有人出来开门，我就走上前，和他们鞠了一个躬。抬头一看，我才知道上了当，敢情是个十二三岁的小姑娘。可是说起来，还是算没有白行这个礼。"燕西一正脸道："要说就干脆说出来罢，说话为什么绕这大的弯子？快说罢。"

金荣道："那姑娘是个小孩子，倒也心直口快。我只问隔壁冷家搬到哪里去？她就反问着我，他们家那大小姐跳了河了，你知道吗？我问在什么地方跳河的？她说在城外跳河的，冷家人哭了一天呢。"燕西道："小孩子知道什么？这样重大的事情，你怎么到小孩子嘴里去讨消息？"金荣道："我也是这样想。可是小孩子不知道轻重，也不会无缘无故的撒什么谎。所以我问了那小姑娘以后，我又对那小姑娘赔着笑脸，问她家里有什么人？她说有父母。我就告诉她，是冷家亲戚打发来的，请她父亲出来见见。那个人出来了，倒也是个混小差事的。听是我宅里打听消息，很愿报告。据他说，他果然听到冷家妇女们哭了两宿，起一个早，搬家走了。由他们的老妈子口里传说出来，说是冷家大小姐到城外去跳河了。我当时听了，心里很是难过，几乎要掉下眼泪来，不忍怎样的仔细盘问下去。你要不信，自己到那人家去拜访，可以当面问他一问。"

燕西听了这话，怔怔的坐着，许久不能做声，斜躺在一张藤椅上，左腿架在右腿上只管颠簸着。金荣站在他面前，走是不好，不走也是不好，也是只管发愣。燕西叹了一口气道："消息是越来越不像话，我有什么法子呢？我得去和老太太报告一下，看看她老人家怎样说？

但愿这消息也不准确罢。"说着,站起身来向上房走。金荣虽然不便跟着走了去,也知道金太太得了消息之后,一定会来盘问的,因之就在书房外面,站了等着。

果然不到三十分钟,陈二姐走出来叫唤,说是老太太叫去问话。金荣跟着到了上房,金太太和三位小姐,都坐在走廊下乘凉,眼圈儿都是红红的。金荣看了这样子,知道所报告的消息,已经是够惹着太太一阵伤心的了,远远的站着,不敢过去惊动。金太太用手绢擦了眼睛道:"据七爷说,你是到过冷家去了一趟的了,你打听得那消息很的确吗?"金荣要说的确,让老太太更是伤心。若说不的确,为什么以先胡乱报告?犹豫了一阵子,才道:"我打听是打听了好几处的,都是这样说。可是七少奶奶家里的人,我一个也没有见着,又哪知道这话靠得住靠不住呢?"金太太道:"你没有听说是哪一处城外吗?"金荣道:"听说是出西直门的。"

敏之听到这里,点了一点头道:"这就是了。"金太太看了她那种神气,望了她道:"难道你还知道这里头有什么原故吗?"敏之道:"我也不过这样猜想罢了,谁又敢说一定是这样。清秋以前常和我说,玉泉山昆明湖一条好水脉,假使要寻死的话,最好就死在那里。我还笑着说,无论那地方怎样好,死了也不得一个好死。她就大驳我一阵,说死就是一个'死'字罢了,还有什么好死坏死?而且古来高明的人,死在水里的也很多,什么屈原啦,什么李太白啦,说了许多,我也闹不清楚。当时我虽知道她是一种牢骚话,议论很是奇怪,所以记在心里。于今用事实一引证起来,竟是很有几分可信的了。"

金太太手上拿了一把小芭蕉扇子,慢慢的在胸面前招着风。点点头道:"这话也很有几分近情理,她那种人,这种事会做得出来的。"燕西道:"若果这话靠得住,这也没有难处,到了明天,我可以自己跑到城外去调查一趟。假如她是如此下场,以前一切的事,不必提了,我私人所分得的钱愿拿了出来,和她办理善后。"敏之望了他,想带一点冷笑,但是立刻又把这笑容收起来了,就对他道:"哦!若是她有了不幸的事情,你就要拿出钱来,和她办理善后。若是她并不见得有这种事情哩,那末,你就还是不管她的事了?"

燕西先看了金太太一眼,见金太太的颜色,还是和平常一样。然后向敏之拱拱手道:"你说这话,我真有点受不了。我这人倒好像是成心望她死,等她死了,再来给她风光一下子,做个好人,是也不是?"敏之道:"是与不是,我哪里知道?不过你自己说话,有些前后不能关照,露出马脚来了。我既不姓冷,我又不是清秋的表姐表妹,她走得远远的去了,难道我还会帮着她说你什么不成?"敏之越说越急,说到后来,脸色都变红了。

金太太道:"这种人你还说他做什么?他有了他一定的主意,旁人说他,也是枉然,白费一番气力,他又知道什么好歹?"敏之低了头望着地上,只冷笑了一声,并不再说什么。燕西虽然觉得敏之的颜色和言辞,都过于严刻一点,然而有老母在当前,看那样子,是不会帮着自己的。再要申辩两句,无非又是一场是非。只得懒懒的道:"我只认错就是了,有什么可说的呢?"一面说着,一面向外走。

这时,金荣带来的这个消息,已传遍了全家了。无论与清秋感情如何的人,听了这句话,都不免伤心一阵。那样一个人,竟会落这样一个结果。加之她又带了一个小孩子去的,这个小孩子,出世才得两三个月,倒跟着母亲,受了这种无故的牺牲,也是一件很造孽的事。因之大家又纷纷议论起来。这种话,当然不免传到燕西耳朵里去,他虽然自信不负清秋生命的责任,可是在大家这样传说着的时候,总感到有些心神不安,若不表示一点追悼的意思出来,这会让旁人更疑心了。

　　自己心里存了这个念头,到了次日,一清早起来,就叫金荣告诉德海,开汽车出大城。金荣因他脸上颜色不大好看,而且一下床,丝毫也不曾考虑,就告诉开车出城,似乎打了一夜主意似的,这也许又要出什么事故,不能不向老太太报告一声。于是在燕西当面,尽管答应,步出书房,立刻就到上房,去向金太太报告。自己隔了窗户,先叫了一声。金太太在纱窗子里,看到金荣匆匆的由外面走了进来,心里就知道他必有什么要紧的事报告。在屋子里就答应道:"有什么事,你只管说罢。"金荣回头看了一看,究竟还不敢大声说出来,一直走到窗户边,才低声道:"太太你瞧,七爷一早起来,什么事也没提到,就要赶着出大城去。我看他脸上的颜色不大好,你把他叫进来问他几句话罢。"金太太道:"他要出城去什么意思呢?"接着又道:"这孩子做事,这样任性,简直有些胡闹!把他叫了进来。"

　　金荣巴不得一声,把燕西叫进来。金太太问道:"你这样一早出大城,打算到哪里去?"燕西道:"我想到颐和园玉泉山都去看看,究竟有什么形迹没有?若是那里出了事,当地人当然知道的。"金太太道:"你一个人瞎撞,未见得能撞出什么结果,我看叫凤举陪着你去罢,李升也可以去。你们有些地方,不肯谦逊去问话,可以让李升去问人。"燕西对于这个办法,倒也无所可否,便顺便的答应了"好罢"两个字。金太太让他在屋子里等着,让陈二姐去叫凤举。凤举不曾来,梅丽先来了。一见燕西,便道:"一早就到母亲屋子里来了,有什么消息报告吗?"燕西道:"正打算出城找消息呢。"

于是把意思告诉了她。

梅丽很高兴的道:"我也……"只说了两个字,回头先看看金太太的颜色怎样,金太太道:"他又不是去玩,你跟去做什么?"梅丽道:"我也不是要跟去玩呀。老实说,我对于清秋姐这件事,真比七哥还着急呢。"燕西道:"那为什么?"梅丽道:"我和她感情很不错。譬如说,这个时候,秀珠姐要有个三长两短,你不着急吗?"燕西见金太太向着梅丽,脸上有点微笑的样子,就不敢说什么,只淡笑着说了"胡扯"两个字。金太太却呆呆的注视着燕西的面孔,那意思好像说梅丽的话是对的。燕西便站起来望了窗子外道:"大哥还没有起来吗?怎么还请不来?"

凤举披着一件长衫,一路扣纽扣走了进来,问道:"听说一早就要到西山去,这是为什么?"金太太道:"并不是到西山去,燕西高了兴了,他要去打听清秋的下落了。"因把话告诉了他。凤举道:"我就猜着是要我去的,所以索性穿了长衣出来。"梅丽道:"我也要去呢,行不行?"凤举道:"只要妈让你去,我就不反对。要不然,这又不是去玩……"梅丽道:"谁又是去玩?父亲去世以后,就只有玉芬姐,带我到北海去过一趟,我才真不要玩呢。"燕西也知道梅丽既说要去,也推辞不了,只得答应了。梅丽看看金太太的颜色,似乎也不至于拦阻,就赶着回房去换了出门的衣鞋,就到燕西书房里去等候。

一会儿凤举出来了,三人坐了汽车,直向颐和园而来。管理颐和园的人,向来不收金家人门票的,现时金总理虽已去世了,自也抹不下面子来要票。他们三人进了大门,不假思索,直奔前山昆明湖边。当然,这宏壮的风景里面,山水宫殿,一切依旧,并看不出什么出了事故的痕迹。李升跟在后面,随他们走过了长廊,便道:"大爷，我们先找个人打听打听罢。"凤举道："这是什么有面子的事吗？怎好胡问人？我们这种体面人家，会有内眷跑了，还是投水，说起来，大家脸往哪儿搁？"李升碰了钉子不敢做声，默然相随在后面走。梅丽道："既不打听，我们为什么来着？"凤举皱了眉道："别嚷！别嚷！慢慢的自然可以打听出来。"梅丽道："这又不是什么不能对人说的事，为什么别嚷？就算不能对人说的事，我们自己都调查来了，人家还有个不知道的吗？"凤举叹了一声，皱着眉对这位小妹望了一望，又不说了。燕西道："你们真也肯抬杠，这个时候到了这种地方，还要说个是非。"

　　这长廊尽头，排云殿下方，有个水榭，正向着昆明湖，开了一所茶社。两个穿白衣服的茶房，看到这二男一女很有些豪华气象，后面跟着一个听差，分明是少爷小姐一流。一齐跑出来笑脸相迎，请到里面去休息。凤举因这里在水边，正好打听消息，就一同进去了。大家坐下，李升也在外面走廊栏干上坐着。茶房忙乱了一阵，远远的坐到一边去。凤举先问问这里可有什么吃的？茶房说："只有干点心。"凤举道："现在天气热，这里逛的人正多，怎么倒不预备一点呢？"一个茶房走了过来，站着在桌子犄角边，仿佛是很郑重的，半鞠着躬微笑道："你不知道，这两天虽是逛的人多一点，其实一天也不过来百儿八十的人。第一到城里太远了，第二门票又是一块钱一张，哪能像城里中央公园那样人山人海的？我们这小买卖，哪里敢多预备？"

　　凤举一看这人三十多岁年纪，手臂上刺着一朵花纹，头上一把头发，向后梳得溜光。因笑着点点头道："我在什么地方见过你，一时想不起。"茶房道："我在城里洁身澡堂，待过三年。"凤举哦了一声道："这就是了。"茶房笑道："先生你贵姓是金罢？"

凤举点头道:"我姓金,你怎么知道?"茶房道:"从前我侍候大爷洗过澡的,于今我想起来了。你今天有工夫到这儿来逛逛?"凤举点着头哼了一声。那茶房,他要表示殷勤招待的样子出来,拿着桌上的茶壶,向各人茶杯子里斟了一遍茶,然后退到一边去。一个当侍役的人,在主顾不和他说话的时候,他自然也不便无端插嘴说话,因之静悄悄的站在一边。梅丽看了,倒有些急。心想,和那茶房说得很投机,正好探问消息了,怎么又不做声?她心里如此想着,就不住的看看凤举,又看看燕西。

燕西明白了她的意思,自己也是有些忍耐不住了,就对茶房道:"大爷二爷,你都知道,你倒很能打听消息。"茶房道:"金总理家里,那是北京城里大有名望的人家,谁不知道?"燕西喝了一口茶,笑了一笑,目光望了昆明湖一片汪洋的白水,很不经意的样子问道:"这湖里水,深不深?"茶房道:"也有浅的地方,也有深的地方。"燕西道:"假使落一个人下去呢,危险不危险?"茶房笑道:"深的地方,自然是危险。"燕西依然用眼光射到湖面上,很随便的问道:"若是有人到这里来投河,地方又大,水又深,又没有人救,那总是活不了的。"他如此一说,凤举、梅丽都望了茶房,等他的回话了。

茶房笑道:"那可不是!"茶房也是很随便答复的,然而只他这样一句话,各人心里,立刻紧张起来。燕西情不自禁的问了一声道:"真有这样一件事?"茶房笑道:"没有这回事,你干吗问起这个?"凤举也就插嘴道:"你这叫笑话了。你想,到这里面来,还要买一块钱的门票,哪个寻死的人,那样清闲自在的到这里来投湖?"茶房又接嘴说了一声道:"可不是!"梅丽坐在一边,就望了凤举一眼,心想,你还是打听消息来着呢?还是证明消息不确来着呢?刚问得了一点消息,你倒说绝没有这件事。凤举看了梅丽的脸色,可是他又有他的心事。他以为真有这事,自己说是没有,茶房必会反驳的。若真没有这事,话就遮掩过去了,免得露出马脚来。现在茶房果然说没有,就默然了。

他不做声,梅丽不便做声,燕西也是呷了茶望着湖水出神。不过老远的跑了来,不打听个实在,就这样含糊回去,也有些不甘心。因又装出很不经意的样子来问道:"前几天,报上好像登过这样一条社会新闻,大概是谣言了?"那茶房靠了亭子的木桩站定,突然将身子向前一挺道:"我也听见的,这新闻可是不假。"他这句话不要紧,不但把在座三个人,吓得心里乱跳,就是在水榭外边站的李升,也脸色变了,一脚踏进亭子来道:"是有这么一回事吗?"凤举听到这里,也是一怔。梅丽也禁不住问道:"怎么不假呢?"茶房见大家都注意这件事,倒有些莫名其妙。望了大家缓缓的道:"我也不知是真是假。这万寿山前后,很有些人传说,说是玉泉山有个人投河,过两天,报上就登出来了,说是昆明湖里出的事,其实不是。"燕西道:"哦!玉泉山出的事,你不知道是怎样一个人吗?"茶房道:"听说是个年青女的。"他这一说不打紧,大家的脸色都变了。

正要向下问时,远远的有个人跑了来,站在亭子外,向李升打量一遍,问道:"你是金府上来的吗?"大家一听,又是一惊。那人道:"你们宅里来了电话,请大爷去接,说是有要紧的话说。"凤举道:"难道又有什么要紧的事发生了?"说着,就向亭子外走。燕西、梅丽都是惊弓之鸟,见了这种势头,心里都蹦跳起来。也不问茶房话了,就这样相对坐着。这个电话之谜,各人都是急于要打破的,这一种焦急,那一分钟之久,大概也不逊于一年的了。

第一百七回

决绝一书旧家成隔世　模糊双影盛事忆当年

俗言道：等人易久。其实燕西等凤举，也不过二十分钟罢了。老远的看见他跑回来，高举着两只手嚷道："清秋回来了，清秋回来了，我们快回去罢。"燕西听了这话，脸上一怔。梅丽听到，却不由得站起来，连跳了两下道："好了好了，我们回去罢。"燕西等凤举走近前来，才低声问道："这是怎样一回事？你在电话里听清楚了吗？"凤举道："我哪有那末糊涂，连在电话里听这两句话，都听不清楚？"燕西道："她是怎样回去的呢？"凤举道："在电话里，何必问得那样清楚呢？我们不是马上要回去吗？等着回去再谈，也是不迟罢？"梅丽连连将脚顿了几下道："走走！我们快回去。"说着话，已是跳到亭子外长廊下栏干边去。凤举道："看你忙成这个样子，你比燕西还急呢。"于是会了茶帐，匆匆的走出园来。

大家坐上汽车，凤举对梅丽道："大约回家之后，首先和清秋谈起来的，就是你。你一定要把我们向茶房探听消息的话，说个有头有尾。其实她跑出来又回家去，怪难为情的，你对她还是少说话罢。"燕西道："为什么少说？这种人给她一点教训也好。"梅丽道："你这人说话，也太心肠硬着一点罢？我们为着寻她的下落，才到城外来的。我们原来的目的，不过是要知道人家的死信，如今不但人没有死，而且还是活跳新鲜的回来着，比我们原来的希望要超过几倍去了。你怎么倒反是不高兴？难道你不乐意她回来吗？"燕西淡淡笑了一声，并不说什么。梅丽道："你不说，我也明白，你当然是不愿意她回来的了。但是据我看来，绝不是没有办法回来的，回家之后，你看到人家的态度再说罢。"燕西依然是不做声，又淡淡的一笑。

汽车到了家门口，梅丽一进大门，见着门房就问道："七少奶奶是回来了吗？"老门房倒为之愕然，望了梅丽发呆道："没有呀，没有听到说这话呀。"梅丽道："怎样没有？刚才我们在颐和园，家里打电话把我们找回来的呢。"门房道："实在不知道这一件事，若果然有这一件事，除非是我没有看见。"梅丽再要问时，燕西和凤举已经很快的走进大门，直向上房而去。梅丽也是急于要得这个消息，直追着到上房来，早听到凤举大声道："怎么和我们开这样大的玩笑？"梅丽走到金太太屋子里看时，屋子里许多人，凤举手上捧了一张信纸在手上，围了七八个人在那里看。梅丽也向人缝里一钻道："看什么？看什么？"凤举道："别忙，反正信拿在我手上是跑不了的，你等着瞧罢。"梅丽既看不到，又不能伸手来夺，却很是着急。

金太太在一边看到，便对凤举道："你就让她看一看罢。这一屋子人，恐怕要算她是最急的一个了。"凤举咳了一声，便将那信摊在茶几上，牵了梅丽的袖子，让她站近前来，笑道："干脆，你一个人念，我们大家听，好不好？"梅丽道："我念就我念罢。"于是她念着道：

燕西先生文鉴：

西楼一火，劳燕遂分，别来想无恙也。秋此次不辞而别，他人必均骇然，而先生又必独欣然。秋对于欣然者，固无所用其不怿，而对于骇然者，亦终感未能木然置之。何也？知者谓我逃世，不知者谓我将琵琶别抱也。再四思维，于是不得不有此信之告矣。

秋出走之初，原拟携此呱呱之物，直赴西郊，于昆明湖畔，觅一死所。继思此呱呱之物，果何所知？而亦遭此池鱼之殃。况吾家五旬老母，亦惟秋一点骨肉，秋果自尽，彼孑然一身，又何生为？秋一死不足惜，而更连累此一老一少。天地有好生之德，窃所不忍也。为此一念徘徊郊外，久不能决。凡人之求死，只在最初之五分钟，此五分钟犹豫既过，勇气顿失，愈不能死。于是秋遂薄暮返城，托迹女友之家，一面函告家母，约予会见。家母初以秋出走非是，冀覆水之重收。此秋再三陈以利害，谓合则在君势如仇敌，在秋形同牢囚。人生行乐耳，乃为旧道德之故，保持夫妻名义，行尸走肉，断送一生，有何趣味？若令秋入金门，则是宣告我无期徒刑，入死囚之牢也。

梅丽将信念到这里，不由叹了一口气道："就是这信前半段，也就沉痛极了，真也不用得向下念了。"凤举道："这不是讲《古文观止》，要你看一段讲一段，大家还等着听呢。"说着，便要伸手过来，将信拿过去。梅丽按住了信纸道："别忙别忙，我念就是了。"于是念道：

家母见秋之志已决，无可挽回，于是亦毅然从秋之志，愿秋与君离异，以另谋新生命。惟是秋转念择人不慎，中道而去，知者以为君实不德，秋扇见捐，不知者以为秋高自攀附，致遭白眼。则读书十年，所学何事？夫赵孟所贵，赵孟能贱之，本不足怪。然齐大非偶，古有明训，秋幼习是言，而长乃昧于是义，是秋之有今日，秋自取之。而今而后，尚何颜以"冷清秋"三字，以与社会相见乎？因是秋遂与母约，扬言秋已步三闾大夫后尘，葬身于昆明湖内，从此即隐姓埋名，举家而遁于他方。金冷婚约，不解而解矣。

秋家今已何往？君可不问。至携一子，为金门之骨肉，本不应与同往。然而君且无伉俪之情，更何有父子之义？置儿君侧，君纵听之，而君所获之新爱人，宁能不视此为眼中钉，拔去之而后快耶？与其将来受人非种必锄之举，则不如秋保护之，延其一线之生命也。俟其长大，自当告以弃儿之身世，一日君或欲一睹此赘疣，当尚有机缘也。

行矣！燕西。生生世世，吾侪不必再晤。此信请为保留，即作为绝交之书，离婚之约。万一君之新夫人以前妻葛藤未断为嫌，则以此信视之可也。

行矣！燕西。君子绝交，不出恶声，秋虽非君子，既对君钟情于前，亦雅不欲于今日作无味之争论。然而临别赠言，有未能已者，语云：高明之家，鬼瞰其室，虎尾春冰，宜有以防其渐。以先翁位高德茂，继祖业而起来兹，本无可议。若至晚辈，则南朝金粉之香，冠盖京华之盛，未免兼取而并进，是非青年所以自处之道也。愿有则改之，无则加勉焉。

慈姑老大人，一年以来，抚秋如己出，实深感戴。寸恩未报，会当衔结于来生。此外妯娌姊妹，对秋亦多加爱护，而四姊八妹，一则古道热肠，肝胆相照，一则耳鬓厮磨，形影相惜。今虽飘泊风尘，而夜雨青灯，每一回忆，宁不感怀？故秋虽去，而寸心耿耿，犹不免神驰左右。顾人生百年，无不散之筵席，均毋以秋为念可也。蓬窗茅户，几榻生尘。伏案作书，恍如隔世。言为心声，泪随笔下。楮尽墨枯，难述所怀。专此奉达，并祝健康！

冷清秋谨启

梅丽将这封信一口气念完，念到最后一段，大家觉得清秋的文笔，固然不错，就事论事，也说得很沉痛。凤举首先道："我算今日领教她的笔墨，真是看不出来，一个十几岁的女子，有这样好的文字，前途实在未可限量。大家都说她汉文有根底，我也没有去十分注意，于今看起来，很是名副其实。老实说一句，目前的人，恐怕还没有谁赶得上她？"玉芬坐在一边，就插嘴微笑道："大哥一抬举人，又抬举得太过分一点了。固然像我们这种人，自然是学识浅陋，赶不上人家。可是大哥和二哥的国文，都是很好的……"

金太太不等说完，便皱了眉道："管她文章好不好，不是现在所要讨论的事情。"说着，便向凤举道："我接着这封信，自己真愣住了大半天，不用提心里多么难受。知道的呢，不过说是燕西夫妻感情不好，她不愿在我们家，不知道的，倒以为是我们这一大家人，不能容物，硬把人家挤着跑了。别的我都不怕，我就怕她这一封信，辗转传到新闻记者手卜去了，老实不客气给我们发表出来，这让我承认是不好，否认也是不好。"凤举道："这倒不必去过虑。她这信上，明明说着自己隐姓埋名，要另去找新生命，分明是一种秘密行动。若是把这信公开出来，试问又从哪里去秘密起来？"金太太道："这话也难说，她若是为泄愤起见，也许牺牲她自己的成见，宣布出来，和我们干一下子。"

玉芬心里有一个"对"字，冲口要出。她感觉很敏捷，想到刚才插嘴说了两句话，已经碰了一个大钉子，现在怎好又去多嘴？因之嘴唇皮只动了一动，这个"对"字又忍回去了。金太太坐在屋子里说话，眼光是不住的四处射着的，尤其是对于玉芬，那目光是常常的照顾着。玉芬欲言又止的情形，正好是看到，便问道："你要说什么？"玉芬道："我很赞成你的话，不过说她为人，不至于这样。所以我要说，又忍回去了。"金太太未答言，点了点头。这时，大家对于这封信，都不免有一番议论。玉芬见大家都有点惋惜的意思，她未便独持异议，也皱了眉毛，装出苦脸子来。金太太侧着身子，坐在藤椅子上，只是不言语，默默静坐，慢慢的也就垂了眼泪来了。

凤举叹道："你又何必伤心？连老七他自己，还看得十分平淡呢。"金太太摇了一摇头道："我倒不是这样想。"佩芳道："我明白，你是舍不得一个小孙子。"金太太道："当然也有一点，但是这还不是最大的原因。"说着，两手抄在胸前，长长的叹了一口气。同时，便将眼光射到燕西身上。燕西知道母亲有十二分不满意的表示，但是不满意的是哪一点？却不能猜中，自己只好避开母亲的眼光，低了头看着自己的鞋尖，两脚不住的在地上颠抖着，似乎心不在焉的样子。金太太又叹了一口气道："我也管不着，反正是大家要散的，与其将来闹得不可收拾，再来散家，倒不如早早的散场，大家落个好来好去。"大家听金太太如此说着，都不敢做声，默然坐着。

金太太站起来，将那纸长信，拿到手上，又重新看了一遍，然后递到燕西手上道："这个交给你罢，你也好留着做一个纪念。"说毕，又冷笑一声道："这算是白家小姐战胜了，你可以把这信给她看看，只要她相信了，也就是你一个升官发财的一重保障。"燕西听了这话，脸上不由得红上一阵，搭讪着笑道："你说这话，我受得了吗？"金太太不说什么，又是一阵冷笑。凤举料着金太太动了慈善心，燕西若是不离开，还是有许多话要说他的。便向燕西瞟了一眼道："你在颐和园那一分子跑法，想必是很累，这也应该休息休息去了。"

燕西会意，搭讪着伸了一个懒腰，就回书房去了。心里想着，这样一来，人既不曾死，婚姻又脱离了关系，总算如释重负。她自己愿意写这信和我脱离关系，我也没有什么对她不住的。只是自己第一个儿子，白白是让她带走了，心里总不能完全抛得下。但是留了儿子，其实也不能不留他的娘，崭新的人物，牺牲个把儿女，又值得什么放在心上？他是一个人在屋子里踱来踱去，这样想着的，于是突然立住了脚，连顿两下，表示他不以为意的决心。就在这时，书房门悄悄的有人推了开来，略听到一些响声。燕西心里正在不耐烦的时候，于是用脚一顿，立刻将身子一扭道："又是谁进来捣乱？"说时，一回头，瞪了两眼。

但是这一回头之下，却是梅丽。自己还没有放出笑容，改去怒容，梅丽已是不耐烦，将嘴一撇道："干吗对我们生这样大气？我不是来说你什么的。"燕西笑道："请进来罢。我真不知道是你，我一个人在这生闷气呢。"梅丽道："我倒不管你生闷气不生闷气，我心里搁不住事，有话就要来报告你一声。听二嫂说，她的房子已经看好，也许两三天之内，就要搬走了。我也不知什么原故，听了这个消息,心里怪不好受似的。"燕西道:"什么?他们就要搬走吗?怎么这样子的快?"

梅丽走进屋来,向屋子四周看了一遍,叹了一口气道:"这些个东西,你能都带到外国去吗?当然是留下的了。这几架书格子,我都很欢喜,你就送给我罢。"燕西道:"这又不是我私人的东西,怎么让我送给你?"梅丽点点头道:"这算你说了句公道话,可是我听到说,各人院子里的东西,都归各人搬去,有的嫌不够,还争着要这样要那样。"燕西道:"咳!让他们去争,让他们去分罢。家都散了,抢夺这些木器家具,又有什么用?你要这书格子,你就连这些书都可搬了去。我反正是个不读书的人,又要这些书做什么?"梅丽点头笑道:"你这倒干脆,表明态度是不要书本子。"

燕西两手一撒道:"你想,从前有的是机会去读书,我都耽误掉了。到了现在,自己要去经营饭碗问题了,哪里还有工夫读书?你难道还不晓得我为人?我在你面前还要个什么虚面子?"梅丽道:"这倒也说得是。不过你现在也不必烦恼,你受着拘束的事,算是完全解除了。以后你一个大人,爱怎么着就怎么着。天下之大,一个人到哪里去混不到饭吃?我跟你计划着,晚上可以在饭店里跳舞。睡到下午两三点钟起来,公园里也好,戏馆子里也好,混到六七点钟,上小馆子吃晚饭。吃完晚饭,上电影院瞧电影,到了十一二点跳舞场上,正是热闹……"燕西皱了眉道:"你干吗也学了这样一张贫嘴?"梅丽道:"我是贫嘴?就算我贫嘴罢,我猜着这样浪漫的生活,你总是愿意过的罢?"她一面说着,一面向外走,就回到了二姨太屋子里来了。

二姨太见她脸上,似乎还带着一些怒色,便道:"你又是和谁生气?"梅丽撅了嘴道:"别提了,我心里有二十四分不痛快呢。"二姨太道:"咳!你倒喜欢管那些闲事,准是清秋的事,你瞧着又有些不顺心了。你管得着吗？"梅丽道："也不光为这个，你瞧，二哥的房子看好了，马上就要走，自然，别人也是要走的。今天说散伙，明天说散伙，这可真要散伙了。"二姨太坐在一张藤椅上，是半躺着的，头枕在椅靠上，眼望了梅丽，半晌不做声。梅丽道："你又什么事发愣？"二姨太将头点了一点道："你说我老实，可是你也够老实的了。不散伙怎办？难道我们还顾全得了不散伙吗？"梅丽道："谁又说能顾全得了？不过我瞧着，心里怪难受的。"

她说着，也就在对面一张藤椅子上坐下了。母女二人，彼此对面默然坐着，静默了好久。二姨太因是斜躺着的，目光斜射在对面墙壁上一张二人合拍的半身相片，只是出神。那相片的胶纸，都变了黄色，人影也有些模糊，年月可知了。梅丽也回头看时，是父母二人的合相。二姨太见她目光也回过去，因用手一指道："你瞧，这是我初嫁你父亲时候的一张相片。那个日子，你父亲刚从外国回来，老太爷也还在世，门面比这些年还阔多了，因为你祖父是个总督，和现在的巡阅使差不多呢。"梅丽道："这和这张相片，又有什么关系呢？"

二姨太道："自然有关系呀。你祖父除了收房的丫头不算，一共有五房姨太，你瞧是多不多？真也是怪事，可就只添了你伯父和你父亲两个。你伯父三十几岁，就过去了。只剩你父亲一个，而且他真也有些才学，上人是怎样的疼爱，那就不用说。可是你父亲倒不像你那些模糊虫哥哥，玩笑虽是免不了的，正经事也是照样子办。讨我的时候，老实说，你那位母亲是不高兴的。无奈上面一层人，就是多妻的，她也没法儿反对。祖老太爷自然也看出了这番情形，听说在你那位母亲面前，还说了一番大道理。索性让我进门的时候，还行了一大套礼节。末了，就是照这张相。祖老太爷的意思，就是说他做主替你父亲讨二房的，不让你母亲压迫我。我年青的时候，就不知道什么叫脾气，你那母亲，看我也是很容易说话的，也就不怎样和我为难。那个时候,你大哥二哥,都在英国留学,其余的都在家里,燕西还只两三岁呢。一家的小孩子,你父亲和你母亲是很和气的,我又不多一丁点儿事,所以家里头大家只是找法子享福,不知道什么叫闹气。后来小孩子大了,人口多了,不是这个瞧着那个,就是那个瞧着这个,只要瞒了上面两个人,就什么事也干得出来。这样的闹,至少至少有五年了。我老早就猜着,好不起来,现在看起来,也是疖毒破了头了。"

梅丽道:"照你这样说,散伙倒是应该的。"二姨太道:"也不能说是应该的。不过有你父亲在,大家坐着享福,还有些不耐烦,于今不能坐着享福了,有这个家庭呢,少不得大家要负一份责任。你瞧谁是肯负责任的?谁又让谁不负责任?恐怕会闹得大家刀枪乱起罢?从前就是燕西没有办法,现在清秋走了,他可以靠白家这条路子去找出身,也是不要紧的了。"梅丽道:"人家最忌讳的是这个,别说了。"二姨太道:"说也没有什么,反正这是公开的事。"梅丽道:"公开也好,秘密也好,反正摊不到我们头上来说。"

二姨太道:"咳!说是不必说。可是我们一家人,总望一家人好,闹到这步田地,谁也是好不了,我们心里当然是难受。我早知道就不能有什么好结果的,那天吞鸦片,你们让我一闭眼睛,睡了过去,是多么的好。偏是你们又想法子把我救了过来。"梅丽撅了嘴道:"你这话倒说得好,让你一闭眼睛,睡了过去,那末,把我扔下来,我又怎么办呢?"二姨太道:"我自己的性命都不要,别人我就管不着了。可是这话又说回来了,我就是不死,你的事情,我哪里又管得着呢?"梅丽听了这话,望了她母亲一会儿,并不做声,意思好像不明白母亲命意所在。打算要问一句是哪件事没让母亲管?然而这句话说出来,又怕母亲误会到什么自由不自由上面去,对答上也更感到困难,就不如不问了。

第一百八回

寄爱写小诗投邮有意　对亲作快语析产何惭

二姨太看到梅丽那沉吟不定的样子，便也是不解，望了她问道："你想什么？"梅丽坐在躺椅上，将脚悬着，摆了几摆，放出很自然的样子，脸上微微笑道："我也不知道有什么事，让你管不着？"二姨太想了想，微笑道："我管不着你的事吗？那可多了。"梅丽也不多说，依然还是将两条腿垂着摇摆，右手一个食指，却在左手掌心里，只管画着字。二姨太看到她那种出神的样子，也只管望了她那脸。梅丽在手里乱画了一顿，眼皮一抬，见母亲很注意的样子，抵在当面，颇有些不好意思。于是突然站起身来，就向里边屋子里走去。

二姨太一看梅丽那神情，和她说话的话音，觉得她那心中，当然含有一段隐情。这话在她自己不说出来，做母亲的，自然也无法追问。她到了隔壁屋子里去，默然不做声，有两个钟头之久，那边一点响动也没有。二姨太隔了一道绣花屏风，叫着问道："梅丽，你怎么样，睡着了吗？"梅丽在那边，依然是不做声。二姨太以为她真的睡着了，就悄悄的在屏风边溜了过来。及至转过门来一看，只见她伏在一张小写字台上,手上拿了自来水笔,只管在那里写。她仿佛听到身后有点响动,猛然回头一看,见是母亲来了,好像是吃了一惊。连忙将自来水笔一放,扯开抽屉,就把桌上的纸张,用手一卷,一齐卷到抽屉里去,扑通一声,把抽屉跟着就关上了。

二姨太道:"这为什么?这为什么?"梅丽脸上一红,站起来靠着写字台道:"人家在这里作文呢,你跑了来,打断人家的文思。"二姨太道:"打断你的文思?你又作什么文?"梅丽笑着推她母亲道:"你出去罢,我练习学校里的国文课呢。"二姨太道:"怎么着?你这屋子还不许我来吗?"梅丽依然向前推着她母亲道:"你去罢,你去罢,我这里不要你了。"二姨太笑着连连说:"你这孩子,你这孩子。"梅丽道:"真是的,人家作文作得正有味的时候,你跑来捣乱,你说讨厌不讨厌呢?"

母女俩正这样说笑拉扯着,恰是玉芬到这里来找什么东西。一掀门帘子,将头一伸,不由先笑了起来道:"你瞧,娘儿俩这样亲热,还闹着玩呢。"二姨太笑道:"咳!哪是闹着玩呢,她在这屋子里作文,不许我打断她的文思,把我轰了出来呢。"玉芬道:"这样用功,那是好事,你别拦着呀!"二姨太和梅丽就都不说什么了,和她一路到外面屋里来坐着。二姨太知道玉芬是无事不到这里来的,既来了,不是要什么东西,就是有什么话要说,陪了她坐着,只是说闲话,等她开口。梅丽觉得无意思,一人自走了。

玉芬谈了一阵子,才问:"二姨妈,八妹不是有一个开书格子的钅字钥匙吗?和我那开书格子的钥匙,大小差不多,我要借着去开一开书格子。"二姨太道:"她的东西,我不知道,也许在那写字桌子的抽屉里,你自己去找一找罢。"玉芬道:"她自己不在这里,我可不好去开她的抽屉。"二姨太道:"你也太见外了,这让外人听见,岂不是笑话?"玉芬笑道:"不是那样说,我们这位妹子,心高气傲,有点像我。若是不征求她的同意,糊里糊涂先就去搜她的抽屉,她听到了会不乐意的。也并不是说她有什么不能公开的东西,让我翻着了。可是人家整理得好好的东西,旁人给她一阵乱翻,翻得乱七八糟,看了也不顺眼。而且……"二姨太笑道:"哎呀!我的三少奶奶,你解释了这么些的话,也就够了,下面还有而且,这样一转,又不知道要转出多少议论来!会说话的人,真是不同。"

玉芬说着话,带笑着,也就走向梅丽屋子里来。二姨太因为怕她多心,坐在那边屋子,没有动身,自让她一个人来开抽屉。玉芬见这桌上,一枝自来水笔,斜放在吸墨纸上,正是梅丽匆忙中,没有收起。随手抽开正中一个屉子,只见三四张西洋纸信笺,蓬松着放在纸张上面。那纸上是钢笔写的红色字,正是梅丽的笔迹。信笺的横头上,注有码子字一二三号,于是拿起第一张来一看,起头四个字,乃是玉树先生。玉芬身上倒像受了什么激刺一般,肌肉抖颤一下,扑通一声,就把抽屉关上。然而关闭了之后,双手依然扶了桌沿不肯就走。

定了定神,回头又看看,见二姨太并没有过来。于是又轻轻的将抽屉拉开,将一共五张洋信笺拿在手上。然而那字写得很细,除了四张信笺写满之外,第五张也写了一大半,顷刻之间,如何可以看得完?只看那第三张中间,有几行抬头另写的,却是可以注意。玉芬将身子半侧着,一手托了信纸,一手扶着抽屉,预备一听到隔壁的脚步声,就把信纸放下,抽屉关上。再仔细看那另行的字句,恰是每句一行,下面加着一些新式标点,不用提,这是新诗了。一念那诗是:

怅惘的前途，布着重重的烟雾！

憧憧的鬼影，在那里徘徊回顾。

我要大着胆子上前呵，觉得那是危险之路。

我要站住不前呵，荒野中怎容留得住？

看呵！那里有一线曙光。

自由之神穿了白色的衣裳，

她手拿着鲜花，站在鹅绒似的云上。

呀！她含着微笑，和我点了点头。

好像告诉我说：她那里可以得着自由。

自由之神呀！你援一援手。

我为着你，要奋斗！奋斗！奋斗！

玉芬念了一遍，心想，咦！自由之神，这自由之神是谁？她要为他奋斗呢。这憧憧的鬼影，又指着是谁呢？这小鬼头真有点儿看不出，倒会作爱情诗了。别说那个小谢，正是想吃这只天鹅的人，就是让别一个人看到这种诗，这文字隐隐之中，正含着一种乞怜求助的意思，有个不动心吗？她这小人儿嘴尖舌快，总说别人在丧事办这样办那样，都是全无心肝。那末，她自己大谈其爱情，又当怎么解说呢？

玉芬这时，只听到屋子外面嘚嘚嘚嘚一阵脚步声，似乎是梅丽来了，因为她不脱小孩脾气，有时是喜欢跑的。玉芬赶快就把信放下，身子向后一靠，关上了抽屉。停了一停，并不听到梅丽说话，于是大声道："二姨妈，你说这钥匙在哪里？我并没有找到呀。"二姨太道："她也不一定把钥匙放在抽屉里的，只好等她自己来拿罢。"玉芬对于这个钥匙，原无得着之必要，既是二姨太说等梅丽来拿，就不必再问了。于是走到外面屋子来,向二姨太道:"回头等八妹来,找出来了你给我收着,我回头叫人来拿罢。可是一层,你千万别说我翻了她的抽屉。她那个脾气,我惹不了。"

二姨太也没有料到她在隔壁屋子里,会偷看了梅丽的信,并没有去找钥匙。因之她如此说着,也就信了她的话,答应不说。玉芬走出房去,后又回转身来,正色道:"真的,不说笑话,回头八妹来了,万万不能说我翻了她的抽屉。其实她也没有什么,可是要说做嫂子的,不是来找钥匙,是借原故捉她的弊病来了,我成了什么人?现在我是十分后悔呢。"二姨太笑道:"哟!我的少奶奶,你也太多心,太仔细了,一个写字台抽屉,做嫂子的翻着寻一寻东西,有什么要紧呢?"玉芬依然正色道:"是真的,不能告诉她。"二姨太道:"好罢,我决计不告诉她,你放心就是了。"玉芬一看这情形,大概是不会说的,于是才笑着走了。

过了两小时以后,梅丽回房来,二姨太怕惹下什么祸,果然照玉芬叮嘱的话,没有说出来。但是不多一会儿,玉芬自己又来了。二姨太倒有些奇怪,她说派人来取钥匙,怎么自己又来了?不用提,一定是怕我把话告诉了梅丽,所以特意来预防着。哎!这种人,真是用心良苦。

梅丽倒是很坦然的,对于玉芬的行动,一点不曾留意。她倒以为玉芬是打听鹤荪搬家事情来的,忍不住先问起来了,便道:"二哥说走就走,后天就搬了,你知道吗?"玉芬淡淡的答道:"我倒没有知道呢?"梅丽道:"三哥找着房子了吗?"玉芬皱了眉道:"我真不解母亲什么意思?一点儿不肯迁就,说要我们搬,就要我们立刻搬走。已经有一个开始了,我们哪里又能够久住?所以鹏振这两天找房子,我倒也不拦阻他。大概也找妥了一所,哪日搬走,虽是说不定,可是母亲逼着我们搬的时候,我们只好跟着你三哥搬了。世上的事真是难说,几个月前,我们哪里会料到现在这种样子?"梅丽道:"我看也没有什么可悲观的,大家分散开来,各人去找各人的出路,也许我四个哥哥,将来造成四个这样的门面,那是多么好呢?"

玉芬说:"八妹现在很会说话,不能把你当小孩子看待的了。"二姨太道:"不把她当小孩子看待吗?那除非是两三年以后的事,现在她知道什么?"玉芬听了这话,又想到刚才所看见梅丽写的爱情新诗,于是向着梅丽微微一笑。梅丽道:"你笑什么?我看你这笑里面,很包含着一点意思的。"玉芬依然偏了头望着她道:"有什么意思呢?你说!"梅丽道:"我哪知道你包含着什么意思?因为你这种笑相,我是看惯了的,事后研究出来,总是有意思的,所以我就说你笑着有意思了。"玉芬一想,不要再向下说,真会露出什么马脚来,于是站了起来,拂了一拂衣襟,笑道:"这样说,我倒成了一个笑脸曹操了。"一面说着,一面就走开去。

梅丽让她走得远了,才道:"你看这个人,无所谓而来,无所谓而去,这是什么意思?"二姨太正知道她是有所谓而来,有所谓而去,不过玉芬再三叮嘱说,别告诉她开了抽屉,因此也就不去纠正梅丽的话,便道:"她也许是自己因为要搬走,来探探我们口气的。"梅丽道:"可怜!我们是未入流的角儿,去也好,留也好,绝对碍不着谁的事,她跑到这里来,打听什么消息?"二姨太道:"也许是打算在我们口里,套出别人的消息来呢。"梅丽脸色又一红,顿着脚道:"散了好,散了好!这一家子人,大家总是勾心斗角,你看着我,我看着你。散了以后,这就谁也不用瞧着谁了。"二姨太也没说什么,只叹了一口气。梅丽坐了一会儿,又回到隔壁那小屋子里去了,直到晚上亮电灯的时候才出来。二姨太总以为她在做功课,哪里料到她有别的什么用意。

第二日清早,梅丽找了一阵子邮票,后来就出去了。不一会儿工夫,她由外面走进来,先嚷着道:"咳!二哥真成,还雇了一辆长途汽车来,停在大门口,等着搬东西呢。"二姨太道:"你一早到哪里来?"梅丽倒不料自己无心说话,就露出马脚来了。因道:"我也没上哪儿去,不过是到门口去望望,就看见搬东西的汽车了。"二姨太道:"这样一早就动身搬家,真肯下工夫,我到外面瞧瞧去。"二姨太刚说完这句话,梅丽倒起了身,先在她前面走,一路走到金太太屋子里来。看时,只见金太太态度很安然的样子,半躺着坐在一张安乐椅上。慧厂也在她对面一张椅子上坐了,一手捧了一个日记本,一手捏了一枝自来铅笔,脸望着金太太,显出笑嘻嘻的样子来。金太太口里说一句,慧厂就答应着在日记本子上写一笔。二姨太看着,倒有些莫名其妙,走到门外,就站住了,不敢冲了进来。

金太太笑道:"瞧你这老实人,倒也知道避嫌疑,没有什么,你只管走进来罢。"二姨太被人说破,倒有些不好意思,笑道:"我又避什么嫌疑呢?因为太太报一句,二少奶奶写一句,我不知道什么意思,所以站着猜了一猜。"慧厂将手上捏着的铅笔反过来拿着,用铅笔头敲着日记本子的面页,笑道:"你猜猜看,我们是在写什么呢?"梅丽知道慧厂是快走开的人了,说不定是金太太的一番好意,留下几句治家格言,让她在日记本子上写着,好牢牢记住。便笑道:"一定是些传家之宝。"慧厂对金太太道:"你瞧瞧,连八妹都会说这种话了,我说是记下来公开的好不是?家里用不了的东西,我拿去一点,自是可以少花钱去买,可是我绝不想占大家的便宜,一人独吞。"

金太太道:"梅丽这孩子,喜欢闹着玩,你倒注意她的话。"

梅丽道:"哟!二嫂是在写什么呢?我还不知道呢。"金太太道:"你既是不知道,为什么倒瞎说一阵子?是你二嫂和我另要几样木器,我答应了。心里想着,有多少可以拿出去分配的,于是乎我慢慢的想着,想得了一样,就让慧厂写上一样。"梅丽道:"这完全是我弄错了。我以为你有什么治家格言告诉了她,让她去写,倒不料是些木器家伙。二嫂,得啦,算我对不起你。"说着,向慧厂勾了勾头。慧厂知道梅丽是个要强的人,这样子和人道歉,简直是一百年一回的事,便笑道:"你这样一来,倒弄假成真了。好罢,明天我搬过去,第一个要请的,就是你。"梅丽道:"哟!还要下个'请'字儿,成了生人啦。"金太太淡笑了一笑,点点头道:"这个你会不晓得,俗言道得好,分家如比户,比户如远邻,远邻不如行路人。"慧厂听了这话,又瞧老太太的颜色,觉得是牢骚话又要来了。便低了头翻着日记本,用铅笔一样一样的点着,数那木器家伙,口里还带念着。

二姨太又觉得是梅丽的话问出祸事来了,便道:"二少奶奶为人是很爽快的,要办什么,心口如一,这就好,我就喜欢这种人。"她在金太太下手坐着,扬了脸向金太太问道:"太太,你说是不是呢?"金太太还未曾答话,慧厂笑着插嘴道:"二姨妈怎么平空无事的加上一段赞词,这是难得的呀?"金太太笑道:"大概你没有懂她的用意。"慧厂道:"这还有什么意思?我一时倒想不出。"金太太道:"她的意思说,搬家是谁都愿意的,只不开始去做。你很痛快的赞成,又愿先搬,所以她夸奖你。"梅丽也抢着说道:"像二嫂这么的心口如一,一点不做假,确是不可多得的。就是我,也很是赞成她的这种举动。"慧厂点了点头,笑道:"我们八妹,书算没有白念,可以谅解到这一层,就没有平常妇女……"慧厂说到这里,突然将话缩住,自己明白,这句话说出来,得罪的人就太多了。在屋子里的人,都也了解她的意思,就没有人追问她这句话了。

恰好是玉芬进来,看到慧厂手里倒拿着铅笔,只管去打日记本的封面,一眼就射在上面。慧厂也不等她问,将日记本子举着,扬了一扬道:"你猜这里面记些什么?"玉芬道:"分明是日记本子,你还要我猜什么呢?"慧厂道:"你想想,若是这上面还写的是日记,我又何必说这句废话呢?老实告诉你,我抢了大家一个先,和母亲要了许多木器。"玉芬听了这话,脸上立刻有些不好看,不免掉过脸来,向金太太看了一看。金太太道:"木器我是给了她一些,但是这也无所谓先后,我已经把家中的木器家伙,全盘估计了一下,大家都可以分得一部分,你别听了她的话着急。"玉芬被金太太一说,心中更是不高兴,自己何曾着什么急呢?便笑道:"你自然是公心的,可是我也没说什么呀?"金太太笑道:"你不愿意吗?反正也多不了,送人总是送得掉的。"

梅丽道:"三哥是讲究的人,三嫂又好个面子,这些旧东西,当然是不要。"二姨太究竟是个忠厚心眼儿,恐怕玉芬下不了台,插嘴道:"木器家伙,有什么新旧?而且俗言道得好,富家必有旧物。一个人家制了满堂新,那也不见得阔。三少奶奶这点事,还不知道吗?家传的东西,无论什么,都是好的,哪有不要的道理?"她这样几句不见经传的典故,倒很合了玉芬的心思,笑着点头道:"还是二姨妈说对了。就是母亲不给我,我还要讨一点东西做纪念哩。"金太太道:"什么大事也完了,我留着这些木器又干什么?说了给你们,自然是给你们。你也找一张纸来,我把给你的东西告诉你,你自己去写上。"

玉芬向四周看看,看哪里有现成的纸笔?因之站起身来。但是刚一站起来，又坐下去，微笑道："也不忙在这一会子。"慧厂将日记本子和铅笔，一齐递给了她道："你由后面倒着页数向前写，写完了，你撕下去就得了。"玉芬依然将日记本子递回道："好好儿的，又撕了一本日记簿做什么？我可以找笔去。"她说着，就到隔壁屋子里，将砚台笔墨和一叠白纸，一起搬了来放在桌上，自己也在桌子边椅上坐下。金太太冷眼一看，微撇着嘴，却不做声。玉芬一头高兴，起先还不理会，将墨在砚台里磨着，抽出笔来蘸墨，依然还不听到金太太开口。这要向下写，可写些什么呢？于是放下笔，把桌上一张白纸整理着折了一折，向桌上吹了一口灰，将纸端端正正放着。但是金太太依然望了不做声。

金太太明知道她等着开口，故意将卐字格子上的佛珠，拿到手里来，一个一个的掐着，垂下了眼睛皮，做个要参禅的样子。玉芬心里一着急，心想，若是像她这种神气，一参禅下去，不定什么时候回转过来，呆等到什么时候呢？只得将脸向金太太望着，微笑道："你不说是报给我写吗？"金太太放下了佛珠子，笑道："你老没做声，我以为你不要了呢。"玉芬对于这句话，虽有点不愿受，然而为了马上可以承受东西起见，这时也就高傲不得，便笑道："我以为母亲在全盘推想，想完了，才告诉我呢。我在这里等着，就不敢打断你的思想。"金太太因她已经承认了要东西，也就不必再和她为难了，于是就将所能记忆的木器，随报了几样给她听。玉芬就也不再谦逊，听着一样，就写上一样了。

写了十几分钟，金太太还在报，慧厂便插嘴道："快够了。"玉芬微笑道："你怎么知道母亲的心事，就说快够了？"慧厂道："这绝不是胡猜，自然有原因的。我照着我的日记本子算，你所得的，和我只差一两样，岂不是快够了？母亲口里报着，哪里记得多少件？我心里听到一样记一样，和日记本子上的总数，比了一比，所以知道。这样提一声，咱们两人一样，很是公平。以后还有别人要，咱们还是这样照方吃炒肉，事后可少许多是非。我这话是厉害一点，可是我说在明处，就是你见怪，总还可以谅情一二。"玉芬笑道："这些话，幸亏是二嫂说的，若是我说的，那可不得了了。"慧厂道："既要做那件事，就免不了人说，与其让人说，就不如自己说出来的干净，你觉得我这人痛快不痛快？"

梅丽笑道："老实说，刚才我看到二嫂向日记本子上写木器家具，我是有点不高兴，如今听到二嫂说的这一篇话，就很有道理，我又高兴了。"玉芬觉得她过于抬高慧厂，正是有点瞧不起自己。只是在正面上说，慧厂这话本是有理，却又不能不附和着赞成。因笑道："二嫂和二哥，相配得是正好。二哥是个很沉默的人，遇事总是慢慢的去办。二嫂是个很爽快的人，干就说干，不干就说不干，正好彼此抵补起来。"慧厂笑道："他也不能算沉默，只是遇事退后。我也不能算爽快，只是遇事胡来。可是你和老三，一个精明强干，一个强干精明……"金太太皱了眉道："不必说这些话了，大家在一处，还有多少日子？说这些俏皮话，大家明白过来，不过是闹着玩。一个不明白，又要生许多是非。"慧厂对于老太太这话，也很觉有理，只得一笑了之。

可是她们二人这样一番抄写了家具单之后，佩芳也不知如何得了消息，赶到金太太屋子里来，也照样的和她要东西。到了这天晚上，大家坐在金太太屋子里讨论分配木器家具的事，除了燕西而外，兄弟姊妹都到了。金太太便叫人到书房里找去，回来报告已是到白家去了。金太太点着头，微叹了一口气。这晚议论，算是最后的一幕，大家心里都有一种说不出的感想，越谈越晚，到了两点钟，大家方始散去。

第一百九回

巨室瓜分最怜孺子去　情场球戏难受美人狂

次日上午，鹤荪夫妇将捡点好了的东西，重加捆束一番，然后同到金太太屋子里来吃午饭，金太太似乎有为儿媳饯别的意思，还让厨子多做了两样菜。在一同吃饭的，有梅丽三姊妹。慧厂坐下来便道："今天还多添了许多菜。"金太太道："就是吃这一餐饭了，大家放开怀来，要吃一个饱，所以我让厨子多添两样菜。"

鹤荪在金太太对面一张椅子上坐了，将面前放好的一双筷子用手按着，让它比齐来，低了头，一句话也不说。金太太扶起筷子，向清炖鸭子的大碗里，挑了一丝鸭肉起来吃，口里咀嚼着，把筷子又放下，拿了长柄铜勺子，只管舀了汤向饭碗里浸泡着，舀了一勺又是一勺，一直把这碗白米饭都浸过来了，然后才扶起筷子来。敏之偷看母亲的脸上，一点儿笑意没有，而且有点心不在焉的样子，当然是心里很难受。回头向润之、梅丽望望，大家打了一个照面，彼此莫逆于心。慧厂虽是不见得怎样难堪，然而一桌子的人，都愀然不乐，偏是自己一个人欢欢喜喜的，也有些对人不住。因之也就低了头吃饭，不说什么。金太太吃了小半碗饭，倒把浸的汤完全喝干了，于是又拿起勺子，伸到鸭子碗里去舀汤。

梅丽笑道："妈心里难受，既是吃不下去，就别勉强了。"金太太勉强笑道："这又不是到欧洲美洲去，同在北京一个城圈子里，要见面，天天可以见面，这有什么难受？"梅丽看了金太太那个样子，知道她是在外表上极力来掩饰她的态度，可是心里憋住了一层理由，又不能不说，便道："这话可不能那样说，出门去了，无论十年八年，总是短期的。这一分开来往，就是不回来，而且……"润之望了她道："这也不必你说，谁都明白。你这一说出来，母亲倒真要难受了。"

金太太情不自禁的叹了一口气道："其实，我也没有什么难受，不过大家在我面前，我虽是个幌子，多少有个照应。家庭小事，让我做个参谋，也是好的。从此我就管不着你们了。你算算，你父亲去世到现在，有多少日子，那样轰轰烈烈，真是合了那句古话，钟鸣鼎食之家，如今风流云散，人都要跑光了，我真是做梦想不到。说变就变，会落到这样一个下场。"她说着说着，两行眼泪，早是顺着腮帮子就流了下来，连忙放下筷子碗，掏出袋里的手绢，缓缓的揉着眼睛。将眼泪擦干了，站起来坐到一边去，向大家一挥手道："你们吃罢，我是吃不下去东西的了。"鹤荪本来也觉心里有许多不痛快之点，如今一看到母亲如此，自己又怎吃得下去？也只好淘了一大碗汤，连吞带倒将大半碗饭吃下了，起身也自坐到一边去。敏之姊妹，自然也是吃不下，剩下慧厂一个人，如何又可以吃得饱呢？一餐饭就是这样草草了事。

大家擦洗过了手脸，坐在一边，都没有走开的意思。其间只慧厂很无意的看了两回手表。金太太便道："你东西都捡齐了吗？"慧厂道："都捡齐了。"金太太道："你两个人，应该先把一个到新屋子里去照应，一个人在这里料理东西上汽车，别坐着了。"鹤荪向慧厂道:"那末,我到那边去看看,你在这里料理罢。"慧厂也不反对,点了点头。鹤荪站了起来,向金太太道:"那末,我走了,妈!"说着,望了望金太太,很有些依恋不舍的样子。金太太强自镇静着,微点了点头道:"好罢,以后要好好的干事,撑起一个局面来,不要再麻麻糊糊的了。这是你自己成家立业的第一个日子,我也没有什么可说的,只是祝你成功而已。"鹤荪虽然觉得母亲的话,并不怎样的深刻。但是这些话,似乎比平常听的话,更耐于咀嚼,怔怔的站了许久。

金太太道:"你还等着什么呢?去罢。"鹤荪答应一声,低头走了。慧厂也不多谈,自回房去料理东西。料理过了一会儿,然后再到各方去告别。先到佩芳院子里走了一趟,然后到敏之、润之屋子里去,最后又到二姨太屋子里来。二姨太不等她开口,先就道:"二少奶奶,你老说要独立谋生活,现在算是你办到了。恭喜呀,你这一去,愿你大成功。"慧厂倒不料这位老太太劈头就说了一句恭喜,说她是一番好话固然可以,说她有意在反面说上这样一句,也未尝不可以,这倒不好怎样的对答了。梅丽在里边屋子里,赶着跑了出来道:"哟!二嫂要走了,我得送送呀。"慧厂笑道:"又不是出什么远门,送什么劲儿?大家还不是三天两天就见面的。"梅丽道:"话虽如此,究竟是你从今天起,跨过了这大门,还是得送送。"正说着,玉芬、佩芳也赶来了,这样子正是送客。

慧厂笑道:"说一声要走,大家都多礼起来了。我若是一定不要你们送,倒觉得我这人有些不认抬举,我只好愧受了。"于是她在前面走,大家在后面跟。她本来和金太太告辞了的,临到要出大门,又到金太太屋子里去叫了一声,说是要走了。金太太眼眶子里,含着两包眼泪,哽着喉咙,答应了一个"好"字。慧厂走出院子来,金太太也站到上房门口,向她的后影,遥遥望着。慧厂虽是一个很洒落的人,但是见老人家都如此依恋,觉得自己这样毅然决然而去,也太任性一点。

正自这样徘徊着,恰好乳妈抱着小双儿,由外面进来。她笑道:"刚才大爷在门口遇着,说是小孙少爷要走了,让他辞辞奶奶。"慧厂双手接过孩子来,笑道:"真的,是我忙着捡东西,把这事就忘了。来,辞辞奶奶罢。"说着,她抱孩子回转身来,走到金太太面前,将孩子向下弯弯腰。金太太接过孩子来,用老脸靠着小脸,笑道:"和奶奶亲一个罢,我的孩子。若是你爷爷在,我也许可以看到你们在家上小学上中学,于今你是和爸爸妈妈过去了。孩子,长得康康健健儿的,别让奶奶挂心。"说毕,又在小孩子脸上闻了一闻。

金太太这几句话,听去好像是很仁慈的,但是一玩味这语后的余音,却是十分的哀切。不但是敏之姊妹听了心里难受,就是慧厂听到,也是心里一动。于是她就对金太太道:"奶奶,你别舍不得,我一天两天的,就回来看望你。"金太太道:"奶奶也不会在这儿待着的了,回来看我,这'回来'两个字,可是应当研究研究的哩!"慧厂也是没有什么可说的了,只好站了一站。金太太道:"车子在门口等着哩,你娘儿俩去罢。"敏之也道:"新屋子里什么也得布置,你就去罢。"慧厂这才缓缓回转身,向大门口而去。金太太依然站在原地方没动,平辈都一直送到大门口,直等着慧厂上了汽车,然后才回去。

这其间,玉芬夫妇,也是急于要搬走的人,好在有人开始了,这便也用不着顾虑。第二日隔了一天,当天晚上便在金太太屋子里闲谈,坐了很久的时候。金太太一想,儿媳们既是要走了,也犯不上和她孙庞斗智似的,再弄什么手段,便先问道:"你们的房子都安排好了吗？"玉芬很从容的低声答道："都安排好了。"金太太道："安排好了，就早早搬过去罢。省得两边布置，一切都忙不过来。"玉芬道："是……还没有定日子呢。鹏振的意思，想明天就搬，我怕是来不及，不如先搬过去一部分罢。"金太太沉思了一会子，很沉重的道："东西也不是怎样的多，做两回搬，那更显得累赘，一劳永逸的还是一次搬去的好。你们都搬走，也好让我收拾这屋子。"

这样一问一答的，终于是把玉芬搬走的日期，很明白的固定出来，就是明天。玉芬虽是无所恋恋，然而自己要做出慧厂那种满不在乎的样子出来，是有些不可能的，而且也觉得那种样子，更会引人疑虑。因之她只管在金太太屋子里说话，把时期延得很长。谈了一阵子，好像要走，却又不走，接着再谈一阵子。这样好几次，不觉是到了深夜十二点钟。

金太太道："你也可以去睡了，今天天气很凉快，睡得足足的，明天好早些起来，预备搬家。"玉芬笑道："这屋子里是没有什么外人，不然，又要疑心我说假话。真奇怪，说到一个'走'字，心里好像就有一件事老放不下来似的。多坐一会儿，多听你说几句话，将来治家过日子也有一个张本。"金太太道："谈到治家过日子的事，我就不成。主持家务的人，极平常的事是煮饭洗衣裳。说句笑话，你问我盐是多少钱一斤，面是多少钱一袋，我全答不上来。自己别谈洗衣服，连一块手绢，都得人家洗好了，叠好了，自己拿着用，这算是过日子吗？过日子的人都是这样，那可完了。"

玉芬笑道："这就合着大才大用，小才小用的那句话了。你是治大家的人，只管着哪里可以收存一万，哪里可以省下八千，就得了。柴米油盐小事，用不着你去问呀。"金太太点点头微笑道："你倒是有志气，在经济学方面，很是留意。不过公债买卖这件事，以后倒是要少做，第二回再捣个大娄子，就不见得白家表兄再能帮忙了。"玉芬重重的受了金太太这一番话，心想，她怎么全知道了？只哼着答应了几声是。又谈了一会子，比较往日更多礼，还说了一句道："妈，我去睡了。"然后走开。

玉芬去了之后，在屋子里陪坐的人也走了，金太太一个人坐在电灯之下，半昂着头呆想，半晌，自叹了一口气。就在这个时候，门外却有一个人，轻轻的低声问了一句道："妈还没有睡吗？"金太太向外一看时，是鹏振一脚踏着走进来了。金太太道："不早了，你还不睡觉？"鹏振很从容的在金太太对面一张椅子上坐上，因道："心里好像有许多事搁着，睡也睡不着。"金太太道："也不是我故意的一定逼迫你们走，我有了几个月的考量，我觉得一劳永逸，是这样散了的好。你也不必把什么事搁在心里，以后好好的奋斗，做出一番事业来，我做娘的自然是欢喜的。"鹏振道："什么事也有个困难，绝不能像心中想的那样便宜。"金太太道："好在你们出去，不过是住家过日子，也没有什么为难之处。住家过日子，第一个问题就是钱，只要有了钱，什么事情都好办。你这一房，现在人口还少，大概在钱的一方面，你们总好办。"

鹏振已是听了他夫人传去的一番话，母亲说是有钱。现在彼此当面，母亲又说是有钱，这显然是一家大小都说自己夫妇有钱了。对于母亲这话，待要更正两句，恐怕更引起母亲的不快，若是不更正，这又是自己承认有钱了。只得淡淡笑了一笑道："这都是玉芬做公债做出来的空气，其实也没有多少钱。"金太太本来还有一大篇牢骚话，想对着鹏振说出来，一见他坐在那里，有很踌躇的样子，许多话也不肯说，就忍回去了。

母子们默然的对坐一会儿，金太太道："你去睡罢，夜深了，我都坐不住了呢。"鹏振只得站起来，问道："妈没有什么话分付吗？"金太太道："也没有什么可说的了。燕西今天一天没见面，明天早上你见着他，告诉他不要出去。"鹏振道："这两天，大概他在白家的时候多，真有事找他说，叫金荣打个电话，他就回来了。"金太太冷笑一声道："从前白秀珠一天到晚在我们家里，现在燕西一天到晚倒在她家里。这成了赛球一样，彼此换球门了。"鹏振不料母亲老人家还会说这种俏皮话。因为大家都是有心事的时候，也不敢笑出来，默然的就走了。

到了屋子里，见玉芬正将屋子里的零碎东西，大一包，小一卷的，归并到一个大篮子里去。便道："夜深了，明天早上起来再收拾罢。"玉芬道："我做事就是趁高兴，在高兴头上，把要办的事说办就办完了。"鹏振低声道："你是随便一句话，若是让别人听去了，我们骨肉分离的搬出去，还有什么事高兴？"玉芬脖子一扭道："人家听去了，我也不怕。"然而她虽是如此说着，说出来的声音，比鹏振的声音，还要低下去许多。见桌上现成的一杯凉茶，拿起来就喝了，笑道："忙我一身的汗，我得由里向外凉凉。几点钟了？我怎么一点也不倦呢？"

鹏振见玉芬也有些怕事的样子，便笑道："据一般人的意思所露出来的，好像都是说我们锋芒太露，以后总要小心一点才好。"玉芬道："我不信这话，那是别人要多心罢了。将来我们过我们的日子，和别人井水不犯河水，就露锋芒也碍不着别人，何况我根本就是个笨人呢！"鹏振本来还想说两句，然而夫人的谈锋甚健，不要为了不相干两句话惹着她又谈个不歇。明天要搬出去了，今天还闹一场，那就太没有意思。于是笑而不言的，自去睡觉，玉芬一个人还是很高兴的将东西检点了许久，方才安歇。到了次日上午，她也是照慧厂的样子，各处告辞了一遍，大家也是送到大门外。只是今天相送的里面，多了一个燕西。

燕西送她走，还没有什么感触。只是走到家里，向各人院子里一看，剩出一幢幢的空房，纸片和破瓶破罐，院子里扔了满地。走到屋子里去，脚踏着地板，咚咚作响，好像较往常响得更厉害。在慧厂、玉芬屋子里，各巡视了一遍，也说不出来有一种什么感触，叹了一口气，自回书房去了。因为鹏振也叮嘱着说不定母亲有什么话要说，先别走开，因此就留在家里，暂不敢走了。不多一会儿，金荣就来说："白小姐打了电话来，让你赶快去。我问有什么事没有？电话就挂上了。七爷可以打个电话去问一声儿，若是没有要紧的事，就别忙去，今天老太太心里可透着难受呢。"燕西听了这话，很踌躇一会子。因道："照说，我今天是不应当出门。可是白小姐要没有要紧的事情，也不会这样来找我，我还是去一趟罢。万一老太太有什么事找我，你就打电话到白家去告诉我就是了。"金荣怎敢拦阻他不出门？只得答应了两声是。

燕西的汽车夫，已经辞退了，这时，只有走出大门来，雇了人力车前去。金家到白家，路途不甚近，人力车子坐了来，已经有半个钟头了。燕西匆匆忙忙一直向里走，往秀珠的书房来。因为他和秀珠究竟是朋友的关系，不是秀珠引导着，他就不敢再向前进，只在书房里等着。白家现在客多，听差也增加了不少，现在有个听差张贵，就是金家的旧人。燕西来了，他以旧仆的关系，常常来伺候着。这时，他又走到书房来。燕西便问道："你们姑小姐在哪里？"张贵道："在太太屋子里打牌。"燕西道："不能罢？她刚才打电话给我，说是有要紧的话说呢。"张贵道："我给七爷去问问看，也许有要紧的话。"燕西昂头想了一想道："你别问她有什么话说没有，你就说我请她出来就是了。"

张贵答应着走到上房去，自己不敢进太太屋子，站在窗户外面，却托了一个老妈子进去问，说是金七爷来了。秀珠打牌正打得兴浓，鼻子里随便哼了一声。张贵在窗子外听到没有下文，便问道："你不是有事和七爷说吗？他请你出去呢。"秀珠道："我知道了，让他等着罢。"张贵总算是碰了个钉子，料着再问不得。可是七爷的脾气，也未尝不大，假使把这话直对七爷说了，他二人闹僵了，倒又是自己的过错。只好走到书房来，对燕西道："姑小姐就来的，你等一等罢。"燕西也不疑有他，果然在这书房里等着，殊不料等了有一个钟头之久，还不见秀珠出来。这就不由得他心里不着急了，说了有急事把我找来，找来之后，却让我一个人在书房里坐着，这是什么用意呢？而且母亲原嘱咐着，今天要守在家里的。倒偏是老早的跑出来，就在这里等着，母亲不明原故，倒好像是自己和母亲为难了。

想着不耐烦，就背了两手在屋子里踱来踱去，又过了许久，还是不见秀珠出来，他忍无可忍了，只得走出书房来。看见一个老妈子走过，就对她道："你去告诉姑小姐，有什么话说没有？若是没有什么话，我就要回去了，因为家里还有事呢。"老妈子答应着去了。过了有十五分钟之久，老妈子出来道："姑小姐输了钱了，七爷你等着罢。"燕西道："莫不是她生了气？"老妈子笑道："可不是！这个时候，我可不敢去和她说话。"燕西皱了一皱眉头，只得又走回书房。在书架子上翻了两套书下来，放在桌子上，随便揭着看。恰巧翻的两套小说，都是自己看过的，看着一点也不起劲。将书叠好，依然送到书架子上去。然后缓步走到上房来，远远的却听到里面有一片麻雀吵动之声,正是热闹。

燕西心里想着,这岂不是和我开玩笑?既叫了我来,又不见我,既不见我,也不让我走,就是我们对付听差老妈子,也不能用这种手段。于是自己暗暗将脚一顿,就走了出来。但是走出来之后,又怕秀珠以不辞而别加罪,只得回转身来,再到书房里来,就了现成的笔墨,写了一张字条,放在桌上。那字条写得是:

秀珠:

我接你电话,立刻跑来,偏是你在竹战,候驾一小时有余,促驾两次,还不见出。舍下今天实在有事,不能久等。你牌完之后,请赐一个电话,若有必要,我立刻再来。请你原谅!

燕西留上

读完了这张字条,觉得这办法圆满,然后才回家去。不过他心里想着,这几天,正有大事要和她商量,得罪她不得,总希望没有急事商量才好,要不然,她以我自己错过机会为名,不再和我商量,倒是自己误了自己的事了。他如此想着,回家之后,还是不放心,在书房里坐了一会儿,也不等秀珠的电话来,先打了一个电话去。那边听差接着电话,燕西就问:"上房里牌打完了没有?"听差说:"没有打完,是请姑小姐说话吗?"燕西道:"既然还是在打牌,就不必去搅她了。"说毕,自己把电话挂上。这才放下了心,秀珠一定是没有什么事,要不然,不会继续的打牌。幸是我回来了,若是老在她家书房等着,也许要等到晚上去呢。

他自己觉得是无事,便到上房来看老太太。金太太在屋子里,也是疲倦得很,正闲躺着。看见燕西进来,也没有怎样理会。燕西问道:"你不是让我今天别出门吗?有什么事?"金太太望了他一望,板住了脸不做声。燕西知道母亲又是不高兴,要多问,少不了又是碰钉子,只好在金太太对面的软椅上坐下。心里可就望着,今天真是倒霉,在白家憋住了一肚子气,回来又憋住一肚子气,别的罪都好受,惟是有话不许说,这个气可受不了。因是嘴里虽不说什么,脸上的颜色,当然也不大好看。

金太太见他在身上掏出一个银币,在硬木桌上,只管用手转旋着,他两只眼睛,也是射在那银币上,不理其他。金太太便冷冷的问道:"你既无聊得很,坐在我屋子里做什么?不会出去找开心的事情去吗?"燕西一手将银币按住,说道:"因你叫我别出去,我就别出去,怎么着?这倒是我不好,你又不愿意。"金太太道:"你一天到晚在外面鬼混,有一天在家,这也算不了什么,值得到我面前来卖弄。"燕西道:"并不是卖弄,我怕有什么事……"金太太道:"没有事,我要你今天不出去,愣在家待一天。"燕西明知母亲不会那样,可是她有话尽管不说出来,又有什么法子?只好正襟危坐,默然不做声。

金太太道:"你这人,难道总不前后想一想?现在家里人,这样东逃西散,各寻各的出路,你闹得人是没有了,钱大概也花去不少了,究竟打算怎么样,也该对我有个商量。"这时燕西气愤不过,又把那个银币掏了出来,继续的放到桌上来旋转。金太太冷笑一声,却到里边屋子去了。燕西虽是不怎样惧怕母亲,可是到了现在这种家庭情形之下,总不便让母亲太伤心。母亲虽是走了,他还是坐在桌子边,旋转那银币。

过了一会儿,佩芳进来了,一进门便笑道:"今天很难得,怎么你一个人在这里坐着呢?"燕西明觉得话中带着讥刺,要驳两句,又怕惹出许多是非来,只得向里边屋子一努嘴道:"妈在里边屋子里呢。"佩芳怕金太太在里面有什么事,不敢擅自进去,就在外面屋子叫了一声。金太太答应着走出来,手上捏了一本书。佩芳道:"妈看什么书?闷得很,不会找两个人来打小牌?"金太太道:"我看的是佛经。原来这东西,根本就说人生是空的,什么事也值不得计较,自然也就无所谓烦恼了。"佩芳道:"你又何必那样消极?"金太太谈笑道:"年纪轻的人怕老,年纪老的人怕死,怕死没有什么法子,从积极方面去做,就是迷信神仙之说,去修长生不老。从消极方面去做,就是把人生看空来,以为活着也不过那一回事,死了没有关系。修长生不老这个办法,我当然还不至于,把生死看空过来,这并没有什么难。我现在就是这个样子去想。"她说着话,斜躺在藤椅上,又带看着书,好像很自然的神气。

燕西在一边听了这话,并不敢搭腔,只是抬了一只手放在桌上,撑自己的头。佩芳道:"老七这个时候在屋子里,有什么事商量吗?我就不在这里坐了。"金太太道:"你想想,我还有什么秘密的事和他商量的吗?我是要闷他一天,看看会误了什么大事?"佩芳笑道:"既是这么着,老七可以出去,我看他坐在这里是怪闷的。"金太太望了燕西一眼,也并没有说什么。燕西看到金太太并没有责骂的意思,就慢慢起身,走了出去。

到了外面,金荣立刻迎上前低声道:"白小姐打了两次电话来了,我没有敢上去回。"燕西一顿脚道:"你怎么不上去回声儿呢?"金荣道:"我在窗户外面,听到老太太在高声说话,我怕回了话,大家都要碰钉子,所以不敢做声,退回来了。"燕西叹了一口气,无精打采的道:"这也没有办法,你和我叫一个电话过去罢。"金荣知道七爷现在是最能凑付白小姐的,便依着话打了电话过去。打通了,请燕西说话。不料燕西拿着耳机之后,那人说了句姑小姐就来,请等一等,这一等足足等了十分钟之久,何曾见秀珠来接话?对着话筒子里连喂了两声,也是一点回响没有。燕西急得要命,只管跳脚。

又过了五分钟之久,秀珠才来接话,她道:"你真是忙呢?或者是架子大呢?把你请来了,你坐不住。打电话请你,三番两次,你都不肯接话。好罢,要搭架子就大家搭起架子来罢。"燕西在电话里听到这一番话,觉得秀珠有点误会,便道:"这两天我家里总不免有一点事,我当然比较忙一点,你就不能原谅我一点吗?"秀珠道:"我为什么原谅哩?我能跟着你家一样的倒霉吗?我管不着!"说毕,电话机里嘎的一声,分明是那边将电话挂上了。燕西连连喂了两声,也不听到有回答的声音。

到了此时,不由得他心里不发狠起来。心想,她连不跟着我家倒霉的话都说出来了,那是二十四分的看不起我,不但看不起我个人,连我全家人都看不起,你哥哥不过是巡阅使手下一个大走狗,巡阅使做了大总统,充其量你哥哥做个督军而已,就把官来比比,我家也是世代簪缨。若在学问道德上说,除了我这辈不算,上两辈,哪个不是名震中外的?无论如何,我自己总可以找个饭碗,不至于无路可走,去依附你白家。你天天把出洋这件事来引诱我,这又算什么?就是我自己手上,还拿得出一笔出洋费来,非倚靠你不行吗?现时还不曾娶你,你就这样在我面前摆架子,假使我娶了你过来,那还了得,你不会常把军阀妹妹的势力来压迫我吗?好!我觉悟还不算迟,从今天起,我和你断绝来往,永不理会你了。

他手扶了电话机,站着竟不知道移动,就是这样的想呆了。还是金荣走了出来,问道:"七爷,你这是怎么回事?想哪处的电话号码,想不出来了吗?我给你查一查得了。"燕西心里十分愤激,也不去理金荣的话，掉转身躯，自向书房去了。金荣哪知道他会不愿意白小姐了，便跟着到书房里来问道："七爷，还要打一个电话到白小姐去吗？"燕西一正脸色道："打电话给她做什么？以后她有电话来，你不要理会，说我不在家就是了。"金荣看了这情形，真是出乎意料以外，我们七爷，居然会和白小姐不通电话了。这样看起来，七爷究竟不是一个好惹的，说翻脸就会翻脸的。金荣也不敢多说什么，迟迟钝钝的，就挨着房门走出去了。

这一天，燕西已经不出去了，秀珠也不曾有电话来。到了晚上十二点钟，秀珠的电话却来了。金荣接了电话，不敢照燕西的话直说，便道："我们七爷，不是在你公馆里吗？"秀珠道："没有。现时不在家吗？"金荣道："七爷下午就出去了，我也是刚从大街上买东西回家，不知他回来了没有，我给你瞧瞧去。"说着，放下电话机，跑到燕西书房来，把话告诉了他。燕西正躺在床上翻弄一本图书杂志，将手一挥道："我不是告诉了你，说我不在吗？怎么你又来问我？我不在家，我不在家，我一百个不在家！你就是这样去回答她。"说时，手里将书本子乱拍。

这一下子，金荣才明白这位和那位是真决裂了。只得回转身去向电话里报告着道："白小姐，我们七爷还没有回来呢。"秀珠道："他还有什么地方可去的吗？"金荣想着，难道除了白家，他就没有地方可去？因答道："那可说不上。"这样的回复着，那边的电话也就挂上了，约过了一点多钟，秀珠的电话又来了。这回金荣接着电话，有了主意，不再去报告燕西了，就在电话里答应说："我们七爷，还没有回来呢。"秀珠道："怎么这样夜深，还没有回来？难道是上跳舞场了吗？"金荣道："那可说不上。"他如此回答了一句，就挂上电话了，这次电话打过，已十分夜深，秀珠当然不再打电话来。

第一百十回

航海倚英雌更谋捷径　弃家付儿辈独隐名山

到了次日早上,金荣向燕西说:"白小姐昨夜一点多钟,又打过一次电话来,就是照着七爷的意思,说没有回来。"燕西道:"这样就得,以后就是她亲自来了,也不必让她进门,就说我不在家。她若想挟制我,那怎样能够?我为人也不是轻易就受人家挟制的。"金荣见燕西处处听秀珠的指挥,也有些不平。心想,我们七爷的脾气,向来都是指挥人的,如今倒要别人来指挥。白小姐学问也罢,相貌也罢,性情儿也罢,哪一样比得过七少奶奶去?偏是那种人逼得人家跑了,反倒来受白小姐的冷眼,心中只是不平。现在见燕西有和秀珠翻脸之意,他虽是第三者,瞧着也就很快乐。便道:"七爷,这几天,你也真得少出去,外头闲言闲语的不少,我听了也直生气。"

燕西道:"谁说什么闲言闲语?"金荣站在书房门口,呆立了一会子,却是一笑。燕西坐着的,便站起来,一直问到他面前来道:"你怎么倒笑起来了?"金荣道:"我想那些说闲话的人,太没有知识。"燕西的态度,这回果然是变了,绝对不去理会秀珠的事,金荣看他情形淡淡的,倒像自己得着什么似的,很是高兴,含着笑容走了出来。

凤举由里院走出，顶头碰到，便问他笑什么？金荣一肚子原委，不是三言两语可以说完的，而且这种原委，也不便在书房外面说。因道："没有什么，我和七爷说话来着。"凤举以为燕西有什么可笑的事，就走进书房来。燕西拿了一叠报，躺在藤椅上看。凤举道："你今天倒起得这样的早？"燕西道："我起来两个钟头了。"凤举道："起来这样早，昨晚没有到白家去吗？"燕西道："我为什么天天去？我还不够伺候人的呢。"凤举见他躺在椅上不动，脸上并没有好颜色，似乎极不高兴，料着和秀珠又闹什么别扭，这也是他们的常事，不足为奇。在他手边，拿了几张报过来，也在一边看。他不做声，燕西也不做声，二人都沉寂起来。

还是凤举想起来了问道："你和金荣说什么？刚才他笑了出去。"燕西道："我没有说什么可笑的事呀。哦！是了，我说了，以后秀珠打电话来了，不要接她的就是，她到我家来，我也不见她。大概金荣这东西，他以为我办不到，所以笑着出去。一个男子丢开一个女朋友，这有什么稀奇？自己的女人，说离开也就离开了呢。"凤举点点头道："你大概也有些后悔。"燕西道："我后悔什么？我做事永不后悔，做了就做了，你们都散了，我也走，我做和尚去！"凤举笑道："你又要做和尚去？你真要是去做和尚的话，那倒很好。你手上大概还存着一点钱，把那个置点庙产，你一个人去过粗茶淡饭的日子，那真是舒服极了。"燕西道："你别小看了人，我要是下了决心，什么事都做得出来的。"凤举笑道："你下了决心，就下了决心罢。做兄弟的，也不过劝解劝解而已，你真是要去做和尚，与兄弟们有什么了不得的关系？母亲现在已经够伤心的了，你又何必再说这种气话呢？"

燕西道："你不打算搬出去了吗？"凤举道："什么都预备好

了,怎么不搬?"在他刚说完这两句话之后,第二个感觉忽然来到,自己刚说母亲已经够伤心,自己又忙着要搬,还不是一样不体谅老人家吗?于是皱了皱眉毛道:"你想,母亲下了那个决心,谁能挽回过来?再说,老二老三都搬走了,就留我一个人在身边,纵然他们不说我什么,外人也会疑心我别有用意。所以我现在所处的环境,十分困难。"他越说眉毛皱得越紧,接连着叹了两口冷气。燕西明知老大是借此自圆其说,也不便跟着再去逼问他,就很随便的点了点头。

凤举也没有什么可说的,拿了一张报,又捧起来再看。燕西道:"你是出来看报的吗?别忘了什么事没去办罢。"凤举道:"我不是来看报,也没有别的,这两天,我就是这样心里乱得很,坐立不安,顺着脚步,走出来看看,其实我也不知道为了什么。"说着,放下报来,站起身要走。见桌上有茶,又回转身来,倒了一杯茶喝着。燕西道:"我看你倒很是无聊的,不如早搬开去,这一颗心,还算是平安了。"凤举道:"那是什么话?"说着,倒了一杯茶,随便的喝着,然而他脸色很有点犹豫,对于燕西这一句话,似乎有点射中心病了。便端起茶来,喝了一杯,才很从容的道:"凡事总不能呆看了。"说着,缓缓的踱出书房门去。

燕西听他最后所说的这句话,简直莫名其妙,但是老大为人较为浑厚,他对于家产不会像老三那样,抱着什么浓厚的希望,而且他又最爱面子,向不肯使家里有一件不体面的事发现。上次家中解散佣人,他就暗中为难,后来母亲说是分家,他又明向老二反对。如今家中大势崩溃,他还有什么面子?假使乌衣巷这个大家庭还能维持的话,让他摊出一笔用费来,料着他还是真肯。他这两天起坐不安,当然系事实。他向来用着一个头等公子的身份,在社会上活动,家庭这样崩溃，未尝不是他的致命伤。这话又说回来了，自己又何尝不是公子的身份在外面活动？于今父死兄散，妻走子失，自己又有什么面子？不看别人，从前秀珠是如何将就自己，于今自己极力将就着她，她还不高兴。这样看来，一个人实在是不可无权无势。

燕西如此想着，觉得向来受不到的痛苦，于今都感受到了。以后应当如何应付呢？去做和尚，那自然是一句气话，要成家立业，做官是无大路子，而且二三百元一月的薪水，更何济于事？此外，又绝没有可干的事了。燕西如此思想着，昏沉沉的躺在书房里，已经是过了一上午。

到了吃午饭的时候，金荣来告诉，请他到老太太屋子里去吃饭。燕西皱了眉道："我也懒到那里去吃饭，随便端两样到这里来就行了。"金荣站着呆了一呆，低了脑袋，许久说不出话来。有了一会儿，才低声道："我的爷，你还不知道吗？现在就是开上房里一桌饭了，都在一处吃，厨房里现在就剩了两个人了。"燕西站起来道："原来如此，那也好。"说毕，依然是在藤椅上很沉静的躺着。金荣道："菜已开上去了，你去吃饭罢。老太太也知道你在家里，你去晚了，倒是不合适。"燕西想着，既是只有一桌饭，这倒不能不去，于是站起来，缓缓踱到上房去。

金太太外边的屋子里，临时加了一张圆桌，敏之姊妹，凤举夫妇，两位老太太，正团团坐下。还不曾扶上筷子，梅丽看到燕西进来了，连忙侧着身子，将靠近的一张方凳子移了一移，笑道："你到这儿来坐罢，咱们兄妹亲近一回是一回了。"燕西不便说什么，含笑点着头就坐下去。敏之对梅丽丢了一个眼色道："你这是什么话？难道咱们从此就天南地北，各走各的吗？"说着，脸又向金太太看看。梅丽会意，便不做声。金太太对于他们的举动，只当是不知道，

1407

将大半碗饭端着,用长铜勺子不住的舀了火腿白菜汤,向里面浸着。舀完了汤,用筷子将饭搅了一阵,看看桌上的菜,大半是油腻的,便皱了皱眉。

佩芳一看,又是老太太心里有些不舒服了,不便在桌上多说什么,只是低头吃饭而已。倒是金太太先向着她道:"我已经定了这个星期六到西山去。今天已是星期四,明天你们搬,来得及吗?"燕西插嘴问道:"为什么到西山去呢?"金太太道:"你就是那样铁打心肠吗?家里搬运一空,难道我在这里守着,就一点没有感触吗?我到西山去住几天,只当游历些时候。家里的事,就让敏之和二姨太结束。我要住到秋末再进城,那个时候在哪里住,再做打算。"燕西道:"西山的房子,还借着人家住呢。"金太太道:"我既然要上山去,自然早就预备好了,这个何待你说?"凤举看看全桌人的颜色,及看看母亲的颜色,便道:"你又何必到西山去?"金太太正吃完了那碗汤饭,将筷子一放,脸色一正道:"这是我的自由。"佩芳在一旁,就瞟了他一眼。凤举心想,这样碰钉子,老太太定是在怒气正盛的时候,少说话为妙,因之也就不说什么了。

燕西许久不曾和家人团聚,这一餐饭之后,倒有无限的感触。觉得老太太现时所处的环境,实在也令人不堪,满堂儿女,结果,让她一人到山上去住,人生在世,还养儿女做什么?自己本无事,而且也是懊悔,倒不如陪着母亲一路到西山去也好。在山上住,用二百块一个月罢了,自己的私蓄,还准可以住上好几年哩。他心里如此想着,吃完了饭,将一只筷子当了笔,在桌上涂着字。金太太坐在一边椅子上,看到燕西这样子,便道:"你发什么呆?"燕西这才醒悟自己愣着坐在桌子边,就站起来道:"我想起一件事,都走了,我呢?"金太太道:"难道不分黑夜白日的,你就这样忙,还不曾忙出一个办法来吗?"燕西不敢说自己不曾忙,又不敢说和秀珠闹翻了,只是默然。他不说话,别人说话,就把这个问题揭过去了。

吃过饭以后,燕西还是不曾出门,下午就走到敏之屋子里来,见她大姊妹俩,坐在一张写字台两面,正在填对一张表格。不知道是不是能看的,就坐在一边。敏之将手上的钢笔,插在墨水瓶子里,将吸墨纸压按了一按填的表,然后十指相抄,放在桌子,很从容的回转头来问道:"你到这里来,一定是有什么事来商量的罢?"燕西点了点头。润之手上捧了一本帐簿在看,放下帐簿笑道:"你什么不如意了,态度这样消极?"燕西道:"我怎能够像你们这样镇静呢?"说毕,又皱了一皱眉毛。敏之对润之道:"不和他说笑话罢。"因回头来道:"你说。"

燕西两手一扬道:"都走了,我怎么办呢?"敏之道:"你是有办法的呀,你不是要和秀珠到德国去吗?"润之道:"我们也上欧洲去呢,若是你坐西伯利亚火车的话,我们还可以同道。"燕西道:"上什么德国?人家不过是那样一句话罢了。"敏之道:"什么?闹了许久,倒不过是一句话!"燕西点点头道:"咳!可不是!"润之道:"那为什么呢?你算白忙一阵子吗?"敏之道:"这是怎么一回事?以前说得非常之热闹,盘马弯弓,好像马上就要动身,到了现在,怎么闹个无声无臭?"燕西道:"可不是!我是肚子里搁不住事的人,得了一点消息,十分认真,预备马上就走,连饯行酒都吃了好几回。到了现在,闹个杳无下文,我真不好意思对人说。"

润之道:"难道秀珠以前是把话冤你的吗?她这可就不该!"燕西道:"冤倒不是冤,本来白大爷派两个专员到德国去,是办军火的。因为那笔办军火的钱,听说要移到政治上去用,这两个人动身,就缓下来。当这事已经缓办了,秀珠还没有给我消息,恰是家里都不要我走,我也没有去打听。后来我和秀珠谈起来,说是错过了机会。她说人还没有走,机会还在,我倒很高兴。我又在别一处打听,知道是这么一回子事,就问她究竟能不能走?她说不要紧,巡阅使方面就不办军火,也要派人到德国去考察军事的,至迟八月以前可以走。我问是阴历八月,是阳历八月?她就不耐烦,说我太啰嗦了,所以我不知究竟。我看这事,简直有点靠不住。"

敏之正色道:"这是多重大的事,她哪这样和你开玩笑?你这东西,迷信着她家是新起来的军阀,把自己妻子弄走……"敏之越说越气,真个柳眉倒竖,两只手摸着表格,带着拍灰,在那沉重的声音里面,啪啪作响,可以表示她心中含着愤怒。燕西向来是怕姐姐的,低了头,只管用手摸额角。润之道:"秀珠也有点贫儿暴富,乱了手脚。这年头儿,三年河东,三年河西,有点风头,就得什么劲?这叫小人得志便癫狂,我最瞧不起这种人。也是老七这种人太没有志气,倒肯去小小心心的伺候她!"燕西红了脸道:"谁伺候她?我为了这事,告诉了金荣,叫以后秀珠来了电话,不必接她的。"敏之微笑道:"你能下那个决心?"燕西道:"你们总不肯信我有点志气。"润之点点头道:"他这个人喜好无常的,也许做得到。"燕西听了这话,越发是脸上涨得通红的了。

敏之道:"我们两人都说你,说得你是怪难为情的,既往不咎,这些话也不必说了。我现在问你,你不出洋打算怎样办?"燕西道:"母亲不是要到西山去吗?我可以一路跟着到山上去陪伴她,母亲什么时候进城,我就什么时候回来。"敏之道:"你知道山上的生活,是很寂寞的吗?你可别因为一时高兴,随嘴就说了出来。"燕西将脚一顿道:"不!决不!"润之摇摇头,微笑道:"这个话,我不能相信你。山上没有戏听,没有电影看,也没有跳舞场消遣,许多你所爱的东西，都没有。你上山去玩个新鲜，两三天就跑回来。剩下母亲一个人，那倒不如让她根本就是一个人去的好。你要去也可以，先到后面园子里那间小书房里住三天不出来，试一试，若是你守得住，你就可以上山去。要不然，趁早别提，免得又闹一桩笑话。"敏之道："何必说那些？母亲也绝不会让他一道去的。"

燕西想了一想道："你这话说得也是，但是我要不到山上去，我住在北京城里，就剩我一个孤鬼，我怎样生活呢？"敏之望了望他，又望望润之，沉吟着道："我倒有个办法，只是这件事关系很大，我不敢做这个主，等我向母亲请过示，我再告诉你。"燕西站起来，向她作了个揖道："你若是有办法，就告诉我罢，也省得我胡着急。"敏之皱了眉道："你这个人就是这样不好惹。我听你说得可怜，愿意和你出个主意，你倒又逼着我说出来。"润之笑道："你既不肯说出来，就不该预先告诉他有办法，自己的兄弟，你还有什么不明白的？他那个急性子，你说出这样半明半暗的话来，不是要他的命吗？老七，你别的聪明，这事你有什么猜不出来的？五姐的意思，愿意带你到欧洲去。只是你还愿念书吗？"燕西望了敏之笑道："六姐说的这话……"

敏之道："我倒是有这一点意思。只是有两个大前提先要解决。其一，每年在外国不花一万，也要花好几千，设若有个六七年不回来，你自己可担任得起？其二，你现在还是二十岁的人，亡羊补牢，总算不晚。你到欧洲去，可要实实在在的念书，不能抱着镀金主义前去。你那个本领，自己应该知道，先要下死功夫预备两年，然后才进大学，你能不能够吃这种苦？"燕西抢着答道："能能能！只要你替我想出办法来了，无论怎样吃苦，我都愿意干的了。"敏之一挥手道："你暂且出去，等我把这账目弄完，晚上再谈。你不是不用伺候白小姐了吗？就不必出去了。"燕西笑道："你瞧，五姐也说这样重的俏皮话？"敏之道："我并不是俏皮你，只是你做的事，太要不得了。我若不说你两句，我心里也出不了这一口怨气哩。"燕西真不敢再说什么，自己走出去了。

这里敏之、润之，自办她们的表册。到了晚上，她俩将誊清的表册，送给金太太过目。金太太仔细看了一遍，点点头道："你们写得很仔细，重要的东西，都记上了。这些东西，你们都检查过了吗？"敏之道："都检查过了，到今天为止，已经是四天四晚了。"金太太道："咳！能帮我一点忙的，偏是要出门了。四个儿子，就都是生下来的少爷，预备做大老爷的。"润之笑道："你就别再这样比方了。知道的，你是刺激三个哥哥，一个兄弟。不知道的，还要说你有点偏心，重女轻男呢。"金太太道："现在也无所谓了，不是大家都散了吗？"她说着话，态度倒是很坦然的。人坐在藤椅上，旁边的茶几上，放了一大杯菊花茶，她一手捻着一串佛珠子，一手扶了茶杯，端起来喝一口，又复放下，脸上并不带一点愁容。

敏之望了望润之，润之微点着头，又将嘴动了几动。敏之说道："妈，我有件事和你商量，你可别生气。"金太太道："你不用说，我明白了。下午我看到燕西由后面出来，准是他又托你们说人情来了。男女婚姻自由，我早就是这样主张的。到了如今……"说着，人向椅子上一靠，又叹一口气道："他娶姓红的也好，他娶姓白的也好，我一了百了，也管不了许多。"敏之笑道："和老七讲情，那是真的，可是他除了婚姻问题而外，不见得就没有别的事。你一不满意他起来，就觉得他样样事情都不好了。"说着，就把燕西受了秀珠的欺骗，自己愿意带他出洋的话，说了一遍。金太太道："你们能相信他有那种毅力吗？我看他这种人，是扶不起来的，不必和他去打算了。在北京城里，无论他闹到什么地步，不过是给金家留下笑柄，若到外国去,做了不体面的事,可是替中国人丢脸。你明白吗?"敏之听了这话,默然了一会儿。

润之道:"他究竟年纪轻一点,他自己既然拿不出主意来,我们多少要替他想点法子才好。难道看到任什么事不成,就丢了他不管吗?"金太太道:"我真也没有他的法子了。"说着,又摇了几下头。敏之道:"话里如此,我想人的性情多少也要随着环境更改一点。老七在家里,没有和什么研究学问的人来往,所以不容易上进。若是到了外国去,把他往学校里一送,既没有朋友,游戏的地方又不大熟,自然不得不念书。"金太太道:"初去如此罢了,日子久了,一样的坏。不过我对于他,实在没有办法。若是你们愿意带他到欧洲去,我也不拦阻。可是将来钱用光了,别和我要钱。我现在没有积蓄了,你们是知道的,我还能供给他去留学吗?"敏之道:"他自己还有一点钱呢。"

金太太点点头道:"好罢,那就尽他的钱去用罢,别在我面前再提他了。"润之笑道:"你管总是得管的,凡事也顾全不了许多,只好做到哪里是哪里。现在一定把事情看死了,料着他不能回心转意,就把他扔在北京城里,眼看他就要不得了,那还不是将来的事呢!"金太太默然了许久,才淡淡的答应一声道:"好罢,这件事我也就交给你们去办,我不管了。今晚上咱们说些别的,别谈这个。"敏之道:"你要走的话,也得和大哥提一提罢?"金太太道:"那不是找麻烦吗?你们只管依了我的话去办就是了,他要怪你的话,你就说是我分付的,不能违抗就是了。等到后天我要走的时候,我自会告诉他。"敏之心想,凤举夫妇,也是知道这事的,不过时间没有确定罢了。就是今晚上不说出来,似乎也不要紧,于是也不问其所以然,坐了一会儿,各自回房去。

到了次日早上,敏之到九点钟方始起床,只听得佩芳在院子里嚷道:"两位姑娘还没有起床吗?"敏之身上披着睡衣,正对镜子敷雪花膏,在镜子里就看到佩芳其势匆匆的走来了,倒很是诧异。连忙将身子一转,问了一句怎么了?佩芳老远的站住,就对了她现出很惊异的样子,两手一扬道:"你看这事不很奇怪吗?母亲在今天一早七点钟,就坐了车子到西山去了。"敏之道:"是吗?她老人家虽是早就说要走,我以为那是气话,不会成为事实,不料她老人家真个走了。带了行李走的吗?"佩芳道:"行李没有带,说了叫我们预备好了送去。"敏之道:"我不料老太太就是这样一个人走了,这个样子,今天要劝她回来,那是不可能的了。我们倒不如照着她的意思,捡一些应用的东西,下午送了去。"佩芳道:"那也除非是这样。"敏之立刻和佩芳到金太太屋子里去,捡了一小提箱衣服,另外又找了个小柳丝篮子,将零碎应用物件,装得满满的,预备吃过午饭就送去。

这时不但家里人知道了,搬出去的两房人和道之夫妇,都得了消息,大家赶回家来,都要到西山去。敏之道:"我又要多一句嘴了,母亲正是嫌着烦腻,才出城去的。现在我们一家子人,男男女女,全拥到西山去,那里还是热闹,她老人家又要嫌麻烦了。依我说,只去一两个人,她愿意让人陪着,就把人陪着,让小兰和陈二姐在山上陪着她先静养两三天再说。我就是这个主意,你们斟酌斟酌。"大家仔细议论了一阵,大家心里都有个数,没有几个人是金太太所喜欢,可以去陪伴的,最好是梅丽,其次也只三个姊妹,别人去了,恐怕不能得金太太的好颜色。于是商议的结果,就公推敏之和梅丽两个人上山。梅丽自是愿意的,敏之有点避嫌,说今天不去。于是改推了道之,带着小贝贝去。吃过午饭,坐了汽车,就追踪到西山去了。

当天二人果然未曾进城,到了次日下午,方始回家。梅丽进门之后,先问大爷七爷在不在家?听说凤举在家,一直就向凤举屋子里来。凤举先抢着问道:"老太太怎么样?还有几天就回来了吗?"梅丽在身上掏出一封信,交给凤举道:"这是妈写给你的,家事都分付在上面了。"凤举正是急于要知道一切家事的,赶快就把信抽出来看,那上面是:

凤举儿知悉:

予不忍见家庭荒落之状,迁居西山,聊以解忧。又恐儿等不解予意,加以挽留,故事前不告以的确时期,并无他意,儿等放心可也。家事尚未完全料理清楚,分别告儿于下:

一、儿夫妇既已觅妥房屋,仍按期迁居。

二、敏之、润之下星期往哈尔滨,由西比利亚赴欧,燕西愿去,可以听之。其京中一切帐目,可代为料理。

三、二姨太愿随我山居,亦佳。梅丽可暂住刘婿处,因其上学便利也。每星期六,可来山小住。

四、家中佣人,一概遣散。儿等愿用何人,可自择。

五、乌衣巷大屋,只留粗笨东西,一律封存屋中,将来再行处置。如有人愿代守屋,由后门进出。其余小事,儿自斟酌之。

予在山上,将静养,无事不必来扰我,即儿等之孝心也。

母字

凤举看完了,叹一口气道:"这倒处置得干净。事到如今,我也管不了许多,只好照着老人家的意思去办。只是梅丽有这些兄嫂,何必还寄居到亲戚家去?"道之在一边就插嘴道:"姐姐家里和哥哥家里又有什么分别呢?"佩芳不知那信上说些什么,不便接过去看,也不便问,只是向着凤举发愣。凤举就把信递到她手里道:"你也拿去瞧瞧,这件事还叫我说些什么?"佩芳将信接到手,看了一遍,又看了一遍,叹了一口气道:"事到于今,那也就只好照着老太太的话去办了,此外还有什么法子呢?"

这时,敏之、润之、燕西以及二姨太,都到了凤举屋子里来,大家坐下,立刻开了个家庭小会议。他们兄妹行的事,都没有什么问题了,只是让这位二姨太,跟着老太太住到西山去,也是一件不堪的事情。全家人向来因为她老实,虽是庶母,却不曾贱视过她。如今到了偌大岁数,还让她跟着老太太,做个旁边人,她就不能独立吗?倒是佩芳想到了此层,便笑道:"我想二姨妈不像母亲,在山上闷住了,可以借书本儿消遣。大家都组织小家庭,二姨妈为什么就不能呢?何况八妹又要在城里念书的。"二姨太道:"我的少奶奶,你叫我去和谁组织小家庭呢?我这么大年纪了,又无用,和谁也说不拢来。倒不如跟着太太,老姐妹俩,还有个谈的。我压根儿就没有怎样逍遥快乐过,也没有什么舍不得这花花世界的。我反正是多余的人,我不去陪着太太,该谁去陪着呢?"

佩芳起了身子,向着二姨太太笑道:"你把话听拧了。"梅丽就乱摇着手道:"大嫂,你还有什么不知道的?她老人家有好话,不能好说。"二姨太红着脸,正待辩两句,凤举站在许多人中间,向大家拱拱手道:"什么话不必说了,恭敬不如从命,从今天起,咱们就照着老太太的话去办。"燕西站在一边,早是呆了半天,这时等大家都不说话了,才淡淡的笑了一声道:"这倒也散得干净!"梅丽瞪了眼睛道:"亏你还笑得出来呢?"燕西道:"不笑怎么着?见人就哭,也哭不出一点办法来呀。"凤举皱了眉道:"现在什么时候?还有工夫说闲是非呢。现在是最后五分钟了,你也别闲着,帮着我点点家里东西,由今天起就动手。"燕西因为和秀珠生着气,绝对是不去白家的了,白莲花那方面,也是耗费得可观,自己也怕去得,所以差不多是终日在家。既是凤举要他在家检点东西,就很慷慨的答应了。事已至此,大家也无须乎再讨论,只是照着金太太信上的话去办。

平常金家有一点事,秀珠就得了消息,现时玉芬自己要忙着自己的事,不像以前的闲身子和她不时通电话,因之金家闹到快大了结了,她还不知道。总拗着那一股子劲,非燕西向她陪着不是不行。及至三天之久,燕西人也不来,电话也不来,她知道这事再闹下去,非决裂不可。像燕西这样的男子,朋友当中未尝找不着第二个,只是在许多人面前表示过,自己已把燕西夺回来了,如燕西依然不来相就,这分明是自己能力不够,于面子上很是不好看。只得先打一个电话到玉芬的新居,打算套了她的口气。

玉芬因为得着金太太由西山带回书信来的消息,也由新居赶回乌衣巷来。秀珠随后又打电话到乌衣巷来。玉芬看燕西的情形,已经知道他是和秀珠恼了。这时秀珠打了电话来,自己很不愿意再从中吃夹板风味。不过秀珠这个人,是不能得罪她的,便接着电话,将自己的家事,告诉了她一遍。说完之后,她就叹一口气道:"你瞧,家里闹到这种样子,惨是不惨?所以我们这些人,都是整天的发愁呢。"秀珠听了燕西要和敏之出洋去的话,心里倒是一动,怪不得他不理我,他已经有了办法了。这样想着,在电话里就答道:"原来如此,那也好,那也好。"玉芬明知她连说那也好两句,是含有意义的。自己又不好说些什么,便道:"我一两天内来看你,再细谈罢。"秀珠也不好怎样谈到燕西头上去,就把电话挂上了。

玉芬自己想了许久，觉得燕西和秀珠真决裂的话，自己在事实上和面子上，都有些不方便。对于这一层，最好维持着，宁可让秀珠厌倦了燕西，不要燕西对秀珠做二次的秋扇之捐。如此想着，看到燕西到书房里去了，也就借着张望屋子，顺步走了来。推开门，伸头向屋子里看着道："哟！这屋子里东西，并没有收拾呢。"燕西道："进来坐坐罢，现在你是客了。"玉芬走了进来，燕西果然让她坐着，还亲自敬茶。玉芬笑道："你突然规矩起来了，很好，你总算达到了目的，要出洋是到底出洋了。"燕西冷笑一声道："有钱，谁也可以出洋，算什么稀奇？又算得了什么目的？现在出洋的人，都是揩国家的油，回国以后，问问他们和国家做了什么？不过是拿民脂民膏，在自己脸上镀一道金罢了，我不做那样的事。"玉芬道："你和我说这些话做什么？我又不弄官费出洋。"

燕西也觉刚才这些话，有点无的放矢，便笑道："你别多心，我并不说哪一个。"玉芬也只微笑了一笑，心里可就很明白，他这些话都是说秀珠的。就用闲话，把这事来扯开，因道："你现在要出远门去，就不知要多久才回来了。这在我应该请请你。哪个日子得空，请你自己定个时间罢。"燕西道："这就不敢当。我这样出洋，和亡命逃难都差不多，还有什么可庆幸的？别的我不要求你，请你替我小小的办一件事。就是我要出洋的话，不必告诉白秀珠小姐。"玉芬听到他忽然用很客气的话，称呼起来，本来应当问一句的，然而既知道他生着气的，不如含糊过去，倒可以省了许多是非。便道："为什么不告诉她呢？你还怕扰她一顿吗？"燕西冷笑了一声，接着又是微微的一笑。玉芬道："这是什么意思？我倒不懂。"燕西道："老实告诉你罢，我和她恼了。"玉芬道："为着什么呢？"燕西道："不为什么，我不愿意伺候她了。"说着，将头一摇。

玉芬觉得他的话越来越重,这当然无周旋之余地。红了脸默坐了一会子,便起身笑道:"你在气头上,我不说了。说拧了,你又会跟我生气。"燕西连说:"何至于。"但是玉芬已经出门去了。燕西和秀珠之间,只有玉芬这个人是双方可以拉拢的。玉芬自己既是打起退堂鼓来,燕西是无所留恋了,秀珠也不屑再来将就他,于是就越闹越拧。结果彼此的消息,就这么断绝了。

第一百十一回

驴背遇穷途昙花一现　禅心伤晚节珠泪双垂

在大家这样各找出路的时候，自然都很忙，因为忙，日子也就很觉得容易过去，随便的这样混着，就过去了一个礼拜。家中的事情，已料理了一大半。燕西就和凤举商量着，无论是母亲高兴不高兴，总应该到山上去看看她。而且敏之已择定了下星期动身，自己也得预先去和母亲说一声。凤举也很同意，就同乘了一辆汽车到西山来。

因为天气很早，在山下并没有找轿子，二人就步行上山。转过了别墅面前那道小山弯，走到一丛树林里，就嗅到一种沉檀香味，由树梢上吹了过来。凤举道："这里并没有庙，哪里来的这股子檀香味？"燕西道："山上是很幽静的，人的心思一定，远处的香味，只要还有一丝在空气里流动着，也可以闻得到，这就叫心清闻妙香了。"凤举也不答话，步行到了大门前那片广场上，却有一群小山雀，在草地上跳跃着，人来了，哄的一声，飞上树梢。再由广场上登着石台阶，那香味更是浓厚，这就闻着了，乃是后进屋子里传出来的。

凤举推开了绿纱门，却见小兰伏在一张小藤桌上打瞌睡，一点响动没有。凤举正想叫醒她，陈二姐手上捧了一小捆野花，由后面跟着进来，叫道："大爷，七爷，你来了。"凤举道："老太太呢？"陈二姐道："在上面屋子里看书。"凤举道："我们走进来许久，也没有个人言语，要是小偷进来。怎么办？"陈二姐笑着，在前引路，叫着上台阶去，报告着道："大爷七爷来了。"听到金太太在屋子里答道："叫他们进来罢。"

凤举和燕西走到上层屋子去，只将铁纱门一推，倒不由各吃一惊。原来这屋子正中，悬了一幅极大的佛像，佛像前一张桌子，陈设了小玻璃佛龛，供着装金和石雕的佛像，佛像面前，正列着一个宣炉，香烟缭绕的正焚着沉檀。原来刚才在山路上闻到的沉檀香气，就是这里传出去的了。佛案两边，高高的四个书格子，全列着是木板佛经。在书格子之外，就是四个花盘架子，架着四个白瓷盆子，都是花叶向荣的盆景。在佛案之下，并不列桌椅，一列三个圆蒲团。乍来一看，这里不是人家别墅，竟是一个小小的佛堂了。

凤举、燕西正自愕然着，不知进退。左边落地花罩之下，垂着白色的纱幔，纱幔掀开，金太太由里面走了出来。她穿了一件黑色的长衣，越是衬着她的脸加了一层消瘦。只是脸虽瘦削，气色很好，两颧骨之下，微带着红黄之色，表现着老人精神健康。金太太不等他两人开口，先就点点头道："你兄弟俩来了，很好。"凤举在这种地方，看到母亲这样孤零零的在这里，万感在心，竟不知要说一句什么话才好？叫了一声妈之后，便呆呆的站着。燕西看着老大脸上，有种为难的情形，他又如何高兴得起来？也是望了母亲发呆。金太太向他们招了招手道："你们弟兄里边屋子里来坐罢，我有些话要问你们呢。"二人走到纱幔屋子里一看，很简单的陈设了几样木器，一张小铁床，连蚊帐都不曾撑起。金太太倒是很坦然的在一张藤椅子上坐着，向他二人点点头道："坐下来说罢，事情都办得怎么样了呢？"

凤举先把家事报告了一遍，随后燕西也将自己的事说了一遍。金太太道："那就很好。"凤举道："你信上写的事情，我们都照办了，现在就是请你进城去决定一下子。"金太太道："照办了就行了，还要我进城去决定什么？我不到秋天，是不进城去的了。"凤举顿了顿，才低声道："难道真在山上住许久？那也不是办法。"金太太道："住在山上，又有什么不是办法？住在城里办法又好在哪里？我老实告诉你罢，我今年五十四岁了，中国外国，前清和中华民国，无论哪一种繁华世界，我都经过了，如今想起来又在哪里？佛家说的这个'空'字，实在是不错。我想趁着精神还好，在山上静静心，学习点佛学。我不像那些老太婆要修什么来世，也不闹什么出家，谈什么大彻大悟。我就只要把心里的烦恼，洗刷一个干净，在未死之前，享几年清福。你们若是再要我到城里去过繁华日子，就是再要我进地狱。你问问陈二姐，自我上山来以后，怎么样？饭量也好，精神也好，天黑就睡，天亮就起，没有一点发愁的事。这样过着日子，真许我活个七十八十的，难道你们还有什么不愿意吗？"凤举道："那当然是愿意的。"

燕西在一边听着，先是沉默了许久，等金太太和凤举把话都说完了，他才道："母亲的事，我们自然也不能勉强。不过母亲是儿孙满堂的人，到了现在，一个人在山上学佛念经，倒好像做儿女的人……"金太太连连摇着手道："我在山上这些日子，精神上很是痛快，争名夺利，酒色财气，那些事一齐不到我的心上。你现在又谈这些话，打算把我的烦恼，又勾引起来吗？若要是这样，你们以后不许来，你两个人赶快下山去。"说毕，金太太板着脸，就要向别个屋子里走。

燕西吓得不敢做声，凤举连忙站了起来，向金太太赔着笑脸道：

"妈，你别生气。你要怎么着，做儿子的人，还敢多说什么吗？我们不谈这个就是了。"金太太这才坐下道："既是这么着，你们可以坐下。大概你们还没有吃饭，叫陈二姐多做一点菜。"凤举道："我们打算到下午才进城去呢。"金太太道："你们好好的在这里谈话，我倒也是不拦阻你们。"陈二姐正在外边屋子里掸经书架子上的灰尘，听了这话，就走进来笑道："添几个鸡蛋吗？"金太太想了一会儿，点头答应一声好罢。又道："其实不添呢，也没有什么。不过他们吃惯了好的，总得给他添上一点。"燕西心想，母亲小看起我们来就十分的小看我们了。难道我们把鸡蛋都当着好菜来吃不成？当时也只默然的搁在心里，不好再说什么。大家依旧谈些山上的风景来消遣。

两小时之后，陈二姐说是饭已烧好了，请太太和二位爷去吃饭。于是金太太起身先走，引着他们到下层堂屋里去。那正中一张小方桌上，陈列着饭菜，母子三人在三方坐下。燕西看那菜时，一碗口蘑烧扁豆，一碗炒藕丝，一碗笋干烧豆腐，一碗丝瓜清汤，另外却是一个碟子，盛了炒鸡蛋。而且那鸡蛋还做一股子芝麻油气味。燕西这才明白了，原来全是蔬菜，做一碗鸡蛋，是特别优待的了。金太太见他们的眼睛，都注视在菜碗里，似乎已明白了他们的意思，便道："我实告诉你们，自到山上来的那一天起，我已经断荤了。这鸡蛋虽是荤，但是这是没有生命的东西，所以你们来了，我还准许你们吃。你们吃惯了荤菜，大概上山来，偶然吃一回素菜，还比较的有味，总不算我亏负你们罢？"凤举还有什么可说的，只有扶起筷子来，先夹着菜吃。

吃过了饭之后，母子三人，依然到上面屋子来坐。因为金太太不许他兄弟二人说回城去的话，二人谈了一阵子，又默然对坐一阵子。金太太道："你们来了许久了，可以进城去了。"凤举、燕西都说进城去没有什么事,还要在这里坐坐。金太太道:"坐坐自然是可以的,不过我一人在山上住久了,心思是很定的,你们来了,不免又引起我许多无谓的烦恼。我希望你们以后少来罢。"凤举、燕西都默然的。金太太望着他兄弟二人的脸,有一口气要叹出来,复又忍回去了。金太太道:"假使你们能早听我两句话,何至于闹到现在这种田地?唉!这话也无须说了,你们下山去罢。"

凤举看看母亲那样子,真个像人所说,她那颗心,已成"槁木死灰"。已经再三再四的催着下山去,若是不走,也徒然惹起老人家的不快。于是向燕西道:"你还有什么话说?若是没有什么话,我们现在就走罢。"燕西望望凤举,又望望金太太,看这样子,是不能强留的,就站起身来。凤举也慢慢的站起,低声向金太太道:"那末,我们走了。"金太太向他们点了点头。

于是二人说声走了,走出屋子下台阶去。到了台阶半中腰,凤举站住脚,回转身来问道:"妈,现在没有什么事吗?"金太太也不出来,只在屋子里,掀起半幅窗纱,向他们道:"没有什么事了,你去罢。"燕西虽不说什么,也回转头来望着。金太太又说句回去罢,二人同答应了一个"唯"字,然后一同走出去。到了别墅门外草场上,继续着又闻到那股沉檀香气。凤举低声和燕西道:"你瞧瞧,这个样子,母亲一定是长斋念佛,不会再回家的了。在她老人家说是享清福,然而这种消息,传到别人耳朵里去了,与我们大家面子攸关。"燕西道:"你是无论到什么地步,都要顾全面子问题的。然而事到于今,也就顾全不得许多,只求各人找着各人的生活之路,也就是了。"凤举低了头,顺着山路向下走,也并不做声。燕西随在他身后,回头望望别墅,又连叹几口气。

凤举在前面走着很快,一直下了山口,才停住脚。燕西落在后面,还在想心事,约离着有半里地。燕西到了山口时,凤举到路旁小茶棚子里找汽车夫去了。燕西站在大路上,四处张望,见山涧外边,一条人行道上,有两匹驴子跑了过去。一匹驴子上,坐着一个短衣老头子,手上拿着草帽子,正是韩观久。一匹驴子上,坐着一个女子,穿了蓝竹布长衣,撑了一柄黑布伞,斜搁在肩上,看那身材,好像是清秋。他情不自禁的哎呀了一声,就跑了几步,追上前去。

正在这时,凤举把汽车夫已找着了,在后面大叫燕西。当他大叫的时候,那驴子停了一停,驴背上的女子却回头看了看。然而那时间极短,燕西还不曾看清楚她的面目,她已掉过脸去,催着驴子走了。凤举由后面追来,问道:"你看些什么?"燕西道:"刚才有个女人骑驴子过去,好像清秋。"凤举道:"她跑到这种地方来做什么?你错认了。"燕西道:"可是后面那个老头子是韩观久,我可认得清清楚楚。韩观久有门亲戚,听说住在碧云寺附近,他们很有到这地方来的可能。"凤举道:"既然如此,刚才你为什么不叫她一声呢?"燕西道:"我也是愣住了。"凤举道:"他们是往哪方走?"燕西道:"他们顺着大路向东走,大概是进城去。"凤举道:"不管她进城不进城,只要是在大路上,差个十里八里,我们也可以把汽车追上去,这是很容易解决的问题。"说着,拉了燕西跑上汽车,催着车夫快开。

汽车一路走来,虽然追上几个骑毛驴的,并不是一男一女。追到了海淀附近,远远看到两匹驴子,其中有个骑驴子的正是撑着一柄黑布伞。燕西指着道:"那就是的了,那就是的了。"不到一分钟,汽车喇叭呜呜几声响,追到驴子跟前,将车子停住了。那两个骑驴子的,见汽车忽然停住,倒吓了一跳,各按住了驴子,向车上呆看。这时看那撑伞的,是位带连鬓胡子的老道。那个没撑伞的,是个秃子。二人灰尘扑面,又染着黄汗,形象很是难看。

燕西大失所望，凤举禁不住要笑起来，催汽车夫开车。燕西心中，本是砰砰乱跳，车子开了，定了定神，向凤举道："这话回家去，不必说，说出来，人家又拿去当笑话，以为我对于清秋，还是梦寐思之呢。"凤举道："你就对于她梦寐思之，这也不算过呀，这有什么可笑的？"燕西道："那不管他，反正我不愿提这事就完了。"凤举道："你不愿提就不愿提罢，这也不关我的事。"燕西坐在车子上，就都不说什么。

到家而后，家中人自不免包围着，询问山上的情形，忙着报告一番，也不暇再惦念到清秋身上去。过了两天之后，还是凤举把这话说出来，敏之、润之都抱怨燕西，说是不管那女子是不是清秋，反正那个老头子你认清楚了是韩观久，为什么不叫唤一声？何况大哥叫着燕西，她又回头来看，分明是清秋了。这可见你对她是一点情也没有。燕西对于她们这种批评，实在无法否认，自己也就不去否认，人家说得最厉害的时候，自己只是微笑而已。倒是道之多情，听了这个消息之后，派了好几个人到碧云寺一带去查访。然而燕西也不知道韩观久有什么亲戚在那里，那亲戚姓什么，也是不知道。查访了两天，并无踪影，对于这事，也只索性罢了。

光阴是很快，转眼又是已凉天气未寒时，敏之、润之的行李，都已预备妥当。敏之的意思，现在大家并不是那样高兴，最好是免除亲戚朋友那番送别的应酬，关于行期一层，事前守着秘密。又怕燕西好事，会说出来，再三叮嘱不要说，燕西现在是靠姐姐携带了，自然也就不敢违拗。到了行期前三天，道之四姊妹，送着二姨太到西山去，大家又团聚了一晚。到了次日，直待夕阳西下，四姊妹才告辞进城。金太太和二太太见这四个花枝儿似的姑娘齐齐的走着，很是动人怜爱。然而下山之后,马上天涯海角,就各自分飞,看到也就不免心里难受。于是两个母亲,紧随在她们后面走,一步一步的向前走着,不觉直走到最下一层的草场上来。

道之立住脚道:"我们要坐轿子了,你进去罢。"金太太道:"你们走你们的,我在这里,看看夕阳晚景。"敏之、润之也就回转身来,向二位老人家呆立着。二姨太道:"五小姐,你定着什么时候结婚,务必写封信告诉我。一路之上,要不断的写信来。"金太太道:"你也太儿女情长了。你在城里,大概说了不少离别的话,上得山来,又谈了一天一宿,这种话,也不知道谈过多少回,临走你还得叮嘱一遍。"二姨太道:"你有什么不知道?我就是这样心软。"说着,用手绢去擦眼睛。敏之深怕惹着金太太伤心,便道:"咱们快上轿子罢,回头会赶不上进城的。"说着,向三姊妹丢了一个眼色。于是大家向二位老人说声走了,走出别墅的大门,各乘轿子下山。

金太太忙走到山崖上那个草亭子里,手扶了亭柱,向山路上一行人望着。二姨太走过去,陪着她望。直等人看不见了,金太太就看山下平原的晚景。这太阳落到山后去,在山之阳,已先阴黑,可是平原上,山阴所盖不到的地方,依然有太阳晒着。平原之中,有两行疏落的杨柳,夹着一条人行大道,正是进城去的马路。看看北京城,在夕阳烟里笼罩着,雾沉沉的,一圈圈黑影子。北海的塔,正阳门的城楼,在一圈黑影中,透出两个黑尖。金太太回头对二姨太道:"你看,那乌烟瘴气的一圈黑影子,就是北京城,我们在那里混了几十年了。现时在山上看起来,那里和书上说的在蚂蚁国招驸马,有什么分别?哎!人生真是一场梦。"二姨太用手一指道:"你看,那不是他们的汽车?"

金太太顺着她手指的所在看时,只见人行大道上,黄尘滚滚,果然有一辆汽车风驰电掣而去。到了远处,便只看到一道黄尘,看不到车子了。金太太叹了一口气道:"这些孩子们,兴高采烈的还正在那里做梦呢。"于是她在亭子里木栏干上坐着,只管向那烟雾平原,静静的呆望。她不做声,二姨太也不敢做声。二人静静的在草亭子里坐着,那晚风吹得草瑟瑟作响,声声入耳。那平原上的太阳,也慢慢暗淡下去,渐渐暗到看不见人家树木。

陈二姐手上拿了两件夹斗篷,走到亭子边来,向金太太道:"老太太,到屋子里去休息休息罢。"说着,将两件斗篷递了过去。金太太手上接过斗篷,并不向身上披着,搭在手胳膊上,依然站在亭子边。陈二姐站在身边,不敢催,又不敢就走,也是呆在那里陪着。二姨太先是陪了金太太看看景致,现时景致全看不到了,站在那里,实在是站不出一点趣味来,便道:"果然我身上觉得也有些凉,我们可以进去了罢?"金太太虽然是不曾答应出来,觉得也不必太违反了她们的意思,于是默然着掉转身来,先在两人头里走。到了最后一通堂屋里,自掀帘子进去。

那佛案上点了白锡清油灯,灯草由油碟子里,伸出菜豆大的火焰,屋子里昏沉沉的。在那边垂着纱幔的屋子里,倒是点着四支白蜡,在这边看到那边幔子里,反是清楚得多。二姨太昨天上山,住在前进,大家拥在一处谈话,还不感到什么寂寞。今天晚上,直走到后进来,见这样青隐隐的灯光,加上檀香炉里檀香烧着细细的火,屋子里停留着那股香味,如在庙里一般。因笑道:"这里什么也有,就是差了一面铜磬和一个木鱼,要不然,猛然走到这里来,会疑心是古庙里的观音堂。"金太太道:"真要是观音堂,那算我们修到了家。我觉得我还是尘心未断,不能说走就走。"说着话,她就坐到桌子下面那叠蒲团上去。

陈二姐看到,赶快就走过来,将二太太的袖子一拉。二太太料着有故,看了陈二姐向门外走,也就跟了出去。到了前进屋子里,陈二姐低声和她道:"人家这是要做功课了,你可别在那里打搅。"二姨太道:"哟!太太还念书呀?"陈二姐道:"不是念书,每天早上中午晚上,太太有三起在蒲团上打坐,打坐的时候,口里念着《心经》。《心经》是什么,我也不知道,老是听了太太念着摩诃摩诃,多利多利。这就叫功课,是太太自己说的。她做功课的时候,分付我们别进去,所以我告诉你。"二姨太听了这话,才恍然大悟,向她点点头道:"我明白了。有事你就去做你的事,我不到上面去了。"

陈二姐在山上,是兼做厨子的,这时要预备去做晚饭,自然走了。小兰也陪着去洗菜,只剩二姨太一个人在屋子里。大门口有个园丁和打杂的,也离着一个大院子,在这里几乎听不到人的说话声了。二姨太从这时起,才领略到山居寂寞的风味。这屋子里,是金太太特许的,点了一盏白瓷罩子的煤油灯,比上房亮得多。只是屋子里,隔了窗子向外看,反而现着黑沉沉的了。二姨太静坐了许久,果然听到上进屋子里,金太太只管念着摩诃摩诃,多利多利。自己为好奇心冲动,就轻轻的开了屋门,轻轻的走上台阶。到了窗户边,将脸贴着窗纱,向里面看去。只见金太太盘膝坐在蒲团上,两手放下来,微按了膝盖,微低着头,闭了眼睛,丝毫不曾晃动。二姨太看着,见所未见,心里想着,这不要是……

这个念头还不曾想完,金太太忽然叹了一口气,向窗子外道:"你请进来罢。"二姨太被她说破,倒不好意思不答应,便道:"我进来不碍着你的功课吗?"金太太已下了蒲团,代她打着帘子让她进来。向她点头道:"咱们里面屋子里坐罢。"二姨太跟着她进了里面屋子,二人相对坐下。在烛光之下,见金太太脸上很多的愁容,望了她道:"你怎么啦?"金太太沉思一会儿,叹着气道:"我七情不能自主,大概不能久于人世了。"二姨太听了这话,却是不大懂得,依然向她呆望着。金太太道:"我说出这句话,大概你也不明白这事的究竟。我自上山以来,心思是很把得定的。可是昨天晚上几个女孩子上山来一闹,闹得我心里只管慌乱起来。今天她们下山去了,我还恋恋不舍。刚才我打坐,心思就按捺不定,只管想到她们身上去。"二姨太道:"做娘的想女儿,这也是常情,这有什么不好?"金太太道:"这个你哪里晓得?"二姨太道:"这个我也没有什么不懂。太太的意思,不就是说,出了家的人,不可再染红尘吗?"

金太太噗哧一声笑了。因道:"你的意思是对的,不过话说错了,我现时并没有做姑子,怎么能说起'出家'两个字?"二姨太红了脸,说道:"你瞧,我这人真不会说话,一说话就露怯。"金太太倒也不去追究她露怯不露怯,自己一人,低了头在那里坐着。那四支白蜡烛的光焰,正是有些晃动,将金太太的人影子,在墙壁上只管动摇着。二姨太偷眼看她时,眉毛又已深锁,似乎在发愁。自己劝解罢,怕说的话人家不中听。不劝解罢,坐在这里岂不是个呆子?因之就向金太太道,"我想到厨房里去看看,没事也可以帮助她们一点。咱们现时又不住在城里,还讲个什么虚面子?"金太太对于她这话,似乎表示着很深的同意,将头深深的点了几点。

二姨太不说什么,就走出来了。她走到厨房里去,陈二姐也不肯要她动手做什么菜,她站了一会子,觉得是很无聊,依然又走回上房来。窗户里面有烛光,隔着窗纱,自然看得是很清楚的。只见金太太竟还坐在原椅子上,只是她低了头,一动也不动。二姨太心里突然有个怪思想,太太这是什么举动?有点病了罢?连忙用脸贴近窗户,仔细向里面看了去。金太太这时一人坐在屋子里,心却在北京城里乌衣巷,那旧时憧憧的幻影,正一幕一幕的在眼前映演着。

两眼泪珠儿,在眼眶子里,是无论如何也藏留不住,由微开着的眼缝里,一粒一粒的直流出泪珠来。

二姨太在外面看了许久,总算是看清楚了。就走进屋来,先轻轻叫了一声太太。金太太抬头对她望着,点点头,并没有说什么。那脸上的泪珠,依然流着,却不曾擦去。二姨太道:"你这是怎么着?你想空点罢。"金太太道:"你这话算是劝着我了,我就是想不空。你瞧,我老早的就说要定定心,学起佛来,可是到了如今,我还是把持不定,还要你来劝我看空些,这岂不是一场笑话吗?"二姨太道:"哟!你可别信我的话,我懂得什么?"金太太点着头道:"你劝着我是对的……"说毕,她依然低了头,不再做声。约摸停了有五分钟之久,那泪珠儿,又是抛沙一般的,落将下来,这泪珠不落则已,落起来无论用如何的力量,也是抑止不住。流了还只管是流,由脸腮上,直滚到衣襟上来。

二姨太先还是想劝劝她,后来见金太太哭得厉害,想起自己全家人,各各远走高飞,落得两位老婆子,住到山上来。这个收场,实在也太惨了,怎么禁得住不哭呢?心里想着,眼前又正看到一个人在伤心落泪,她心里只是一阵凄楚,那眼睛里的两行眼泪,也就不知不觉的一齐滚将下来,只是金太太不曾放声哭,她也不敢放出声来。金太太流泪一阵子,抬头看到二姨太更是伤心,就连忙拭干眼泪道:"我哭我的,你还陪了我哭做什么?"二姨太道:"不是我要哭,我看到太太哭得怪可怜,也就自然的伤心起来。"金太太并不做声,静坐了许久,陈二姐来了,就叫她打了一盆水来洗过手脸,让二姨太也洗了,然后叫陈二姐在外面檀香炉里,重新焚了一炉香。

陈二姐道:"现在还不吃晚饭吗?"金太太道:"稍微等一等。"

陈二姐去了,金太太依然静坐着,因向二姨太道:"我看我不行了,快要跟着他们父亲一路去了。"二姨太倒吃了一惊,向着金太太脸上观察了许久,并观察不出什么情形来,皱了眉头道:"也许你是在山上闷的,可是在脸色上瞧不出来,进城去让大夫瞧瞧罢。"金太太摇摇头道:"不是那个意思,你猜错了。我自到山上以来,看看佛经,研究研究佛学,心思是很空的了。不料昨天到今天,我心里乱极了,简直按不定。到了晚上,我在佛像下打坐,口里只管念《心经》,心里只想到繁华下场,禁不住眼泪直滚下来。我这样心慈,一点镇定不下去,我想我道心不坚,是精神涣散的原故。在佛学上说,是入了魔道,俗话可就是魂不守舍,在这点上,我知道我是不久于人世的了。"

二姨太听了许多解释,大概是明白了,便道:"太太,你这话我可要驳一句,佛爷是慈悲为本的,难道说做上人的惦记儿女,想起亡人,这也是道心不坚吗?"陈二姐在外面屋子里,倒有些纳闷,不知道今天老太太有什么伤心的事?金太太没做声,微抬着头,似乎想一句答复,然而始终没答复出来,只管是要哭。于是慢吞吞的走到屋子里来,又轻声问道:"不早了,老太太开饭了罢?"金太太点点头道:"好罢,开到下面屋子里吃。"陈二姐忙着开饭,金太太首先站起来,向二姨太道:"咱们吃饭去,在一天总得吃一天。"二姨太也不知道她是解脱的话,或者是伤心的话,就陪着她一路到下层屋子里来。

桌上饭菜都摆好了。金太太坐下来,却是先拿勺子,舀了豆腐汤喝。二姨太吃了一碗饭,她却粒饭未尝。二姨太知道她心里难受,自己也不会劝人,不敢多说,便道:"太太,明天打个电话进城去,让梅丽来给你解个闷儿罢。"金太太点点头。过了许久,又道:"不必罢。"于是起身回上层屋去,出了门,又道:"明天再说罢。"

等她回上面屋去了,陈二姐低声向二姨太道:"你瞧,老太太说话,有些颠三倒四的,她从来不是这样子的,我想一定是她心里闷成这样。"二姨太道:"是啊!学佛可不是一件容易事,当年总理就常说,现在阔老们喜欢把谈佛学当时髦事,其实不会学佛的人,不是学迂了,就是学病了。太太这样精神不振,可得找梅丽来,她准能给她找个乐子。"陈二姐道:"好!我明天一早就到山下旅馆里去打电话。今天晚上,你陪着点罢。"二姨太擦了把脸,又到上面屋子来。然而在山上的人,睡得极早,金太太已是安眠许久了。二姨太也只好走回自己的屋子去闷睡。

到了次日清晨,陈二姐把琐事料理清楚,正要到山下旅馆里去打电话,一看山外的天色,却是阴暗暗的,太阳不曾出山。自己心里想着,也许是心里有事,起来得太早些了。可是走到屋子里,一看挂钟时,已经是八点多了。照平常论,这个时候,应该是日高三丈,高高悬在天空的了。这才想起来,今日天阴了。接着发现地上已是蒙上一层黄沙,由院子里经过了两趟,连衣服上都洒着一层细微的黄粉,用手一扑,便有尘土气袭入鼻子来。

这是北方最劣的气象,叫着下黄沙。有了这种日子,天像要倒下来,终日不见阳光,那太阳在黄沙里埋着,现出一团模糊的紫影,惨淡怕人。今天黄沙更下得重,连那团紫影都没有了。赶快跑到屋后山坡,向山下看去,便是山脚下的人家树木,已经昏暗不明,只有丛丛的黑影。再远些,便只如烟如雾、天地不分的沙层了。陈二姐心想,这样的天,怎好叫八小姐出城来?电话也就不打了。接着金太太和二姨太也都起来了,陈二姐送着水到金太太屋子里去的时候,只见金太太两只眼睛皮,已是微微的肿起,眼睛也有些红色,想昨天定是流着眼泪不少。

　　这时，屋子外面，轰隆一片怪声大起，院子里也淅沥淅沥有雨点声。隔着窗子向外看时，吹起大风来了。山上的树木，一齐弯着向下，到了不能再弯的程度。在呼呼声中，许多树叶和枯树枝，如下雨一般，打到院子里来。金太太道："哎呀！天气变了。"陈二姐道："可不是吗！你没有到坡上去瞧瞧，仿佛是天倒地坍一般，天地都分不开了。"金太太也不再说，也不出去看看。这正中屋子里，倒很像是天色昏黑了一样，那佛像面前放的一盏香油灯，菜豆似的火光，倒照着屋子里有些亮色。她不由得点点头，自言自语的道："还是佛爷面前，有一线光亮呢。"说着，自向蒲团上坐着，垂头不语。陈二姐以为她是做早上的功课来着，也不敢去惊动她，自走开了。

　　但是这一天，金太太茶饭都不用，只是呆坐着，坐久了，就垂下泪来，一日之间，那脸子就瘦削了许多。陈二姐虽没念过书，人是很聪明的，看看这情形，觉得不甚好，便问金太太要不要什么东西？可以打个电话到城里去。她那意思，正是要探探她的口气，要不要叫人来。金太太点点头道："正好，我有话告诉他们，五小姐六小姐七爷，都是后天要走的人。你告诉他们，我分付的，叫他们不必到山上来辞行。他们来一趟，惹得我心里两天不能自在，他们再要来，我心思一乱，把我闹病了，他们负得起这个责任吗？实话实说，你就把我今日的情形，告诉他们。五小姐六小姐心里明白，就不会来的了。"

　　陈二姐道："电话里说不清楚，要不，我下山去一趟，赶着长途汽车进城，下午再回来罢。"金太太一听，静默着想了许久，便道："你既是要去，索性后天送了他们上车再回来。"陈二姐说："这儿的事呢？"金太太道："里面的事都有小兰呢，那个打杂的本来是厨房出身,让她做两天素菜饭,还有什么不可以的?"陈二姐在山上住了这些时候,实在也想到城里去看看,只是没有工夫可以抽身。既是金太太如此说了,落得以公济私,进城去混两天。于是很高兴的收拾收拾东西,就下山搭长途汽车进城来。

第一百十二回

金粉各飘零情场永别　　轮蹄相驰逐旧事重提

陈二姐到了西直门，立刻换了人力车回乌衣巷，心中好像有很紧急的事要办。其实与她自己，没有什么相干，就是和金太太传的话，也并不十分急。可是她心中，只以到金宅旧居为快。及至到了大门，第一件事映到她眼帘中，便有些异乎常情，原来向不曾关闭一次的大门，这时却掩了一扇，只开着一扇，让人进去。大门外空荡荡的，不见一辆车，也不见一个人。几棵槐树，落了许多半黄的叶子在地面上，风吹着，兀自卷了黑沙打回旋。陈二姐给了车钱，由开着门的地方进去，门房里紧关着门，门上贴着一张纸条。陈二姐本认得几个字，半猜半认，见那上面所说的是邮差请至里门投信，大概前面门房没有人。由这里经过外客厅，及听差车夫所住的房屋，一律闭着。走廊外摆的盆景，也搬了一大半。

到楼房二门下，金荣才一露头向外钻了出来，问道："二姐回来了，老太太呢？"陈二姐道："我一个人回来的。前面怎么没有人了？"金荣道："里头哪里又有人？"陈二姐道："怎么里边也会没有人？"金荣道："你瞧去。"陈二姐向后走来，果然是静悄悄的。走廊上倒放着许多木器，似乎放在这里，待搬走的样子。楼下大厅，以前是个伟大的一个会客室，现在却空洞洞的，只零乱着有两三件桌椅，各处的窗户都闭着，玻璃上还有几处落下了玻璃，各处挂的帘子都取消了，满地倒显着许多碎纸木片与几分厚的积灰。心里正如此想着，为什么就乱到这种程度？只见李升提了一个包袱哭丧着脸，低头走出来。

陈二姐道："李爷，送东西上哪儿？"李升蹲了蹲身子道："陈二姐，我散了。"陈二姐道："哟！李爷是老人啦。"李升站着回头看了看，低声道："也只怪我嘴直，多说了几句话。这话可又说回来了，咱们不是那种吃主子饭，望主子家出事的人，这话说出去，总是可以听的。大爷不高兴了，今天对我说，让我回家休息休息，工钱照日子给了，赏了我一百块钱。这一包袱是七爷赏我的旧衣服。陈姐，我没想到这样下场，我打算明天上山辞辞老太太。"陈二姐道："你别去了。"于是把金太太在山上的情形，说了一遍。李升叹了一口气道："那末，请你替我向太太告辞罢。大爷后天搬到西城宅里去住，这两天我还是要来。再见罢。"说着，用袖子揉揉眼睛走了。

陈二姐走到上房，先就看凤举来，他踏了一双鞋，长夹衫倒有好几个纽扣敞着，口里衔了烟卷，在走廊下来回踱着。陈二姐未曾上前，老远的就叫了一声大爷。凤举看到，倒吃一惊，问道："你怎么来了？有事吗？"陈二姐道："倒没什么事。五小姐六小姐和七爷，后天动身了，老太太叫我来瞧瞧。"凤举道："今天是天气不好，不然，今天就到西山去了，明天准去，瞧什么呢？"陈二姐道："老太太说，不让去呢。"

佩芳听她说话，在屋子里伸出手来招着，让她进去。陈二姐进去看时，屋子不是个样子，第一就是四周墙壁空空的，所有字画陈设一齐除了。便是桌椅也减少了许多,倒是箱柜见多,在各处堆叠着。佩芳道:"你瞧,都走了,剩下我们两口子,也没法看守这大屋子。所以我们也只好是走。我们是后天搬了。老太太怎样不让人去?我还有许多事要报告呢。"陈二姐听了这话,也不知能不能把实话说了出来,只得先笼统的说了一句道:"老太太那个脾气,你还不知道?"佩芳也没有料到有什么特殊情形,也就不曾追问。

陈二姐稍坐一会儿,又到敏之屋里来,这里是零乱了,只有床和桌子没动。陈二姐便问:"后天上车,为什么行李都先两三天收起来了?"敏之道:"预备今天一早就上山去,后天回来就上车,哪晓得天气这样坏。"陈二姐又把金太太的意思告诉了。敏之皱眉道:"这是什么意思呢?我们这回出门,说不定是三年五载回来,怎么老太太不让我们见一面再走?"陈二姐道:"晚上我慢慢告诉你罢。你在城里有什么事,只管去办。"敏之道:"这话我倒有些不明白,难道老太太连我们要走的人,都恼恨起来,不愿见我们吗?"陈二姐道:"自然有个道理,你忙什么呢?"润之在一边听了,许久皱着眉道:"陈二姐干吗也学得这种样子?有话只要搁在肚子里。你要是憋到晚上再告诉我们,我们这一天也不能好好的过着,心里会老惦记着这事的。"陈二姐道:"只要二位小姐不上山去,我就可以告诉你。"于是把金太太这两天在佛前枯坐的情形,说了个大概。

敏之,润之彼此对望着,许久做声不得。润之皱了眉道:"老太太这种情形,简直要成了死灰槁木才痛快,我们若是走了,她越发对世情要冷淡起来,我们岂不是逼老人家上梁山?"敏之叹了口气道:"当然哪,不过这也不止我们一两个人负这种责任。"润之道:"我们绝不能让母亲就这样在山上住一辈子,我现在不走了,必要把她老人家安顿好了,我才动身。要不然的话,我们万里迢迢,远隔重洋,无论做什么事,也是不放心的。"敏之也点点头道:"果然的,我觉得也是要把母亲的事安顿好了才能够走。"陈二姐皱了眉道:"哟!这可是我惹下的祸。"敏之道:"有你什么事?你想,你不来报告,我们明天还不要上山去吗?看见了老太太那样子,我们当然也是不能走。"

陈二姐站在一边,默然了许久,忽然微笑道:"我想,这件事,不如请四小姐回来,多少准有个办法。"润之笑道:"你是说我们姐儿俩,拿不出一个准主意来吗?"陈二姐道:"我的小姐,多早我敢这样说呀?我想四小姐是出了门子的姑奶奶,有些事情经验过的,或者她说的话,老太太就相信一点。"敏之想了想道:"找回来谈一谈,倒也是不坏,那末,你就去打个电话罢。"陈二姐也怕这事僵了,就打了个电话给道之。道之因兄弟妹妹要出门,本来是要回来一趟,得了这个电话,她马上就回家来。及至见了敏之,知道了详细的情形,便道:"你们要走只管走,老太太还有这些儿女在身边,有什么事,我们就不能管,非留着你们在北京不可吗?而且你们不走,也不见得老太太就肯下山,也许她就因为这件事,更加是不快活呢。"

敏之、润之也没拿定主意,又把燕西找了来商量,燕西倒是好说话,他说,听两位姐姐的便。道之笑道:"这样说,人家还要你来商量什么?我看还是你们走的好,一来大家什么都筹划好了,外国还有人等着,若不去,等的人还不知道有什么变卦。二来你们不走显然是为了老太太,老太太绝不肯负这种责任,误了老七的前程,又误了五妹六妹的婚期。老太太原是静养得很好的,只因为你们去搅乱了她,所以不能静养。你们为顾老太太起见,你看是走还是不走呢?"他三人听了这话,仔细研究一番,本来各人都是急要走的,既然四姐说出这些理由来，也就不必留在北京了。

经过几个钟头的商议，结果还是按期动身。不过另外还有一个问题，就是三个要走的人，是不是要到西山去向金太太辞行？道之极力主张不要去，说是："原为老太太不愿见你们，才让陈二姐来拦阻你们的，你们又何必去呢？我们原是要老人家心里安适，我们去了，老太太心里安适，我们就去。我们不去，老太太心里安适，我们就不去。这是极易解决的一件事，何必只管犹豫？"大家原是心里有些不定，经道之如此说了，深感到不去的为是，于是就不去了。

润之、敏之因为此番出洋，已是第二次，并不怎样受人家的应酬。只有燕西想到今日果然出洋，自是一喜。想到因为自己可托足，才出洋的，又发生不少的感慨。在他自己，也不知是悲是喜。不过他一班男女朋友，知道这个消息，都少不得请他一餐。白莲花、白玉花那里，已经有个月不去了，最大的原因，就是自己要出门去，二花已经有些知道了，表面装着麻糊，拼命和他要钱买东西。燕西心里也有些明白，先还借故推辞，故意俄延了日子，后来感到俄延不了，他就说身体不舒服，不去见她们。她们来了电话，也是不接。二花心中明白，在燕西朋友面前，只说金七爷这个人真不好伺候，说翻脸就翻脸，真让人寒心。我们姐儿俩，还有什么对他不住的地方吗？朋友们谁又不知道他们的事情？都是一笑置之。燕西对于这事，觉得不过是花了些冤钱而已，也就不怎样放在心上了。

次日上午，刘宝善专请燕西在公园吃早茶，有话要谈。燕西以为特别，也就来了。到了茶座那条路上，早早看见刘宝善同了两个女子，在那里坐着嗑瓜子。燕西看那两人，正好像是二花。若果然走上前去，说起话来，这半个月工夫，做什么去了？现在刘宝善请客，又正是钱行的表示，自己都要到外洋去了，事先对于二花都不给一点消息,有点把人不当朋友了。如此想着,是上前去还是不上前去呢?自己就有些犹豫。偏是那刘宝善眼尖,远远的就看到了燕西,在茶座站立起来,用手向燕西连招了两招。燕西想要麻糊过去已是不可能,只得也取下头上的草帽子,在空中招展着,作为向他答礼,脚步一面也就迎上前去。

白莲花跟着站了起来,拿了一条大的花绸手绢,举起来左右晃动。燕西走到茶座边,她首先笑着叫了一声七爷,满脸都是笑容,好像并不知道燕西要走似的。白玉花却不然,坐在那里不动。手里端了一杯柠檬水,只管在那里喝。及至燕西扶开椅子坐下去,她才抬起头来,向着他笑道:"短见哪,七爷!"说毕,眼睛一瞟,向他撇嘴一笑。燕西笑道:"短见是短见,不过这些时候,我忙着收拾东西,所以少看你们。论起来,原是可以原谅的。"白玉花鼻子里哼一声道:"收拾东西,就要两三个礼拜吗?"白莲花心里正也怨着燕西,只是不便怎样说他。现在白玉花在说那俏皮话,正可以替她泄愤。她并不拦阻,依然站在那里,手上只管将那条手绢,不住的舞弄着。

刘宝善恰是不会看风色,他笑起来道:"别忙呀!招手绢这是明天在车站上的事,干吗在这儿就招了起来呢?"白莲花道:"照说,我们是应当到车站上去送行,可是金府上的人,到车站上送行的,一定也是很多,他们不会把我打出站来吗?"燕西笑道:"言重言重!"二花都笑了。燕西对于刘宝善,不大高兴之下,心想,你知道我是和她们断绝来往的,为什么一大早的就把她们招请在一处,让我大为扫兴一下?于是也不说什么,只是微笑着。

茶房知道人到齐了,便将早茶的菜牌子递了过来。燕西接过来看时,是鸡蓉汤、牛排、什锦盒子、煎布丁、咖啡。摇了一摇头道:"早上我什么东西也不要吃,和我来个牛油茶就得了。"刘宝善笑道:"你总得吃一个菜,或者……"燕西皱了眉道:"你难道不知我的脾气?"刘宝善原是要闹着玩儿的,就不敢勉强了。他和二花,倒是老老实实的各吃一全份早茶。燕西把一小杯牛油茶喝完了,推说有事,站起来就走。二花都说再见,明日恕不奉送了。燕西口里和人家客气着,脚下是不停的走,已经走到老远去了。

不料刚刚逃出这个难关,在走廊拐弯的地方,一位摩登姑娘迎面而来。近前一看,不是别人,正是白秀珠。这真巧了,她为什么也是早上到公园里来?走廊两边有短栏,当然不便跨进短栏去躲避她,只好迎面向她一点头道:"早哇!"秀珠道:"七爷还有工夫逛公园吗?"燕西随口答道:"是刘二爷一早打电话叫我来的,所以我没有多停留,我就要走了。"秀珠道:"我听说你早就走了,所以也没打电话给你。大概还有几天动身吗?"燕西停了停,笑道:"对了,还有几天。"秀珠道:"怪了,刘二爷也为什么打电话给我?我倒要去看看。"说毕,弯腰一个鞠躬就走了。燕西对着她的后影望着,呆了许久,点点头又长叹一口气,然后才缓缓出园回家去。

因为自己东西都已收拾齐了,反而觉得清闲着没事做,只好走到敏之屋子里来坐着。敏之、润之也是没有事做,在屋子里一张空桌子上打乒乓球。燕西道:"大清早的,就干这个?"敏之笑道:"东西都收起来了,也没有得看,家里也没有人,怪无聊的。"燕西笑着,接过润之的球拍子,也要来一个。润之也不争夺,就让开了。但是敏之又不肯来,走到后面花园子里去闲步。燕西无所事事,也是跟着她们走。这样糊里糊涂的混了一天。到了晚上,所有搬出去的男女兄弟辈,都回来话别,到了夜深,方始散去。次日一早,阿囡将动身三人的随身零用物,也收拾好了。到了中晌,是鹏振夫妇,在西车站食堂饯行,全家人作陪。所有十几件行李,由李升、金荣二人,送到车站去,先挂上行李票。

到了十一点多钟,敏之、润之、燕西三人,共坐一辆汽车到各家亲友地方,辞行完毕,直接到西车站食堂来。本来这都是家里人,在一处吃饭是常事。可是大家心里,都有一种说不出的感想,觉得异乎平常。玉芬笑道:"不短人了,就请坐罢,一定要到了火车上,三位的心,才能够安的。"鹏振夫妇坐了主席,大家不分次序坐下。玉芬对茶房道:"拿两瓶香槟来。"敏之道:"这又何必?"玉芬笑道:"不!这里面有些原因的。二位妹妹,大概是会在外国结婚的,我们不能亲贺,只先贺了。老七当然去读书,已是可贺,也许在外国再结婚……"她说到这里,才觉得失口说出了一个"再"字,这是很令人家不欢喜的,只好将声音提高了,把事情扯开。笑着连连向茶房招手道:"来来来,开香槟罢。"

茶房于是拿了两瓶酒,向满席斟起来。斟完了,玉芬端了一杯酒,站起来笑道:"喝罢,贺你三位,以壮行色。"大家听了这话,也跟着站了起来,自然都是随便喝一点。惟有燕西不同,端着杯子,将底子朝了天,一杯香槟,一口气就喝完了。玉芬笑道:"老七还喝吗?"燕西将杯子向旁边一伸,对茶房点了点头道:"来!"茶房笑着将香槟又向玻璃杯子里斟下去,燕西端起来就喝下去了。而且咳了一声,表示喝得很痛快的样子。玉芬待再要叫茶房斟酒时,鹏振对她以目示意,头微微的有些摇摆。玉芬会意,笑道:"老七怎么今天放起量来了?香槟是很贵的,我请不起客,我不再让你,给你来汽水罢。"燕西摇了头道:"不!三杯同大道,至少还得来上一杯。"

玉芬且不答复他的话,先用眼睛,看看同桌的人,是什么颜色?敏之很知道这其间的用意,便向燕西道:"你大概是打算喝醉了,到车上去躺着。出起门来,我们都希望你照应我们一点。这个样子,倒会要我们去照应你。"燕西笑道:"香槟酒像甜水一样,要什么紧?多喝两杯,也不过开开胃口,与脑筋不相干的。"梅丽靠了燕西坐着的,手上端了八成满的一杯香槟,放到嘴边,抿了抿,然后笑向燕西道:"喝罢,七哥我陪你一杯。"燕西自己走下席来,在旁边桌子上拿起香槟瓶子,就向酒杯里倒,站在那里举杯子对梅丽笑着,也不说什么,端起杯子来就喝了。梅丽只喝了半杯,摇着头就放下了。玉芬笑道:"够大道的了。你可以止矣了罢?"燕西放下杯子来道:"好!要喝到火车上喝去,我不喝了。"大家说笑着吃起来,把这喝酒的事,就揭开去了。

到了上咖啡的时候,燕西首先站起来,笑道:"我们可以先上东车站瞧瞧去了。"说着,和茶房要个手巾把,先走出食堂去。梅丽在后面跟着走了来,笑道:"七哥!我们一块儿走,咱们不过一两小时的盘桓了。"走到正阳门那箭楼下,燕西对箭楼看看,然后向那对石头狮子呆立着点点头道:"朋友,我们再见了。"说毕,还把手一挥。梅丽挽了他一只手道:"你真有些醉了吗?"燕西且不理会她的话,又向前门大街,来来去去的行人车马,注视了一番,然后昂着头叹了一口气。梅丽以为他是真醉了,挽了他那只手胳膊,就拖向东站里面走。车站行李处,金荣、李升都把行李料理停当了。见燕西走进来,便迎上前道:"七爷就来了,早着呢,开车还有一个钟头。"燕西道:"我先来瞧瞧。"于是金荣在前引路,将他兄妹引上头等火车去。

敏之三人,共要了两个包房,而且是两房相通的。二人走上车来,燕西先叹了口气。梅丽道:"男子汉大丈夫,四海为家,今天出门,你干吗总是这样不快活?"燕西坐着望了她道:"妹妹,你瞧,我们闹到这步田地,我过得无路投奔,只好去出洋,这还有什么快活吗?你要知道我这回出洋,自己的前途,一点没有把握。能不能回北京,固然是不能说,就是能回北京,也未必还是坐头等车来罢?所以今天离开北京,我是大大的要变环境的了,想起这样亲密熟悉的北京,我能不叹上两口气吗?"梅丽听了他的话,不由得心里有种深深的感触,立刻也是眼圈儿一红,两手按了膝盖,在那软椅上坐着,还只管低了头。

燕西到了此时,也没有什么话可说,在篮里翻出一筒烟卷来慢慢的找着火柴,慢慢点了烟卷抽着。偏头看车外月台上的来往男女,只管出了神。也不知道有多少时候,回过头来看时,只见梅丽脸上,挂了两条泪痕。她手上捏了手绢,不住的在两腮上揩着。燕西道:"你这又是小孩子脾气了,刚才你还教导我,说是要四海为家,怎么只一会儿工夫,自己倒哭起来了?这不是笑话吗?"他不说则已,一说之后,梅丽索性呜呜咽咽,放声哭将起来。燕西低声道:"不要小孩子脾气了,送客的人是很多,一会子让人看到了,你看那有多么不好意思。"梅丽极力将哭忍住,用手绢不住的擦了眼睛,便默然的坐在一边。

燕西向外看看,只见刘宝善、孔学尼这班熟朋友,共到有二三十位,很杂乱的拥在月台上站着。燕西落下了窗上的玻璃板,伸出头来和大家打招呼。这一群人,自己也不知道和哪个人说话合宜?只是谁走近来,他就向谁点头说上两句。接着敏之、润之上车,送客的女眷们,也陆续的来着,人丛中立刻加上了一种脂粉香味。有些女眷们,比较亲近些的,都走到车上来谈话。这时除了两个包房里已经挤满了人而外,就是包房外的小夹道,也是拥挤着许多人。来往的人,都感着极不便利。敏之就出包房来向大家点头道:"各位请便罢,这样拥挤着,在车上怪不舒服的。"大家上车来,本是送出洋的远客,可是到了车上,找不到远客话别,却是送客的自己互相说话,这也很感到无聊。既是敏之请大家下车,有些人趁机下车去了。只有金府上自己的人,还在车上坐着。后来金府上的人,也因钟点到了,陆续下车。

梅丽坐在燕西那包房里,总还不走。燕西道:"要打点了,你下车去罢,要不然你会让火车带到天津去的。"梅丽站起来,看了看手表道:"还有十分钟呢,我再坐一会儿罢。"燕西不但是对于这位妹妹,对于火车站的人,可以说都舍不得离开。梅丽向车子外看了许久,都呆住了。敏之走过来握着她的手笑道:"好妹妹,你下车去罢,真要让我们带到天津去吗?这一别,也没有多久的时候,也许两年三年一齐都回北京来了,也许两年三年,我们都在欧洲相会。"梅丽道:"怎么会在欧洲相会呢?"敏之笑道:"这话倒亏你问,难道外国就许我们去,不许你去的吗?"正说到这里,当当当,一阵打点响,车上就是一阵乱,送客的人纷纷下车。敏之也催着梅丽道:"下车去罢,下车去罢。"说着,就挽了她一只手胳膊,扶了她走出包房来。

梅丽也怕让火车带走了,匆匆的就向火车外走。走到月台上时,看到那些送客的人,都高举了帽子,在空中招展。车子里的人,也不能再有什么话可说了,只是笑着向送客的人点头而已。百忙中,汽笛呜呜叫着,火车扑通的响了起来。车轮子向东碾动,已是开车走了。车窗子里的人,慢慢的移着向远,敏之、润之都拿了一条长手绢,由窗户里伸了出来,迎风招展。但是人影越远时,车子已走得越快,许多人由窗户里伸出手来挥帽子挥手绢,已经认不出来哪是敏之、润之的手了。梅丽手上也是挥了手绢,还跟着火车跑了几步,然后突然站住,向火车后影子都望呆了。

这其间,惟有燕西做的法儿令人注意,他用几十丈的小纸条,卷成了个小纸饼,早是把纸饼心里的一个纸头抽了出来,交给车下站的道之,他在车子里捧着纸饼。火车开了,纸条儿由里抽动,拉得挺长。不过几十丈长纸条,终于不够火车一分钟的牵扯,当梅丽看着发呆的时候,道之手上,兀自捏着在地上拖长了的纸条一端。纸条儿拉不住火车,火车可把靠窗眺望的金燕西,载出了东便门。燕西在火车上先是看不见家人,继之看不见北京的城墙,他与北京城的关系,从此停顿一下了。

燕西出了东便门,这里送的人,也纷纷出了东车站。梅丽是跟着道之住的,这时却不上道之的汽车。自己家里一辆大汽车,今天凤举还坐着,梅丽就和佩芳一路上去。道之在车上还开了车门喊着。梅丽道:"明天我要坐这车到西山去,今天不上你那儿了。"于是跟着凤举夫妇一路回乌衣巷来。到家以后,大门口鸦雀无声。大门半掩,下车直走进去,也无人问。楼门下,原来第二道门房的地方,一张旧藤椅子,有个老门房在那里打盹。人走到身边,他才猛然站起,凤举原来极讲家规,现时却也不去理会他。走了进去,一重重院落,都是倒锁着院门。

凤举这院子里,门虽是开的,房子里东西,都搬得堆叠到一处,中间屋子,是四壁空空的,而且是一个人没有。佩芳便连连叫了两声乳妈和蒋妈,走廊外有人答应着走了出来,并不是蒋妈和乳妈,乃是金荣和他姊姊陈二姐。佩芳道:"蒋妈哪里去了?"陈二姐笑道:"这些空屋子里剩下来的破布头、破纸片,清理清理,里面可有不少的好东西,真许在里面可以寻出钞票来。大家都不在家,她们为什么不去捡一捡便宜?"佩芳道:"乳妈罢了,来的日子不多,蒋妈是见过世面的,何至于闹到这步田地?"陈二姐笑道:"在这儿雇工的,谁不是这样?这也不是蒋姐一个人的事。"

说着,蒋妈抱了一个大包袱来,见佩芳回来了,却笑着向后退去。梅丽看了这种情形,觉得用了这些年的老妈子,还是不免见财起意,一点规矩和情面也不顾,可见人家有钱有势,是坍不得台的,一坍台,各人的丑相都露出来了。她如此想着,却又不信空屋子里真会有钞票可捡,于是自己也就走了几间屋子,伸着头向里面去看看。一个屋子还罢了,惟有那一间套着一间屋子的所在,空空洞洞的,宽大许多。一人咳嗽着,屋子里似乎还有回响,加之屋子里花格子的双合小门,被人震动,有些摇撼,仿佛空屋子里东西有些作怪,吓得一缩脚,立刻就回去。她来看空屋子的时候,一径的走来,不觉走了几个院子。这时走回去,经过燕西住的旧院,是个火场。天已晚了,一抹残阳,在秃墙上照出金黄色来,映得这院子很是凄凉。有几根没有烧死的瘦竹子,被风吹着,在瓦砾堆里,向梅丽点着头,好像是几个人。

梅丽不觉身上一阵毛骨悚然,掉转身子就跑,走过月亮门,忘了跨过门槛,扑通一声摔了个大跟头。所幸无人看见,站起拍了拍两腿的黑灰,跟着就向佩芳院子里来。到了屋子里,还是不住的喘气。凤举看她脸上青一阵白一阵的,便问为了什么?梅丽说是看到空屋子害怕。凤举倒说她太孩子气。佩芳也笑了一顿。梅丽有些生气,就不和他们说什么了。到了吃晚饭的时候,她只用开水舀了大半碗饭吃,就说有些头晕,自去睡觉去了。

次日一早起来,天色依旧是那样昏沉沉的,又是黄沙天。当梅丽起来时,陈二姐在院子里徘徊着,只管抬了头望着天上。看到梅丽来了，便道："八小姐，天气非常之坏，你今天不要出城去罢。"梅丽道："不行，我马上就要走。昨天晚上睡在这里，就像在大庙里一样，一点人声音没有，向子外看着，黑洞洞的。"陈二姐道："今天大少奶奶就搬家了，晚上又不在这里住。"梅丽道："晚上不在这里住，就是白天，我也有些害怕。五小姐六小姐和七爷走了，我怪难过的。到山上去混一两天再回来，就不觉得了，你找车夫开车罢。"凤举在屋子里收拾东西呢，便答道："车子是有，汽车夫是借用几天的，昨晚上他就走了。你要出城，只好让金荣开车子送你们去。"梅丽只要有人送，倒不拘是哪个，就要陈二姐去催着金荣开车。金荣正也想去见金太太，好决定个下场办法，就很快活的答应开车。

梅丽一动了要走之念，比什么人还急，忙着梳洗了，就和凤举告别。佩芳一直送到大门口来，向她笑道："这样的黄沙天，你也是一定要走，见了老太太，可别说是我们不留你。你对老太太说，我们今天就到屋里去住，这边算是完全空出来了。"梅丽答应着坐上车去，等了许久，却不见陈二姐出来，梅丽急得只是跳脚。蒋妈跑出来报告道："小姐下午再走罢，陈二姐忽然脑袋发晕起来，上不得车。"梅丽道："上不得车，她不去就是了，干吗要我等着呢？"说着话时，用手敲着座位前的玻璃板，向金荣道："你开罢。"金荣一想，好在是自己的车子，下午再跑一趟，也没有什么关系，于是开了车子就飞奔出城来。

出城以后，风虽不大，那黄沙下得却是极重，几丈路以外，就有些模糊。金荣虽是将车子开得极慢，还碰伤了一条野狗。他只得一路按着喇叭，慢慢前进，比人走路，也快不了许多。梅丽急着跺脚道："什么时候才能到呢？急我一身的汗。"金荣索性不开车了，扳住了闸，回转来，用手绢揩着额头上的汗道："我的小姐，我的心碎了。现在连五丈路以外的东西,看不见,别说怕碰着人,碰上了一棵树,或者开到水沟里去,那怎么办?我瞧是慢慢的走,走得比人慢才行。到了万寿山,把车子寄在车厂子里,再换洋车走,那就安心得多了。"梅丽鼓了嘴,气得不做声。

梅丽坐在车子里,恨不得跳了出来。想了许久道:"不如回去罢。"金荣道:"回去路也不少,一样的怕出毛病呢。"梅丽没有什么可说的了,只向车子外张望。过了一会儿,有几匹驴子,挨车而过。驴子上的人,都向车子里看来,其中一个,却是谢玉树。两个人打个照面,随着点起头来。谢玉树向车子看看,以为是出了毛病,跳下驴子,就向金荣问道:"是车子坏了吗?让我去和你找几个人拉罢。"金荣和他本是很熟,便道:"车子没坏,只是我不敢开。黄沙特重,我怕撞了人。到了万寿山,我把车子存到车厂子里,我就可以雇洋车,送我们小姐到西山去了。"

谢玉树就走到车门边,向梅丽道:"八小姐,要不然,请你骑我的驴,我先送你到颐和园门口,等着你们管家,省得在车子里着急。"梅丽开了车门,站在车子边,笑道:"我骑驴让谢先生走,我也是过意不去呀!"谢玉树道:"这也无所谓。"他只说了这句话,不能再有其他的解释法,也是向梅丽站着。和他同路走的几匹驴子,早是走远了,那个驴夫站在驴子后面望了他两人,只是呆着,可又说不出什么来。

正犹豫着,他发现路旁月老祠边,停有几辆人力车,他就插嘴道:"那边有空车,先生,你还是骑我的驴,让这位小姐坐了车子去,你看好是不好?"谢玉树向着他手指的所在看去,笑道:"那就好极了,你去把车子叫过来罢。"梅丽笑着,倒是并不推辞。驴夫把车子叫了过来,那车夫看是坐汽车的小姐要坐车,不肯说价钱,只管让梅丽上车，说是瞧着给。梅丽也就只好上车，笑起来道："现在算是人力车上前，要等汽车了。金荣，我在哪里等着你呢？"

金荣听说，倒愣住了，颐和园外面，虽然有一条小街，开了几家茶饭铺，可是那种地方，如何可以让小姐进去？想了许久，才笑道："除非是咱们倒退回海淀去，那里可以找出干净点的地方坐着，我把车子安排好了，再坐洋车重来，同到西山去。"梅丽道："怎么着？来来去去，我们是要在大路上游春吗？"谢玉树道："我倒有个法子，过去不远，就是敝校，八小姐可以先在敝校接待室等着。贵管家把汽车开到那里，我可以找个地方安顿着。我听说两位伯母都在西山，我今天没事，然后我可以送八小姐去，顺便和伯母请安。"梅丽笑道："那可不敢当。"金荣道："就是这样办罢，八小姐可以到谢先生学校里先等一等。"说着话时，谢玉树又骑上了驴背，笑向梅丽道："趁这个机会，到敝校参观参观去，不也很有意思吗？"梅丽心里可就想着，这有什么意思？不过面子上，倒不十分拒绝。只好说："好，我瞧瞧去罢。"

人力车夫早是不肯将买卖放过，扶起车把，就拉走了。谢玉树一提缰绳，驴子由车后也追了上去，紧紧贴着，向前走来。一车一驴，慢慢的在柳树林下，走到黄沙丛里去，渐渐有些模糊了。金荣看到，却想起一件心事，那年春天，七爷骑马游春，不就是在这地方遇着七少奶奶的吗？这个样子，很有些相像，而且他二人，似乎也很有爱情，不过金家不是当年了，他俩将来又要演出一些什么悲欢离合，可不得而知呢。世事就是这样，一场戏紧跟了一场戏来，哪里一口气看得完呢？

正是：西郊芳草年年绿，多少游人似去年？

尾声

消息索哀词人悲秋扇　生涯寄幻影梦老春婆

光阴似流水一般的过去,每日写五百字的,不知不觉写了八十万字。用字来分配这日子,加上假期又有误卯的时间,这部《金粉世家》,写了六年了。在楔子里面,我预先点了一笔,说一年作完,不料成了六倍的时间。然而就是六倍的时间,昨天也就完了,光阴真快啊。

当我写到《金粉世家》最后一页的时候,家里遭了一件不幸的事件,我最小偏怜岁半女孩子康儿,她害猩红热死了。我虽二十分的负责任,在这样大结束的时候,实在不能按住悲恸,和书中人去收场。没有法子,只好让发表的报纸,停登一天。过了二十四小时以后,究竟为责任的关系,把最后一页作完了。把笔一丢,自己长叹了一口气说:"算完了一件事。把这件事告诉我的朋友。"他在前两个月,忽然大彻大悟,把家庭解散了,随身带了小小包裹,做步行西南的旅行去了。这个时候,大概是入了剑阁,走上栈道,快到成都了。我就再想写些金家的事情,也是不可能。金家走的走了、散的散了,不必写得太凄惨、太累赘了,适可而止罢。我如此想着,如释重负。

又有一个朋友到我家来安慰我,他是有《金粉世家》迷的,每日非在报上看完一段不可,现在见我桌上的稿纸,已把写完了,他大不谓然,说是没有交代的人太多。我就问道:"依你的主张,要交代到什么程度,这才算完卷呢?"他对于我这一问,一时倒答复不出来,踌躇着微笑。他想了许久,才道:"依我的意见,最好是书上的人,全有个交代。甚至伺候敏之、润之的阿囡,玉芬的丫头秋香,我在书上和她发生了一点友谊,我总希望知道她一个结果。就是冷清秋的下场,你虽先在楔子上面点明白了,她成了个卖字的妇人,可是不能卖一辈子的字……"

我不等他说完,笑道:"这样说来,恐怕我没有那样长的寿。你想,我写金家一年多的事,已经费了六年的时间,写他们家十年八年的事,那要多少日子呢?"朋友一想,这话也对,便道:"就让你收束罢。不过我要问句外行话,假使有人不愿它完,跟着续了下去,你有什么感想?"我说:"我没有感想。因为我作《金粉世家》,是我导演一出戏。有人续撰《金粉世家》是他导演一出戏,各干各的,有什么关系?"他听了,也就点点头。

我把话说完了,又勾起了我别的心事,我想,作小说是我在这里导演,可是我身后,还有一个造化儿在那里和我导演,假使有人和我作起小说来……我那朋友,他以为我又在悲恸,便用话来扯谈道:"你这书爱看的人不少,编一个剧本来演几幕戏,也许能叫座,你以为如何?"我道:"这不行,这部小说,不过是写着富贵人家一本破烂人情帐,不成片段。"朋友道:"这样一部大书,不能无一诗一词去题咏它,你喜欢作诗的,何不来首七言古,总结一笔?"我道:"我没有这心绪,老僧从此休饶舌,后事还须问后人罢。"

朋友不过是扯谈而已,只要我不发愁,倒不去管,陪着我说了许多话,又拉我上了一次公园,方才分手。

不过他这几句话,却引起了我一件心事。记得我那朋友,对我说过,冷清秋在小楼的时候,百般无聊,很感到人生无趣,大有厌世之意。虽其间她是否寻过短见,外人不得而知,可是她却填了三阕《临江仙》,表示她那时候的感想。那词我还记得乃是:

> 银汉红墙消息断,夜阑梦也匆匆。
> 茜窗人去碧廊空。西风飞白露,冷月照孤松。
> 几次欲眠眠不得,蕉心剥尽重重。
> 隔屏数遍五更钟。泪珠和恨滴,封在枕函中。

> 说与旁人浑不解,愁多转觉心闲。
> 纸窗竹户屋三间。垂帘无个事,抱膝看屏山。
> 一楼沉檀萦佛火,小楼今夜新寒。
> 斜风细雨扑疏栏。残更来永巷,如水梦初还。

> 忏尽红情犹有恨,隔帘羞见牵牛。
> 凄凉佛火黯高楼。拥衾无一语,敲折玉搔头。
> 但愿思君休再梦,梦时醒也还休。
> 倩魂频断莫勾留。好乘今夜月,一探广寒秋。

这三阕词,不是一夜填的,但是这第三阕词,说得是很明白的,又是恨,又是愤,恨极愤极,梦也不要做,魂断了也不必去踌躇,香销玉碎了就拉倒。大概总是有这样一个晚上的了。这三阕词,据我看来，虽说不能成家，可是里面也不无一二句可取的。朋友二次来了，我就把词念给他，他听了倒十分欣赏。他本写得一笔好字，后来因为和书画展览会写扇面，就把这三阕词写上去了。而且在词后面隐隐约约，加了一段按语，说这三阕词是位朱门弃妇所作。

这扇面子在会场里展览起来，人家不赏玩字的好坏，倒要研究这词是哪种妇人所作。偏是为了新闻记者打听去了，在新闻里宣布起来，参观的人，更是注意。后来来了一个中学校的男学生，出了八块钱，把这面扇子买了，而且当时就要拿走。会里人说，在没闭会以前，陈列品不能拿走，可以先开张收条给他，到了闭会的日子，有一定的地方，凭条换扇面。那青年人再三的说，非拿去不可。最后他说明，他和这把扇面上的题字，有些关系，人家就只好让他拿走了。

我那朋友把这事很高兴的告诉我，料着这位青年，便是冷清秋的儿子，不然，一个穷学生，不肯花许多钱买把扇面的。我想，或者有之。好在我这部书，年月地址，越糊涂越有趣，承认了我朋友的话，不过是糊涂里加上一层糊涂，倒也没关系。将来有人要续书，却也不愁没有线索可寻了。

这是初夏的事情，到了这年秋天，事隔数月，我已经把这件事忘了。一天和那朋友同去看有声电影，把这旧案又重翻起来。原来这天电影院映的片子，名字是《不堪回首》，是个哀情片子。我们到影院入座以后，马上就开映了，倒也没有计较别的。可是在我们前一排的座椅上，有一个妇人，不断的批评这影片里的情节。她是和她身边一个半大孩子说话，声音非常之低小，听不出来究竟批评的是些什么。只是后来银幕上出来一个中年妇人，听到她道："这个是邱惜珍啦，原来她演电影了，为什么改了名字呢？"我听到"邱惜珍"三个字，好像很耳熟，一时却又想不出来。

及至电影休息的时候，电灯复明，我正打算看我前面这位批评的妇人是个什么样子，不料那妇人连和身边一个穿灰布制服的学生说了几声走，就起身走了。她走的时候，拿一块手绢，不住的擦着眼睛，那眼圈儿可是红红的。那妇人虽有三十多岁，细皮白肉，穿了件半旧黑色长夹衣，不擦脂粉，在端重里面，还透着几分清秀。我仿佛在什么地方看见过她，只是她走得很快，来不及细认她。我那朋友却对我说，那个半大孩子，便是收买清秋词扇面子的人，却不知那个妇人是谁？何以电影不看完就走呢？我一时想不到那样周全，也没有答复我朋友的问题。

我自展着影院的一张影报来看，那影报载明着这个片子的主角景华，是大家公子，西洋留学生出身，在德国某电影公司，实地练习电影多年。其夫人秋月魂有演剧天才，亦研究电影有年。我看到这里，不由将腿一拍，心里恍然大悟，这个做主角的，不是别人，就是金燕西。因为燕西单名一个"华"字，所以他不用号用名，那个"景"字，不用说，是"金"字谐音。刚才那个妇人说这个女主角就是邱惜珍，影报上说，她是景华的夫人，换句话说，她是金燕西的夫人了。燕西何以倒和她结了婚，又变成了演电影呢？这件事真是不可究竟了。当时我因为看电影，不便说话，免得吵闹了别人，就搁在心里，先看电影。

那电影上的情节，是说一位有钱的青年，在读书的时候，不好好读书，专门去追求爱人，因之把书耽误了。只因家中遭了天灾人祸，家道中落，没有钱供给爱人，爱人和他翻了脸。他一气之下，身染重病。幸而病养好了，神经衰弱，书没念得好，又没一点学问，一点事也找不着。结果,白天在戏院当小工,和人贴广告。后来来了一位大名角,他把广告贴倒了一张,名角大怒,要求戏院老板把他革除。他为了和名角去解释这件事,和她在后台相遇,原来这个人,就是他从前的爱人,不过现在改了一个名字了,于是他掉头不顾而去,电影完了。戏是演得极好,前半段简直就是燕西本人的事。大凡一个主角,能演着与他有关痛痒的剧本,他一定是演得更亲切,由这一点上来证明,也觉得主角是燕西的化身了。

我那朋友在旁边看到我的情形,追问我是什么事?我把我所想得的事告诉他。他也说:"不错,这个男主角,大概就是金燕西。刚才那位冷女士,还是很朴素的样子,没有原故,她不会母子花了两块钱来看电影的。你不见她走的时候,眼圈儿红红的,擦着眼泪想要哭出来吗?"我说:"我早就疑到这一点哩。"我那朋友也是点着头拍着腿,连说是是。还是茶房走过来道:"二位先生请罢,不早了。"我们抬头看时,座位上已是走得一个人没有,二人大笑起来,方始回家。

由这次看电影起,我得了金燕西的结果,很是欣然。可是过久了,我又疑惑起来,俗言道得好,百足之虫,死而不僵。像金家那样富贵,除了亲戚朋友不去说,就是燕西兄弟姊妹辈,手头多少都有些积蓄的,难道就没人替燕西想点法子和他找条出路?这也并不是把演电影,就当为不是好职业,不过中国电影界,演员向来薪水不多,而且工作很辛苦,尤其是男演员,充量不能过两百块钱。燕西未出洋之前,三四百元月薪的事,他还以为不好,何以出洋之后,倒这样小就呢?我这样想着,把我以前猜想的情形,几乎又要全部推翻。不过我再转个念头,高明之家,鬼瞰其室,燕西倒霉了,他的兄弟姊妹又焉能保着不跟着倒霉?再说,大家庭制度,固然是不好,可以养成人的依赖性。然而小家庭制度，也很可以淡薄感情，减少互助，弟兄们都分开了，谁又肯全力救谁的穷呢？我的思想是如此的，究竟错误了没有，我也不能够知道。

大概是半个月后的工夫，又有张景华主演的片子到了。片子的名字叫做《火遁》。是这个人演的片子，已经能够让我注意的了，加上这样一个奇怪的名字。我不能不去看。那片子里的情节，却是说一个中年丈夫，对一个青年妻子，竭力爱护。但妻子对于丈夫的行为，不大了解。丈夫因为得不着妻子谅解，就到外面跳舞捧女戏子，以致夫妻两人感情更坏。丈夫有一天回家很晚，这妻子恨不过，放了一把火，将房烧了。抱着一个周岁的孩子，跳到火里去烧死了。丈夫看到，要到火里去救人，被救火队拉开了，但是他吃了一大惊，把人吓疯了，以后遇到有火的，甚至一个小炉子，他都要用水去把它扑灭，惹了不少的乱子，结果受伤死了。临死的时候，口里还喊着，火里有个女人，有个孩子，救哇救哇！

电影表演得是很沉痛，这分明是隐射清秋火场逃去的一幕，不过把男子说得太好了。于是我知道燕西对清秋，还是不能谅解。假使他母子要看到这张片子的话，又有什么感想呢？天下事却总是相反的，后来我在报上看到一条银幕消息，说是景华主演《火遁》后，声名大起，有许多女子写信给他，和他表示同情，还有许多女子，将自己的相片，亲笔签字在上面，寄了给他。他最伟大的一张片子，又在拍摄中，叫做《春婆梦》，说是有一个眼看全家盛衰的老太太做主角。我看了这段消息之后，疑他有点醒悟了。然而许多女子迷恋他，他又不难找着出路，走到温柔乡里去，或者再做第二次梦呢。这样说来，千古情场得失，究竟是男子之过呢？还是女子之过呢？

《金粉世家》原序

嗟夫！人生宇宙间，岂非一玄妙不可捉摸之悲剧乎？吾有家人相与终日饮食团聚，至乐也。然而今日饮食团聚，明日而仍饮食团聚否？未可卜也。吾有吾身，今日品茗吟诗，微醺登榻，至逸也。然则今日如此，明日仍如此否？又未可知也。最亲近者莫如家人，最能自主者莫如吾身，而吾家吾身，吾终莫能操其聚散生死之权。然而茫茫宇宙间，果何物尚能为吾有耶？吾自有知识以来，而读书，而就职业，而娶妻，而立家庭，劳矣！而劳之结果，仅仅能顾今日，且仅仅能顾今日之目前。可痛已！何以言之？请以事为证。吾闻某小说家，操笔为文，不及半页之纸，伏案而卒，其死已速矣。又闻某逸老夫人作雀牌之戏，将成巨和，喜色溢于面，同座一中风出，为上家拦而和之，某夫人一忿而绝，其死又更速也。某小说家于其所写最后一页稿之先，安知其不终篇耶？某夫人于中风刚出，上家尚未拦和之一刹那，又安知其生命即毕于是耶？嗟夫！人生如此，岂非玄妙不可捉摸之一悲剧乎？此事吾早知之，吾乃不敢少想，少想则吾将片刻不得宁息，惟惴惴然惧死神之傍吾左右而已。何以忘之？作庄子达观而已矣。此古人所谓不作无益之事，曷遣有涯之生者也。

吾之作《金粉世家》也，初尝作此想，以为吾作小说，何如使人愿看吾书？继而更进一步思之，何如使人读吾之小说而有益？至今思之，此又何必？读者诸公，于其工作完毕，茶余酒后，或甚感无聊，或偶然兴至，略取一读，藉消磨其片刻之时光。而吾书所言，或又不至于陷读者于不义，是亦足矣。主义非吾所敢谈也，文章亦非吾所敢谈也，吾作小说，令人读之而不否认其为小说，便已毕其使命矣。今有人责吾浅陋，吾即乐认为浅陋，今有人责吾无聊，吾即乐认为无聊。盖小说为通俗文字，把笔为此，即不免浅陋与无聊；华国文章，深山名著，此别有人在，非吾所敢知也。明夫此，《金粉世家》之有无其事？《金粉世家》之是何命意？都可不问矣。有人曰：此颇似取径《红楼梦》，可曰新红楼梦。吾曰：唯唯。又有人曰：此颇似溶合近代无数朱门状况，而为之缩写一照。吾又曰：唯唯。仁者见仁，智者见智，孰能必其一律？听之而已，吾又何必辩哉？

此书凡八十万言，吾每日书五六百言，起端以至于终篇，约可六年。吾初作是书时，大女慰儿，方牙牙学语，继而能行矣，能无不能语矣，能上学矣，上学且二年矣，而吾书乃毕。此不但书中人应有其悲欢离合，吾作书毕，且不禁喟然曰：树犹如此也。然而吾书作尾声之时，吾幼女康儿方夭亡，悲未能自已，不觉随笔插入文中，自以为足纪念吾儿也。乃不及二十日，而长女慰儿，亦随其妹于地下。吾作尾声之时，自觉悲痛，不料作序文之时，又更悲痛也。今慰儿亦夭亡十余日矣，料此书出版，儿墓草深当尺许也。当吾日日写《金粉世家》，慰儿至案前索果饵钱时，常窃视曰："勿扰父，父方作《金粉世家》也。"今吾作序，同此明窗，同此书案，掉首而顾，吾儿何在？嗟夫！人生事之不可捉摸，大抵如是也。忆吾十六七岁时，读名人书，深慕徐霞客之为人，誓游名山大川。至二十五六岁时，酷好词章，便又欲读书种菜，名利何为？作和尚之念，又滋深也。此以吾思想而作小说，所以然，《金粉世家》之如此开篇，如此终场者矣。

夫此书亦覆瓿之物而已，然若干年月，或尚有存者，于其时读者取而读之，索吾于深林古庙间乎？索吾于名山大川间乎？仍索吾于明窗净几间乎？甚至索吾于荒烟蔓草间乎？人生无常，吾何能知也？书犹如是，序文犹如是，人之将来，不可测矣。此一点感慨，扩而充之，《金粉世家》之起迄，易于下笔者也。语曰："读者书，不知其人可乎？"小说虽小道，例不外此也。求读者知吾，即求读者之知《金粉世家》耳。此又吾为《金粉世家》序，只述吾之片段感想者矣。凡百君子，匡而进之，吾固乐于拜而受之。或言于小说以外，则不敢知也。书至此，烈日当空，槐荫满地，永巷中卖蒸糕者方吆唤而过，正吾儿昔日于书案前索果饵钱下学时也。同此午日，同此槐荫，同此书案，同此卖蒸糕者吆唤声，而为日无多，吾儿永不现其声音笑貌矣。嗟夫！人生宇宙间，岂非一玄妙不可捉摸之悲剧乎？

1932年6月18日张恨水[①]序于北京

[①] 张恨水（1895—1967）：著名小说家，20世纪家喻户晓的文学大师。

生于江西，长于安徽。29岁凭借长篇小说《春明外史》名动京城；32岁发表《金粉世家》，引发街巷热议；35岁时，《啼笑因缘》横空出世，声望达至顶峰。老舍、张爱玲和鲁迅的妈妈，都是他的忠实读者。1967年，逝于北京。

张恨水一生创作了一百二十多部小说和大量的散文、诗词、游记等。时至今日，他的作品仍受到无数年轻人的喜爱，被誉为"永不过时的爱情经典"。

经典代表作：《金粉世家》、《啼笑因缘》、《春明外史》等。

策 划 ｜ 大星文化
出 品 ｜

出 品 人 ｜ 吴怀尧　何三坡
　　　　　　邵　飞　周公度
联合出品 ｜ 俞　昊　秦　龙　王利果

产品经理 ｜ 刘树东
封面创意 ｜ 大星文化
内文绘画 ｜ 梁昌正
环衬插图 ｜ 施　思
美术编辑 ｜ 权　贝
特约印制 ｜ 朱　毓

投稿邮箱 ｜ dxwh@vip.126.com

渠道合作 ｜ 021—60839180

官方微博 ｜ @大星文化　@中国作家富豪榜

作家榜官网 ｜ www.zuojiabang.cn

作家榜官方微博 ｜ @中国作家富豪榜（每天都在免费送经典好书）

作家榜经典当当旗舰店　作家榜经典京东旗舰店　作家榜公众号

图书在版编目（CIP）数据

金粉世家：全三册 / 张恨水著. —— 上海：华东师范大学出版社, 2018
（作家榜经典文库）
ISBN 978—7—5675—7582—0

Ⅰ. ①金… Ⅱ. ①张… Ⅲ. ①章回小说—中国—现代 Ⅳ. ①I246.4

中国版本图书馆CIP数据核字(2018)第080193号

项目编辑：庞 坚 唐 铭
特约审读：刘树东

金粉世家

张恨水 著

全案策划
大星（上海）文化传媒有限公司

出版发行
华东师范大学出版社[www.ecnupress.com.cn]
上海市中山北路3663号 邮编：200062
电话：021—60821666 客服电话：021—62865537
华东师范大学出版社天猫店：http://hdsdcbs.tmall.com
上海盛通时代印刷有限公司 印刷

2018年6月第1版 2018年6月第1次印刷
889毫米×1194毫米 32开本
56插页 47.5印张 字数：1102千字
书号：978—7—5675—7582—0 / I.1877
定价：168.00元

版权所有 侵权必究
（如有印装质量问题影响阅读，请联系021—60839180或021—62865537调换）

张 恨 水

（1895—1967）

著名小说家，20世纪家喻户晓的文学大师，当之无愧的头号畅销作家。

生于江西，长于安徽。29岁凭借长篇小说《春明外史》名动京城；32岁发表《金粉世家》，引发街巷热议；35岁时，《啼笑因缘》横空出世，声望达至顶峰。老舍、张爱玲和鲁迅的妈妈，都是他的忠实读者。1967年，逝于北京。

张恨水一生创作了一百二十多部小说和大量的散文、诗词、游记等。时至今日，他的作品仍受到无数年轻人的喜爱，被誉为"永不过时的爱情经典"。

经典代表作：《金粉世家》、《啼笑因缘》、《春明外史》等。